CAROL GOODMAN
Das Gesicht unter dem Eis

Das Buch
In dem Mädcheninternat, das sie selbst als Schülerin besuchte, will Jane Hudson neu beginnen. Als Lateinlehrerin will sie für sich und ihre kleine Tochter den Lebensunterhalt verdienen und eine schmerzliche Trennung verarbeiten. Die einsam am See gelegene Schule scheint ihr genau der richtige Ort dafür zu sein. Doch da überstürzen sich die Ereignisse: Jane findet eine Seite aus ihrem längst verschollenen Tagebuch und glaubt nicht, dass ihr das Blatt rein zufällig in die Hände gefallen ist. Bald beschleicht sie der Verdacht, dass die Schülerinnen etwas über ihre Vergangenheit herausgefunden haben. Was wissen die Mädchen von den dramatischen Geschehnissen, durch die Janes beste Freunde damals ihr Leben verloren? Und sind die geheimnisvollen Rituale der Mädchen am Ufer des Sees wirklich nur harmlose Spiele? Jane muss bald erkennen, dass ihre Sünden von einst noch lange nicht vergessen sind, und dass es jemanden gibt, der ihr noch nicht vergeben hat.

»Ein Thriller in bester Tradition, der Furcht und Romantik vereint.«
Die Welt

Die Autorin
Die Amerikanerin Carol Goodman hat nach ihrem Collegeabschluss mehrere Jahre Latein unterrichtet, ehe sie ein weiteres Studium in Creative Writing absolvierte. Sie ist als Autorin und Universitätsdozentin tätig und lebt auf Long Island. *Das Gesicht unter dem Eis* ist ihr erster Roman.

CAROL GOODMAN
Das Gesicht unter dem Eis

Roman

Aus dem Amerikanischen
von Christine Strüh und Adelheid Zöfel

Diana Verlag

Die Originalausgabe
THE LAKE OF DEAD LANGUAGES
erschien 2002 bei Ballantine, New York

Taschenbucherstausgabe 11/2004
Copyright © 2002 by Carol Goodman
Copyright © der deutschsprachigen Ausgabe 2003 by
Wilhelm Heyne Verlag, München,
in der Verlagsgruppe Random House GmbH
Printed in Germany 2004
Umschlagillustration: ZEFA Visual Media/Lloyd Sutton und
Getty Images/Geo Stock
Umschlaggestaltung: Hauptmann und Kampa Werbeagentur,
München, Zürich, unter Verwendung des Originalumschlags
von Eisele Grafik-Design, München
Satz: Gramma GmbH, Germering
Druck und Bindung: GGP Media GmbH, Pößneck
Gedruckt auf chor- und säurefreiem Papier
ISBN: 3-453-35004-9
http://www.heyne.de

*Für meine Mutter, Margaret Goodman,
und in Erinnerung an meinen Vater,
Walter Goodman
1924–1999*

Der See meiner Träume ist immer gefroren. Nie ist es ein sommerlicher See, dessen Wasser schwarz gefleckt ist von den Schatten der Fichten, oder ein herbstlicher, wenn die Oberfläche einem rotgoldenen Patchworkquilt gleicht, und auch kein See an einem Frühlingsabend im Perlenglanz des Mondlichts. Der See meiner Träume spiegelt nichts wider: Er ist leblos, weiß, eine geschlossene Tür, versiegelt von dem Eis, das achtzehn Meter in die Tiefe reicht, bis hinunter zu seinem kalksteinernen Gletscherbett.

Lautlos gleite ich auf meinen Schlittschuhen über die gefrorene Tiefe; die graue Decke des Himmels verschluckt das Scharren der Kufen. Ich spüre in meinen Fußsohlen, wie gut das Eis trägt, und ich laufe, wie ich in meinem Leben noch nie gelaufen bin. Keine müden Gelenke, keine schmerzenden Schenkel, leicht und frei schwebe ich dahin, als würde ich fliegen.

Ich lehne mich weit in runde, ausladende Achten hinein, drehe mich mit kerzengeradem Rücken, den Kopf in den Nacken gelegt, meine langen Haare fliegen durch die kalte, trockene Luft. Meine Sprünge tragen mich hoch in die Luft, und ich lande sicher auf dem silbernen Eis, wie ein zielgenauer Pfeil. Jede Linie ist klar und perfekt und kreuzt die vorherige, und ein sprühender Eisgischtschleier folgt mir.

Dann kommt der Moment, in dem mich die Angst packt: Ich wage es nicht mehr, nach unten zu schauen, denn ich fürchte mich vor dem, was ich unter der Oberfläche sehen werde. Und wenn ich den Blick dann doch senke, ist das Eis dick und undurchsichtig, und schon wird mir wieder leichter ums Herz. Die Angst fällt von mir ab, schwerelos tanze ich meine Pirouetten, leicht wie ein Blatt im Wind; die feinen, eleganten Linien, die meine Kufen ins Eis ritzen, gleichen einer Kalligraphie. Erst als ich, am Ufer angekommen, zurückblicke, sehe ich, dass ich ein Bild ins Eis geritzt habe, ein Gesicht, vertraut und längst entschwunden, und wieder sehe ich, wie es im schwarzen Wasser versinkt.

ERSTER TEIL

Umwälzung

1. Kapitel

MAN HAT MICH GEBETEN, den Lateinunterricht so zu gestalten, dass er einen Bezug zum Leben meiner Schülerinnen herstellt. Aber ich merke, dass die älteren Mädchen am Heart-Lake-Internat gerade deswegen Latein wählen, weil es mit ihrem sonstigen Leben absolut nichts zu tun hat. Am meisten Spaß macht es ihnen, eine neue, schwierige Deklination auswendig zu lernen. Mit blauem Kugelschreiber schreiben sie sich die Endungen des Nomens auf die Handfläche und leiern die Formen herunter: »Puella, puellae, puellae, puellam, puella ...«, wie Nonnen, die den Rosenkranz beten.

Wenn ein Test ansteht, treten sie gehorsam im Waschraum an, um sich die Hände zu waschen. An die kühle Kachelwand gelehnt, beaufsichtige ich sie und sehe, wie die Waschbecken sich mit blassblauem Schaum füllen und die archaischen Wörter den Abfluss hinuntergespült werden. Wenn sie mir die Innenseite ihrer Hände zeigen, damit ich sie auf Spuren von Buchstaben überprüfen kann, weiß ich nicht, ob ich wirklich hinsehen soll. Wenn ich sie kontrolliere, ist es dann nicht ein Beweis dafür, dass ich ihnen misstraue? Und wenn ich nicht hinsehe, halten sie mich dann nicht für naiv? Wenn sie ihre Hände in meine legen – so feingliedrig, so zart –, ist es, als hätte sich ein flügge gewordenes Vögelchen auf meinem Schoß niedergelassen. Ich wage nicht, mich zu rühren.

Im Unterricht sehe ich meistens nur die andere Seite ihrer Hände – den schwarzen Nagellack und die silbernen Totenkopfringe. Ein Mädchen hat sogar ein Tattoo auf dem rechten Handrücken – ein verschlungenes blaues Muster, das einen keltischen Knoten darstellt, wie sie mir erklärt hat. Drei der Mädchen haben sich mit Nadeln oder Rasierklingen die Innenseite ihrer Handgelenke geritzt. Am liebsten würde ich diese Narben mit den Fingerspitzen nachfahren und fragen: Warum? Aber ich drücke ihnen nur die Hand und fordere sie auf, ins Klassenzimmer zurückzugehen. »Bona fortuna«, sage ich. »Viel Glück beim Test.«

Als ich nach Heart Lake gekommen bin, habe ich mich über die neuen Mädchen gewundert, aber mir wurde sehr schnell klar, dass sich das Internat seit meiner eigenen Schulzeit in eine Art letzte Zuflucht für eine bestimmte Sorte von Mädchen verwandelt hat. Von außen wirkt die *Heart Lake School for Girls* noch immer wie ein renommiertes Internat, aber das stimmt längst nicht mehr. In Wirklichkeit kommen hierher Mädchen, die schon aus zwei oder drei guten Schulen hinausgeworfen wurden. Mädchen, deren Eltern die ständigen Szenen satt haben, das Blut auf dem Badezimmerfußboden, die Polizei an der Tür.

Athena (sie heißt eigentlich Ellen Craven, aber ich nenne die Mädchen in Gedanken immer mit dem antiken Namen, den sie sich für den Lateinunterricht ausgesucht haben) ist als Letzte mit dem Händewaschen fertig. Sie will auch die Extraaufgaben machen, zusätzliche Deklinationen und Konjugationen, und deshalb hatte sie sich bis zu den Ellbogen mit blauem Kuli voll gekritzelt. Jetzt streckt sie mir ihre Unterarme zur Inspektion hin, und ich sehe wohl oder übel die Narbe, die sich an ihrem rechten Arm von der Handwurzel zum Ellbogen hinaufschlängelt. Athena merkt, dass ich zusammenfahre.

Sie zuckt die Achseln. »Das war ziemlich blöd von mir«, sagt sie. »Aber letztes Jahr war ich wegen einem Jungen völlig fertig, wissen Sie.«

Ich versuche, mich daran zu erinnern, wie es sich angefühlt

hat, als ein Junge für mich so wichtig gewesen war – fast kann ich sein Gesicht vor mir sehen –, aber es ist ähnlich wie mit den Wehen: Man kann sich die Symptome ins Gedächtnis rufen – wie alles verschwimmt, die Wahrnehmung sich immer mehr verengt, bis sie nur noch um ein inneres Zentrum kreist, und schließlich sogar die Schwerkraft aufgehoben scheint –, aber der eigentlichen Schmerzen kann man sich nicht entsinnen.

»Deshalb hat meine Tante mich jetzt auf ein Mädcheninternat geschickt«, fährt Athena fort. »Damit ich mich nicht wieder mit irgendwelchen Jungs rumtreibe. Wie meine Mutter – sie muss immer in dieses Center bei New York, wenn sie auf Entzug ist – na ja, Sie wissen schon, wegen Alkohol und Tabletten und so. Ich bin hier sozusagen auf Entzug, nur eben von Jungs.«

Ich blicke von ihren Händen in ihr blasses Gesicht – die Blässe wird durch die blauschwarz gefärbten Haare und die Ringe unter den Augen noch verstärkt. Ich bilde mir ein, Tränen in ihrer Stimme zu hören, aber sie lacht. Ehe ich mich's versehe, lache ich auch. Dann wende ich mich ab und ziehe ein paar Papierhandtücher aus dem Spender, damit sie sich die Arme abtrocknen kann.

Nach dem Test entlasse ich die Mädchen etwas früher als sonst. Sie jubeln und drängen sich durch die Tür. Ich bin nicht gekränkt. Das gehört zu dem Spiel, das wir spielen. Sie mögen es, wenn ich streng bin. Bis zu einem gewissen Grad. Es gefällt ihnen, dass der Unterricht schwierig ist. Sie mögen mich, glaube ich. Anfangs habe ich mir geschmeichelt, es könnte daran liegen, dass ich sie verstehe, aber eines Tages fand ich einen Zettel auf dem Boden.

»Wie findest du sie?«, hatte eins der Mädchen geschrieben.

»Ich finde, wir sollten nett zu ihr sein«, hatte ein anderes geantwortet – später konnte ich die Handschrift Athena zuordnen.

Da begriff ich, dass der gute Wille der Mädchen nichts mit meinem Unterricht oder meinem Verhalten zu tun hatte. Es gab einen ganz anderen Grund: Mit dem untrüglichen Instinkt der Jugend spürten meine Schülerinnen, dass ich genauso viel Mist gebaut haben muss wie sie, um hier zu landen.

Beim Verlassen des Klassenzimmers schütteln sie die verkrampften Hände aus und vergleichen ihre Antworten. Vesta – die dünne, fleißige Vesta, die sich am meisten Mühe gibt – hält das Lehrbuch in der Hand und liest die Deklinationen und die Konjugationsformen laut vor. Manche stöhnen, andere stoßen Triumphschreie aus. Octavia und Flavia, die beiden vietnamesischen Schwestern, die auf ein College-Stipendium für klassische Philologie hoffen, nicken bei jeder Antwort mit der für Streberinnen typischen Gelassenheit. Wenn ich genau zuhören würde, müsste ich die Arbeiten gar nicht mehr korrigieren, sondern wüsste schon jetzt die jeweiligen Noten, aber ich lasse die Äußerungen der Freude und der Enttäuschung ungefiltert an mir vorüberziehen. Die Mädchen gehen lärmend den Flur hinunter, bis Myra Todd den Kopf zur Tür herausstreckt und schimpft, weil sie ihren Biologieunterricht stören.

Eine weitere Tür öffnet sich, und eins der Mädchen ruft: »Hallo, Miss Marshmallow!« Darauf folgt ein hohes, nervöses Lachen: Es gehört zu Gwendoline Marsh, der Englischlehrerin. Nicht Gwen wird sich nachher bei mir beschweren, nein, Myra wird mir die Hölle heiß machen, weil ich die Mädchen vor dem Klingeln entlassen habe. Aber das ist mir gleichgültig. Es hat sich gelohnt, denn jetzt legt sich eine wunderbare Stille über das leere Klassenzimmer, und ich habe ein paar Minuten Ruhe, ehe die nächste Stunde beginnt.

Ich drehe meinen Stuhl so, dass ich zum Fenster hinausschauen kann. Auf dem Rasen vor der Villa sehe ich meine Mädchen, die sich im Kreis auf dem Boden niedergelassen haben. Mit ihren dunklen Klamotten und den gefärbten Haaren – Athenas Haare sind blauschwarz, Aphrodites platinblond und Vestas lilarot, genau wie die Nylonmähne der Kleinen-Meerjungfrau-Puppe meiner Tochter – sehen sie von hier oben aus wie Blumenzüchtungen in unnatürlichen Farbtönen. Schwarze Dahlien, schwarze Tulpen. Blüten in düsteren Leichenfarben.

Hinter den Mädchen liegt, blaugrün und reglos, der Heart Lake in seinem Gletscherbett aus Kalkstein. Auf dieser Seite des Sees leuchtet das Wasser so hell, dass mir die Augen schmerzen. Ich blicke hinüber zum dunkleren Ostufer, wo sich die Fichten schwarz im Wasser spiegeln. Dann nehme ich den Hausaufgaben-Ordner vom Schreibtisch, um die Arbeiten abzulegen, die ich heute eingesammelt habe. Ich ordne bei allen Schülerinnen die neuesten Arbeitsblätter hinter den älteren ein (wie üblich bin ich mit meinen Korrekturen etwa eine Woche hinterher). Das Sortieren fällt mir nicht schwer, weil fast jedes Mädchen anderes Papier benutzt, und ich kenne inzwischen ihre jeweiligen Vorlieben: Vesta nimmt lilafarbenes Briefpapier, Aphrodite gelbe Briefblöcke, Athena liefert linierte Seiten ab, die sie aus ihren Heften mit dem schwarzweißen Einband herausreißt.

Bei Athena steht hin und wieder auf der Rückseite des Blattes etwas, was nicht zur Aufgabe gehört. Die wenigen Zeilen am oberen Rand sehen aus wie der Schluss eines Tagebucheintrags. Den Satzfragmenten nach zu urteilen, die ich gelesen habe, schreibt sie offenbar so, als würde sie einen Brief an sich selbst verfassen; und manchmal scheint ihr das Tagebuch als Brieffreundin zu dienen. »Vergiss nicht«, habe ich auf einem dieser Blätter gelesen, »du brauchst niemanden außer dir selbst.« Und ein anderes Mal: »Ich verspreche, dir öfter zu schreiben. Ich habe ja nur dich.« Bisweilen finde ich auch eine Zeichnung. Die Hälfte eines Frauengesichts, das in einer Welle verschwimmt. Ein Regenbogen, der von einer geflügelten Rasierklinge in zwei Teile zertrennt wird. Ein Herz, von einem Dolch durchbohrt. Billige Teenager-Symbole. Die Bilder könnten ohne weiteres aus dem Tagebuch stammen, das ich in ihrem Alter geführt habe.

Ihre Zettel erkenne ich an den unregelmäßigen Rändern, die beim Herausreißen aus den Schulheften entstehen. Wenn sie nicht aufpasst, fallen bald auch die übrigen Blätter aus dem Heft! Ich weiß das so genau, weil ich dieselbe Art von gehefteten Kladden benutzt habe, als ich so alt war wie sie, diese

Hefte mit dem schwarzweiß marmorierten Umschlag. Auf den ersten Blick denke ich, dass ich wieder eine Seite ihres Tagebuchs in der Hand halte, aber als ich das Blatt umdrehe, sehe ich, dass die andere Seite leer ist. Athenas Hausaufgabe steht auf einem anderen Zettel, ganz unten im Stapel. Ich habe den Überblick verloren. Ist die Seite, die ich jetzt in der Hand halte, gerade erst abgegeben worden, oder lag sie schon im Ordner? Ich sehe sie mir genauer an. Oben steht in winziger, gedrängter Schrift eine einzige Zeile. Die Tinte ist so blass, dass ich das Blatt ans Licht halten muss, um das Geschriebene überhaupt lesen zu können.

Du bist die Einzige, der ich es sagen kann.

Ich starre wie gebannt auf die Wörter, bis sich eine Art verschwommene Aura um sie bildet und ich blinzeln muss, damit ich wieder richtig sehen kann. Später werde ich mich fragen, was ich zuerst wieder erkannt habe: den Satz, den ich vor fast zwanzig Jahren in mein Tagebuch geschrieben habe, oder meine Handschrift.

In der nächsten Stunde lasse ich die Schülerinnen so lange Deklinationen aufsagen, bis alle anderen Wörter in meinem Kopf zu einem kaum hörbaren Flüstern verhallen, aber auf dem Weg zum Speisesaal melden sie sich wieder. *Du bist die Einzige, der ich es sagen kann.* Der Satz ist typisch für das Tagebuch eines jungen Mädchens. Wenn ich nicht meine eigene Handschrift erkannt hätte, gäbe es überhaupt keinen Anlass zur Beunruhigung. Der Satz könnte sich auf alles Mögliche beziehen, aber da ich genau weiß, was damit gemeint ist, muss ich mich zwangsläufig fragen, wer mein altes Tagebuch in die Hände bekommen und eine Seite daraus in meinen Ordner gelegt hat. Zuerst bin ich davon überzeugt, dass es Athena war, aber je länger ich darüber nachdenke, desto klarer wird mir, dass jede meiner Schülerinnen in Frage kommt – jede kann mir den Zettel zusammen mit ihrem Arbeitsblatt in die Hand gedrückt haben. Es gibt sogar noch eine weitere Möglichkeit: Da ich den Ordner über Nacht auf meinem Schreibtisch habe liegen lassen und die Klassenzimmer nicht abgeschlossen werden, kann *irgendjemand* das Blatt in meinen Ordner gelegt haben.

Diese Seite stammt aus dem Tagebuch, das ich während meines letzten Schuljahrs geführt und dann im Frühjahr, kurz vor Schulschluss, verloren habe. Könnte es sein, dass sich das Heft die ganze Zeit auf dem Schulgelände befunden hat – vielleicht unter einer der lockeren Holzdielen in meinem alten Zimmer? Hat Athena oder eine ihrer Freundinnen es dort gefunden? Beim Gedanken daran, was sonst noch alles in diesem Tagebuch steht, muss ich im Herrenhaus am Fuß der Treppe stehen bleiben und mich eine Weile am Geländer festhalten, ehe ich die Stufen hinaufgehen kann.

Mädchen in Schottenröcken und weißen Blusen drängeln sich an mir vorbei, während ich die Stufen zu der massiven Eichentür emporsteige. Mit ihrer Überlebensgröße soll die Tür den Besucher einschüchtern. Der Familie Crevecoeur, die der Schule das Herrenhaus gestiftet hat, gehörte auch die Papierfabrik in Corinth, nicht weit von hier. India Crevecoeur organisierte für die Fabrikarbeiterinnen regelmäßig einen »Bildungs-Nachmittag«. Ich stelle mir vor, wie die jungen Frauen hier vor dieser Tür warteten, dicht aneinander gedrängt, um sich gegenseitig zu wärmen und sich Mut zuzusprechen. Wer weiß, womöglich war auch meine Großmutter dabei, die in der Fabrik arbeitete, ehe sie Hausmädchen bei den Crevecoeurs wurde.

Als ich das Stipendium für Heart Lake bekam, hatte ich mir oft überlegt, wie die Crevecoeurs sich wohl verhalten hätten, wenn sie wüssten, dass die Enkelin eines ihrer Hausmädchen jetzt ihre Schule besuchte. Ich glaube nicht, dass sie es besonders amüsant gefunden hätten. Auf dem Familienporträt im Musiksaal wirken sie allesamt ziemlich mürrisch und unglücklich. Ihre Vorfahren waren Hugenotten, die im siebzehnten Jahrhundert aus Frankreich geflohen waren und sich schließlich an diesem entlegenen Ort im Staat New York niedergelassen haben. Garantiert war vieles hier ein Schock für sie – die Wildnis, die gnadenlos harten Wintermonate, die Abgeschiedenheit. Das fächerförmige Fenster über der Tür ist heute aus normalem Glas, aber als ich zur Schule ging, befand sich dort ein buntes Bleiglasfenster: Es stellte ein rotes Herz dar, das von einem grünen Dolch mit lilienverziertem Griff in zwei Teile gespalten wurde, und in gelben Lettern prangte das Familienmotto darauf: Cor te reducet. *Das Herz wird dich zurückführen.* Wahrscheinlich hegten sie die Hoffnung, von diesem unzivilisierten Ort erlöst zu werden und nach Frankreich heimkehren zu können – oder zu Gott. Aber seit ich selbst an den Heart Lake zurückgekommen bin – an diesen Ort, den ich nie wieder sehen wollte, das hatte ich mir geschworen –, denke ich oft, dass mit dem *Herz* der See selbst gemeint sein könnte, der auf alle, die an seinem Ufer gelebt und in seinem eisig grünen Wasser gebadet haben, eine ganz besondere Anziehungskraft ausübt.

Der Speisesaal des Lehrkörpers befindet sich im früheren Musiksaal. Als ich Schülerin war, mussten die Stipendiatinnen in der Küche arbeiten und den Lehrern das Essen servieren. Diese Sitte wurde vor ein paar Jahren abgeschafft, weil man einsah, dass sie für die Stipendiatinnen eine Erniedrigung bedeutete. Mich hat es allerdings nie gestört, denn Nancy Ames, die Köchin, versorgte uns immer mit leckeren Mahlzeiten. Rinderbraten und Kartoffeln, Gemüse in Sahnesauce und gedünsteter Fisch. So gut hatte ich noch nie gegessen. Auch bewahrte sie uns stets ein paar der für jede Mahlzeit frisch gebackenen Brötchen auf, die sie in dicke, mit dem Heart-Lake-Wappen bestickte Leinenservietten wickelte. Wenn ich dann durch die kalte Abenddämmerung zum Wohnheim ging – in meiner Erinnerung ist dieses letzte Jahr in Heart Lake ein einziger endloser Winterabend –, spürte ich das Brötchen warm in meiner Tasche, wie ein kleines Tierchen, das sich Schutz suchend an meinen Körper schmiegte.

Inzwischen verwendet die Schule Papierservietten, und die Lehrer bedienen sich an einem Büfett: Tunfischsalat und abgepackte Brote, Karottensticks und hart gekochte Eier. Allerdings sind die Lehrer weiterhin verpflichtet, zum Essen zu erscheinen. Diese Vorschrift geht auf India Crevecoeur, die Gründerin von Heart Lake, zurück: Sie wollte, dass die Lehrer eine Gemeinschaft bildeten. Ein lobenswerter Grundsatz, aber an Tagen wie heute hätte ich viel darum gegeben, wenn ich mich einfach mit einem Sandwich am See auf einen Felsen setzen könnte, nur in der Gesellschaft von Ovid. Beim Betreten des Speisesaals werfe ich India auf dem Familienporträt einen vorwurfsvollen Blick zu, den sie, wohl behütet im Schoß ihrer großen Familie, verächtlich erwidert.

Der einzige freie Platz ist neben Myra Todd. Ich hole ein paar Klassenarbeiten aus meiner Tasche, um sie während des Essens zu korrigieren. Vielleicht kann ich auf diese Weise Myra daran hindern, eine Bemerkung über mein verfrühtes Unterrichtsende zu machen. Die meisten Lehrer an dem langen Tisch haben neben sich einen ähnlichen Stapel liegen, den sie mit dem Rotstift bearbeiten, während sie an ihrem Tunfischsandwich kauen. Als ich meine Arbeiten auspacke, springt mir sogleich die Seite aus meinem Tagebuch ins Auge. Hastig falte ich sie zusammen und stecke sie in die Tasche meines karierten Wollrocks. Genau in dem Moment beugt sich Myra zu mir, um sich den Salzstreuer zu holen. Aber selbst wenn sie den Zettel liest, kann sie mit diesen kryptischen Worten nichts anfangen, sage ich mir. Es sei denn, sie ist diejenige, die mein altes Tagebuch gefunden hat.

Ich mustere sie verstohlen, um herauszufinden, ob sie meinen Stapel Blätter mit besonderem Interesse studiert, aber sie isst zufrieden ihr Sandwich und starrt dabei ins Leere. Neben dem Geruch von Tunfisch und abgestandenem Kaffee steigt mir der spezifische Duft in die Nase, der ihr anhaftet – ein Hauch von Moder, als wäre sie selbst eins ihrer chemischen Experimente und hätte während der Weihnachtsferien zu lange im Schrank gestanden. Ich habe mich schon oft gefragt, ob dieser Geruch von einer seltenen Krankheit oder vom unzulänglichen Wäschewaschen kommt, aber eine Frau wie Myra kann man so etwas unmöglich fragen. Ich versuche mir vorzustellen, was sie tun würde, wenn sie mein altes Tagebuch fände. Garantiert würde sie es unverzüglich bei der Direktorin abgeben.

Und was würde Direktorin Buehl mit meinem alten Tagebuch anfangen? Zu meiner Zeit war Celeste Buehl noch Biologielehrerin. Sie war damals immer nett zu mir – und es war mehr als nett von ihr, mir diesen Job zu geben –, aber ich glaube nicht, dass sie immer noch so freundlich zu mir wäre, wenn sie mein Tagebuch lesen würde.

Als sie jetzt den Speisesaal betritt, fällt mir auf, wie stark sie sich in den zwanzig Jahren, seit sie meine Lehrerin war, verändert hat. In meiner Erinnerung führt sie – schlank und athletisch – ihre Schülerinnen auf Naturlehrpfaden durch den Wald, und im Winter läuft sie Schlittschuh auf dem See. Jetzt lässt sie die Schultern hängen, und ihre kurzen, stufig geschnittenen Haare, die früher dunkel und kräftig waren, wirken matt und glanzlos. Als sie hereinkommt, entschließt sich Myra Todd, mir lauthals vorzuhalten, dass ich die Schülerinnen nach der dritten Stunde schon vor dem Klingeln entlassen habe.

»Jane«, sagt sie laut, »Ihre Schülerinnen haben uns während der dritten Stunde im Labor gestört. Wir waren gerade an einem sehr schwierigen Punkt beim Sezieren. Mallory Martin ist die Hand ausgerutscht und hat ihre Partnerin mit dem Skalpell verletzt.«

Ich weiß, was über Mallory Martin geredet wird. Meine Mädchen nennen sie nur Malefiz. Deshalb erscheint es mir eher unwahrscheinlich, dass die Sache mit dem Skalpell ein Unfall war.

»Es tut mir Leid, Myra, nächstes Mal werde ich ihnen einschärfen, dass sie leise sein müssen. Nach einer Klassenarbeit sind sie immer so überdreht.«

»Am besten hält man ein paar Zusatzaufgaben bereit, falls sie mit dem Test früher fertig sind. Dann sind sie nicht so erpicht darauf, möglichst schnell abzugeben.« Es ist Simon Ross, der Mathematiklehrer, der ungefragt diesen pädagogischen Rat gibt. Dann fährt er fort, mit einem dicken Rotstift seinen

Stapel zu korrigieren. Seine Fingerspitzen sind rot verschmiert, und ich sehe, dass die Farbe bereits sein Sandwich befleckt hat.

»Ich lasse die Mädchen in ihre Tagebücher schreiben«, meldet sich Gwendoline Marsh mit piepsiger Stimme. »Auf die Weise haben sie ein Ventil, und es wird auch benotet.«

»Und wie bewerten Sie diese Tagebücher?«, erkundigt sich Meryl North – die Geschichtslehrerin, die schon zu meiner Schulzeit so alt zu sein schien wie ihr Fach. »Lesen Sie ihre intimen Gedanken?«

»O nein – ich lese nur die Einträge, die für mich bestimmt sind. Was ich nicht lesen soll, markieren sie mit einem Kreis und schreiben ›persönlich‹ an den Rand.«

Meryl North gibt ein Geräusch von sich, bei dem man nicht weiß, ob sie lacht oder hustet, und Gwendolines blasses Gesicht rötet sich. Ich versuche, mich mit ihr durch Blicke zu verständigen – hier in Heart Lake ist sie für mich noch am ehesten eine Art Freundin –, aber sie starrt stur in einen zerfledderten Band mit Gedichten von Emily Dickinson.

»Die Mädchen scheinen ziemlich unter Stress zu stehen«, sage ich – mehr, um Gwens Verlegenheit zu überbrücken, als weil ich das Thema unbedingt anschneiden möchte. Letztes Jahr gab es zwei Selbstmordversuche. In Reaktion darauf hat die Verwaltung für das Lehrpersonal ein wöchentliches Seminar über Depressionen in der Adoleszenz eingerichtet, unter dem Thema: »Wie entdecke ich die zehn wichtigsten Warnsignale für suizidales Verhalten?«

»Meinen Sie eine bestimmte Schülerin?« Diese Frage kommt von Dr. Candace Lockhart. Im Gegensatz zu uns übrigen hier am Tisch hat sie keine Klassenarbeiten neben sich liegen, die sie korrigieren muss, und auch keinen Text, den sie für die nächste Stunde vorbereitet. Ihre Finger sind nie tintenverschmiert, nie haben ihre makellos geschnittenen taubengrauen Kostüme diese hässlichen gelblichen Kreideflecken, die uns andere verfolgen wie eine ansteckende Krankheit. Sie ist die Schulpsychologin – etwas, was es zu meiner Zeit noch nicht gab. Bei ihrer Anstellung gab es irgendwelche Unregelmäßigkeiten. Ich habe gehört, wie sich verschiedene Lehrer darüber beschwert haben, Direktorin Buehl habe sich bei der Ausschreibung nicht an das korrekte Verfahren gehalten. Mit anderen Worten, die Lehrer hatten nicht die Möglichkeit, über sie herzufallen. Die Schimpfereien sind von einem gewissen Neid gefärbt, gegen den auch ich nicht gefeit bin. Es geht das Gerücht, dass Candace eine bahnbrechende Studie über die Psychologie adoleszenter Mädchen durchführt. Wir hegen alle den Verdacht, dass sie uns nach Abschluss ihrer Untersuchungen verlassen wird, um eine eigene Praxis aufzumachen, um Aufsehen erregende Vorträge zu halten und in Oprah Winfreys Talkshow aufzutreten. Vielleicht strebt sie auch eine Professur an einer der Elite-Universitäten an? Jedenfalls wird es ein Lebensstil sein, der ihrer Kleidung eher entspricht. Aber in der Zwischenzeit sitzt sie hier bei uns, mit ihren hellen – fast weißen – Haaren, den blauen Augen und der schlanken, eleganten Figur, eine edle Siamkatze unter lauter unscheinbaren Hauskatzen.

Die arme Gwen in ihrem verwaschenen abgetragenen Kleiderrock mit dem indischen Muster und der altmodischen weißen Stehkragenbluse sieht neben Candace erst recht ungepflegt aus. Obwohl beide Anfang dreißig sind, kann man Gwen schon ansehen, wie anstrengend es ist, jeden Tag fünf verschiedene Klassen zu unterrichten, ganz zu schweigen von dem halben Dutzend Arbeitsgemeinschaften, die sie leitet. Ihr Teint ist teigig, ihre Haare sind glanzlos und werden an den Wurzeln schon grau, ihre blauen Augen sind müde und gerötet. Candace hingegen hat offensichtlich genug Zeit, sich um ihre Frisur zu kümmern (dieses Platinblond kann auf keinen Fall echt sein), und *ihre* blauen Augen sind so klar und kühl wie ein Bergsee.

Diese blauen Augen verunsichern mich so, dass ich einen Fehler mache. Natürlich hätte ich auf ihre Frage »Meinen Sie eine bestimmte Schülerin?« antworten müssen: »Nein, ich meine keine bestimmte Schülerin.« Aber stattdessen nenne ich einen Namen. »Athena ... ich meine, Ellen ... Craven. Ich habe heute gesehen, dass sie eine schlimme Narbe am Arm hat.«

»Ach so – ja, darüber bin ich selbstverständlich informiert. Das ist nichts Neues. Und wenn man Ellens Vergangenheit betrachtet, braucht man sich nicht darüber zu wundern.«

Eigentlich hätte ich froh sein müssen, dass sie nicht weiter auf den Fall eingeht, aber es irritiert mich, wie sich ihr Blick verschleiert, wie ihre blauen Augen an mir vorbeiblicken. Wahrscheinlich denkt sie längst schon wieder an die brillante Karriere, die die Zukunft für sie parat hält. Sosehr ich mir auch einrede, über solche Eitelkeiten erhaben zu sein, merke ich doch, dass das keineswegs stimmt.

»Manchmal zeichnet sie etwas auf die Rückseite ihrer Hausaufgaben, und diese Bilder sind ... na ja, etwas beunruhigend.«

»Sie lassen zu, dass die Mädchen ihre Hausaufgabenblätter bekritzeln?« Myra Todd blickt entsetzt von ihrem Stapel auf. Aber Dr. Lockhart wirft ihr einen strengen Blick zu. Ich bin froh, dass zur Abwechslung jemand anders durch diese Augen zum Schweigen gebracht wird, und rede weiter, jetzt sicherer als zuvor. Als Athenas Lehrerin – zumal als die Lehrerin, der das Mädchen sich anvertraut hat – habe ich schließlich die Aufgabe, ihr bei ihren emotionalen Problemen zu helfen. Und an wen soll ich mich wenden, wenn nicht an die Schulpsychologin?

»Sie zeichnet körperlose Augen mit Tränen, die sich wiederum in Rasierklingen verwandeln. Oder Ähnliches. Ich nehme an, solche Symbole sind nicht ungewöhnlich ...«

Ich merke, dass alle am Tisch still geworden sind. Vielleicht hätte ich doch nicht vor allen Lehrern über meine Schülerin sprechen dürfen. Offenbar findet Dr. Lockhart das auch.

»Vielleicht sollten wir uns bei Gelegenheit einmal in meinem Büro über Athena unterhalten? Ich bin ab sieben Uhr zu sprechen. Wie wär's gleich morgen vor der ersten Stunde?«, schlägt sie vor.

Sie merkt wahrscheinlich, dass ich keine große Lust habe, mich auf diesen frühen Termin einzulassen – ich habe mir angewöhnt, jeden Morgen vor dem Unterricht im See schwimmen zu gehen. Jedenfalls glaubt sie, mich ermahnen zu müssen. »Es ist sehr wichtig, dass wir sofort nachhaken, wenn wir merken, dass ein Mädchen sich intensiv mit dem Tod oder Selbstmord beschäftigt. Das kann dann schnell eine ungewollte Entwicklung nehmen, wie Sie wohl aus eigener Erfahrung wissen, Miss Hudson. Sie würden mir da doch sicher zustimmen, nicht wahr, Miss Buehl?«

Die Direktorin seufzt. »Der Himmel möge uns davor bewahren, dass so etwas noch mal passiert.«

Ich spüre, wie mir das Blut in die Wangen schießt, als hätte mir jemand eine Ohrfeige verpasst. Jetzt wage ich es nicht mehr, etwas gegen den Termin einzuwenden, und Dr. Lockhart scheint das genau zu spüren. Ohne meine Antwort abzuwarten, erhebt sie sich von ihrem Stuhl und legt einen blassblauen Schal über ihre Kostümjacke.

»Mich interessiert vor allem, ob die Legende von den Schwestern Crevecoeur ...« Der Rest ihres Satzes wird vom Schrillen der Klingel und vom Scharren der Stühle übertönt. Die Mittagspause ist zu Ende.

Unbelastet wie sie ist, schwebt Dr. Lockhart aus dem Speisesaal, während wir anderen unsere Bücher und Papiere zusammenpacken und unsere Leinentaschen über die Schulter hängen. Vor allem Gwen scheint von ihrer schweren Büchertasche schier erdrückt zu werden. Ich frage sie, ob ich ihr helfen kann, und sie reicht mir dankbar einen dicken Ordner.

»Oh, vielen Dank, Jane. Dann wollte ich auch fragen, ob jemand die Schülerinnengedichte für unsere Literaturzeitschrift abtippen kann. Ich würde es ja selbst machen, aber mein Karpaltunnelsyndrom ist wieder ganz schlimm.« Sie hebt die Arme, und ich sehe, dass beide Handgelenke mit elastischen Binden verbunden sind. Eigentlich wollte ich ihr ja nur die Tasche abnehmen, aber jetzt kann ich nicht mehr Nein sagen.

Also packe ich den schweren Ordner in meine Tasche. Jetzt bin ich diejenige, die völlig windschief daherkommt, während wir das Hauptgebäude verlassen. Gwen, von ihrer Last befreit, eilt voraus in ihr Klassenzimmer. Ich trotte hinter den anderen Lehrern her und denke über das nach, was die Psychologin gesagt hat. Intensive Beschäftigung mit dem Tod. Die Neigung zum Selbstmord. Ich sehe meine Schülerinnen vor mir, mit ihrem Totenkopfschmuck und den schwarz umrandeten Augen.

Die Nasenringe, die Totenköpfe, die violetten Haare – die Symptome mögen neu sein, aber die Beschäftigung mit dem Tod ist es nicht. Wie viele andere Mädcheninternate hat auch Heart Lake seine Selbstmordlegende. Als ich hier zur Schule ging, erzählte man sich – meist an Halloween, im Flammenschein des großen Feuers unten am Badestrand – die Geschichte der Familie Crevecoeur: Bei der Grippeepidemie 1918 verlor die Mutter drei ihrer Töchter. Angeblich waren die Mädchen in ihrem Fieberwahn eines Abends hinunter zum See gegangen, um sich im Wasser abzukühlen, und dabei ertrunken. An dieser Stelle der Geschichte deutete dann immer jemand hinaus auf die drei Felsen, die unweit des Strandes aus dem Wasser ragen, und verkündete feierlich: »Ihre Leichen wurden nie gefunden, aber am nächsten Tag tauchten im See drei mysteriöse Felsen auf, und diese Felsen nennt man seither die ›drei Schwestern‹.«

Stets fand sich eine ältere Schülerin, die dann noch mit Einzelheiten aufwartete, während wir jüngeren Mädchen nervös unsere Marshmallows ins Feuer hielten: India Crevecoeur, die Mutter der Mädchen, sei fortan so verzweifelt gewesen, dass sie nicht mehr am Heart Lake wohnen konnte. Deshalb ließ sie ihr Herrenhaus in ein Mädcheninternat umbauen. Doch vom ersten Jahr an habe es in dieser Schule rätselhafte Selbstmorde gegeben. Das Geräusch des Wassers, das gegen die drei Felsen schlägt (hier verstummte die Erzählerin immer, damit wir alle horchen konnten, wie die Wellen rastlos gegen den Stein schwappten), wecke in manchen Mädchen den Wunsch, sich im See zu ertränken. Wenn der See dann zufriert, könne man unter dem Eis die Gesichter dieser Mädchen erkennen. Und jedes Mal, wenn ein Mädchen im See ertrinkt, folgen ihm, so hieß es, zwangsläufig zwei weitere.

Wenn diese Legende immer noch im Umlauf ist, wie Dr. Lockhart befürchtet, dann könnte ich meinen Schülerinnen einiges dazu erzählen. Etwa dass die Familie Crevecoeur nur Iris, die jüngste Tochter, verloren hat. Und Iris ist nicht ertrunken. Bei einer Bootsfahrt mit ihren beiden Schwestern fiel Iris ins Wasser und erkältete sich schwer. Sie starb im eigenen Bett an der Grippe. Ich könnte ihnen außerdem erzählen, dass es Zeichnungen aus dem neunzehnten Jahrhundert gibt, auf denen die drei Felsen im See deutlich zu sehen sind, und dass sie von den frühen Siedlern »die drei Grazien« genannt wurden. Aber ich weiß genau: Je mehr man versucht, gegen eine Legende anzugehen, desto hartnäckiger setzt sie sich durch. Es ist wie bei Ödipus, der versucht, seinem Schicksal zu entrinnen, und gerade dadurch schuldig wird. Und wenn ich anfange, über die Legende zu sprechen, dann fragen mich die Mädchen vielleicht, ob es in meiner Schulzeit auch Selbstmorde gab. Dann müsste ich entweder lügen oder ihnen sagen, dass während meines letzten Schuljahrs meine beiden Zimmergenossinnen im See ertranken.

Vielleicht würde ich ihnen sogar sagen, dass ich seither das Gefühl habe, als ob der See auf das dritte Mädchen wartet.

2. Kapitel

SOLANGE ICH UNTERRICHTE und mich anschließend um Olivia kümmere, tritt die Frage, wer mein altes Tagebuch gefunden haben könnte, ganz in den Hintergrund. Am Rand meines Bewusstseins nehme ich sie zwar noch als unruhiges Gewisper wahr, aber ich schiebe sie weg, bis ich mich richtig darauf konzentrieren kann.

Abends mache ich für Olivia und mich Rührei. Nach dem Essen waschen wir die Eierschalen aus, weil Olivia sie für ein Bastelprojekt in der Vorschule braucht. Sie hält die Schalen unters laufende Wasser und reicht sie dann mir. Heimlich entferne ich den Glibber, der noch innen in den Schalen klebt, und setze sie in einen leeren Eierkarton. Olivia erklärt mir, dass nicht nur Vögel aus Eiern schlüpfen, sondern auch Schlangen und Alligatoren und Schildkröten. Und Spinnen auch.

»Charlotte hat für ihre Eier ein Netz gesponnen, und Wilbur hat es mit seinem Maul vom Markt nach Hause getragen«, erzählt sie mir. Ich weiß, dass Mrs. Crane, die Vorschullehrerin, den Kindern gerade *Wilbur und Charlotte* vorliest, dieses wunderbare Kinderbuch von der Freundschaft zwischen der Spinne Charlotte und dem Schwein Wilbur. Aus diesem Anlass lernen die Kinder etwas über Spinnen und Eier und besuchen eine Farm hier in der Gegend, um sich die Schweine anzusehen. Das Vorschulprogramm ist erstklassig – einer der Vorzüge dieses Internats.

Ich stelle den Karton auf die Arbeitsplatte, damit die Eierschalen trocknen können.

»Und dann ist Charlotte gestorben«, erzählt Olivia abschließend.

»Das ist traurig, stimmt's?«

»Find ich nicht. Kann ich noch fernsehen, bevor ich ins Bett gehe?«

»Nein, du musst unter die Dusche.«

Olivia beschwert sich bitterlich, denn sie will lieber baden, aber das Cottage, das die Schulleitung uns zugewiesen hat, hat keine Badewanne. Zu guter Letzt beklagt sie sich noch darüber, dass ihr Vater nicht hier ist, um ihr vorzulesen. Mir liegt es auf der Zunge zu sagen, dass er ihr sowieso nie vorgelesen hat, weil er ständig arbeitete und erst heimkam, wenn sie schon längst im Bett war, aber diese Bemerkung verkneife ich mir natürlich. Aber ich sage ihr, dass ihr Vater ihr bestimmt ganz viel vorliest, wenn sie ihn übernächstes Wochenende besucht – was ein längeres Studium des Kalenders erfordert, bis Olivia einigermaßen begriffen hat, was »Besuch jedes zweite Wochenende« bedeutet.

Als sie fertig geduscht hat, ist es schon nach neun, und ich bin richtig heiser, weil ich den ganzen Tag unterrichtet und dann ständig auf eine Vierjährige eingeredet habe. Trotzdem komme ich nach der Bemerkung über ihren Vater nicht drum herum, ihr auch noch vorzulesen. Ich gehe in unser Gästezimmer, wo ich die Kartons mit Büchern, Papieren und sonstigen Unterlagen gestapelt habe, und finde eins meiner alten Kinderbücher, eine Geschichtensammlung mit dem Titel *Ballettmärchen*.

Olivia findet es hoch interessant, dass ich dieses Buch als Kind schon hatte.

»Hat deine Mommy es dir geschenkt?«, will sie wissen.

»Nein«, antworte ich. Wie soll ich ihr erklären, dass meine Mutter für so etwas Frivoles wie ein Buch niemals Geld ausgegeben hätte?« »Eine meiner Lehrerinnen. Hier, sie hat sogar was für mich reingeschrieben.«

Auf die erste Seite hat meine Vorschullehrerin geschrieben: »Für Jane, die auf dem Eis tanzt.«

»Was heißt das, auf dem Eis tanzen?«

»Schlittschuh laufen. Mommy war früher eine ziemlich gute Schlittschuhläuferin. Ich bin immer hier über den See gesaust, wenn er im Winter zugefroren war.«

»Kann ich auch auf dem See Schlittschuh laufen, wenn er Eis hat?«, fragt Olivia.

»Vielleicht«, sage ich. »Mal sehen.«

Ich blättere in dem Buch und suche eine Geschichte, die sie kennt – »Aschenputtel« vielleicht oder »Dornröschen« –, aber dann schlägt sich eine Seite auf, in der ein getrocknetes Ahornblatt liegt, das früher einmal feuerrot war, inzwischen aber zu einem hellen Rostbraun verblasst ist. »Die Geschichte hier!«, befiehlt Olivia mit der eigentümlichen Bestimmtheit einer Vierjährigen.

Es ist »Giselle«. Das war früher meine Lieblingsgeschichte, aber für Olivia hätte ich sie nicht ausgesucht.

»Die ist aber ziemlich gruselig«, gebe ich zu bedenken.

»Gut«, entgegnet Olivia. »Gruselig gefällt mir.«

Die allerschlimmsten Stellen kann ich ja weglassen, denke ich mir. Ich erkläre Olivia, warum Giselles Mutter ihr das Tanzen verbietet, und dann muss ich erläutern, was es heißt, wenn jemand ein schwaches Herz hat. Olivia findet es toll, dass sich der Prinz als Bauer verkleidet, und als Giselle stirbt, ist sie ganz betrübt. Den ganzen Teil mit den Wilis will ich weglassen – die Wilis sind die Geister der jungfräulich gestorbenen Bräute, die von ihren Liebsten betrogen wurden und nun durch ihr verführerisches Verhalten junge Männer zwingen, so lange zu tanzen, bis sie tot umfallen. Aber als ich umblättere, sieht Olivia das Bild mit den elfenhaften Mädchen in ihren Brautkleidern und ist sofort Feuer und Flamme. Genau wie ich damals. Das war mein Lieblingsbild, als ich so alt war wie sie.

Also lese ich weiter. Ich lese ihr vor, wie die Mädchen mit dem Wildhüter Hilarion tanzen und ihn in den See locken, wo er ertrinkt, bis zu der Stelle, wo die Königin der Wilis Giselle eröffnet, dass sie Albrecht, ihren treulosen Liebhaber, dazu bringen müsse, in den Tod zu tanzen.

»Tut sie das?«, fragt Olivia mit sorgenvoller Miene.

»Was denkst du?«, frage ich sie.

»Na ja, er hat sie sehr traurig gemacht«, antwortet sie.

»Aber sie liebt ihn, also, hör zu ...«

Giselle sagt zu Albrecht, er soll sich an dem Kreuz auf ihrem Grab festhalten, aber er ist von ihrem Tanz so verzaubert, dass er ihr folgt. Weil Giselle zögert, lebt er noch, als die Kirchuhr vier schlägt und die Wilis in ihre Gräber zurückkehren müssen.

»Und so rettet sie ihn«, sage ich und klappe das Buch zu. Die beiden letzten Sätze der Geschichte habe ich ausgelassen. Sie lauten: »Sein Leben war gerettet worden, aber sein Herz hatte er verloren. Giselle war mit ihm davongetanzt.«

Als Olivia eingeschlafen ist, hole ich die Tagebuchseite aus meiner Rocktasche. Beim Auseinanderfalten denke ich, dass es doch Athenas Handschrift ist – oder Vestas oder Aphrodites – und nicht meine eigene. Aber es hilft nichts: Ich erkenne nicht nur meine Handschrift, sondern auch die Tinte – ein eigenwilliges Pfauenblau. Lucy Toller hat mir diese Tinte zu meinem fünfzehnten Geburtstag geschenkt, zusammen mit einem Füllfederhalter in der gleichen Farbe.

Den Zettel in der Hand, gehe ich ins Gästezimmer und suche nach der Kiste mit der Aufschrift »Heart Lake«. Ich reiße das Packband ab und öffne den Karton so hastig, dass mir die Pappe mit ihrer scharfen Kante ins Handgelenk schneidet. Ohne auf den Schmerz zu achten, hole ich einen Stapel schwarzweißer Hefte heraus.

Es sind drei. Begonnen habe ich mit diesen Heften im neunten Schuljahr, als ich Matt und Lucy Toller kennen lernte, und jedes Jahr habe ich ein neues angefangen, bis zur letzten Klasse.

Ich zähle sie, in der trügerischen Hoffnung, dass sich das vierte wie durch ein Wunder wieder eingefunden hat. Aber das ist natürlich Unsinn. Seit es während meines letzten Jahrs als Schülerin hier aus meinem Zimmer verschwunden ist, habe ich das vierte Heft nicht mehr gesehen.

Damals dachte ich, jemand von der Schulleitung hätte es konfisziert. Das ganze letzte Halbjahr in Heart Lake war ich der festen Überzeugung, dass es nur eine Frage der Zeit wäre, bis man mich ins Rektorat rufen und mit der Wahrheit konfrontieren würde: mit der Wahrheit über die Ereignisse dieses Jahres und meinen widersprüchlichen Aussagen beim Verhör. Aber nichts dergleichen geschah. Wahrscheinlich war mein Tagebuch einfach verloren gegangen. Ich malte mir aus, dass es aus meiner Büchertasche gerutscht und in den See gefallen war – und der See hatte die blaugrüne Tinte weggewaschen, bis die Seiten wieder blütenweiß waren, wie am ersten Tag meines letzten Schuljahrs, als ich das Heft eingeweiht hatte.

Jetzt schlage ich das erste Tagebuch auf und lese den allerersten Eintrag.

»Lucy hat mir diesen Füller und die wunderschöne Tinte zum Geburtstag geschenkt, und von Matt habe ich das Heft bekommen«, hatte ich in einer schnörkeligen Schrift geschrieben, die dem eleganten Füller und der Tinte Ehre machen sollte. Aber zwischendurch zeigten sich unschöne Kleckse, wo sich die Federspitze im Papier verhakt hatte. »So gute Freunde wie sie werde ich nie wieder finden.«

Bei diesem Satz hätte ich fast laut gelacht. *So gute Freunde.* Als ich Matt und Lucy Toller kennen lernte, hatte ich überhaupt keine Freunde.

Wieder hole ich den Zettel hervor, streiche ihn glatt und lege ihn neben das Tagebuch. Die Handschrift ist klarer, keine Kleckse, aber der Satz ist mit der gleichen blaugrünen Tinte geschrieben.

Ich gehe nach draußen, um zu sehen, wie der Mond über dem Heart Lake aufgeht. Nicht zum ersten Mal denke ich, wie verrückt es ist, dass ich hierher zurückgekommen bin. Aber andererseits – wohin hätte ich gehen sollen?

Als ich Mitch eröffnete, dass ich mich scheiden lassen wolle, hat er mich ausgelacht. »Wo willst du hingehen? Wovon willst du leben?«, fragte er. »Mein Gott, Jane – du hast Latein studiert. Wenn du diese Wohnung verlässt, bist du völlig aufgeschmissen.«

Und ich hatte an Elektra gedacht, die sagt: »Wie sollen wir Herren sein im eigenen Hause? Verkauft wurden wir und gehen als Pilger.« Und in diesem Moment war mir schlagartig klar geworden, dass ich an den einzigen Ort zurückkehren würde, an dem ich mich je zu Hause gefühlt habe: nach Heart Lake.

Also begann ich, mein Latein aufzupolieren. Zwei Jahre lang hatte ich mich nicht mehr damit beschäftigt. Jetzt lernte ich jeden Abend nach meinem alten Lehrbuch, paukte Deklinationen und Konjugationen, bis sich das undurchschaubare Satzgewirr allmählich von selbst ordnete. Die einzelnen Wörter fanden sich zusammen, wie Schlittschuhläufer, die sich unterhaken, Adjektive gesellten sich zu Substantiven, Prädikate zu Subjekten, und gemeinsam ließen sie auf dem spiegelglatten Eis der archaischen Grammatik präzise Muster entstehen.

Und immer waren die Stimmen, mit denen ich die Deklinationen und Konjugationen vorgetragen hörte, die Stimmen von Matt und Lucy.

Nachdem ich das Lehrbuch zweimal durchgearbeitet hatte, bewarb ich mich um die Stelle in Heart Lake und erfuhr, dass meine ehemalige Biologielehrerin, Celeste Buehl, inzwischen Direktorin war. »Es ist uns nie gelungen, Helen Chambers zu ersetzen«, sagte sie zu mir. Ich konnte mich gut erinnern, dass Miss Buehl mit meiner Lateinlehrerin eng befreundet gewesen war. Niemand war so traurig gewesen wie sie, als Helen Chambers gehen musste. »Aber wir haben natürlich auch nie ein ›Old Girl‹ für diese Stelle gefunden.« Ehemalige Schülerinnen, die als Lehrerinnen nach Heart Lake zurückkehrten, wurden als »Old Girls« bezeichnet. Celeste Buehl war selbst ein »Old Girl«, genau wie Meryl North, die Geschichtslehrerin, und Tacy Beade, die Kunstlehrerin. »Eure Generation scheint kein besonders großes Interesse am Lehrberuf zu haben. Zwar habe ich noch kein Vorstellungsgespräch mit einer Ehemaligen geführt, seit ich Direktorin geworden bin, aber ich kann mir für die Stelle keine bessere Besetzung vorstellen als eine von Helen Chambers' Schülerinnen. Glücklicherweise steht mein altes Cottage leer. Das wäre ideal für Sie und Ihre Tochter. Sie können sich bestimmt erinnern – das kleine Haus oberhalb des Badestrandes.« Ich konnte mich nur zu gut daran erinnern.

Und obwohl der Gedanke, dort zu wohnen, anfangs ziemlich beklemmend war, habe ich inzwischen den Blick auf den See schätzen gelernt. Von meiner Haustür bis zum »Point« sind es nur ein paar Schritte. Der Point ist der Felsvorsprung, der auf halber Strecke das Ufer zerschneidet und dem See seine herzförmige Gestalt verleiht. Von meiner Warte aus kann ich die Bucht des Badestrands sehen, weiß im Schimmer des Mondlichts, sowie die Felsen, die wir »die drei Schwestern« nannten und die stumm aus dem ruhigen, mondhellen Wasser ragen.

Ich gehe zurück ins Haus und betrachte die schlafende Olivia. Der Mond scheint durchs Fenster auf ihre zerzausten Haare. Ich streiche ihr die Strähnen aus der Stirn und ziehe die zerwühlten Laken zurecht, damit ihr ein bisschen kühler ist. Sie dreht sich um und stöhnt leise im Schlaf. Ich weiß, dass sie später irgendwann aufwacht, aber wohl erst zwischen zwei und vier. Jetzt kann ich mich darauf verlassen, dass sie die nächsten Stunden ungestört schläft.

Anschließend gehe ich wieder hinaus und die Steinstufen hinunter, die von unserem Haus zum See führen – wie jeden Abend –, und wie jeden Abend staune ich über mich selbst, dass ich dieses Risiko eingehe. Natürlich sollte ich Olivia nicht allein lassen, es könnte alles Mögliche passieren: Feuer, Einbrecher, Olivia könnte aufwachen und Angst bekommen, wenn ich nicht auf ihr Rufen reagiere, sie könnte aufstehen und hinaus ins Freie, in den Wald laufen ... Mein Herz klopft heftig beim Gedanken an all diese Katastrophen, deren Bilder ich so mühelos heraufbeschwören kann. Aber ich gehe trotzdem die Stufen hinunter, barfuß, und ich spüre, wie die Steine, je weiter nach unten ich komme, von der Gischt des Sees erst feucht und dann glitschig werden, weil sie mit Moos überwachsen sind.

Unten an der Treppe ist der Boden hart und lehmig. Ich kann hören, wie die Wellen ruhelos gegen die Felsen schwappen. Ich wate durchs kalte, knapp knietiefe Wasser, bis zum ersten der Drei-Schwestern-Felsen. Mit der Schulter lehne ich mich gegen den Stein, spüre seine Wärme. Warm wie ein Mensch, denke ich, doch ist es nur die Hitze, die er während eines für die Jahreszeit viel zu milden Tages gespeichert hat und nun abstrahlt. Die drei Felsen sind aus hartem, gleißendem Basalt, im Gegensatz zu dem Kalkstein der Umgebung. Lucy meinte, sie seien wie die Findlinge in England und von weither angeschleppt und im See aufgestellt worden, aber Miss Buehl hat uns erklärt, sie seien vermutlich von einem zurückweichenden Gletscher hinterlassen worden und dann zu ihrer gegenwärtigen Gestalt erodiert. Jeder der drei sieht anders aus; das Wasser und die Zeit, das Gefrieren und Auftauen des Sees haben sie unterschiedlich geformt. Der erste Fels, der, bei dem ich jetzt stehe, ist eine Art Säule, die zwei Meter aus dem Wasser ragt, der zweite ist ebenfalls säulenförmig, neigt sich aber leicht in Richtung Südufer. Der dritte Fels ist wie eine Kuppel, die sanft geschwungen aus dem tiefen Wasser emporsteigt.

Wenn man die Felsen als Bewegungsabfolge sieht – bei der richtigen Beleuchtung oder durch diesigen Nebel wie heute Abend –, könnte man sich einbilden, dass der erste ein Mädchen ist, das in den See watet, der zweite stellt das Mädchen dar, wie es sich ins Wasser beugt, und der dritte ist der aus dem Wasser herausragende Rücken des Mädchens, das wie ein Delphin untertaucht.

Der See fühlt sich herrlich kühl an. Zur Zeit ist es viel zu warm für Oktober, aber der Altweibersommer wird sich nicht mehr lange halten. Jeden Tag kann eine Kaltfront von Kanada zu uns herunterkommen, und dann ist Schluss mit dem täglichen Schwimmen. Plötzlich merke ich, wie klebrig und verschwitzt ich mich fühle und dass mir Nacken und Rücken wehtun, weil ich den ganzen Tag an der Tafel gestanden oder Aufgaben korrigiert habe. Der Gedanke, dass ich morgen früh nicht wie sonst den See genießen kann, ist fast ein körperlicher Schmerz. Ich könnte meine Kleider auf den Felsen legen und ein paar Minuten schwimmen. Dann würde das kalte Wasser den Gedanken an das verlorene Tagebuch wegwaschen.

Gerade will ich meine Bluse ausziehen, als ich in den Büschen hinter mir ein Rascheln höre. Instinktiv trete ich in den Schatten des zweiten Felsens. Von hier aus kann ich drei weiße Gestalten sehen, die an mir vorbei in den See waten. Leicht und behende bewegen sie sich im Wasser, wie Geister, und mit leisem Schaudern fühle ich mich an die Wilis erinnert, an die Geschichte, die ich Olivia gerade vorgelesen habe. Weiße Laken bauschen sich um die drei Figuren, wie die Brautkleider der Wilis, und dann legen sie die Laken ab und schwimmen nackt hinaus zum dritten Felsen.

Ein weißes Bündel treibt an mir vorbei, ich packe einen Zipfel und sehe das Wäschezeichen, das die Laken als Eigentum der Schule ausweist.

Das erste Mädchen ist schon auf den dritten Felsen geklettert. Sie steht auf und streckt die Arme, als wollte sie nach dem Mond greifen. »Wir rufen die Göttin des Sees und bringen ihr eine Gabe dar, um sie zu ehren, sie, die über die heiligen Wasser wacht.«

Die beiden anderen Mädchen, die noch im Wasser sind, kichern. Die zweite versucht jetzt, ebenfalls auf den Felsen zu klettern, und klatscht mit der Brust gegen den Stein, was ziemlich schmerzhaft sein muss.

»Verdammt, ich hab mir die Titten gequetscht!«

»Viel flacher als jetzt können die ja nicht werden.«

»Vielen Dank, Melissa!«

Durch ihr Gekicher und Gezänk verwandeln sich die drei Mädchen aus geheimnisvollen Wilis in drei alltägliche Teenager: meine Schülerinnen Athena (Ellen Craven), Vesta (Sandy James) und Aphrodite (Melissa Randall).

»Hört doch auf!«, ruft Athena, die Hände in die nackten Hüften gestützt. »Wie soll die Göttin des Sees unser Opfer ernst nehmen, wenn ihr zwei euch so aufführt? Ich hab euch doch gleich gesagt, wir hätten uns nicht vorher zudröhnen sollen.«

Auf Grund dieser letzten Bemerkung bin ich plötzlich mehr als nur eine harmlose Beobachterin – eine amüsierte Voyeurin –, jetzt bin ich die verantwortliche Lehrerin, wenn auch nur vor meinem Gewissen, denn ich zeige mich immer noch nicht. Dabei müsste ich – bei dem, was ich gerade gehört habe – eigentlich einschreiten: Die Mädchen haben gekifft. Aber der Anblick meiner nächtlich nackt badenden Schülerinnen versetzt mich nicht in Alarmbereitschaft. Vielleicht, weil es zu den alten Traditionen von Heart Lake gehört, dass man nackt badet und der Göttin des Sees ein Opfer bringt. Schon zu meiner Zeit pflegten die Schülerinnen der Gottheit des Sees etwas zu opfern. Eine Zeit lang nannten wir diesen Geist »Die Frau vom See« (das war, als wir Tennyson lasen), woraus wir später »Domina Lacunae« machten, und im letzten Jahr nannten wir sie »Die weiße Göttin«. Im Verlauf der Jahre opferten wir ihr alles Mögliche: halb gegessene Cracker, Perlen von kaputten Halsketten, Haarsträhnen. Lucy sagte, wenn man der Göttin zu Beginn des Schuljahrs etwas darbringe, dann würde man in diesem Jahr nichts im See verlieren. Die Mädchen verlieren nämlich ständig irgendetwas im Wasser, und ich vermute, dass auf dem dunklen Boden des Sees unzählige zerbrochene Namenskettchen, trüb gewordene Haarspangen und Ohrringe schimmern.

Beim Gedanken an den Grund des Sees überläuft es mich auf einmal eiskalt. Olivia ist immer noch allein zu Hause! Wie lange bin ich schon weg? Ich will sofort zurück, aber wenn die Mädchen merken, dass ich sie gesehen habe, muss ich sie der Direktorin melden. Celeste Buehls Gesichtsausdruck, als Dr. Lockhart die Crevecoeur-Legende erwähnte, drängt sich mir auf. Auf keinen Fall will ich sie darauf stoßen, dass es noch immer Mädchen gibt, die dem See Opfer bringen. Außerdem habe ich Angst, die Mädchen hier allein zu lassen. Was wäre, wenn eine vom Felsen rutscht oder beim Zurückschwimmen einen Krampf bekommt? Ich habe sie gesehen und fühle mich für sie verantwortlich. Also warte ich ab, bis sie ihr »Ritual« beendet haben. Allmählich wird ihnen offenbar kalt; im Mondlicht ahnt man die Gänsehaut. Sie wollen die Sache schnell hinter sich bringen, doch kann ich nicht sehen, was für Gaben sie in den Händen halten, ich höre lediglich ihre »Gebete«.

»Lass mich in diesem Schuljahr lauter gute Noten schreiben, damit meine Mom endlich aufhört, mich ständig zu nerven«, sagt Vesta.

»Sorg dafür, dass Brian sich nicht in eine andere verliebt, solange er in Exeter ist«, bittet Aphrodite.

Nur Athena spricht ihr Gebet so leise, dass ich nichts verstehe. Sie hebt den linken Arm und biegt die Hand nach hinten, sodass sich ihre Handfläche dem Nachthimmel zuwendet und die lange Narbe an ihrem Unterarm im Mondlicht bläulich leuchtet. Es ist fast so, als brächte sie diese Narbe als Opfergabe dar.

3. Kapitel

»ANOREXIE, SELBSTVERSTÜMMELUNG, SELBSTMORD ... das gehört alles zum selben Syndrom. Teenagerschwangerschaften, Geschlechtskrankheiten, Drogenmissbrauch – und so weiter und so fort. Es beginnt mit der Pubertät. Als Zehnjährige sind die Mädchen intelligent und selbstbewusst. Aber sehen Sie sich die Fünfzehn- und Sechzehnjährigen an. Bei Mädchen ist in der Pubertät ein signifikanter Rückgang des IQ zu beobachten. Und es wird immer schlimmer. Wussten Sie, dass die Selbstmordrate bei zehn- bis vierzehnjährigen Mädchen zwischen 1979 und 1988 um fünfundsiebzig Prozent gestiegen ist?«

Dr. Lockhart lehnt sich in ihrem Schreibtischstuhl zurück und erwartet eine Reaktion von mir. Ich kann ihren Gesichtsausdruck nicht richtig erkennen. Sie sitzt mit dem Rücken zum Fenster, ein Schattenriss vor dem silbernen Hintergrund des Sees. Nachdem ich gestern Abend heimgekommen war, fing es ziemlich bald zu nieseln an, und es regnete bis zum Morgen durch, was mich einigermaßen darüber hinwegtröstete, dass ich nicht schwimmen gehen konnte. Jetzt hat es aufgehört, und der Himmel ist zwar noch bedeckt, aber hell wie poliertes Zinn. Von Dr. Lockharts Büro im ersten Stock des Herrenhauses kann man weder den Badestrand noch die ersten beiden »Schwestern« sehen, weil sie durch die steile Felswand des

Points verdeckt sind, der den See in seine zwei Herzkammern aufteilt. Aber den dritten Felsen, auf dem Athena gestern Abend stand, kann ich deutlich erkennen.

Ich antworte, mir sei nicht bekannt gewesen, dass die Selbstmordrate seit 1979 dermaßen angestiegen ist. Ich erwähne nicht, dass ich mich 1979 in die Bibliothek von Vassar verkrochen hatte und bis Mitternacht Latein büffelte. Die anderen Mädchen betranken sich währenddessen in der Campus-Bar, im Wohnheim roch es penetrant nach Marihuana, im Badezimmer auf dem Flur gingen junge Männer ein und aus, Mädchen chauffierten sich gegenseitig zur Klinik in Dobbs-Ferry, um Abtreibungen vornehmen zu lassen. Im Gesundheitszentrum auf dem Campus konnte man ein Rezept für die Pille bekommen, und man ahnte noch nichts von Aids. Ich jedoch saß da, lernte Horaz auswendig und kämpfte mit lateinischen Stilübungen.

»Diderot sagte einmal zu einem jungen Mädchen:›Ihr sterbt alle mit fünfzehn.‹«

Ich zucke zusammen, aber mir wird schnell klar, dass sie es nicht wörtlich meint. Die Theorie kenne ich natürlich – dass Mädchen mit Beginn der Pubertät ihr Selbstbewusstsein einbüßen. Ich kenne auch die Buchtitel in Dr. Lockharts Regal. *Die verlorene Stimme – Wendepunkte in der Entwicklung von Frauen und Mädchen; Pubertätskrisen junger Mädchen – und wie Eltern helfen können.* Ich denke daran, was ich mir mit vierzehn für mein Leben erträumt habe. Eigentlich war es nicht so, als wäre ich gestorben – nein, ich bin eher in einen tiefen Schlaf versunken, wie im Märchen. Aber ich hatte angenommen, das sei nur bei mir so gewesen.

»Ein Mädchen wie Ellen ist besonders gefährdet«, sagt Dr. Lockhart.

»Wieso ein Mädchen wie Ellen?«

Dr. Lockhart rollt mit ihrem Schreibtischstuhl zu dem graublauen Aktenschrank und holt aus der mittleren Schublade einen hellgrünen Ordner hervor. Sie wirft einen kurzen Blick hinein und legt ihn wieder zurück.

»Ihre Eltern sind geschieden – der Vater hat so gut wie keinen Kontakt mehr zu der Familie, die Mutter ist Alkoholikerin und verbringt den größten Teil ihrer Zeit in Entzugskliniken.« Jetzt erinnere ich mich wieder, dass Athena mir erzählt hat, ihre Mutter sei ständig *auf Entzug*. »Es gibt eine Tante, die als Vormund fungiert, aber ihre Lösung des Problems sieht so aus, dass sie das Mädchen von einem Internat zum nächsten schickt.«

»Das ist schrecklich«, sagte ich. »Als ich hier zur Schule ging, habe ich auch solche Mädchen gekannt ...«

»Ach, wirklich?« Dr. Lockhart mustert mich einen Moment, dann lächelt sie. »Vielleicht haben Sie die Mädchen in den Ferien zu sich nach Hause eingeladen.«

Bei dem Gedanken muss ich lachen. Diese Mädchen aus Albany und Saratoga in ihren Shetlandpullis und ihren Perlenketten mochten zwar von ihren reichen Familien vernachlässigt worden sein, aber bei mir zu Hause hätte ich sie mir beim besten Willen nicht vorstellen können. Was hätten sie zu den Dosengerichten gesagt, die meine Mutter immer servierte, zu der Plastikdecke auf dem einzigen guten Sofa, zu der Fabrik vor dem Wohnzimmerfenster? Ich schaue Dr. Lockhart an. Sie lächelt nicht mehr. »Nein«, gestehe ich. »Ich bin nie auf die Idee gekommen, sie einzuladen. Aber bestimmt haben sich manche von ihnen hier sehr einsam gefühlt ...«

»Ja, man stelle sich vor – jedes Mal, wenn man sich an einer Schule einigermaßen zurechtfindet und Freundschaften geschlossen hat, wird man herausgerissen und muss wieder ganz von vorn anfangen. Mit der Zeit gibt man einfach auf.«

Der nüchterne Tonfall ist verschwunden. Dr. Lockhart interessiert sich wirklich für die Schülerinnen, das merke ich jetzt. »Waren Sie auch im Internat?«, frage ich sie.

»In mehreren«, antwortet sie. »Deshalb kann ich nachempfinden, wie einsam Ellen sich fühlen muss, nachdem sie so oft die Schule gewechselt hat. Diese Art von Einsamkeit macht Jugendliche anfällig für Depressionen und Selbstmordgedanken. Unsere Aufgabe ist es, solchen Entwicklungen gegenzusteuern. Wenn die Selbstmordidee erst einmal grassiert ...«

»So wie Sie das sagen, klingt es wie eine ansteckende Krankheit.«

»Selbstmord ist auch eine ansteckende Krankheit, Jane. Ich habe es selbst miterlebt. Ein Mädchen spielt beispielsweise mit dem Gedanken, sich umzubringen – vielleicht fügt es sich auch selbst Verletzungen zu, um mit den emotionalen Qualen besser umgehen zu können –, und dann will eine ihrer Freundinnen gleichziehen, und ihr gelingt es womöglich, sich zu töten. Die Dramatik, die solchen Tragödien innewohnt, übt auf die Mädchen eine unwiderstehliche Anziehungskraft aus. Man muss sich ja nur ansehen, wie sehr der Tod sie fasziniert – Schmuckstücke mit Totenköpfen und schwarze Kleidung, diese ganze ›gruftige‹ Mode.«

»Ja, meine Schülerinnen im letzten Jahr Latein sehen samt und sonders aus wie Gestalten aus dem Mittelalter, und fast alle haben Narben an den Armen ...«

»Sie kennen doch sicher das Stück *Hexenjagd*?«

»Von Arthur Miller? Ja, natürlich, aber warum ...?«

»Erinnern Sie sich an die Stelle, wo Mädchen in der Stadt Salem aussagen, sie seien mit Nadelstichen gefoltert worden? Als die Richter die Mädchen untersuchen, entdecken sie tatsächlich Kratzer und Schnitte, Bisswunden und Nadeln in der Haut ...«

Ich zucke wieder zusammen, und Dr. Lockhart schweigt einen Moment. »Ich weiß, das ist kein erfreuliches Thema, Jane«, sagt sie dann, »aber wir dürfen nicht wegschauen. Viele unserer Mädchen fügen sich Schnitte zu oder verstümmeln sich in irgendeiner Weise. Die meisten Menschen wissen gar nicht, wie lange es diese Phänomene schon gibt.«

»Ich hatte auch keine Ahnung«, sage ich. »Wie kommt es, dass Sie ...«

»Das ist das Thema meiner Dissertation«, erklärt sie. »Selbstverstümmelung und Hexenwahn im puritanischen Neuengland.« Sie lehnt sich zurück und schaut hinaus auf den silbernen See.

Ich folge ihrem Blick, und wieder muss ich daran denken,

wie Athena auf dem Felsen stand und ihr Gesicht dem Mond zuwandte, als wollte sie sich selbst als Opfer darbringen.

»Faszinierend«, sage ich.

»Ja, das stimmt«, sagt sie. »Diese Verbindung besteht auch heute noch. Die Mädchen, die sich selbst verstümmeln, praktizieren oft auch irgendeine Art von Hexerei. Beides sind Versuche, eine Welt, in der sie keine Macht haben, unter Kontrolle zu bekommen. Selbst ihr eigener Körper, ihre eigenen Emotionen scheinen außer Kontrolle geraten zu sein. Zaubersprüche, Rituale, Initiationsriten ... das sind alles Strategien, um Ordnung ins Chaos der Adoleszenz zu bringen.«

Ich denke an meine drei Schülerinnen, die nackt auf dem Felsen im See stehen und um gute Noten und um Hilfe in ihren Beziehungen zum anderen Geschlecht bitten. Ich denke an all die Cracker und Armreifen, die wir der »Frau vom See« dargebracht haben.

»Spielen pubertierende Mädchen nicht immer mit diesen Dingen? Ich meine, mit Hexerei und mit Zaubersprüchen? Mit Ouija-Brettern und Kristallkugeln?«

»Wollen Sie damit sagen, dass Sie und Ihre Mitschülerinnen auch mit Hexenzauber herumexperimentiert haben?«

»Meine Mitschülerinnen?« Die Frage überrascht mich. »Es tut mir Leid – aber ich habe an Athena und ihre Freundinnen gedacht. Wie kommen Sie jetzt auf meine Mitschülerinnen?«

Dr. Lockhart rollt mit ihrem Stuhl dichter an den Schreibtisch heran. Jetzt liegt ihr Gesicht nicht länger im Widerschein des Sees, und ich sehe, wie ihre blauen Augen mich fixieren.

»Gab es in Ihrem letzten Schuljahr nicht eine Serie von Selbstmorden?«

»Ich würde nicht direkt von einer *Serie* sprechen«, entgegne ich. Vielleicht klinge ich etwas zu ärgerlich, aber ich habe das Gefühl, als würde sie mich dafür verantwortlich machen. Der abweisende Unterton in meiner Stimme ist offenbar auch Dr. Lockhart nicht entgangen.

»Ist es Ihnen unangenehm, darüber zu sprechen?«, fragt sie.

»Ich verstehe nicht recht, was es mit Athena zu tun hat«, entgegne ich.

»Ich hatte gehofft, wir könnten aus Ihren Erfahrungen mit gestörten, suizidalen Teenagern etwas lernen. Vielleicht wirft das, was Sie damals erlebt haben, ein Licht auf die Probleme Ihrer jetzigen Schülerinnen.«

Aber wenn ich an das denke, was während meines letzten Schuljahrs geschehen ist, sehe ich kein Licht, sondern nur trüben Schlamm, eine bräunlich-grüne Brühe, wie wenn ich im See unter Wasser die Augen öffne. Trotzdem – möglicherweise hat Dr. Lockhart Recht. Vielleicht könnte ich Athena besser verstehen, wenn ich über die Ereignisse von damals sprechen würde. Und ich möchte Athena unbedingt helfen.

»In meinem letzten Schuljahr haben zwei Schülerinnen Selbstmord begangen«, sage ich.

Dr. Lockhart nickt bekümmert. »Das war bestimmt sehr schlimm für Sie. Leider löst ein Selbstmord – oder ein Selbstmordversuch – oft einen weiteren aus. Wie ich bereits angedeutet habe: Es kann sich daraus fast eine Art Epidemie entwickeln. Die beiden Mädchen waren Zimmergenossinnen, stimmt's? Und haben Sie nicht zusammen mit ihnen im selben Apartment gewohnt?«

»Ja, wir haben ein Apartment geteilt. Lucy Toller und ich hatten das Doppelzimmer, Deirdre Hall wohnte im Einzelzimmer.«

»Soviel ich weiß, gab es zuerst einen erfolglosen Selbstmordversuch?«

»Ja, Lucy hat sich in den Weihnachtsferien die Pulsadern aufgeschnitten. Sie und Deirdre Hall waren allein auf dem Campus. Das war wahrscheinlich ziemlich trostlos.«

»Die Aufzeichnungen der damaligen Schulschwester besagen, dass Deirdre Hall durch diesen Vorfall vollkommen aus dem Gleichgewicht geriet, noch dazu, wo Miss Toller sich die Adern auf Deirdres Bett aufgeschnitten hat.«

»Deirdre hatte ja das Einzelzimmer, und ich nehme an, dass Lucy nicht gestört werden wollte. Klar, dass Deirdre völlig durcheinander war.«

»So durcheinander, dass sie ebenfalls einen Selbstmordversuch unternommen hat. Und ihrer war erfolgreich.«

»Ja, sie stürzte vom Point und brach sich auf dem Eis das Genick.« Ich kann nicht anders, ich muss, während ich das sage, auf die Felswand hinausblicken. Dr. Lockhart folgt meinem Blick. Und so starren wir beide auf die gut zehn Meter hohe Klippe, als würden wir erwarten, dass gleich Deirdre Hall dort oben auftauchen und herunterspringen werde. Einen Moment lang erscheint tatsächlich ein Bild vor meinem inneren Auge: Deirdre, die oben auf der Klippe steht, das Gesicht verzerrt vor Wut und Angst. Ich blinzle, um die Vision zu vertreiben, wende den Blick vom Fenster ab und sehe wieder Dr. Lockhart an. »Manche Leute meinten, es war ein Unfall«, sage ich.

»Nach meinen Unterlagen deutete Deirdres Tagebuch auf etwas anderes hin.« Sie schlägt den Ordner auf und liest einen Augenblick, ohne etwas zu sagen. Eine frische Brise vom See lässt die Seiten rascheln.

»Und dann hat Lucy einen zweiten Versuch gemacht. Sie ist ebenfalls im See ertrunken, nicht wahr?«

»Ja, sie brach im Eis ein ...«

»Sah das auch wie ein Unfall aus?«

»Ja, aber es war keiner. Ich habe es gesehen.«

»Verstehe. Erzählen Sie mir doch, was passiert ist.«

Abermals schaue ich hinaus auf den See. Nebel steigt vom Wasser auf und lässt die Oberfläche ganz weiß erscheinen.

»Sie hatte sich furchtbar mit ihrem Bruder gestritten«, sage ich. Die Wörter sprudeln heraus, ehe ich mir darüber im Klaren bin, ob ich Dr. Lockhart das alles wirklich erzählen will. Aber wie oft habe ich diese Worte einstudiert, sie mir immer wieder vorgesagt. »Und dann rannte sie aufs Eis hinaus und ist eingebrochen ...«

»Worum ging es bei dem Streit?«, erkundigt sie sich.

»Ich habe nur einen Teil davon gehört und auch nicht alles verstanden.« Ich bin verblüfft, dass mir die Sätze so mühelos über die Lippen kommen, als wären die zwanzig Jahre, die vergangen sind, seit ich sie das erste Mal vorgebracht habe, nie gewesen. Genau wie die lateinischen Deklinationen sind diese sorgfältig einstudierten Worte all die Jahre in meinem Gedächtnis haften geblieben. »Aber es hatte etwas mit einer Lehrerin zu tun.«

»Mit Helen Chambers.« Mir fällt auf, dass Dr. Lockhart nicht in ihren Unterlagen nachsehen muss.

»Ja, mit Helen Chambers. Sie unterrichtete Latein und Griechisch und war eine außergewöhnliche Lehrerin. Beispielsweise lasen wir in ihrem Unterricht griechische Dramen mit verteilten Rollen. In unserem Abschlussjahr hat sie die *Iphigenie in Aulis* inszeniert – im See.«

»*Im* See?«

»Ja, im See.«

»Klingt interessant. Aber wie kam es, dass Lucy und ihr Bruder sich ihretwegen gestritten haben?«

Ich schüttle den Kopf. »Ich weiß es nicht, aber Lucy hat Domina Chambers angebetet. Wir haben sie alle verehrt. Manche Leute fanden allerdings, dass Lucys Besessenheit schon reichlich ungesund war.«

»*Manche Leute?* Was denken *Sie?*«

Auch Helen Chambers hatte diese Frage mehr als einmal gestellt, wie ich mit Befremden bemerke. Wenn eine Schülerin sich hinter der Meinung anderer verstecken wollte – hinter der Einleitung der Penguin-Ausgabe der *Antigone* etwa oder hinter irgendwelchen mundgerechten Interpretationen aus dem Literaturlexikon –, dann fixierte sie einen mit ihren eisblauen Augen und fragte, nein, insistierte: *Was denken Sie?* Und wenn die Antwort ihren Ansprüchen nicht genügte, verdrehte sie die Augen und zuckte die schmalen Schultern. »Vielleicht haben Sie noch nicht richtig darüber nachgedacht, Miss Hudson. Melden Sie sich wieder, wenn Ihnen etwas Eigenes einfällt.«

»Sie konnte ganz schön streng sein«, sage ich.

Dr. Lockhart lächelt. »Meinen Sie nicht, dass alle Lehrer manchmal *ganz schön streng* sein müssen, Jane?«

»Ja, selbstverständlich«, sage ich, aber ich bin mir nicht sicher, ob ich ihr wirklich zustimme. Mit der Zuckerbrot-und-

Peitsche-Methode war ich noch nie einverstanden. »Aber manche Leute fanden – *ich fand* –, dass sie gelegentlich zu weit ging.«

»Na ja, dann sollten Sie vielleicht beim Umgang mit Ihren Schülerinnen an Helen Chambers denken. Sie wissen ja sicher, dass sie entlassen wurde.«

Nach meinem Gespräch mit Dr. Lockhart gehe ich in die Lodge, um die erste Stunde zu unterrichten. Es regnet nicht mehr; die Mädchen, die an mir vorbeirennen, haben sich ihre marineblauen Windjacken um die Taille geschlungen, die wie schimmernde, raschelnde Schwanzfedern hinter ihnen her wehen. Eine Gruppe von lärmenden Achtklässlerinnen teilt sich, als ich komme, lässt mich durch und schließt sich wieder zusammen, ohne den Faden ihrer lautstarken Unterhaltung zu verlieren. Als wäre ich ein Stein, und sie wären der Fluss, der um ihn herumfließt – so wenig Beachtung schenken sie mir. Das tut mir gut: Ich fühle mich als Teil der Landschaft.

Mehr habe ich mir nie gewünscht: mich als Teil eines Ganzen zu fühlen. Ob auch Helen Chambers so empfunden hat, als sie nach Heart Lake zurückgegangen ist, um zu unterrichten? Für mich war sie jedenfalls immer der prägende Geist der Schule.

Auf dem Weg zu meinem Klassenzimmer komme ich am Zeichensaal vorbei. Ich bleibe in der Tür stehen und beobachte, wie Tacy Beade alles für den Unterricht vorbereitet. Der Raum hat sich seit meiner Zeit kaum verändert – die Mädchen sagen, Beady zieht Punkte von der Note ab, wenn man das Arbeitsmaterial nicht an den richtigen Platz räumt –, und auch Miss Beade selbst scheint sich kaum verändert zu haben. Sie geht durch den Raum, arrangiert Paletten und Staffeleien, wie eine Nonne, die den Kreuzwegstationen folgt. Will ich das auch?, frage ich mich. Will ich vierzig Jahre lang an derselben Schule unterrichten?

Meine erste Stunde ist in der sechsten Klasse, wo eine Art Einführung in die Fremdsprachen auf dem Lehrplan steht. Ich wechsle mich mit der Spanisch- und der Deutschlehrerin ab. Es ist eine neue Idee von Celeste Buehl. Auf diese Weise sollen die Mädchen in der siebten Klasse besser entscheiden können, welche Sprache sie wählen wollen.

»Sie müssen es so sehen, dass Sie hier neue Schülerinnen werben können«, hatte Direktorin Buehl zu mir gesagt. »Stellen Sie Ihre Sprache so vor, dass sie den Kindern Spaß macht. Gelingt es Ihnen, den Zulauf zum Lateinunterricht zu vergrößern, dann haben Sie eine Stelle auf Lebenszeit.«

Als ich hier zur Schule ging, war Latein noch Pflicht. Der Gedanke, Helen Chambers würde versuchen, Schülerinnen für ihr Fach anzuwerben, war absolut lächerlich, fast schon eine Beleidigung. Ich kann mir nicht vorstellen, dass Helen Chambers auch nur zwei Minuten darauf verschwendet hat, sich zu überlegen, wie sie Latein attraktiv machen könnte. Und trotzdem haben wir sie alle geliebt. Wir hätten alles für sie getan.

Ich wüsste gern, wie Helen Chambers meine Unterrichtsmethoden fände. Ich verwende ein Schulbuch mit dem Titel *Ecce Romani*. Hier sind die Römer. Bei dem Titel muss ich immer an eine TV-Seifenoper denken: Ach, diese netten, verrückten Römer mit ihren tollen Villen in Süditalien und ihren exotischen, lustigen Sklaven. In einer Episode flieht einer der Sklaven. Schließlich wird er wieder eingefangen, bekommt Prügel mit der Rute (*virga*), und auf seine Stirn werden die Buchstaben FUG eingebrannt, als Abkürzung für *fugitivus*, entlaufener Sklave.

Als Direktorin Buehl mir die neuen Schulbücher zeigte, wurde mein Mund ganz trocken. Die unzähligen Abende, die ich damit verbracht hatte, Endungen zu pauken und Catull zu lesen, hatten mich nicht im Geringsten darauf vorbereitet, auf Lateinisch über das Wetter zu plaudern. (*Quaenam est tempestas hodie? Mala est.*)

Ich habe also viele Stunden vor dem Spiegel verbracht und Konversationsbrocken geübt, wie eine aufgeregte Schülerin, die sich auf ihr erstes Rendez-vous vorbereitet. *Salve! Quid est praenomen tuum? Quis es?*

Wenn ich jetzt meine Klasse betrete, werde ich immer von einem Dutzend Stimmen begrüßt: *Salve Magistra! Quid agis?*, rufen sie laut. Und obwohl ich natürlich genau weiß, dass *Quid agis?* in diesem Zusammenhang *Wie geht es dir?* bedeutet, kann ich heute Morgen, nach dem Gespräch mit Dr. Lockhart, nur an die wörtliche Übersetzung denken: *Was machst du? Warum hast du ihr nicht erzählt, was du gestern Abend gesehen hast?* Und ich muss mich richtig bremsen, um meinen fröhlichen, strahlenden, präpubertären Sechstklässlerinnen nicht zu antworten: *Nosco – ich weiß es nicht. Ich habe keine Ahnung.*

Während ich in der nächsten Stunde die höhere Klasse unterrichte, bemühe ich mich, Athena, Vesta und Aphrodite nicht anzustarren, aber ich mustere sie immer wieder verstohlen, als sie ihre Übersetzungen vorlesen. Unter Athenas Augen sind dunkle Schatten, aber ich weiß natürlich auch, dass sich die Mädchen absichtlich so schminken, dass sie unausgeschlafen aussehen, indem sie sich Kajal um die Augen schmieren, passend zu dem blauen Lippenstift, der im Moment so in ist.

Athena mogelt sich irgendwie durch ihre Übersetzung, was sonst gar nicht ihre Art ist.

»Wie übersetzen Sie *praecipitat* in Zeile sechs?«, frage ich sie.

»Sie fiel ins Wasser.«

»Wer – sie?«

»Es ist das Licht, nicht sie«, mischt sich Vesta ein. »Aber ich kapier das nicht: Das Licht steckt den Kopf unter Wasser? Oder heißt *praecipitare* nicht so was wie auf den Kopf fallen?«

Aphrodite kichert. »Ich glaube, *du* bist gestern Abend auf den Kopf gefallen, Vesta.«

Vesta und Athena werfen Aphrodite warnende Blicke zu, und ich merke, wie ich rot werde. Auch das noch. Als wäre *mein* Geheimnis bedroht. Vielleicht stimmt das ja. Wenn die drei wüssten, wo ich gestern Abend war – wie würde sich das auf meine Autorität als Lehrerin auswirken?

»*Tace!*«, weise ich Aphrodite zurecht. »*Praecipitare* heißt jemanden hinab- oder ins Verderben stürzen. Es wird aber auch reflexiv gebraucht, dann heißt es, *sich* hinabstürzen. In dem Fall hier bedeutet es jedoch, dass das Licht unter die Wellen taucht.«

»Das sind aber sehr viele Wörter, um eine einzige lateinische Vokabel wiederzugeben«, sagt Athena.

»Tja, Latein ist eine sehr ökonomische Sprache, vor allem wenn es um Zerstörung geht.«

Athena wirft mir einen Blick zu, bei dem es mir kalt über den Rücken läuft, als hätte mich eine eisige Welle überschwemmt. »Genau deswegen gefällt es uns ja«, sagt sie.

Nach dem Unterricht hole ich Olivia von der Vorschule ab. Ich bin etwas zu früh dran, und als ich um die Ecke biege, sehe ich, dass die Kinder noch draußen auf dem Spielplatz sind. Schnell trete ich in den Schatten einer großen Platane, weil ich nicht will, dass Olivia mich sieht.

Ich halte Ausschau nach ihr. Lauter bunte kleine Grüppchen; zu zweit, zu dritt spielen die Kinder, rennen und klettern im Halbschatten des Spielplatzes. Und dann entdecke ich sie: Ein Stück von den anderen entfernt, tanzt sie unter den Fichten und singt vor sich hin.

Sie wirkt nicht unglücklich, aber es bekümmert mich, sie so allein zu sehen. Woran erinnert mich ihr Anblick nur? Vielleicht sehe ich mich nur selbst, wie ich in ihrem Alter war. Bis ich in der neunten Klasse Lucy Toller kennen lernte, hatte ich keine Freundinnen.

Olivia baut jetzt kleine Verbeugungen in ihren Tanz ein, als würde sie Blumen pflücken. Sie ist so vertieft, dass sie sich immer weiter von den anderen entfernt, immer tiefer in den Wald hinein, der das Schulgelände umgibt und zum See hin abfällt. Und auf einmal weiß ich, an wen ich denken muss: an Persephone, die sich beim Blumenpflücken von ihren Freundinnen entfernt, ans Ufer des Pergus-Sees, wo sie von Hades entführt wird.

Ich trete aus dem Schatten, um Olivia zu rufen, aber genau in dem Moment ruft eine der Betreuerinnen, eine ältere Schülerin, sie zurück auf den Spielplatz. Es dauert eine Weile, bis der Klang ihres Namens durch ihren Tagtraum dringt, doch dann hüpft sie begeistert auf das ältere Mädchen zu. Ich sehe, wie sich die Schülerin zu ihr hinunterbeugt und etwas sagt. Olivia nickt. An ihrem ausweichenden Blick kann ich erkennen, dass sie zurechtgewiesen wurde, weil sie zu weit vom Spielplatz weggegangen ist. Gut! Aber ich muss heute Abend trotzdem mit ihr darüber reden.

Ich folge den Kindern, die jetzt zurück ins Haus laufen, und ich muss warten, während sie ihr Abschiedslied singen und dann ihre Bastelarbeiten abholen. Ich wandere unter den Bäumen entlang, wo Olivia vorhin gespielt hat. Ich verstehe sofort, warum es ihr dort gefällt. Unter den Bäumen ist es kühl, der Boden ist golden von den trockenen Fichtennadeln. Ich grabe die Fußspitze in den Nadelteppich, als etwas Feines, Golden-Metallisches sichtbar wird.

Ich bücke mich, um den Gegenstand aufzuheben. Dabei muss ich wieder an die Blumen pflückende Persephone denken, nur dass ich keine Blumen pflücke, sondern eine Haarnadel oder besser gesagt, zwei miteinander verbundene Haarnadeln. Ich halte sie hoch, ins Licht, um sie besser sehen zu können: zwei ineinander verhakte, u-förmige Haarnadeln, und in der Mitte der oberen steckt eine Haarklemme. So sieht die Konstruktion aus wie der Kopf eines gehörnten Tiers, das etwas im Maul trägt. Mich fröstelt, aber nicht, weil ich im kühlen Schatten stehe, sondern weil ich diese Figur schon einmal gesehen habe. Vor zwanzig Jahren.

4. Kapitel

WIR NANNTEN DIE FIGUR *corniculum*. Lucy hatte im Lexikon nachgeschlagen: *corniculum* heißt so viel wie »Hörnchen« oder »kleines gehörntes Wesen«. Deirdre behauptete, sie habe die Figur erfunden, nachdem sie im Polster des Zweisitzer-Sofas in der Lounge eine Haarnadel von Helen Chambers entdeckt hatte. Ich hingegen war der Ansicht, dass es ein echtes Gemeinschaftsprodukt war.

Wir saßen in Deirdres Zimmer, das heißt in dem Einzelzimmer unseres Dreier-Apartments im Wohnheim, und lernten für eine Lateinarbeit. Es war das Winterhalbjahr des vorletzten Schuljahrs, und wir tranken Deirdres Tee, um wach zu bleiben. Deirdre hatte das Einzelzimmer bekommen, weil ihr die Therapeutin ihrer Mutter ein Gutachten ausgestellt hatte, in dem stand, Deirdre habe Abgrenzungsprobleme und leide an schwerer Migräne. Lucy meinte, das sei total übertrieben, die Therapeutin hätte sich für eines entscheiden sollen, entweder für Abgrenzungsprobleme oder für Migräne.

Deirdres Verhalten – Lucy nannte es ihre »Marotten« – konnte einem ziemlich auf die Nerven gehen. Ihre Eltern waren Diplomaten, und Deirdre hatte ihre Kindheit in den entlegensten Ecken Asiens verbracht. Wenn sie in den Duschraum auf dem Flur ging, trug sie einen alten Kimono und nicht, wie wir anderen alle, einen verwaschenen, fleckigen Frotteebademantel. Sie kleidete sich gern in fließende Gewänder aus Seidenschals, die sie provozierend eng um sich drapierte, wodurch ihre eher üppige Figur betont wurde.

Sie hatte auf ihrer Kommode zwei große chinesische Teedosen stehen, die eine gefüllt mit Gras, die andere – und das war damals für Heart Lake eher ungewöhnlich – mit losem Tee. Mit ihrem Tee war sie genauso wählerisch wie mit ihrem Marihuana. Wenn man ihr zuhörte, wie sie von Anbaugebieten oder vom Fermentationsprozess erzählte, wusste man manchmal nicht genau, wovon sie gerade redete. Ich hatte allerdings den Verdacht, dass sie die Substanzen nicht nur verbal vermischte, und nicht selten spazierte ich morgens etwas benebelt und geistesabwesend durch die Gegend, nachdem ich eine Tasse von ihrem dunklen, geräucherten Tee getrunken hatte.

An diesem Abend nun hatte Deirdres Tee eine scharfe, minzige Note, die sich in meinem ganzen Körper ausbreitete und die Gegenstände im Zimmer aufleuchten ließ. Während ich Catull las, schaute ich zwischendurch immer wieder fasziniert auf das Muster der Bastmatten auf dem Fußboden, und die Tänzerinnen auf einem balinesischen Wandbehang fingen auf einmal an, durchs Zimmer zu schweben.

Wir übersetzten Catulls zweites Gedicht, in dem er erklärt, er sei eifersüchtig auf Lesbias kleines Haustier, einen Spatz. Deirdre vertrat die These, eigentlich gehe es in dem Gedicht darum, dass Catull eifersüchtig auf ihre weibliche Sexualität sei, und Lucy ärgerte sich wie immer darüber, dass Deirdre alles Lateinische auf seine sexuelle Komponente reduzierte. Weil sie es nicht schaffte, Lucy für ihre Interpretation von Catull zu gewinnen, schaute sich Deirdre im Zimmer um, auf der Suche nach etwas, was Lucys Interesse wecken könnte. Ihr Blick fiel auf ein zusammengefaltetes Stück Papier, das zwischen den Seiten des *Tantra Asana*, das auf dem Nachttisch neben Deirdres Bett lag, herausschaute.

Sie zog den Zettel aus dem Buch und hielt ihn Lucy unter die Nase. Er war zu einer Blume gefaltet.

»Weißt du, was da drin ist?«, fragte sie.

»Garantiert irgendeine illegale Substanz. Ehrlich, Deirdre, wenn du so weitermachst, bist du mit zwanzig tot.«

»Lieber ein kurzes, ruhmreiches Leben als ein langes Leben ohne Ruhm«, zitierte Deirdre. Sie liebte Zitate über den Tod. Neben Sex war der Tod ihr Lieblingsthema. Sie hatte ein in Seide gebundenes Notizbuch, in das sie lauter Zitate über den frühzeitigen Tod eintrug, von der Antike bis zur Gegenwart. »Aber du irrst dich, es sind keine Drogen.« Sie legte die Blume auf ihre Handfläche, zog an einem der Blütenblätter, worauf die Blume sich zu einer Heuschrecke entfaltete. Deirdre liebte solche Sachen, Geheimnisse in Geheimnissen, chinesische Schachteln, *sanctum sanctorum*. Sie wusste, dass Lucy diese Vorliebe teilte. Mit ihrem langen, lackierten Fingernagel schnippte sie gegen das Papier, und der Grashüpfer öffnete sich. Im Innern befand sich eine Haarnadel.

Ich musste kichern. Nach dem theatralischen Enthüllungsprozess wirkte das Ergebnis so prosaisch. Aber Lucy lachte seltsamerweise nicht.

»Wo hast du die gefunden?«, fragte sie und berührte mit dem Finger vorsichtig den Kupferdraht.

»Im kleinen Sofa in der Lake Lounge, zwischen den Polstern. Da, wo *sie* immer sitzt.«

Lucy holte die Haarnadel aus dem Rumpf der Papierheuschrecke und hob sie hoch. An dem Metall hing ein einzelnes goldenes Haar, aber nur einen Moment lang, dann schwebte es zu Boden, wo es vom blassen Gelb der Strohmatte verschluckt wurde. Wir versuchten alle drei, es zu erwischen, aber schon hob Deirdre es mit flinken Fingern von der Matte auf, wie ein Kind, das gerade eine Sechs gewürfelt hat.

Sie hielt es an Lucys kurzen Haarschopf.

»Siehst du – die gleiche Farbe.«

»Wie willst du das denn an einem einzelnen Haar beurteilen«, erwiderte Lucy, aber ich merkte, dass sie sich freute. Helen Chambers irgendwie ähnlich zu sein war unser höchstes Ziel. Wir legten mehr Eifer an den Tag, eine verborgene Ähnlichkeit zu ihr zu entdecken – oder ihr durch Nachahmung ähnlich zu werden –, als bei den lateinischen Deklinationen und Konjugationen (obwohl wir auch dabei extrem eifrig waren, allerdings nur, um unserer Lehrerin zu gefallen). Wenn Helen Chambers eine Strickjacke über dem Stuhlrücken hängen ließ, dann inspizierte garantiert eine von uns das Etikett. Wenn sie nach dem Vier-Uhr-Tee ihre Tasse in der Lake Lounge stehen ließ, überprüften wir anhand des Teebeutels, welche Sorte sie getrunken hatte, und überprüften die Lippenstiftspuren am Tassenrand. Als wir später in ihr Apartment im Haupthaus eingeladen wurden, prägten wir uns die Buchtitel auf ihren Regalen ein und merkten uns genau, welche Platten neben dem Plattenspieler und welche Parfumfläschchen auf der Kommode standen. Aus unseren gemeinsamen Erkenntnissen fügten wir ein unvollständiges, aber (für uns) durchaus stimmiges Porträt zusammen: Ihr Lieblingsparfum war Shalimar, und an Weihnachten las sie immer einen Roman von Dickens. Sie hatte in Vassar studiert und übernachtete im Vassar Club, wenn sie nach New York fuhr, was sie zweimal im Jahr tat, um ins Ballett zu gehen (*Giselle* war auch ihr Lieblingsstück) und um bei Altman's eins der schlichten, aber exzellent geschnittenen schwarzen Jerseykleider zu kaufen, die sie gerne trug. Ihr Lieblingsroman war *Überredung* von Jane Austen, ihr Mittelname lautete Liddell, was, davon war Lucy überzeugt, der Mädchenname ihrer Mutter war. Uns gefiel die Vorstellung, sie könnte mit Liddell, dem Herausgeber des Griechischlexikons *Liddell & Scott*, verwandt sein, dem Vater von Alice Liddell, die als Vorbild für *Alice im Wunderland* gedient hatte. Es würde doch wunderbar passen, wenn sie mit Alice verwandt wäre! Aber eine Sache hatten wir bisher noch nicht herausgefunden: Wir wussten nicht, wie lang ihre Haare waren, weil sie immer einen Knoten trug.

Deirdre spannte das Haar, sodass man seine ganz Länge sehen konnte. »Ungefähr siebzig Zentimeter«, sagte sie. »Das heißt, die Haare müssen ihr bis über den Hintern gehen.«

Ich dachte, Lucy würde sich vor allem für das Haar interessieren, aber sie schien sich mehr mit der Haarnadel zu beschäftigen: Sie hielt sie mit den Spitzen nach oben hoch. Das Metall war auf beiden Seiten in der Mitte gewellt.

»Dadurch halten die Haare besser«, sagte ich. »Hier.« Ich zog eine Nadel aus meinen Haaren. Auch ich hatte in diesem Halbjahr begonnen, sie hochzustecken, weil Lucy gesagt hatte, dadurch würde ich intellektueller wirken. Die Haarnadel war genauso gewellt, aber sie war dunkler, passend zu meinen mausbraunen Haaren. Ich hakte meine Nadel mit den Enden nach unten in die Nadel, die Lucy in der Hand hielt. Sie pendelte leise hin und her. Lucy nahm die Haarklammer, mit der sie ihren Pony fest steckte, weil sie ihn gerade wachsen ließ, und schob sie quer über die obere Haarnadel – die von Helen Chambers. Dann hielt sie die Konstruktion am Ende der Spange hoch.

»Sieht aus wie ein Tier«, sagte Deirdre. »Eine Ziege oder so was.«

»Es ist ein Talisman«, sagte Lucy. »Das gehörnte Wesen. Ein …« Sie schwieg und starrte in die Ferne, so wie sie es oft machte, bevor sie ihre lateinische Übersetzung vorlas: als würde sich vor ihren Augen eine Seite auftun, die für alle anderen unsichtbar blieb. »Ein Corniculum. Ein kleines Wesen mit Hörnern. Von jetzt an ist es das Zeichen, mit dem wir uns verständigen.«

»Ein Zeichen wofür?«, fragte Deirdre. »Was bedeutet es, wenn wir eins finden?«

Lucy schaute uns beide an. Mir fiel plötzlich auf, wie wir da saßen: im Schneidersitz, im Dreieck und so dicht beieinander, dass sich unsere Knie fast berührten, alle zur Mitte gebeugt. Aus dem Augenwinkel meinte ich zu sehen, wie die Tänzerinnen sich aus dem Wandbehang lösten, um durch den Raum zu tanzen, doch dann holte Lucys Blick mich zurück, zwang mich, ihr zuzuhören, und sorgte dafür, dass im Zimmer wieder Ruhe einkehrte.

»Das Corniculum ist das Zeichen dafür, dass wir immer füreinander da sind«, sagte Lucy.

Ich sah, dass Deirdre lächelte. Das hatte sie sich gewünscht, eine Bestätigung von Lucy (ich wusste, dass ich ihr nicht so wichtig war – mich nahm sie in Kauf, weil ich zu Lucy gehörte). Auch ich wollte diese Bestätigung, aber irgendetwas an Lucys Tonfall störte mich – was sie sagte, klang weniger wie ein Freundschaftsversprechen als wie die unterschwellige Androhung gegenseitiger Überwachung.

Das Gefühl, beobachtet zu werden, habe ich jetzt auch, während ich die kleine Haarnadelfigur hochhalte. Sie schimmert in der Sonne, deren Strahlen schräg durch die großen Fichten fallen. Ich blicke zur Vorschule hinüber, aber die Kinder sind jetzt alle im Haus. Leise erklingt das Lied, das sie jeden Tag zum Abschied singen.

»Auf Wiedersehen, auf Wiedersehen, es dauert gar nicht lang, dann sind wir wieder hier ...«

Hier haben Deirdre und ich oft auf Lucy gewartet, während sie als Aufsicht in der Vorschule arbeitete. Sobald sie heraustrat, folgten ihr die kleinen Mädchen nach draußen und bettelten, sie solle noch ein Lied mit ihnen singen, ihnen noch eine Geschichte vorlesen. An ein Mädchen erinnere ich mich ganz besonders deutlich, sie war sehr dünn und hatte helle, fast farblose Haare, die aussahen wie getrocknetes Stroh. Sie lief ständig hinter Lucy her und wartete unterwürfig, bis Lucy ihr endlich versprach, am nächsten Tag wiederzukommen.

»*Versprochen? Ehrlich?*«, rief sie dann vom Waldrand her.

»Ja, Albie – *versprochen!*«, erwiderte Lucy dann und dehnte das *Versprochen*, als wäre es ein Zauberwort, das denjenigen, der es aussprach, für immer an dieses Versprechen band.

Ich drehe mich um und schaue zum See, der zwischen den Baumstämmen glitzert, wie Splitter eines zerbrochenen Spiegels. Das Wasser leuchtet so hell, dass ich, als ich mich abwende, dunkel gezackte Blitze sehe. Ich habe Schwierigkeiten, in der großen Gruppe bunt gekleideter Kinder, die jetzt aus der Schule kommen, Olivia auszumachen. Mein Herz beginnt zu hämmern, weil ich Angst habe, sie könnte nicht dabei sein – und dann müsste ich die Lehrerin fragen, aber sie würde mich nur verständnislos anschauen und sagen, dass jemand anders sie abgeholt hat ... ich hätte ihr doch einen Zettel mitgegeben, auf dem stand, das gehe in Ordnung – oder etwa nicht? Was für ein alberner Gedanke! Vor ein paar Minuten habe ich sie doch noch gesehen.

Trotzdem gerate ich dermaßen in Panik, dass die Gesichter der Kinder zu hellen Flecken verschwimmen und ich Olivia nicht einmal erkenne, bis sie auf mich zugerannt kommt. Ich höre kaum, was ihre Lehrerin mir sagt.

»... ein schlechter Tag ...«, verstehe ich. »... völlig überdreht ...« Ich nicke und entgegne, dass Olivia nachts nicht genug geschlafen hat, dass wir uns erst noch an das neue Haus gewöhnen müssen – Entschuldigungen, die mir mühelos über die Lippen kommen und die im Grunde ja auch stimmen.

»Vermutlich ist sie einfach übermüdet«, sage ich abschließend.

»Bin ich nicht!«, protestiert Olivia, wie alle müden Kinder, wenn sie Erwachsene sagen hören, dass sie müde sind.

»Okay, Schätzchen«, sage ich und nehme sie an der Hand. »Komm, wir gehen nach Hause.« Ich führe sie von der Schule weg. »Wir gehen nach Hause und essen was. Dann backen wir Plätzchen ...«, sage ich, ohne zu bedenken, dass ich ja gar nicht die nötigen Zutaten im Haus habe.

»Ich will runter zum Zauberfelsen und nach Kaulquappen suchen«, quengelt sie.

»Okay«, sage ich, dankbar, dass sie mein Backangebot nicht aufgreift. Morgen werde ich Mehl und Backpulver und Bleche kaufen ...

»... und dann verwandeln sich die Kaulquappen in Frösche«, erklärt mir Olivia. »Und Mrs. Crane sagt, wir kriegen Kaulquappen in unser Klassenzimmer, dann können wir sehen, wie das geht ...«

Olivia lässt meine Hand los und rennt voraus, unablässig von Kaulquappen und Fröschen plappernd. Unvermittelt bin ich allein in dem Wald, durch den ich immer mit Lucy und Deirdre gestreift bin. Wie oft sind wir diesen Weg zum Badestrand hinuntergegangen, und ja, manchmal haben wir uns spätabends zum See geschlichen und sind bis zum dritten Felsen hinausgeschwommen. Auch wir haben der Göttin des Sees unsere Opfer dargebracht. Und nachdem Deirdre uns einmal in die Materie eingeführt hatte, waren wir dabei meistens bekifft.

Olivia verschwindet hinter der Biegung, aber ich kann immer noch ihre Stimme hören. Sie singt eins ihrer selbst komponierten Lieder.

Wenn meine Schülerinnen mich fragen, wie es war, als ich hier zur Schule ging, erwarten sie die Antwort, wir hätten mehr gelernt, die Vorschriften seien strenger gewesen, die Anforderungen höher. In mancher Hinsicht stimmt das auch. Es wurde von uns erwartet, dass wir nach dem Schulabschluss auf eins der »Seven Sister Colleges« gehen würden, die Elite-Universitäten für Mädchen. Unsere Lehrer waren überzeugt davon, dass wir nach der Vorbereitung hier an der Schule das College mit links schaffen würden. Sie hatten Recht. Keine Klausur, die ich am College geschrieben habe, war schwieriger als die Abschlussprüfung in Latein bei Domina Chambers oder die mündliche Geschichtsprüfung bei Miss North oder der Bilder-Test in Tacy Beades Kunstunterricht. Aber was die Mädchen nicht ahnen – und ich werde mich hüten, es ihnen zu sagen –, ist, dass sich in den siebziger Jahren, als ich hier zur Schule ging, die Regeln bereits änderten. Oft ging es sogar lockerer zu als jetzt. Es gab die Pille, von Aids hatte noch niemand etwas gehört. Es gab keine Anti-Drogen-Kampagne, weil die Lehrer gar nicht auf die Idee kamen, wir könnten welche nehmen. Zigaretten wurden mehr oder weniger geduldet – Rauchen galt einfach nur als schlechter Stil, ähnlich wie Nägelkauen oder Laufmaschen in den Strumpfhosen. Selbst die Schuluniform war durch ein ziemlich lasches Kleiderprotokoll abgelöst worden, das zwar die Rocklänge vorschrieb, aber nicht einmal das Tragen eines Büstenhalters.

Ich komme zu der Biegung. Hier gabelt sich der Weg: In der einen Richtung geht es hinauf zu unserem Haus, in der anderen steil hinunter zum See. Ich bleibe stehen. Welche Richtung hat Olivia eingeschlagen? Ich weiß es nicht. Sie hat dauernd von Kaulquappen geredet, also ist sie vermutlich gleich zum See hinuntergelaufen. Ich horche nach ihrer Stimme, höre aber nur das leise Rascheln des Windes in den trockenen Fichtennadeln auf dem Waldboden.

Panik flackert erneut in mir auf, wie eine kleine Flamme. Ich versuche, sie zu unterdrücken. Panik. Ich höre Helen Chambers' Stimme, die uns erklärt, dass das Wort vom Gott Pan abgeleitet sei. Die alten Griechen glaubten, dass er die unbegründete Angst auslöste, die uns Sterbliche in der Wildnis befällt.

Ich schlage den Weg zum See ein. Die Sonne ist wieder hinter den Wolken verschwunden, das Wasser wirkt stumpf und grau. Falls Olivia gleich nach Hause gegangen ist, macht es nichts, wenn sie ein paar Minuten ohne Aufsicht bleibt, aber wenn sie zum See hinuntergerannt ist ... Ich will den Gedanken lieber nicht zu Ende denken.

Der Badestrand ist menschenleer. Ich suche nach Fußspuren im Sand und finde auch welche, die allerdings größer sind als Olivias. Vermutlich sind es meine eigenen Spuren von gestern Abend, als ich Athena, Vesta und Aphrodite auf dem Felsen beobachtet habe. Ich will schon kehrtmachen und zu Hause nach Olivia schauen, aber da höre ich plötzlich ein leises Plätschern. Das Geräusch scheint drüben vom Point zu kommen, und als ich in die Richtung schaue, sehe ich kurz etwas Helles aufleuchten, das aber in der nächsten Sekunde wieder verschwunden ist. Ein Sonnenstrahl wurde vom Felsen reflektiert, denke ich, während ich zu den Stufen zurückgehe, doch dann sehe ich sie: Olivia steht auf dem letzten der drei Felsen, ganz am Rand, den Rücken mir zugewandt. Ich will ihren Namen rufen, überlege es mir aber anders, weil sie womöglich erschrecken und ins Wasser rutschen könnte, an einer Stelle, wo der See sehr tief ist.

Schnell kicke ich meine Schuhe weg und wate ins Wasser, langsam, damit es nicht so laut plätschert. Hier am Rand ist es seicht und deshalb ziemlich warm, aber als es mir bis zur Taille reicht, spüre ich die eisige Strömung der unterirdischen Quellen, die den See speisen. Ich schwimme los, behalte den Kopf über Wasser, den Blick immer auf Olivia gerichtet, wie es uns Miss Pike, unsere Sportlehrerin, beigebracht hat, als wir den Rettungsschwimmerkurs machten.

Ich nähere mich dem Felsen von der Seite, wo das Wasser nicht so tief ist, weil ich befürchte, Olivia könnte vor Schreck ins Wasser plumpsen, wenn sie mich sieht. Ich habe Angst, sie auch nur eine Sekunde aus den Augen zu lassen, nicht einmal, um zu sehen, wohin ich trete. Ich ertaste den Untergrund mit den Zehen. Meine Füße finden etwas Hartes, Schleimiges, das aber sofort nachgibt, als ich mein Gewicht darauf verlagern will. Beim zweiten Versuch entdecke ich einen flachen Vorsprung, von dem ich mich auf den Felsen hieven kann, aber meine Füße sind vom kalten Wasser so taub, dass ich abrutsche, als ich mich hochziehe.

Mit einem dumpfen »Uff« klatsche ich bäuchlings auf den Felsen. Olivia hört mich und dreht sich um. Erschrocken verzieht sie das Gesicht, aber dann beginnt sie zu kichern.

»Mommy, warum hast du beim Schwimmen die Kleider an?«

Ich krabble zu ihr und ziehe sie zu mir herunter, ehe ich antworte. »Na ja, junge Dame, ich könnte dir dieselbe Frage stellen.« Ich gebe mir große Mühe, locker zu klingen, es soll nur ein leiser Vorwurf sein, weil sie ihre guten Sachen nass gemacht hat, aber als ich sie anfasse, merke ich, dass alles – Kleid, Turnschuhe und die weißen Söckchen – vollkommen trocken ist.

5. Kapitel

Nachdem ich Olivia am nächsten Morgen in die Vorschule gebracht habe, gehe ich wieder hinunter zum Badestrand. Auf dem Wasser am Ufer treibt eine Schicht aus kaltem Dunst und toten Blättern, die ich beiseite schieben muss, aber ich bin fest entschlossen, weiterhin jeden Morgen zu schwimmen, solange der Altweibersommer anhält. Außerdem will ich mir noch einmal die Felsen ansehen, um herauszufinden, wie Olivia es geschafft haben könnte, bis zum dritten Felsen zu gelangen, ohne nass zu werden.

Als ich sie gestern gefragt habe, erklärte sie zuerst, sie sei geflogen. Dann behauptete sie, die Königin der Wilis sei mit ihrem Zauberboot gekommen und habe sie zu dem Felsen gebracht. Vielleicht hat Mitch doch Recht. Er findet, ich würde ihr zu viele Märchen vorlesen. Als ich nicht lockerließ und verlangte, sie solle mir endlich die Wahrheit sagen, brach sie in Tränen aus und sagte, es sei gemein von mir, dass ich ihr nicht glaube. Ich entgegnete, Mommy sei furchtbar müde und könne jetzt nicht mit ihr streiten. (Wenn ich von mir selbst in der dritten Person rede, ist das ein sicheres Zeichen dafür, dass mir gleich der Geduldsfaden reißt.) Als Antwort darauf kippte sie ihre Schokomilch auf den Boden. Ich schrie sie an, sie solle sofort auf ihr Zimmer gehen, und sie schrie zurück, das könne sie gar nicht, weil ihr Zimmer gar nicht in diesem Haus sei. Ich packte sie unter den Achseln, zog sie hoch und schrie: »Ab mit dir, junge Dame.« Als ich sie wieder absetzte, verschränkte sie die Arme vor der Brust und stampfte mit dem Fuß auf. Ich gab ihr einen leichten Schubs, daraufhin ließ sie sich auf den Boden fallen und brüllte, ich hätte sie umgestoßen.

Von da an war es hoffnungslos. Später fragte ich mich, was sie wohl ihrem Vater erzählen würde.

Das kalte Wasser des Sees ist wohltuend. Während ich an den ersten beiden Felsen vorbeischwimme und weiter zum dritten, schätze ich die Entfernung ab – es ist völlig undenkbar, dass jemand vom zweiten Felsen zum dritten springt, schon gar nicht ein vierjähriges Kind. Mir wird ganz schwindelig, weil ich so krampfhaft versuche, eine Antwort auf die Frage zu finden, wie Olivia dorthin gekommen sein könnte. Auf dem Rücken liegend lasse ich mich treiben und lege den Kopf so weit zurück, dass das Wasser meine Schädeldecke kühlt. Dann drehe ich mich wieder um und kraule ins tiefe Wasser.

Vom Badestrand zum Südende des Sees sind es um die achthundert Meter. Als Lucy und ich hier waren, gehörte es zur Abschlussprüfung in Sport, diese Strecke zweimal hin und her zu schwimmen. Jetzt ist das Schwimmareal mit Seilen abgetrennt, und die Jugendlichen dürfen nur noch dann in den See hinausschwimmen, wenn sie von einem Rettungsboot begleitet werden.

Als ich hochblicke, merke ich, dass ich vom Kurs abgekommen bin. Ich schwimme immer mit geschlossenen Augen, weil ich es nicht leiden kann, in das bodenlose Grün zu starren. Aber ich nehme es sogar mit geschlossenen Augen wahr – ein sonnenhelles Grasgrün, so grell, als würde das Licht direkt vom Grund des Sees heraufstrahlen.

Auf halber Strecke mache ich eine Pause und trete Wasser. Der See ist hier etwa zwanzig Meter tief, und ich spüre, wie die kalte Strömung an meinen Füßen zerrt. Als man Deirdre Hall aus dem Wasser zog, waren seit ihrem Sprung erst ein paar Stunden vergangen. Sie hatte daher gar nicht so schlimm ausgesehen. Bei Lucy und ihrem Bruder Matt hatte es jedoch länger gedauert, bis sie gefunden wurden. In der Nacht gab es einen Temperatursturz, plötzlich hatten wir minus zwanzig Grad, und von Kanada fegte ein Blizzard herunter, sodass die Schule drei Tage lang eingeschneit war. Als die Polizisten endlich anfangen konnten, nach den Leichen zu suchen, mussten sie einen Eisbrecher vom Fluss holen. Erst nach fünf Tagen fand man die beiden. Im Tod hatten sie sich aneinander geklammert, ihre Arme und Beine waren ineinander verschlungen, und so waren sie erfroren. Ihre Mutter erzählte mir später, man habe sie zusammen begraben müssen, denn man hätte ihnen sämtliche Knochen brechen müssen, um sie voneinander zu trennen.

Das ist der kälteste Teil des Sees – Miss Buehl hat uns erklärt, es gebe eine unterirdische Quelle, die am Südende des Sees in den Schwanenkill strömt. Das bedeutet, dass im Winter das Eis hier besonders dünn ist, während man im Sommer eine extrem kalte Strömung spürt. Deshalb ist es fast unmöglich, still zu halten, aber ich mache es jeden Morgen, als eine Art Buße. Für mich ist das ein Versuch, den Genius Loci des Heart Lake zu beschwichtigen – wer immer er sein mag. Ich glaube nicht an die Göttin des Sees, der wir vor vielen Jahren irgendwelche Cracker oder Armreifen geopfert haben, aber von den Römern habe ich etwas über die *lares et penates* gelernt, die Gottheiten des Hauses und die Naturgeister, und dass man ihnen seinen Tribut zollen muss. Statt ihnen Krümel und Schmuck darzubringen, opfere ich mich selbst, indem ich meinen Körper vom kalten Wasser geißeln lasse.

Als Erstes schmerzt immer meine linke Schulter von der Kälte, das kommt daher, dass ich sie mir vor langer Zeit ausgekugelt habe. Als ich lang genug still gehalten habe – meine Schulter fühlt sich an, als würden sich eiskalte Finger in die Haut krallen –, will ich loskraulen, aber ich trete mit den Beinen gegen etwas Festes. Blitzschnell drehe ich mich um und sehe direkt vor mir eine weiße Stirn – die Haare zurückgestrichen, helle Augen. Ein Arm schießt aus dem Wasser, packt mich an den Haaren. Eisige Finger krallen sich in meinen Kopf

– wie in meinen scheußlichsten Alpträumen. Ich reiße den Mund auf, will schreien, aber stattdessen schlucke ich Wasser, und der eisige, mineralische Geschmack überschwemmt mein Gehirn mit Angst. Ich spüre, wie ich sinke, verzweifelt packe ich den Arm, reiße ihn weg von meinen Haaren. Erst als ich die blaue Spirale auf der Hand sehe, begreife ich, mit wem ich es zu tun habe.

»Athena!«, rufe ich, als würde ich sie wegen Schwätzens im Unterricht zurechtweisen.

»Miss Hudson!« Ihre Lippen sind auf der Höhe des Wasserspiegels, sie spuckt ein bisschen, als sie meinen Namen ausspricht. »Oh, mein Gott – Miss Hudson. Ich hab Sie gar nicht gesehen. Es ist so neblig, und ich bin mit geschlossenen Augen geschwommen.«

Wir haben uns ein Stück voneinander entfernt und rudern beide mit den Armen.

»Na ja, eigentlich erwartet man ja auch nicht, dass man mitten im See jemandem begegnet. Aber Sie wissen doch, dass Sie nicht allein rausschwimmen dürfen, oder?«

Während ich sie ermahne, dreht sie, kaum merklich, den Kopf zum Ufer, und ich glaube zu hören, dass sich noch jemand im Wasser bewegt. In dem dichten Nebel kann ich nichts erkennen.

»Ja«, antwortet sie. »Ich weiß es. Aber Sie verraten mich nicht, oder? Ich meine, Sie sagen keinem, dass ich quer durch den See geschwommen bin?«

»Aber Sie wissen doch, dass es extrem gefährlich ist, allein zu schwimmen, Athena.« Ich will ihr wenigstens kurz meine Kooperationsbereitschaft vorenthalten – lange genug, um meine Autorität als Lehrerin zu behaupten. Seit meinem Gespräch mit Dr. Lockhart denke ich, dass ich den Mädchen gegenüber ein bisschen strenger auftreten muss.

»Wenn ich noch einen Regelverstoß begehe, fliege ich von der Schule«, sagt sie.

Ich sehe, dass ihr Kinn anfängt zu zittern. Womöglich heult sie gleich los? Aber dann wird mir klar, dass sie nur vor Kälte mit den Zähnen klappert. Auch ihre Lippen sind inzwischen blau angelaufen.

»Ist schon okay«, sage ich. »Ich werde Sie nicht verpetzen.«

Sie presst die blauen Lippen aufeinander, aber ich weiß nicht, ob es ein Lächeln sein soll oder ob es der Versuch ist, das Zähneklappern zu unterdrücken. Ich spüre, wie sich mein rechter Wadenmuskel verkrampft, und sofort stelle ich mir die Frage, was ich tun würde, wenn Athena hier draußen einen Krampf bekäme. Würde ich es schaffen, sie bis ans Ufer zu bringen? Wir haben bei Miss Pike jedes Jahr Rettungsschwimmen geübt, aber das ist viele Jahre her. Außerdem war ich nie besonders gut. Einmal, als ich Lucy »retten« sollte, habe ich sie so heftig in die Seite getreten, dass sie zwei Wochen lang nicht Hockey spielen konnte.

»Ich glaube, wir sollten lieber zurückschwimmen«, sage ich.

Athena dreht den Kopf, aber nicht in Richtung Badestrand, sondern zum entgegengesetzten Ufer. Ist sie vielleicht dort mit jemandem verabredet? Am Südende des Sees ist das Schwanenkill-Eishaus, wo Lucy und ich uns immer mit ihrem Bruder Matt getroffen haben. Will sich Athena auch mit einem Jungen treffen? Egal, wer es ist – der oder die Betreffende wird warten müssen. Ich werde Athena nicht allein im See zurücklassen. Wenn ich sie nicht melde, und sie schwimmt weiterhin hier raus, dann bin ich verantwortlich für alles, was ihr zustoßen könnte.

»Kommen Sie«, sage ich mit meiner strengsten Lehrerinnenstimme – so gut das mit klappernden Zähnen eben geht.

Während wir zurückschwimmen, bleibe ich ein Stück hinter Athena. Ich halte den Kopf über Wasser, damit ich ein Auge auf sie haben kann. Sie ist eine gute Schwimmerin, aber das ist keine Garantie – auch gute Schwimmerinnen können ertrinken.

Als wir uns dem Strand nähern, schwimmt Athena zum westlichen Ende der Bucht, zu der Stelle am Point, wo sich im Felsen eine kleine Höhle befindet. Dort habe auch ich heute Morgen meine Kleider abgelegt. Athena greift hinter einen Felsen und holt ein Sweatshirt und Jeans hervor. Meine Sachen liegen hinter einem anderen Felsen. Ich spüre, dass sie mich beobachtet, dass sie mein Versteck und die damit verbundene Heimlichtuerei registriert.

Ich ziehe mein Sweatshirt über den nassen Badeanzug und schlüpfe in meine Jeans, ohne mich vorher abzurubbeln. Ich spüre, wie die Nässe sofort durch den Hosenboden dringt. Als ich mich zu Athena umdrehe, fährt sie sich gerade mit den Fingern durch die nassen Haare. Die blauen Spiralen auf ihrer Hand winden sich durch die dunklen Strähnen. Die bläuliche Farbe weicht allmählich aus ihren Lippen. Plötzlich sehe ich, wider Willen, Helen Chambers vor mir, wie sie in ihrem Apartment im Hauptgebäude ihr Haar löste und es auskämmte, während Lucy und ich zuschauten. Dann reichte sie Lucy die Bürste und bat sie, ihr die Haare auszukämmen.

Und ich muss an das denken, was Dr. Lockhart am Ende unseres Gesprächs gestern gesagt hat.

Denken Sie beim Umgang mit Ihren Schülerinnen an Helen Chambers.

Ich komme fünf Minuten zu spät in die erste Stunde, die um neun Uhr beginnt. Ich schaue schnell den Flur hinunter, um mich zu versichern, ob niemand es mitgekriegt hat. Myra Todd hat glücklicherweise in der ersten Stunde keinen Unterricht, und Gwen Marsh ist ebenfalls zu spät dran – als ich meinen Kopf in ihr Klassenzimmer strecke, sind ihre Schülerinnen damit beschäftigt, in ihre Hefte zu schreiben oder zu lesen. Ich gehe in mein Klassenzimmer und weise meine Neuntklässlerinnen an, das nächste Kapitel in *Ecce Romani* zu übersetzen. Als sie fertig sind, lasse ich sie vorlesen – *Gwen tut es doch auch*, denke ich –, weil ich keine Energie habe, mir etwas für den Unterricht einfallen zu lassen. Ich kann mir nicht helfen – ich mache das, was Dr. Lockhart mir geraten hat: Ich denke an Helen Chambers.

Genauer gesagt, ich denke daran, wie sie ihre Stelle in Heart Lake verlor.

Nachdem zwei ihrer Schülerinnen und der Bruder einer ihrer Schülerinnen tot im See gefunden worden waren, wurde ein

Ausschuss gebildet, der Miss Chambers' Verhalten als Lehrerin untersuchen sollte. Die Zimmer der beiden toten Mädchen wurden inspiziert, Schülerinnen wurden befragt. In Deirdre Halls Heft mit den Zitaten über Tod und Selbstmord stammte vieles offensichtlich von Helen Chambers, oder Deirdre hatte sie zumindest als Quelle des Zitats angegeben. Lucy hatte kein Tagebuch geführt, aber ihrem Bruder eine Woche vor ihrem gemeinsamen Selbstmord einen Brief geschrieben. Darin teilte sie Matt mit, Domina Chambers habe ihr ein Geheimnis anvertraut, das alles für sie verändere – für sie beide. *Wenn ich dir sage, was es ist, wirst du verstehen, warum wir uns immer anders gefühlt haben als die anderen. Die normalen Regeln der Welt gelten für uns nicht.*

Die Schulleitung bat Miss Chambers, zu erklären, was ihre Schülerin mit diesem rätselhaften Brief gemeint haben könnte. In welche Geheimnisse hatte Miss Chambers dieses junge Mädchen eingeführt? Miss Chambers weigerte sich, die Fragen des Vorstands zu beantworten. Sie sagte, es sei eine Privatangelegenheit, die nur ihre Schülerin und sie selbst etwas angehe, und sie könne nicht darüber sprechen.

Miss Chambers' Schülerinnen und Kolleginnen wurden alle zum Verhör gebeten, eine nach der anderen. Vor dem Musiksaal warteten wir bang auf den bereitgestellten Stühlen. Die Eiseskälte und der Schneesturm, die ungünstigen Wetterbedingungen, die das Absuchen des Sees verzögert hatten, waren vorüber, jetzt war es sogar ungewöhnlich warm. Ringsumher schmolz der Schnee, das ganze Schulgelände bestand nur noch aus Matsch. Auf dem Fußboden in der Eingangshalle lagen vereinzelte Scherben (jemand hatte das Fenster über der Tür eingeworfen), und wir schwitzten in unseren Wollpullovern. Man hatte uns verboten, miteinander zu sprechen. Niemand durfte weitersagen, welche Fragen im Musiksaal gestellt wurden. Wenn eine Schülerin herauskam, rannte sie sofort aus dem Haus, ohne die noch wartenden Mädchen auch nur eines Blicks zu würdigen.

Ich kam als Letzte an die Reihe, vermutlich, weil erwartet

wurde, dass ich als die Mitbewohnerin der toten Mädchen am meisten wüsste. Ich betrat den Saal und setzte mich auf den Stuhl, der mutterseelenallein vor dem langen Tisch stand, hinter dem die Ausschussmitglieder saßen. Helen Chambers war ebenfalls anwesend; sie saß, ein Stück entfernt, auf einem Stuhl vor dem Fenster: eine dunkle Silhouette vor dem Glitzern der schmelzenden Seeoberfläche.

Es war ein komisches Gefühl, sie so allein da sitzen zu sehen. Der Vorstand bestand fast ausschließlich aus »Old Girls« – Frauen, die als Schülerinnen hier im Internat gewesen waren und jetzt selbst hier unterrichteten. Wahrlich eine Jury aus Kolleginnen – es war ein Club, zu dem sie nicht nur gehörte, sondern den sie geradezu personifizierte: Frauen unbestimmbaren Alters, die altmodisch elegante Kleidung liebten, ihre Haare zu unordentlichen Knoten zurücksteckten oder knabenhaft kurz trugen. Nach ihrer Schulzeit in Heart Lake hatten sie alle erstklassige Frauen-Colleges besucht und einen Universitätsabschluss oder eine Ausbildung an einer Kunsthochschule gemacht. Da war Esther Macintosh, die Englischlehrerin, die Mt. Holyoke besucht hatte und angeblich an einem Buch über Emily Dickinson schrieb. Sie kleidete sich auch wie Emily Dickinson: hoch geschlossene weiße Blusen, die glatten braunen Haare in der Mitte streng gescheitelt. Tacy Beade, die Kunstlehrerin, hatte während ihrer ganzen Studienzeit am Sarah Lawrence College als Malermodell gearbeitet. Es gab ein Dia von einem abstrakten expressionistischen Akt – das allerdings nur im Fortgeschrittenenkurs gezeigt wurde –, für den sie angeblich als Modell gedient hatte. Direktorin Gray, Celeste Buehl, Meryl North, die Geschichtslehrerin, und sogar Elsa Pike, die robuste Sportlehrerin – sie alle waren da, in fast identischen schwarzen Kleidern und mit Perlenketten von unterschiedlicher Länge. Vor dem hellen Hintergrund der Fenster sahen sie aus wie ein Trupp Krähen auf einem Telefondraht.

Ich schaute über ihre Köpfe hinweg auf das Porträt von India Crevecoeur und ihrer Familie, aber mein Blick blieb nicht an India haften, sondern an Iris Crevecoeur, dem kleinen Mädchen, das an der Grippe gestorben war. Sie stand ein Stück von der übrigen Familie entfernt, klein und dunkelhaarig, während ihre Schwestern groß und blond waren. Ein Dienstmädchen bemühte sich um Iris, sie schien ihr eine Schärpe um die Taille zu binden. Das kleine Mädchen sah so aus, wie ich mich fühlte: elend und verlassen.

Und zum ersten Mal fiel mir auf, dass Helen Chambers zwar eine von ihnen war – eine der Old Girls –, aber dennoch nicht richtig dazugehörte. Die schwarzen Kleider, die sie trug, waren raffinierter geschnitten, ihre Perlen schimmerten seidiger. Sie war etwas weltgewandter als die Kolleginnen und sah sehr viel besser aus. Und jetzt würden die anderen sie dafür büßen lassen. Schon vor der ersten Frage wusste ich, was die Ausschussmitglieder dachten. Ich wusste, was sie denken wollten.

Hat sich Miss Chambers für den Gebrauch von Drogen ausgesprochen?, fragte Miss North.

»Nur für spirituelle Zwecke, nicht zur Entspannung«, antwortete ich.

Hat sich Miss Chambers für freie Liebe und Homosexualität ausgesprochen?, fragte Miss Beade.

»Sie sagte, dass nicht für alle dieselben Regeln gelten – wie in der *Antigone*«. Und ich zitierte, stolz darauf, dass ich den Text auswendig konnte: »›Wer von uns kann sagen, was die Götter für böse erachten?‹«

Empfanden Ihre Freundinnen eine ungesunde Zuneigung zu ihrer Lehrerin Miss Chambers?, fragte Miss Macintosh.

Ich erzählte ihnen von dem Haar, das wir gefunden hatten. Und davon, dass wir ihre gebrauchten Teebeutel sammelten und Listen mit den Dingen anlegten, die wir über Domina Chambers wussten.

Hat Miss Chambers diese Obsession unterstützt?, fragte Miss Pike.

Ich erzählte, dass sie Lucy, Deirdre und mich privat zum Tee einlud, dann nur noch Lucy und mich und schließlich nur noch Lucy. Ich erzählte ihnen, dass Lucy nicht mehr schlafen konnte. Sie schien immer sehr durcheinander zu sein, wenn sie von diesen Einladungen zurückkam, aber sie wollte mir nicht sagen, warum.

Miss Buehl griff nach einem dünnen blauen Blatt Papier. Ich merkte, dass ihre Hand zitterte. *Das hat Lucy eine Woche vor ihrem Tod an ihren Bruder geschrieben:* »*Domina Chambers hat mir etwas gesagt, was alles verändert. Wenn ich dir sage, was es ist, wirst du verstehen, warum wir uns immer anders gefühlt haben als die anderen. Die normalen Regeln der Welt gelten für uns nicht.*« *Wissen Sie, was sie damit meinte?*, fragte Celeste Buehl.

Ich sagte ihnen, dass ich es nicht wisse. Das stimmte *fast*. Ich wusste nicht genau, was sie meinte, aber ich konnte mir denken, in welche Richtung es ging.

Hat sie deswegen mit ihrem Bruder gestritten, bevor sie aufs Eis hinausrannte?

Zunächst zögerte ich mit meiner Antwort. Ich konnte ihnen nicht sagen, worüber sich Lucy und Matt auf dem See gestritten hatten. Also wählte ich den Weg des geringsten Widerstandes und stimmte Miss Buehl zu. Ich sagte, die beiden hätten sich wegen Domina Chambers gestritten, aber ich hätte nicht ganz verstanden, worum es gegangen sei.

Miss North und Miss Beade blickten sich viel sagend an. Dann teilten sie mir mit, es gebe keine weiteren Fragen, ich solle gehen und weiter für meine Abschlussprüfung lernen. *Wie wir sehen, haben Sie für nächstes Jahr ein Stipendium für Vassar bekommen*, sagte Miss Buehl freundlich. *Sie sind ein intelligentes junges Mädchen, Sie sollten nicht zulassen, dass diese schrecklichen Ereignisse Ihre Zukunftspläne beeinträchtigen.*

Als ich den Raum verließ, vermied ich es, zu Helen Chambers hinüberzuschauen. Auch als ich draußen an der Stuhlreihe vorbeiging, hielt ich den Blick auf den Boden geheftet, obwohl ich die Letzte gewesen war. Ich sah die glitzernden roten, blauen und gelben Glasscherben – winzige Splitter des Glasherzens und des Schulmottos: *Cor te reducet*. Mich nicht, dachte ich, ich werde niemals hierher zurückkommen.

Draußen fegte der Wind über das schmelzende Eis. Ich habe Helen Chambers seit jenem Tag nie wieder gesehen. Direktorin Gray verkündete beim Abendessen, wir alle hier in Heart Lake sollten den Vorfall hinter uns lassen und nie wieder darüber reden, damit der Ruf der Schule nicht unwiderruflich Schaden nehme. (Natürlich hatte die Schule längst Schaden genommen. Schon jetzt meldeten Eltern ihre Töchter ab, ohne Rücksicht darauf, dass das Schuljahr noch gar nicht zu Ende war.) Sie fügte hinzu, man habe Miss Chambers *gehen lassen*. Als ich diesen Ausdruck hörte, stellte ich mir vor, wie eine Hand die andere losließ, und ich spürte, dass mir etwas entglitt. Mehr habe ich über Helen Chambers' Abschied nie erfahren.

Athena kommt nicht in den Unterricht. Ich frage Vesta und Aphrodite, ob sie etwas wissen, aber sie zucken beide die Achseln. Vielleicht bilde ich es mir ja nur ein, aber die Mädchen im Fortgeschrittenenkurs wirken heute besonders passiv. Liegt es am Wetter? Der Altweibersommer scheint seinem Ende entgegenzugehen. Ein böiger Wind rüttelt an den Fenstern des Klassenzimmers, und am Ostufer des Sees ballen sich Sturmwolken zusammen. Seit gestern Nachmittag haben wir keinen Sonnenstrahl mehr gesehen. Plötzlich werde ich stutzig – das Glitzern auf dem Point kommt mir wieder in den Sinn, kurz bevor ich Olivia auf dem dritten Felsen entdeckt habe! Ich hatte gedacht, es sei die Sonne, die vom Stein reflektiert wird, aber jetzt fällt mir ein, dass der Himmel bedeckt war. Kann es ein Ruderboot gewesen sein, das gerade um die Spitze des Points bog? Ist es möglich, dass eine meiner Schülerinnen – oder drei meiner Schülerinnen? – Olivia auf den Felsen hinausgerudert haben? Ich schaue Vesta und Aphrodite an, bemerke die dunklen Ringe unter ihren Augen, die heute sehr echt wirken, nicht mit Kajal aufgemalt. Wenn sie sich nachts zu den Felsen hinausschleichen, fahren sie dann womöglich auch mit dem Boot? Die beiden wirken nervös, finde ich, aber andererseits gilt das für alle Mädchen. Egal, welche von ihnen ich aufrufe, jede liest ihre Übersetzung nur flüsternd vor, sodass ich sie wegen der zischenden Zentralheizung gar nicht richtig verstehen kann. Wenn ich die Mädchen dann auffordere, lauter zu sprechen, erschrecken sie, so als hätte ich sie bei etwas Verbotenem ertappt. Sie stellen die Sätze auf den Kopf und produzieren ein unverständliches Durcheinander. Ich gebe auf und ordne bis zum Ende der Stunde Stillarbeit an.

Beim Mittagessen begehe ich eine unverzeihliche Sünde: Ich esse allein. Ich hole mir aus dem Automaten im Erdgeschoss der Lodge ein paar Cracker mit Erdnussbutter und eine Cola und gehe damit an den Strand. Ich starre hinaus auf die drei Felsen und hinüber zum Südufer, wo ich undeutlich die Umrisse des Eishauses ausmachen kann. Die staatliche Umweltinspektorin hatte dort immer ihr Boot aufbewahrt. Während der Weihnachtsferien in unserem letzten Schuljahr sind Lucy und ich mit diesem Boot über den See gerudert, fast bis zum Point hinaus. Die ganze Episode habe ich in meinem Tagebuch beschrieben. In dem Tagebuch, das ich verloren habe.

Der Nordwind peitscht das Wasser gegen die »Drei Schwestern«. Ein Schwarm Kanadagänse landet auf dem See und hebt wieder ab. Als ich zur Lodge zurückgehe, um meine letzte Stunde für heute zu unterrichten, bilde ich mir ein, die Vorgänge allmählich zu verstehen.

Eins der Mädchen – eine meiner Schülerinnen – hat offenbar mein Tagebuch gefunden und dadurch erfahren, dass ich während meines letzten Schuljahrs indirekt in zwei Todesfälle verwickelt war. Das heißt, eigentlich in drei, wenn man Matt Toller mitzählt. Ich muss der Tatsache ins Auge sehen, dass es Athena sein könnte. Das »Ritual«, das ich neulich abends miterlebt habe, ist ein Beweis dafür, dass sich die Mädchen für die Selbstmordlegende interessieren. Was erhofft sich die betreffende Schülerin eigentlich davon, dass sie mich mit den Relikten meiner Vergangenheit – die Seite aus meinem Tagebuch, das Corniculum – konfrontiert und meine Tochter auf den Felsen hinauslockt? Ich nehme an, dass sie mich irgendwie erpressen oder meine Autorität als Lehrerin untergraben will. Dabei ist diese Autorität, ehrlich gesagt, längst angekratzt.

Mir fällt wieder ein, was Dr. Lockhart gesagt hat – dass man als Lehrerin manchmal streng sein muss.

Ich beschließe, zu ihr zu gehen und ihr alles zu sagen. Dann werden wir gemeinsam Direktorin Buehl aufsuchen. Vermutlich werde ich eine Rüge bekommen, aber ich glaube nicht, dass mein Verhalten eine Entlassung rechtfertigen würde.

Nachdem ich diesen Plan gefasst habe, geht es mir sofort besser. Als ich jedoch die Klassenzimmertür öffne, ist diese neue Gelassenheit bereits wieder verflogen: Dr. Lockhart sitzt an meinem Schreibtisch und blättert in meinem Hausaufgaben-Ordner.

Während sie aufblickt und mich mit ihren kühlen blauen Augen mustert, überläuft es mich eiskalt.

»Schlechte Nachrichten«, sagt sie. »Ellen Craven hat versucht, sich umzubringen. Sie ist ins Krankenhaus von Corinth eingeliefert worden.«

Fast hätte ich gefragt *Wer?* Aber dann dämmert mir gerade noch rechtzeitig, dass sie von Athena spricht.

6. Kapitel

ATHENA IST GANZ IN WEISS GEHÜLLT. Das schneeweiße Laken ist bis zum Kinn hochgezogen. Ihre Arme liegen auf dem Laken und sind von den Fingerspitzen bis zur Ellbeuge bandagiert. Beide Arme. Sie schläft – jedenfalls hoffe ich, dass sie schläft und nicht ins Koma gefallen ist.

Ich werfe einen Blick aus dem Krankenhausfenster und sehe, dass der Himmel über der Papierfabrik auch ganz leer und weiß wirkt. Als ich mit Dr. Lockhart im Wagen hergefahren bin, ist mir bereits aufgefallen, dass sich der Himmel im Westen zuzieht. Jetzt sieht es aus, als würde es jeden Moment anfangen zu schneien. Heute Morgen noch sind Athena und ich im See geschwommen, und nun kündigt sich der erste Schnee an. Weil ich hier in der Gegend aufgewachsen bin, weiß ich natürlich, dass man am Rand des Adirondack-Gebirges immer mit solchen raschen Wetterumschwüngen rechnen muss. (In der Nacht, in der Matt und Lucy ertranken, war es frühlingshaft warm gewesen, und am nächsten Tag hatten wir den schlimmsten Schneesturm aller Zeiten.) Doch jetzt empfinde ich den Wechsel als besonders abrupt, verstärkt noch durch Athenas Veränderung – aus der athletischen Schwimmerin ist eine bleiche, in Laken gehüllte Kranke geworden.

»Schläft sie?«, frage ich Dr. Lockhart, die am Fenster steht und auf den Himmel hinausschaut.

»Ihr Zustand ist nicht komatös«, antwortet sie. »Nachdem man ihr den Magen ausgepumpt hat, ist sie kurz aufgewacht. Sie hat nicht genug Schlaftabletten geschluckt, um ins Koma zu fallen.«

»Sie hat Schlaftabletten genommen *und* sich die Pulsadern aufgeschlitzt?«

»Ja, ich finde das auch sehr beunruhigend. Viele Fachleute vertreten die Ansicht, je stärker die Mittel, mit denen der Selbstmord ausgeübt wird, desto mehr ist er als aggressiver Akt gegenüber den Überlebenden gedacht. *Da seht ihr, wie mies es mir geht*, will das Opfer sagen, *wie dringend ich hier rauswill*.«

»Aber sie lebt«, sage ich. Will ich Dr. Lockhart darauf hinweisen – oder mich selbst? In ihrer weißen Hülle, die Haut so blass wie der Himmel da draußen, auf den Lippen immer noch ein Hauch ihres bläulichen Lippenstifts, sieht Athena aus wie eine Tote.

Mit einer ungeduldigen Handbewegung schiebt Dr. Lockhart meine Bemerkung weg. »Nur weil ich nach ihr geschaut habe, als sie weder zum Frühstück noch zum Mittagessen erschienen ist.«

Obwohl auch ich immer in Sorge um die Mädchen bin, ist mir noch nie in den Sinn gekommen, bei den Mahlzeiten nach ihnen Ausschau zu halten.

»Sie haben sie gefunden?«

»Ja, deshalb kann ich bezeugen, dass es wirklich ein sehr aggressiver Akt war. Vermutlich hat sie gestern Abend, als sie Putzdienst in der Küche hatte, ein Steakmesser entwendet. Und damit hat sie sich beide Pulsadern durchgeschnitten. Zum Glück ist es passiert, ehe das Wetter umgeschlagen ist.« Dr. Lockhart deutet nach draußen, wo der Himmel sich immer tiefer neigt. »Ich mag mir gar nicht ausmalen, was wir getan hätten, wenn wir eingeschneit gewesen wären. Soviel ich weiß, ist das schon einmal vorgekommen.«

Ich nicke. »Als Lucy sich die Pulsadern aufgeschnitten hat. Damals konnte man sie nicht ins Krankenhaus bringen. Direktorin Buehl musste sie selbst nähen.«

Dr. Lockhart schüttelt den Kopf. »Ich glaube nicht, dass Ellen dann durchgekommen wäre. Sie hat sehr viel Blut verloren. Wahrscheinlich müssen die Dielen in ihrem Zimmer entfernt werden, um die Spuren zu beseitigen. Gar nicht zu reden von meinem Kleid.«

Als ich sie fragend anschaue, öffnet sie den anthrazitgrauen Mantel, den sie trägt, seit ich sie in meinem Klassenzimmer angetroffen habe. Darunter kommt ein burgunderrotes Kleid zum Vorschein, eine ungewöhnliche Farbe für sie, denke ich – bis mir klar wird, dass es Blut ist.

»Ich hatte noch keine Gelegenheit, mich umzuziehen«, erklärt sie, als sie mein entsetztes Gesicht sieht. »Ich musste ihre Tante anrufen, die zur Kur in Kalifornien ist, und dann wollte ich auch gleich mit Ihnen sprechen.«

»Mit mir?« Es wäre mir lieber gewesen, wenn Dr. Lockhart ihren Mantel wieder geschlossen hätte, aber sie lässt ihn offen.

»Nach unserem Gespräch über Miss Craven dachte ich, Sie könnten mir vielleicht helfen, ihrer Tante *das hier* zu vermitteln.« Bei *das hier* deutet sie auf Athenas schlafende Gestalt. »Wann haben Sie Ellen das letzte Mal gesehen?«

»Ellen?«

Dr. Lockhart sieht mich an, als hätte ich den Verstand verloren, und dann tue ich auch noch so ziemlich das Unpassendste, was man in so einer Situation tun kann: Ich fange an zu lachen.

»Entschuldigen Sie – aber ich nenne die Mädchen immer bei dem lateinischen Namen, den sie sich für den Unterricht ausgesucht haben. Deshalb heißt sie für mich Athena.«

»Hm. Das ist aber kein lateinischer Name.«

»Ich weiß, aber ich lasse die Schülerinnen einfach irgendwelche antiken Namen auswählen, und dieses Jahr haben sich alle für Göttinnen entschieden.«

»Tatsächlich? Interessieren sich die Mädchen für Göttinnen? Reden Sie im Unterricht darüber? Über Göttinnenverehrung? Heidnische Rituale? Hexenkult?«

»*Hexenkult?* Was hätte das im Lateinunterricht zu suchen?«

Dr. Lockhart zuckt die Achseln. Der Mantel rutscht ihr von der schmalen Schulter, und ich sehe, dass das Blut auch die Ärmel zur Hälfte verfärbt hat. Wie konnte Athena nur so viel Blut verlieren und trotzdem überleben? Aber ich erinnere mich an einen anderen Raum voller Blut: Deirdre Halls Zimmer, in dem Lucy sich die Pulsadern aufgeschlitzt hat. Auf Deirdres Bett.

»Sie würden staunen, was manche Lehrer und Lehrerinnen in ihren Unterricht packen, weil sie es für relevant halten. Bestimmt meinen sie es alle sehr gut, aber die Abschweifungen, zu denen sie sich hinreißen lassen ...«

»Ich habe meinen Schülerinnen keine Vorträge über New-Age-Hexerei gehalten, Dr. Lockhart, wenn Sie das meinen.«

»Das behaupte ich auch gar nicht, Jane. Ich weiß, dass Ihnen die Mädchen sehr am Herzen liegen, aber Sie ahnen möglicherweise nicht, wie viel Einfluss Sie haben.«

»Wollen Sie damit andeuten, dass ich irgendetwas gesagt oder getan habe, was Athena zu dieser Tat veranlasst haben könnte?«

»Warum fühlen Sie sich denn gleich angegriffen, Jane?«

»Ich bin völlig außer mir«, entgegne ich. »Ich kann es nicht fassen, dass Ellen so etwas tut!«

»Aber Sie wissen, dass sie schon einen Selbstmordversuch hinter sich hat. Und Sie haben mir erst gestern erzählt, dass auf der Rückseite ihrer Hausaufgaben oft Zeichnungen von Rasierklingen sind. Sind Sie je auf den Gedanken gekommen, dass das Mädchen Sie damit bitten könnte, ihr zu helfen?«

Ich schüttle den Kopf. Ich habe immer gedacht, sie hätte die Bilder aus Versehen mit abgegeben, aber jetzt wird mir klar, dass diese Erklärung ziemlich fadenscheinig klingen würde.

»Haben Sie je versucht, mit ihr über die Narben an ihren Handgelenken zu reden?«, erkundigt sich Dr. Lockhart.

Mein Gespräch mit Athena vor der letzten Klassenarbeit fällt mir wieder ein, als sie bemerkt hat, wie ich die Narbe anstarrte. Als sie mir erklärte, ihre Tante habe sie hierher geschickt, sozusagen *auf Entzug von Jungs*, habe ich nur gelacht und mich abgewandt. Und dann die Begegnung im See heute Morgen. Plötzlich begreife ich, dass ich vermutlich die Letzte war, die sie gesehen hat, bevor sie in ihr Zimmer ging, die Schlaftabletten ihrer Mitbewohnerin schluckte und ihre Handgelenke mit einem Steakmesser bearbeitete. Hatte sie etwa doch Angst, ich könnte sie verpfeifen?

Während ich Dr. Lockhart ansehe, fällt mir ein, dass ich ihr eigentlich erzählen wollte, dass ich Athena im See gesehen habe. Es ist noch nicht zu spät, ich kann es jetzt nachholen, oder?

Da berührt Dr. Lockhart plötzlich den Kragen meiner Bluse. Ich zucke zurück, als versuchte sie, mich zu erwürgen, und als sie ihre Hand wegnimmt, sehe ich, dass sie, wie bei einem Zaubertrick, ein langes grünes Band aus dem Inneren meines Blusenkragens gezogen hat. Aber es ist kein Band, sondern ein Stück Seegras, wie es unten im See wächst.

»Interessant«, sagt Dr. Lockhart und hält das Gras ins Licht. Es leuchtet wie eine grüne Glasscherbe. Dahinter sehe ich, dass sich der weiße Himmel geöffnet und es zu schneien angefangen hat.

»Genauso einen Seegrasstrang haben wir in Ellens Kleidung gefunden. Daher vermuten wir, dass sie möglicherweise zuerst versucht hat, sich im See zu ertränken, den Versuch aber aus irgendeinem Grund abbrechen musste. Ich finde es eigenartig, dass sie genug Mumm hatte, sich die Pulsadern aufzuschlitzen, aber nicht, sich zu ertränken. Deshalb könnte es natürlich sein, dass jemand sie daran gehindert hat.«

Sie mustert mich mit hochgezogenen Augenbrauen. Ich spüre, wie mir das Blut ins Gesicht schießt. Eine Krankenschwester erscheint in der Tür, begleitet von Direktorin Buehl und Myra Todd. Ich habe das Gefühl, in der Falle zu sitzen. Ich erzähle ihnen, dass ich Athena heute Morgen im See gesehen habe – und die drei Mädchen vor zwei Tagen spät abends auf dem Felsen. Das Einzige, was ich unerwähnt lasse, ist die Seite aus meinem alten Tagebuch. Ich kann mir auch nicht vorstellen, was sie mit Athenas Selbstmordversuch zu tun haben könnte.

Ich fahre mit Direktorin Buehl zur Schule zurück und verbringe den Rest des Nachmittags bei ihr im Büro, zusammen mit Dr. Lockhart und Myra Todd. Der Nachmittagsunterricht fällt aus, damit die Mädchen an einem »Beratungsgespräch« im Musiksaal teilnehmen können. Nachdem ich alle Ereignisse detailliert gebeichtet habe, zieht sich Dr. Lockhart zurück, um ein frisches Kleid anzuziehen und sich mit Vesta und Aphrodite zu treffen – Sandy und Melissa, sollte ich lieber sagen –, weil die beiden mit Athena ein Apartment teilen. Direktorin Buehl bedankt sich bei ihr für ihren »Einsatz«.

»Wenn Sie das Mädchen nicht gefunden hätten ...« Celeste Buehl redet nicht weiter, und plötzlich fällt mir auf, wie verhärmt sie aussieht.

»Dafür haben Sie mich ja eingestellt – damit ich nach den Mädchen sehe«, erwidert Dr. Lockhart.

Sobald die Psychologin gegangen ist, schlägt Direktorin Buehl wieder ihren sachlich-kühlen Ton an. »Natürlich hätten Sie mich sofort informieren sollen, als Sie die Mädchen im See beobachtet haben«, bemerkt sie. »Sie sagten, die Mädchen waren nackt?«

»Ja«, sage ich zum zehnten oder elften Mal. »Selbstverständlich hätte ich es Ihnen gleich mitteilen müssen. Ich hatte mir vorgenommen, heute nach dem Unterricht zu Ihnen zu kommen. Mir war nicht klar, wie dringlich es ist.«

»Sie sagten, die Schülerinnen hätten auf dem Felsen eine Art Opferritual vollführt«, schaltet Myra sich ein. Bei ihr klingt das so, als hätten die Mädchen Hühner geschlachtet. »Also ich finde, das klingt doch recht dringlich.«

»Aber das haben wir doch früher auch getan.« Es ärgert mich, dass meine Stimme so wehleidig klingt. Eigentlich sollte ich keine Erklärungen vorbringen, weil es dann so aussieht, als wollte ich mich herausreden, aber ich will tatsächlich die Verantwortung übernehmen. »Das ist doch eine alte Tradition in

Heart Lake«, sage ich. »Man wirft etwas in den See, sozusagen als Glücksbringer. Es ist wie ...« Ich suche nach einer harmlosen Analogie. »Wie wenn man in Rom drei Münzen in den Trevi-Brunnen wirft.«

Myra Todd schnaubt empört. »Nackt? Mitten in der Nacht?«

Bekümmert schüttelt Direktorin Buehl den Kopf. »Die Geschichte mit den drei Schwestern hat der Schule von Anfang an geschadet. Sie müssten doch besser als andere wissen, wie gefährlich diese Legende ist, Jane. Da ist etwas, was mich noch mehr beunruhigt. Ich muss unbedingt wissen, ob Sie Ihren Schülerinnen erzählt haben, was während Ihres letzten Schuljahrs vorgefallen ist.«

Als ich ihr in die Augen blicke, versuche ich, mir nicht anmerken zu lassen, wie erleichtert ich bin. »Nein, natürlich nicht!«, sage ich im Brustton der Überzeugung. »Ich meine – ich habe daran gedacht, als die Mädchen sich über die drei Schwestern unterhalten haben, weil ich die Legende entmystifizieren wollte. Es ist ja nur eine der Crevecoeur-Töchter gestorben – und zwar an der Grippe, nicht etwa im See ertrunken –, aber ich wusste genau, wenn ich davon anfinge, dann würden die Mädchen mir noch andere Fragen stellen, deshalb habe ich das Thema lieber gemieden. Meiner Meinung nach ist es nicht gut für die Mädchen, zu erfahren, dass andere Schülerinnen sich umgebracht haben. Ich weiß ja, wie ansteckend das sein kann.«

Nach dieser kleinen Ansprache bin ich ganz außer Atem. Aber zu meiner großen Enttäuschung ist Direktorin Buehl völlig unbeeindruckt. Glaubt sie mir nicht?

»Sagen Sie die Wahrheit?«

Ich nicke.

»Dann können Sie sicher auch das hier erklären.« Direktorin Buehl hält ein liniertes Blatt hoch, das offensichtlich aus einem Heft gerissen wurde. Jetzt müsste ich aufstehen, zu ihr gehen und es entgegennehmen, aber ich fühle mich auf einmal bleischwer, als wäre meine Kleidung durchnässt und würde mich unter Wasser ziehen. Stattdessen steht Myra Todd auf und bringt mir das Blatt.

Verdutzt stelle ich fest, dass es zwar aus einem Heft herausgerissen wurde, der Text aber mit Maschine und nicht von Hand geschrieben ist.

»Liebe Magistra Hudson«, steht da (ich habe inzwischen begriffen, dass es sich um Athenas Abschiedsbrief handelt). »Sie sind eine echte Freundin. Es tut mir Leid, dass Sie wieder eine Freundin verlieren, und auch noch auf dieselbe Art, wie Sie schon Lucy und Deirdre verloren haben. Ich möchte Sie nur wissen lassen, dass ich Ihnen keine Vorwürfe mache. Bona fortuna. Vale, Athena.« Das ich ist von Hand unterstrichen. Dreimal. In der linken unteren Ecke ist ein blutiger Fingerabdruck.

Ich blicke auf. »Sie ist es also«, sage ich zu Direktorin Buehl. »Sie hat mein altes Tagebuch gefunden.«

Als ich aus dem Büro komme, sehe ich Vesta und Aphrodite im Flur vor dem Musiksaal auf den Klappstühlen sitzen. Ich würde gern mit ihnen reden, aber ich muss mich beeilen, weil ich sowieso schon zu spät dran bin, um Olivia von der Vorschule abzuholen. Außerdem sind die beiden schrecklich bleich und nervös – bestimmt haben sie keine große Lust auf ein weiteres Verhör. Aphrodite sieht aus, als hätte sie gerade geweint. Vesta wirkt, als müsste sie sich gleich übergeben. Ich reiße eine Seite aus meinem Notenbuch und reiche sie Vesta.

»Schreibt mir bitte eure Zimmernummer auf«, sage ich zu ihr. »Ich würde gern später mit euch beiden reden.«

Vesta nickt und schreibt eine Zahl auf den Zettel, faltet ihn zusammen und gibt ihn mir. »Ja, wir würden auch gern mit Ihnen reden, Magistra. Dr. Lockhart hat uns gesagt, Sie hätten uns neulich nachts beobachtet und es keinem verraten.«

»Ja, das stimmt, ich habe euch gesehen, aber es war ein Fehler von mir, dass ich es nicht gemeldet habe.«

»Wir finden, das war sehr nett von Ihnen«, sagt Aphrodite. Ich denke an Athenas Brief: *Sie sind eine echte Freundin.*

»Ich muss jetzt meine Tochter abholen, aber nachher komme

ich bei euch vorbei. Viel Glück da drin.« Fast hätte ich *bona fortuna* gesagt, aber im letzten Moment überlege ich es mir anders.

Als ich zur Vorschule komme, rechne ich damit, dass Olivia in Tränen aufgelöst ist und tobt, weil ich zu spät komme. Aber stattdessen treffe ich Mrs. Crane alleine an. Sie ist gerade dabei, Eierschalen zu sortieren. Vom schnellen Rennen bin ich aus der Puste und bringe atemlos hervor: »Wo ist Olivia?«

Mrs. Crane mustert mich mit der ausdruckslosen Miene, die mir stets eine gewisse Angst einflößt. »Ihr Vater hat sie abgeholt. Ich bin davon ausgegangen, dass das in Ordnung geht, weil Sie ja nicht da waren.«

»Ihr Vater?« Mitchell wollte sie erst nächstes Wochenende holen. »Aber ich habe auf das Anmeldeformular geschrieben, dass sie nur von mir abgeholt werden darf. Sie wissen doch, dass ich geschieden bin. Und wenn er sie nun entführen will?«

Mrs. Crane baut sich vor mir auf. »Das ist kein Grund, so zu schreien, Miss Hudson. Wir sind alle sehr verstört darüber, was heute vorgefallen ist.« Es dauert einen Moment, bis ich verstehe, dass sie Athena meint. »Ich dachte, Sie wären vielleicht bei ihr im Krankenhaus, weil das Mädchen doch Ihre Schülerin ist ...« Sie unterbricht sich. Ich wüsste gern, was für Geschichten über mein Verhältnis zu Athena kursieren. »Also dachte ich, Sie hätten Olivias Vater angerufen, damit er sich um sie kümmert. Ich bin mir ganz sicher, dass die beiden bei Ihnen zu Hause sind. Olivia hat gesagt, sie will ihm ihre Steine zeigen.«

»Ihre Steine?«

Miss Crane zuckt die Achseln und kippt einen Karton mit Eierschalen auf ein Stück Zeitungspapier. Dann legt sie eine zweite Zeitung darüber, nimmt einen kleinen Gummihammer und haut damit auf den Tisch. Ich zucke zusammen.

»Für unser Mosaik-Projekt«, erklärt sie. Zunächst denke ich, dass sie immer noch von der Steinesammlung redet, aber dann wird mir klar, dass sie die Eierschalen meint. Während ich mich daran erinnere, wie sorgfältig Olivia und ich die Eierschalen ausgewaschen haben, verstehe ich mit einem Mal, was Olivia gemeint hat. Mrs. Crane hat sie falsch zitiert – sie hat bestimmt von »ihren Felsen« gesprochen. Olivia will Mitch die Zauberfelsen zeigen! Die drei Schwestern! Ich verlasse den Raum, ohne mich zu verabschieden.

Sie stehen am Strand, und Mitch zeigt Olivia gerade, wie man Steine übers Wasser hüpfen lässt. Olivia jedoch interessiert sich mehr dafür, mit der Zunge eine Schneeflocke aufzufangen.

»Meinst du, der Schnee bleibt liegen?«, ruft sie, als sie mich sieht. »Und friert der See zu? Können wir dann Schlittschuh laufen? Ich möchte um die Schwesternfelsen rumlaufen.«

Wann hat sie angefangen, die Steine »Schwesternfelsen« zu nennen? Ich kann mich nicht erinnern, die Geschichte je erwähnt zu haben, aber falls ich es getan – und vergessen – habe, dann habe ich womöglich auch Athena davon erzählt. Oder hat etwa derjenige, der meine Tochter zum Felsen hinausgebracht hat, ihr auch die Geschichte erzählt?

»Nein, Schätzchen, der Boden ist nicht kalt genug, und bis der See zufriert, dauert es noch eine Weile«, sage ich. Die Temperatur fällt schnell. Ich mache den Reißverschluss von Olivias dünner Jacke zu und drücke sie an mich.

»Sie müsste eine wärmere Jacke haben«, sagt Mitch, der sich jetzt endlich zu mir umdreht.

»Heute Morgen hatten wir noch zwanzig Grad. Und ich wollte nach der Schule gleich mit ihr nach Hause gehen. Mit dir habe ich nicht gerechnet.«

»Na ja, ich hatte in der Gegend zu tun, und da habe ich gedacht, ich schau mal bei euch vorbei. Ich hätte Olivia nach Hause gebracht, aber du hast dich ja verspätet, und ich habe keinen Hausschlüssel.«

»Ich wollte Daddy die Zauberfelsen zeigen«, sagt Olivia und zeigt auf die »Drei Schwestern«. Es schneit inzwischen so heftig, dass man den letzten Felsen kaum sehen kann. »Das sind nämlich drei Schwestern«, erklärt sie Mitch. »Sie sind ertrunken, wie Hillary, und jetzt sind sie für immer beieinander.«

»Wie Hillary?«, fragt mich Mitch. »Was für Gute-Nacht-Geschichten liest du ihr eigentlich vor, Jane?«

»Ich glaube, sie meint Hilarion. Aus *Giselle*. Keine Ahnung, was das mit den Schwestern zu bedeuten hat. Du weißt doch, sie hat eine sehr lebhafte Fantasie.«

»Die Königin der Wilis hat es mir erzählt«, sagt Olivia beleidigt, als hätte ich sie gerade der Lüge bezichtigt.

»Okay, Schätzchen, ich glaube, wir gehen jetzt lieber nach Hause und wärmen uns auf. Dann mach ich uns eine schöne warme Suppe zum Abendessen.«

Olivia stapft voran, und Mitch bedeutet mir, ein paar Schritte hinter ihr zu bleiben. »Ich dachte, ich gehe irgendwo mit ihr essen«, sagt er.

»Gut, meinetwegen, aber du hättest mir wirklich Bescheid sagen können. Du hältst dich nicht an die vereinbarten Besuchszeiten ...«

»Es gibt ein paar Punkte, über die wir noch nicht gesprochen haben. Zum Beispiel darüber, was passiert, wenn du Olivia nachts alleine lässt, weil du dich mit deinem Freund unten am See treffen möchtest.«

»Wovon redest du?«

»Ich nehme an, du führst immer noch Tagebuch, Jane. Du solltest ein bisschen besser aufpassen, dass es nicht in falsche Hände gerät. Ich habe heute dieses Fax bekommen.«

Er reicht mir ein glattes Stück Papier. In der obersten Linie erkenne ich die gedruckte Faxnummer der Schule. Der Rest ist handschriftlich.

»Heute Abend werde ich zum See hinuntergehen, um mich mit ihm zu treffen, und ich werde ihm alles sagen. Ich weiß, ich sollte nicht gehen, aber ich kann nicht anders. Es ist, als würde der See mich rufen. Manchmal frage ich mich, ob das, was man sich über die drei Schwestern erzählt, vielleicht doch wahr ist. Ich habe das Gefühl, sie zwingen mich, zum See hinunterzugehen, obwohl ich genau weiß, dass ich nicht gehen sollte.«

Der Zettel zittert, und es dauert eine Weile, bis ich merke, dass meine Hand daran schuld ist und nicht der Wind. Ich habe das Gefühl, durch das Papier hindurch den ganzen Hass der Person zu spüren, die Mitch dieses Fax geschickt hat. Dabei weiß ich doch genau, dass der Absender dieser Botschaft das Blatt nie berührt hat. Ich überprüfe das Datum und die Uhrzeit: heute Morgen, 8:30 Uhr. Ich bin kurz nach acht vom Schwimmen zurückgekommen. Dr. Lockhart hat Athena kurz vor neun gefunden. Aber warum sollte Athena erst dieses Fax abschicken, in ihr Zimmer zurückgehen, eine Nachricht für mich tippen, in der steht, ich sei eine »echte Freundin«, und sich dann die Pulsadern aufschlitzen? Das ergibt doch keinen Sinn.

Ich blicke von dem Zettel auf und sehe Mitchell an. Wir sind oben am Pfad angekommen, wo wir stehen bleiben, um Atem zu holen. Er erwartet, dass ich alles abstreite. Aber was soll ich abstreiten? Soll ich ihm sagen, ja, ich habe das geschrieben, aber das war vor zwanzig Jahren, und ja, ich lasse Olivia allein, um zum See hinunterzugehen, aber ganz bestimmt nicht, um mich mit diesem Jungen zu treffen, der seit fast zwanzig Jahren tot ist?

Ich schaue zum See, betrachte die Schneeflocken, die leise auf die reglose graue Oberfläche rieseln, und obwohl ich weiß, dass sie schmelzen, sobald sie das Wasser berühren, male ich mir aus, wie sie als weiße Sterne durchs dunkle Wasser schweben. So viel ist sicher: Die Person, die Mitchell diese Nachricht geschickt hat, will mir schaden. Irgendjemand – keine gute Fee, auch nicht die Königin der Wilis – hat Olivia zum dritten Felsen gebracht und sie dort abgesetzt. Ein falscher Schritt, und sie wäre ins Wasser gerutscht ... Plötzlich sehe ich ein Bild vor mir: Olivias helle Haare, die sich wie ein Fächer im dunklen Wasser ausbreiten, während sie immer tiefer sinkt, ihr Gesicht ein blasser weißer Stern, der vom schwarzen Wasser ausgelöscht wird.

»Vielleicht sollte ich sie eine Weile zu mir nehmen«, sagt Mitchell.

Ich merke an dem angriffslustigen Tonfall, dass er blufft. Er erwartet, dass ich Einspruch erhebe, ihn an meinen Anwalt verweise und ihm sage, ich hätte nichts getan, was diese Maßnahme rechtfertigt. Aber stattdessen sage ich das, womit er am wenigsten gerechnet hat.

»Ja, wahrscheinlich ist das eine gute Idee. Vielleicht solltest du sie eine Weile zu dir nehmen.« Es bricht mir das Herz, mich von Olivia zu trennen, aber allmählich denke ich, dass Heart Lake kein sicherer Ort für kleine Mädchen ist.

7. Kapitel

OHNE OLIVIA IST ES VIEL ZU STILL im Cottage. Nach dem Abendessen (ich mache mir Rührei und werfe die Eierschalen weg) beschließe ich, zum Wohnheim hinüberzugehen, um mit Vesta und Aphrodite zu reden. Ihr Zimmer liegt neben dem Parkplatz, auf dem mein Wagen steht. Bevor ich noch einmal ins Krankenhaus fahre, kann ich sie fragen, ob ihnen irgendetwas einfällt, womit man Athena eine Freude machen könnte.

Ich gehe am See entlang, denn es ist ein wunderschöner Abend. Der Schneefall von heute Nachmittag hat einen weißen Schimmer auf den Boden gezaubert; jetzt ist der Himmel klar und mondhell. Es ist kalt, nur knapp über dem Gefrierpunkt, schätze ich. Das Mondlicht liegt auf dem Wasser wie eine Vorahnung von Eis. Es wird noch einige Wochen dauern, bis der See zufriert, aber heute Abend spüre ich, dass im Wasser schon eine gewisse Unruhe herrscht. Matt Toller hat mir den Vorgang des Gefrierens einmal erklärt. Er sagte, wenn das Wasser oben kälter wird, nimmt es an Dichte zu und sinkt nach unten. Das wärmere Wasser steigt nach oben, wird von der niedrigeren Lufttemperatur abgekühlt und sinkt seinerseits nach unten. So zirkuliert das Wasser wochenlang – diesen Vorgang nennt man »Umwälzung« –, bis der Augenblick gekommen ist, an dem das gesamte Seewasser etwa dieselbe Temperatur hat. Dann erst beginnt die Oberfläche zu gefrieren. Matt sagte, wenn man in der Nacht am See ist – in der Nacht des ersten Eises –, kann man beobachten, wie sich die Eiskristalle bilden. Ich stelle mir den See vor wie eine riesige Zementmischmaschine, die Dinge aus der Vergangenheit an die Oberfläche wälzt.

Am Point bleibe ich stehen. An der Stelle, wo er aus dem Wasser tritt, sind zu beiden Seiten des Felsens schmale Vorsprünge, die aus dem gleichen weichen Kalkstein bestehen wie der Grund des Sees, aber weiter oben ist der Point aus härterem Gestein – Granit –, wie uns Miss Buehl erklärt hat, wenn ich mich recht erinnere. Seine gewölbte Oberfläche ist glatt und kahl, bis auf die Schrammen und Spalten, die der letzte Gletscher vor zehntausend Jahren hineingegraben hat. Und auch dieser Fels, der so undurchlässig ist, dass er bis heute die Narben eines Ereignisses trägt, das vor zehntausend Jahren stattfand, lag früher unter der Erdoberfläche.

Ich blicke übers Wasser, sehe, wo sich der See verengt und in den Schwanenkill fließt, und verfolge ihn vor meinem inneren Auge weiter, bis zum Hudson und schließlich ins Meer. Rechts unter mir marschieren die drei Schwestern vom Badestrand ins Wasser. Und links sehe ich die Lichter der Villa und des Wohnheims.

Die Tagebuchseiten, das Corniculum, die Legende der drei Schwestern – all diese Dinge, die wieder an die Oberfläche gespült wurden, erscheinen mir wie Treibgut, wie Relikte eines Schiffbruchs, der zwanzig Jahre zurückliegt. Doch jetzt sieht es so aus, als würde das Schiffswrack selbst wieder auftauchen: Die Ereignisse von damals wiederholen sich.

Während unseres letzten Schuljahrs wurde Lucy auf die Krankenstation gebracht, weil sie sich beide Pulsadern aufgeschnitten hatte. Ein paar Wochen später wurde unsere Mitbewohnerin Deirdre Hall mit gebrochenem Genick aus dem See gefischt. Die Untersuchungen ergaben, dass sie vom Point aufs Eis gestürzt und dann ertrunken war. Einen Monat später sah ich, wie Lucy, gefolgt von ihrem Bruder Matt, auf die brüchige Eisoberfläche des Sees hinausrannte und zwischen den Schollen versank.

Kann es sein, dass etwas an diesem Ort bewirkt, dass sich die Ereignisse wiederholen? Haben sich die ganzen Todesfälle, von Iris Crevecoeur bis Deirdre Hall, Lucy und Matt, in die Landschaft von Heart Lake eingegraben wie die Gletscherrisse in den Felsen? Oder versucht jemand, die Geschehnisse neu zu inszenieren, nach einem Drehbuch, das vor zwanzig Jahren geschrieben wurde?

An der Pforte im Wohnheim krame ich in meiner Tasche nach dem Zettel, den Vesta mir gegeben hat, und zeige ihn der Aufsicht, ohne ihn noch einmal anzusehen. Sie sagt mir, das Zimmer von Vesta und Aphrodite sei im ersten Stock, zweite Tür links. Und plötzlich stehe ich vor meinem ehemaligen Zimmer, vor dem Apartment, das ich drei Jahre lang mit Deirdre Hall und Lucy Toller geteilt habe.

Ich klopfe. Von innen ruft eine Stimme: »Die Tür ist offen.« Vesta und Aphrodite (oder Sandy und Melissa, wie ich mir vorgenommen habe, sie zu nennen) sitzen sich im Schneidersitz auf dem Bett gegenüber. Ich rieche Zigarettenrauch und spüre kalte Zugluft. Das Bett steht unter dem Fenster. Würde ich auf dem Fenstersims hinter der Jalousie nachsehen, fände ich garantiert einen Aschenbecher. Aber ich unterlasse es.

»Magistra Hudson«, sagt Vesta. »Salve. Was für eine Überraschung.« Aber sie klingt keineswegs überrascht.

Auf dem Bett liegt ein Band mit Gedichten von Emily Dickinson. Ich ahne einen Hauch von Moder in der Luft. Offenbar waren vor mir Gwendoline Marsh und Myra Todd hier.

»Darf ich mich setzen?«

Aphrodite zuckt die Achseln, aber Vesta besitzt immerhin genug Anstand, um auf einen der beiden Schreibtischstühle zu deuten. Ich nehme auf dem Windsor-Stuhl aus Ahornholz Platz. Ist er derselbe wie der, auf dem ich vor zwanzig Jahren gesessen habe? Der Schreibtisch sieht jedenfalls aus wie der von damals: weiches, dunkles Holz, in das Generationen von Heart-Lake-Schülerinnen ihre Initialen geritzt haben. Bestimmt würde ich auch meine finden, wenn ich mir die Mühe machte, sie zu suchen. Aber ich schaue auf den Boden, sehe den dunklen Fleck.

»Ich finde, wir sollten was drüberlegen, aber Sandy meint, das würde alles nur verschlimmern.« Zum ersten Mal, seit ich hereingekommen bin, hat Aphrodite den Mund aufgemacht, und ich merke am heiseren Klang ihrer Stimme, dass sie geweint hat. Ich mustere sie etwas genauer und sehe die dunklen Ringe unter ihren Augen, die diesmal nicht mit Kajalstift gemalt sind.

»Ihr könnt sicher ein anderes Zimmer haben, wenn ihr die Direktorin fragt. Niemand kann von euch verlangen, dass ihr hier bleibt.«

»Ja, Direktorin Buehl hat schon gesagt, wir könnten umziehen, und Miss Marsh findet, wir sollen das unbedingt tun. Sie meint, es sei sonst, wie wenn wir mit einem Geist zusammenwohnten, und wir müssen nicht ...« Aphrodite verstummt. Sie sieht selbst aus wie ein Geist, kreidebleich, wie sie ist. Gwen hat es sicher gut gemeint, aber von einem Geist zu reden, das war ausgesprochen ungeschickt.

»Aber Dr. Lockhart hat gesagt, wir sollen hier bleiben und uns mit unserer Angst auseinander setzen. Sie meint, es hilft nichts, wenn man vor der Vergangenheit davonläuft«, sagt Vesta. »Ich finde, sie hat Recht. Wovor sollen wir denn Angst haben? Dass wir uns plötzlich selbst was antun, nur weil Ellen durchgedreht ist? Das kann ich mir echt nicht vorstellen.«

»Ich auch nicht.« Aphrodite nickt heftig. »Wir glauben ja schließlich nicht an die Geschichte von den drei Schwestern.«

»Wer hat euch die Geschichte erzählt?«, frage ich.

Die Mädchen sehen sich an. Vesta funkelt ihre Freundin böse an, offensichtlich sauer auf Aphrodite, weil sie das Thema angeschnitten hat.

»Die kennt doch jeder. Sie gehört zu den großen Traditionen von Heart Lake, so wie das Teetrinken in der Lake Lounge oder dass man die Glocke oben auf dem Herrenhaus läuten muss, damit man nicht als Jungfrau stirbt.«

Wider Willen muss ich lachen. »Das macht ihr immer noch?«

Vesta und Aphrodite grinsen – offenbar sind sie erleichtert, weil sie mich zum Lachen gebracht haben. »Ja, klar, obwohl manche Mädchen es nicht so wichtig finden«, antwortet Vesta. Aphrodite schlägt ihr neckisch auf den Arm und blickt verstohlen zu mir herüber, um herauszufinden, wie ich reagiere. Ich lächle ihr zu, und insgeheim denke ich an die Bitte, mit der sie sich an die Göttin des Sees gewandt hat – dass ihr Freund in Exeter ihr treu bleiben soll.

»Hat Athena einen Freund?«, erkundige ich mich. »Sie hat mir erzählt, dass sie letztes Jahr völlig durcheinander war, weil ihr Freund mit ihr Schluss gemacht hat. Ist wieder so was Ähnliches passiert?«

Ganz still sind sie jetzt, die Mädchen. Ich spüre richtig, wie sie vor mir zurückweichen.

»Wie soll sie hier einen Freund haben?«, entgegnet Vesta. »Hier gibt's doch gar keine Jungs.«

»Manchmal treffen sich Mädchen mit Jungen aus der Stadt. Als ich hier zur Schule ging ...« Als ich das plötzliche Interesse auf ihren Gesichtern bemerke, verstumme ich.

»Was? Was haben Sie gemacht, als Sie hier waren? Haben Sie sich im Wald mit Jungs verabredet?«, will Aphrodite wissen. »Oder am Badestrand? Den Strand kann man ja vom Herrenhaus aus nicht sehen.«

Mir wird auf einmal heiß, und ich merke, dass die Schreibtischlampe mir auf die Schulter brennt. Der eigentliche Grund, weshalb ich hergekommen bin, fällt mir plötzlich wieder ein – ich will herausfinden, ob Athena mein Tagebuch entdeckt hat, und wenn ja, ob Vesta und Aphrodite es jetzt haben. Ich sehe mich im Zimmer um. Wenn ich es vor zwanzig Jahren hier versteckt hätte, dann hätten die Mädchen es finden können. Ich würde gern in meinem alten Versteck nachsehen – unter der lockeren Diele hinter dem Schreibtisch. Aber andererseits habe ich längst dort nachgeschaut, vor zwanzig Jahren. Damals dachte ich, Lucy hätte an jenem letzten Abend, bevor sie mir zum See hinunter gefolgt ist, mein Tagebuch versteckt, und Lucy war eine Weltmeisterin im Verstecken.

Aphrodites Frage übergehe ich mit dem Lächeln, das ich immer aufsetze, wenn meine Schülerinnen eine zu persönliche Frage stellen. Unwillkürlich strecke ich die Beine aus und berühre mit der Schuhspitze den Rand des Blutflecks. Dabei springt mir eine Vertiefung im Holz ins Auge, die sich im Lauf der Zeit glatt geschliffen hat.

»Ich könnte mir vorstellen, dass sie diese Dielen herausreißen werden«, sage ich. »Sie sind uralt und locker. Wisst ihr, was wir immer gemacht haben? Wir haben alles Mögliche unter den Dielen versteckt.«

Ich blicke auf, um zu sehen, wie sie reagieren, aber ihre Gesichter verraten mir nichts. Sie sehen aus, als würden sie etwas verbergen, aber dieser Eindruck ist nicht neu – das ist nun mal so bei Siebzehnjährigen. Auf jeden Fall scheinen sie nichts sagen zu wollen.

»Ich wette, man könnte hier alle möglichen Sachen finden, die im Lauf der Jahre versteckt wurden«, sage ich. Vielleicht klappt es ja besser, wenn ich den direkteren Weg einschlage. »Ist es so? Ich meine, benutzt ihr die Dielen als Versteck?«

Die Mädchen sehen sich nicht an, und ich habe das Gefühl, dass sie es vermeiden, sich in die Augen zu sehen.

»Nein«, sagt Vesta betont unbeteiligt. »Haben Sie was verloren?«

Ich drehe den Stuhl zum Schreibtisch, entziehe mich Vestas prüfendem Blick. Weiß sie, dass das hier mein ehemaliges Zimmer ist? Plötzlich komme ich mir vor, als wäre ich diejenige, die verhört wird, und unter dem Licht der Schreibtischlampe wird mir erst richtig warm. Als ich den Arm der Lampe von mir wegschiebe, stoße ich eine leere Teetasse um.

»Wir sollten die Tasse endlich wegräumen«, sagt Aphrodite. »Sie sind schon die Zweite heute Abend, die sie umstößt. Zum Glück ist sie jetzt leer.«

Ich nehme die Tasse und stelle sie neben das Geschichtsbuch. Gedankenabwesend schlage ich die erste Seite auf und lese »Eigentum der Heart-Lake-Mädchenschule«. Unter dem Schulsiegel ist Platz, wo die Schülerinnen ihren Namen und das Jahr eintragen müssen. Die Namen gehen bis in die siebziger Jahre zurück, und ich sehe nach, ob ein mir bekannter dabei ist, finde aber keinen. Die Namen meiner Klassenkameradinnen haben sich mir nicht besonders gut eingeprägt. Nie habe ich mir die Mühe gemacht, außer Lucy und Deirdre noch andere Mädchen näher kennen zu lernen. Ganz unten steht Ellen Cravens Name.

»Ist das hier Athenas Schreibtisch?«, frage ich.

»Ja«, antwortet eine der beiden; ich kann nicht sagen, welche.

Bei meiner Suche nach einem schwarzweißen Notizbuch weiß ich nicht einmal mehr, ob ich mein Notizbuch suche oder aber Athenas.

»Ich fahre jetzt in die Stadt und besuche Athena. Was meint ihr – will sie vielleicht eins von ihren Büchern?«

»Ja, wie wär's mit ihrem Lateinbuch?« Der sarkastische Unterton in Vestas Stimme ist nicht zu überhören, aber als ich sie ansehe, wirkt ihr Gesicht ausdruckslos, unschuldig.

»Nein. Ich nehme kaum an, dass sie jetzt ihre Lateinaufgaben machen möchte. Ich dachte an etwas Persönlicheres. Ihr Tagebuch vielleicht. Sie führt doch Tagebuch, oder? Ich erinnere mich, dass sie ein schwarzweißes Heft hatte.«

»Ja, sie hatte sogar mehrere«, sagt Aphrodite.

»Aber Sie kommen zu spät«, fügt Vesta hinzu. »Dr. Lockhart hat sie schon alle mitgenommen.«

Auf dem Weg zum Parkplatz rutsche ich auf dem vereisten Weg zweimal beinahe aus, obwohl ich die ganze Zeit auf den Boden sehe. Aber das Mondlicht, das durch die Zweige fällt, wirft ein irritierendes schwarzweißes Fleckenmuster auf den Weg. Die Schatten erinnern mich an den schwarzweiß marmorierten Deckel meines alten Tagebuchs – oder an Athenas Tagebücher –, und ich habe das Gefühl, als würde ich auf einem spiegelglatten Buchdeckel herumschlittern.

Sie hatte sogar mehrere, hat Aphrodite gesagt. Falls Athena mein altes Tagebuch gefunden hat, befindet es sich jetzt also möglicherweise in Dr. Lockharts Händen. Ich müsste Athena danach fragen – falls sie bei Bewusstsein ist.

Im Krankenhaus erfahre ich zu meiner großen Erleichterung, dass Athena aufgewacht ist, aber sie ist nicht allein. Dr. Lockhart sitzt auf einem Stuhl am Fenster, ein aufgeschlagenes Buch im Schoß. Bis auf die kleine Leselampe, die an diesem Buch befestigt ist, ist es dunkel im Zimmer. Sobald Dr. Lockhart mich sieht, klappt sie ihr Buch zu und erhebt sich. Die Leselampe bewegt sich mit ihr und wirft schlingernde Schatten durchs Zimmer. Athena dreht den Kopf und lächelt, als sie mich erkennt.

»Magistra Hudson«, sagt sie mit heiserer Stimme, und ich muss unwillkürlich an die Rasierklingen denken. »Wir haben gerade von Ihnen gesprochen.«

»Wollten Sie schlafen?«, sage ich. »Wenn ich störe, kann ich auch morgen wiederkommen.«

»O nein – ich habe gerade zu Dr. Lockhart gesagt, dass ich gern mit Ihnen reden würde.«

»Ja – Ellen sagt, Latein sei ihr Lieblingsfach. Ich wollte ihr Gesellschaft leisten, bis sie einschläft, aber jetzt sind Sie ja hier, da kann ich mich verabschieden.«

Dr. Lockhart geht ums Bett herum und gibt mir mit einer Geste der Hand zu verstehen, ich solle ihr nach draußen folgen. »Ich möchte nur kurz ein paar Worte mit Miss Hudson wechseln, Ellen, dann gehört sie Ihnen.«

Athena dreht sich auf die Seite und schaut uns nach, als wir auf den Flur treten. Im Mondlicht, das durchs Fenster fällt, kann ich ihre verbundenen Arme sehen.

Dr. Lockhart fasst mich am Ellbogen und führt mich den Flur hinunter. »Sie sollten daran denken, dass Ellen sich jetzt in der Verleugnungsphase befindet«, flüstert sie. »Nehmen Sie das, was sie über ihren Selbstmordversuch sagt, nicht für bare Münze. Am besten stellen Sie ihr nicht allzu viele Fragen.«

»Ja, natürlich«, sage ich. »Aber ich wollte Sie noch etwas fragen.«

Dr. Lockhart zieht eine Augenbraue hoch und verschränkt die Arme vor der Brust. Die Leselampe an ihrem Buch beleuchtet ihr Gesicht gespenstisch von unten. Wenn eine der älteren Schülerinnen im Internat uns am Halloween-Feuer die Geschichte der drei Schwestern erzählte, hat sie ihr Gesicht auch von unten mit einer Taschenlampe angestrahlt.

»Athenas Mitbewohnerinnen haben mir gesagt, Sie hätten ein paar Hefte von Athenas Schreibtisch genommen. Ich wüsste gern, ob ...«

»Ob Ihr Tagebuch dabei war?«

Ich nicke.

»Nein. Ich habe sofort nachgesehen. Falls Ellen Ihr Tagebuch haben sollte, dann hat sie es gut versteckt. Vielleicht hat jemand anders es gefunden.« Sie tätschelt mir beruhigend den Arm, wodurch das Licht in dem spärlich beleuchteten Flur heftig hin und her wackelt. Es sieht aus, wie wenn in einer unterirdischen Höhle Wasser reflektiert wird. »Machen Sie sich keine Sorgen, Jane«, sagt sie. »In Ihrem Tagebuch von damals werden schon keine so furchtbaren Dinge stehen.« Mit diesen Worten dreht sie sich um und geht den Flur hinunter. Die Lampe an ihrem Buch hüpft neben ihr her, wie Glöckchen neben Peter Pan.

Athena hat die Augen geschlossen, als ich zurückkomme, aber kaum setze ich mich auf die Bettkante, sieht sie mich hellwach an.

»Ach, Magistra Hudson«, sagt sie. »Ich wollte schon den ganzen Tag mit Ihnen reden. Sie sind die Einzige, der ich es sagen kann.«

Diesen Satz kenne ich – er stand auf der Tagebuchseite, die vor zwei Tagen in meinem Ordner lag.

»Und was wollten Sie mir sagen?« Vorsichtig nehme ich Athenas verbundene Hand. Ich darf sie nicht zu sehr drücken.

»Ich hab das nicht getan«, sagt sie.

Zuerst denke ich, sie will abstreiten, dass sie mein Tagebuch genommen hat – aber ich habe sie ja noch gar nicht danach gefragt.

»Was haben Sie nicht getan?«, frage ich.

»Ich habe mir nicht die Pulsadern aufgeschnitten. Ich wollte mich nicht umbringen. Jemand wollte mich töten.«

8. Kapitel

»PARANOIDE WAHNVORSTELLUNGEN, hervorgerufen durch eine Überdosis Tabletten«, sagt Dr. Lockhart, als ich ihr von Athenas Behauptung erzähle. »Genau, was ich befürchtet habe.«

Wir sitzen wieder in ihrem Büro mit dem Panoramablick über den Heart Lake. Es ist zwar erst ein paar Tage her, seit ich das letzte Mal hier saß und mich danach sehnte, schwimmen zu gehen, aber es kommt mir vor wie Monate. Seit dem Schneefall gestern haben wir Temperaturen unter null.

»Dass ein Selbstmordversuch geleugnet wird, ist ebenfalls typisch«, erklärt mir Dr. Lockhart. »Ich habe über dieses Thema gearbeitet, als ich meinen Facharzt machte.« Sie rollt mit ihrem Schreibtischstuhl nach hinten und greift in den Aktenschrank. Ich bemerke die ergonomische Konstruktion des eleganten Stuhls, als sie sich darin zurückbeugt. Wie hat sie die Schule wohl dazu gebracht, ihr ein so teures Möbelstück hinzustellen, während wir anderen uns mit harten, knarrenden Ungetümen zufrieden geben müssen?

Sie reicht mir einen dünnen Papierstapel. Ich nehme an, dass es ihre Veröffentlichung ist, und will gerade höflich versprechen, dass ich die Arbeit lesen werde, sobald ich mit meinen Korrekturen fertig bin, aber da merke ich, dass es sich um etwas anderes handelt. Oben liegt ein handschriftlicher Brief auf blassblauem Briefpapier, den Lucy Toller am 28. Februar 1977 geschrieben hat. Adressat ist ihr Bruder Matt, der im letzten Highschool-Jahr auf die Militärakademie im Hudson Valley geschickt worden war. Wie immer beginnt Lucy mit einem Zitat. Ich kann es sofort einordnen: Es stammt aus Euripides' *Iphigenie bei den Taurern:* »Hier kommt ein Gruß von einer, die du tot geglaubt.« Dann versichert sie ihrem Bruder, der offizielle Bericht über ihren Selbstmordversuch in den Weihnachtsferien sei falsch. »Ich kann es jetzt nicht erklären, Mattie, aber glaube mir bitte, dass ich nie und nimmer die Absicht gehabt habe, mir das Leben zu nehmen. Domina Chambers hat mir etwas erzählt, was alles verändert. Wenn ich dir sage, was es ist, wirst du verstehen, warum wir uns immer anders gefühlt haben als die anderen. Die normalen Regeln der Welt gelten für uns nicht. ›Wer von uns kann sagen, was die Götter für böse erachten?‹« Ich weiß, dass diese Passage damals gegen Domina Chambers verwendet wurde.

Ganz unten auf der Seite steht eine Zeile aus einem Gedicht: »Und sündige nicht mehr, wie wir's getan, indem du bleibst, doch, lieber Matthew, lass den Mai uns feiern.« Ich erinnere mich genau, wie wir dieses Gedicht von Robert Herrick bei Miss Macintosh im Englischunterricht gelesen haben.

Ich lese den Brief zweimal durch, aber als ich mir die anderen Papiere ansehen will, nimmt Dr. Lockhart mir den Stapel wieder aus der Hand.

»Wie Sie sehen, hat auch Ihre Freundin Lucy ihren Selbstmordversuch geleugnet, und wenn man den Notizen der Direktorin Glauben schenken kann, hat das Blut aus ihren Pulsadern zwei Matratzen durchnässt.«

Mir wird ganz rot vor Augen, als sie das sagt. Wieder sehe ich das blutdurchtränkte Bett, die purpurroten, zerwühlten Laken.

»Und wir wissen, dass der Selbstmordversuch ernst gemeint war. Schließlich hat sie wenig später einen erfolgreichen Versuch unternommen. Sie ist aufs Eis hinausgerannt und hat sich absichtlich ertränkt. Sie haben es gesehen, stimmt's?«

Ich nicke, aber daran, dass Dr. Lockhart hartnäckig schweigt, merke ich, dass sie eine etwas ausführlichere Reaktion erwartet. »Ja«, sage ich. »Sie hat sich ertränkt.«

»Lucy hat nicht versucht, sich ans Eis zu klammern? Gab es für Sie keine Möglichkeit, ihr zu helfen?«

»Sie wollte meine Hilfe nicht«, sage ich. »Sie ist praktisch untergetaucht. Sie wollte sterben.«

»Und sie hat nicht um Hilfe gerufen?«

»Nein«, antworte ich und versuche vergeblich, meine Gereiztheit zu verbergen. »Wie gesagt, sie ist untergetaucht. Und unter Wasser konnte sie schlecht um Hilfe rufen.«

»Wir müssen also annehmen, dass sie auch den ersten Versuch ernst gemeint hat. Es wäre ja auch grauenhaft, wenn Ihre Freundin Lucy sich damals *nicht* hätte umbringen wollen.«

»Wieso?«

»Weil ihr Versuch der Auslöser für den Selbstmord Ihrer anderen Zimmerkollegin war. Deirdre Hall, richtig?«

Dr. Lockhart zieht ein anderes Papier aus dem Stapel auf ihrem Schreibtisch. Es ist die Fotokopie eines linierten, handgeschriebenen Zettels.

»Das, was Lucy an Weihnachten getan hat, ist schuld an allem, was jetzt geschieht«, lese ich laut. Die letzten Zeilen auf der Seite sind von einem vervielfältigten Blatt ausgeschnitten und aufgeklebt. Ich lese für mich: »Nun steh ich auf und gehe, denn stets bei Nacht und Tag/ Hör ich Seewasser lecken am Strand mit dunklem Ton;/ Wenn auf der Straß' ich stehe, auf grauem Steinbelag,/ Im Kern des Herzens hör ich's schon.« Auch das eins von Miss Macintoshs Lieblingsgedichten: Yeats' »Die See-Insel von Innisfree«.

»Deirdre Halls letzter Tagebucheintrag, ehe sie sich im See ertränkt hat«, sagt Dr. Hall. »Nein, Jane, ich glaube, wir dürfen keinesfalls davon ausgehen, dass Ellen sich nicht umbringen wollte. Meiner Meinung nach müssen wir sie im Auge behalten. Ebenso wie ihre Zimmerkolleginnen Sandy und Melissa. Ich halte alle drei Mädchen für stark gefährdet.«

In den nächsten Wochen bin ich fast ausschließlich damit beschäftigt, meine Mädchen im Auge zu behalten. Ich rede mir ein, dass ich darauf achte, ob irgendetwas in ihrem Verhalten auf Depressionen oder suizidale Tendenzen hinweist, aber in Wirklichkeit will ich vor allem wissen, ob sie mein altes Tagebuch gefunden haben. Mir kommt es jedoch so vor, als ob sie weniger neurotisch wären als sonst. Das könnte allerdings auch daran liegen, dass sie sich bei der Kälte anders anziehen. Als Athena wieder in den Unterricht kommt, tragen alle Mädchen mehrere Schichten von Pullovern, Schals und Flanellhemden. Die Pullover kaschieren die Verbände an Athenas Armen und die Narben an den Handgelenken der anderen Mädchen. In ihren knallroten Schottenkaros und den kuscheligen Angorapullis wirken sie viel robuster – und weniger friedhofsmäßig.

Der Schnee kommt früh, selbst für die Adirondacks. An Halloween Anfang November liegt schon eine geschlossene Schneedecke, an Thanksgiving sind die Wälle an den Wegrändern bereits kniehoch. Der Campus erscheint im Winter immer wie ein in sich geschlossener Kosmos. Ich weiß, dass sich dieses Gefühl spätestens im Januar in Klaustrophobie verwandelt, aber jetzt ist es erst mal sehr heimelig.

Ich telefoniere abends immer mit Olivia und besuche sie jedes zweite Wochenende. Solange ich nicht darüber rede, dass sie wieder zu mir zurückkommen soll, sagt Mitchell auch nicht, dass er das alleinige Sorgerecht beantragen will. Ich glaube, im Moment ist es am besten so, wie es ist.

Ich erhalte keine weiteren Nachrichten aus meiner Vergangenheit. Wenn ich den See betrachte, sehe ich, dass er demnächst zufrieren wird, und ich freue mich darauf, als würde dann auch die Vergangenheit unter dem Eis versiegelt.

Abend für Abend gehe ich zum See hinunter, in der Hoffnung, das erste Eis mitzuerleben. Einmal sehe ich Athena, Vesta und Aphrodite dort und überlege kurz, ob ich kehrtmachen soll, aber dann entdecke ich, dass Gwendoline Marsh und Myra Todd bei ihnen sind. Sie haben Decken und Thermosflaschen mit heißer Schokolade mitgebracht.

»Magistra!«, rufen meine Mädchen, als sie mich sehen. »Setzen Sie sich doch zu uns. Wir warten darauf, dass der See gefriert. Miss Todd meint, wenn der Mond scheint, können wir sehen, wie sich die Eiskristalle bilden.«

Sie nennen sich »Der Club des ersten Eises« oder kurz: *Eis-Club*.

»Das ist eine Heart-Lake-Tradition«, sagt Vesta und reicht mir einen Becher mit heißer Schokolade.

Ich nicke und verbrenne mir beim ersten Schluck die Zunge. Myra Todd hält einen Vortrag über den physikalischen Vorgang beim Gefrieren des Sees, und Gwen liest ein Gedicht von Emily Dickinson vor, das mit der Zeile »Nach großem Schmerz kommt ein förmliches Gefühl ...« beginnt. Ich frage mich, weshalb sie ausgerechnet dieses Gedicht ausgewählt hat, bis sie die letzte Strophe liest: »Das ist die Stunde aus Blei –/Erinnert, wenn überlebt/ Wie frierende Menschen sich an den Schnee erinnern –/ Zuerst – Kälte – dann Erstarrung – dann das Loslassen.«

Das ist sicher eine treffende Beschreibung des Erfrierens, und es ist nicht Gwens Schuld, dass ich dabei an Matt und Lucy denken muss: *Zuerst – Kälte – dann Erstarrung – dann das Loslassen*. Nur dass die beiden nicht losgelassen haben. Sie konnten sich aneinander festhalten.

Ich frage mich, ob sie Direktorin Buehl wohl um Erlaubnis gebeten haben. Und ob Dr. Lockhart von dem Club weiß. Offenbar kann ich nicht mehr zwischen einem Clubtreffen und einem heidnischen Ritual unterscheiden.

Als die Mädchen mit den Füßen stampfen, weil ihnen kalt wird, und wir keine heiße Schokolade mehr haben, gehen wir nach Hause. Auf dem Rückweg singen Gwendoline Marsh und Vesta »Stille Nacht«. *Ein Clubtreffen,* denke ich, ganz eindeutig *ein Clubtreffen*.

In der zweiten Dezemberwoche beobachte ich bei Aphrodite eine Veränderung. Sie erscheint zu spät zum Unterricht und macht ihre Hausaufgaben nicht. Da sie nicht gut improvisieren kann, komme ich ihr bald auf die Schliche. Vesta und Athena versuchen ihr zu helfen. Anhand ihrer Übersetzungen, die sich viel zu ähnlich sind, merke ich, dass sie Aphrodite abschreiben lassen. Wenn ich Aphrodite frage, warum sie sich für eine bestimmte Formulierung entschieden hat, oder sie eine Endung bestimmen lasse, gerät sie ins Schleudern und kann die Syntax nicht aufschlüsseln. Es tut richtig weh, also rufe ich sie nicht mehr auf, aber sie bricht bei der geringsten Kleinigkeit in Tränen aus: beim Aufsagen von Catulls Gedicht über die Treulosigkeit seiner Freundin, beim Vorlesen aus dem vierten Buch der *Aeneis*, bei der Definition des Verbs *prodere*.

»Was ist mit Aphrodite los?«, frage ich Athena nach dem Unterricht.

»Sie hört aus Exeter alle möglichen Gerüchte über Brian, ihren Freund. Sie wissen schon – angeblich betrügt er sie und macht sich über sie lustig. Sie telefoniert jeden Abend mit ihm, und er schwört, dass es nicht stimmt.«

»Ich habe den Eindruck, das macht ihr viel aus.«

»Ja, klar – die beiden sind seit der neunten Klasse zusammen. Sie sagt, sie wollen aufs selbe College. Aber wie es aussieht, schafft sie's gar nicht aufs College.«

»Wollen Sie damit sagen, sie ist selbstmordgefährdet?«

Athena starrt mich entsetzt an.

»Nein. Ich will sagen, dass ihre Noten sich rapide verschlechtert haben. Ist Ihnen das noch nicht aufgefallen?«

Ich beschließe, mit Dr. Lockhart über Aphrodite zu reden. Schweigend hört sie sich an, was ich zu sagen habe.

»Gut – ich werde mit ihr sprechen«, sagt sie, als ich fertig bin. »Aber ich glaube nicht, dass es etwas Ernstes ist. Das Wichtigste ist, dass man die anderen Mädchen nicht auf die Idee bringt, ihre Traurigkeit könnte etwas mit Selbstmordabsichten zu tun haben. Egal, was Sie tun – reden Sie mit den anderen Schülerinnen nicht darüber.«

Ich denke an mein Gespräch mit Athena und daran, wie sie mich angestarrt hat, als ich sie gefragt habe, ob sie denkt,

Aphrodite könnte sich umbringen. Ich bedanke mich bei Dr. Lockhart, dass sie sich Zeit für mich genommen hat, und verabschiede mich rasch.

Als ich abends Olivia anrufe, erzählt sie mir von der neuen Tagesmutter, zu der sie nach der Vorschule geht – die sei so hübsch, sagt sie, und sie würden immer Plätzchen backen. Ich werde richtig eifersüchtig auf die Tagesmutter. Viel tiefer kann ich nicht sinken, denke ich. Aber dann fragt Olivia, wann sie wieder bei mir wohnen kann.

»Bald«, antworte ich.

Nach dem Telefongespräch gehe ich in ihr Zimmer und lege mich auf ihr Bett. Auf ihrem Nachttisch liegt noch das Buch mit den *Ballettmärchen*. Ich denke daran, wie die Mutter Giselle warnt, sie solle wegen ihres schwachen Herzens nicht tanzen. Selbst wenn man es noch so gut meint – man kann sein Kind nicht immer beschützen. Ich bin mir nicht mal sicher, ob ich es immer gut meine. Habe ich an Olivias Wohl gedacht, als ich Mitchell verlassen habe? Ich habe mir eingeredet, die Stelle hier angenommen zu haben, weil sie dann eine gute Schule besuchen kann, aber bin ich nicht eher meinem eigenen Wunsch gefolgt? Ich denke an Deirdres letzten Tagebucheintrag: *Nun steh ich auf und gehe, denn stets bei Nacht und Tag/ Hör ich Seewasser lecken am Strand mit dunklem Ton;/ Wenn auf der Straß' ich stehe, auf grauem Steinbelag,/ Im Kern des Herzens hör ich's schon*. Diese letzten Zeilen lassen mich nicht an ein menschliches Herz denken, sondern an den See selbst und an das, was auf seinem Grund liegt.

Ich trete vor die Haustür und horche eine Weile auf das Rauschen des Sees. Heute Abend erscheint mir das Geräusch wirklich nervtötend. Wann gefriert der verdammte See denn endlich?

Statt den Weg zum Wasser hinunter zu nehmen, entschließe ich mich, über den Point zu gehen. In den Gletscherritzen hat sich bereits Eis gebildet. Eine falsche Bewegung, und man würde im See landen, weil die gewölbte Oberfläche des Felsens so glatt ist. Als Deirdre Hall damals in den Tod gestürzt ist, glaubten manche Leute – zum Beispiel ihre Eltern –, es wäre ein Unfall gewesen. Doch dann konfiszierte die Schulverwaltung ihr Tagebuch, in dem sie all diese Zitate über den Tod gesammelt hatte. Es hatte sich auch herausgestellt, dass sie von der Legende der drei Schwestern fasziniert gewesen war, vor allem nach Lucys Selbstmordversuch. Insbesondere das letzte Zitat in ihrem Tagebuch – das Gedicht von Yeats – schien den Verdacht nahe zu legen, dass sie sich zum See hingezogen fühlte.

Ich höre links von mir ein Geräusch und drehe mich ein bisschen zu abrupt um. Mein Absatz verkantet sich in einer der Ritzen, ich verliere das Gleichgewicht. Aber eine behandschuhte Hand greift nach meinem Arm und stützt mich. Es ist Athena. Sie steht auf dem Vorsprung etwas unterhalb von mir, deshalb habe ich sie nicht gesehen. Hinter ihr tauchen Gwendoline Marsh und Myra Todd auf, mit Vesta und Aphrodite. Der Eis-Club.

»Magistra!« Athena japst richtig in der kalten Luft. »Was machen Sie hier oben? Das ist gefährlich!«

»Ja, allerdings!«, fügt Vesta hinzu. »Wir haben vom Badestrand aus gesehen, dass jemand hier oben steht, und dachten schon, Sie wollten springen!«

Athena verdreht die Augen. »Stimmt doch gar nicht. Wir wollten nur ... ich meine ... wir wollten auf Nummer Sicher gehen.«

Aphrodite hat sich an uns vorbeigeschoben und klettert jetzt mit behenden Schritten auf die eisige Kuppe. Von dort schaut sie hinaus in die Dunkelheit. »Ist hier nicht mal ein Mädchen runtergesprungen und hat sich umgebracht?«

Gwen Marsh fasst Aphrodite am Arm und zieht sie zurück. »Nein, meine Liebe, das ist auch nur eine dieser albernen Legenden«, versichert sie ihr. Aphrodite sieht mich an und erwartet eine Antwort, doch mir fällt keine ein.

Ich denke oft, dass wir nur noch den Dezember überstehen müssen, bis Weihnachten, dann ist alles gut. Athena wird zu ihrer Tante gehen, und es kann sogar sein, dass ihre Mutter über die

Feiertage die Entzugsklinik verlassen darf. Vesta hat vor, am Swimmingpool ihrer Großeltern in Miami *Bleak House* von Charles Dickens zu lesen. Aphrodite wird sich mit Brian treffen und erkennen, dass die Gerüchte erstunken und erlogen waren. Man darf nämlich nicht alles glauben, was man liest, sage ich ihr.

Und ich werde die Ferien mit Olivia verbringen. Ich habe im Westchester Aquadome ein Zimmer reserviert, für zwei ganze Wochen. Dafür gebe ich alles aus, was ich bisher von meinem Gehalt gespart habe, aber das ist es mir wert. Wir werden im Hotel-Pool schwimmen, und dann fahre ich mit ihr nach New York, und wir sehen uns die Rockettes und Die Nussknacker-Suite an. Und wir werden im Rockefeller Center Schlittschuh laufen. Das ist noch viel besser als hier auf dem See, der sich ohnehin hartnäckig weigert zu gefrieren.

Bei der Weihnachtsfeier der Lehrer erzählt mir Gwendoline Marsh, dass sich der Eis-Club wieder aufgelöst hat. Gwendoline sieht fast hübsch aus: Sie trägt wie immer eine hoch geschlossene weiße Bluse, aber heute Abend hat sie dazu einen langen braunen Samtrock angezogen, der ihre Taille sehr schmal erscheinen lässt. Ihre Handgelenke sind nicht mit elastischen Binden umwickelt, sondern mit breiten viktorianischen Manschettenbändern geschmückt. Sie hat sogar aus ihrem sonst so strengen Dutt ein paar Strähnen herausgezupft und zu kleinen Ringellöckchen gedreht, die hin und her hüpfen, als sie empört den Kopf schüttelt, weil der See einfach nicht zufriert. Myra Todd hört unser Gespräch mit und gesellt sich zu uns.

»Ich glaube, daran ist die globale Erwärmung schuld«, sagt sie. »Normalerweise gefriert der See spätestens Mitte Dezember.«

Simon Ross, der Mathematiklehrer, mischt sich ebenfalls ein und erklärt, letztes Jahr habe man nur an vier Tagen auf dem See Schlittschuh laufen können.

»Vielleicht gefriert er ja gar nicht.«

Als ich mich umdrehe, um zu sehen, wer diesen pessimistischen Satz eingeworfen hat, sehe ich Dr. Lockhart. Sie trägt ein silberfarbenes Kleid, das im Glanz der Lichterketten, die überall hier im Musiksaal aufgehängt sind, wunderschön schimmert.

»Bestimmt gefriert er, wenn wir alle in Urlaub sind«, entgegne ich. »Und wenn wir zurückkommen, sieht die Welt ganz anders aus. So ist das immer hier nach den Ferien.« Vielleicht liegt es an den zwei Gläsern Sekt, die ich getrunken habe, aber ich bin erstaunlich optimistisch.

»Ja, es tut uns allen gut, eine Weile rauszukommen«, sagt Gwen Marsh. »Stellt euch vor, ihr müsstet während der ganzen Ferien hier bleiben. So viel ich weiß, waren früher die Stipendiatinnen dazu verpflichtet, um sich ein bisschen Geld zu verdienen.«

»Ausgesprochen unmenschlich«, meldet sich Dr. Lockhart zu Wort und nippt an ihrem Martini. »Für die Schülerinnen muss das unglaublich deprimierend gewesen sein. War das bei Ihnen auch so, Jane? Mussten Sie während der Ferien hier bleiben?«

Plötzlich sehen mich alle an. Ich bin ein Old Girl und folglich eine Autorität auf dem Gebiet der Heart-Lake-Traditionen, aber dass ich eine Stipendiatin war, hat bisher noch niemand erwähnt. Woher weiß das Dr. Lockhart? Vermutlich aus den Akten.

»Ja, in der zehnten und elften Klasse«, antworte ich. »Aber so schlimm war das gar nicht. Meine Zimmerkolleginnen hatten ebenfalls Stipendien, also sind wir alle hier geblieben. Unsere Lateinlehrerin, Helen Chambers, war auch da. Und Miss Buehl.« Ich sage ihren Namen laut genug, dass Direktorin Buehl ihn hören kann. Sie kommt zu uns, eine Augenbraue fragend hochgezogen. »Ich habe gerade erzählt, dass Sie während der Weihnachtsferien immer hier waren. Wir haben Ihnen geholfen, Eisproben zu sammeln.«

Direktorin Buehl nickt. »Ein paar der jüngeren Schülerinnen haben sogar bei mir im Cottage gewohnt.«

»Wie nett von Ihnen, Frau Buehl«, sagt Gwen Marsh. »Ich

glaube nicht, dass die Mädchen während der Ferien bei mir wohnen wollten.«

Mir fällt auf, dass ich Gwen noch gar nicht gefragt habe, was sie in den Ferien vorhat. Ich weiß, dass sie in Corinth eine Wohnung hat, aber ich hoffe, dass sie Weihnachten nicht allein verbringen muss.

»Ach, mir hat es nie etwas ausgemacht«, sagt Direktorin Buehl gerade zu Gwen. »Dadurch hatte ich Gesellschaft, und ich bin mit den Mädchen Schlittschuh gelaufen. Ich wollte immer eine altmodische Eis-Ernte organisieren. So wie früher die Crevecoeurs.«

Alle sind sofort begeistert von der Idee einer Eis-Ernte. Meryl North erwähnt das Eishaus am anderen Ufer des Sees an der Mündung des Schwanenkill und erklärt, dass dort sogar noch im Sommer Eisblöcke im Sägemehl lagerten. Tacy Beade erzählt, dass die Mädchen, als sie noch hier zur Schule ging, aus dem Eis Skulpturen geschaffen hätten. Mir fällt auf, dass Dr. Lockhart sich unauffällig von der Gruppe entfernt, als sich die älteren Lehrerinnen uns anschließen. Nicht zum ersten Mal registriere ich, dass sie ihnen aus dem Weg geht, und ich kann sie sehr wohl verstehen, denn die beiden reden ohne Punkt und Komma. Als Myra Todd anfängt, Mitglieder für ein Eis-Ernte-Komitee anzuwerben (Gwen ist sofort bereit, den größten Teil der Arbeit zu übernehmen), folge ich Candace Lockhart zum Tisch mit den Getränken, der unter dem Familienporträt der Crevecoeurs aufgebaut ist. Sie steht mit dem Rücken zum Raum, allem Anschein nach vertieft in das Foto von India Crevecoeur und ihren Töchtern, die in Schlittschuhkleidung auf dem gefrorenen See posieren.

»Man sollte glauben, dass sie nach dem Scheitern ihres Eis-Clubs nicht so darauf versessen wären, eine Eis-Ernte zu organisieren«, sagt sie, während ich mir ein Glas lauwarmen Chardonnay eingieße.

»Na ja, es ist gar nicht so einfach, das erste Eis abzupassen. Wir haben es immer wieder versucht ...«

»Haben Sie es je gesehen?«

»In meinem vorletzten Jahr war ich am See, als der See gefroren ist. Aber ob Sie's glauben oder nicht – ich bin eingeschlafen.«

»Das heißt, Sie haben es verpasst«, sagt sie und blickt lächelnd in ihren Drink, ein klares, sprudelndes Getränk mit Eis. »So wie Sie die letzten Weihnachtsferien verpasst haben.«

»Wie bitte?«

Sie lässt die Eiswürfel in dem fast leeren Glas klingeln. »Sie haben gesagt, Sie hätten im zehnten und im elften Schuljahr die Weihnachtsferien in der Schule verbracht, aber nicht im zwölften. Und das waren die Ferien, in denen Lucy Toller, Ihre Zimmerkollegin, den Selbstmordversuch unternommen hat. Dieser Versuch war doch damals der Auslöser für alles andere, oder? Sie haben sich doch bestimmt öfter gefragt, ob es auch passiert wäre, wenn Sie damals hier gewesen wären.« Sie wendet sich von mir ab, um ihr Glas mit Sodawasser aufzufüllen.

»Ich war in Albany«, sage ich. »Bei meiner Mutter. Sie hatte Magenkrebs im Endstadium. An Silvester ist sie gestorben.«

»Oh, Jane!«, sagt sie. »Ich wollte nicht andeuten, dass Sie an all dem schuld seien. Nur dass Sie vielleicht manchmal das Gefühl haben könnten. Wie heißt es noch mal in dem Gedicht zum Thema Reue ...?«

Ich sehe Dr. Lockhart verständnislos an, denn mir fällt kein passendes Zitat ein, aber Gwen, die neben uns steht, weiß natürlich sofort, was sie meint. »›Reue‹, heißt es bei Emily Dickinson, ›ist Erinnerung – erwacht.‹«

Am Montag vor den Ferien kommt Aphrodite nicht in den Unterricht. Als ich Athena und Vesta frage, wo sie ist, erzählen sie mir, Aphrodite sei schon früh am Morgen aus dem Haus gegangen, weil sie um den See herum spazieren wollte. Seither hätten die beiden sie nicht mehr gesehen.

Nach der Stunde gehe ich sofort zu Direktorin Buehl, um ihr mitzuteilen, dass Aphrodite gefehlt hat.

»Wir müssen sofort in ihrem Zimmer nachsehen«, sagt Direktorin Buehl.

Ich habe keine große Lust, mit Direktorin Buehl in mein altes Zimmer zu gehen, aber es bleibt mir nichts anderes übrig. Auf dem Weg vom Herrenhaus zum Wohnheim blicke ich hinüber zum Point, der die Sicht auf die nordöstliche Bucht und den Badestrand verstellt. Ich schlage den Mantelkragen hoch; mich fröstelt.

»Heute Morgen hieß es im Wetterbericht, dass es gegen Abend mindestens zehn Grad minus geben soll. Wenn wir sie bei Einbruch der Dämmerung nicht gefunden haben, müssen wir die Polizei einschalten und eine offizielle Suchaktion starten. Diese Kälte übersteht sie nicht im Freien.« Wir sehen uns an, und ich vermute, dass wir an das Gleiche denken – an die eisige Nacht vor zwanzig Jahren, in der ich an der Tür ihres Cottages erschienen bin. Direktorin Buehl errötet und schaut als Erste weg, als wäre ihr die Erinnerung peinlich.

Im Wohnheim sitzen Athena und Vesta an ihren Schreibtischen vor aufgeschlagenen Büchern. Irgendetwas stimmt nicht an dieser Szene, denke ich. Alles sieht so künstlich aus, die offenen Bücher und dass sie sich dermaßen konzentriert darüber beugen. Ich schnuppere, weil ich Zigarettenrauch erwarte, aber es riecht nach Lebkuchen. Dann merke ich, was es ist: ein Raumparfüm. Die Mädchen haben uns also erwartet.

Direktorin Buehl setzt sich auf eins der Betten, während ich stehen bleibe. Auf dem anderen Bett liegt lauter schmutzige Wäsche, und außerdem wäre es mir komisch vorgekommen, auf demselben Bett zu sitzen wie Direktorin Buehl.

Sie fragt die Mädchen, ob ihnen heute Morgen irgendetwas an Melissa aufgefallen sei. Die beiden sehen sich schuldbewusst an.

»Äh – ja, also, eigentlich wissen wir gar nicht genau, ob sie heute Morgen überhaupt hier war. Als wir aufgewacht sind, war sie nicht in ihrem Zimmer. Auf ihrem Bett lag ein Zettel, aber es ist kein Brief oder so was – nur so ein blödes Gedicht.«

Direktorin Buehl und ich blicken beide auf die Tür zum Einzelzimmer. Sie ist geschlossen. Celeste Buehl nickt mir zu. Ich öffne die Tür und schaue in den Raum. Das Bett ist ordentlich gemacht. Auf dem Kissen liegt ein Zettel, mit blauer Schrift bedruckt. Vielleicht ist die Farbe der Grund, weshalb ich sofort weiß, was es ist. Heutzutage benutzt doch kaum einer mehr einen Vervielfältigungsapparat. Direktorin Buehl geht an mir vorbei, und ohne den Zettel vom Bett zu nehmen, beginnt sie zu lesen: »Nun steh ich auf und gehe, denn stets bei Nacht und Tag/ Hör ich Seewasser lecken am Strand mit dunklem Ton ...« Und ich fahre fort: »Wenn auf der Straß' ich stehe, auf grauem Steinbelag,/ Im Kern des Herzens hör ich's schon.«

9. Kapitel

»Woher kennen Sie das Gedicht?«, fragt Athena. »Melissa hat es seit Tagen pausenlos vor sich hin gesagt. Haben Sie es ihr gegeben?«

Direktorin Buehl, die immer noch vor dem Bett steht, dreht sich zu mir um.

»Nein«, sage ich. »Ich kann es nur zufällig auswendig. Wir haben es in der Schule gelesen.«

Athena und Vesta schütteln den Kopf, als wollten sie sagen: Diese Lehrer! Was für einen Mist die im Kopf gespeichert haben!

»Hört mal zu, ihr beiden«, sagt Direktorin Buehl. »Geht bitte hinunter zur Pforte und holt eine Plastiktüte. Danach kommt ihr gleich wieder hierher. Und sprecht mit niemandem.«

Die Mädchen rennen los. Ich glaube, sie sind froh, für eine Weile diesem Zimmer zu entkommen. Direktorin Buehl geht zum Fenster hinüber. Als sie mich ansieht, erwarte ich, dass sie mir die gleiche Frage stellen wird wie Athena. *Woher kennen Sie das Gedicht?* Aber sie sagt nichts. Vielleicht findet sie es auch normal, dass ein Old Girl ihren Yeats auswendig kann.

»Ich gehe jetzt in mein Büro und rufe die Polizei an«, sagt sie. »Sie sollten mit Athena und Vesta nachkommen, aber lassen Sie mir für den Anruf eine halbe Stunde Zeit – nein, lieber eine ganze Stunde. Ich möchte nicht, dass die Mädchen hören, was ich der Polizei mitzuteilen habe.«

»Was denken Sie – was könnte passiert sein?«

Direktorin Buehl schüttelt den Kopf. »Ich weiß es beim besten Willen nicht ... aber es ist doch alles sehr merkwürdig ... dieses Gedicht – es ist das gleiche Gedicht, das eins der Mädchen vor zwanzig Jahren in ihr Tagebuch geschrieben hat ... sie hieß Hall.«

»Deirdre.«

»Genau. Deirdre Hall. Kurz bevor sie vom Point gesprungen ist. Mein Gott! Das war ihr Zimmer, stimmt's?« Sie blickt sich um, dann sieht sie mich an, und ich glaube, in diesem Augenblick erst fällt ihr auf, dass ich immer noch in der Tür stehe und offensichtlich Hemmungen habe, das kleine Zimmer zu betreten. Sie schüttelt den Kopf. »Was zum Teufel geht hier vor?«

Als Athena, Vesta und ich ins Rektorat kommen, ist es erst halb vier, aber die Sonne steht schon sehr tief hinter dem Herrenhaus. Die letzten Strahlen fallen schräg über den See und erfüllen den Raum mit einem tiefen Goldglanz. Der Polizist, der vor Direktorin Buehls Schreibtisch sitzt, muss die Hand über die Augen legen, damit das Licht ihn nicht blendet. Ich kann ihn nicht richtig sehen, nur, dass seine Haare im Sonnenlicht kupferrot schimmern. Ich schiebe die beiden Mädchen vor mir her ins Zimmer, und Gwen Marsh, die auf einem Sofa neben dem Schreibtisch sitzt, gibt pantomimisch zu verstehen, dass sie rechts und links von ihr Platz nehmen sollen. Dann legt sie jeder einen Arm um die Schulter, und ich sehe, dass ihre beiden Arme wieder mit elastischer Binde umwickelt sind. Dr. Lockhart steht mit dem Rücken zum Raum, sieht sich kurz nach den Mädchen um, wirft mir einen kurzen Blick zu und schaut dann wieder zum Fenster hinaus.

»Das ist die Lehrerin, von der ich gesprochen habe. Jane Hudson«, sagt Direktorin Buehl zu dem Polizisten.

Dieser erhebt sich langsam und dreht sich zu mir um. »Ja«, sagt er. »Miss Hudson und ich, wir kennen uns.«

Einen Augenblick lang liegt ein so helles Leuchten in der Luft, als würde das Licht, das der See widerspiegelt, mich treffen. Wieder kommt bei mir dieses Gefühl, das ich in letzter Zeit öfter gehabt habe – dass der See, während er sich dem Gefrieren nähert, die Vergangenheit aufwühlt und seine Geheimnisse ans Tageslicht bringt. Und wen hat er jetzt nach oben gespült? Matt!

Aber dann macht er einen Schritt auf mich zu und tritt heraus aus der blendenden Helle, die kupferroten Haare sind mit einem Mal braun mit grauen Strähnen, die goldene Haut altert, erschlafft. Es ist nicht Matt. Aber wer weiß, womöglich hätte Matt viele Jahre nach seinem achtzehnten Geburtstag so ausgesehen.

»Roy Corey – stimmt's?«, sage ich und reiche ihm die Hand. Er nimmt sie und hält sie einen Augenblick fest. Er schüttelt sie nicht, nein, er hält sie richtig fest, und die Wärme überrascht mich und tut mir gut. »Natürlich erinnere ich mich an Sie. Sie sind ein Cousin von Matt und Lucy.«

Abrupt lässt er meine Hand los, die Wärme weicht einer plötzlichen Kühle. Die Sonne ist hinter dem Hauptgebäude verschwunden, und der Goldglanz erlischt auf dem See, als wäre ein Licht ausgeknipst worden. Aus unerfindlichen Gründen habe ich das Gefühl, diesen Mann enttäuscht zu haben, aber irgendwie bin ich stolz darauf, dass ich ihn gleich einordnen konnte. Immerhin ist es zwanzig Jahre her, und ich habe ihn nur ein einziges Mal gesehen.

Er dreht mir den Rücken zu und setzt sich wieder hin. Direktorin Buehl fordert mich auf, in dem anderen Stuhl vor ihrem Schreibtisch Platz zu nehmen. »Detective Corey meinte gerade, wir sollten im Schwanenkill-Eishaus nachsehen«, sagt sie, um mich ins Bild zu setzen.

»Ich vermute, die Schülerinnen von Heart Lake treffen sich seit Jahren dort mit den Jungen aus der Stadt.«

Ich merke, dass ich erröte. Garantiert hat er das gesagt, um mich in Verlegenheit zu bringen – er weiß so gut wie ich, was sich in diesem Eishaus abgespielt hat.

»Hatte Melissa Randall einen Freund?«, erkundigt er sich.

Direktorin Buehl bejaht die Frage und fügt hinzu, der Freund sei in Exeter.

»Hat schon jemand in Exeter angerufen, ob er auch tatsächlich dort ist?«

Direktorin Buehl greift zum Telefon und spricht mit dem dortigen Direktor. Zwanzig Minuten später ruft er zurück und übergibt den Hörer an Brian Worthington. Auf ein Zeichen von Corey stellt Direktorin Buehl auf Lautsprecher, damit wir alle hören können, wie Brian Worthington schwört, dass er New Hampshire seit den Thanksgiving-Ferien nicht mehr verlassen hat.

»Wann haben Sie das letzte Mal von ihr gehört?«, fragt Celeste Buehl.

»Vorgestern Abend«, antwortet er. »Ich hab gleich gewusst, dass etwas nicht stimmt, als sie gestern Abend nicht angerufen hat. Sie meldet sich sonst jeden Tag.« Ich kann die Erschöpfung in seiner Stimme hören und weiß nicht recht, mit wem ich mehr Mitleid haben soll, mit ihm oder mit Melissa. »Sie hat doch nichts Blödes angestellt, oder?«

Direktorin Buehl erklärt ihm, dass Melissa verschwunden ist. Sie bittet Brian, die zuständigen Behörden zu informieren, falls Melissa in Exeter auftauchen sollte, und verspricht, sich sofort bei ihm zu melden, wenn sie etwas Neues weiß. Als sie auflegt, meldet sich Athena, wie im Unterricht.

»Ja, Ellen?«

»Melissa hat gestern Abend so um zehn gesagt, sie gehe auf den Flur und telefoniere mit Brian. Wir haben gehört, wie sie mit jemandem geredet hat.«

»Hat sie gesagt, sie habe Brian erreicht, als sie wieder ins Zimmer gekommen ist?«

Athena und Vesta schütteln den Kopf. »Sie hat gar nichts gesagt, und wir haben sie auch nicht gefragt. Sie hatte geweint, aber das war nichts Besonderes.«

»Und danach ist sie verschwunden?«

»Wir wissen es nicht so genau«, antwortet Vesta. »Sie ist in ihr Zimmer gegangen und hat die Tür zugemacht. Wir dachten, sie will allein sein, damit sie ... na ja, damit sie ungestört weinen kann und so.«

»Wir sind so um elf ins Bett gegangen«, ergänzt Athena. »Und als wir unser Licht ausgemacht haben, da war es auch bei ihr dunkel. Aber ich habe keine Ahnung, ob sie da war oder nicht. Ihr Zimmer hat einen separaten Eingang.«

»Das heißt, wir wissen nicht, wie lange das Mädchen schon verschwunden ist«, konstatiert Corey. Er schlägt mit der Hand auf die Armlehne seines Morris-Stuhls und rutscht ganz nach vorn, als wollte er sich erheben, bleibt aber auf der Stuhlkante sitzen. Ich revidiere mein Urteil über ihn. Matt hätte nie so ausgesehen wie er. Matt wäre nie so geworden ... so *solide*.

»Wir beginnen mit der Suche am Südende des Sees und teilen uns in zwei Gruppen auf. Die eine übernimmt das Ostufer, die andere das Westufer«, sagt er.

»Wir möchten uns selbstverständlich an der Suchaktion beteiligen«, sagt Direktorin Buehl.

»Das ist Ihre Entscheidung. Freiwillige Helfer sind willkommen, aber ich wäre Ihnen sehr dankbar, wenn Sie Ihre Mädchen im Auge behalten könnten. Noch ein verschwundenes Mädchen wäre das Letzte, was wir jetzt brauchen.« Er stützt die Hände auf die Armlehnen und steht auf. »Wenn Sie mich fragen – das Beste wäre, wenn Ihre Lehrerinnen dafür sorgen würden, dass die Mädchen auf ihren Zimmern bleiben.«

»Wir sind durchaus fähig, die Mädchen ruhig zu halten«, entgegnet Dr. Lockhart.

Als Corey gegangen ist, seufzt Dr. Lockhart tief und schaut wieder aus dem Fenster. Draußen ist es inzwischen dunkel geworden, so dunkel, dass man nichts mehr sieht, außer ihrem eigenen Spiegelbild.

»Zum Glück sind wir in guten Händen«, sagt sie.

»Ich bin sicher, dass die Polizei ihr Bestes tun wird«, erklärt Gwen Marsh. Es ist das erste Mal, dass sie den Mund aufmacht, seit ich hereingekommen bin. »Ich bin derselben Meinung wie dieser freundliche Polizist – die Mädchen sollten im Wohnheim bleiben. Sie haben schon genug durchgemacht.«

»Aber das ist nicht fair!«, platzt Athena heraus und befreit sich aus Gwens Arm. »Sie ist doch unsere Freundin, und wir möchten mithelfen.«

»Selbstverständlich«, entgegnet Dr. Lockhart und setzt sich neben Athena aufs Sofa. »Wir sollten den Mädchen auf keinen Fall ein Gefühl der Hilflosigkeit vermitteln.« Sie schaut Gwen direkt ins Gesicht, und ich habe das Gefühl, als hätten sich die beiden schon einmal über etwas Ähnliches gestritten. Aber mich verblüfft, dass Athena und Vesta so enthusiastisch auf Dr. Lockharts Bemerkung reagieren.

»Wir könnten einen Suchtrupp aus Lehrern und Schülerinnen organisieren und uns gegenseitig ablösen«, schlägt Athena vor.

Direktorin Buehl denkt offensichtlich über diesen Vorschlag nach, dann sagt sie: »Gut, meinetwegen, solange bei jeder Gruppe eine Lehrerin oder ein Lehrer ist.«

»Ja, natürlich, wenn Sie das für richtig halten, dann werde ich gleich einen Plan aufstellen, aber ich brauche eine Sekretärin«, sagt Gwen und hält die bandagierten Arme hoch. »Vielleicht kann Sandy mir helfen.«

Ich beobachte, wie Vesta Dr. Lockhart einen verzweifelten Blick zuwirft, aber die Psychologin zuckt nur die Achseln und tritt wieder ans Fenster. Gwen hat schon einen Block von Celeste Buehls Schreibtisch genommen und fängt an zu diktieren.

In der Nacht wandern die Suchscheinwerfer durch den Wald am anderen Seeufer. Die Schicht, für die ich eingeteilt worden bin, beginnt erst um vier Uhr morgens. Ich bin gerührt, dass Vesta und Athena sich für meine Gruppe eingetragen haben. Eigentlich müsste ich jetzt schlafen, aber an Schlaf ist nicht zu denken. Ob Athena und Vesta schlafen können? Ich bezweifle es stark.

Von ihrem Fenster können sie quer über den See zum Südufer hinübersehen.

Die Lichter zwischen den Bäumen erscheinen mir wie die Wilis, die sich dafür rächen wollen, dass sie im Leben betrogen wurden.

Viertel vor vier ziehe ich mich an: lange Unterwäsche, Jeans, Pullover, Handschuhe, Wollmütze. Ich nehme eine Taschenlampe mit. Draußen ist es stockdunkel, der Mond ist untergegangen, der Wald wird nur vom blassen Schimmer der Sterne erhellt, den der Schnee reflektiert. Oben auf dem Point bleibe ich kurz stehen und blicke auf den See hinunter. Nichts rührt sich, die reglose Wasseroberfläche erinnert an schwarzen Marmor. Es ist eine dieser windstillen, kalten Nächte, die sich anfangs gar nicht so kalt anfühlen, weil kein Wind geht. Aber nach ein paar Minuten spüre ich, wie die Kälte durch alle Schichten meiner Kleidung dringt.

Ich überlege, ob ich zum Wohnheim die Abkürzung durch den Wald nehmen soll, aber der Schnee neben dem Pfad ist zu tief. Bald werden alle Wege nur noch schmale Trampelpfade zwischen zwei hohen Schneewällen sein, und die täglichen Gänge vom Wohnheim zum Speisesaal und zum Klassenzimmer werden demselben, immer begrenzter werdenden Muster folgen.

»Wie Ratten in einem Labyrinth«, hatte Lucy gesagt.

Im letzten Schuljahr begann sie beim ersten Schnee, sich ihre eigenen Wege anzulegen, schmale Trampelpfade, die sich ziellos durch den Wald schlängelten.

Am Wohnheim erwarten mich bereits Athena und Vesta auf der Treppe. Sie tragen dicke Fäustlinge und pusten sich in die gewölbten Hände, um sich das Gesicht darin zu wärmen. »Miss Marsh war gerade hier«, teilen sie mir mit. »Sie hat gesagt, wir sollen unten am Badestrand nachsehen – falls Melissa ein Boot genommen hat oder so.«

»Als ich hier zur Schule gegangen bin«, sage ich langsam und bedächtig, »bin ich mal mit einem Boot zu den Felsen hinausgerudert.« Ich denke nicht nur an Aphrodites Schicksal, sondern auch an den Nachmittag, als Olivia in trockenen Kleidern auf dem dritten Felsen stand. Und an den weißen Blitz, den ich hinter dem Point verschwinden sah.

»Aber die Boote sind im Winter alle weggeschlossen«, entgegnet Vesta ungeduldig. »Nur beim Eishaus drüben gibt es welche. Ich habe Miss Todd einmal sagen hören, dass die Umweltinspektorin dort ihr Boot unterstellt, weil sie immer wieder Wasserproben entnehmen muss. So hab ich sie jedenfalls verstanden.«

Plötzlich muss ich an den Morgen denken, an dem ich draußen auf dem See mit Athena beim Schwimmen zusammengestoßen bin. Ich hatte das unbestimmte Gefühl gehabt, dass sie mit jemandem auf der anderen Seite verabredet war.

»Na ja, vielleicht sollten wir dann lieber gleich zum Eishaus gehen«, sage ich.

»Heißt das, wir werden uns nicht an Miss Marshs tollen Plan halten?«, fragt mich Vesta mit hochgezogenen Brauen.

»Genau«, antworte ich. »Wir werden zunächst das Westufer entlanggehen, das Eishaus inspizieren und dann auf der Ostseite weiter zum Badestrand laufen. Dabei wird uns bestimmt warm. Aber vergesst nicht, was Detective Corey gesagt hat – wir müssen unter allen Umständen zusammenbleiben. Das fehlte gerade noch, dass ich eine von euch verliere.«

Als ich Detective Corey erwähne, wechseln die Mädchen viel sagende Blicke.

»Was ist?«, frage ich und fühle mich plötzlich wie eine Mitschülerin, die nicht kapiert, worum es geht.

»Ach, nichts, Magistra«, sagt Athena. »Wir haben nur gedacht, dass Sie und Detective Corey ... dass Sie ein schönes Paar wären. Finden Sie nicht?«

Ich schnalze mit der Zunge und gebe den Mädchen mit einer Handbewegung zu verstehen, dass es Zeit ist aufzubrechen. Der Weg ist zu schmal, um zu dritt nebeneinander zu gehen. Ich bilde die Nachhut, damit ich die beiden im Auge behalten kann. Währenddessen muss ich über ihren Kuppeleiversuch grinsen. Es ist albern – ich und dieser robuste Polizist, dem ich eindeutig unsympathisch war –, aber es rührt mich, dass sie sich Gedanken über mein Privatleben machen.

Unterwegs rufen wir immer wieder nach Melissa, wobei wir auf Athenas Vorschlag hin zwischen *Melissa* und *Aphrodite* abwechseln.

»Sie fand ihren antiken Namen ganz toll«, erzählt mir Athena. »Sie hat gesagt, in ihrer alten Schule hat die Lateinlehrerin die Namen ausgesucht, und da hieß sie Apia, weil Melissa was mit Honig zu tun hat und weil Bienen Honig machen und Apia heißt ...«

»Biene«, sage ich.

»Aber die anderen Mädchen haben sie nicht Apia genannt, sondern Affenfrau, und sie war ... ich meine, sie ist ... echt empfindlich, wenn's um ihr Gewicht geht.«

»Jugendliche können so grausam sein«, sage ich. Mir ist aufgefallen, dass Athena die Vergangenheitsform benutzt hat, sie *fand* ihren Namen toll, und frage mich, ob die Mädchen mir alles gesagt haben, was sie über das Verschwinden ihrer Mitbewohnerin wissen.

»Es war sicher nicht angenehm für euch, dauernd mitzukriegen, wie Aphrodite weint«, sage ich. »Auch ihrem Freund konnte man anhören, dass er ziemlich erschöpft ist.«

Vesta seufzt. »Mein Gott, wir haben das ganze Schuljahr nichts anderes gehört als Brian hier, Brian da. Dabei ist er nichts als ein pickeliger kleiner Schnösel mit einem Treuhandfonds. Die Mädchen machen sich echt lächerlich mit diesem Getue wegen irgendwelcher Jungs.«

»Entweder hätte sie ihm vertrauen sollen oder ihn in die Wüste schicken«, sagt Athena. »Das habe ich ihr immer gesagt. Ich finde, das ist so ein Typ doch gar nicht wert, dass man sich seinetwegen so aufregt.«

»Stimmt«, murmelt Vesta. »Wir wissen doch alle: ›Eine Frau ohne Mann ist wie ein Fisch ohne Fahrrad.‹« Ich muss lachen, als ich diesen alten Spruch höre. In Vassar hatten wir T-Shirts mit diesem Slogan.

»Hey, schaut mal – da ist noch ein Pfad. Wo der wohl hinführt?«, sagt Athena.

»Er führt am Schwanenkill entlang in die Stadt«, antworte ich. »Das Eishaus müsste gleich hier sein, auf der anderen Seite des Flusses.«

Ich habe ganz vergessen, dass wir den Fluss überqueren

müssen, wenn wir um den See herumgehen. Zum Glück ist der Schwanenkill zum größten Teil gefroren.

»Es gibt eine schmalere Stelle, nicht weit vom Weg«, erkläre ich. »Wir müssen nur ein Stückchen durch den Wald gehen ...«

»Gut«, sagt Vesta. »Ich muss sowieso mal pinkeln. Bin gleich wieder da! Kann ich bitte die Taschenlampe haben, Magistra?«

Vesta nimmt mir die Taschenlampe aus der Hand, bevor ich Einspruch erheben kann, und ist auch schon zwischen den Bäumen verschwunden. Athena und ich bleiben an der Stelle stehen, wo sich die beiden Pfade kreuzen, und warten auf sie.

Ich ergreife die Gelegenheit, um mit Athena unter vier Augen zu sprechen. »Es klingt so, als wäre Vesta ziemlich sauer auf Aphrodite.«

»Sie kapiert einfach nicht, was Aphrodite an Brian so toll findet«, sagt Athena, dann beugt sie sich näher zu mir und flüstert mir ins Ohr: »Sie wissen ja – es ist nicht ihr Ding.«

Als sie sich wieder entfernt, spüre ich, wie sich ihr warmer Atem auf meiner Wange in Eiskristalle verwandelt. Erst als Vesta durch den Wald zu uns zurückkommt, während sie den Reißverschluss an ihrer Hose hochzieht, begreife ich, dass Athena andeuten wollte, Vesta sei lesbisch.

»Oh«, sage ich, an niemanden direkt gewandt, denn beide Mädchen gehen vor mir her. Was mich an Athenas Eröffnung beeindruckt, ist, dass sie keinerlei Häme oder Kritik enthielt. Zu meiner Schulzeit wurde immer wieder irgendwelchen Mädchen unterstellt, sie seien »Lessies«, aber es war kein Thema, über das man offen sprach. Trotz aller Drogen und allem Gerede über die sexuelle Befreiung waren wir im Grunde noch sehr naiv. Und als bei Helen Chambers' Verhör der Verdacht aufkam, sie könnte lesbisch sein, war ihre Entlassung praktisch beschlossene Sache.

»Ich sehe die Stelle, wo wir rüberkönnen!«, ruft Vesta mir zu.

Den Blick auf den Strahl der Taschenlampe gerichtet, die Vesta immer noch in der Hand hält, folge ich ihnen. Hier, abseits des Weges, ist der Schnee fast knietief, und ich spüre, wie die kalte Feuchtigkeit durch meine Stiefel dringt. Jeder Schritt kostet Anstrengung, erfordert Konzentration. Meine Füße versinken im Schnee, und ich halte Ausschau nach Stellen, wo er nicht ganz so tief ist. Es gibt Verwehungen, da sinke ich bis weit über die Knie ein. Eine ist besonders tief, und ich schaffe es nicht, den Fuß wieder herauszuziehen. Meine Hände flattern über die Schneeoberfläche, suchen Halt, finden keinen. Bestimmt sehe ich sehr komisch aus, wie ich da hilflos im Schnee herumpaddle. Als ich hochblicke, in der Erwartung, dass die Mädchen über meine missliche Lage lachen, sehe ich nur Schnee und Bäume.

Zuerst bin ich wie gelähmt, doch dann gerate ich in Panik. Genau das darf nicht passieren, wenn man in Gefahr ist. Hat uns Miss Pike nicht gesagt, wenn man einen Ertrinkenden retten will und dieser in Panik gerät, dann muss man ihm einen Kinnhaken verpassen und ihn bewusstlos ans Ufer bringen? »Man darf nie das eigene Leben aufs Spiel setzen«, hat sie uns wieder und wieder erklärt. »Das ist für Lebensretter die alleroberste Regel.«

Meine hektischen Bewegungen bewirken nur, dass ich immer tiefer im Schnee versinke, und als es mir bewusst wird, zwinge ich mich, ruhig zu bleiben. Ich horche in die Nacht hinein, die totenstill ist, kein Windhauch bewegt die Bäume. Doch dann höre ich hinter mir ein Knirschen im Schnee.

Ich versuche mich umzudrehen, wodurch ich wieder ein Stück tiefer sacke. Jetzt höre ich es ganz deutlich: Es sind Schritte im Schnee, die näher kommen. Ich kann nichts tun als warten. Gleich wird mir jemand einen Schlag über den Kopf verpassen, ich werde untergehen, ertrinken, mein Mund und meine Lungen werden sich mit Eis füllen.

Plötzlich sehe ich die Lichter. Zwischen den Bäumen vor mir schweben sie hin und her, sie scheinen zu tanzen. *Die Wilis*, denke ich, sie sind gekommen, um mit mir in den Tod zu tanzen, um mich im See zu ertränken. So wie Hilarion. *Wie Hillary*, hätte Olivia gesagt. Das ist mein letzter Gedanke, bevor ich das Bewusstsein verliere, und dieser Gedanke macht mich glücklich. Jedenfalls bringt er mich zum Lachen.

10. Kapitel

»Was ist so komisch?«, fragt mich jemand. »Himmelherrgott – was ist so komisch?«

Alles, will ich sagen, aber mein Mund ist voll Eis.

Ich schlage die Augen auf und begreife, weshalb mir so kalt ist. Ich bin im Eishaus. Ein Gesicht beugt sich über mich. Auf einmal weiß ich, warum ich so glücklich bin. Ich bin im Eishaus, und Matt Toller ist bei mir.

»Magistra«, sagt eine andere Stimme. »Es tut uns so furchtbar Leid, dass wir Sie allein gelassen haben.«

Das muss Lucy sein, denke ich. Aber wieso nennt sie mich Magistra? Andererseits bin ich ja froh, dass sie sich endlich entschuldigt, nach all den Jahren. Wie konnten sie einfach abhauen und mich allein lassen? Aber jetzt ist alles gut, wir sind wieder zusammen.

»Miss Hudson, bitte, versuchen Sie, etwas zu trinken.« Ein starker Arm stützt mich, während ich einen Schluck aus einem Thermosbecher trinke. Wie gut, dass Matt immer heiße Schokolade mitnimmt, wenn wir Schlittschuh laufen gehen.

Aber es ist bitterer schwarzer Kaffee, und er verbrennt mir die Zunge. Ich sehe den Mann an, der den Becher hält, und eine Welle der Trauer überschwemmt mich. Sie ist so übermächtig, dass ich am ganzen Körper zu zittern beginne. Als ich den Mann ansehe, der nicht Matt Toller ist, sondern sein

Cousin Detective Roy Corey, stürze ich wieder in diesen Abgrund.

Ich lehne mich in seinen Arm, aber da nimmt er ihn weg, als hätte er gerade erst gemerkt, dass er ihn um mich gelegt hat. Nein, denke ich, die Mädchen haben sich geirrt. Dieser Mann will mich nicht mal anfassen.

Ich trinke noch einen Schluck von dem bitteren Kaffee und sehe Vesta und Athena an.

»Die Mädchen haben mich zu Ihnen geführt«, sagt Corey. »Als ich ihnen hier begegnet bin, waren sie völlig verdutzt, dass Sie nicht mehr hinter ihnen waren.«

»Ich bin im Schnee stecken geblieben«, sage ich.

»Sie sind ohnmächtig geworden«, entgegnet er. »Ich hatte schon Angst, Sie würden an Hypothermie leiden, aber es war nur die Anspannung, vermute ich. Wie fühlen Sie sich jetzt?«

»Gut«, antworte ich. Ich sehe mich im Eishaus um. »Was tun Sie hier? Ich dachte, Sie hätten das Eishaus gestern Abend gleich als Erstes überprüft.«

»Das habe ich auch getan, aber da habe ich nur nach einem verschwundenen Mädchen gesucht. Ich habe nicht bemerkt, was hier fehlt.«

Ich setze mich auf und schwinge meine Beine über den Rand der Liege, einem der breiten Bretter, auf denen früher die Eisblöcke gelagert wurden.

»Das Boot«, sage ich. »Das Boot ist nicht hier.«

Corey nickt und verzieht den Mund wie jemand, der einen großen Fehler gemacht hat und es nur ungern zugeben will. Mir fällt auf, dass er genauso volle Lippen hat wie Matt Toller.

»Ich hätte gleich daran denken sollen«, sagt er.

»Sie meinen, Aphrodite ... Melissa hat es geholt?«

Statt zu antworten, schaut Corey die Mädchen an.

»Wir haben es zu Beginn des Schuljahrs entdeckt und sind ein paar Mal damit auf den See rausgerudert. Ich könnte mir schon vorstellen, dass Melissa es genommen hat«, gibt Athena zu.

Corey öffnet die Doppeltür an einem Ende des Schuppens. Von dort blicken wir gemeinsam aufs Wasser, das gleich hier am Eishaus beginnt. Es ist pechschwarz in der Dunkelheit und so unbewegt, dass man es für Luft halten könnte.

Nachdem ich Corey und den Mädchen glaubhaft versichert habe, dass ich mich auch wirklich von meiner Ohnmacht erholt habe, gehen wir das Ostufer entlang zurück zum Badestrand.

Die beiden Mädchen sind vor uns, während Corey ein bisschen zurückbleibt und mir signalisiert, ich solle auch langsamer gehen, um etwas Abstand zu den Mädchen zu halten. »Wir haben vor dem Badestrand ein leeres Boot gefunden, zwischen zwei Felsen«, sagt er so leise, dass ich noch näher kommen muss, um ihn zu verstehen. »Ich wollte feststellen, woher das Boot stammt, denn der Bootsschuppen der Schule ist verriegelt. Erst da ist mir das Boot im Eishaus eingefallen.«

»Aber sollte man dann nicht im Wasser nach Melissa suchen?« Mit einer beschwichtigenden Geste gibt mir Roy zu verstehen, dass ich noch leiser sprechen soll. Mir war nicht bewusst, dass meine Stimme ziemlich laut und erschrocken geklungen hat. Kein Wunder, ständig sehe ich das Bild des leeren Bootes vor mir, das zwischen den Felsen treibt.

»Wir haben bereits die Taucher alarmiert, aber vor Sonnenaufgang können sie nicht anfangen. Die Eltern des Mädchens kommen mit dem Flugzeug aus Kalifornien. Mir wäre es am liebsten, wenn Sie die beiden Schülerinnen vorher ins Wohnheim bringen würden. Ich glaube nicht, dass sie das alles sehen sollten.«

»Verstehe«, sage ich. »Aber ich würde gern zurückkommen. Falls Sie nichts dagegen haben.«

Er sieht mich an. »Sie waren dabei, als man Matt und Lucy aus dem See geholt hat, stimmt's?«

»Ja«, antworte ich. »Manchmal wünsche ich mir, ich wäre nicht dabei gewesen.«

»Wirklich? Bei mir ist es genau umgekehrt. Sie wissen ja sicher, dass Matt das letzte Wochenende bei uns verbracht hat, bevor er hierher getrampt ist.« Ich nicke. Ich weiß noch genau, dass sein Cousin in der Nähe der Militärakademie gewohnt hat, auf die Matt während des letzten Schuljahrs geschickt wurde. »Ich habe gewusst, dass er es tun würde. Er hat mir gesagt, er müsse seine Schwester besuchen. Das war das letzte Mal, dass ich ihn lebend gesehen habe.«

Also hat noch jemand anders all die Jahre die erdrückende Last von Matt Tollers Tod getragen. Einen Augenblick lang fühle ich mich leichter als vorher, dann plötzlich umso schwerer. Deshalb verhält sich Roy Corey mir gegenüber so abweisend! Er macht mich wohl verantwortlich für das, was mit Matt und Lucy passiert ist.

»Sie dürfen sich deswegen keine Vorwürfe machen«, sage ich, aber eigentlich will ich sagen: *Bitte, machen Sie mir keine Vorwürfe.* »Sie waren noch jung.«

»Das ist keine Entschuldigung«, erwidert er. »Ich habe sehr oft darüber nachgedacht. Man kann die Schuld nicht wegreden, indem man sagt, dass man jung war. Nein, man muss die Verantwortung übernehmen.«

»Sind Sie deswegen zur Polizei gegangen? Um andere Menschen für ihre Vergehen zur Verantwortung zu ziehen? Um Verbrecher zu überführen?«

Er bleibt abrupt stehen und sieht mich an, als hätte ich ihm eine Ohrfeige gegeben. Ich wollte nicht so wütend klingen, aber ich habe es satt, ständig angeklagt zu werden.

»Bitte«, sage ich und lege eine Hand auf seinen Arm. Ich möchte ihm meine Sicht der Dinge erklären, aber er wendet sich von mir ab und geht so schnell weiter, dass ich kaum Schritt halten kann.

Nachdem ich Athena und Vesta ins Wohnheim gebracht habe, gehe ich zum Badestrand zurück. Die Sonne ist noch nicht aufgegangen, aber ich kann sehen, dass drüben am anderen Ufer der Himmel sich schon etwas aufhellt – es wird nicht mehr lange dauern. Nach meinem Gespräch mit Corey war ich ziemlich aufgewühlt, weil er mich anscheinend für den Tod von Matt und Lucy verantwortlich macht. Aber inzwischen habe ich mich wieder beruhigt und bin froh darüber, dass ich ihn getroffen habe.

Roy Corey hat Matt Toller gesehen, kurz bevor er das letzte Mal nach Heart Lake gekommen ist. Möglicherweise hat Matt mit ihm über mich gesprochen, und wenn ja, dann kann ich vielleicht doch noch erfahren, was Matt wirklich für mich empfunden hat. Die letzten zwanzig Jahre habe ich mich gefühlt, als hätte ich gerade mit jemandem am Telefon gesprochen – und plötzlich war die Leitung tot. Mitten im wichtigsten Gespräch meines Lebens. Roy Corey kann vielleicht ein paar der fehlenden Puzzleteile beisteuern.

Als ich um den Point herumgehe und auf der Straße über dem Badestrand die Polizeiautos und den Rettungswagen sehe, schäme ich mich, weil ich mir in dieser Situation Gedanken über Matt Tollers Gefühle für mich gemacht habe. Vesta hat Recht – es ist wirklich lächerlich, dieses Getue wegen irgendwelcher Jungs.

Ich kann mir vorstellen, was mit Aphrodite passiert ist. Sie war wegen Brians angeblicher Treulosigkeit völlig außer sich, und weil sie sich, Hunderte von Meilen von ihm entfernt, so machtlos fühlte, flüchtete sie sich in diesen kindischen Hexenspuk. Was hat Dr. Lockhart gesagt? *Es ist ein Versuch, eine Welt, in der sie keine Macht haben, unter Kontrolle zu bekommen.* Sie wollte der Göttin des Sees auf dem dritten Felsen ein Opfer bringen. Aber es war zu kalt, um hinauszuschwimmen, also hat sie das Boot aus dem Eishaus geholt und ist losgerudert. Wahrscheinlich ist sie ausgerutscht, als sie vom Boot auf den Felsen klettern wollte, und ins Wasser gefallen. Von der Kälte hat sie einen Schock erlitten ... oder vielleicht ist sie mit dem Kopf aufgeschlagen ...

Von Vesta weiß ich, dass sie das Boot früher schon benutzt haben, da ist es nur nahe liegend, dass Aphrodite sich auch jetzt seiner bedient hat. Aber da ist noch etwas, was mich beunruhigt. Auch Lucy Toller und ich haben das Boot im letzten Schuljahr einmal aus dem Eishaus geholt, und ich habe in meinem Tagebuch darüber geschrieben. Was, wenn Aphrodite erst durch meine Notiz auf die Idee gekommen ist? Da schießt mir ein Gedanke durch den Kopf: Vielleicht hatte Aphrodite mein Tagebuch bei sich, als sie ins Wasser gefallen ist. Dann würde endlich mein alter Traum wahr, in dem der See die Seiten rein wäscht. Doch im nächsten Moment schäme ich mich auch schon wieder dieses Gedankens.

Ich gehe die Stufen zum Badestrand hinunter, bleibe aber auf halber Strecke stehen. Roy Corey ist da, außerdem Direktorin Buehl und ein älteres Paar, beide in Burberry-Mänteln. Melissas Eltern, vermute ich. Ich möchte nicht zu ihnen gehen, also setze ich mich auf die kalten Steinstufen, schlinge die Arme um die Knie und versuche, mich irgendwie gegen die gnadenlose Kälte zu schützen.

Drei Männer in schwarzen Taucheranzügen reden mit Corey. Sie blicken alle hinüber zum Ostufer, wo gerade die ersten Sonnenstrahlen durch die Fichten scheinen. Dann drehen sie sich zu den Eltern um. Das erste Morgenlicht fällt auf das Gesicht der Frau und beleuchtet messerscharf ihre verhärmten Züge. Vor zwölf Stunden sah diese Frau sicher zehn Jahre jünger aus als jetzt.

Nun waten die Taucher ins Wasser, und als es ihnen bis an die Brust reicht, breiten sie die Arme aus und tauchen ein. Den Zuschauern am Ufer bleibt nichts anderes übrig, als zu warten. Niemand sagt ein Wort.

Am Ostufer steigt die Sonne über die Gipfel der Bäume und wirft ihre Strahlen auf den letzten der Drei-Schwestern-Felsen. Da erst fällt mir auf, dass die Anordnung der Steine genau dem Einfallswinkel der aufgehenden Wintersonne entspricht: Das Licht berührt einen Felsen nach dem anderen, wie ein Kind, das von einem zum nächsten hüpft. Jetzt beleuchten die Sonnenstrahlen auch den Strand und die Treppe, auf der ich sitze, aber sie haben noch keine wärmende Kraft. Mir kommt es vor, als wäre ich zu Eis erstarrt, genau wie die anderen Gestalten am Strand. Der See ist so ruhig, dass ich mir nicht vorstellen kann, dass sich unter der Wasseroberfläche die Taucher bewegen, aber dann sehe ich in der Mitte der Bucht einen schwarzen Kopf auftauchen. Eine Hand hebt sich, und Roy Corey, der die Männer mit einem Fernglas beobachtet, winkt zurück.

Mrs. Randall wendet sich an Corey, als wollte sie ihm eine Frage stellen, doch dann dreht sie sich wieder zu ihrem Mann und lehnt sich an ihn.

Der schwarze Kopf draußen im See ist wieder verschwunden, die Wasseroberfläche wieder unbewegt wie zuvor.

Unser aller Blicke sind noch auf die Mitte der Bucht geheftet, und wir merken zunächst gar nicht, wie auf der linken Seite des Badestrands ein Taucher erscheint. Er ist bis zur Schulter im Wasser und hält die Arme gesenkt, als würde etwas sie nach unten ziehen, während er langsam durchs Wasser zum Ufer watet.

Er trägt Melissa Randall.

Als er sie ablegt, stürzen sofort die Sanitäter herbei und versuchen sie wiederzubeleben, obwohl jeder weiß, dass es aussichtslos ist. Die Gruppe am Strand versammelt sich um das ertrunkene Mädchen, umschließt sie wie eine Faust. Wahrscheinlich bin ich die Einzige, die den zweiten Taucher sieht, der jetzt links von den drei Felsen auftaucht. Auch er trägt etwas, aber etwas Kleineres, Leichteres.

Auch Roy Corey bemerkt ihn und löst sich aus der Gruppe. Sie begegnen sich am Wasserrand, und Corey nimmt ihm die verrostete Schatulle ab. Ich stehe auf und überquere den Strand wie in Trance. Roy Corey streicht mit der Hand über die gewölbte Oberfläche der Schachtel, die kaum größer als ein Schuhkarton ist. Ein Stoffgürtel ist darum geschlungen. Ich sehe, wie der Detective die Messingschnalle öffnet. Der Gürtel fällt zu Boden. Corey wischt die grüne, glitschige Schicht von der Schatulle und enthüllt eine Landschaft aus goldenen Bergen, die in der Morgensonne glitzern. Er klickt die kleine goldene Lasche auf und öffnet den Deckel.

Im Inneren befindet sich ein schweres Stück Stoff, auf das ein Herz gestickt ist und ein paar Wörter, die ich von da, wo ich jetzt stehe, nicht lesen kann. Aber das ist auch gar nicht nötig. Ich weiß sie auch so: *Cor te reducet.* Das Herz wird dich zurückführen. Roy Corey hebt das Tuch, behutsam, fast ein bisschen theatralisch, wie ein Zauberer, der seinen Abschlusstrick vorführt. Aber keine weißen Tauben flattern hoch, nein, in einem Kreis aus grünlich grauen Steinen liegt das Skelett eines winzigen menschlichen Wesens.

Ich wende den Blick von den kleinen Knochen ab, und als ich hinaus auf den See schaue, merke ich, dass sich etwas verändert. Es ist so, als hätte der See jetzt, nachdem er diese beiden Leichen freigegeben hat, sein Kältegleichgewicht gefunden. Als hätte die Entfernung des weißen Tuchs tatsächlich einen Zaubertrick bewirkt. Aus allen Richtungen explodieren plötzlich Eiskristalle auf der reglosen Oberfläche des Sees, funkelnd in der Morgensonne. Überall gleichzeitig. Es ist das, worauf wir alle gewartet haben: das erste Eis.

ZWEITER TEIL

Das erste Eis

1. Kapitel

Als ich Matthew und Lucy Toller das erste Mal sah, hielt ich sie für Zwillinge. Nicht, weil sie sich besonders ähnlich sahen. Matt hatte die rotblonden Haare, das kantige Kinn und die athletische Figur der Tollers, während Lucy schmal und blond war, mit scharfen Gesichtszügen, wie eine der Wassernymphen auf einem Bild in meinen *Ballettmärchen*. Die eigentliche Ähnlichkeit lag in den Gesten, in ihrer Haltung – sie bewegten sich, als wären sie ein und dieselbe Person in zwei verschiedenen Körpern.

Zum ersten Mal bemerkte ich die beiden in dem Sommer, bevor ich in die neunte Klasse kam. Meine Mutter hatte befunden, dass ich ein paar Kinder aus West Corinth kennen lernen sollte, bevor ich mit ihnen in der Highschool zusammentraf. Deshalb hatte sie mir einen Job als Aushilfe im Schwimmclub verschafft. Wie sie auf die Idee kam, es würde mir den Zugang zur Welt der Ärzte und Anwälte erleichtern, wenn ich den ganzen Sommer über im lauwarmen, knietiefen Wasser des Kinderplantschbeckens herumwatete, weiß ich nicht. Aber immerhin konnte ich durch die gestutzte Hecke einen Blick auf das Sprungbecken werfen und beobachten, wie Matt und Lucy Toller ihre Sprünge übten und um die Wette kraulten. Bei diesen Rennen schien es nicht darauf anzukommen, wer als Sieger hervorging; im Grunde sah es aus wie Synchronschwimmen: Schulter an Schulter schwammen sie, tauchten im gleichen Winkel auf, um Luft zu holen, wie zwei Monde, die vom selben Planeten angezogen werden, und ihre weißen Ellbogen hoben sich aus dem Wasser wie die beiden Flügel eines großen Schwans.

Als ich dann in die Highschool kam, erfuhr ich zwei Dinge über die Tollers: Erstens, dass sie keine Zwillinge waren; Matt war dreizehn Monate jünger als Lucy. Er war ein Jahr früher eingeschult worden, weil er so ein Theater gemacht hatte, als seine Schwester in die Schule kam, erzählte mir Lucy. Hannah Toller war zum Direktor marschiert und hatte ihm eröffnet, entweder müsse Lucy ein Jahr zurückgestellt werden oder Matt müsse früher in die Schule gehen. Also hatte Matt schon sechs Monate vor seinem fünften Geburtstag mit der Vorschule begonnen.

Das Zweite, was ich herausfand, war Folgendes: Zwar lebten Matt und Lucy auf dem Westufer des Flusses (in Corinth trennt der Fluss die besser Verdienenden von den Habenichtsen), aber sie passten genauso wenig zu den Kindern von West Corinth wie ich. Cliff Toller, ihr Vater, war Papiervertreter im Sägewerk – sein Job war also auf der sozialen Leiter nur ein paar Sprossen über dem meines Vaters, der Vorarbeiter in der Fabrik war. Trotzdem schienen die Tollers einen höheren Lebensstandard zu haben als die Familien anderer Vertreter. Sie hatten ein kleines, aber hübsches Haus in der River Street, wo sonst lauter Ärzte und Anwälte wohnten. Sie gehörten zum Schwimmclub, und Matt und Lucy nahmen bei der Musiklehrerin von Heart Lake Klavierunterricht. Meine Mutter vermutete, dass Cliff Toller auf Kommission arbeitete und dadurch mehr verdiente, und sie machte meinem Vater Vorwürfe, weil er nicht genug Ehrgeiz besaß, um einen Vertreterjob zu übernehmen. Als Lucy sich an jenem ersten Tag in der Highschool mit mir anfreundete, freute sich meine Mutter.

Ich selbst war sehr erleichtert, als Lucy mich aufforderte, ich solle mich doch mit meinem Tablett zu ihnen an den Tisch setzen. Ich hatte ganz hinten in der Warteschlange gestanden, mit meinem schweren Tablett mit einem Hamburger, mit Obstsalat aus der Dose und zwei Milchtüten (»Zum Mittagessen bekommt jeder zwei, Kind«, hatte die Kantinenhilfe mir lautstark erklärt.) Vom süßlichen Geruch des orangeroten Fleisches wurde mir ganz mulmig, während die Kinder ringsumher alle zu ihren Plätzen strömten. Sie wussten genau, wo sie hin wollten, so wie das Wasser unwillkürlich dem Ozean zustrebt. Auch ich sah durchaus, wo ich hingehörte. Drüben war der Tisch mit den Kindern aus East Corinth: Die Jungs trugen Flanellhemden und Jeans, deren Hosenbeine umgekrempelt waren, weil sie auf Zuwachs gekauft wurden, die Mädchen trugen karierte Röcke, die entweder ein bisschen zu kurz oder ein bisschen zu lang waren; ihre Peter-Pan-Blusen waren am Kragen gestopft. Ich kannte sie und wusste, dass sie Platz machen würden, wenn ich zu ihnen ginge. Aber sie würden mich nicht lächelnd umarmen, wie sich die Kinder aus West Corinth gegenseitig begrüßten, nachdem sie den Sommer voneinander getrennt im Tennislager verbracht hatten, sondern resigniert zusammenrücken, wie Kinder aus kinderreichen Familien es tun, wenn ein weiterer Gast kommt.

Die Nachmittage, die ich im Schwimmclub von West Corinth verbracht hatte, schimmerten und verblassten wie Hitzedunst, als ich eine kühle Hand am Ellbogen spürte, die mich aus dem Gewühle führte.

»Kenne ich dich nicht vom Schwimmbad?«, fragte jemand mit leiser, klarer Stimme, und ich musste mich zu dem Mädchen hinbeugen, um es zu verstehen.

Ich nickte, um nicht reden zu müssen, weil ich plötzlich mit den Tränen kämpfte. Die blonden Haare der Schülerin hatten einen leichten Grünstich von dem Chlorwasser, in dem sie den ganzen Sommer geschwommen war, und ihre Wimpern und Augenbrauen waren von der Sonne gebleicht.

»Möchtest du dich zu uns setzen? Ich glaube, wir haben in der nächsten Stunde dasselbe Fach. Hast du dich nicht auch für Latein eingetragen? Wir sind nur zu elft, und die anderen machen es nur, damit sie später Jura studieren können.« Sie redete so schnell, dass ich kaum mitkam.

Ich folgte ihr zu einem Tisch in der hintersten Ecke, unter dem einzigen Fenster der Cafeteria. Ihr Bruder Matt erhob sich halb von seinem Stuhl, um mich zu begrüßen. Sie hatten beide ihr Mittagessen selbst mitgebracht – zwei identische braune Tüten mit Käse und Äpfeln und Thermosflaschen mit heißer Schokolade.

»Du hattest Recht, Mattie«, sagte Lucy und rieb ihren Apfel an ihrem Pulloverärmel. »Sie macht auch Latein.«

Soweit ich mich erinnern konnte, hatte ich es ihr noch gar nicht gesagt, aber sie hatte es natürlich die ganze Zeit schon gewusst.

Matt musterte mich prüfend. »Warum hast du Latein gewählt?«, fragte er mich.

Es klang, als hätte ich mich der Fremdenlegion angeschlossen. Mein Entschluss, Latein und nicht wie die meisten anderen Französisch oder Spanisch zu nehmen, war im Grunde die Idee meiner Mutter gewesen, wie das meiste, was ich tat. Sie hatte gehört, dass die Anwälte und Ärzte ihre Kinder dazu überredeten, Latein zu lernen, weil sie es fürs Studium brauchten.

»Französisch und Spanisch macht doch jeder«, hatte meine Mutter zu mir gesagt. »Im Lateinunterricht lernst du interessantere Kinder kennen.« Die ehrgeizigen Absichten meiner Mutter waren mir ein Rätsel – mit mir und meinen Fähigkeiten schienen sie nichts zu tun zu haben. Oft kam ich mir vor wie eine Figur auf einem Spielbrett, die beliebig herumgeschoben wurde. Wenn ich ein Ziel erreichte, das sie mir gesetzt hatte – wenn ich den Vorlesewettbewerb in der sechsten Klasse gewann, wenn ich eine Rolle in der Schultheatergruppe bekam –, hatte ich immer den Eindruck, dass sie dem Erfolg misstraute.

»Sie wünscht sich so sehr, dass du Erfolg hast, weil ihre Mutter ihr nicht erlaubt hat, dass sie selbst ihr Glück versucht«, erklärte mir mein Vater. »Deine Mutter hätte ein Stipendium für Heart Lake bekommen, aber deine Großmutter hat sie gezwungen, es abzulehnen. Sie hasste die Crevecoeurs, nachdem sie dort entlassen wurde. Deine Mutter möchte, dass es dir besser geht, aber sobald es so aussieht, als würdest du es schaffen, dann flüstert ihr wahrscheinlich die Stimme der alten Jane ins Ohr, dass das alles sowieso nichts bringt.«

Diese Gedanken konnte ich Matt und Lucy natürlich nicht mitteilen.

Ich überlegte verzweifelt, was ich zum Thema Latein sagen könnte. Latein war die Kirchensprache, so viel wusste ich, aber wir waren Presbyterianer, keine Katholiken. Es gab diese Filme mit Wagenrennen und Gladiatorenkämpfen, aber irgendwie hatte ich den Eindruck, dass Matt und Lucy an Samstagnachmittagen nicht vor dem Fernseher hockten und Chips aßen. Bestimmt machten sie Ausflüge oder lasen in Leder gebundene Bücher – und nicht die zerfledderten, mit gelbem Klebeband ausgebesserten Taschenbücher, die ich mir immer aus der Stadtbibliothek holte.

Da fiel mir ein, dass ich im Sommer die Sagen des klassischen Altertums gelesen hatte. Sie hatten mir zwar nicht ganz so gut gefallen wie meine heiß geliebten *Ballettmärchen*, aber ein paar hatten mich doch sehr beeindruckt.

»Ich interessiere mich für Mythologie«, sagte ich. »Für die Götter und Helden, diese Geschichten, in denen Menschen eine andere Gestalt annehmen ... zum Beispiel die Sage, in der ein Mädchen sich in eine Spinne verwandelt ...« Ich plapperte immer weiter und stocherte dabei mit meiner Gabel auf meinem Hamburger herum.

»Arachne«, sagte Matt.

»Ovid«, sagte Lucy noch geheimnisvoller.

»Die Metamorphosen«, sagten beide wie aus einem Mund.

»Das ist gut.« Matt nahm seinen Apfel, hielt ihn zwischen uns und kniff ein Auge zu, als wäre ich ein weit entferntes Objekt und als wollte er ein perspektivisch genaues Bild von mir anfertigen. »Aber so weit kommen wir im ersten Jahr natürlich nicht.«

»Nein, nein, am Anfang ist es eigentlich nur Paukerei, mit den ganzen Deklinationen und Konjugationen, aber Domina Chambers sagt, wenn wir uns Mühe geben, lässt sie uns auch ab und zu mal was lesen. Ich möchte gern Catull lesen, und Matt interessiert sich für Cäsar – wie es sich für einen Jungen gehört, stimmt's? Und sie will mir helfen, für das Iris-Stipendium zu lernen – auch wenn Matt es gar nicht bekommen kann, weil er ein Junge ist. Aber sie meint, es schadet nichts, wenn er mit mir büffelt, im Gegenteil. Vielleicht willst du ja auch mitmachen.«

Ich hatte das Gefühl, als spräche sie in einer fremden Sprache, die noch verschlüsselter war als Griechisch und Latein. Die Hälfte von dem, was sie sagte, verstand ich nicht – ich kannte weder Ovid noch Catull noch Domina Chambers –, es war, als lauschte ich im Radio einer Oper. Da ging es mir ganz ähnlich: Obwohl ich der Handlung nie richtig folgen konnte, war ich von der Musik ganz fasziniert.

Im matten Sonnenlicht, das durch das schmutzige Fenster der Cafeteria fiel, leuchteten Matts hellbraune Haare rot, und Lucys blassblondes, grünstichiges Haar glänzte wie poliertes Gold. Es gefiel mir, mit den beiden zusammen zu sein.

Ich glaube, wenn sie mich damals aufgefordert hätten, mich der Fremdenlegion anzuschließen, statt mit ihnen Latein zu lernen, wäre ich ihnen widerspruchslos in die Wüste gefolgt.

2. Kapitel

Das Iris-Stipendium – das nach der Crevecoeur-Tochter benannt war, die 1918 bei der großen Grippeepidemie starb – wurde dem Mädchen verliehen, das im ersten Jahr an der Highschool von Corinth die beste Lateinprüfung ablegte. Es sollte dazu beitragen, dass die Stadt ihre ablehnende Haltung gegenüber dem Internat aufgab, erzählte mir meine Mutter, als ich am allerersten Tag der neunten Klasse nach Hause kam. Anfang der siebziger Jahre drohte die Schulbehörde, den Lateinunterricht zu streichen, weil sich so wenige Schüler eintrugen und es nicht genügend qualifizierte Lehrkräfte gab, aber Helen Chambers, eine ehemalige Heart-Lake-Absolventin und seit kurzem dort die neue Lehrerin für klassische Sprachen, erklärte sich bereit, auch den Lateinunterricht an der Corinth Highschool zu übernehmen.

Wir seien ihre erste Klasse an einer staatlichen Schule, eröffnete sie uns an diesem ersten Tag, und deshalb liege es an uns, dass sie einen möglichst positiven Eindruck vom staatlichen Bildungssystem mit nach Hause nehme. Da wir auch ihre letzte staatliche Klasse waren, vermute ich, dass wir keinen besonders guten Eindruck auf sie gemacht haben.

Helen Chambers war anders als alle Lehrerinnen, die ich bisher gehabt hatte. Die Lehrerinnen in Corinth konnte man in zwei Kategorien aufteilen. Entweder waren sie mollig und mütterlich, trugen schlecht sitzende Kleider aus Synthetik sowie mit Motiven bestickte Strickjacken; sie zeigten uns gerne Filme und malten beim Korrigieren Smileys in unsere Hausaufgabenhefte. Oder aber sie waren strenge alte Jungfern mit Orlon-Westen, kratzigen Wollstoffröcken und Stützstrümpfen, die an den dürren Knöcheln Falten schlugen. Diese Lehrerinnen hielten monotone Vorträge und ließen die Schüler nachsitzen, wenn sie im Unterricht einschliefen. Gelegentlich kam eine junge Frau gleich nach der Ausbildung für ein paar Jahre nach Corinth. Zum Beispiel Miss Venezia, meine Lehrerin in der Vorschule, die aussah wie Schneewittchen und mir die *Ballettmärchen* schenkte. Aber wenn diese jungen Frauen auch nur halbwegs qualifiziert waren, verschwanden sie schon bald wieder, weil ihnen in Albany oder Rochester bessere Jobs angeboten wurden, und genau das war auch bei Miss Venezia der Fall.

Helen Chambers war weder jung noch alt, und sie gehörte zu keiner Kategorie. Sie war groß und blond, und statt zu ergrauen, wurden ihre blonden Haare allmählich silbern. Sie hatte sie zu einem eleganten Knoten frisiert, was an eine französische Filmschauspielerin erinnerte. Sie trug ausnahmslos Schwarz – eine Farbe, die man eigentlich nicht tragen sollte, wenn man jeden Tag mit Kreide arbeitet, aber ich kann mich ohnehin nicht erinnern, dass sie je etwas an die Tafel schrieb.

Ihr Unterricht glich eher einem Seminar an der Universität. Am ersten Tag forderte sie uns elf Schüler auf, mit unseren Tischen einen Kreis zu bilden, in den sie sich einfügte. Nachdem sie jedem ein in schlichtes Grau gebundenes Buch gegeben hatte, sagte sie, wir sollten das erste Kapitel aufschlagen und uns die erste Deklination anschauen. Sie stoppte die Zeit mit einer Broschen-Uhr, die sie wie eine Krankenschwester über ihrem Herzen angesteckt hatte. Nach fünf Minuten wies sie uns an, die Bücher zu schließen und im Kreis herum einer nach dem anderen die Deklination des Wortes *puella* aufzusagen. In einem kleinen, ledergebundenen Notizbuch hielt sie fest, wie viele Fehler jeder machte. Lucy und Matt schafften es als Einzige fehlerfrei.

Danach las sie uns ein Gedicht von Catull vor, über ein Mädchen, das einen Spatz auf dem Schoß hält und damit ihren Freund eifersüchtig macht. Währenddessen machte Ward Castle eine unanständige Handbewegung in Lucys Richtung und wurde daraufhin aufgefordert, den Rest der Stunde auf dem Flur zu verbringen. Helen Chambers gab uns bis zum nächsten Mal die erste Deklination auf, außerdem sollten wir uns den Indikativ Präsens Aktiv von *laudare* einprägen, dann entließ sie uns mit dem Gruß: »Valete, discipuli!«

Lucy und Matt antworteten mit »Vale, Domina«, und wir anderen brummelten irgendetwas, ohne die geringste Ahnung zu haben, was das bedeuten könnte.

Am nächsten Tag war die Zahl der Schüler auf neun geschrumpft, zum Ende der Woche waren wir nur noch sieben. Außer Matt, Lucy und mir waren nur Kinder von Ärzten und Anwälten übrig, die von ihren Eltern gezwungen wurden, Latein zu lernen, damit sie später Jura oder Medizin studieren konnten.

Nach zwei Wochen konnte ich die erste Deklination auswendig, ohne recht zu wissen, was eine Deklination eigentlich war. Trotzdem machte es mir großen Spaß, sie mit Matt und Lucy aufzusagen, wenn wir nach der Schule gemeinsam die River Street entlangschlenderten.

Ich freute mich, dass ich nicht nach Hause ging. Ich musste nicht wie sonst am Sägewerk vorbei, wo es immer nach frisch gesägtem Holz roch, wovon mir richtig übel wurde, und wo ständig eine blassgelbe Rauchwolke aufstieg. Wir wohnten unterhalb des Sägewerks, und jeden Tag, wenn ich aufwachte, hatte ich als Erstes diesen süßlichen Geruch in der Nase und sah vor meinem Fenster die gelbe Rauchwolke. Die Holzlastwagen ratterten an unserem Haus vorbei, sodass die Fensterscheiben klirrten und die künstlichen Blumen in den Vasen auf dem Couchtisch zitterten. Meine Mutter führte einen unermüdlichen Krieg gegen das Sägemehl, das mein Vater an seinen Stiefeln und seiner Arbeitskleidung ins Haus trug. Sie zwang ihn, die Kleidung im Vorraum abzulegen, und wusch ihm mit einem

Gartenschlauch den Kopf, auch wenn es so kalt war, dass ihm das Wasser in den Haaren und im Bart gefror. Aber das Sägemehl kam trotzdem ins Haus gekrochen, bildete kleine Verwehungen in den Ecken, ließ sich auf den Porzellan-Nippessachen nieder und kitzelte einen im Hals. Abends hörte ich, wie mein Vater, der den Staub den ganzen Tag einatmen musste, so heftig hustete, dass das Eisenbett im Nähzimmer, wo er schlief, laut schepperte. Wenn ich nachmittags von der Schule nach Hause kam, jammerte meine Mutter stets über das Sägemehl, den Dreck, das Gehalt meines Vaters und die schreckliche Kälte.

»Ich hätte nie gedacht, dass ich ausgerechnet hier enden würde«, sagte sie in regelmäßigen Abständen. Da Corinth auch der Ort war, wo ihr Leben begonnen hatte, konnte ich nicht ganz nachvollziehen, weshalb sie es so verwunderlich fand, dass sie hier »gelandet« war.

Als ich ihr sagte, ich würde am Freitag zu Lucy Toller gehen, sah ich, wie sie den Namen im Kopf hin und her drehte und seinen Wert abwog wie ein Pfund Zucker.

»Sie ist ein Bankert, musst du wissen.«

Das Wort kannte ich nicht, aber es klang irgendwie unanständig.

»Unehelich heißt das«, erklärte sie, als sie merkte, dass ich sie nicht verstand. »Cliff Toller ist nicht ihr Vater. Hannah Corey, ihre Mutter, kenne ich noch aus der Schule. Sehr intelligentes Mädchen. Vielleicht sogar ein bisschen zu intelligent. Sie hat das Iris-Stipendium bekommen.« Ja, auch meine Mutter hätte das Stipendium für Heart Lake erhalten, wenn ihre Mutter es nicht vereitelt hätte: Vielleicht hatte sie deswegen etwas gegen Hannah Corey. »Anschließend ging sie sogar auf eines dieser vornehmen Frauen-Colleges, aber nach einem Jahr ist sie mit einem Baby im Arm zurückgekommen und hat keinem verraten, wer der Vater ist. Cliff Toller hat sie trotzdem geheiratet und ein hübsches kleines Haus in der River Street gekauft. Ihre Tochter ist nicht gerade meine erste Wahl, aber vielleicht lernst du ja ein paar ihrer Freundinnen aus der River Street kennen.«

Ich sagte meiner Mutter lieber nicht, dass Lucy und Matt keine Freunde zu haben schienen.

»Sicher bekommt sie dieses Jahr das Iris-Stipendium, dann würdest du jemanden in Heart Lake kennen.«

»Lucy meint, ich soll doch auch versuchen, das Stipendium zu kriegen«, sagte ich zu meiner Mutter. »Dann könnten wir gemeinsam darauf lernen.«

Meine Mutter musterte mich eingehend. War sie bisher noch nie auf den Gedanken gekommen, dass ich eine Chance auf das Stipendium haben könnte? Oder hätte sie von sich aus irgendwann den Vorschlag gemacht? Ich wusste es nicht. Immerhin war ich eine gute Schülerin, wenn auch eher aus dem sklavischen Wunsch heraus, meinen Lehrern zu gefallen als aus angeborener Begabung.

»Das Iris-Stipendium«, sagte sie und schnupperte, als würde sie an einer Milchflasche riechen, ob der Inhalt sauer ist. Wie alle Ziele, die sie mir setzte, betrachtete sie auch das Stipendium wie eine übergewichtige Frau, die ein Stück Schokoladentorte beäugt: gierig, aber misstrauisch. »Tja – wäre gar nicht übel, aber ich würde mich nicht zu sehr darauf versteifen.«

Genau das tat ich jedoch von Anfang an: Ich versteifte mich auf das Iris-Stipendium. Dabei hatte ich das Internat noch nie von innen gesehen, obwohl ich nur eine Meile von den Eingangstoren entfernt aufgewachsen war. Aber wie oft hatte ich nicht schon die Heart-Lake-Mädchen beobachtet, wie sie im Drugstore herumstanden und in Zeitschriften blätterten oder Lippenstifte ausprobierten. Sie trugen ein halbes Dutzend verschiedene Farbtöne auf und rieben sich gründlich die Lippen ab, ehe sie ins Internat zurückgingen. Ich nahm an, dass es dort verboten war, sich zu schminken, aber mit der Zeit fiel mir auf, dass die Mädchen sich auch betont unauffällig kleideten. Obwohl das Internat die Schuluniform offiziell abgeschafft hatte, schienen sie eine zu tragen: Allesamt kleideten sie sich in karierte Faltenröcke und pastellfarbene Pullis, dazu im Winter robuste Daunenwesten, wie Holzfäller. Und sie trugen ausgetretene Halbschuhe mit schiefen Absätzen. Meine Mutter behauptete, eine Dame könne man an ihren Absätzen erkennen, aber irgendetwas an diesen Mädchen – vielleicht die perfekten Zähne, die glänzenden Haare, der diskrete Goldschimmer an Ohren und Hals oder ihre selbstbewusste Lässigkeit – sagte mir, dass ihre Absätze so schief sein mochten, wie sie wollten – dass sie verwahrlost waren, wie meine Mutter glaubte, war daran nicht abzulesen.

Von meiner realen Armut zu ihrer arroganten Nonchalance schien es gar kein so weiter Weg zu sein.

»Du bekommst garantiert das Stipendium«, sagte Matt, als wir am Freitag zu den Tollers nach Hause gingen. »Die Einzige, die sonst aus finanziellen Gründen in Frage käme, ist Lucy.«

»Na ja, dann bekommt Lucy das Stipendium«, sagte ich.

»Ach, Lucy ist zu faul«, verkündete Matt so laut, dass Lucy, die vor uns ging, ihn hören musste. Ich dachte, sie würde sich ärgern, aber stattdessen zupfte sie ein rotes Ahornblatt von einem überhängenden Ast, schaute kokett über die Schulter und biss auf den Stiel des Blattes, wie eine Tangotänzerin, die eine Rose zwischen den Zähnen trägt. Matt hüpfte zu ihr, umfasste sie, als wollte er wirklich einen Tango mit ihr tanzen, und wirbelte sie auf dem Rasen vor einer der großen Villen herum. Die beiden tanzten durch die von den Gärtnern säuberlich zusammengerechten Haufen, die sich in ein rotgoldenes Blättermeer verwandelten – bis Matt Lucy graziös in ein Bett aus gelben Blättern sinken ließ.

»Siehst du?«, sagte Matt und drehte sich zu mir um. Ich war am Rand des Gehwegs stehen geblieben, reglos in dem goldenen Blätterregen. »Ein bisschen Konkurrenz schadet ihr nicht.«

Dann umfasste er mich, schlang den einen Arm eng um meine Taille, nahm meine Hand, streckte den anderen Arm und legte seine Wange, kühl von der frischen Herbstluft, an meine. Er schwenkte mich herum, und die roten und goldenen Blätter verschwammen zu einem flatternden Wirbel, wie die Flügel des Feuervogels in meinem Ballettbuch. Sein Atem an meiner Wange roch nach Apfel.

»Und nun sprich mir nach«, sagte er im Rhythmus unseres Tanzes. »Puella, puellae, puellae ...«

Brav wiederholte ich, was er sagte, laut schmetterte ich die Deklination heraus, während wir über den Rasen tanzten. Als wir schließlich stehen blieben, hatte Lucy sich wieder aufgerappelt. In ihren Haaren steckten rote und goldene Blätter wie ein Kranz aus Blattgold. Alles schien sich zu drehen, bis auf ihre ruhige, zarte Gestalt.

»Siehst du«, sagte sie. »Du kannst es auswendig.«

»Aber ich weiß nicht, wozu es gut ist.«

Lucy und Matt sahen sich an, dann zupfte Matt eins der Blätter aus Lucys Haar, und mit einer tiefen Verneigung überreichte er es mir.

»Puer puellae rosam dat«, sagte Lucy.

»Was?«, fragte ich.

»Der Junge gibt dem Mädchen eine Rose«, übersetzte Matt.

»›Der Junge‹ – puer – ist der Nominativ, also das Subjekt des Satzes, er ist derjenige, der etwas gibt«, erklärte Lucy.

»›Dem Mädchen‹ – puellae – ist ein Dativ, das heißt, sie ist das indirekte Objekt des Verbs – das Objekt, dem die Handlung des Verbs gilt. ›Die Rose‹« – Matt drehte das feuerrote Blatt blitzschnell zwischen den Fingerspitzen, sodass es einen Moment lang tatsächlich wie eine Rose aussah – »rosam, das ist ein Akkusativ. Das heißt, das direkte Objekt – die Sache, die gegeben wird.«

»Du siehst also, man kann die Wörter beliebig mischen«, sagte Lucy.

Matt hüpfte um mich herum, blieb rechts von mir stehen und hielt die Rose – das Blatt – nach rechts. Lucy deutete darauf. »Puellae puer rosam dat. Das bedeutet immer noch ...?«

»Der Junge gibt dem Mädchen eine Rose«, antwortete ich.

Matt nahm das Blatt jetzt in die linke Hand und hielt es zwischen uns.

»Puellae rosam puer dat?«, fragte Lucy.

»Der Junge gibt dem Mädchen eine Rose«, antwortete ich.

Matt hielt sich das Blatt über den Kopf. »Kapiert?«

Ich nickte. Zum ersten Mal hatte ich das Prinzip begriffen.

Wieder verbeugte sich Matt vor mir und überreichte mir das Ahornblatt. Ich steckte es vorsichtig in die Tasche.

»So ist's brav«, sagte er. »Und jetzt gehen wir nach Hause. Es wird ja schon dunkel.« Er hakte sich rechts bei mir unter und Lucy links. So gingen wir zu dritt die River Street hinunter und sangen die A-Deklination in die kühle blaue Abendluft.

3. Kapitel

Das Haus am Ende der River Street war keine Villa, eher eine Art Cottage, das wie ein Hexenhäuschen aus einem meiner Märchen aussah. Ursprünglich war es das Pförtnerhaus der Crevecoeur-Villa gewesen. Als das Grundstück in ein Mädcheninternat umfunktioniert wurde, verkaufte man das Pförtnerhaus an die erste Leiterin der Schule. Wie es in den Besitz der Familie Toller übergegangen war, habe ich nie erfahren.

Von den Zimmern im Erdgeschoss war ich enttäuscht. Dort standen die gleichen klobigen, übertrieben glänzenden Kolonialstilmöbel herum wie bei uns. Aber während meine Mutter jeden Sessel und jedes Beistelltischchen als wertvolles Besitzstück betrachtete, behandelte Hannah Toller die Einrichtung offenbar mit wenig Respekt. Man hatte den Eindruck, dass die Sachen in irgendeinem Geschäft ausgesucht worden waren, ohne auf die »farbliche Abstimmung« zu achten, die meiner Mutter so wichtig erschien. Hässliche braune Karomuster konkurrierten mit blauen und roten Chintzstoffen. Die Vorhänge prangten in besonders scheußlichem Senfgelb. Alles wirkte zwar ordentlich und sauber, aber im Ganzen eher lieblos.

Vom ersten Tag an verbrachten wir möglichst wenig Zeit im Erdgeschoss. Die beiden stellten mich den Eltern vor, und unsere Unterhaltung dauerte gerade so lange, wie Lucy brauchte, um heiße Schokolade zu kochen, und Matt, um in den Küchenschränken nach Keksen zu fahnden. Auch für mich war auf Anhieb offensichtlich, dass Lucy nicht Cliff Tollers Tochter sein konnte. Ebensowenig konnte ich mir vorstellen, dass sie mit ihrer Mutter verwandt war. Cliff Toller hatte rote Haare und war sehr groß; vor allem seine Hände erschienen mir riesig. Hannah Toller war klein, wie Lucy, aber mit ihren aschblonden Haaren und den wenig markanten Gesichtszügen wirkte sie so unscheinbar, dass es schon eines göttlichen Wesens bedurft hätte, um mit ihr ein Kind wie Lucy zu zeugen. Meine Mutter hatte mir ja erzählt, Hannah habe das Kind in dem Jahr bekommen, als sie in Vassar studierte. In meiner Fantasie war sie auf einem der Yale-Vassar-Tanzabende einem blonden Prinzen begegnet.

Als Lucy und Matt mich vorstellten, leuchteten Mrs. Tollers stumpfe braune Augen kurz auf. »Jane Hudson!«, wiederholte sie betont langsam, so ähnlich, wie meine Mutter Lucys Namen ausgesprochen hatte. »Die Tochter von Margaret Poole?«

Ich nickte.

»Ich bin mit deiner Mutter in die Schule gegangen«, erzählte sie mir. »Alle dachten, sie würde das Iris-Stipendium kriegen, aber am Tag der Prüfung ist sie nicht in die Schule gekommen.«

Ich zuckte die Achseln. »Vielleicht war sie krank«, sagte ich, obwohl ich genau wusste, dass das nicht stimmte. Meine Großmutter hatte nicht gewollt, dass meine Mutter das Stipendium erhielt. Aber dass sie gar nicht zur Prüfung erschienen war, hatte ich bisher nicht gewusst. Ich versuchte mir vorzustellen, wie sich meine Mutter an dem Tag gefühlt hatte. Die ganze Zeit hatte sie gelernt – und dann durfte sie nicht an der Prüfung teilnehmen, die in ihren Augen vermutlich die einzige Chance war, Corinth und der öden Sägemühlenwelt zu entkommen.

»Und wie findest du eure Lehrerin, Domina Chambers?«, fragte mich Hannah Toller.

»Ich finde sie sehr nett«, schwärmte ich. »Sie ist so elegant und ...« – ich suchte nach dem richtigen Wort – »... und so gebildet.«

»Gebildet? Ja, das kann man wohl sagen.« Hannah Toller wandte sich wieder ihrem nicht gerade appetitlich riechenden Eintopf zu, der auf dem Herd blubberte.

»Mutter ist mit Helen Chambers in die Schule gegangen«, erklärte mir Lucy, als wir die steile Treppe hinaufgingen. »Zuerst waren sie zusammen in Heart Lake, und dann haben sie beide ein Jahr in Vassar studiert.«

»Ach, ja?«, sagte ich. Etwas Besseres fiel mir nicht ein, und ich war froh, dass Lucy und Matt vor mir hergingen, denn sonst hätten sie bemerkt, dass ich rot wurde, weil ich die Geschichte von Lucys Geburt schon kannte.

»Sie hat übrigens das Iris-Stipendium bekommen, als sie so alt war wie wir«, sagte Matt.

»Deshalb will sie bestimmt, dass Lucy es auch kriegt«, sagte ich.

Lucy und Matt, die schon oben an der Treppe angekommen waren, schauten sich an. Matt flüsterte seiner Schwester etwas ins Ohr, und Lucy schüttelte den Kopf, als würde sie sich über das, was er gesagt hatte, ärgern. Ich war froh, dass ich mir ihre Zimmer ansehen und so das Thema wechseln konnte.

»Ihr habt es wirklich gut!«, rief ich ein bisschen zu laut. »Hier seid ihr ja ganz für euch, ein richtiges Versteck. Fast wie das Dachzimmer in *Die kleine Prinzessin Sara*.«

»Ja, Lucy ist die Prinzessin, und ich bin das kleine Dienstmädchen, das hinter ihr aufräumen darf.«

Lucy nahm den Haufen schmutziger Wäsche, der auf dem Treppenabsatz lag, und drückte ihn Matt in den Arm. »Als würdest du je aufräumen!«

Die allgemeine Unordnung war wirklich verblüffend. Lucys Zimmer befand sich rechts von der Treppe und bot nur Platz für ein schmales Bett und eine kleine Kommode. Deshalb hatte sie sich in Matts Zimmer auf der anderen Seite der Treppe einquartiert. An dem wild wuchernden Chaos merkte man gleich, dass beide dort wohnten: Berge von Kleidern und Büchern, dazwischen Schwimmbrillen und Schlittschuhe, Zettel, Teetassen und angebissene Äpfel.

Lucy hatte sogar ihren Schreibtisch zu dem von Matt geschoben, sodass sich die Schreibtische am Fenster gegenüberstanden – »damit wir beide eine Aussicht haben«, erklärte mir Lucy. »Wir haben uns furchtbar deswegen gestritten.«

An diesem Tag holten sie vom Speicher noch einen zusätzlichen Tisch und stellten ihn für mich zwischen ihre beiden Schreibtische, mit Blick zum Fenster.

»So wird sie aber durch die Aussicht abgelenkt«, sagte Lucy.
»Glaub ich nicht«, entgegnete Matt. »Oder?«

Während sie mich fragend anschauten, wanderte mein Blick aus dem Fenster und hinunter auf den Fluss, der von hohen weißen Birken gesäumt war, deren gelbe Blätter im letzten Tageslicht leuchteten.

Dann wandte ich mich ihren fragenden Gesichtern zu. »Nein«, sagte ich, ehrlich überzeugt. »Ich werde bestimmt nicht abgelenkt.«

Von da an lernte ich jeden Tag nach der Schule mit den beiden, manchmal auch samstags, bis zu den Weihnachtsferien. Ich hatte schon befürchtet, Matt und Lucy könnten während der langen Ferien, wenn es keinen Grund gab, gemeinsam zu lernen, aus meinem Blickfeld verschwinden. Deshalb freute ich mich sehr, als sie mich fragten, ob ich mit ihnen Schlittschuh laufen wolle, aber meine Begeisterung wurde gleich wieder gedämpft, als ich zugeben musste, dass ich gar keine Schlittschuhe besaß. Bisher hatte ich mir immer bei der öffentlichen Eisbahn welche ausgeliehen.

»Du kannst meine alten haben«, sagte Lucy. »Deine Füße sind kleiner als meine.« Obwohl sie extrem zierlich war, hatte sie ungewöhnlich lange Füße. Ich probierte ihre alten Schlittschuhe an, und mit einem zusätzlichen Paar Socken passten sie mir wie angegossen.

»Meinst du, es ist dick genug?«, fragte sie Matt, als wir an dem kleinen Fluss Schwanenkill entlang zum Wald gingen, die

Schlittschuhe über die Schulter gehängt. Zwar lag noch nicht viel Schnee, aber seit Halloween hatten wir ständig Temperaturen unter dem Gefrierpunkt gehabt. Der Schwanenkill war gefroren, bis auf ein winziges Rinnsal in der Mitte, das auf beiden Seiten den Eisrand bogenförmig auszackte. Der Boden fühlte sich sehr hart an, und ich musste mich anstrengen, um mit den beiden Schritt zu halten. Das Ufer war vereist, und ich rutschte zweimal ab und brach durch das dünne Eis, sodass das kalte Wasser durch die dünnen Sohlen meiner Turnschuhe drang.

Matt und Lucy trugen Stiefel mit festen Gummisohlen, die sie zu Weihnachten bekommen hatten, und so machte es ihnen nichts, wenn sie durchs Eis brachen.

Nachdem wir knapp einen halben Kilometer zurückgelegt hatten, kamen wir zu einem kleinen Holzschuppen am Südende des Heart Lake. Als ich merkte, wo wir waren, wurde ich nervös.

»Ist das nicht Privatbesitz?«, fragte ich.

Lucy öffnete die Tür des Schuppens, während Matt das steile Ufer hinunterrutschte, um das Eis zu testen.

»Ja, ich glaub schon«, antwortete Lucy und gähnte. Ich folgte ihr in den Schuppen. Zuerst war es zu dunkel, um etwas zu erkennen, doch dann öffnete sie die Tür am anderen Ende, und das Licht der späten Nachmittagssonne, reflektiert von der vereisten Oberfläche des Sees, flutete in den Raum. Der See reichte bis zum Rand des Schuppens. Ich sah, dass die Sonne gerade hinter dem Dach der Crevecoeur-Villa am Westufer abtauchte. Bald würde es dunkel werden.

An den Längswänden des Schuppens waren auf beiden Seiten breite Regale angebracht. Auf einem dieser Bretter streckte Lucy sich aus, als wäre sie hierher gekommen, um sich auszuruhen, und nicht, um Schlittschuh zu laufen.

»Aber es hat uns noch nie jemand erwischt«, sagte sie, »und hier kann man wirklich toll Schlittschuh laufen. Wir haben sogar unsere eigene Hütte.« Mit einer Handbewegung deutete sie auf den staubigen Raum.

»Was ist das hier eigentlich?«, fragte ich.

»Das alte Schwanenkill-Eishaus«, antwortete Matt, der gerade zurückkam und seine Schlittschuhe auf das Brett warf, auf dem Lucy lag. »Hier wurde das Eis der Crevecoeurs gelagert, das man aus dem See hackte.« Er nahm ein bisschen Sägemehl von dem Brett und ließ es durch seine behandschuhten Finger rieseln. »Das Eis wurde mit Sägespänen bedeckt, und so hat es sich bis in den Sommer hinein gehalten.« Er deutete auf die modrige Holzrampe, die von der großen Tür zum Eis hinunterführte. »Auf dieser Rampe wurden die Eisblöcke aus dem See hochgezogen. Unser Vater hat immer bei der Eis-Ernte geholfen.«

»Du bist wirklich ein wandelndes Geschichtsbuch, Mattie. Wie ist das Eis heute?«, fragte Lucy, ohne die Augen zu öffnen.

»An der Mündung vom Schwanenkill ist es ein bisschen holperig. Ich glaube, dort ist eine Quelle, die in den Fluss mündet, und sie verhindert, dass sich gleichmäßiges Eis bildet. Aber wir müssen nur diese Stelle umfahren, dann sollte es gehen.«

Während er redete, zog er sich die Stiefel aus, und Lucy, die immer noch auf dem Rücken lag, stützte den rechten Fuß mit dem schweren Stiefel auf ihr linkes Knie und zog an den Schnürsenkeln.

Ich schaute hinaus auf den See, dessen Oberfläche sich in der untergehenden Sonne vanillegelb verfärbte. Das Licht blendete so stark, dass ich fast nichts sehen konnte, aber dennoch meinte ich ein paar dunkle Stellen zu entdecken. War das Eis dort dünn – oder waren es nur Schatten im untergehenden Sonnenlicht?

»Ich hab gehört, dass der See sehr tief ist«, sagte ich beiläufig. Ich hatte meine Turnschuhe abgestreift und ließ die Schnürsenkel meiner Schlittschuhe durch die Finger gleiten.

»In der Mitte sind es fünfundzwanzig Meter«, verkündete Matt so stolz, als hätte er den See selbst erschaffen. »Aber hier auf dieser Seite ist er am Ufer eher flach. Bleib einfach direkt hinter mir, Jane, und wenn das Eis an einer Stelle zu dünn ist, dann wirst du es rechtzeitig erfahren, indem ich zuerst einbreche.« Er grinste mich an, mit dem unerschütterlichen, gedankenlosen Selbstvertrauen eines Vierzehnjährigen. »Du würdest mich doch rausziehen, Jane – oder?«

Ich nickte ernsthaft, unsicher, ob er nur Spaß machte.

»Gut. Bei der da wäre ich mir nämlich nicht so sicher.« Er zeigte mit dem Daumen über die Schulter auf Lucy. »Ihr würde es wahrscheinlich zu viel Mühe bereiten. Bestimmt hätte sie keine Lust, nasse Füße zu kriegen.«

Lucy versuchte, ihm mit der Kufe ihres Schlittschuhs gegen das Schienbein zu treten, doch schon war er von der Bank gesprungen und aus dem Schuppen gelaufen, dicht gefolgt von seiner Schwester. Als sie das Eis erreichten, wurden ihre abgehackten Bewegungen plötzlich elegant und fließend. Ich sah, wie Lucy Matt einholte und ihn so grob an seiner Parka-Kapuze packte, dass ich schon befürchtete, sie würden beide einbrechen, aber stattdessen drehte er sich um, nahm ihre Hand und ließ sie eine graziöse Pirouette vollführen.

Am liebsten wäre ich im Eishaus geblieben. Nicht nur aus Angst, das Eis könnte brechen, sondern auch weil ich wusste, dass ich mit den beiden niemals mithalten konnte. Doch dann dachte ich an Matts vertrauensvolles Lächeln. *Du würdest mich doch rausziehen, Jane, oder?* Er hatte es bestimmt nicht ernst gemeint, aber während ich jetzt die Schnürsenkel so fest zuband, dass es schmerzte, wurde mir klar, dass ich es gar nicht fertig brachte, am Ufer und in Sicherheit zu bleiben, während Matt und Lucy sich in Gefahr begaben.

Beim Schlittschuhlaufen gibt es immer diesen ersten Schritt, den Übergang vom festen Boden aufs glatte Eis, der einem unmöglich erscheint. Wie soll man sich auf zwei schmalen Metallkufen aufrecht halten? Wie kann einen das Wasser tragen, nur weil seine Moleküle sich etwas langsamer bewegen? Hier auf dem See half einem kein Geländer wie auf der Eisbahn, den Schritt vom Erdboden aufs Wasser zu vollziehen.

Ich machte ein paar zaghafte Schritte hinaus aufs Eis. Es dauerte einen Augenblick, bis ich Matt und Lucy entdeckte. Sie standen unter einer Fichte, die ihre Zweige über dem Ufer ausbreitete. Lucy winkte mir zu, während Matt, der hinter ihr stand, über ihren Kopf fasste und an einem Ast rüttelte, sodass der Schnee ihr in den Nacken rieselte. Sie kreischte auf und drehte sich blitzschnell um, erwischte Matt aber nicht mehr, weil er bereits mit den schnellen, gleitenden Bewegungen eines Eishockeyspielers am Rand des Sees entlanglief.

Lucy kniete auf dem Eis nieder und formte einen Schneeball. Als sie wieder aufstand, wurde ihr wohl klar, dass sie Matt unmöglich einholen konnte. Er war schon am Westrand der Bucht, wo drei Felsen aus dem Eis ragten. Um ihn rasch zu erreichen, begann sie, direkt über die Bucht zu laufen.

Sie hatte die Hälfte der Bucht schon überquert, als ich sah, wie sich einer der Schatten, die mir zuvor schon aufgefallen waren, noch dunkler verfärbte und sich unter ihr auftat. Matt konnte die Gefahr nicht sehen, denn er war zu weit entfernt. Ich weiß nicht mehr, wie ich zu ihr hinaus gelaufen war, aber plötzlich war ich nur noch wenige Meter von dem Eisloch entfernt.

Das Wasser reichte ihr bis zur Taille, während sie versuchte, sich mit den Ellbogen auf dem Eis abzustützen, um nicht unterzugehen. Kaum machte ich einen Schritt auf sie zu, durchlief auch schon ein Riss das Eis, wie ein gezackter Blitz. Jetzt drehte Matt sich um, erfasste die Situation und setzte sich sofort in Bewegung, allerdings war er klug genug, den Umweg am Ufer entlang zu nehmen.

Ich ging auf alle viere und legte mich flach aufs Eis. Ganz langsam schob ich mich vorwärts. Das Eis war so kalt an meiner Brust, dass es mir fast den Atem verschlug. Schließlich streckte ich den Arm aus, aber es fehlte noch fast ein halber Meter. Auch Lucy versuchte mühsam, meine Hand zu erreichen, und schüttelte verzweifelt den Kopf. In dem Moment brach ihr linker Ellbogen ein, und ihre Schulter verschwand im Wasser. Der Schrei, den sie ausstieß, klang wie der Klagelaut eines verwundeten Vogels, und mir war, als würde ich sein Echo hören, aber das Geräusch kam von Matt, der jetzt dicht hinter mir stand. Ich schob mich weiter, schürfte mir das Kinn auf dem rauen Eis auf und erwischte tatsächlich Lucys rechte Hand. Mit einer Kraft, die ich ihren zarten Händen nie zugetraut hätte, packte sie mein Handgelenk.

Hinter mir hörte ich Matts heisere Stimme. Er flüsterte uns zu, ja nicht loszulassen, und dann fühlte ich, wie er mich an den Füßen zog. Mühsam hob Lucy jetzt auch den linken Arm aus dem Wasser. Ich griff nach ihrer Hand, aber sie hatte keine Kraft mehr, sich an meiner Hand festzuhalten, also umklammerte ich ihr Handgelenk, das eiskalt war und sich so dünn anfühlte, dass ich dachte, es müsste jeden Moment brechen. Dennoch ließ ich sie nicht los, nicht einmal, als endlich ihre Beine aus dem Wasser waren und sie mit dem ganzen Körper auf dem Eis lag.

Matt schleifte uns liegend bis ans Ufer. Als wir wieder festen Boden unter den Füßen hatten, sagte er mir, ich könne Lucy loslassen, aber unser Griff war so fest, dass er unsere Finger jeweils vom Handgelenk der anderen lösen musste. Erst jetzt merkte ich, dass mein linker Arm gänzlich taub war. Matt hob Lucy hoch und trug sie nach Hause.

Dr. Bard (der zwei Häuser von den Tollers entfernt wohnte) untersuchte Lucy und gab ihr eine Penizillinspritze, um einer Lungenentzündung vorzubeugen. Erst dann fiel ihm auf, dass ich meinen linken Arm seltsam hielt. Er half mir, meine Jacke auszuziehen, und sah sofort, dass ich mir die Schulter ausgekugelt hatte – der Knochen war aus der Gelenkpfanne gerutscht.

4. Kapitel

NACHDEM DER ARZT MIR die Schulter wieder eingerenkt hatte, hatte ich zwar noch Schmerzen, aber meine Mutter sah keinen Grund, weshalb ich nicht in die Schule gehen sollte. Mein Pech, dass ich sonst immer links schreibe, sagte sie – jetzt hätte ich ja Gelegenheit, das Schreiben mit der rechten Hand zu trainieren. Ich versprach, es zu versuchen, aber kaum war ich in der Schule, schrieb ich sofort wieder mit der linken Hand, obwohl es ziemlich wehtat.

Lucys Zustand war jedoch Besorgnis erregend. Trotz der Spritze hatte sie eine Lungenentzündung bekommen und fehlte den ganzen Januar und einen Teil des Februars. Auch Matt kam oft nicht in die Schule, obwohl er sicher nicht krank war. Ich nehme an, er konnte es einfach nicht ertragen, Lucy die ganze Zeit allein zu lassen.

Ich ging jeden Tag zu den Tollers, um Lucy die Hausaufgaben zu bringen, bis Domina Chambers sagte, sie werde die Aufgaben selbst dort abliefern, auf dem Weg zum Internat. Danach traute ich mich nicht mehr, Matt und Lucy zu besuchen, obwohl die beiden sich immer zu freuen schienen, wenn sie mich sahen. Ich dachte schon, sie hätten mich vergessen, als mir Domina Chambers an meinem fünfzehnten Geburtstag ein in braunes Packpapier gewickeltes Geschenk überreichte. Ich wartete, bis ich eine Freistunde hatte, dann schlich ich mich in einen leeren Seitengang und setzte mich auf eine Fensterbank, von der aus man auf einen unbenutzten Innenhof hinausschaute.

In dem Paket befanden sich zwei kleinere Päckchen – das eine enthielt einen wunderschönen Füllfederhalter und ein Fass mit pfauenblauer Tinte. Das war Lucys Geschenk. Ich riss das zweite Päckchen auf. Es war ein Notizbuch – eines dieser schwarzweiß marmorierten Hefte, die man im Drugstore für fünfundzwanzig Cent kaufen konnte. Ich schlug es auf und las, was Matt auf die Innenseite des Deckels geschrieben hatte, auf die für den Stundenplan vorgesehenen Linien: »Für Jane. Stille Wasser sind tief. Von Matt.« Ich hatte ihm einmal erzählt, dass ich gern Schriftstellerin werden wollte, aber Angst hatte, ich könnte nicht genug zu sagen haben, und er hatte daraufhin erwidert: »Du bist still, aber du beobachtest sehr genau. Stille Wasser sind tief.«

Ich füllte den Füller mit Tinte und schrieb auf die erste Seite: »Lucy hat mir diesen Füller und die wunderschöne Tinte geschenkt ...« Die Spitze der Feder verhakte sich im Papier, Tinte spritzte auf das Blatt und auf meine Bluse. Vom Schreiben tat mir gleich wieder der Arm weh, und ich fragte mich, ob Lucy wohl gewusst hatte, dass mir das Schreiben solche Schwierigkeiten bereitete.

»... und Matt hat mir dieses Notizbuch geschenkt.« Ich schaute es mir noch einmal an und überlegte, ob mir etwas Poetisches dazu einfiel. Im Grunde war es ein billiges Heft, eine Marke, die von dem Unternehmen hergestellt wurde, zu dem die Papierfabrik gehörte. Das schwarzweiße Muster auf dem Einband sollte wie Marmor aussehen, aber mich erinnerte es eher an das Treibeis im Frühling auf dem Fluss, wenn die Schollen flussabwärts zum Sägewerk trieben. Im Sommer schwammen auf dem Fluss dicht an dicht die Baumstämme, die dort zu Papier verarbeitet wurden – und wer weiß, vielleicht stammten auch die Seiten in meinen Händen aus Bäumen dieser Gegend.

Während ich mir überlegte, was ich in Matts Geschenk

schreiben konnte, schaute ich auf den trostlosen leeren Hof hinaus.

»So gute Freunde wie sie werde ich nie wieder finden«, schrieb ich. Ich wartete, bis die Tinte getrocknet war, dann strich ich nachdenklich über das Blatt. Da spürte ich eine raue Kante: Jemand hatte eine Seite herausgerissen. Was hatte Matt darauf geschrieben, ehe er beschloss, es doch lieber rauszureißen?

Später ging ich bei den Tollers vorbei, um mich bei Matt und Lucy für die Geschenke zu bedanken. In der Küche saßen Domina Chambers und Hannah Toller und tranken Tee. Eigentlich hätte ich mich über die Anwesenheit der Lehrerin nicht zu wundern brauchen; ich wusste ja, dass sie Lucy die Hausaufgaben vorbeibrachte; aber in meiner Vorstellung gab sie den Zettel nur schnell an der Tür ab und fuhr dann über den Lake Drive zum Internat zurück. Dass sie mit Hannah Toller Tee trinken könnte, hatte ich nicht erwartet. Die beiden passten eigentlich nicht zusammen: Helen Chambers sah aus wie eine Eiskönigin aus dem Norden, wohingegen Hannah Toller in ihrer Kittelschürze eher wie eine verhärmte Bäuerin wirkte. Aber da saßen die beiden in der Küche und tranken nicht nur Tee, sondern schienen in ein intimes Gespräch vertieft. Sie steckten die Köpfe zusammen und beugten sich über ein großes Buch mit Fotos.

»Ah, Clementia, wir haben gerade von dir gesprochen. Komm, setz dich doch zu uns.« Bei meinem lateinischen Namen zuckte ich zusammen, denn er war mir verhasst. Wir hatten uns die Namen nicht selbst aussuchen dürfen, Domina Chambers hatte uns erklärt, was unsere richtigen Namen bedeuteten, und uns dann den entsprechenden lateinischen Namen zugewiesen. Übrigens schien sie die Herkunft aller Namen zu wissen – nie habe ich es erlebt, dass sie in einem Lexikon hätte nachschlagen müssen.

Was Lucy betraf, so war das denkbar einfach, denn Lucy bedeutete – genau wie Helen – so viel wie Licht, also konnte sie den lateinischen Namen nehmen, den Helen Chambers selbst in ihrer Schulzeit gehabt hatte: Lucia.

Jane, so ließ sie mich wissen, leite sich von dem hebräischen Wort für Milde oder Güte ab, was auf Lateinisch *clementia* hieß. Floyd Miller und Ward Castle nannten mich das ganze Schuljahr über nur Clementine.

Ich setzte mich neben Mrs. Toller und warf einen Blick auf das Buch, das zwischen den beiden lag. Es war ein Studienjahrbuch, und auf der aufgeschlagenen Seite war ein Foto von zwei jungen Mädchen zu sehen, die sich gegenseitig den Arm um die Taille geschlungen hatten. Sie trugen beide trägerlose Abendkleider mit zierlichen Pelzstolen. Etwas seitlich stand ein junger Mann im Frack und lächelte zu den Mädchen hinüber. Er war blond, sah sehr gut aus und hatte eine so verblüffende Ähnlichkeit mit Lucy, dass ich richtig erschrak.

»Das war beim großen Winterball im ersten Jahr«, sagte Domina Chambers und klappte das schwere Buch zu. Ich sah, dass auf dem Buchdeckel *1963* stand. »Du weißt doch sicher, dass Hannah und ich zusammen in Vassar studiert haben, oder?« Domina Chambers zündete sich eine Zigarette an und lehnte sich in ihrem Stuhl zurück. »Aber Hannah war nicht besonders glücklich dort, stimmt's?«

»Ein Studium ist nicht für jeden das Richtige«, sagte Mrs. Toller leise.

»Da hast du Recht. Was glaubst du, Clementia – wäre ein Studium das Richtige für dich? Oder soll ich lieber sagen: Bist du die Richtige für ein Studium? Wie wär's mit dem Lehrer-College in New Paltz? Du wärst bestimmt eine ausgezeichnete Lehrerin, glaube ich, und gute Lateinlehrerinnen werden immer gebraucht.«

Ich nickte. Helen Chambers hatte gerade meinen Karrieretraum beschrieben, aber aus ihrem Mund klang dieses Ziel plötzlich langweilig und bieder.

»Unsere Lucia hingegen kann ich mir sehr gut als Vassar-Studentin vorstellen. Und dann geht sie nach New York und arbeitet dort vielleicht in einem Verlag, bei ihrer Sprachbegabung und ihrer Sicherheit im Ausdruck. Wenn wir es schaffen, dass sie nach Heart Lake kommt, ist ihr ein Studienplatz in Vassar so gut wie sicher.«

»Aber das ist so weit weg«, wandte Mrs. Toller ein.

»Unsinn! Mit dem Zug drei Stunden. Am Wochenende kann sie immer nach Hause fahren – wenn sie nicht zu beschäftigt ist, weil sie lernen muss, zu Footballspielen gehen möchte oder auf eine der Partys in Yale, oder aber in die New Yorker Museen. Ich habe damals auch Kurse in Kunstgeschichte belegt, und da hat man uns angehalten, so oft wie möglich ins Museum zu gehen.«

»Mattie würde sie furchtbar vermissen«, sagte Hannah in scharfem Ton. So hatte ich sie noch nie reden hören. »Hast du daran schon gedacht, Helen?«

»Na ja, Mattie wird sich daran gewöhnen müssen, auch ohne Lucy zurechtzukommen. Er kann ja schon mal üben, wenn sie nächstes Jahr nach Heart Lake geht. Aber jetzt müssen wir vor allem dafür sorgen, dass sie sich auf die Prüfung vorbereitet. Du lernst mit ihr, nicht wahr, Jane?«

Ich nickte und lächelte dankbar, weil sie mich zur Abwechslung mit meinem richtigen Namen angesprochen hatte. »Ja, klar. Ich will ja auch an der Prüfung teilnehmen.«

Domina Chambers tätschelte mir die Hand. »Natürlich, Liebes, und du wirst deine Sache bestimmt gut machen.«

Ich machte meine Sache tatsächlich gut. Das heißt, ich schrieb die beste Arbeit von allen. Rückblickend glaube ich, dass ich den Entschluss, als Beste abzuschneiden, genau an jenem Nachmittag am Tollerschen Küchentisch gefasst habe, und sei es auch nur, um Helen Chambers zu beweisen, dass ich besser war, als sie dachte – und nicht nur eine von denen, die ihre Sache *gut machen* und Lehrerin werden. Am Abend schrieb ich in mein Tagebuch: »Lehrerin ist ja okay, aber eigentlich möchte ich lieber auf eine Universität wie Vassar gehen. Dazu brauche ich das Stipendium für Heart Lake. Ich glaube, Lucy hätte nichts dagegen – schließlich glaubt sie an mich.«

Auf der Innenseite des Rückendeckels von meinem Tagebuch entwarf ich einen Arbeitsplan. Ich nahm mir vor, innerhalb von sechs Wochen das gesamte Lateinbuch durchzuarbeiten. Wenn meine Eltern ins Bett gegangen waren, stand ich auf, setzte mich in meinem Zimmer ans Fenster und lernte im Licht der Taschenlampe. Meine Mutter stellte abends immer die Heizung ab, also war es eiskalt in meinem Zimmer. Wenn ich aus dem Fenster schaute, konnte ich die Holzfabrik gar nicht sehen, weil die Scheibe zugefroren war. Wenn die Holzlaster an unserem Haus vorbeidonnerten, zitterte das Glas, und das Eismuster breitete sich aus wie eine aufgehende Blume. Manchmal, wenn ich von meinem Lateinbuch aufschaute und auf die Eiskristalle starrte, sah ich das Foto aus dem Vassar-Jahrbuch vor mir, aber statt Helen Chambers und Hannah Toller stellte ich mir Lucy und mich vor, wie wir die Arme umeinander schlangen und in die Kamera lächelten. Und seitlich von uns stand Matt, sehr elegant in seinem dunklen Abendanzug, und schaute uns an. Natürlich würde er am Wochenende immer zu Besuch kommen, egal, wo er studierte – in Yale oder womöglich in Dartmouth, weil ihm die Idee gefiel, auf ein College zu gehen, das von einem Indianer gegründet worden war.

Jeden Abend hakte ich in meinem schwarzweißen Tagebuch ein Kapitel ab – Deklinationen, Konjugationen, *Sententiae antiquae*. Von Lucys Tinte waren meine Finger stets pfauenblau – passend zu den dunklen Ringen unter meinen Augen.

Ich hatte erwartet, dass ich bei der Prüfung nervös sein würde, aber ich war ruhig und distanziert – als würde ich etwas wiederholen, was ich vor langer Zeit schon einmal getan hatte.

Aber als die Ergebnisse bekannt gegeben wurden, fürchtete ich mich plötzlich doch vor Lucys Reaktion. Helen Chambers las bei der Abschlussfeier die Noten vor, alle Schüler applaudierten, aber ich schaute nur betreten zu Boden – nicht aus Bescheidenheit, sondern weil ich es nicht wagte, Lucy oder Matt, zwischen denen ich saß, auch nur anzusehen. Doch dann spürte ich, wie eine schmale Hand nach meiner griff und sie drückte. Ich schaute Lucy an: Sie lächelte! Ihr Gesichtsausdruck war geradezu euphorisch, sie freute sich tatsächlich für mich.

Da begann ich zu weinen, aber nicht, wie alle dachten, weil ich so glücklich war wegen des Stipendiums, sondern weil ich genau wusste, wie viel *besser* sie war. Prüfung hin oder her – Lucy war diejenige, die es verdiente, nach Heart Lake und Vassar zu gehen, nicht ich. Ich würde einfach behaupten, ich hätte gemogelt. Denn was ich getan hatte, war wirklich eine Form von Betrug. Nicht bei der Prüfung, nein, Lucy gegenüber.

Doch dann hob Helen Chambers die Hand und bat um Ruhe.

»Seit der Zeit, als India Crevecoeur die Fabrikarbeiterinnen zu sich nach Hause eingeladen hat, um sie weiterzubilden, hat das Heart-Lake-Internat immer versucht, das Verhältnis zwischen Stadt und Schule zu pflegen.« Die Zuhörer applaudierten höflich. Ich wurde immer nervöser. Würde ich mich trauen, die Auszeichnung vor versammelter Gemeinde abzulehnen? Oder sollte ich es lieber nach der Zeremonie tun?

»Aber noch nie hat mich die Großzügigkeit dieser Schule so überwältigt wie heute Abend.« Es wurde still im Raum; alle warteten gespannt. »Ich wurde vom Vorstand der Stiftung informiert, dass wegen der außergewöhnlich guten Leistungen einer weiteren Schülerin das Iris-Stipendium dieses Jahr – zum ersten Mal seit seinem Bestehen – an zwei Schülerinnen vergeben wird: an Miss Jane Hudson und Miss Lucy Toller.«

Ich schloss Lucy in die Arme. Nicht nur wegen meiner Freude darüber, dass wir zusammen nach Heart Lake gehen würden – ich war auch unglaublich erleichtert, weil ich das Stipendium nun doch nicht ablehnen musste. Ich war noch einmal davongekommen. Und als ich meine Wange an Lucys Wange schmiegte, merkte ich, dass auch sie weinte.

5. Kapitel

Lucy und ich wohnten in einem Apartment für drei Schülerinnen – einem »Dreier«, wie die Heart-Lake-Mädchen sagten. Meine Mutter hatte mich vor Dreierkonstellationen gewarnt. »Eine wird immer ausgeschlossen«, sagte sie, und ihrem Tonfall war unmissverständlich zu entnehmen, dass ich diese »Eine« sein würde. India Crevecoeur, die Gründerin des Internats, war anderer Ansicht. Sie glaubte, wenn man zwei Mädchen zusammenspannte, würde das »exklusive Freundschaften« fördern, und diese seien dem Hauptziel der Schule, nämlich dem Gemeinschaftsgefühl und der Zusammenarbeit, nicht zuträglich.

»Die haben doch nur Angst, dass wir Lessies werden«, erklärte unsere Mitbewohnerin Deirdre Hall. »Offensichtlich hat India Crevecoeur nie was von einer Ménage à trois gehört.«

Deirdre Hall war mir ein Rätsel. Sie sah überhaupt nicht aus wie die Heart-Lake-Mädchen, die im Drugstore von Corinth die Lippenstifte ausprobierten. Bei ihrer Ankunft trug sie zerrissene Schlaghosen und eine transparente Bluse, durch die man ihre Brustwarzen sehen konnte.

»Sie haben die Schülerinnen zusammengelegt, die ein Stipendium bekommen haben«, erklärte mir Lucy. »Obwohl ich mir nicht vorstellen kann, wofür sie eins gekriegt hat – außer vielleicht dafür, dass sie schnell ist.«

»Wie meinst du das? Auf der Aschenbahn?«, fragte ich.

»Nein, ich meine im Bett. Hast du noch nicht gemerkt, dass sie eine Schlampe ist?«

Fast alles, was Deirdre Hall von sich gab, hatte irgendwie mit Sex zu tun. Aus ihrem olivgrünen Armeesack holte sie die reinste Pornobibliothek: *Tantra Asana*, *Die sinnliche Frau* von J., *Joy of Sex* von Alex Comfort, *Angst vorm Fliegen* von Erica Jong und sogar eine zerfledderte Ausgabe des Kinsey-Reports tauchten aus den endlosen Tiefen ihres Sacks auf wie aus Mary Poppins' Tasche. Sie dekorierte Wände *und Decke* des Einzelzimmers mit balinesischen Wandbehängen, auf denen üppig ausgestattete Männer mit spitzbrüstigen, juwelengeschmückten Frauen akrobatische Sexkunststücke vollführten. Es stellte sich heraus, dass selbst ihre scheinbar harmlose Sammlung orientalischer Teedosen etwas mit Sex zu tun hatte.

»Dieser Tee ist ein Aphrodisiakum«, erklärte sie Lucy, die entsetzt dreinschaute. »Aber das eigentliche Wundermittel ist natürlich das hier.« Sie öffnete eine mit einer goldenen Berglandschaft verzierte Dose. Drinnen befand sich ein penetrant riechendes braunes Kraut. »Macht Gras euch auch scharf?«, fragte sie.

Lucy war nicht die Einzige, die dieser ständigen Anspielungen bald überdrüssig war. Deirdre brachte auch Helen Chambers auf die Palme, weil sie in jeder lateinischen Vokabel einen sexuellen Bezug entdeckte.

»*Domina*?«, fragte sie gleich am ersten Schultag. »Wie bei S und M?«

Als Domina Chambers ihr erklärte, das Wort *praeda* bedeute Beute, fragte Deirdre sofort: »Beute? Wie bei *leichte* Beute?«

»Nein«, entgegnete Domina Chambers. »Wie Diebesgut bei einem Raubzug.«

Bestimmt bedauerte es Helen Chambers, dass im zweiten Jahr Latein der Dichter Catull auf dem Lehrplan stand.

»Seine Freundin hieß Lesbia?«, fragte Deirdre ungläubig. »Wie bei …«

»Nein«, unterbrach Domina Chambers sie. »Es geht um die Insel Lesbos, die Heimat der griechischen Dichterin Sappho. Catull will damit ausdrücken, wie viel er den griechischen Lyrikern zu verdanken hat.«

»Ja, aber war diese Sappho nicht selbst 'ne berühmte Lesbe?«

»Sappho hat sehr schöne Liebesgedichte geschrieben, die Frauen gewidmet sind. Wir wissen nicht, ob sie diese Gefühle auch ... äh ... auslebte.«

Ich hatte Miss Chambers noch nie so unsicher erlebt.

»Ich wette, sie ist selbst eine«, sagte Deirdre, als wir abends zusammen unsere Lateinaufgaben machten.

»Eine was?«, fragte Lucy.

»Eine Lesbe.« Deirdre ahmte mit der rechten Hand die schlängelnden Bewegungen eines Fisches nach. Sie trug einen handbemalten Seidenkimono, den ihre Eltern ihr aus Kyoto geschickt hatten. Das Muster bestand aus hellblauen und türkisfarbenen Wellen, durch die wunderschöne rotgoldene Karpfen schwammen. Die weit geschnittenen Ärmel hatten Schlitze, durch die Deirdres nackte Brüste zu sehen waren.

»Domina Chambers ist nicht lesbisch«, erwiderte Lucy eisig und wandte den Blick von Deirdres entblößten Brüsten ab. »Meine Mutter war mit ihr auf der Uni und hat erzählt, dass Helen Chambers eine der begehrtesten Studentinnen in Vassar war. Sie war fast jedes Wochenende in Yale.«

»Warum hat sie dann keinen von diesen Yale-Studenten geheiratet?«, fragte Deirdre. Lucy hatte sie wohl neugierig gemacht. Wir konnten uns, glaube ich, alle sehr gut vorstellen, wie Helen Chambers, in Twinset und mit Perlenkette, mit dem Zug nach New Haven fuhr, die Stadt, in deren Zentrum sich die Universität Yale befindet, und von einem Jungen in einem Tweed-Jackett – oder vielleicht auch in einem Pullover mit dem Emblem von Yale – am Bahnhof abgeholt wird.

»Sie hat sich eben ganz aufs Studium konzentriert«, antwortete Lucy. »Auf die Altphilologie.«

»Warum unterrichtet sie dann nicht an einem College? Sie hätte ja auch Archäologin werden und nach etruskischen Vasen graben können. Ich finde, Lateinlehrerin an einer Highschool ist nicht gerade der Inbegriff einer erfolgreichen Karriere.«

Ich merkte, dass diese Fragen Lucy ärgerten. Es stimmte, dass bei Helen Chambers gewisse Dinge nicht zusammenpassten. Zwar gehörte es zu den Traditionen von Heart Lake, dass ehemalige Schülerinnen zurückkehrten, um zu unterrichten, aber Helen Chambers war nicht wie die übrigen Old Girls. Von Lucys Mutter wussten wir, dass sie im Anschluss an das Studium in Vassar nach Oxford gegangen war. Danach hatte sie mehrere Jahre in Rom verbracht, an der *American Academy* auf dem Gianicolo, wo sie in renommierten wissenschaftlichen Zeitschriften Artikel über etruskische Vasen und antike Texte veröffentlicht hatte. Anschließend war sie nach New York zurückgekehrt, um an der Barnard Universität ihre Promotion abzuschließen. Im Gegensatz zu unseren anderen Lehrerinnen schien Helen Chambers eine viel versprechende Laufbahn vor sich zu haben, aber genau in dem Moment, als sie sich von der Anziehungskraft, die diese Schule offenbar auf ehemalige Schülerinnen ausübte, gelöst zu haben schien, hatte sie ihre Doktorarbeit abgebrochen und eine Stelle am Internat angenommen.

»Vielleicht war sie pleite«, sagte Deirdre.

»Nein.« Lucy schüttelte den Kopf und rümpfte die Nase. Die Vorstellung, Helen Chambers' Leben könnte von finanziellen Schwierigkeiten bestimmt sein, fand sie geschmacklos. »Ich glaube eher, dass es etwas mit einer unglücklichen Liebe zu tun hatte. Wahrscheinlich war sie in einen verheirateten Mann verliebt, und weil sie von ihm loskommen wollte, musste sie weg aus New York.«

Ich dachte an das Jahrbuchfoto. Der gut aussehende blonde Mann, der Helen Chambers und Hannah Toller zulächelte. Der Mann, der Lucy so ähnlich sah! Hatte Lucy nicht gerade eine Episode aus dem Leben ihrer Mutter erzählt? Vielleicht war Hannah die junge Frau, die ihren verheirateten Liebhaber verlassen, Lucy heimlich und in Schande zur Welt gebracht hatte und dann nach Corinth zurückgekehrt war.

»Ja, das könnte sein«, sagte Deirdre. Lucys Geschichte gefiel ihr offensichtlich. Sie fing an, sich für Helen Chambers' geheimnisvolle Aura zu interessieren. »Vielleicht trifft sie sich ja immer noch mit ihm, wenn sie nach New York fährt. Sie kann doch nicht die ganze Zeit nur einkaufen oder ins Ballett gehen.«

Lucy überlegte. »Vielleicht treffen sie sich einmal im Jahr im Lotus Club auf einen Drink.«

»Um der alten Zeiten willen«, sagte Deirdre.

Lucy lächelte sie an. Nachdem Deirdre ihr wochenlang nur auf die Nerven gegangen war, stellte ich jetzt beunruhigt fest, dass sie Lucy inzwischen gefiel. Doch dann ging Deirdre, wie so oft, einen Schritt zu weit.

»Ja, und um der alten Zeiten willen gehen sie dann anschließend nach oben und steigen miteinander in die Kiste.«

Noch zu Beginn unseres zweiten Jahres in Heart Lake beäugten sich Lucy und Deirdre wie zwei Tänzerinnen, die sich in einer komplizierten Choreographie aufeinander zu und wieder voneinander weg bewegen. Sie schienen sich zu hassen, konnten aber auch nicht voneinander lassen. Ich verstand, warum Deirdre von Lucy fasziniert war. Alle waren von Lucy fasziniert. Lucy arbeitete als Aushilfe in der Vor- und Grundschule, und auch die kleinen Mädchen himmelten sie an. Wenn wir sie nach der letzten Unterrichtsstunde dort abholten, rannten die Kinder hinter ihr her und bettelten, sie solle ihnen noch eine Geschichte erzählen, ein Lied mit ihnen singen, sie in den Arm nehmen. Ein Mädchen namens Albie folgte uns regelmäßig bis zum Wohnheim. Ihr Name passte: Sie war bleich und dürr, machte stets ein Gesicht, als ob sie gleich losheulen würde, und ihre Haare waren so farblos wie trockenes Stroh. Es nervte uns, wenn sie manchmal unvermittelt im Wald auftauchte. Dann schrie Deirdre sie an und stampfte mit dem Fuß auf, als wollte sie einen streunenden Hund vertreiben, aber Albie zuckte nicht mit der Wimper. Erst wenn Lucy zu ihr hinging und ihr etwas ins Ohr flüsterte, verschwand sie hinter den Bäumen, schnell und leise wie eine Katze.

»Das arme Mädchen«, meinte ich eines Tages, aber ich sagte es, weil mir aufgefallen war, dass Lucy so nett zu Albie war, und nicht, weil ich Mitleid mit ihr hatte. »Und dann hat sie auch noch so einen schrecklichen Namen.«

»Danke!«, sagte Lucy lachend. »Den hab ich ihr gegeben. Ich hab ihr erklärt, so hieße sie im Lateinunterricht, und jetzt fängt sie nächstes Jahr mit Latein an, deshalb will sie, dass alle sie so nennen. Sie braucht einfach ein bisschen Zuwendung. Ihr Vater ist gestorben, als sie noch ganz klein war, und Albie sagt, ihre Mutter ist so nervös – ich glaube, das heißt, dass sie in die Nervenklinik gehört. Wenn Albie irgendwelche Probleme hat, denkt ihre Mutter sofort, es liegt an der Schule, und schickt sie in eine andere. Sie ist erst zehn, aber Heart Lake ist schon ihre vierte Schule.«

»Bitte – mir kommen gleich die Tränen!«, rief Deirdre und zündete sich eine Zigarette an. »Das Mädchen ist widerlich. Und sie belästigt uns. Manchmal hab ich das Gefühl, sie spioniert uns hinterher.«

Das war vor allem deshalb beunruhigend, weil wir angefangen hatten, abends im Wald herumzustreunen, wenn wir eigentlich unsere Aufgaben machen sollten. Anfangs war vor allem Deirdre die treibende Kraft. Sie suchte ein Versteck, wo sie ungestört rauchen konnte, zuerst nur Zigaretten, dann auch Gras. Ich war erstaunt, dass Lucy sich an diesen Exkursionen beteiligen wollte – sie weigerte sich normalerweise, Zigaretten oder Joints auch nur anzufassen –, aber mir wurde bald klar, dass Lucy sich durch die vielen Vorschriften in Heart Lake eingeengt fühlte. Zu Hause hatte ihr keiner verboten, mit Matt im Wald zu spielen, sie hatte immer gegessen, wann sie wollte, sie hatte ausgeschlafen oder sogar die Schule geschwänzt, wenn ihr danach war. Sie hasste es, ständig mit anderen Menschen zusammen zu sein, hatte sie mir einmal anvertraut. *Gemeinschaftsgefühl und Zusammenarbeit*, die obersten Ziele von Heart Lake, waren ihr zuwider.

Deirdre hingegen war an das Internatsleben gewöhnt und wusste genau, wie man die Regeln umgehen und untergraben konnte. »Du meldest dich im Hausaufgabenraum an, nach einer Weile sagst du, du müsstest mal kurz pinkeln. Wir treffen uns auf dem Klo neben dem Musiksaal und hauen durch die Hintertür ab. Es fragt bestimmt keiner nach uns.«

Ich fand, wir hätten das alles genauso gut ohne Deirdre tun können, aber wenn wir erwischt wurden, hatte sie immer die besten Ausreden parat.

»Jane hat gerade ihre Tage gekriegt, Miss Pike«, erklärte sie der Schwimmlehrerin eines Abends, als wir im Wald hinter dem Herrenhaus entdeckt wurden. »Wir wollten zurück ins Wohnheim und eine Binde holen.«

»Wir suchen Kaulquappen, Miss Buehl«, sagte sie der Biologielehrerin, als diese uns dabei ertappte, wie wir hinunter zum Badestrand schlichen. »Ihre Stunde über Metamorphose war so spannend.«

Deirdre hatte einen Hang zum Dramatischen. Nachdem wir beim großen Halloween-Feuer das erste Mal die Geschichte von den drei Schwestern gehört hatten, meinte Deirdre sofort, wir sollten beim nächsten Vollmond um Mitternacht auf dem letzten Felsen zur Göttin des Sees beten, damit wir vom Crevecoeur-Fluch verschont blieben.

»Wie sollen wir das machen?«, wandte ich ein. »Wir können doch nicht von einem Felsen zum anderen springen. Meinst du nicht, es reicht, wenn wir unser Opfer auf dem ersten Felsen darbringen?«

»Nein, es *muss* der dritte sein«, entgegnete Deirdre.

Lucy war derselben Meinung. »Domina Chambers hat gesagt, die Drei ist eine magische Zahl. Außerdem müssen Helden eine Reihe von schwierigen Prüfungen bestehen, um sich zu beweisen, wie zum Beispiel Herakles mit seinen ›Arbeiten‹.«

»Wir schwimmen einfach hin«, meinte Deirdre. »Im Schwimmunterricht machen wir das doch die ganze Zeit.«

»Aber – mitten in der Nacht? Außerdem haben wir keine Badeanzüge.« Im Schwimmunterricht bekamen wir einteilige Badeanzüge aus dicker Baumwolle zugeteilt, die sich im Wasser bauschten und selbst die grazilsten Mädchen wie Monster aussehen ließen.

Lucy lachte. »Wer braucht schon einen Badeanzug? Meine Güte, Jane – manchmal bist du so was von spießig!« Ich sah, dass Deirdre grinste, und musste daran denken, was meine Mutter immer gesagt hatte: »Bei einer Dreierkonstellation wird immer eine ausgeschlossen.«

»Wenn du Angst hast, kannst du ja im Wohnheim bleiben«, sagte Lucy.

Ich hatte Angst, aber im Wohnheim bleiben wollte ich auf keinen Fall. Deirdre plante alles bis ins Detail. Wenn das Licht ausgemacht wurde, würden wir nacheinander im Nachthemd in den Waschraum schleichen und dort durch das Fenster klettern, das nach hinten hinausging, also vom See weg. Dann wollten wir durch den Wald zur Grundschule laufen und über den Point klettern, damit Miss Buehl uns nicht sehen konnte – sie wohnte nämlich in dem Cottage oben an der Treppe, die zum Badestrand hinunterführte.

»Aber wie kommen wir dann zum Badestrand?«, fragte ich. »Wenn man zur Treppe will, muss man direkt an ihrer Haustür vorbei.«

»Vom Point aus kommt man auch runter«, erklärte Lucy. »Matt und ich haben das vor ein paar Jahren mal ausprobiert, als wir uns aufs Schulgelände geschlichen haben, weil wir schwimmen gehen wollten.«

»Er könnte sich doch wieder aufs Gelände schleichen und mit uns rausschwimmen!«, schlug Deirdre vor. »Ich meine – du vermisst ihn doch die ganze Zeit und überhaupt.«

»Gute Idee«, erwiderte Lucy. »Vielleicht beim nächsten Mal.«

In jener ersten Nacht, in der wir zum dritten Felsen hinausschwammen, war es sehr warm und merkwürdig windstill für Mitte Oktober. Ich hatte erwartet, dass wir trotzdem frieren würden, und mich deshalb für ein dickes Flanellnachthemd entschieden. Deirdre trug ihren handbemalten Kimono, der im Mondlicht wie Wasser schimmerte. Die rotgoldenen Karpfen schienen unter den hohen Fichten herumzuschwimmen. Lucy hatte ein einfaches weißes T-Shirt an, das ihr bis über die Knie reichte und ursprünglich sicher Matt gehört hatte. Die beiden gingen vor mir her. Sie sahen aus wie Figuren auf einer Vase. Ich kam mir richtig blöd vor in meinem albernen Flanellhemd mit seinem Muster aus Teddybären und Herzchen.

Im Wald blieben wir stehen, und Deirdre zündete einen Joint an. Sie reichte ihn Lucy, die zu meiner großen Verblüffung einen tiefen Zug nahm und den Joint dann an mich weitergab. Sie behielt den Rauch in den Lungen und sagte mit verkrampfter Stimme: »Weißt du noch, was Domina Chambers über das Orakel von Delphi gesagt hat?« Ich erinnerte mich sehr genau an die Stunde, in der Domina Chambers über das Verhältnis der alten Griechen zu halluzinogenen Substanzen gesprochen hatte. »*Das heißt, Sie billigen den Gebrauch von Drogen, Domina*«, hatte Deirdre bemerkt. »*Die Menschen in der Antike haben sie für rituelle Handlungen verwendet, nicht zur Entspannung*«, hatte unsere Lehrerin geantwortet.

Ich nahm den Joint entgegen und klemmte ihn vorsichtig zwischen die Lippen. Kurz überlegte ich, ob ich nur so tun sollte, als würde ich daran ziehen, aber Lucy und Deirdre passten beide genau auf und warteten auf das Aufglühen der Spitze. Ich inhalierte und behielt den Rauch in den Lungen, Deirdres Anweisungen folgend. Dabei fiel mir wieder ein, dass sie gesagt hatte, die meisten Leute würden beim ersten Mal nicht high.

Wir rauchten den Joint, bis nur noch ein glimmender Stummel übrig war, den Deirdre geschickt zwischen ihren langen Fingernägeln hielt. Statt den Stummel auszudrücken, steckte sich Deirdre ihn umgedreht – mit dem brennenden Ende nach innen – in den Mund und winkte Lucy zu sich. Lucy, die um einiges kleiner war als Deirdre, reckte sich, sodass ihr Gesicht ganz nah an Deirdres war, als wollten sie sich küssen, und Deirdre blies eine Rauchwolke in Lucys geöffneten Mund. Ich staunte, wie geschickt sie es taten. In dem Moment begriff ich, dass es nicht zum ersten Mal geschah.

Ich hatte nicht das Gefühl, high zu sein, aber auf dem Rest des Wegs erschien mir alles in einem anderen Licht. Der mit Fichtennadeln bedeckte Waldboden schimmerte golden und schien sich nach oben zu wölben, meinen nackten Füßen entgegen. Die weißen Stämme der Birken schwirrten an mir vorbei wie die Blätter eines Ventilators, sie durchschnitten die Schatten und malten weiße Flecken ins Dunkel des Waldes. Zwischendurch glaubte ich eine weiße Gestalt zu entdecken, die jenseits des Pfades zwischen den Bäumen hindurchhuschte, aber als ich stehen blieb, um ihr nachzuschauen, konnte ich nichts mehr sehen, nur den schwarzen, schweigenden Wald.

Als wir zum Point kamen, glitzerte der gewölbte Fels im Mondlicht, als wäre er mit lauter Diamanten besetzt. Wir kletterten darüber, und ich hatte das Gefühl, mich in seiner groben kristallenen Oberfläche zu verlieren, während wir zu dem Kalksteinsims und von dort zum Badestrand hinunterstiegen. Aber das war immer noch besser, als auf der anderen Seite über den steilen Rand zu blicken, wo der Fels jäh zum Wasser abfiel.

Ich brauchte für den Abstieg länger als die beiden anderen. Als ich am Strand ankam, waren sie schon losgeschwommen. Deirdre hatte ihren Kimono auf einem Felsen zurückgelassen, während Lucys T-Shirt zusammengeknüllt am Wasserrand lag. Ich zog mein dickes Nachthemd über den Kopf und blieb zitternd am Ufer stehen.

Die beiden hatten den dritten Felsen schon erreicht. Er war als einziger so flach, dass man zu dritt auf ihm stehen konnte. Deirdre zog sich hoch und landete etwas ungeschickt mit dem Bauch auf dem Stein. Lucy drehte sich wassertretend zum Ufer. Als sie mich entdeckte, hob sie die Hand und winkte mir zu. Ich merkte, dass sie ein bisschen tiefer sank, bis ihr Mund die schwarze Wasseroberfläche berührte. Ich musste an eine Zeile aus einem Gedicht denken, das Miss Macintosh mit uns gelesen hatte. *Sie winken nicht, nein, sie ertrinken,* hieß es da. Einen Moment lang überlegte ich mir, ob ich stehen bleiben sollte, um zu sehen, wie lange Lucy winken würde. Wie tief sie sinken würde.

Doch dann überwand ich mich und watete ins Wasser. Schnell tauchte ich ein, um den Schock hinter mich zu bringen, und schwamm los. Ich war eine gute Schwimmerin. Eine der stärksten in unserer Klasse, sagte Miss Pike, aber – das fügte sie jedes Mal hinzu – mein Stil sei verbesserungsbedürftig.

Ich schwamm am dritten Felsen vorbei, um ein bisschen anzugeben. Erst als ich mich ihm dann von der Rückseite näherte, sah ich, dass er dort ziemlich steil abfiel. Das Wasser war so tief, dass ich keinen Boden unter den Füßen hatte, und Lucy und Deirdre mich an den Händen hochziehen mussten.

»Gut gemacht, Jane«, lobte mich Lucy.

»Stimmt – du hast mehr Mumm, als ich dachte«, fügte Deirdre hinzu.

Eine Weile saßen wir einfach nur da und blickten über den stillen, mondhellen See. Mir war nicht mehr kalt. Die Kletterpartie und das Schwimmen hatten mich aufgewärmt. Ich wunderte mich, dass ich keine Angst hatte. Der dritte Fels war jenseits des Points, was bedeutete, dass man uns theoretisch vom Herrenhaus aus sehen konnte, aber wenn jemand – beispielsweise Helen Chambers, deren Wohnung im obersten Stockwerk des Herrenhauses lag – aus dem Fenster geschaut und uns gesehen hätte, drei nackte Mädchen auf einem Felsen mitten im See, dann hätte sie uns bestimmt für eine Vision gehalten.

Wie auf ein Signal hin erhoben wir uns, alle drei gleichzeitig. Lucy legte mir den Arm um die Schulter, und Deirdre, die auf der anderen Seite von mir stand, legte den Arm um Lucy, sodass wir einen Kreis bildeten. Während ich die Hände hob, um sie auf ihre Arme zu legen, streckten sie sich wie von allein immer höher, hoch über unsere Köpfe – es war ein Gefühl, als hätten sie kein Gewicht, als würden sie vom Mond angezogen. Wir hatten nicht abgesprochen, wie unser Gebet an die Göttin des Sees lauten sollte. »Wir lassen uns von der Eingebung des Augenblicks inspirieren«, hatte Lucy vorgeschlagen. Eigentlich hatte ich erwartet, dass Lucy oder Deirdre etwas sagen würde. Die beiden konnten so etwas viel besser als ich. Aber jetzt, mit

Lucy und Deirdre im Kreis, fühlte ich mich stärker als je zuvor in meinem Leben. Meine Mutter hatte sich geirrt. Drei war eine magische Zahl.

»Geist des Sees«, rief ich. »Wir sind hierher gekommen im Geiste der Freundschaft. Wir bitten nicht um besonderen Schutz.«

Ich sah, dass Lucy nickte. Das hatte Domina Chambers uns immer wieder eingeschärft: Die Menschen in der Antike hatten geglaubt, dass man den Göttern mit Demut begegnen musste. Die schlimmste Sünde war die Hybris. Da wusste ich plötzlich, wie unser Gebet lauten musste. »Wir bitten dich nur um eins«, sagte ich mit einer hohen, getragenen Stimme, die vom dunklen Stein des Point, der über uns in den Himmel ragte, widerzuhallen schien. »Was immer einer von uns widerfährt, möge uns allen dreien widerfahren.«

6. Kapitel

»Wir brauchen einen Hirschkönig«, sagte Deirdre. Sie hielt die Haarnadelkonstruktion hoch, der wir vor kurzem den Namen Corniculum verliehen hatten, und ließ sie im Licht, das durchs Fenster fiel, pendeln. Bis eben war sie noch durchs Zimmer getanzt, zu *Lord I Was Born a Rambling Man*, einem Song der Allman Brothers. Aber als dann *Seasons in the Sun* im Radio ertönte, hatte sie den Apparat ausgemacht.

Lucy blickte von ihrer Lektüre auf – sie las gerade Robert Graves' Buch *Die weiße Göttin* – und nickte zustimmend. »Einen Cernunnos«, sagte sie. »Der Gehörnte, der hirschhörnige keltische Gott des Waldes.«

»Oder Actaeon – der wurde doch auch in einen Hirsch verwandelt, oder?«, fügte Deirdre hinzu.

»Actaeon wurde von seinen eigenen Hunden zerrissen«, wandte ich ein. Es war unser vorletztes Schuljahr. Deirdre hatte in *Ms. Magazine* einen Artikel über matriarchale Kulturen und Göttinnenverehrung gelesen. Im Lateinunterricht nervte sie Domina Chambers mit ihren ständigen Bemerkungen über den »patriarchalischen Lehrplan«. »Wenn wir wenigstens Ovids *Liebeskunst* lesen würden statt dieser blöden Metamorphosen«, schimpfte sie.

Ich nahm meine Übersetzung, die ich für den nächsten Tag vorbereitet hatte, und las vor: »›Doch jetzt umringt ihn die

Meute und reißt im trügenden Bild des Hirschs ihn in Stücke.‹ Seine Hunde haben ihn bei lebendigem Leibe aufgefressen.«

Deirdre zuckte die Achseln. »Domina Chambers meint, er hat es nicht besser verdient, weil er Diana im Bad nachspioniert hat.«

»Aber es war doch aus Versehen!«, entgegnete ich. »Das steht auch so bei Ovid: ›Es war die Schuld des Schicksals und nicht ...‹«

Lucy seufzte. »Du darfst das alles nicht so wörtlich nehmen, Jane. Wir haben doch nicht vor, irgendeinen armen Jungen zu jagen und zu vernaschen!« Deirdre kicherte, doch Lucys Blick ließ sie verstummen.

»Es ist ein symbolisches Fruchtbarkeitsritual. Indem die Göttin sich mit dem Hirschkönig verbindet, wird die Gemeinde mit Fruchtbarkeit und Wohlstand gesegnet.«

»Genau, die Göttin und der Hirsch treiben's dann miteinander.«

»Wollen wir diesen Teil also wörtlich nehmen?«

»Das will ich doch hoffen!«, rief Deirdre.

»Wer darf dann die Göttin spielen?«, wollte ich wissen.

Während Deirdre die Haarnadeln pendeln ließ, funkelten sie in der Sonne, und dabei wackelte sie mit den Hüften wie die balinesischen Tänzerinnen auf den Wandbehängen in ihrem Zimmer. »Was denkst du? Welche von uns sieht denn aus wie eine Fruchtbarkeitsgöttin?«

»Die Göttin ist der See«, wies Lucy sie zurecht. »Der Hirsch schwimmt in den See hinaus – das ist wie eine Art Taufe –, und dadurch wird die Göttin des Sees wohlwollend gestimmt.«

»Oh.« Deirdre war enttäuscht. Sie tippte an die Haarnadel, die im »Maul« der oberen Haarnadel hing, sodass sie kräftig hin und her schwang. »Soll unser Hirsch etwa auch nur symbolisch sein, oder nehmen wir dafür wenigstens einen richtigen Jungen?«

Ich sah, wie es in Lucy arbeitete. Beide wussten wir, an wen Deirdre dachte. Lucy und Deirdre hatten sich inzwischen zwar ganz gut angefreundet, vor allem, seit wir im zweiten Heart-

Lake-Jahr auf den Felsen hinausgeschwommen waren, aber bisher hatte Lucy es immer zu verhindern gewusst, dass Deirdre Matt näher kennen lernte. Sie hatte ihn ein paar Mal gesehen, wenn er zum Freitagstee kam oder zum Picknick am Gründungsfest, aber Lucy hatte immer aufgepasst, dass Deirdre nicht zu lange mit ihrem Bruder redete.

»Er ist so was von süß!«, hatte Deirdre mir anvertraut. »Ich verstehe jetzt, warum du ihn magst. Hast du schon mal ... na ja, du weißt schon ... hast du schon mal mit ihm rumgemacht?«

»Er ist ein Freund«, hatte ich ihr erklärt. »Und der Bruder meiner besten Freundin. Da denke ich gar nicht an so was.«

Deirdre hatte mich skeptisch gemustert. So wie sie in jedem harmlosen lateinischen Wort irgendeinen sexuellen Bezug vermutete, witterte sie auch in der unschuldigsten Freundschaft eine sexuelle Komponente. Im Verlauf der Jahre hatte sie angeblich schon alle möglichen heimlichen Affären entdeckt: zwischen der Gärtnerin und Miss Buehl, zwischen Miss Buehl und Miss Pike, Miss Macintosh und Miss Pike, Miss Beade und drei Schülerinnen des letzten Schuljahrs, zwischen der Schulsprecherin und der Kapitänin des Schwimmteams. Und natürlich war sie von Anfang an davon überzeugt gewesen, dass ich auf Matt stand.

Vermutlich hatte sie Recht. Zwischen den Seiten meiner *Ballettmärchen* lag das gepresste rote Ahornblatt, das er mir überreicht hatte, als ich das erste Mal mit ihm und Lucy nach Hause ging. Es war keine Rose, aber er hatte *so getan*, als wäre es eine. War es dadurch nicht so gut wie eine Rose? Ich bewahrte auch noch andere Dinge auf: die Kieselsteine, die er mir gegeben hatte, als er mir beibrachte, wie man Steine übers Wasser hüpfen lässt; Zettel, die er mir im Lateinunterricht geschrieben hatte, als wir noch zusammen in Corinth in die Schule gingen, und einen Schlittschuhschlüssel, der ihm im Eishaus heruntergefallen war und von dem er dachte, er hätte ihn verloren. Das alles hatte ich, zusammen mit meinen Tagebüchern, unter einer losen Diele bei meinem Schreibtisch verstaut. Nicht einmal Lucy wusste von diesem Versteck. Sie wusste auch nicht, was ich über Matt in mein Tagebuch schrieb.

»Ich glaube, Lucy vermisst ihn«, schrieb ich. Das erste Heft, das er mir geschenkt hatte, war längst voll. Ich hatte mir ein neues gekauft, das genauso aussah wie das erste. Nach diesem Satz hatte ich – den Füller in der Hand – lange gezögert, bis ich schließlich hinzufügte: »Ich vermisse ihn auch.«

Seit wir in Heart Lake waren, sahen wir ihn selten. Ich wusste, dass er Lucy fehlte. Das ganze erste Jahr schlief sie in einem seiner alten Hockeypullis, und manchmal hörte ich sie abends im Bett weinen, wenn sie dachte, ich wäre schon eingeschlafen. Wenn sie nicht Angst gehabt hätte, dass Deirdre sich an ihn ranmachen würde, hätte sie sicher Mittel und Wege gefunden, ihn öfter zu sehen, davon war ich überzeugt. Schließlich wohnte er nicht einmal einen Kilometer von der Schule entfernt – und den Wald ums Internat herum kannte er wie seine Westentasche.

»Ich wette, Matt fände die Cernunnos-Legende sehr spannend«, sagte ich.

Meine beiden Mitbewohnerinnen sahen mich an, als hätten sie noch nie von einem Jungen namens Matt gehört. Ich erwartete schon fast, dass Deirdre fragen würde: »Welcher Matt?«

Lucy seufzte. »Wer weiß – zur Zeit interessiert er sich eigentlich nur für Chemie und Physik.«

Nachdem Lucy und ich das Iris-Stipendium bekommen hatten, hatte Helen Chambers ihr Experiment mit den staatlichen Schulen aufgegeben, während die Corinth Highschool ihrerseits den Lateinunterricht gestrichen hatte. Matt schien ohne Latein richtig verloren zu sein – bis er die Physik entdeckte.

»Den lieben langen Tag redet er nur über das Verhältnis zwischen Temperatur und Dichte bei Wasser und über die molekulare Struktur von Eis. Jetzt will er unbedingt sehen, wie der See gefriert.«

»Klasse!«, rief Deirdre. »Dann kann er ja zuschauen, wie der See gefriert, und wir können das Ritual des gehörnten Gottes nachspielen. Hey – meint ihr nicht auch, dass mit dem Horn was ganz anderes gemeint ist?«

»Wir können doch nicht von Matt verlangen, dass er im See schwimmt«, wandte Lucy ein. »Dafür ist es schon viel zu kalt.«

»In Russland machen die Leute so was ständig«, entgegnete Deidre. »Aber eigentlich hast du Recht – es ist ja sogar schon zu kalt, um länger draußen zu sein. Wir brauchen einen Unterschlupf. Die Umkleidekabine unten am Badestrand wäre genau das Richtige, aber die wird im Winter immer verriegelt.«

»Es gibt ja noch das Eishaus«, schlug ich vor. »Dort könnten wir uns verabreden.«

Lucy hob abrupt den Kopf. Da erst fiel mir ein, dass Matt und Lucy mir das Versprechen abgenommen hatten, nie jemandem die Sache mit dem Eishaus zu verraten.

»Welches Eishaus?«, fragte Deidre. »Klingt nicht gerade verlockend.«

»Ist es auch nicht«, meinte Lucy leise. »Das Eishaus ist ein kleiner Schuppen am anderen Ufer. Die Crevecoeurs haben dort das Eis gelagert, das aus dem See geerntet wurde. Zu Fuß braucht man gut zwanzig Minuten.«

»Ist der Schuppen leer?«

Ich nickte, aber Lucy schüttelte den Kopf. »Die Umweltinspektorin stellt dort ihr Ruderboot unter, aber sie kommt nur einmal in der Woche, um Wasserproben zu entnehmen. Immer dienstags.«

Verblüfft schaute ich Lucy an. Seit unserer Schlittschuhfahrt damals war ich nie wieder im Eishaus gewesen. Aber offenbar hatten sie und Matt sich dort ohne mich getroffen.

»Ein Boot? Klasse!« Deidre war begeistert. »Das können wir für unser Ritual nehmen. Wann treffen wir uns mit deinem Bruder im Eishaus?«

Ich habe keine Ahnung, wie viel Lucy ihrem Bruder von dem gehörnten Gott erzählte, aber die Idee mit dem »Club des ersten Eises«, wie er sagte, fand er toll. Am letzten Novemberwochenende trafen wir uns im Eishaus.

Matt brachte eine Thermosflasche mit heißer Schokolade mit. Deirdre steuerte einen Joint bei. Lucy schleppte Wolldecken an. Schließlich saßen wir alle im Ruderboot der Wasserspezialistin, und ihre Schwimmwesten dienten uns als Kissen. Wir hatten beschlossen, dass es zu gefährlich war, mit dem Boot auf den See hinauszurudern. Wenn uns jemand gesehen hätte! Matt wollte unbedingt, dass wir die Tür, die zum See hinausging, offen ließen, damit wir aufs Wasser hinausschauen konnten, obwohl es draußen unerträglich kalt war. Aber es war wunderschön. Wenn man im Boot lag und zur Tür hinausblickte, hatte man das Gefühl, als wäre man auf dem Wasser. Am anderen Ufer konnten wir das Steinmassiv des Point sehen, der wie der Kiel eines riesigen Ozeandampfers durchs Wasser zu pflügen schien. Nach ein paar Zügen von dem Joint hatte ich das Gefühl, als würden wir uns direkt auf dieses Ungetüm zubewegen.

»Der Prozess des Gefrierens hat schon angefangen«, erklärte uns Matt. »Das erste Stadium nennt man Zirkulation. Das Wasser wird kälter, es nimmt an Dichte zu. Also sinkt es nach unten, und das wärmere Wasser steigt nach oben.« Mit den Händen beschrieb Matt den Kreislauf in der Luft. »Aber das Spannendste daran ist: Wenn das Wasser ständig immer nur dichter würde, dann würde der See ja von unten nach oben gefrieren.«

»Tut er das nicht?«, fragte Deirdre.

Lucy warf ihr einen strafenden Blick zu, doch Matt fuhr geduldig mit seiner Erklärung fort.

»Wenn dem so wäre, würden alle Fische und sonstigen Lebewesen sterben. Was passiert, ist Folgendes: Bei vier Grad Celsius nimmt die Dichte des Wassers wieder ab. Das heißt, Eis besitzt eine geringere Dichte als Wasser.«

»Ich glaube, meine Gehirndichte ist zu gering, um das zu kapieren«, verkündete Deirdre und reichte Matt den Joint. »Naturwissenschaften waren sowieso noch nie meine Stärke.«

Ich wunderte mich, dass Deirdre sich als so blöd hinstellte. Eigentlich hätte ich erwartet, sie würde versuchen, Matt zu beeindrucken. Es kam mir auch deswegen seltsam vor, weil Deirdre eigentlich ganz clever war. In Naturwissenschaften war sie sogar eine der Besten. Wenn sie nicht die ganze Zeit kiffte und nur an Jungs dächte, dann hätte sie überall ausgezeichnete Noten haben können. Trotz aller Faulheit schnitt sie immer noch gut ab.

Matt nahm einen Zug und reichte den Joint an Lucy weiter. Dann griff er über mich weg und nahm Deirdres Hand zwischen seine Hände.

»Das geht folgendermaßen.« Er drehte ihre rechte Hand so, dass der Handrücken auf der Fläche ihrer linken Hand lag. Ich sah, dass sie zusammenzuckte, aber sie sagte nichts, und Matt schien nicht zu merken, dass er ihr wehtat.

»So verhält sich ein Wassermolekül, wenn die Temperatur über vier Grad Celsius liegt. Die beiden Wasserstoffatome passen ineinander wie zwei aneinander gelegte Löffel. Wenn zwei Menschen so liegen, nennt man das Löffelhaltung.«

Ich malte mir aus, so neben Matt zu liegen. Wie würde es sich anfühlen, wenn ich mich an seinen Rücken schmiegen würde, an seine breiten Schwimmerschultern, und wenn ich meine gebeugten Knie in seine Kniekehlen drücken würde? Hatte Deirdre die gleichen Fantasiebilder? Warum hatte Matt nicht meine Hände genommen, um den Vorgang zu erläutern? Warum hatte *ich* nicht so getan, als würde ich nichts begreifen?

»Das Sauerstoffatom liegt neben den beiden Wasserstoffatomen«, fuhr er fort, ballte seine Hand zur Faust und drückte sie gegen Deirdres rechte Handfläche. »Aber bei vier Grad Celsius drehen sich die Wasserstoffatome um.« Matt drehte Deirdres rechte Hand, sodass ihre Handflächen aufeinander lagen, als würde sie beten. »Merkst du, wie zwischen deinen Händen ein Hohlraum entsteht?« Mit dem Finger kitzelte er sie zwischen den Händen, und sie musste kichern. »Jetzt befindet sich zwischen den Atomen eine winzige Lufttasche. Deshalb ist Eis leichter als Wasser.«

»Ich verstehe das immer noch nicht«, sagte ich.

Matt ließ Deirdres Hände los. Ich hatte gehofft, er würde jetzt meine nehmen, aber stattdessen machte er mit den Fingern zwei V-Zeichen.

Dann senkte er die Finger, sodass sie jetzt auf den Mittelpunkt des Kreises deuteten, den wir im Boot bildeten. »Man kann es sich auch so vorstellen: Jedes Wassermolekül besteht aus drei Atomen – zwei Wasserstoffatomen, einem Sauerstoffatom. Es ist also wie ein Dreieck. Solange Wasser flüssig ist, liegen die Moleküle einfach übereinander.« Er legte das eine V-Zeichen über das andere. »Aber bei vier Grad Celsius drehen sich die Wasserstoffatome um, weil sie sich berühren wollen.«

»Ooooh«, flötete Deirdre. »Diese kleinen Lessies!«

»Mein Gott, Deirdre!«, knurrte Lucy. »Du bist der einzige Mensch auf der Welt, der den Kontakt zwischen Wasserstoffatomen sexy findet.«

»Na ja, irgendwie ist es schon sexy«, räumte Matt ein. »Ich meine, es hat was mit Anziehungskraft zu tun. In einem Wassermolekül sind die positiv geladenen Kerne der drei Atome miteinander verbunden, und zwar durch negativ geladene Elektronen. Aber das Sauerstoffatom will unbedingt die Aufmerksamkeit der Elektronen auf sich lenken, deshalb klaut es den beiden Wasserstoffatomen ihre negative Ladung. Dadurch fühlen sich die Wasserstoffatome zu anderen Elektronen hingezogen, beispielsweise zu den Elektronen des Sauerstoffatoms in einem anderen Wassermolekül. Deshalb ist Wasser flüssig. Wenn es gefriert, halten die Wasserstoffbrücken die Moleküle voneinander getrennt.«

Matt nahm meine und Lucys Hand. »Ihr müsst euch alle an der Hand halten.«

Ich sah, dass Lucy zögernd Deirdres Hand ergriff, und Deirdre nahm mich an der Hand.

»Jetzt müsst ihr die Arme ausstrecken.«

Wir setzten uns anders hin, um die Arme strecken zu können. Das Boot schaukelte heftig auf dem Holzboden des Eishauses. Nur gut, dass die Aktion nicht auf dem Wasser stattfand.

»Seht ihr, dass wir viel mehr Platz brauchen?«, sagte Matt. »Wir sind Eis.«

»Mein Hintern ist jedenfalls schon zu Eis gefroren«, verkündete Deirdre. Sie ließ unsere Hände los und stand auf. Das Boot kippte zunächst auf ihre Seite, doch als sie draußen war, kam die Gegenbewegung, sodass Lucy und ich auf Matt plumpsten. Ich spürte, wie er schützend den Arm um mich legte.

»Hey, Deirdre, du hast die Molekularbindung durchbrochen!«, rief er.

»Ich war schon immer gut, wenn's drum geht, das Eis zu brechen«, entgegnete Deirdre und wackelte mit Schultern und Hüften. Trotz Pullover und Daunenanorak konnte man sehen, wie ihre Brüste wippten. Sie trug offensichtlich keinen BH. Unwillkürlich schaute ich Matt an und sah, dass sein Blick ebenfalls auf Deirdres wippenden Brüsten ruhte.

»Ich glaube, damit ist der naturwissenschaftliche Teil des Abends beendet«, verkündete Deirdre. »Und jetzt kommt des heilige Ritual des gehörnten Gottes. Hast du dein Geweih dabei, Matt?«

Er formte wieder ein V mit den Fingern, aber diesmal über Lucys Kopf. »Ich finde ja schon lange, Lucy würde sich gut als Hirschkuh machen«, sagte er.

Lucy schüttelte ihn ab und kletterte aus dem Boot. Sie trat in die Türöffnung und hob die Arme. Ihr hellblauer Skianorak schimmerte vor der schwarzen Kulisse des Wassers. Ja, sie hatte etwas von einer Hirschkuh an sich, das fand ich auch, leichtfüßig und grazil. Ich dachte an ein Zitat aus dem Vierten Buch der Aeneis: die Stelle, als Dido begreift, dass Aeneas sie nicht mehr liebt und sie verlassen wird. »Qualis coniecta cerva sagitta«, rezitierte ich und war selbst erstaunt, dass ich die Stelle auswendig konnte.

Lucy griff die Passage auf, und mit dem Rücken zu uns, dem See zugewandt, trug sie die Verse vor. Deirdre trat neben sie und hob theatralisch die Arme. Matt und ich waren im Boot geblieben, er hatte immer noch den Arm um meine Schulter gelegt.

»Quam procul incautam nemora inter Cresia fixit pastor agens telis liquitque volatile ferrum nescius: illa fuga silvas saltusque peragrat dictaeos; haeret lateri letalis harundo«, sprach Lucy.

»Toll!«, rief ich. »Wie kommt es, dass du das alles auswendig kannst?«

Lucy zuckte die Achseln. »Das ist meine Lieblingsstelle.«

»Dürfte ein normaler Sterblicher um eine Übersetzung bitten?«, sagte Matt.

»So wie eine Hirschkuh, getroffen vom Pfeil eines Hirten, den dieser ahnungslos in ihrer Flanke stecken lässt, durch die Wälder und Schluchten flieht, das tödliche Geschoss in der Seite ...«, sagte ich. Ein paar Wörter hatte ich ausgelassen und nur den Inhalt zusammengefasst. »Das bedeutet, es hilft nichts, dass Dido – oder die Hirschkuh – vor dem Tod davonläuft: Sie kann ihrem Schicksal nicht entrinnen.« Verblüfft stellte ich fest, dass meine Stimme zitterte. Schon immer hatte mich Didos Schicksal tief berührt: Von dem Augenblick an, als sie Aeneas das erste Mal sieht, geht sie dem Tod entgegen.

Plötzlich drückte Matt mich an sich, und ich spürte seine Lippen auf meiner Wange. »Du bist wirklich süß, Jane«, flüsterte er mir ins Ohr. »Aber ich glaube, die beiden werden mich in Stücke reißen, wenn ich jetzt nicht loslege.«

Und schon war er weg; nur das Schwanken des Bootes und der feuchte Hauch seines Atems, dort, wo seine Lippen meine Wange berührt hatten, sagten mir, dass er gerade noch da gewesen war. Deirdre und Lucy rannten hinter ihm her, lachend und kreischend jagten sie durch den Wald. Statt ihnen zu folgen, blieb ich im Boot liegen und sah, wie der Mond hinter einer Wolke hervorkam. In seinem weißen Licht schien das dunkle Riff des Point zu erwachen: Er glitt auf mich zu, lautlos wie ein riesiger Eisberg in einem schwarzen unbewegten Meer.

7. Kapitel

AM ABEND VOR DEN WEIHNACHTSFERIEN kam ich vom Essen ins Wohnheim zurück und sah, dass an unserer Zimmertür ein Corniculum befestigt war. Ich wunderte mich über das Zeichen, weil es bitterkalt war, aber Lucy sagte, wir dürften die Sonnwende nicht verpassen, weil es doch sein könnte, dass sich genau da das erste Eis bildete. Es war ein windstiller Abend, und der Vollmond schien ungewöhnlich nah und hell.

»Heute Nacht soll es minus zwanzig Grad geben«, sagte Deirdre. »Da holen wir uns böse Frostbeulen. Außerdem geht's mir beschissen.« Sie nieste und schniefte. Sie war schon auf der Krankenstation gewesen, und die Schwester hatte gesagt, sie solle bis zur Heimfahrt im Bett bleiben.

»Du musst ja nicht mitkommen, wenn du nicht willst«, meinte Lucy. »Was ist mit dir, Jane? Hast du auch Angst vor der Kälte?«

Ehrlich gesagt fand ich die Vorstellung, in die eisige Nacht hinauszugehen, auch nicht besonders verlockend. Außerdem merkte ich, dass ich mich bei Deirdre angesteckt hatte. Wir waren die ganze Woche spät ins Bett gegangen, weil wir vor den Ferien noch so viel lernen mussten. Deirdre hatte ein weißes Pulver hervorgezaubert, von dem sie behauptete, es sei ein Erkältungsmittel. Sie zeigte mir und Lucy, wie man es durch einen Strohhalm schnupfte. Davon brannte meine Nasenschleimhaut, ich fröstelte und fühlte mich wackelig auf den Beinen.

»Ich möchte Matt nicht enttäuschen«, sagte ich. »Ich glaube, ich komme mit. Aber vielleicht ziehe ich lange Unterwäsche an.«

Lucy wandte sich an Deirdre, die gerade dabei war, auf ihrer Herdplatte Wasser heiß zu machen. Als es kochte, goss sie ein bisschen davon in eine chinesische Teekanne und schwenkte diese hin und her. Dann kippte sie das Wasser auf den Sims. Weil sie das schon den ganzen Winter über praktizierte, hatten sich draußen vor dem Fenster bizarre Eisskulpturen gebildet.

»Ja, klar, wir wollen doch Mattie nicht enttäuschen!« Deirdre wusste, dass Lucy es nicht ausstehen konnte, wenn sie ihren Bruder *Mattie* nannte. »Aber ich würde vorschlagen, wir trinken erst noch eine Tasse Tee, bevor wir uns auf den Weg machen.« Sie öffnete mehrere Teedosen und gab aus jeder eine kleine Prise in die Kanne.

»Eines Tages wird sie uns vergiften«, sagte Lucy zu mir.

»Und sich selbst«, fügte ich hinzu.

Deirdre grinste und goss kochendes Wasser in die Kanne. »Wenn ich es wollte ...«, sagte sie und klopfte auf den Deckel einer kleinen roten Lackdose. »Da drin habe ich etwas, womit man jemanden in einen langen Winterschlaf versetzen könnte.«

»Aber mit euch beiden würde ich das nie machen«, ergänzte sie. »Ihr seid schließlich die besten Freundinnen, die ich je hatte. Eine für alle und alle für eine, stimmt's? *E pluribus unum*, wie es auf unseren Dollarscheinen steht.«

Sie goss den Tee in drei Porzellantassen und reichte mir und Lucy eine. Dann hob sie ihre dampfende Teetasse, und wir stießen an.

Durch den Tee fühlte ich mich tatsächlich besser. Er rann mir durch die Adern und fühlte sich an wie die warme Strömung, durch die man im See manchmal schwamm. Die heiße

Flüssigkeit vertrieb die Winterkälte aus meinem Blut. Wir warteten, bis die letzte abendliche Kontrolle vorbei war, dann zogen wir Jeans und Pullover über unsere lange Unterwäsche. Das Schwierigste war, sich an dem Abflussrohr festzuhalten, als wir aus dem Badezimmerfenster kletterten. Ich musste meine Fäustlinge ausziehen, weil ich sonst abgerutscht wäre, aber das Metall war so kalt, dass ich meinte, meine feuchten Hände würden daran festfrieren. Auch eine Weile nachdem ich die Handschuhe wieder angezogen hatte, taten mir die Hände noch weh.

Wir gingen den Weg an der Westseite des Sees entlang. Im Verlauf des Abends waren mehrere Zentimeter Neuschnee gefallen, und der Pfad schimmerte hell im Mondlicht. Zu beiden Seiten türmten sich Verwehungen auf, deswegen konnten wir nicht zu dritt nebeneinander gehen. Manchmal ging ich hinter Lucy und Deirdre, dann wieder rannte Deirdre voraus, und Lucy und ich gingen nebeneinander her. Ich fand, dass meine Mutter sich mit ihrer These über Dreierkonstellationen gründlich geirrt hatte, denn die Gewichtung zwischen uns verlagerte sich immer wieder – es gab kein festgeschriebenes Muster. Bisweilen hatte ich allerdings Sehnsucht nach dem Gleichgewicht, das zwischen Lucy, Matt und mir geherrscht hatte.

Kurz bevor wir das Ende des Sees erreicht hatten, hörte ich im Wald ein Geräusch. Ich blieb stehen und spähte ins Labyrinth der Bäume, die lange, dunkle Schatten auf die weiße Schneedecke warfen. Ein Zweig bewegte sich im Wind. Oder war es ein Schatten? Plötzlich wurde mir bewusst, dass gar kein Wind ging. Abrupt löste sich die zweigförmige Gestalt aus dem Schatten und sauste blitzschnell über den Schnee davon.

Ich schaute mich nach Lucy und Deirdre um. Sie mussten ohne mich um die Biegung am Ende des Sees gegangen sein, denn ich konnte sie nicht mehr sehen. Vorsichtshalber drehte ich mich noch einmal um, aber die Schattengestalt war verschwunden. Vermutlich war es ein Reh gewesen. Kein anderes Wesen bewegte sich so schnell, so lautlos.

Oder Deirdre hatte doch etwas in den Tee gemischt, und ich hatte Halluzinationen.

Als ich um die Biegung ging, war ich endgültig überzeugt, dass ich Visionen hatte: Da standen Deirdre und Lucy und bei ihnen drei Gestalten mit Kapuzen.

Deirdre sah mich, löste sich von der Gruppe und kam auf mich zugehüpft. Sie nahm mich an der Hand und zog mich zu einer der Kapuzengestalten. Dann wisperte sie mir etwas ins Ohr, aber ich konnte sie nicht richtig verstehen. Ich war vollkommen verwirrt: Es waren zu viele Menschen – und hätte nicht eigentlich Lucy, statt Deirdre, mich an der Hand nehmen und dafür sorgen sollen, dass ich mich nicht ausgeschlossen fühlte?

Einer der Kapuzenjungen – inzwischen hatte ich begriffen, dass die drei Gestalten einfach nur drei Jungen waren, die unter ihren Parkas Sweatshirts mit Kapuzen trugen – nickte mir mürrisch zu. Mir fiel auf, dass er das gleiche kantige Kinn wie Matt hatte, die gleiche rötliche Haut, er hatte sogar die gleiche Größe und Statur. Bestimmt war er der Cousin, von dem ich schon gehört hatte. Ich begriff sofort, warum Deirdre mich unbedingt mit ihm zusammenspannen wollte. Diese Kupplerin! Für Lucy kam der Junge nicht in Frage, weil er ja ihr Cousin war.

Ich schaute zu den anderen hinüber: Lucy, Matt und Ward Castle. Meine Güte, was war denn in Matt gefahren, dass er Ward Castle anschleppte? Im Lateinunterricht in der neunten Klasse hatte sich Lucy immer über seine blöden Sprüche aufgeregt.

»Hey, hey hey – my darling Clementine!«, begrüßte mich Ward. »Wie läuft's denn so?«

Ich sah, dass Matt, der hinter ihm stand, zusammenzuckte. »Du erinnerst dich doch an Ward Castle«, sagte er zu mir. »Ward ist dieses Jahr mein Labor-Partner. Er will unbedingt sehen, wie der See gefriert.«

»Ja, klar, ich bin hier, weil ich was für den Chemieunterricht lernen will«, fügte Ward hinzu.

Hatte Matt wirklich gedacht, Ward würde sich für den See

und das erste Eis interessieren? Auf einmal kam mir der Gedanke, dass Matt manchmal allzu leichtgläubig war.

»Ja, klar, wir machen alle möglichen chemischen Experimente!«, rief Deirdre. Sie stand jetzt neben Matt, zündete einen Joint an und reichte ihn ihm. »Sollen wir vor den heiligen Handlungen erst mal eine rauchen?«

»Welche heiligen Handlungen?«, fragte Ward. »Wird eine Jungfrau geopfert?« Er legte den Arm um Lucy und zog sie an sich. Die Nacht war so still, dass man hörte, wie sich ihre Daunenjacken aneinander rieben. Lucy reichte ihm kaum bis zur Achselhöhle. Sie lächelte ihn an.

»Ja, genau«, sagte sie strahlend. »Wir werden eine Jungfrau opfern. Eine männliche Jungfrau. Meldet sich jemand freiwillig?«

Im hellen Mondlicht konnte ich sehen, dass Ward schneeweiß wurde.

»Hey – ist es für so was nicht ein bisschen zu kalt?«, wandte er ein. »Ich dachte, ihr hättet eine Hütte.«

Matt deutete mit dem Kinn in die Richtung, in die der Pfad führte. »Ja, da hinten. Wir müssen nur den Fluss überqueren.« Er machte sich auf den Weg, und wir folgten ihm paarweise: Matt und Deirdre, Lucy und Ward, ich und der namenlose Cousin, der nicht nur keinen Namen, sondern auch keine Stimme zu haben schien. Wahrscheinlich passt es ihm gar nicht, dass er mit mir vorlieb nehmen muss, dachte ich, er hat doch bestimmt ein Auge auf Deirdre geworfen, bevor ich aufgetaucht bin. Deshalb war Deirdre so darauf versessen gewesen, uns zu verkuppeln, denn wenn sie den Vetter am Hals gehabt hätte, wäre ich mit Matt zusammengekommen. Und ich wusste, dass sie das auf keinen Fall wollte.

Der Schwanenkill war fast zugefroren, aber auf halber Strecke brach ich mit dem Fuß durchs Eis und wäre gestürzt, wenn der Cousin mich nicht am Ellbogen gepackt und festgehalten hätte. Auch die Uferböschung hochzuklettern war nicht leicht. Er schaffte es für einen Jungen seiner Größe dennoch recht leicht und elegant.

Er will garantiert nicht mit mir allein sein, dachte ich, während ich mich an dem rutschigen Hang abmühte. Meine Fäustlinge hatte ich ausgezogen, damit ich mich an den Zweigen hochziehen konnte, aber meine Handflächen waren noch ganz wund von dem Fallrohr am Wohnheim, und ich konnte nicht richtig zupacken. Außerdem hatte ich Halsschmerzen und wusste nicht, ob sie von der Erkältung kamen oder weil ich die Tränen hinunterschluckte. Ich blickte hoch, in der Erwartung, dass der Vetter schon längst unterwegs zum Eishaus war, aber er stand oben an der Böschung, die Füße fest in den Schnee gestemmt, um einen besseren Halt zu haben, und die Arme nach mir ausgestreckt. Als ich seine Hand ergriff, war ich ganz überrascht, ihre wohltuende Wärme zu spüren, denn er hatte den Handschuh ausgezogen, um mir mehr Halt geben zu können.

»Danke«, murmelte ich, als ich oben war.

Er zuckte nur die Achseln und brummte irgendetwas. Meine Güte, er ist ja noch ungeschickter und schüchterner als ich!, dachte ich, aber dann spürte ich, wie er mit seinem breiten Daumen über die Innenseite meines Handgelenks strich, bevor er meine Hand losließ. Diese Berührung schickte einen elektrischen Stromstoß durch meinen Körper und schien die Wärme wiederzubeleben, die Deirdres Tee hervorgerufen hatte.

Als wir zum Eishaus kamen, war die Tür verschlossen, und als ich sie öffnen wollte, hielt der Cousin mich zurück.

»Äh – vielleicht wollen sie nicht gestört werden«, sagte er.

»Alle vier?«, fragte ich ungläubig.

Während ich seinem Blick den Pfad hinauf folgte, sah ich gerade noch, wie zwei Gestalten hinter einem Hügel verschwanden. Aus der ungleichen Größe schloss ich, dass es sich um Lucy und Ward handeln musste. Also waren nur Matt und Deirdre im Eishaus. Woraus sich ergab, dass der Cousin und ich hier draußen in der Kälte bleiben mussten.

»Weißt du, was die beiden vorhaben?«, fragte ich ihn.

»Lucy hat vorhin was vom Wohnheim gesagt. Wohnt ihr im selben Zimmer?«

Ich nickte. Zwar konnte ich mir Lucy und Ward nicht zusammen vorstellen, aber andererseits waren an diesem Abend schon andere unerwartete Dinge passiert. Der Cousin rieb sich die Hände und pustete hinein, um sich das Gesicht zu wärmen.

»Wahrscheinlich willst du nicht hier draußen in der Kälte bleiben«, sagte ich. »Beim Spielplatz der Grundschule gibt es einen Geräteschuppen ...«

»Am liebsten würde ich sehen, ob es stimmt, was Mattie über das Eis gesagt hat. Obwohl ich immer neben gefrorenen Seen gewohnt hab, habe ich noch nie mitgekriegt, wie sich das Eis bildet.«

Ich schaute auf den See hinaus. Er war schwarz und stumm, aber soweit ich erkennen konnte, noch nicht gefroren.

»Wir könnten zum Badestrand gehen«, schlug ich vor. »Das Bootshaus ist verriegelt, aber bei den Felsen gibt es eine Stelle, die fast wie eine kleine Höhle ist. Da ist man einigermaßen geschützt und kann den See sehen.«

»Klingt gut«, sagte er.

Wortlos zogen wir los, ohne dass das Schweigen unangenehm wurde. Einmal war mir wieder, als würde ich im Wald eine Bewegung wahrnehmen. Jetzt war ich richtig froh, nicht allein zu sein! Als wir oben an die Treppe kamen, die zum Badestrand hinunterführte, ging ich voraus, die Treppe hinunter, und zeigte ihm die Vertiefung in der Felswand, etwa auf der Höhe des zweiten Schwestern-Felsens. Ein Teil der Höhle war unter Wasser, aber an der Steinwand entlang führte eine Art Sims, über den man ins Innere gelangte, und dort erhob sich ein kleines Plateau, auf dem mühelos zwei Leute Platz hatten. Die Stelle war zwar windgeschützt, aber kaum setzte ich mich hin, fing ich schon an zu zittern.

»Meinst du, wir könnten ein kleines Feuer machen – oder sieht man das?«, fragte er.

»Von der Villa und vom Wohnheim aus kann man uns nicht sehen«, antwortete ich. »Und Miss Buehl schläft sicher tief und fest.«

Wir sammelten am Strand ein paar Zweige und Fichtenzapfen und stapelten sie an der Felswand. Der Cousin hatte Streichhölzer dabei und zündete eines an, indem er mit dem Fingernagel gegen die Schwefelspitze schnippte. Mit dem Rücken an den Felsen gelehnt, saßen wir da und schauten hinaus auf den See. Als mein Begleiter merkte, dass ich immer noch zitterte, legte er den Arm um mich; ich schmiegte den Kopf an seine Brust und schloss die Augen.

Ich musste eingeschlafen sein, denn als ich die Augen wieder aufschlug, war das Feuer ausgegangen. Mein Blick wanderte zu dem Jungen neben mir, der in der Dunkelheit Matt zum Verwechseln ähnlich sah. Vorsichtig zog ich meine Handschuhe aus und strich ihm mit den Fingerrücken übers Gesicht und am Unterkiefer entlang. Er bewegte sich unter meiner Berührung, sodass sein Gesicht von der matten Helligkeit beleuchtet wurde, die durch die Öffnung in die Höhle drang. Im grauen Licht der Morgendämmerung sah ich, dass es nicht Matt war, der da neben mir saß – und dass es nie Matt sein würde.

Inzwischen waren meine Beine schon ganz taub, und ich stand auf. Vom Osten, wo die Sonne aufging, zog ein Schwarm Kanadagänse über den Himmel. Ich beobachtete, wie sie auf dem See landeten und, statt übers Wasser zu schlittern, auf seiner Oberfläche stehen blieben. Als ich näher an den Rand der Höhle trat, sah ich, dass eine dünne Eisschicht das Wasser bedeckte. Fröstelnd schlang ich die Arme um mich – nicht nur als Schutz gegen die Kälte, sondern auch gegen das Gefühl, etwas verpasst zu haben.

8. Kapitel

Als die Weihnachtsferien zu Ende waren, fuhr Lucys Cousin wieder nach Hause. Am Neujahrstag waren die drei bei mir aufgekreuzt, um mich zum Schlittschuhlaufen abzuholen, aber meine Mutter hatte sie an der Tür abgewimmelt und behauptet, ich müsse noch ein paar wichtige Dinge erledigen, also hatte ich keine Gelegenheit, mich von dem Cousin zu verabschieden. Anfangs war ich enttäuscht, aber wenn ich daran dachte, wie ich in der Höhle sein Gesicht berührt hatte, war ich erleichtert.

Als die Schule wieder anfing, war die Eisschicht auf dem See schon fast zehn Zentimeter dick. Eigentlich hätten wir den Eisclub jetzt auflösen müssen, aber das taten wir nicht. Sobald das Eis dick genug war, schlug Matt vor, wir könnten den Club in einen Schlittschuhverein umfunktionieren. Deirdre war wenig entzückt, denn sie konnte nicht Schlittschuh laufen.

»Du brauchst ja nicht mitzukommen«, sagte ich, während ich meine Kufen schliff. Ich benutzte immer noch die alten Schlittschuhe, die Lucy mir gegeben hatte. Dieses Jahr konnte ich allerdings nur noch ganz dünne Socken anziehen, und ich hoffte, dass meine Füße nicht mehr wachsen würden.

»Was du nicht sagst, Clementine! Das würde dir so passen, was?«

Mir war aufgefallen, dass Deirdre seit den Weihnachtsferien

oft ziemlich gereizt war. Sie war bei ihrer Tante in Philadelphia gewesen, weil ihre Eltern keine Gelegenheit hatten, Kuala Lumpur für einen Urlaub zu verlassen. Und ihre Tante hatte ihr schon eröffnet, dass sie die Osterferien auf dem Campus verbringen müsse. Für den Sommer wiederum hatte die Tante sie in einem Internat in Massachusetts angemeldet. Ich glaube, das Gefühl, von einer Institution zur nächsten geschoben zu werden, ohne dass sich ihre Verwandtschaft auch nur im Geringsten um sie kümmerte, machte Deirdre zunehmend zu schaffen. Es gab nur einen einzigen Menschen, zu dem sie nett war, und das war jetzt merkwürdigerweise Albie, »Lucys kleiner Schatten«, wie Deirdre sie immer nannte.

»Ich dachte immer, du findest sie unheimlich«, flüsterte ich Deirdre ins Ohr, als ich eines Tages in unser Zimmer kam und sah, dass sie Albie bei den Lateinaufgaben half. Albie drehte sich um, und mir war sofort klar, dass sie meine Worte mitbekommen hatte.

»Hallo, Albie«, begrüßte ich sie. »Du machst jetzt also auch Latein. Salve!« Sie starrte mich eine Weile wortlos an und schaute dann wieder in ihr Buch, ohne meinen Gruß zu erwidern. Plötzlich fiel mir auf, dass sie an diesem Tag ganz in Weiß gekleidet war; die weiße Bluse und der weiße Faltenrock erinnerten an eine Art Tennisdress.

»Warum ist sie ganz weiß angezogen?«, schrieb ich auf eine Seite in meinem Tagebuch und zeigte sie Deirdre.

»Wegen Miss Macintosh«, schrieb Deirdre als Antwort. »Die hat ihnen erzählt, dass Emily Dickinson immer nur Weiß getragen hat.«

»Findest du das nicht komisch?«, schrieb ich.

Deirdre zuckte die Achseln, ging in ihr Zimmer zurück und schloss die Tür hinter sich. Später beschwerte sie sich bei Lucy und sagte, ich hätte mit meinem Benehmen dafür gesorgt, dass Albie sich unwohl fühlte.

»Unwohl? Was glaubst du eigentlich, wie ich mich in ihrer Gegenwart fühle? Sie sieht aus wie ein Geist und redet kein Wort mit mir!«

»Es wäre mir sehr lieb, wenn ihr zwei aufhören würdet, hier so rumzuzicken«, fuhr Lucy uns an. Deirdre und ich sahen sie verdutzt an. Ihre Wortwahl erstaunte uns noch mehr als ihr Tonfall.

»Liebe, kleine Lucy«, flötete Deirdre. »Was hast du eigentlich bei Ward Castle aufgeschnappt? Hoffentlich nichts Ansteckendes!«

Lucy schleuderte ihren Schlittschuh in die Ecke. Die gezackte Spitze der Kufe hinterließ einen tiefen Kratzer im Holzfußboden.

»Nicht jede lässt sich gleich am ersten Abend rumkriegen, Deirdre.« Lucy packte ihren Parka und stürmte aus dem Zimmer. Auch ich nahm meine Jacke und rannte hinter ihr her, ohne mich nach Deirdre umzuschauen.

Als ich Lucy einholte, stand sie an der Stelle, wo sich der Weg vor dem Wohnheim gabelte. Die erste Abzweigung führte zur Grundschule, die zweite zum Herrenhaus und die dritte zum See. Alle drei waren seit den Weihnachtsferien viel schmaler geworden. Inzwischen war es so gut wie unmöglich, zu zweit nebeneinander herzugehen.

Lucy trat mit dem Fuß gegen den hüfthohen Schneewall. Als ich ihr die Hand auf den Arm legte, schüttelte sie mich ab. Mit einem Satz sprang sie über die Schneemauer und verschwand wie ein Reh in Richtung Wald. Obwohl ihre Beine im tiefen Schnee versanken, lief sie unbeirrt weiter.

Nachdem ich ihr eine Weile nachgesehen hatte, kletterte ich über den Wall und versuchte, ihr zu folgen, indem ich in ihre Fußstapfen trat. Die Spur führte mich bis zum See, dann war sie plötzlich verschwunden, und ich hatte keine Ahnung, in welche Richtung ich weitergehen sollte. Ich blickte über den See und suchte nach Rissen im Eis, konnte aber keine entdecken. Hilflos stand ich am Ufer und horchte auf die Geräusche der neuen Eisdecke: Ein merkwürdiges Scharren, als würden unter der Oberfläche Tausende von Mäusen hin und her huschen, steigerte meine Nervosität nur noch. Ich hatte das Gefühl, als würde etwas meine Beine hinaufkrabbeln. Blitzschnell drehte ich mich um und sah Albie, die sich hinter einen Baum duckte.

»Hey!«, rief ich. »Hast du Lucy gesehen?«

Eine Gesichtshälfte schob sich hinter dem Fichtenstamm hervor, und ein eisblaues Auge starrte mich an.

Behutsam machte ich einen Schritt auf sie zu, ganz langsam, als wäre sie ein wildes Tier. »Hey«, sagte ich besänftigend. »Du kennst mich doch. Ich wohne mit Lucy im Zimmer. Hast du sie gesehen?«

Das Mädchen rührte sich nicht, aber ich hatte das sichere Gefühl, dass sie sofort die Flucht ergreifen würde, wenn ich mich auch nur einen halben Schritt weiter auf sie zubewegen würde.

»Du magst Lucy, stimmt's?«, sagte ich. »Ich mag sie auch. Ich will ihr doch nur helfen.«

Das blaue Auge verengte sich, wie bei einer Katze, die zum Sprung ansetzt.

»Stimmt doch gar nicht.« In der eisigen Luft klang ihre Stimme verblüffend klar und scharf. Irgendwie erinnerte sie mich an die Kratzgeräusche im Eis hinter mir. »Du magst nur ihren Bruder.«

»Ich glaube, du verwechselst mich mit Deirdre, unserer Mitbewohnerin.«

Albie grinste. »Ja, die mag ihn auch.«

»Du scheinst ganz schön viel mitzukriegen.« Ich dachte an das, was Deirdre über sie gesagt hatte – dass Albie in verschiedenen Internaten aufgewachsen sei und eigentlich gar keine richtige Familie habe. Ich hatte zwar eine Familie, aber manchmal kam es mir gar nicht so vor. Seit ich hier in Heart Lake zur Schule ging, waren mir meine Eltern fremd geworden. Mein Vater war wohl ziemlich eingeschüchtert, weil ich mich anders benahm und anders anzog als früher, und meine Mutter, bei der ich eigentlich erwartet hatte, sie würde sich über meinen sozialen Aufstieg freuen, schien enttäuscht, weil ich außer Lucy und Deirdre keine Freundinnen hatte. Plötzlich hatte ich das Gefühl, als hätten Albie und ich vieles gemeinsam, und ich beschloss, mich ein bisschen um sie zu kümmern – ähnlich wie sich Lucy damals in der neunten Klasse um mich gekümmert hatte.

»Ich wette, du weißt sehr viel über die Mädchen hier«, sagte ich. Eigentlich wollte ich sie nur ein bisschen aus der Reserve locken, aber ich merkte gleich, dass sie mich falsch verstanden hatte.

»Ja, stimmt«, erwiderte sie. »Aber das verrat ich *dir* doch nicht!« Das Wort »dir« spuckte sie richtig aus.

In dem Moment hörte ich hinter mir ein Knacken und drehte mich einen Augenblick zum See um. Als ich mich wieder nach Albie umschaute, war sie verschwunden – so schnell und lautlos wie der Schatten, den ich in der Sonnwendnacht im Wald wahrgenommen hatte. War dieser Schatten vielleicht auch Albie gewesen?

Ich ging zurück ins Wohnheim, diesmal auf dem Pfad. Als ich in unser Zimmer trat, waren Deirdre und Lucy dabei, Tee zu trinken und Schlittschuhe auszuprobieren.

»Hey, Jane!«, begrüßte mich Lucy. »Stell dir vor – meine alten Schlittschuhe passen Deirdre!«

Als das Eis dicker wurde, änderten sich die Geräusche – das nervöse Scharren verwandelte sich in ein tiefes Seufzen, das man sogar in unserem Zimmer hören konnte. An den Abenden, wenn Deirdre, Matt, Lucy und Ward zusammen Eislaufen gingen, horchte ich auf dieses Seufzen. In meinen Ohren klang es wie eine klagende Frau, und unwillkürlich musste ich an India Crevecoeur denken, die ihr Kind verloren hatte, Iris, nach der mein Stipendium benannt war. Das Stöhnen und Ächzen des Sees klang jedoch wie eine Legion Mütter, die um eine Legion Töchter trauerte.

Deirdre wollte die Schlittschuhe immer nur abends haben, also konnte ich sie tagsüber benutzen. Jetzt ekelte ich mich ein bisschen davor, in die Stiefel zu schlüpfen – ebenso wie ich mich vor den Bowlingpantoffeln oder vor den groben Schulbadeanzügen ekelte. Dass Lucy die Schlittschuhe vor mir getragen hatte, war mir egal gewesen. Aber jetzt spürte ich, dass Deirdre sie mit ihren breiten Knöcheln ausgeweitet hatte, und ich bildete mir ein, dass das raue Lederfutter von ihrem Schweiß dunkler geworden war.

Nachmittags nach dem Unterricht tummelte sich praktisch die gesamte Schule auf dem Eis. Wir durften nur in der flachen Bucht unterhalb des Rasens vor dem Herrenhaus Eis laufen. Miss Pike hatte mit orangefarbenen Hütchen das Areal markiert, sie trug schwere schwarze Hockey-Schlittschuhe und bewegte sich wie ein Eisbär. Ein paar Lehrerinnen, zum Beispiel Miss Macintosh und Miss North, liefen eine Weile schwankend um den abgesteckten Kreis herum, um sich dann schnell zu den Baumstämmen am Ufer zurückzuziehen – und zu dem großen Eisenkessel mit Apfelwein, der dort auf einem offenen Feuer stand. Andere Lehrerinnen waren überraschend graziös. Miss Buehl zum Beispiel vollführte gewagte Pirouetten und lief makellose Achten um die Hütchen herum, die Arme hinter dem Rücken verschränkt.

Domina Chambers' Stil war etwas bescheidener, aber auch sie machte auf dem Eis eine gute Figur. Sie war mit Abstand die eleganteste Läuferin. Ihr himmelblauer Islandpullover unterstrich das Blau ihrer Augen und hob sich adrett von ihren gut sitzenden schwarzen Skihosen ab. Ihre Schlittschuhe waren strahlend weiß, und ins Stiefelleder waren kleine Edelweiß gestickt. Domina Chambers und Miss Buehl liefen oft miteinander, sich über Kreuz an den Händen haltend. Abwechselnd versuchten sie, den kleineren Mädchen etwas beizubringen, und mir fiel auf, dass sich Miss Chambers ganz besonders um Albie bemühte. Anfangs wunderte ich mich darüber, weil ich es komisch fand, dass sie ausgerechnet Albie als Lieblingsschülerin erwählt hatte, aber dann erfuhr ich, dass sich Lucys und Deirdres Nachhilfeunterricht auszuzahlen schien.

»Albie ist unsere beste Lateinerin«, hörte ich Domina Chambers zu Miss Buehl sagen, als sie dem Mädchen nach einem Sturz auf die Beine half. Kaum stand die arme Albie wieder, wackelte sie bedenklich, und ihre Fußgelenke knickten um

– doch gegen Ende des Winters lief sie mit kräftigen, abgehackten Schritten über die Eisfläche und machte den Mangel an Anmut durch Geschwindigkeit wett.

Domina Chambers fragte mich fast jeden Tag, warum Lucy nicht mit mir laufe, und jeden Tag gab ich ihr die gleiche Antwort.

»Sie schläft nach dem Unterricht, weil sie abends immer noch so lange lernt.«

Das war nicht schwer zu glauben. Domina Chambers hatte bestimmt längst die dunklen Ringe unter Lucys Augen bemerkt und dass sie nicht selten im Unterricht wegdöste.

»Sie nimmt alles so ernst.« Domina Chambers schnalzte tadelnd mit der Zunge. »Richte ihr aus, sie soll nicht so viel lernen.« Sie sagte das, als wäre es meine Schuld. Ich merkte, dass Albie hinter ihr stand und unser Gespräch belauschte.

»Ach, Sie kennen doch Lucy«, entgegnete ich. »Sie ist nun mal ehrgeizig. Wir möchten doch alle gute Noten bei Ihnen, Domina.« Ein leises Lächeln huschte über Albies Gesicht. Wusste sie, dass Lucy die Nächte im Wald und auf dem See verbrachte?

»Aber sie ist nicht wie du, Jane. Ehrlich gesagt, wirst du sehr hart arbeiten müssen, um auch nur ein Zehntel dessen zu erreichen, was Lucy zufliegt.« Mit diesen Worten drehte sie sich um und lief davon, und die Gischt ihrer Schlittschuhe spritzte schimmernd durch die ruhige, kalte Luft.

Albie stand auf dem Eis und schaute mich an. Ein katzenhaftes Grinsen stahl sich über ihre sonst so ausdruckslosen Züge.

»Ich glaube, du musst ins Haus zurück, Jane«, sagte sie. Es war das erste Mal, dass ich sie meinen Namen sagen hörte. »Dein Gesicht ist schon knallrot vom Wind.«

An einem Abend im Februar ging ich, nachdem ich im Speisesaal gearbeitet hatte, ins Wohnheim zurück und fand an unserer Zimmertür ein Corniculum. Ich wusste, das war ein Zeichen von Lucy an Deirdre, dass sie sich mit den Jungen am See treffen würden. Obwohl mir klar war, dass die Nachricht nicht mir galt, beschloss ich, sie trotzdem auf mich zu beziehen und den beiden zu folgen. Ich stellte mich schlafend, bis Deirdre und Lucy aufbrachen. Nach der letzten Kontrolle ging ich zum Fenster und hörte, wie die beiden am Fallrohr hinunterkletterten. Ich zog lange Unterhosen an und meine wärmsten Jeans – die einzigen, die keine Löcher an den Knien hatten –, dazu zwei Pullover, einen alten Rollkragenpulli und die blau gemusterte Strickjacke, die Domina Chambers Lucy zu Weihnachten geschenkt hatte.

Um den beiden anderen nicht zu begegnen, ging ich ostwärts um den See herum. Das bedeutete, dass ich über den Point klettern musste, weil ich sonst an Miss Buehls Haus vorbeigekommen wäre. Die Gletscherrillen waren vereist, wodurch der Stein extrem glitschig war. Hier konnte man wirklich leicht abstürzen.

Ich schaffte es zum Badestrand und schaute hinüber zum anderen Ufer, zum Eishaus. War da nicht ein Lichtschimmer? Vielleicht hatten sie Feuer gemacht. Ich stellte mir vor, wie Deirdre, Lucy, Matt und Ward über einem kleinen Feuerchen Marshmallows rösteten und Kakao dazu tranken. Aber dann korrigierte ich das Bild und ersetzte die Marshmallows und die heiße Schokolade durch Bier und Joints. Trotzdem erschien mir die Szene sehr heimelig. Warum konnte ich nicht dabei sein? Wenn ich übers Eis gehen würde, wäre ich in ein paar Minuten bei ihnen. Aber vielleicht war es zu gefährlich, den ganzen See zu überqueren.

Ich ging den Pfad am Ostufer entlang. Unterwegs wurde mir richtig warm unter meinen beiden Pullovern und dem Parka. Ich zog die Strickjacke aus und band sie mir um die Taille, aber das half nicht viel. Also ließ ich die Jacke am Wegrand liegen und nahm mir vor, sie auf dem Rückweg wieder mitzunehmen. Es war eindeutig wärmer geworden, und ich sah, dass sich über dem See schon eine weiße Nebelschicht gebildet hatte. Nur gut, dass ich nicht den Weg übers Eis genommen hatte!

Als ich das Eishaus erreichte, war der Nebel vom Eis in den Wald gekrochen, und ich hatte Schwierigkeiten, den Weg vor mir zu erkennen. Zweimal traf mich ein überhängender Zweig und zerkratzte mir das Gesicht. Beim zweiten Mal hing etwas Metallenes daran. Ich fasste nach oben und hielt zwei Haarnadeln in der Hand – ein Corniculum. Es schien mich höhnisch anzugrinsen. Ich blieb stehen, um mich zu orientieren.

Da hörte ich Stimmen, die vom See heraufkamen. Es waren ein Junge und ein Mädchen, aber ich konnte nicht unterscheiden, ob es Deirdre und Matt oder Ward und Lucy waren. Dann vernahm ich das Kratzen von Schlittschuhen auf dem Eis. Gelächter. Ich verließ den Weg und stapfte durch den tiefen Schnee zum Wasser. Der Schnee war feucht und schwer und durchweichte meine Jeans. Im Nebel konnte ich nicht ahnen, wann ich den Boden verließ und das Eis betrat, aber plötzlich rutschten mir die Füße weg, und ich schlitterte über die Eisfläche.

Ich versuchte aufzustehen, fand aber keinen Halt. Das Eis fühlte sich irgendwie ölig an. Mühsam stemmte ich mich auf alle viere hoch und schaute mich um.

Der Eisnebel war so dicht, dass ich nicht einmal das Ufer sehen konnte, das doch nur ein paar Meter hinter mir war. Aber in welcher Richtung? Ich hatte völlig die Orientierung verloren. Wo war die Uferböschung? Wo ging es weiter auf den See hinaus? Aber eins war klar: Das Eis begann zu schmelzen.

Ich horchte wieder, aber jetzt hörte ich nur noch ein leises Stöhnen. Unter meiner dicken Unterwäsche brach mir der kalte Schweiß aus. Das Geräusch schien aus allen Richtungen gleichzeitig zu kommen, vor allem aber von unten. Von unter dem Eis. Ich dachte an die Geschichten, die sich die Mädchen am Halloween-Feuer erzählten. Dass man manchmal die Gesichter der Crevecoeur-Schwestern sehen konnte, wie sie unter dem Eis nach oben schauten.

Ich blickte nach unten und erwartete halb, dass mich das Gesicht eines toten Mädchens anschauen würde, das im Eis gefangen war. Aber da war nichts, nur weißer Nebel. Wieder hörte ich ein Stöhnen, begleitet von einem rhythmischen Hämmern, das tief in meinem Inneren widerhallte. Diesmal war ich mir allerdings fast sicher, dass die Geräusche von einer Stelle direkt vor mir kamen.

Ich kroch vorwärts. Während ich auf Händen und Knien durch den Nebel rutschte, überlegte ich mir, was mich da draußen wohl erwartete. Ich malte mir aus, dass geisterhafte Gestalten aus dem Eis auftauchen und mich nach unten ziehen würden – Mädchen mit spitzen Eiszapfen in den wirren Haaren und mit bösen toten Augen. Plötzlich hörte ich etwas hinter mir, und als ich mich umdrehte, glaubte ich, schemenhaft im weißen Nebel eine Gestalt zu erkennen, die sich von mir wegbewegte – und verschwand. Die einzigen Geräusche kamen jetzt aus der entgegengesetzten Richtung. Ich machte kehrt und folgte ihnen – bis ich gegen eine Holzwand stieß.

Es war die Tür des Eishauses, die halb geöffnet übers Eis hinausging. Ich hatte das Ufer erreicht. Das Stöhnen hatte mich zurückgeführt.

Ich griff nach der Tür und zog mich hoch. Dann spähte ich ins Eishaus.

Die spärliche Beleuchtung kam von einer Kerze, die auf einem der breiten Bretter stand. Sie warf den Schatten des Bootes auf die gegenüberliegende Wand. Der Schatten schaukelte rhythmisch, als würde er von unsichtbaren Wellen hin und her gewiegt.

Das Mädchen im Boot konnte ich nicht sehen. Der Schatten des Jungen über ihr zeichnete sich jedoch deutlich auf der Wand ab. Trotzdem konnte ich nicht sagen, wer es war. Er hatte etwas über Kopf und Schultern gezogen, eine Kapuze oder eine Maske aus Stoff, die in losen Falten herunterfiel, doch was er auf dem Kopf trug, war unverkennbar: ein Hirschgeweih.

9. Kapitel

»Wir müssen uns was für den ersten Mai ausdenken«, sagte Deirdre.

Sie kauerte auf dem Fenstersims und blies Rauchkringel aus dem offenen Fenster. Es regnete heftig, jeder Windstoß fegte eine feuchte Gischt ins Zimmer und traf Lucy, die auf dem Fußboden lag und *Flammender Kristall* las, und den Schreibtisch, an dem ich saß. Die Seiten meines Tagebuchs waren schon ganz verwischt. »Der April ist wirklich ein grausamer Monat«, schrieb ich mit meiner pfauenblauen Tinte, die das Papier durchweichte. Von der Feuchtigkeit löste sich sogar meine lateinische Grammatik langsam, aber sicher in ihre Bestandteile auf.

Nach der Nacht, in der ich auf den See hinausgegangen war, hatte der Frühjahrsregen eingesetzt, das Eis aufgeweicht und die Wege in kleine Bäche verwandelt. Die Schlittschuhsaison war endgültig vorüber.

Lucy rollte sich auf den Rücken, streckte die Beine in die Luft und wackelte mit den bloßen Zehen. »Es gibt das Picknick am Gründungsfest«, sagte sie und gähnte. »Und den Tanz um den Maibaum.«

India Crevecoeurs Geburtstag war am vierten Mai, aber der Gründungstag wurde immer am ersten Mai gefeiert. Dieses Jahr würde India Crevecoeur persönlich anwesend sein, um ihren neunzigsten Geburtstag und den fünfzigsten Jahrestag der Schulgründung zu begehen. Zur Feier des Tages war ein traditioneller Tanz um den Maibaum geplant. Im Musiksaal hing neben dem Familienporträt der Crevecoeurs ein sepiabraunes Foto, auf dem Mädchen in gestärkten, hoch geschlossenen weißen Kleidern sich in zwei säuberlichen Kreisen um einen Maibaum versammelt hatten. Allerdings konnte man sich nur schwer vorstellen, dass diese Mädchen um den Maibaum hüpfen würden. Der Gesamteindruck erinnerte eher an eine Militärparade.

»Das wird doch alles wieder total steril«, maulte Deirdre und warf ihre Zigarette aus dem Fenster.

»Hey – wenn das jemand sieht!«, rief ich warnend.

Deirdre verdrehte die Augen und sprang vom Fensterbrett herunter. »Unter unserem Fenster ist ein halber Meter Matsch, Janie! Um die Kippe zu finden, müsste man archäologische Grabungen anstellen.«

»Was meinst du mit steril?«, fragte Lucy mit gerunzelter Stirn.

»Ein Maitanz findet eigentlich in der Morgendämmerung statt, und die Beteiligten müssen nackt sein. Oder jedenfalls nur dünne Nachthemden tragen. Schließlich ist es ein heidnisches Fruchtbarkeitsritual«, erklärte Deirdre.

»Bei dir ist doch alles ein heidnisches Fruchtbarkeitsritual ...«, begann ich, aber Lucy brachte mich mit einem Blick zum Schweigen. Also schrieb ich in mein Tagebuch: »Deirdre ist eine schreckliche Schlampe.«

»Wir könnten uns morgens in der Dämmerung rausschleichen, barfuß und in weißen Gewändern«, schlug Deirdre vor. »Dann waschen wir uns das Gesicht mit Tau. Wenn man sich am ersten Mai das Gesicht mit Tau benetzt, ist das eine Garantie für ewige Schönheit. Überleg doch mal, Jane – das ist um einiges billiger als Clearasil!«

Sofort fingen die notdürftig verheilten Pickel in meinem Gesicht an zu jucken. Dank der lauen Frühlingsluft war meine Haut explodiert.

»Außerdem heißt es, wenn ein Mädchen am ersten Mai in der Morgendämmerung Blumen pflückt, dann ist der erste Junge, dem sie auf dem Weg zurück ins Dorf begegnet, die Liebe ihres Lebens.«

Die Geschichte gefiel mir. Sie enthielt ein tröstliches Zufallselement: Es konnte doch passieren, dass ich Matt als Erste begegnete.

»Aber wir brauchen einen Maibaum«, sagte Lucy.

»Im Schrank der Theatergruppe ist einer«, sagte Deirdre. »Den haben sie letztes Jahr für die Aufführung von ›Der Maibaum von Merry Mount‹ gebastelt.«

»Und wir brauchen eine Maikönigin«, fuhr Lucy fort.

»Ich finde, Lucy sollte die Maikönigin sein«, sagte ich. Bei diesem Projekt wollte ich unbedingt mitmischen.

»Natürlich brauchen wir auch einen Hirschkönig«, sagte Deirdre und stupste mit dem Fuß gegen Lucys Bein. »Er gehört auch zur Maifeier.«

»Wir lassen die Jungs entscheiden, wer die Rolle übernimmt. Jedenfalls muss er eine Maske tragen, damit man ihn nicht erkennt«, entschied Lucy. Dann wandte sie sich mir zu. »Wir haben drei Jungs zur Auswahl. Unser Cousin ist an dem Wochenende auch hier.«

Es stellte sich heraus, dass alle drei bereit waren, die Hirschmaske zu tragen. Also fertigte Deirdre im Kunstunterricht noch zwei weitere Masken an. Als Miss Beade ihre Nähkünste lobte (Deirdre war sehr geschickt und fingerfertig, nicht nur beim Nähen, sondern auch beim Rollen eines Joints), antwortete Deirdre, die Masken brauche sie für ein Projekt im Lateinunterricht. So erfuhr Domina Chambers von unseren Plänen.

Sie lud uns zum Teetrinken in ihre Wohnung im Herrenhaus ein. Wir waren schon vorher dort gewesen, aber meistens mit anderen Mädchen aus der Lateinklasse. Jetzt waren wir zum ersten Mal als kleine Gruppe eingeladen. Wir überlegten uns stundenlang, was wir anziehen sollten. Lucy bestand darauf, dass Deirdre einen BH anzog. Zu mir sagte sie, ich solle mir die Haare hochstecken. Sie selbst trug einen alten karierten Rock, der wahrscheinlich mal ihrer Mutter gehört hatte, dazu einen blassgelben Pulli aus Kaschmirwolle, den ich noch nie gesehen hatte.

Als wir Domina Chambers' Zimmer betraten, war ich froh, dass wir uns ein bisschen zurechtgemacht hatten. Sie hatte den Tisch mit ihrem besten Porzellanservice gedeckt, und Mrs. Ames hatte einen großen Teller mit Sandwiches und frisch gebackenen Rosinenbrötchen hochgeschickt. Wenn andere Mädchen zu Besuch gewesen waren, hatte es Kekse aus der Packung gegeben.

»Als ich in Oxford war, habe ich mir angewöhnt, nachmittags immer Tee zu trinken«, sagte Domina Chambers, nachdem sie uns eingeschenkt hatte. »Die Gewohnheiten, die wir als junge Menschen erwerben, halten sich oft ein ganzes Leben lang. Ihr Mädchen habt mit Latein einen guten Anfang gemacht. Wenn man eine bestimmte Art von Disziplin einübt, kann man diese auch auf andere Gebiete übertragen. Zum Beispiel auf die Ernährung ...« Sie warf Deirdre einen Blick zu, die sich gerade eine kräftige Portion Schlagsahne auf ihr zweites Rosinenbrötchen häufte. »Und auf den Umgang mit der Wahrheit.«

Lucy trank einen Schluck Tee und stellte ihre Teetasse auf die Untertasse, die sie auf dem Knie balancierte. »Miss Beade hat Ihnen von den Masken erzählt«, sagte sie.

»Ja. Und ich war etwas erstaunt, als ich hörte, sie seien für eine Zusatzaufgabe, um Pluspunkte zu bekommen. Zumal ich nichts von solchen Pluspunkten halte.«

Deirdre machte den Mund auf, um sich zu verteidigen, aber Domina Chambers schaute Lucy an, und irgendwie wussten wir alle, dass sie von *ihr* eine Begründung erwartete. Ich hatte schon fast Mitleid mit ihr, stellte dann aber verblüfft fest, dass sie ganz gelassen reagierte.

»Wir planen ein Ritual für den ersten Mai«, erklärte Lucy. »In der Morgendämmerung. Wir wissen natürlich, dass wir so früh morgens nicht aus dem Zimmer dürfen, deshalb müssen wir den Plan geheim halten.«

»Ein Ritual am ersten Mai?« Lächelnd nippte Domina Chambers an ihrer Tasse. »Wie entzückend. Das haben wir auch gemacht, als ich hier zur Schule ging. Ja, deine Mutter und ich haben uns immer am ersten Mai in aller Frühe im Nachthemd aus dem Wohnheim geschlichen und sind quer durch den See geschwommen.«

»Aber da haben Sie sich doch bestimmt den Arsch abge...«

Ich versetzte Deirdre einen so heftigen Tritt, dass Tee auf ihre Bluse spritzte. Zum Glück hatte Lucy sie überredet, einen Büstenhalter zu tragen.

»Ja, es war ganz schön frisch«, entgegnete Domina Chambers, immer noch an Lucy gewandt, als wären wir anderen nicht vorhanden. »Habt ihr einen Maibaum?«

»Ja, klar. Wir haben ihn von der Theatergruppe ge... geborgt.«

»Das kitschige Ding? Ich hätte gedacht, eine frisch geschlagene junge Birke würde besser passen, aber – na ja, es wird auch so gehen.« Sie seufzte, und einen Moment lang meinte ich schon, sie würde sich unserem Vorhaben anschließen wollen. Was würde sie wohl von unserem Hirschkönig halten?

»Ach, noch mal jung sein!«, sagte sie. »Jetzt verstehe ich, warum ihr Miss Beade diese Notlüge auftischen musstet. Sie hat für so etwas natürlich nichts übrig.«

»Heißt das, Sie verraten uns nicht?«, fragte Deirdre.

Domina Chambers sah sie verdutzt an, als hätte sie völlig vergessen, dass Deirdre auch noch da war.

»Ich meine – es verstößt doch gegen die Vorschriften!«, fuhr Deirdre fort.

»Hast du denn nicht aufgepasst, als wir Antigone gelesen haben, Deirdre Hall? Die Regeln sind nicht für alle gleich. Als Antigone ihren Bruder bestattete, obwohl sie damit gegen Kreons Verbot verstieß – war das etwa falsch?«

»Nein!«, antwortete Lucy. »Weil sie es ihrem Bruder schuldig war.«

»Genau. *Wer von uns kann sagen, was die Götter für böse erachten?* Die tragische Heldin steht über den Gesetzen der Masse.«

»Ich habe immer gedacht, Antigone hätte sowieso keine Chance«, sagte Deirdre. Ich merkte, wie wichtig es ihr war, Domina Chambers zu beweisen, dass sie etwas aus dem Stück gelernt hatte. »Ich meine – ihre Mutter war gleichzeitig ihre Großmutter, und ihr Vater war ihr Halbbruder ...«

Domina Chambers winkte ab. »Heutzutage wird bei der Interpretation der alten Tragödien viel zu viel Gewicht auf das Thema Inzest gelegt. Die Griechen waren in solchen Dingen nicht so zimperlich wie wir. Immerhin ist Antigone mit ihrem Vetter ersten Grades verlobt, mit Haemon, und kein Mensch nimmt daran Anstoß.«

»Ja, aber Ödipus sticht sich die Augen aus, als er merkt, dass er seine eigene Mutter geheiratet hat.«

»Und dass er seinen Vater umgebracht hat. Die Griechen hatten sehr klare Vorstellungen davon, was ein Kind seinen Eltern schuldet. Aber Inzest ... Zeus und Hera sind Geschwister, um nur ein Beispiel zu nennen. Wenn dagegen sündhafter Inzest begangen wurde, musste man natürlich der Göttin Diana ein Opfer bringen.«

»Warum Diana?«, wollte Lucy wissen.

»Weil Inzest eine Hungersnot hervorrufen konnte ... und Trockenheit und Dürre ... deshalb war es sinnvoll, der Göttin der Fruchtbarkeit ein Opfer zu bringen.«

»Aber ich dachte immer, Diana war eine Jungfrau«, platzte Deirdre heraus. »Wie kann eine Jungfrau die Göttin der Fruchtbarkeit sein?«

Domina Chambers winkte wieder ab, als wollte sie ein lästiges Insekt vertreiben. »Schwarzweißdenken ist eine sehr schlichte Sichtweise, Deirdre Hall. Diana ist die Göttin der Natur, also auch der Fruchtbarkeit. Man glaubte, dass sie den heiligen Hain zu Nemi mit Virbius, dem König des Waldes, teilte. Ihre Vermählung wurde jedes Jahr gefeiert, um die Fruchtbarkeit der Erde zu fördern. Das ist das eigentliche Ritual am ersten Mai. Nicht irgendein alberner Tanz um einen vergoldeten Baum.«

»Und was ist mit diesem König des Waldes?«, fragte Deirdre. »Ist er so was wie der Hirschkönig? Ich meine – hat er ein Geweih auf dem Kopf?«

»Ja«, antwortete Domina Chambers. »Die Diana Nemorensis wird mit dem Hirsch in Verbindung gebracht. Vermutlich sind die Hirschmasken der mittelalterlichen Mai-Rituale von dieser Tradition abgeleitet.«

Ich sah, dass Deirdre und Lucy viel sagende Blicke wechselten. Domina Chambers hatte sie gerade in ihrem Plan für die Maifeier bestätigt. Ich hätte gern gewusst, was unsere Lehrerin gesagt hätte, wenn sie erfuhr, wie wörtlich ihre Schülerinnen ihre Belehrungen nahmen. Aber andererseits war ich mir nicht mehr sicher, ob das, was Deirdre und Matt oder Lucy und Ward im Eishaus trieben und was sie für den ersten Mai planten, Domina Chambers wirklich schockiert hätte. *Wer von uns kann sagen, was die Götter für böse erachten?* Ich wusste ziemlich genau, was Domina Chambers nicht leiden konnte: schlampige Übersetzungen aus dem Lateinischen, Lipton-Tee, Synthetikstoffe. Aber gehörte Sex mit einem maskierten Unbekannten im Wald auch dazu? Da war ich mir nicht so sicher.

Wir tranken in Ruhe unseren Tee und aßen Schnittchen. Domina Chambers legte eine Platte mit Strawinskis *Le Sacre du Printemps* auf, um uns auf das Mai-Ritual einzustimmen, wie sie sagte. Und sie versprach, niemandem ein Sterbenswörtchen von unserem Vorhaben zu verraten.

»Wenn ihr euch allerdings erwischen lasst, dann seid ihr euch selbst überlassen«, sagte sie an der Tür, als wir uns verabschiedeten. »Ihr müsst immer die Verantwortung für eure Handlungen übernehmen.«

Wir lachten alle drei und sagten, genau das wollten wir auch.

Am ersten Mai hatte es frühmorgens nur etwa zehn Grad (jedenfalls auf dem Thermometer, das an einem Baum vor Miss

Buehls Cottage hing), aber wenigstens regnete es nicht mehr. Der Boden war jedoch noch matschig, und im Wald war es feucht und neblig, deshalb beschlossen wir, unseren Maibaum am Badestrand aufzustellen.

Der Plan sah folgendermaßen aus: Wir würden den Maibaum zum Badestrand hinuntertragen, um ihn herum einen Reigen tanzen, und währenddessen sollten uns die drei Jungen, die sich als Hirsche verkleidet hatten, »überraschen«. Dann mussten wir Mädchen fliehen, tunlichst in verschiedene Richtungen. Da die Jungen maskiert sein würden, fanden wir es nur recht und billig, dass wir uns auch verkleideten, also hatte Deirdre einfach Kapuzen an unsere schlichten weißen Hemden genäht.

»Welche von uns Lucy ist, merkt natürlich jeder sofort«, sagte Deirdre und hielt das Gewand hoch, das sie für Lucy genäht hatte. »Sie ist so klein. Ward braucht nicht lange zu suchen, und das ist auch gut so. Wir wollen ja schließlich nicht, dass sie bei ihrem Cousin landet.«

»Es ist doch nur ein symbolisches Ritual, Deirdre. Du musst es nicht gleich wieder so konkretisieren. Und mit deinem Gequatsche jagst du Jane Angst ein!«

Deirdre lächelte mir zu. »Ach, ich glaube nicht, dass Jane Angst hat. Weil sie und ich gleich groß sind, erwischt sie vielleicht Matt, und ich bekomme womöglich den Cousin ab ...«

»Er hat einen Namen, und zwar Roy.«

»Roy«, wiederholte Deirdre. »Roy aus Troy.«

»Aus Cold Spring«, verbesserte Lucy sie. »Unsere Tante Doris wohnt in Cold Spring.«

»Meinetwegen. Er sieht ziemlich gut aus, finde ich, soweit ich das nach unserer flüchtigen Begegnung beurteilen kann. Aber vielleicht hat Jane ja ohnehin ein Auge auf ihn geworfen, nachdem sie schon eine ganze Nacht mit ihm verbracht hat ...«

»Ich hab's euch doch gesagt ... wir sind nur am Strand gesessen und haben den Sonnenaufgang beobachtet. Das heißt, ich habe den Sonnenaufgang beobachtet. Er ist eingeschlafen.«

»Hast du ihn dermaßen strapaziert?«

Ich wurde rot. Nicht wegen Deirdres blöder Bemerkung – daran hatte ich mich längst gewöhnt –, sondern weil mir wieder einfiel, wie ich seine Wange gestreichelt hatte ... und mir dabei ausmalte, er wäre Matt.

Es war gar nicht so einfach, den Maibaum die Stufen zum Badestrand hinunterzubefördern. Deirdre ging voran, dann kam Lucy, und ich war das Schlusslicht, was bedeutete, dass ich den mit Blumen verzierten Teil halten musste. Die billigen Plastikblumen waren von der Theatergruppe mit silber- und goldfarbenem Lack besprüht worden. Sie kratzten mich an meinen bloßen Armen, und ich konnte die Stufen nicht richtig sehen.

»Nicht so schnell!«, hörte ich Deirdre zischen. »Ihr spießt mich noch auf mit diesem verdammten Baum!«

Noch sah es nicht danach aus, dass es demnächst hell werden würde. Es musste jetzt bald fünf sein, aber der Himmel war noch pechschwarz. Unter uns hörte ich das Wasser gegen die Felsen schwappen, aber nicht das leiseste Glitzern verriet, wo der See war. Deirdre hatte den Kalender studiert: Wir hatten Neumond.

»Ich glaube, das bedeutet Unglück«, hatte sie gesagt. »Aber – wer weiß.«

Ich wusste erst, dass ich unten am Strand angekommen war, als ich nicht mehr moosbewachsenen Stein, sondern nassen Sand unter den Fußsohlen spürte. Meine Füße waren eiskalt und fast taub.

»Auf geht's!«, rief Deirdre. »Hebt den Dachbalken hoch, Zimmerleute!«

Lucy fragte mit leiser Stimme, ob das ein Zitat von Sappho sei, während ich den Baum hochwuchtete, bis er einigermaßen aufrecht stand und langsam in den Sand sank. Deirdre drückte ihn tiefer in den Boden, und Lucy kniete nieder, um ihn unten mit Sand abzusichern.

»Wir wollen schließlich nicht, dass er umkippt«, sagte sie.

»Stimmt. Ein umgestürzter Maibaum wäre garantiert ein böses Omen«, stimmte Deirdre ihr zu. »Bestimmt würden wir von allen möglichen Plagen und Unfruchtbarkeit heimgesucht werden.«

»Wozu brauchen wir denn Fruchtbarkeit?«, fragte ich. »Oder möchte jemand hier schwanger werden?«

»Ach, ich nehme sowieso die Pille«, entgegnete Deirdre.

»Ehrlich?« Wie hatte Deirdre es fertig gebracht, sich ein Rezept zu beschaffen?

»Aber sie vergisst die ganze Zeit, sie zu nehmen«, sagte Lucy. »Das heißt, sie bringt damit nur ihren Hormonhaushalt durcheinander – für nichts und wieder nichts.«

Dass Lucy und Deirdre so viel voneinander wussten, hätte mich normalerweise mehr verunsichert als die Tatsache, dass Deirdre die Pille nahm. Aber das Thema Verhütung trieb mich in letzter Zeit um.

»Es ist doch eher unwahrscheinlich, dass man gleich beim ersten Mal schwanger wird, oder ...?«

»Lieber Gott, Janie, du musst dir doch deswegen keine Gedanken machen. Was ist denn los mit dir? Du zitterst ja am ganzen Körper. Komm, trink 'nen Schluck!«

Deirdre hatte einen Weinschlauch aus Ziegenleder mitgebracht, den sie in Corinth im Army-Shop gekauft hatte.

»Was ist da drin?«, fragte ich und beäugte misstrauisch den speckig glänzenden Sack.

»Ich habe ein bisschen Kochsherry von Mrs. Ames geklaut und ein paar Kräuter beigegeben.«

Zögernd legte ich die gerillte Metalltülle an den Mund. Zuerst schmeckte ich Kupfer, dann süßen Wein mit Mandelaroma und schließlich, als eine Art Nachgeschmack, etwas Bitteres, Grasiges.

»Wie Horaz so schön sagt: *Nunc est bibendum*!«, rief Deirdre und reichte Lucy die Flasche. »Jetzt heißt es trinken.«

Lucy legte den Kopf in den Nacken und nahm einen kräftigen Schluck. Ihre Kapuze fiel zurück, und im trüben Licht konnte ich ihre bleiche Stirn sehen. Sie hatte ein Zeichen darauf gemalt. Als sie die Flasche absetzte, fiel die Kapuze wieder nach vorn, und das Zeichen verschwand in ihrem Schatten, ehe ich es richtig erkennen konnte.

»*Nunc pede libero pulsanda tellus*«, fuhr sie fort. Ihre Stimme klang so heiser, dass ich sie kaum erkannt hätte. »Jetzt heißt es, mit freiem Fuß die Erde stampfen.«

»Mit anderen Worten: Jetzt heißt es tanzen!«

Deirdre löste die Krepppapierbänder, die um den Baum gewickelt waren. Schlaff hingen sie in der stillen, feuchten Luft. Noch war die Sonne nicht aufgegangen, aber die pechschwarze Nacht war perlgrauer Dunkelheit gewichen.

Deirdre ergriff eins der Bänder und stampfte mit dem Fuß auf.

»*Nunc pede libero pulsanda tellus*!«, befahl sie. Lucy stampfte ebenfalls auf und stimmte mit ein. Wir hatten uns nicht überlegt, was wir bei unserem Tanz singen wollten. Ich kramte in meinem Gedächtnis nach etwas Lateinischem, was zur Situation passen könnte. Aber mir fiel nichts Besseres ein als die A-Deklination.

»*Puella, puellae, puellae*!«, rief ich. Eigentlich hatte ich erwartet, dass Lucy und Deirdre mich auslachen würden, aber sie schlossen sich mir sofort an.

»*Puellam, puella, o puella*!«

Komischerweise schien das irgendwie angemessen. *Das Mädchen, des Mädchens, dem Mädchen,* riefen wir, während wir halb hüpfend, halb tanzend den Maibaum umrundeten und das Wort *Mädchen* in all seinen Flexionsformen vortrugen.

Auf einmal blieb Deirdre so abrupt stehen, dass der Sand gegen mein Bein spritzte. Sie hob die Hand, um uns zum Schweigen zu bringen. Ich spitzte die Ohren. Ja, da war noch ein Geräusch außer dem Klopfen meines Herzens und dem Schwappen des Wassers: Schritte auf Stein. Ich dachte, sie kämen von den Stufen, aber als ich durch das diesige Grau in die Richtung spähte, hörte ich es wieder, wieder Schritte auf Stein, aber diesmal kamen sie eindeutig von hinten, vom See. Da war jemand auf einem der Schwesternfelsen.

Deirdre ließ erneut die Flasche kreisen, und wir tranken jede einen tiefen Schluck. Diesmal schmeckte ich zuerst den bitteren, grasigen Geschmack, dann das süße Mandelaroma und schließlich das Metall.

Deirdre warf die Flasche ins Dunkel jenseits unseres Kreises. »*Puer, pueri, puero*«, wisperte sie.

»Puerum, puero, o puer«, fuhr Lucy fort.

Der Junge, des Jungen, dem Jungen.

Wir begannen wieder zu tanzen, aber jetzt in die entgegengesetzte Richtung, sodass sich die Bänder, die wir tanzend um den Maibaum gewickelt hatten, wieder lösten. Das feuchte Krepppapier klebte mir an den Armen und streifte mein Gesicht, feucht wie Seegras. Ein paar Fetzen lösten sich und blieben an meinem Gewand haften. Ich spürte, wie sich ein Band um meine Beine schlang, und als ich es abschütteln wollte, verlor ich das Gleichgewicht und fiel hin.

Auf alle viere aufgestützt, blickte ich hinaus auf den See. Im aufsteigenden Nebel sah ich eine Gestalt, die auf dem zweiten Fels balancierte. Eine Gestalt mit einem Hirschkopf! Ich atmete tief durch und sagte mir, dass es einer der Jungen mit Maske war, doch dann sprang der Maskierte ins niedrige Wasser, und ich sah, dass er keineswegs eine der braunen Filzmasken trug, die Deirdre im Kunstunterricht genäht hatte: Er trug den ausgebleichten Schädel eines Zehnenders.

Ich schrie laut und rappelte mich auf.

Auch Deirdre und Lucy schrien jetzt, aber ihr Geschrei klang gespielt.

»Aiaiai!«, kreischte Deirdre links von mir. Etwas weiter rechts stieß Lucy einen Lockruf aus, wie ein Kranich, der seinen Partner anlockt. Aufgeregt rannte ich die Stufen hinauf. Nur weg von hier! Erst als ich oben angekommen war, drehte ich mich um. War mir der Junge gefolgt?

Er war nur ein paar Stufen hinter mir und hielt den Kopf gesenkt, weil er aufpassen musste, dass er auf dem glatten Stein nicht ausrutschte. Ich sah, dass er unter dem weißen Hirschgeweih die braune Stoffmaske trug, aber im Nacken lugten ein paar Haare hervor: hellbraunes Haar, das jetzt im ersten Lichtstrahl der Morgensonne feuerrot leuchtete. Er trug ein Sweatshirt mit der Aufschrift »Corinth Lions«. Matts Hockeyclub. Ich sah auch, dass Deirdre nach links in den Wald rannte, gefolgt von einem der maskierten Jungen, während Lucy, die vor ihrem maskierten Partner stand, plötzlich ins Wasser rannte und losschwamm. Ich wartete nicht ab, um zu sehen, ob Ward ihr folgte. Dass er sich ins eiskalte Wasser wagen würde, konnte ich mir nicht vorstellen, aber vielleicht war genau das Lucys Kalkül. Indem sie ins Wasser ging, stellte sie ihn auf die Probe.

Wieder begann ich zu rennen, überquerte den Weg und steuerte den Wald an; ich passierte die Rückseite der Grundschule und des Wohnheims und hielt mich westwärts. Auf der anderen Seite der Straße lag ein großes Waldstück mit riesigen alten Hemlocktannen, in dem es keine Wege gab. Matt hatte mir einmal erzählt, es sei eins der wenigen unberührten Waldstücke hier in der Gegend und einer seiner Lieblingsorte. Er ahnte bestimmt, dass ich dorthin laufen würde – und warum: Dort waren wir mit Sicherheit allein. Auf diese Weise gab ich ihm auch zu verstehen, dass ich wusste, wer sich unter dem Hirschgeweih verbarg.

Die Sonne hinter mir stieg höher und schien hell durch den morgendlichen Dunst. Ich gelangte zu den ersten jungen Hemlocktannen. Je weiter ich rannte, desto höher waren die Bäume, und das Unterholz lichtete sich allmählich. Die Tannen standen nicht sehr dicht und bildeten eine Art Säulengang, eine breite Allee. Während ich immer weiter lief, bemerkte ich, wie die Schatten der hohen Tannen ein schwarzes Muster auf dem goldenen Waldboden bildeten. Hinter mir hörte ich die Schritte des Jungen und seinen keuchenden Atem, als wären die Laute das Echo meiner eigenen Schritte und meines klopfenden Herzens.

Ich kam zu einer Lichtung, rutschte aus und landete bäuchlings auf einem Bett aus Hemlocknadeln. Dann spürte ich eine Hand auf meiner Schulter, die mich umdrehte.

Wir atmeten beide so heftig, dass wir kein Wort herausbrachten. Das Hirschgeweih war verschwunden, aber der Junge trug noch immer Deirdres braune Stoffmaske.

Sanft streichelte er meinen Arm und nahm meine Hand, wollte mich zu sich hochziehen, doch in dem Moment zog ich ihn zu mir herunter. Um nicht mit seinem ganzen Gewicht auf mich zu fallen, schob er geschickt ein Bein zwischen meine Beine und ließ sich behutsam auf mich sinken. Unwillkürlich begann ich, mich unter ihm zu bewegen, und spürte durch die Kleider seine heiße Haut. Mit der Rückseite meiner Finger berührte ich einen Streifen nackter Haut über dem Bund seiner Jeans, und als ich meine Finger auf dem Flaum seiner rotgoldenen Haare sanft kreisen ließ, stöhnte er auf. Durch meine lustvollen Bewegungen war mein weißes Hemd bis zur Taille hinaufgerutscht, und nun spürte ich die kleinen, flachen Tannennadeln unter meiner nackten Haut. Während er langsam in mich eindrang, strichen die schrägen Strahlen der Sonne über seinen Rücken und meine Hände.

Als er mit einem Stöhnen in mir kam, wanderte die Sonne über seine Schulter und blendete mich. Ich verbarg mein Gesicht an seinem Schlüsselbein und spürte den feuchten Stoff der Maske an meiner Wange. Da sah ich den grünen Faden, mit dem Deirdre den Saum genäht hatte, und das kleine grüne Herz, das sie an den Saum des Stoffs gestickt hatte. »Damit ihr eure wahre Liebe erkennt«, hatte sie gesagt. Gerade wollte ich ihn bitten, die Maske abzunehmen, als ich Stimmen hörte. Er erstarrte, richtete sich auf, knöpfte seine Jeans zu. Ich zog mein Hemd nach unten und stützte mich auf die Ellbogen auf, um zu horchen.

»Wie ihr seht, wird das Unterholz immer dünner. Das kommt daher, dass die heruntergefallenen Nadeln der Hemlocktanne eine dicke, saure Mulche entstehen lassen, in der die Samen der meisten Pflanzen nicht aufgehen können.«

»*Miss Buehl*«, flüsterte ich. »Du musst verschwinden.« Er stand auf und streckte die Arme nach mir aus, aber ich winkte ab. »Geh!«, zischte ich. »Ich lenke sie ab.«

Einen Moment lang schien er unentschlossen, welche Richtung er einschlagen sollte. Da die Stimmen sich von Norden näherten, zeigte ich nach Süden und sagte: »So kommst du zurück zum Eishaus. Du musst weg vom Schulgelände, bevor sie dich schnappen können.«

Wieder zögerte er. Wahrscheinlich wollte er mich nach dem, was wir gerade getan hatten, nicht so unvermittelt allein lassen.

»Mach dir keine Sorgen, Matt«, sagte ich. »Wir reden später.«

Das schien ihn zu überzeugen, und er rannte sofort los. Ich schaute ihm nach, bis er zwischen den Baumstämmen verschwunden war. Genau in dem Moment erschien ein Trupp Grundschülerinnen auf der Lichtung, und als die Mädchen mich sahen, fingen sie an zu schreien. Miss Buehl kam herbeigeeilt und kniete neben mir nieder.

»Mein Gott – wer hat dich so zugerichtet? Du bist ja ganz blutig.«

Ich erschrak. Als Matt in mich eingedrungen war, hatte ich einen stechenden Schmerz verspürt, und mir war auch klar, dass ich dabei vermutlich geblutet hatte, aber als ich an mir hinunterschaute, sah ich mit Entsetzen, dass mein ganzes Hemd blutrot war. Meine Hände und Arme waren ebenfalls verschmiert, was im Licht der Morgensonne noch schlimmer aussah. Mir wurde schwindelig, und ich glaubte schon, ich würde gleich ohnmächtig, doch dann hörte ich eine vertraute Stimme.

»Farbe«, sagte sie. Ich blickte hoch. Vor mir stand Albie. Sie hatte ein Stück rotes Krepppapier in der Hand und rieb es zwischen Daumen und Zeigefinger. »Hier«, sagte sie und hielt ihre feuerrote Hand ins Sonnenlicht. »Farbe. Es ist einfach nur rote Farbe.«

10. Kapitel

DIREKT VOR DEM EISHAUS wurde Matt von der Umweltinspektorin abgefangen, die ihr Boot holen wollte. Insofern wäre Matt, selbst wenn Miss Buehl uns nicht im Hemlockwäldchen überrascht hätte, der Inspektorin auf dem Heimweg sowieso in die Arme gelaufen, meinte Lucy.

Es war nett von ihr, dass sie mich nicht beschuldigte und mich stattdessen zu beruhigen versuchte, aber wir wussten beide, dass es nicht ganz der Wahrheit entsprach. Der Anblick meines zerrissenen und »blutigen« Hemds hatte eine Hysterie ausgelöst, die sich nicht so leicht beschwichtigen ließ, auch nicht, als klar wurde, dass das »Blut« nur Krepppapierfarbe war. Drei der jüngeren Schülerinnen, die an Miss Buehls Exkursion teilgenommen hatten, waren so erschrocken, dass man sie nach Hause schicken musste. Albie gehörte natürlich nicht dazu. Wild entschlossen erzählte sie die Geschichte jedem, der sie hören wollte. Am Schluss erwähnte sie zwar immer, dass nur Farbe und keineswegs Blut an mir geklebt hatte, aber aus ihrem Mund klang das fast noch schauriger.

Die Tatsache, dass Miss Pike Deirdres Weinschlauch am Badestrand fand und ihren Inhalt ganz richtig als eine Mischung aus Kochsherry und Opium identifizierte, machte die Sache keineswegs besser.

Ohne das Picknick am Gründungstag wäre der Skandal jedoch örtlich begrenzt geblieben. Wahrscheinlich debattierten die Direktorin und das Lehrerkollegium an diesem Morgen lange, ob sie das Picknick absagen sollten oder nicht. Das Problem war nur, dass in diesem Jahr India Crevecoeur zu den Feierlichkeiten eingeladen war. Wie sollten sie unserer neunzigjährigen Schulgründerin erklären, dass Heart Lakes traditioneller Tanz um den Maibaum auf einmal in einen heidnischen Ritus ausgeartet war und man auf dem Campus einen Jungen mit einer Hirschmaske und einem blutverschmierten Hemd (in Wirklichkeit natürlich ebenfalls nur rote Farbe) sowie drei halb nackte Mädchen mit einer Alkohol-Opium-Fahne erwischt hatte? Mittags kursierten in der Stadt bereits Gerüchte, es gebe im Internat eine Sekte, die unschuldige Knaben zu Drogen- und Sexorgien verführte.

Deirdre lachte, als sie davon hörte. »Oh, als müsste man die *dazu* verführen.« Wir saßen vor dem Musiksaal und warteten darauf, zur Direktorin gerufen zu werden. In aller Eile hatten wir uns darauf geeinigt zu sagen, dass nur Lucys Bruder auf dem Campus gewesen war (Ward und Roy waren ja ungesehen entkommen) und dass wir ihn gebeten hatten, bei dem historischen Umzug mitzumachen, den wir für das Maifest geplant hatten.

»Und was ist mit dem Weinschlauch?«, zischte Deirdre, als Miss North aus dem Musiksaal trat und sie hereinwinkte.

»Sag einfach, du hast ihn gebraucht gekauft und das Opium muss schon drin gewesen sein«, schlug Lucy vor. »Ich meine, was soll daran so schlimm sein, wenn man ein bisschen Kochsherry klaut?«

Kopfschüttelnd sah sie Deirdre nach, die Miss Buehl in den Musiksaal folgte. »Weiß der Geier, was sie erzählen wird.«

Ein paar Minuten nachdem Deirdre verschwunden war, ging die Tür wieder auf und Albie kam heraus. Bestimmt war sie gerufen worden, um noch einmal zu berichten, wie sie mich mit Farbe verschmiert vorgefunden hatte. Sie kam zu uns herüber, und ich dachte tatsächlich, sie wollte sich dafür entschuldigen, dass sie einen solchen Aufruhr verursacht hatte. Aber sie wandte sich an Lucy.

»Man wirft dich doch nicht raus, oder?«

»Nein, das kann ich mir nicht vorstellen. Außerdem wohne ich ja gleich um die Ecke. Selbst wenn sie mich von der Schule schmeißen, kann ich immer noch zu Besuch kommen.«

Albie schüttelte den Kopf. »Würdest du aber nicht. Die Mädchen versprechen immer, dass sie in Kontakt bleiben, wenn sie die Schule wechseln, aber dann tun sie es doch nicht.«

»Ja, aber unsere Schule ist anders. Es gehört schließlich zu unserem Motto.«

Albie sah verwirrt aus. Aber Lucy deutete auf das fächerförmige Fenster über der Tür. Durch das bunte Glas schien hell die Morgensonne, und die Worte unseres Mottos schimmerten wie geschmolzenes Gold. Von dieser Seite der Tür aus sah man sie spiegelverkehrt.

»Weißt du, was da steht?«, fragte Lucy.

Albie schüttelte den Kopf.

»›Cor te reducet‹«, sagte Lucy. »›Das Herz wird dich zurückführen.‹ Das bedeutet, ganz gleich, wohin du gehst, nachdem du die Schule hier verlassen hast, wird dein Herz dich hierher zurückbringen. Und es bedeutet, ich werde immer für dich da sein – ich und Deirdre und Domina Chambers und Jane ...«

Bei der Erwähnung meines Namens runzelte Albie die Stirn und blickte über die Schulter zu mir herüber. Ich versuchte, aufmunternd zu lächeln. Ehrlich gesagt hatten Lucys Worte mich auch berührt.

»Geh jetzt ruhig«, sagte Lucy, öffnete die schwere Tür und hielt sie für Albie auf. »Geh auf dein Zimmer und mach dir keine Sorgen. Und vergiss nie, was ich dir gesagt habe.«

Das Mädchen nickte und verschwand. Lucy kam zu der Bank zurück und ließ sich neben mich sinken. Ich konnte sehen, dass ihre kleine Ansprache sie angestrengt hatte. Plötzlich fiel mir auf, dass ihre Haare noch feucht waren vom morgendlichen Bad im See. Man hatte uns erlaubt, uns umzuziehen, aber wir hatten keine Zeit gehabt zu duschen. Lucy hatte mir gesagt, ich solle mich möglichst adrett anziehen, und weil sie mit dem, was ich mir aussuchte, nicht zufrieden war, lieh sie mir etwas von sich. Aber der karierte Rock, den sie mir gegeben hatte, war ein bisschen kurz, und ich zupfte dauernd am Saum herum, um meine Beine zu verbergen, die von den Krepppapierstreifen immer noch ganz rot waren. Dagegen wirkte Lucy in ihrem dunkelblauen Trägerrock und Rollkragenpullover so proper wie immer, einmal abgesehen von einem Stück Seegras, das sich in ihren nassen Haaren verfangen hatte. Ich pickte es heraus und bemerkte dabei, dass Sägemehl an ihrem Nacken klebte.

Als die Vordertür aufging, schnupperte ich die Frühlingsluft wie eine zum Tode verurteilte Gefangene, deren Sonnenscheinstunden gezählt sind. Der Geruch von Talkumpuder und Mottenkugeln stieg mir in die Nase – eine unverkennbar altjüngferliche Duftnote. Vor dem hell glitzernden See zeichnete sich die Silhouette einer kleinen, gebeugten Gestalt ab, die leise schnalzende Geräusche von sich gab. Als sie in die Halle trat, wanderten ihre hellblauen Augen über die Bilder an der Wand und blieben dann auf mir und Lucy haften. So alt die Frau auch war, ihr Blick war beunruhigend direkt und fest. Die ganze Zeit über hatte ich mich davor gefürchtet, von der Direktorin befragt zu werden, aber auf einmal wünschte ich mir nichts sehnlicher, als endlich in den Musiksaal gerufen zu werden.

Wieder öffnete sich die Eingangstür, und Miss Macintosh sowie Miss Beade stürzten herein – keine der beiden Lehrerinnen hatte ich je so in Hektik gesehen. Miss Macintoshs Haare begannen sich aus ihrem Knoten zu lösen, und Miss Beades Gesicht war knallrot.

»Mrs. Crevecoeur!«, riefen sie wie aus einem Munde. »Wir dachten, Sie würden auf uns warten und uns zum Tee begleiten.«

»Ich habe immerhin vierzig Jahre hier gewohnt. Wie kommen Sie auf die Idee, dass ich Begleitung benötige?«, erwiderte die alte Dame, ohne sich zu den beiden erhitzten Lehrerinnen umzudrehen. »Wer sind diese Mädchen, und warum sind sie nicht beim Tanz um den Maibaum?« Sie wedelte ungeduldig mit ihrem Stock und kam noch näher. »Ihr habt etwas angestellt, nicht wahr?«

Lucy und ich sahen erst einander und dann unsere Lehrerinnen an, die sich nervös hinter India Crevecoeur herumdrückten.

»Aber nein«, begann Miss Macintosh und trat neben Lucy. »Diese beiden Mädchen haben das Iris-Stipendium bekommen und den Wunsch geäußert, Sie kennen zu lernen und ... ähm ...« Ich merkte, dass Miss Macintosh trotz dieses beherzten Beginns nun die Fantasie ausging. Zum Glück kam ihr Lucy, die in solchen Situationen immer einen kühlen Kopf behielt, sofort zu Hilfe.

»Und wir wollten Ihnen für das große Privileg danken, dass wir Heart Lake besuchen dürfen«, vollendete sie den Satz der Lehrerin und stand auf. Eine Sekunde lang dachte ich, sie würde auch noch einen Knicks machen, aber sie streckte nur ihre schmale Hand aus, die Mrs. Crevecoeur, nachdem sie ihren Stock in die Linke verlagert hatte, kurz ergriff, aber rasch wieder losließ.

»Das ist Lucy Toller«, sagte Miss Beade, die von der anderen Seite neben Lucy trat, und sich fast direkt vor mich stellte. »Eine unserer besten Schülerinnen. Miss Chambers sagt, sie hat noch nie eine so gute Lateinschülerin gehabt.«

»Toller, ja? Ihre Mutter ist Hannah Corey, stimmt's?«

Lucy nickte.

»Die Coreys sind mit den Crevecoeurs verwandt, wenn man weit genug in der Geschichte zurückgeht. Sie haben die gleichen blauen Augen wie meine Töchter Rose und Lily.«

Ich konnte Lucys Gesicht nicht sehen, aber ich stellte mir vor, dass sie bescheiden lächelte. Hoffentlich entdeckte niemand das Sägemehl, das auch noch auf der Rückseite ihrer bloßen Beine klebte. Da ich so mit Lucys Beinen beschäftigt war, bekam ich nicht rechtzeitig mit, dass Mrs. Crevecoeur nun mir ihre Aufmerksamkeit zuwandte.

»Und wer ist das Mädchen, das sich da im Hintergrund

herumdrückt? Hat Ihnen denn keiner beigebracht, dass man in Gegenwart älterer Menschen aufsteht, junge Dame?«

Errötend stand ich auf und quetschte mich zwischen Miss Macintosh und Miss Beade, um der alten Frau die Hand zu geben. Die hellblauen Augen der alten Frau weiteten sich, die Pupillen wurden groß und dunkel. Einen Moment befürchtete ich schon, ich hätte vergessen, einen Knopf an meiner Bluse zuzuknöpfen. Oder hatte sie womöglich die roten Striemen auf meinem Bein bemerkt? Unter ihrem Blick fühlte ich mich seltsam nackt.

»Wer sind Sie?«

»Ebenfalls eine Iris-Stipendiatin, Mrs. Crevecoeur«, erklärte Miss Macintosh geduldig, offensichtlich in der Annahme, die alte Frau hätte vergessen, was sie ihr vor fünf Minuten gesagt hatte. »Erinnern Sie sich, letztes Jahr gab es zwei ...«

»Ich bin nicht senil«, fauchte Mrs. Crevecoeur. »Wie heißen Sie, junge Dame?«

»Jane Hudson«, antwortete ich.

Die blassblauen Augen wurden schmal. »Wer war Ihre Mutter?«

»Margaret Hudson.«

»Ihr Mädchenname, Kind«, entgegnete sie ungeduldig.

»Oh, Poole«, verbesserte ich mich schnell.

Einen Moment lang schien sich der trübe Film von ihren Augen zu heben, und ich bekam eine Vorstellung davon, wie blau sie einst gewesen sein mussten.

»Ihre Großmutter hat für mich gearbeitet«, sagte sie. »Als Dienstmädchen. Ich hätte nie gedacht, dass ich ihre Enkelin in Heart Lake treffen würde.«

»Oh.« Mehr wusste ich nicht zu sagen. Ich kam mir vor, als hätte ich mich fälschlicherweise als Angehörige einer höheren Gesellschaftsschicht ausgegeben – eine Bedienstete, die mit der feinen Stola ihrer Herrin herumstolziert. Vermutlich war es ein Schock für die alte Dame, die Enkelin ihres Dienstmädchens als Schülerin auf dem von ihr gegründeten Internat anzutreffen. Aber war das Iris-Stipendium nicht genau dafür gedacht?

Dass auch ärmere Mädchen eine Chance bekamen? Ich blickte zu Mrs. Crevecoeur empor, bereit, eine Erklärung abzugeben oder mich sogar zu entschuldigen, aber ihre Augen wanderten zu einem Punkt ein paar Zentimeter über meinem Kopf; sicher richtete sie aus alter Gewohnheit den Blick dorthin, wohin sie immer geschaut hatte, wenn sie mit Dienstboten wie meiner Großmutter sprach.

Sicher war ich übermüdet, denn was ich sagte, war nicht sonderlich höflich. »Tja, hier bin ich nun. Besser spät als nie.«

Das brachte ihre Augen schlagartig wieder auf eine Höhe mit meinen. Sie schenkte mir ein knappes Nicken und ein verkniffenes Lächeln. »Ja«, bestätigte sie, aber nun nahmen Miss Macintosh und Miss Beade sie in die Mitte, ergriffen ihre dünnen Arme – auf einmal wirkte Mrs. Crevecoeur gebrechlich und sehr müde – und führten sie in Richtung Lake Lounge hinaus. Im Weggehen hörte ich sie noch murmeln: »Besser spät als nie. Ha!«

Dann endlich öffnete sich die Tür zum Musiksaal, Deirdre kam heraus und rannte, ohne mich oder Lucy eines Blickes zu würdigen, zur Eingangstür hinaus. Nach ihr rief Miss North Lucy herein. Nun war ich ganz mir selbst überlassen und begann, rastlos in der Halle auf und ab zu wandern. Um mich abzulenken, betrachtete ich die alten Fotografien an der Wand, aber die mürrischen Gesichter der Crevecoeur-Vorfahren konnten mein Interesse nicht fesseln – bis ich zu dem Bild kam, das direkt über der Bank hing, wo ich zuvor gesessen hatte. In einer kleineren Version des Familienporträts, das im Musiksaal hing, war auch hier India Crevecoeur zu sehen. Ja, die Ähnlichkeit war unverkennbar, das eckige Kinn, die hochmütige Kopfhaltung. Auch die beiden älteren Mädchen strahlten diesen Stolz aus, nur die Jüngste, Iris, hielt sich ein wenig im Hintergrund. Ich ging näher heran und sah mir die Dienstbotin an, die sich über Iris beugte, anscheinend, um ihre Haarschleife zu richten. Zum ersten Mal erkannte ich sie, meine Großmutter Jane Poole. Das war es also, was die alte Mrs. Crevecoeur über meinem Kopf fixiert hatte – ihre ehemalige

Dienstbotin, deren Enkelin sich nun an dieser edlen Schule eingenistet hatte. »Na ja«, dachte ich und ließ mich wieder auf meinem Stuhl nieder, um darauf zu warten, dass ich in den Musiksaal gerufen wurde, »vielleicht bleibe ich ja nicht mehr lange hier.«

Keine von uns wurde der Schule verwiesen. Die härteste Strafe für die Affäre des ersten Mai – so nannten wir den Vorfall später – traf Matt. Als Lucy Deirdre dazu überredete, die Verantwortung für den Weinschlauch zu übernehmen, hatte sie Deirdres Vergangenheit nicht bedacht – sie war schon von mehreren Internaten geflogen. Nach jedem Rausschmiss war sie auf einer etwas weniger renommierten, etwas schäbigeren Schule gelandet. Heart Lake war zwar noch einigermaßen respektabel, aber Deirdre wusste, wenn sie zugab, dass das Behältnis ihr gehörte, würde sie das Internat verlassen müssen. Und sie hatte keinerlei Interesse daran herauszufinden, auf welchem gottverlassenen Außenposten sie dann landen würde. Womöglich würde es sie nach St. Eustace's an der kanadischen Grenze verschlagen, bekannt als »Endstation«, denn dort wurde man nur hingeschickt, wenn kein anderes Internat einen mehr haben wollte.

Deshalb hatte sie der Direktorin erzählt, dass der Weinschlauch Matt gehörte.

»Schließlich geht er nicht hier zur Schule«, erklärte sie Lucy, als diese sie wutentbrannt darauf ansprach. »Also kann ihm doch keiner was anhaben.«

Natürlich konnte man Matt Toller in Heart Lake nichts anhaben, aber Domina Chambers, die Freundin seiner Mutter, war dazu durchaus in der Lage. Wie angekündigt hatte sie uns die Konsequenzen unseres Verhaltens tragen lassen, ohne einzugreifen. Aber als sie hörte, dass Lucys Bruder Drogen auf den Campus gebracht hatte, schritt sie zur Tat. Sie ging zu Hannah Toller und setzte ihr klipp und klar auseinander, dass Matt Lucys Zukunft nicht gefährden dürfe. Offenbar sei Heart Lake nicht weit genug weg, um Lucy vor dem schlechten Einfluss ihres Bruders zu schützen. Und da man Lucy nicht von der Schule nehmen konnte, gab es nur eine Lösung: Matt musste fort.

Als Lucy mir erzählte, was sie zu Hause gehört hatte, beschwichtigte ich sie. Bestimmt würde man nicht sofort Maßnahmen ergreifen. In sechs Wochen war das Schuljahr zu Ende, vor dem Herbst würde ganz sicher nichts passieren. Und bis dahin war längst Gras über die Sache gewachsen, auch die Tollers würden sich wieder beruhigen.

Aber Domina Chambers blieb eisern. Am 4. Mai bestieg Matt den Zug nach Cold Spring, wo er die Manlius-Militärakademie besuchen sollte. Ich bekam ihn vor seiner Abreise nicht mehr zu Gesicht.

Lucy war untröstlich. Die Nachwirkungen des ersten Mai schienen sie sogar körperlich krank zu machen. Sie verlor den Appetit und nahm dramatisch ab. Mrs. Ames tat alles, damit Lucy »ein bisschen Fleisch auf die Knochen« bekam, wie sie sich ausdrückte, und stopfte ihre Schultasche mit frisch gebackenen Keksen voll, die Lucy postwendend im See versenkte.

»Ein Opfer für die Seegöttin?«, fragte ich sie eines Nachmittags, als ich sie auf dem Point stehen und Kekse ins Wasser werfen sah.

Sie wandte sich zu mir um, und ich sah, wie dünn sie geworden war. Und nicht nur das: Sie hatte dunkle Ringe unter den Augen und ihre Haut hatte eine grünliche, kränkliche Farbe angenommen. Ihre Haare, die immer hell und glänzend gewesen waren, hingen strähnig und schlaff um ihr Gesicht. Unwillkürlich musste ich an eine Wasserleiche denken.

»Findest du nicht, dass wir ein bisschen alt für so was sind, Jane?«, fragte sie. Damit machte sie kehrt und verschwand in Richtung Wald.

Obwohl sie behauptete, nicht mehr an die Seegöttin zu glauben, hörte ich sie nachts beten. Das erste Mal dachte ich noch, ich hätte geträumt. Ich erwachte von einem Geflüster, und als ich die Augen öffnete, sah ich am Fuß von Lucys Bett eine Gestalt kauern. Sie war so klein und kompakt, dass ich sie erst für einen Sukkubus hielt, wie die Dämonin in Füsslis Gemälde »Der Nachtmahr«, das Miss Beade uns im Kunstunterricht gezeigt hatte. Kein Wunder, dachte ich verschlafen, kein Wunder, dass Lucy so ausgezehrt wirkt: Dieses Ding saugt ihr die Lebensenergie aus den Adern.

Doch »dieses Ding« war Lucy. Mit angezogenen Knien, Matts alten Hockeypulli bis zu den Knöcheln herabgestreift, so schaukelte sie vor und zurück und murmelte etwas Unverständliches.

Ich überlegte, ob ich zu ihr gehen sollte, aber ihr Kummer hatte etwas so Intimes – etwas Nacktes, Ungeschütztes – an sich, dass ich mich lieber nicht einmischen wollte.

Aber mit wem konnte ich darüber reden?

Deirdre und Lucy sprachen seit dem Vorfall mit dem Weinschlauch nicht mehr miteinander. Bei Deirdre schienen die Ereignisse des ersten Mai nicht die geringsten Spuren hinterlassen zu haben. Sie aß mit gutem Appetit und hatte in den letzten Wochen wieder zugenommen. Außerdem hatte sie sich aufs Lernen gestürzt – offenbar war sie nach der drohenden Suspendierung eifrig auf gute Leistungen bedacht. Als ich versuchte, mit ihr über Lucy zu reden, erwiderte sie barsch: »Miss Primadonna sollte endlich drüber wegkommen. Sie ärgert sich doch bloß, weil ich ihr am ersten Mai den Freund ausgespannt habe.«

»Was meinst du denn damit?«

»Weißt du das nicht? Ich war mit Ward zusammen, demzufolge ist sie bei Roy gelandet. Ich sag dir, Ward hatte nichts dagegen. Er hat mir gestanden, dass sich Miss Eisprinzessin – so hat er sie genannt – kaum von ihm hat anfassen lassen, als wir uns damals abwechselnd im Eishaus getroffen haben.«

Ich musste an die Szene im Eishaus denken, deren Augenzeugin ich geworden war. Immer hatte ich gehofft, dass der maskierte Junge Ward gewesen war, aber ich redete mir ein, dass das keine Rolle spielte. Wichtig war nur, dass Matt und ich am ersten Mai zusammengewesen waren.

Ich unternahm sogar einen Anlauf, mit meiner Mutter über Lucy zu reden, als ich am Memorial-Day-Wochenende zu Hause war.

»An deiner Stelle würde ich mir um das Toller-Mädchen keine Sorgen machen«, meinte sie. »Sie wird schon auf den Füßen landen. Du solltest dir lieber überlegen, wie du hier helfen kannst. Gute Taten beginnen immer im eigenen Haus.«

Ich erwartete eigentlich, dass die Moralpredigt noch weitergehen würde, aber sie endete abrupt in einem Hustenanfall. Während unserer Unterhaltung hatte meine Mutter den verschlissenen Wohnzimmerteppich mit dem Teppichroller bearbeitet. Sie trat mit dem Fuß gegen den sich auflösenden Saum und brummte hustend: »Dieses verdammte Sägemehl.«

Ich betrachtete den Teppich. Zwar konnte ich kein Sägemehl entdecken, aber die Hand meiner Mutter am Griff des Teppichrollers war richtig gelb. Dann musterte ich meine Mutter noch einmal genauer, und zum ersten Mal fiel mir auf, wie blass und erschöpft sie wirkte.

»Geht's dir gut, Mom?«

Sie stemmte eine Hand in die Hüfte und richtete sich auf. »Ich hätte nichts gegen ein bisschen Hilfe einzuwenden.«

Mein ganzes Leben lang hatte mir meine Mutter vorgeschrieben, was ich zu tun und zu lassen hatte, aber um Hilfe gebeten hatte sie mich noch nie.

»In zwei Wochen fangen die Ferien an«, entgegnete ich, »dann kann ich dir zur Hand gehen.«

Ich wartete, ob sie einen Sommerjob erwähnen würde. Die letzten drei Jahre hatte sie mir immer bei einer der Familien in West Corinth einen Babysitterjob besorgt.

»Ich glaube, dein Vater könnte dich diesen Sommer im Haus brauchen«, sagte sie und fing dann wieder an, den Teppich von dem unsichtbaren Sägemehl zu befreien.

Schließlich ging ich zu der einzigen Person, bei der ich sicher war, dass sie meine Sorge wegen Lucy teilte – Domina Chambers.

Nach ihrer letzten Stunde passte ich sie ab und begleitete sie dann zurück zum Herrenhaus.

»Ja, mir ist auch aufgefallen, wie sehr sie aus Kummer über ihren Bruder abgenommen hat. Sie ist eine sensible Natur, ähnlich wie ich. Wenn ich Sorgen habe, kann ich auch nicht essen. Im Gegensatz zu Ihrer anderen Zimmergenossin, was? Miss Hall vergeht wohl nicht so leicht der Appetit.«

Ich lächelte nervös, denn ich wusste nicht recht, wie ich auf den Kommentar zu den Essgewohnheiten meiner Mitschülerin reagieren sollte. Irgendwie kam mir das unangemessen vor. Also lenkte ich das Gespräch wieder auf Lucy zurück.

»Sie schläft auch nicht. Ich mache mir wirklich Sorgen um sie.«

»Ja, ich auch. Aber ich habe einen Plan. Keine Bange, Clementia, ich werde mich um Lucy kümmern.«

Inzwischen waren wir an der Treppe des Herrenhauses angelangt. Auf der untersten Stufe saß Albie, ihre Bücher an die Brust gedrückt.

»Ach, Alba, ich hatte ganz vergessen, dass du heute Tutorium hast.«

Albie musterte mich mit wütendem Blick, als wäre ich schuld, dass Domina Chambers sie vergessen hatte. Diese wandte sich jetzt wieder mir zu. »Wolltest du mir sonst noch etwas über Miss Toller sagen?«

Ich sah, wie Albie den Mund verzog, und begriff im selben Moment, wie Domina Chambers' Bemerkung geklungen haben musste – als hätte ich Lucy verpetzt. Ich errötete, nicht nur, weil ich jetzt als Verräterin dastand, sondern weil mir unwillkürlich all das in den Sinn kam, was ich hätte erzählen können: Vor allem hatte ich das Bild der maskierten und gehörnten Gestalt im Eishaus vor Augen.

Hastig schüttelte ich die Vorstellung ab. Warum war mir das durch den Kopf gegangen? Aber dann wurde mir klar, was mich an jene Nacht erinnert hatte: Es war Albies blaue Strickjacke, die ein paar Nummern zu groß für sie war. Sie sah genauso aus wie die, die ich von Lucy geliehen und neben dem Weg an einen Ast gehängt hatte.

»Miss Hudson?«, unterbrach mich Domina Chambers in meiner Grübelei. »Hast du sonst noch etwas auf dem Herzen?«

Was konnte ich sagen, damit Albie kapierte, dass ich Lucy nur helfen wollte? »Na ja, das Schuljahr ist fast vorbei, und Matt kommt über den Sommer nach Hause«, meinte ich schließlich. »Bestimmt geht es ihr dann besser.«

»Oh, nein«, entgegnete Domina Chambers und schüttelte so heftig den Kopf, dass einzelne silberne Haarsträhnen sich aus ihrem Knoten lösten. »Die Militärakademie hat einen so guten Einfluss auf Matthew, dass seine Eltern ihn für das Sommerprogramm angemeldet haben. Und was Lucy betrifft, habe ich für sie im Sommer andere Pläne.«

Wie sich herausstellte, hatte Domina Chambers für die Sommerferien ein Stipendium an der Amerikanischen Akademie in Rom und plante, Lucy mitzunehmen. So würde ihre Schülerin die antike römische Kunst und Architektur aus erster Hand kennen lernen.

»Sie sagt, das wäre hervorragend für mein Studium. Natürlich nehme ich Altphilologie als Hauptfach. Außerdem soll ich auch noch Italienisch lernen. An den Wochenenden fahren wir nach Florenz, wo ich mir all die Gemälde in den Uffizien anschauen kann.« Lucy war dabei, ihren Koffer zu packen, während ich auf ihrem Bett saß und auf den See hinaussah. In den letzten Schulwochen hatte der Schwimmunterricht wieder angefangen, und ich hatte mir ausgemalt, in den Ferien öfter mal herzukommen und zu schwimmen, aber jetzt fragte ich mich, ob ich ohne Matt und Lucy überhaupt Lust dazu hatte.

»Musst du unbedingt mitfahren?«, fragte ich. »Ich meine, würden deine Eltern dich hier bleiben lassen, wenn du sie darum bittest?«

Lucy zuckte die Achseln. »Ist doch egal, Matt ist sowieso nicht da.«

Aber ich bin noch da, dachte ich, sagte jedoch nichts. Lucy wachte immerhin so weit aus ihrer Apathie auf, dass sie merkte, wie mich ihre Bemerkung verletzt hatte.

»Du hast im Sommer ohnehin immer so viel zu tun, Jane. Hat deine Mutter dich nicht längst als staatlich geprüfte Sklavin vermietet?«

Ich schüttelte den Kopf. »Nein. Anscheinend braucht sie mich diesen Sommer zu Hause.«

»Himmel, das ist ja ganz neu. Na ja, wenigstens wirst du nicht in irgendein Internat verfrachtet, wie Deirdre oder Albie. So schlimm wie ihre können deine Sommerferien gar nicht werden.«

Aber Lucy irrte sich. Als ich nach dem letzten Schultag heimkam, fand ich meinen Vater am helllichten Tag zu Hause vor. Er ließ mich im Wohnzimmer Platz nehmen und eröffnete mir, dass bei meiner Mutter Leberkrebs festgestellt worden sei und sie nur noch sechs bis acht Monate zu leben habe.

11. Kapitel

IM LAUF DES SOMMERS konnte ich zusehen, wie meine Mutter dreißig Pfund und praktisch ihre ganze Lebenskraft verlor. Im August schaffte sie es kaum mehr vom Bett zur Toilette. Eingefallen und gelb lag sie da, wartete darauf, dass ich ihr Essen brachte, von dem sie dann kaum einen Bissen herunterbekam, und beschwerte sich über meine Kochkünste oder darüber, dass ich zu langsam war. Über den Krebs oder die Schmerzen beklagte sie sich nie – sie verzog höchstens manchmal das Gesicht –, aber wenn ich gehofft hatte, die Krankheit würde bewirken, dass sie endlich aufhörte, ständig an mir herumzunörgeln, dann hatte ich mich gründlich geirrt.

Es gefiel ihr nicht, wie ich mich anzog, es gefiel ihr nicht, wie ich meine Haare trug. »Du siehst aus wie eine komische alte Jungfer«, erklärte sie mir eines Tages. Weil ich Domina Chambers' Frisur imitieren wollte, steckte ich seit neuestem die Haare zu einem Knoten zurück, der mir aber leider nicht sehr gut gelang. Dazu trug ich einen kurzen karierten Schottenrock und ein lachsfarbenes Buttondownhemd, das Matt Lucy geschenkt und Lucy an mich weitervererbt hatte. »Hab ich dich etwa auf eine schicke Privatschule geschickt, damit du rumläufst wie ein Freak?«

Ich hätte sie darauf hinweisen können, dass sie mich nirgendwohin *geschickt* hatte – das Stipendium für Heart Lake hatte ich mir schließlich alleine erarbeitet. Aber dann sah ich sie an. Durch die Chemotherapie hatte sie fast keine Haare mehr, und ihre Arme waren bis auf die Knochen abgemagert. Wenn sie so dalag, die dürren Arme in der Bettdecke vergraben, sah es so aus, als hätte man meiner Mutter beide Arme amputiert. Im Gegensatz dazu waren ihre Beine unförmig geschwollen und erinnerten mich an den aufgedunsenen Fischschwanz einer Meerjungfrau. Eine kahlköpfige, gelbe Meerjungfrau ohne Arme. Und diese Frau schimpfte mich einen Freak.

Ich erklärte ihr, dass sich in Heart Lake alle Mädchen so kleideten und dass Lucy mir gesagt hätte, im College sei es ebenso. So gut es ging, lenkte ich sie ab, indem ich ihr die Essays vorlas, die ich für meine College-Bewerbungen schrieb. Ich zeigte ihr meine Zensuren und erwähnte auch, dass Miss Buehl der Ansicht war, ich hätte berechtigte Hoffnungen auf ein Stipendium für Vassar.

»Noch ein Stipendium«, sagte sie und musterte mich mit ihren gelben Augen. »So sieht man dich also – als Wohlfahrtsstudentin. Du wirst doch nie auf einen grünen Zweig kommen, sondern immer die Enkelin einer Hausangestellten bleiben. Wir gehören zur Fabrik. Das hat mir meine Mutter immer klarzumachen versucht, aber ich wollte nicht auf sie hören. Schau mich an, ich kann nicht mal sterben, ohne dass mir der Lärm dieser infernalischen Mühle in den Ohren dröhnt.«

Da die Geräusche der Fabrik seit jeher die Hintergrundmusik unseres Lebens bildeten, nahm ich sie schon längst nicht mehr wahr. Ich schloss die Fenster, damit meine Mutter ein wenig Ruhe hatte, aber dann wurde es im Haus unerträglich stickig, und das Brummen der Mühle schien dennoch durch die Fensterscheiben zu dringen.

Eines Tages fand mich mein Vater vor ihrem Zimmer auf dem Boden sitzend.

»Nimm dir das, was sie sagt, nicht so zu Herzen«, meinte er. »Das ist der Krebs, der da spricht, nicht deine Mutter.«

Zwar gab ich mir alle Mühe, aber am Ende des Sommers

hatte ich das Gefühl, meine ganze Welt wäre geschrumpft und nicht mehr richtig real.

Ich hatte mich so sehr an den Anblick von Krankheit gewöhnt, dass es fast ein Schock für mich war, als ich Lucy am ersten Schultag wiedersah. Allem Anschein nach hatte sich der Italienaufenthalt tatsächlich so positiv ausgewirkt, wie Domina Chambers es sich erhofft hatte: Lucy war über den Sommer regelrecht aufgeblüht. Vor allem um die Hüften und am Busen hatte sie zugenommen, ihre Haut war goldbraun, und ihre Haare, die sie elegant zurückgesteckt hatte, leuchteten wie die Mittelmeersonne.

»Das kommt von der Pasta und dem Olivenöl«, erklärte sie, während sie ihren Koffer auspackte: Seidenblusen aus Bellagio, Pullis von Harrods (auf dem Rückweg hatten sie und Domina Chambers in England einen zweiwöchigen Zwischenstopp eingelegt) und wunderschöne Lederschuhe kamen zum Vorschein.

»Mein Gott, du hast ja richtige Titten!«, rief Deirdre, als sie Lucy zu Gesicht bekam. »Warum setzt sich bei mir immer alles, was *ich* esse, nur an meinem Hintern fest?«

Ich erwartete eine schnippische Bemerkung von Lucy – Deirdre hatte über die Sommerferien noch mehr zugenommen –, aber sie lächelte nur gutmütig und meinte: »Helen sagt, wenn wir uns alle so ernähren würden wie die Italiener, dann wären wir viel gesünder. Sie will einen Kochkurs für Mittelmeerküche anbieten. Hast du Lust, mit mir hinzugehen, Deirdre?«

Und so erlebte ich gleich die nächste Überraschung, nämlich dass Lucy Deirdre über die Ferien offensichtlich vergeben hatte und wieder ihre Freundin sein wollte.

»Matt fühlt sich an der Militärakademie anscheinend ganz wohl«, erzählte Lucy. »Die Wochenenden verbringt er bei Tante Doris. Er sagt, dass Roy nach dir gefragt hat, Jane.«

»Ach ja?« Ich mimte Gleichgültigkeit. Zwar hätte ich mich noch mehr gefreut, wenn Matt nach mir gefragt hätte, aber vielleicht war das nur seine verschleierte Form der Kommunikation.

»In den Weihnachtsferien kommt er wieder her«, fuhr sie fort. Das war alles. Als wäre es für sie plötzlich ganz normal, ihren Bruder nur zweimal im Jahr zu sehen. »Ach ja, ich soll dir ausrichten, es tut ihm Leid wegen deiner Mom«, fügte sie hinzu. »Mir natürlich auch.«

»Ja«, stimmte Deirdre mit ein. »Deine Ferien waren bestimmt ganz schön hart.« Dann wechselten die beiden abrupt das Thema und fingen an, Pläne für das kommende Schuljahr zu schmieden. Den Kochkurs, Langlaufen – »Helen sagt, das sei schicker als Abfahrt« – und ein Theaterstück nahmen sie sich vor.

»Helen sagt, als sie hier zur Schule gegangen ist, haben sie *Die Frösche* von Aristophanes aufgeführt, und zwar im See.«

»*Im* See?«, fragte Deirdre. »Ist ja toll! Das müssen wir unbedingt auch machen.«

Den ganzen Herbst waren Lucy und Deirdre sehr beschäftigt. Ich konnte an den meisten Veranstaltungen nicht teilnehmen, weil von mir erwartet wurde, dass ich die Nachmittage und Wochenenden zu Hause verbrachte. Am meisten enttäuschte mich, dass ich in unserem Theaterstück keine Rolle bekam. Statt für *Die Frösche* hatten sie sich inzwischen für eine eigene Version von *Iphigenie* entschieden, eine Kombination aus den beiden Dramen von Euripides: *Iphigenie in Aulis* und *Iphigenie bei den Taurern*. Sie nannten das Stück *Iphigenie am Strand*.

Die Entscheidung fiel, als wir im Kurs »Griechische Tragödie« (den Domina Chambers und Miss Macintosh gemeinsam unterrichteten) *Iphigenie in Aulis* lasen und Deirdre wütend wurde, weil das Stück mit dem Tod des Mädchens endet.

»Das ist doch Scheiße«, platzte sie heraus, »das ist so ... so patriarchalisch. Da töten sie ein unschuldiges Mädchen, damit die Männer in ihren blöden Krieg ziehen können, den sie nur angezettelt haben, weil irgendein impotenter Trottel seine Frau nicht befriedigen konnte.«

»Nun, es wird Sie sicher freuen, Miss Hall, dass Euripides der gleichen Ansicht war. Obwohl ich bezweifle, dass er es so ausgedrückt hätte wie Sie.« Der ganze Kurs kicherte. Mir fiel auf, dass Domina Chambers Deirdre gegenüber mehr Toleranz zeigte, seit Lucy sich wieder mit ihr angefreundet hatte.

»Woher wissen wir, dass Euripides auch dieser Ansicht war, Miss Chambers?«, fragte Miss Macintosh. Mir entging nicht, dass Miss Macintosh den Titel *Domina* vermied.

»Euripides hat ein zweites Stück mit dem Titel *Iphigenie bei den Taurern* geschrieben, in dem Iphigenie wieder auftaucht und berichtet, dass sie, kurz bevor der Priester ihr die Kehle durchschnitt, von Artemis auf die Insel Tauris entführt und an ihrer Stelle eine Hirschkuh geopfert wurde.«

»Cool!«, rief Deirdre.

»Können wir das nicht als Nächstes lesen?«, schlug Lucy vor.

Ich sah, wie Miss Macintosh mit dem Finger auf ihren sorgfältig vorbereiteten Lehrplan tippte (ich glaube, wir sollten nach *Iphigenie in Aulis* eigentlich *Medea* lesen), aber Domina Chambers antwortete, ohne sie eines Blickes zu würdigen: »Hervorragende Idee, Miss Toller. Das machen wir.«

Und so lasen wir nun *Iphigenie bei den Taurern*. Deirdre war enttäuscht, dass es sich bei Iphigenies Aufenthalt auf Tauris nicht um eine Göttinnen-Kommune handelte, wie sie es sich zunächst ausgemalt hatte. Stattdessen muss Iphigenie als Priesterin der Artemis die unglücklichen Schiffbrüchigen, die an der Küste der Insel stranden, der Göttin opfern. Aber Lucy liebte das Stück. Iphigenies Bruder Orestes und sein Freund Pylades kommen auf die Insel, aber weil Iphigenie ihn nicht erkennt, macht sie sich daran, ihn ebenfalls auf dem Altar der Artemis zu opfern. Besonders mochte Lucy die Szene, in der Iphigenie und Orest sich darüber unterhalten, dass sie einen Bruder beziehungsweise eine Schwester verloren haben, ohne zu ahnen, dass sie sich wiedergefunden haben.

»Ein perfektes Beispiel dramatischer Ironie, würden Sie mir da nicht Recht geben, Esther?«, wandte sich Domina Chambers an Miss Macintosh, die ihr etwas verdrießlich beipflichtete. Seit ihr Lehrplan umgestoßen worden war, hatte sie sich hinten im Raum in die Schmollecke zurückgezogen, wo sie unablässig in ihren Terminplaner kritzelte. Auch hasste sie es, wenn Domina Chambers die Schuletikette außer Acht ließ und ihre Kollegen vor den Schülerinnen mit Vornamen ansprach.

»Ich weiß, es ist kitschig, aber ich kriege dabei eine Gänsehaut«, sagte Lucy, »Da bringt sie doch beinahe ihren eigenen Bruder um!«

Erst als Iphigenie einen Brief erwähnt, den Pylades mit nach Griechenland nehmen soll, wird ihre wahre Identität enthüllt: »Hier kommt ein Gruß von einer, die du tot geglaubt. Deine Schwester ist in Aulis nicht getötet worden.«

Schließlich bat Lucy Domina Chambers, das Stück mit der Klasse aufzuführen.

»Wir spielen es am Strand«, meinte sie. »Einen der Felsen benutzen wir als Altar in Aulis, und Artemis erscheint auf einem Boot, um Iphigenie nach Tauris zu bringen ...«

Da blickte Miss Macintosh von ihrem Planer auf und hob die Hand, um zu protestieren. »Das geht auf gar keinen Fall. Denken Sie nur an die Probleme mit der Versicherung! Jemand könnte beispielsweise ins Wasser fallen ...« Während sie sprach, malte ich mir das Szenario aus: Die Mädchen verhedderten sich in ihren griechischen Gewändern und sanken hilflos auf den Grund des Sees. Domina Chambers jedoch ließ sich von solch konventionellen Bedenken nicht so leicht beeindrucken. Sie winkte ab, als wollte sie ein lästiges Insekt verscheuchen, Miss Macintoshs Gesicht verfärbte sich über ihrem hohen weißen Kragen. Domina Chambers gab zu, dass sie die Stücke nicht besonders schätzte, und meinte, es sei reine Seifenopern-Dramatik, wenn man sich für Iphigenie ein Happyend ausdenke. Aber andererseits fand sie auch, dass das Stück sich gut für eine Neuinterpretation eigne.

»Wir sollten immer im Gedächtnis behalten«, dozierte sie, »dass die griechischen Dramatiker sich die Freiheit nahmen, das mythische Material für ihre eigenen Zwecke umzuformen – genau wie Shakespeare es auch getan hat ...« Hier warf sie Miss Macintosh einen bedeutungsvollen Blick zu. »Also, warum sollten wir es nicht auch mal versuchen?«

Natürlich bekam Lucy die Rolle der Iphigenie, und Deirdre spielte ihren Bruder Orestes. Ich sollte den Pylades übernehmen, aber weil ich bei den Proben zu oft verhindert war, wählte man schließlich ein anderes Mädchen für die Rolle aus. Alle Sprechrollen wurden von älteren Schülerinnen übernommen. Das Schwimmteam spielte den Chor. Aufgereiht in einem Rettungsboot, wurde er von Miss Pike angeführt, die in ihrem griechischen Gewand wundervoll aussah. Sie bestand darauf, einen Rettungsring bereitzuhalten, falls eines der Mädchen über Bord ging, aber sie präsentierte ihn so geschickt, dass er wie ein Wappensymbol wirkte.

Alle wollten, dass Domina Chambers die Artemis spielte. Zuerst lehnte sie ab und empfahl stattdessen Miss Macintosh – vermutlich als eine Art Trostpflaster –, aber da Miss Macintosh sich weigerte, erklärte sie sich schließlich bereit.

Auch wenn ich nicht mitspielen konnte, half ich Deirdre wenigstens mit den Kostümen. Für Miss North, die die Rolle der Athene übernommen hatte, bastelten wir einen Goldhelm mit einer geprägten Eule, und für Domina Chambers einen Silberhelm mit einem in Alufolie geritzten Mond und einer Hirschkuh. Für das Tier, das in dem Stück an Iphigenies Stelle auf dem Altar geopfert wird, hatten wir bereits eine Maske – wir benutzten die mit dem aufgestickten grünen Herzen vom ersten Mai.

Tag für Tag hörte ich Deirdre und Lucy darüber diskutieren, wie man den Wechsel zwischen Iphigenie und der Hirschkuh am besten bewerkstelligte. Deirdre schlug vor, der Priester könne ein Laken über Lucy werfen, unter dem sie dann im richtigen Moment hervorschlüpfte und zu Domina Chambers ins Boot kletterte.

»Aber dann sieht jeder, wie ich zum Boot wate. Das macht die ganze Wirkung zunichte. Und wo soll die Hirschkuh sein, bevor sie unter das Laken kriecht? Wir haben keine Kulissen, vergiss das nicht.«

»Hey, *du* warst doch so scharf darauf, die Sache am Strand aufzuführen!«

Ich musste mir eingestehen, dass ich es fast genoss, wenn die beiden sich zankten. Aber dann wartete Deirdre mit der perfekten Lösung auf.

»Wenn wir den zweiten Stein als Altar benutzen, kann die Hirschkuh in der Höhle dahinter warten. Sobald ich das Laken über dich werfe, kannst du dich ins Wasser gleiten lassen und zum Boot rübertauchen. Währenddessen schwimmt die Hirschkuh unter Wasser zum Felsen und taucht unter dem Laken hervor.«

Lucy war begeistert. Das einzige Problem bestand jetzt nur noch darin, ein Mädchen zu finden, das klein und wendig genug war, um die Hirschkuh zu spielen. Außerdem musste sie natürlich eine gute Schwimmerin sein und geduldig das ganze Stück über still in der Höhle sitzen.

»Ich weiß, wen wir nehmen können!«, rief Deirdre eines Nachts und riss uns mit ihrer Erkenntnis aus unserem wohl verdienten Schlaf. »Albie! Sie ist klein und kann sich geräuschlos bewegen. Außerdem tut sie alles für Lucy.«

Am Tag der Aufführung erklärte sich mein Vater bereit, früher von der Arbeit nach Hause zu kommen und die Betreuung meiner Mutter zu übernehmen. Laut Planung sollte das Stück bei Sonnenuntergang enden, und so saß ich nervös am Krankenbett meiner Mutter und beobachtete die Sonne, die langsam über den Fabrikschornsteinen nach Westen wanderte.

»Du glaubst, wenn du sie lange genug anstarrst, kannst du die Sonne am Himmel anhalten«, hörte ich die Stimme meiner Mutter aus dem Bett hinter mir. Ich hatte gedacht, sie würde schlafen.

»Heute wird am Badestrand ein Theaterstück aufgeführt«, erklärte ich ihr.

»Am Strand? So ein Blödsinn. Es war wirklich kein Glückstag, an dem du das Stipendium bekommen hast. Du solltest praktische Dinge lernen, statt deine Zeit mit diesen reichen Mädchen zu vergeuden. Für die wirst du nie etwas anderes sein als ein Dienstmädchen, das hat meine Mutter immer gesagt ...«

»Lucy ist nicht reich.« Ich konnte die Tirade meiner Mutter nur unterbrechen, weil sie so schnell außer Atem geriet. Wieder setzte sie zu einer Entgegnung an, doch es kam nur ein Keuchen. Ich half ihr, sich aufzusetzen, und gab ihr mit einem Strohhalm etwas zu trinken.

»Warte nur«, sagte sie, als sie wieder zu Atem kam, »auch Lucy wird eines Tages eine gute Partie machen, und dann wirst du sehen, wie viel du ihr bedeutest.«

Ich hätte sie gern gefragt, was sie zu dieser Überzeugung brachte, aber in diesem Moment kam mein Vater nach Hause. Am Stand der Sonne konnte ich erkennen, dass ich den größten Teil des Theaterstücks schon verpasst hatte. Ich rannte die ganze River Street hinauf, nahm dann die Abkürzung hinter dem Toller-Haus und folgte dem Schwanenkill zur Südspitze des Sees. Als ich am Eishaus anlangte, sah ich, dass das Stück noch nicht geendet hatte, aber bald wurde mir klar, dass ich erst am Strand eintreffen würde, wenn es vorbei war. Zum Glück kannte ich einen kleinen Felsvorsprung, von dem aus man einen guten Blick hatte. Natürlich interessierte es mich am allermeisten, wie sie die letzte Szene in den Griff bekommen würden.

Wie sich herausstellte, hatte ich eine hervorragende Sicht auf die drei Schwesternfelsen. Der zweite war mit einem weißen Laken bedeckt, das im Licht der untergehenden Sonne glutrot leuchtete: Ein perfektes Abbild des blutigen Altars, den er auch darstellen sollte.

Von meinem Ausguck konnte ich auch Dinge sehen, die dem Publikum vorenthalten werden sollten. Für mich erhöhte es nur noch die Wirkung, als eine Hand aus der Höhle griff, das Laken wegzog und ein nacktes Mädchen enthüllte, das auf den Felsen gebunden war. Über der stillen Wasseroberfläche hörte ich, wie die Zuschauer am Strand nach Luft schnappten.

Herrgott, dachte ich, Domina Chambers schreckt wirklich vor nichts zurück! Doch dann erkannte ich, dass Lucy einen hellrosa Badeanzug trug, der sich wie eine zweite Haut an ihren neuerdings so üppigen Körper schmiegte.

Das Boot des Chors schwankte heftig, als eine Gestalt in einer Robe und mit einer Maske aus Goldfolie ausstieg und durch das hüfthohe Wasser zum Felsen hinüberwatete. Die Schauspieler hatten Glück, dass es noch so lange warm gewesen war, aber ich beneidete die Darstellerin der Priesterin dennoch nicht. Unwillkürlich streckte ich mich auf meinem Felsen aus und tauchte eine Hand ins Wasser. Es fühlte sich eiskalt an.

Jetzt hob die Gestalt in der Robe einen Dolch und hielt ihn über Lucys weißen, nach hinten gebogenen Hals. In dem Augenblick, als die Klinge sich auf ihre Kehle herabsenkte, hob die Priesterin den linken Arm, und ihr langer, weiter Ärmel verbarg das Opfer einen Moment vor den Blicken der Zuschauer. Ein Schrei erscholl, der von der Felswand des Point zurückgeworfen wurde und über die reglose Wasseroberfläche hallte. Ein tiefroter Blutschwall spritzte auf die Robe der Priesterin. Sogar noch von meinem entfernten Platz aus wirkte die Szene so real, dass ich aufsprang und angestrengt Ausschau nach Lucy hielt, die jetzt in die Höhle hinter dem Stein schwimmen sollte. Aber die untergehende Sonne blendete mich und färbte das Wasser so grellrot, dass sogar mir der Gedanke durch den Kopf schoss, es könnte wirklich Lucys Blut sein, das da in den See floss. Kaum eine Minute verging, die mir wie eine Ewigkeit erschien. Ich blickte zum Strand hinüber und sah, dass sich viele Zuschauer ebenfalls erhoben hatten und die Hälse reckten. Und dann schwenkte die Priesterin erneut den Arm, und an Lucys Stelle kam eine geschlachtete Hirschkuh zum Vorschein, der das Blut aus der aufgeschlitzten Kehle troff. In fast demselben Augenblick bog ein kleines Boot um den Point herum, und wir sahen Lucy im Bug stehen, in Tücher von der Farbe des Sonnenuntergangs gehüllt. Hinter ihr stand Artemis und hielt einen goldenen Kranz über das Haupt der Erretteten. Das Boot wurde von Miss Buehl in einem kurzen Gewand gerudert.

In diesem Moment ertönte ein lautes Krachen. Ich war so fasziniert von dem Anblick und dachte zunächst, es wäre Bestandteil der Inszenierung, aber als ich mich umschaute, zuckte im Osten ein Blitz über den Himmel. Auf dem See reckte die maskierte Gestalt der Artemis die Hände empor und verkündete mit gebieterischer Stimme, die das Wasser bis zu meinem Felsen herübertrug: »So spricht Zeus! Statt dieses Mädchen nach Tauris zu bringen, werde ich sie zu mir in den Olymp aufnehmen, wo sie unter den Göttern leben soll.«

Auf ein Nicken von Artemis wendete Miss Buehl das Boot und ruderte zurück in Richtung Point. Ich staunte noch über Domina Chambers' geschickte Improvisation, als ich merkte, dass nicht alle Darstellerinnen so gut mit dem unvorhergesehenen Finale zurechtkamen. Wie ein Vorhang senkte sich der Regen über den letzten Akt. Kreischend flohen die Zuschauer die Stufen hinauf, während die Mitglieder des Chors ihr Boot an Land schoben und im Bootshaus Zuflucht suchten. Nur die Priesterin verharrte neben der toten Hirschkuh im Wasser. Unter ihrer durchnässten Robe erkannte ich die Umrisse von zwei vertrauten Brüsten. Es war Deirdre, die jetzt ans Ufer watete.

Sie war schon auf halbem Weg, den Rücken dem Altarstein zugewandt, als die Gestalt im Hirschkostüm sich aufrappelte und mit den Fesseln kämpfte, die sie auf dem Stein festhielten. Ihr Mund war weit aufgerissen, aber ihre Schreie gingen im Rauschen des Regens unter. Schaute sie zu mir herüber? Sie hob den Arm, als wollte sie mir ein Zeichen geben, aber dabei verlor sie das Gleichgewicht, und ihr Oberkörper rutschte vom Stein ins Wasser. Wie angewurzelt stand ich da und überlegte verzweifelt, wie ich am schnellsten zu dem Mädchen gelangen konnte, aber dann fiel mir ein, wie kalt das Wasser war. Kurz entschlossen drehte ich mich um, lief in den Wald und rannte den Pfad zum Strand hinunter. Durch Regen und Schlamm behindert, brauchte ich länger als erwartet, und ich war fast sicher, dass ich das Mädchen nicht mehr rechtzeitig erreichen würde.

Ich beeilte mich so, dass ich die letzten fünf, sechs Stufen der Treppe verfehlte und flach auf dem Bauch landete, den Kopf im nassen Sand. Als ich aufblickte, sah ich, wie Lucy und Deirdre eine nasse braune Gestalt aus dem Wasser zogen und sie neben mir absetzten; ich streckte die Hand aus und nahm ihr behutsam die Maske ab. »Du!«, spie Albie mir entgegen. »Du bist in den Wald gerannt und hättest mich ersaufen lassen!«

Lucy und Deirdre sahen zwischen Albie und mir hin und her, während ich versuchte zu erklären, was geschehen war, aber kein Wort drang über meine Lippen, denn ich hatte den Mund voller Sand.

Lucy legte den Arm um Albie. »Jane würde nie weglaufen, wenn jemand Hilfe braucht«, sagte sie, während sie Albie auf die Füße zog. Ich war dankbar, dass Lucy mich in Schutz nahm, aber als Albie sich schwer an sie lehnte und sich so vom Strand wegführen ließ, warf sie mir über die Schulter einen Blick zu, der mir zu verstehen gab, dass sie kein Wort glaubte.

12. Kapitel

DAS GEWITTER AM ENDE des letzten Akts von *Iphigenie am Strand* läutete auch das Ende des warmen Wetters ein. Mit der Ankunft einer kanadischen Kaltfront und mit dem ersten Schnee verflüchtigte sich auch Lucys gute Stimmung. Als Erstes bemerkte ich, dass sie die hübschen Sachen, die Domina Chambers in Europa für sie gekauft hatte, nicht mehr trug. Stattdessen lief sie in dem viel zu großen Trainingsanzug herum, den Matt ihr von der Militärakademie geschickt hatte.

»Der hält mich warm«, erklärte sie mir.

Ein weiteres Zeichen ihres seltsamen Verhaltens war, dass sie nicht auf den Wegen bleiben wollte, als im November die heftigen Schneefälle einsetzten.

»Da komme ich mir vor wie eine Ratte im Versuchslabyrinth«, meinte sie. »Ich mache lieber meine eigenen Spuren im Schnee.« Und dann sprang sie über den Schneewall und war verschwunden, während Deirdre und ich auf dem Weg zurückblieben und ihr nachsahen.

»Wir brauchen unbedingt Langlaufski«, erklärte Deirdre eines Abends, als wir über unserer Tacitus-Übersetzung brüteten. »Dann könnten wir die ganze Gegend erkunden.«

Lucy blickte von ihrem Text auf, und ich sah, dass Deirdre mit einem Mal strahlte, weil sie es geschafft hatte, Lucys Interesse zu wecken. »Für sie ist Lucys Freundschaft noch wichtiger als für mich«, schrieb ich in mein Tagebuch. »Sie tut mir Leid.«

»Ja, aber wie sollen wir an Langlaufskier kommen?«, fragte ich.

»Wir organisieren einen Kuchenbasar«, schlug Deirdre vor, »und sammeln Geld für einen Langlaufskiclub.«

Der Basar wurde finanziell zwar ein Erfolg, aber Lucys Stimmung vermochte er nicht zu verbessern. Während sie früher kaum gegessen und geschlafen hatte, wenn sie deprimiert war, tat sie jetzt kaum noch etwas anderes.

Als die Langlaufski endlich da waren, flammte kurz eine gewisse Begeisterung bei ihr auf, aber statt gemeinsam mit den anderen zu üben, machte sie sich alleine auf den Weg durch den Wald.

»Was glaubst du, was mit ihr los ist?«, fragte ich Deirdre eines Tages Anfang Dezember. Auf der Westseite des Sees fuhren wir auf den Skiern durch den Wald. Miss Buehl und Domina Chambers führten die Gruppe an. Sobald die Lehrerinnen außer Sichtweite waren, hatte sich Lucy nach Süden aus dem Staub gemacht, ohne mir oder Deirdre ein Wort zu sagen. Deirdre und ich blieben auf einer Anhöhe stehen und schauten ihr nach.

»Weißt du das nicht?«, entgegnete Deirdre. »Matt kommt zu Weihnachten nicht nach Hause.«

»Du meinst, ihre Eltern wollen ihn nicht mal an Weihnachten bei sich haben?«

Ungeduldig schüttelte Deirdre den Kopf. »Nein, nein, er will mit seinem Cousin zum Skifahren gehen. Ich glaube, Lucy ist beleidigt, weil er sich entschieden hat, nicht nach Hause zu kommen. Sie denkt wohl, er möchte ihr aus dem Weg gehen.«

Oder mir, dachte ich. War es nicht wahrscheinlicher, dass er *mich* nicht sehen wollte? Durch dünne grüne Tannenzweige blickte ich zum weißen Himmel empor, der aussah, als würde es demnächst anfangen zu schneien. Wir befanden uns in jenem Hemlockwäldchen, das in mir die Erinnerung an den Maifeiertag heraufbeschwor. Plötzlich sah ich, dass die schmalen Spuren der Skier geradewegs auf die Lichtung führten, auf der Matt und ich uns geliebt hatten. *Geliebt?* Konnte man das wirklich so nennen? Er hatte es nicht mal für nötig gehalten, anzurufen oder zu schreiben oder mir auch nur eine Nachricht übermitteln zu lassen. Wenn ich an jenem Morgen schwanger geworden wäre, hätte er es bis heute nicht erfahren.

»Lucy regt sich so darüber auf, dass sie die Ferien hier auf dem Campus verbringen will.«

»Allein?«, fragte ich.

»Nein, ich bleibe bei ihr.«

»Oh«, war das Einzige, was mir dazu einfiel. Meine Augen brannten, und auf einmal war mir unerträglich kalt. Ich grub meine Skistöcke tief in den Schnee und schwang den linken Ski in einem Fünfundvierzig-Grad-Winkel neben die Spur, um umzudrehen.

»Was machst du denn da?«, wollte Deirdre wissen.

»Ich gehe zurück«, antwortete ich. »Meine Füße sind vollkommen kalt.« Deirdre blickte mir wortlos nach, während ich in einem Halbkreis durch den Schnee stapfte und wendete. Als ich meine Skier wieder in Stellung gebracht hatte, stieß ich mich ab und glitt in der eingefahrenen Spur mühelos den Hügel hinunter.

Ich war zutiefst gekränkt, weil Lucy mich nicht gefragt hatte, ob ich mit ihr über Weihnachten auf dem Campus bleiben wollte. Auch in den letzten beiden Jahren hatten wir die Ferien gemeinsam in der Schule verbracht und zur Taschengeldaufbesserung Mrs. Ames beim Putzen geholfen, aber diesmal hatte Lucy nichts von ihrem Plan erwähnt. Letztendlich hätte ich auch gar nicht bleiben können, selbst wenn sie mich darum gebeten hätte, denn am Tag vor Weihnachten wurde meine Mutter in ein Krankenhaus in Albany eingeliefert, und mein Vater wollte nach der letzten Prüfung gleich mit mir hinfahren. Meine Koffer hatte er bereits aus meinem Zimmer geholt.

»Deine Freundin im Wohnheim hat gesagt, ich soll dir fröhliche Weihnachten wünschen«, sagte er. »Wenn du ihr auf Wiedersehen sagen willst, kann ich so lange warten.« Ich schüttelte nur den Kopf und fragte nicht einmal, *welche* Freundin er meinte.

Auf dem Northway schneite es heftig, und mein Vater antwortete auf meine Fragen nach meiner Mutter mit einsilbigem Gemurmel. Schließlich gab ich es auf, während er sich auf die glatte Straße konzentrierte. Erst als wir vor dem Haus seiner Schwester am Rand von Albany anhielten, schaute er mich wieder an. Ich dachte, jetzt würde er mir sagen, wie lange – wie kurz – meine Mutter noch zu leben hatte, aber stattdessen meinte er wie zuvor schon: »Du darfst dir nicht zu Herzen nehmen, was sie sagt. Es ist der Krebs, der aus ihr spricht.«

Seine Worte waren als Trost gemeint, aber ich konnte ihnen nicht mehr glauben.

»Sie hat doch schon immer solche Sachen zu mir gesagt«, entgegnete ich und schämte mich, weil meine Stimme so weinerlich klang. »Warum hasst sie mich bloß so?«

Mein Vater sah weg. »Du meinst, sie hat dir nie die Liebe gegeben, die du gebraucht hättest, aber das liegt daran, dass sie immer wollte, dass du hier rauskommst. Dass du nicht endest wie sie – in der Falle.«

»Warum ist sie dann nie weggegangen?«

»Sie hat es versucht. Sie hat es ihr Leben lang versucht. Auf der Highschool hat sie sich für genau das Stipendium beworben, das dann später dir zugesprochen wurde, aber ihre Mutter hat ihr verboten, es anzunehmen.«

»Warum nur?«

Mein Vater seufzte. »Als sie das alte Anwesen der Crevecoeurs in eine Schule umgebaut haben, hat deine Großmutter ihre Stellung dort verloren. Es war wohl kein freundlicher Abschied, und sie hat zu Hause nie wieder über ihre ehemaligen Arbeitgeber oder die Schule gesprochen. Später hat deine Mutter dann immerhin ein Stipendium für das staatliche Lehrercollege erhalten, aber da war deine Großmutter bereits krank, und deine Mutter musste daheim bleiben und sich um sie kümmern. Bald darauf haben wir uns kennen gelernt ... und dann wurdest du geboren ...«

Er verstummte, und mir wurde zum ersten Mal klar, dass ich der Grund war, warum meine Mutter an diese kleine Stadt gefesselt blieb, die sie so abgrundtief hasste.

»Ich weiß, es ist schwer zu ertragen, wie sie mit dir redet, Janie. Aber es ist genau der Ton, den ihre eigene Mutter ihr gegenüber angeschlagen hat. Du darfst es einfach nicht so an dich herankommen lassen.« Er tippte mir mit seinem dicken Zeigefinger aufs Brustbein. »Und denk daran, dass deine Mutter trotz allem immer nur das Beste für dich wollte ...«

In den nächsten Tagen versuchte ich, mich an seinen Rat zu halten, während ich auf einem Stuhl neben dem Bett meiner Mutter saß, eingelullt von dem Gegurgel der Pumpe, die das Wasser aus ihrer Lunge saugte. Sosehr ich mich bemühte, Dankbarkeit zu empfinden, konnte ich nur denken, dass ich alles – Matt und Lucy und Heart Lake und Vassar und die ganze glanzvolle Zukunft, die mir bisweilen vorschwebte – für ein einziges gutes Wort von ihr sofort aufgegeben hätte. »Lieber Gott«, schrieb ich in mein Tagebuch, »ich würde alles tun, damit sie ein kleines bisschen nett zu mir ist. Ich würde von Heart Lake abgehen und wieder die Highschool in Corinth besuchen. Ich würde mich im Community College einschreiben und einen Sekretärinnenkurs beginnen. Ich würde sogar einen Job in der Mühle annehmen und mit etwas Glück einen Mann wie Ward Castle heiraten.« Ich las das Geschriebene noch einmal durch und strich das »einen Mann wie« durch und schwor insgeheim, Ward Castle zu heiraten, wenn ...

Aber obwohl meine Mutter bis zum Ende klar und bei Bewusstsein war, sagte sie nichts zu mir. Am letzten Tag des Jahres schloss sie für immer die Augen.

Weil der Boden gefroren war, wurden die sterblichen Überreste meiner Mutter bis zum Frühling konserviert und dann erst begraben. An Neujahr gab es einen kleinen Trauergottesdienst in der Presbyterianerkirche, an dem nur wir beide und die Familie meiner Tante teilnahmen. Danach gingen wir alle zu ihr nach Hause, und ich nickte höflich, während mein Vater irgendwelchen mir völlig unbekannten Verwandten erzählte, wie stolz meine Mutter auf mich war.

Später am Abend nahm er mich beiseite und eröffnete mir, dass er eine Weile bei seiner Schwester leben wolle. Möglicherweise würde er sich sogar nach einem Job in der Handschuhfabrik umsehen, in der mein Onkel arbeitete.

»Ich will offen zu dir sein, Janie, ich habe die Nase voll von dem ständigen Sägemehl. Da dachte ich mir, Handschuhe wären vielleicht mal eine angenehme Abwechslung.«

Um ihn in seinem Vorhaben zu unterstützen, redete ich ihm gut zu und meinte, er solle sich über meine Wochenenden keine Gedanken machen. Ich würde sowieso genug um die Ohren haben, schließlich musste ich fürs Abschlussexamen und für die Aufnahmeprüfungen am College lernen. Schon jetzt war ich ziemlich nervös und wollte möglichst bald zurück an die Schule.

»Aber selbstverständlich«, erwiderte er mit offenkundiger Erleichterung; bestimmt war er froh, weil ich mich auf diese Weise von den Gedanken an meine Mutter ablenken konnte. »Du kannst morgen zurückfahren.« In seiner Anspannung dachte er gar nicht mehr daran, dass wir noch Weihnachtsferien hatten – die Schule fing erst in der zweiten Januarwoche wieder an.

Doch ich machte ihn nicht auf seinen Irrtum aufmerksam, sondern steckte dankend den Fünfzigdollarschein ein, den er aus der Tasche seines schlecht sitzenden dunklen Anzugs angelte.

Tags darauf fuhr ich im Zug nach Norden, immer am Hudson entlang, der sich wie ein dunkelgraues, mit hellgrünem Eis gesäumtes Band unter einem perlweißen Himmel dahinzog. Nur noch ein paar Monate, dann würde ich am Fluss entlang nach Vassar fahren und dann – wer weiß? Vielleicht würde ich seinem Lauf noch weiter nach Süden folgen, vielleicht sogar bis nach New York City. Und obwohl ich an diesem Tag in die entgegengesetzte Richtung unterwegs war, hatte ich dennoch das Gefühl, dass ich meiner Zukunft entgegenreiste.

Als ich in Corinth ankam, nahm ich ein Taxi zur Schule. Der Fahrer meinte, es sei ein »Nor'Easter« unterwegs, ein Unwetter, das aller Voraussicht nach auf den südlichen Adirondacks eine Menge Schnee abladen würde. Dabei deutete er mit dem Finger durch die Windschutzscheibe auf eine dicke Wolkenbank, die sich im Norden zusammenballte. Der Himmel hatte eine gespenstisch grünliche Farbe angenommen. Vor der Schule half mir der Taxifahrer, meine Koffer in die Eingangshalle des Wohnheims zu schleppen, fragte aber nicht, ob ich Hilfe beim Hinauftragen bräuchte. Einen Moment lang schien er dann Gewissensbisse zu bekommen, weil er mich hier allein meinem Schicksal überließ.

»Sind Sie denn sicher, dass Sie zurechtkommen?«, fragte er mit einem Blick auf den leeren Schreibtisch, an dem sonst die Wohnheimaufsicht saß. »Ist denn überhaupt jemand da?«

»Ja, ja, meine Freundinnen sind hier. Die werden mir schon helfen mit meinem Gepäck, wenn ich ihnen Bescheid sage, dass ich zurück bin«, versicherte ich ihm. Eigentlich hatte ich mir vorgestellt, ich würde als Erstes meine Koffer nach oben schleppen, aber auf einmal merkte ich, dass ich dafür viel zu nervös war. Eine ungeheure Spannung lag in der Luft. Vielleicht war es nur das Wetter: Der unvermittelte Abfall des Luftdrucks, die seltsam grünlichen Wolken, der drohende Schnee. Kurz entschlossen ließ ich mein Gepäck in der Halle stehen und rannte die Treppen hinauf.

Auf dem zweiten Absatz machte ich Halt und lauschte. Weinte da nicht jemand? Aber als ich die Ohren spitzte, hörte ich nur das Zischen der Zentralheizung. Sie lief über die Ferien immer auf Hochtouren, damit die Rohre nicht einfroren.

Während ich unseren Flur entlangging, zog ich schon meinen Mantel und meinen Schal aus. Wie hatten Deirdre und Lucy das nur ausgehalten? Es war ja wie in einer Sauna hier drin! Als ich die Hand auf den Türknauf legte, fühlte er sich warm an.

Beim Öffnen der Tür hörte ich wieder das Weinen. Auf dem Bett unter dem Fenster – Lucys Bett – lag jemand mit dem Rücken zur Tür unter der Decke. Erst dachte ich, es wäre Lucy. War sie es, die weinte? Aber als ich durchs Zimmer ging, hörte ich das Geräusch aus Deirdres Zimmer, und noch ein anderes – wie Metall, das über Metall reibt. Gerade wandte ich mich in diese Richtung, als die Tür zum Einzelzimmer aufging und ich im Türrahmen nicht wie erwartet Deirdre, sondern Lucy entdeckte.

Sie trug ein rotes Flanellhemd, das ihr viel zu groß war, sodass es, als sie sich mit beiden Händen an den Türpfosten abstützte, den ganzen Rahmen ausfüllte. Wäre sie nicht so klein gewesen, hätte sie den Blick ins Einzelzimmer vollends versperrt, aber auch über ihren Kopf hinweg konnte ich nichts Auffälliges entdecken. Was wollte sie vor mir verbergen? Dann machten wir beide gleichzeitig einen Schritt nach vorn und wären fast zusammengestoßen.

»Jane«, rief sie, »warum bist du schon zurück?«

»Meine Mutter ist gestorben«, antwortete ich, als würde das alles erklären. In diesem Moment sah ich, was sich in Deirdres Zimmer verändert hatte: Auf ihrem Bett lag ein neuer Bettüberwurf. In Rot. Mir fiel nicht einmal auf, dass Lucy nicht das sagte, was man in der Situation eigentlich erwartet hätte, wie zum Beispiel: »Das tut mir aber Leid« oder »Ach, wie schrecklich«. Ich drängte mich an ihr vorbei, und als ich auf der Schwelle zu Deirdres Zimmer stand, erkannte ich, dass dort kein neuer Bettüberwurf lag, sondern ein blutgetränktes Laken.

Ich schaute erst Lucy an und dann die Gestalt unter der Decke auf ihrem Bett.

»Sie schläft«, flüsterte Lucy, ergriff meine Hand und wollte mich ins Einzelzimmer ziehen. Zunächst sträubte ich mich, aber ich hatte ganz vergessen, wie fest sie zupacken konnte, dann ließ ich es geschehen.

Sie schloss die Tür hinter uns, während ich vor dem Bett stand und ungläubig auf die von Blut durchtränkte Matratze starrte.

»Hat sie versucht sich umzubringen?«, fragte ich.

Einen Moment musterte Lucy mich nachdenklich und schüttelte dann den Kopf. »Es ist schon Deirdres Blut«, sagte sie, »aber sie hat nicht versucht sich umzubringen. Sie war schwanger. Sie hat ein Baby bekommen.«

»Deirdre war schwanger? Wie kann das sein?«

»Erinnerst du dich an letztes Jahr, an die Nächte, die wir am See verbracht haben, und an die Maifeier? Ich vermute, es ist am ersten Mai passiert, denn sie ist in den ganzen Wochen, in denen es geregnet hat, überhaupt nicht rausgegangen, und ich glaube, das Baby ist zu früh gekommen, es war so winzig ...«

Ich packte sie an der Schulter und schüttelte sie. Wie dünn sie sich unter dem riesigen Hemd anfühlte! »Sie hat ein Baby bekommen?«, wiederholte ich, während mir allmählich die Bedeutung ihrer Worte dämmerte. »*Hier? Allein?*«

Lucy verzog beleidigt das Gesicht. »Ich war doch da«, sagte sie. »Ich bin die ganze Nacht bei ihr geblieben.«

»Warum seid ihr nicht ins Krankenhaus gefahren?«

»Sie wollte nicht, sagte, diesmal würde man sie bestimmt rauswerfen und in die Besserungsanstalt stecken. Was hätte ich machen sollen, Jane? Und dann ist es so schnell gegangen. Wahrscheinlich, weil es so klein war ...«

Schon zum zweiten Mal erwähnte sie die Größe des Babys, aber – ob es nun klein war oder nicht – es konnte ja nicht unsichtbar sein!

»Wo ...?«

Lucy schaute hinüber zu Deirdres Kommode, und ich folgte ihrem Blick. Da stand die große metallene Teebüchse, die mit den goldenen Bergen verziert war, in der Deirdre ihr Marihuana aufbewahrte.

»Es hat nicht geatmet«, erklärte sie. »Es ist tot geboren.«

Auf einmal bekam ich weiche Knie. Ich fuhr mir mit der Hand über das schweißnasse Gesicht, sah, dass das einzige Fenster im Einzelzimmer beschlagen war; ich ging hinüber und öffnete es mühsam. Dann beugte ich mich hinaus und übergab mich.

Lucy trat hinter mich und legte mir ihre kühle Hand auf die Stirn, hielt währenddessen meine Haare nach hinten und half mir dann, mich aufs Fensterbrett zu setzen. Sie legte mir den Arm um die Schultern, und irgendwann hörte ich auf zu zittern.

»Scheiße, Lucy, wir müssen es jemandem erzählen.«

Aber sie schüttelte energisch den Kopf. »Die werden Deirdre rausschmeißen, ganz sicher. Was soll das denn bringen?«

»Aber was ist, wenn die Blutung nicht nachlässt?« Ich sah hinüber zu Deirdres Bett. Konnte ein Mensch so viel Blut verlieren, ohne ernsthaft Schaden zu nehmen?

»Ich hab ihr eine Binde gegeben, und vor etwa einer Stunde sah es so aus, als hätte es so ziemlich aufgehört. Ich glaube, mit ihr ist so weit alles in Ordnung.«

»Aber was sollen wir damit machen?« Ich deutete auf die Teebüchse. »Wir können es doch nicht einfach hier lassen.«

»Natürlich nicht«, meinte Lucy nüchtern. »Ich habe den ganzen Morgen darüber nachgedacht. Der Boden ist zu tief gefroren, um es zu begraben …« Aus irgendeinem Grund dachte ich an den Körper meiner Mutter, der im Kühlfach eines Bestattungsinstituts in Albany lag und auf den Frühling und das Tauwetter wartete. Ich schmeckte Galle im Mund und hätte mich wieder übergeben, wenn Lucy nicht mein Gesicht zwischen ihre kühlen Hände genommen hätte. Als ich in ihre blauen Augen blickte, wurde ich auf einmal ruhiger.

»Verstehst du, warum wir uns darum kümmern müssen, Jane? Wir tun es nicht nur für Deirdre, sondern auch für Matt.«

»Aber er war am ersten Mai nicht mit ihr zusammen«, entgegnete ich.

»Er war der Einzige, den man an dem Morgen erwischt hat, und Deirdre wird sagen, dass er es war. Denk doch dran, dass sie – auch was den Weinschlauch betrifft – gelogen hat. Dann ist Matts Zukunft endgültig ruiniert.«

»Aber wenn der Boden gefroren ist …«

»Der See ist nicht zugefroren«, erwiderte Lucy. »Wir können es im Wasser versenken.«

13. Kapitel

»Wir müssen das Boot nehmen«, meinte Lucy, als wir das Wohnheim verließen. »Nur so kommen wir an eine Stelle, wo es tief genug ist.«

Sie hatte die Teebüchse in ihre Sporttasche gestopft und trug diese nicht an den Griffen, sondern vor der Brust – wie einen Kuchen in einer Tortenschachtel.

Ehe wir das Zimmer verließen, sah ich noch einmal nach Deirdre. Sie schlief fest, die Lippen feucht, den Mund leicht geöffnet, die Wangen in der überhitzten Luft gerötet. Sie sah wirklich nicht aus, als wäre sie dabei zu verbluten, eher als stünde sie unter Drogen.

»Ich hab ihr Tee gemacht, die Sorte, die einen angeblich so gut schlafen lässt«, erklärte mir Lucy. Ich bemerkte die rote Lackdose, die leer neben dem Bett lag. »Sie wird schon wieder.«

Als wir das Wohnheim verließen, wollte ich auf den Weg einbiegen, Lucy führte mich jedoch in den Wald. »Das Risiko sollten wir lieber nicht eingehen«, meinte sie. »Womöglich begegnen wir jemandem.«

Der Campus erweckte einen verlassenen Eindruck, aber ich wusste, dass manche Lehrer über die Ferien dablieben. Beispielsweise Miss Buehl, die sich weiterhin ihren Laborexperimenten widmete und im verschneiten Wald den Tierfährten folgte. Außerdem gab es noch den Hausmeister und Mrs. Ames.

Lucys Waldweg war so schmal, dass wir hintereinander gehen mussten. Zuerst hielt ich die Augen auf ihren Rücken gerichtet – die blaue Sporttasche jedoch, die sie jetzt über der rechten Hüfte an sich drückte, zog meine Blicke unwiderstehlich an. Dauernd musste ich mir die Büchse darin vorstellen. Goldene Berge unter einem blauen Himmel und vorne ein grüner See.

Ich betrachtete den Trampelpfad, der inzwischen so ausgetreten war, dass er aussah wie eine Miniaturausgabe der Gletscherspalte in einem Naturfilm, den uns Miss Buehl neulich gezeigt hatte. Lucy musste hier ziemlich oft langgegangen sein. Ob das bevorstehende Unwetter den Pfad wohl wieder einebnen würde?

»Verdammt, es muss gestern Nacht wieder Frost gegeben haben«, murmelte Lucy, mehr zu sich selbst als zu mir. Sie verlagerte die Sporttasche auf die linke Hüfte und begann, vorsichtig die Böschung hinabzusteigen. Im tiefen, unberührten Schnee war es gar nicht so einfach, das Gleichgewicht zu halten, und ich war drauf und dran, ihr die Sporttasche abzunehmen, tat es dann aber doch nicht.

Unten angekommen, stieß Lucy mit der Stiefelspitze aufs Eis, um es zu testen. Ein lautes Knacken war zu hören.

»Wie dick ist es?«, rief ich und lauschte auf das hohle Echo meiner Worte. Dann blickte ich zum Himmel empor; wie eine flache Domkuppel wölbten sich die unheimlichen grünen Wolken dicht über dem See, als wollten sie Lucy und mich auf den schneebedeckten Erdboden bannen – wie zwei Herbstblätter, die man mit dem Bügeleisen zwischen zwei Bogen Seidenpapier presst.

»Nicht sehr dick«, antwortete Lucy auf meine Frage, während sie die Böschung wieder heraufkletterte. »An der Stelle, wo der Schwanenkill aus dem See fließt, ist es am dünnsten. Ich glaube, mit den Rudern können wir uns leicht einen Weg bahnen.«

Zuerst aber mussten wir den Bach überqueren, der nur teilweise zugefroren war. Für gewöhnlich war Lucy sehr sicher auf den Beinen, aber mit der Tasche auf ihrer Hüfte war es gar nicht so einfach. Ich stellte mir vor, wie sie stürzte, wie die Tasche herabfiel und die Teebüchse aufsprang.

Kurz entschlossen überholte ich sie. »Hier«, sagte ich. »Nimm meine Hand.« Ich stellte mich mit einem Fuß mitten in den Bach; langsam drang das eisige Wasser durch die Sohlen meiner Stiefel. Als ich Lucys Hand ergriff, merkte ich, dass sie zitterte.

Beim Eishaus angekommen, fanden wir die Tür verschlossen.

»Bestimmt hat die Umweltinspektorin hier abgesperrt, nachdem sie Matt am ersten Mai erwischt hat«, meinte Lucy. Diesen Winter hatten wir das Eishaus nicht benutzt. »Aber die Tür auf der Seeseite kann sie eigentlich nicht verrammelt haben, denn die geht nicht ganz zu. Wir müssen ums Haus rumgehen.« Plötzlich fiel mir auf, wie bleich Lucy war; ihre Haut wirkte so grünlich wie der schneeschwangere Himmel. Aber sie hatte ja die ganze Nacht an Deirdres Bett verbracht, und sicher zeigte auch der Schock seine Wirkung – immerhin war es eine Totgeburt gewesen. Auf einmal stieg Wut in mir auf. Warum mussten wir eigentlich die Suppe auslöffeln, die Deirdre sich selbst eingebrockt hatte? Aber dann rief ich mir wieder ins Gedächtnis, dass wir es hauptsächlich für Matt taten.

»Ich gehe nach hinten«, bot ich an. »Du bleibst hier und ruhst dich ein bisschen aus, am besten auf dem Stein da drüben.«

Lucy nickte, setzte sich auf einen großen flachen Felsbrocken, nahm die Sporttasche auf den Schoß und schloss die Augen.

So schnell ich konnte, eilte ich hinunter zum Seeufer und spähte über den schmalen Streifen Schlamm und Eis, der zur Rückseite des Eishauses führte. Tatsächlich stand ein Türflügel einen Spalt offen – genauso wie in der Nacht, als ich mich dem Schuppen vom Eis her genähert hatte.

Rasch lief ich zurück zu Lucy. »Die Tür hinten ist offen!«, rief ich und hörte das »offen« über den See hallen. »Aber die vordere hat wahrscheinlich ein Vorhängeschloss, also muss ich das Boot erst mal aufs Wasser rauskriegen und dann ans Ufer ziehen.«

Ich war durchaus nicht sicher, ob ich es schaffen würde, das Boot alleine zu manövrieren. Aber Lucy, die völlig apathisch wirkte, nickte nur und lehnte sich zurück.

Also tastete ich mich, eine Hand an der Wand des Eishauses, am eisigen Rand des Sees entlang, bis ich zu der offenen Tür gelangte. Als ich von hinten in den Schuppen kletterte, waren meine Füße pitschnass. Das Boot deutete mit dem Bug zum See.

Nachdem ich beide Türflügel aufgesperrt hatte, ging ich um das Boot herum, holte tief Luft und stemmte mich dagegen. Zuerst rührte es sich nicht, aber dann hörte ich ein scharrendes Geräusch, und das Boot rutschte langsam auf dem Holzboden vorwärts. Ich kauerte mich nieder, drückte die Schulter gegen das Heck und schob mit aller Kraft. Aus dem Scharren wurde ein Poltern, das laut in der Stille des Sees widerhallte. Bestimmt hatte es in der Schule jemand gehört. Besorgt blickte ich zum Point hinüber, und einen Augenblick glaubte ich dort eine Gestalt zu erkennen. Ich dachte an Miss Buehl in ihrem Cottage direkt am Point. Doch die Gestalt war schon wieder verschwunden, und ich hätte meine Hand nicht dafür ins Feuer legen können, dass ich sie mir nicht doch nur eingebildet hatte.

Da erst merkte ich, dass das Boot langsam auf den See hinaustrieb.

Sofort stürzte ich hinterher, erwischte es am Heck und zog es ans Ufer zurück. Meine Jeans waren inzwischen bis zu den Knien durchnässt, also konnte ich jetzt genauso gut durchs Wasser waten und das Boot am Eishaus vorbei neben mir herziehen. Als ich es halb ans Ufer gezogen hatte, spürte ich meine Zehen nicht mehr. Mühsam stapfte ich die Böschung hinauf. Das schmatzende Geräusch meiner Stiefel klang irgendwie vertraut. Ich hielt einen Moment inne. Plötzlich sah ich mich wieder im Krankenzimmer meiner Mutter und hörte das Gurgeln der Pumpe, die ihre Lunge absaugte. Völlig unerwartet überfiel mich eine überwältigende Schläfrigkeit, und wenn ich allein gewesen wäre, hätte ich mich wohl in den weichen Schnee gelegt und unter dem verhangenen Himmel ein Nickerchen gehalten.

Aber als ich Lucy auf ihrem Stein sah, die dunkelblaue Sporttasche neben sich, schüttelte ich den Schlaf ab und zwang mich, weiterzugehen. Obwohl mir meine Schritte in dem verkrusteten Schnee fast unerträglich laut vorkamen, rührte sie sich nicht. Sie war fest eingeschlafen, und wieder erschrak ich, wie bleich sie war, ihre Augenlider und Lippen blau in der kalten, schimmernden Luft. Erst als ich ihren Arm berührte, öffnete sie die Augen.

»Ich hab das Boot«, sagte ich.

Sie sah mich an, als wüsste sie nicht, wovon ich redete, aber dann fiel ihr Blick auf die Sporttasche, und sie nickte. Langsam erhob sie sich, setzte sich aber gleich wieder hin.

»Wir brauchen ein paar große Steine«, meinte sie.

Ich stutzte.

»Um es zu beschweren«, erklärte sie mit einer Handbewegung in Richtung Sporttasche.

Ich blickte mich um, aber natürlich waren alle Steine unter einem halben Meter Schnee begraben.

»Suchen wir im Bach«, schlug Lucy vor, »auf dem Grund des Schwanenkill gibt's immer welche.«

Eigentlich hatte ich erwartet, dass sie mir folgen würde, aber sie blieb auf ihrem Stein sitzen. Also ging ich allein zum Bachufer, kniete mich in den Schnee, zog die Handschuhe aus und streckte den Arm ins Wasser. Es reichte mir bis zum Ellbogen, ehe meine Finger den Grund berührten. Ich fühlte gefrorenen Schlamm und etwas Hartes, Rundes. Mit einiger Anstrengung zog ich einen glatten, runden, etwa faustgroßen Stein heraus und legte ihn ans Ufer. Als ich ungefähr ein Dutzend Steine gesammelt hatte, stopfte ich sie in meine Taschen und ging zurück zu Lucy.

Als ich die Steine neben sie legte, nickte sie zufrieden.

»Das wird reichen«, meinte sie. Dann holte sie die Teebüchse aus der Sporttasche und öffnete den Deckel.

Jetzt sah ich es zum ersten Mal: Drinnen lag ein winziges Baby, ungefähr so groß wie eine kleine Katze. Seine Haut war fast durchsichtig, blau und rosa schimmernd wie ein Opal. Seine hellen Haare glänzten rötlich. Lucy nahm einen Stein und wischte ihn an ihren Jeans ab. Lucy arrangierte sie mit einer Sorgfalt um das Baby, als ginge es darum, Eier in Seidenpapier einzuwickeln. Dann zog sie ein weißes Tuch aus der Tasche, schüttelte es aus und deckte es über den winzigen Körper. Es war eine von den Leinenservietten aus dem Speisesaal, bestickt mit einem Herzen und dem Motto der Schule: *Cor te reducet*. Das Herz wird dich zurückführen. Ein passendes Requiem für das kleine Ding, das im See beerdigt werden sollte. Dann klappte Lucy den Deckel wieder zu und schloss den Metallhaken.

»Wir sollten etwas um die Büchse wickeln, damit sie nicht aufgeht. Hast du eine Schnur dabei?«

Ich schüttelte den Kopf. Eine Schnur? Wie kam Lucy denn auf so eine absurde Idee? Aber sie machte schon die Jacke auf und tastete nach dem Bund ihrer Jeans. »Ich hab keinen Gürtel an«, sagte sie. »Du?«

Gehorsam öffnete auch ich meine Jacke und zog den Gürtel aus den Gürtelschlaufen meiner Jeans. Er war aus dicker, gewebter Baumwolle – ich hatte ihn im Army-Shop in der Stadt gekauft –, und hatte eine verstellbare Messingschnalle.

»Perfekt«, sagte Lucy, während sie den Gürtel um die Büchse schlang und die Schnalle festzog. »Das müsste halten. Los geht's.«

Ich musste Lucy beim Einsteigen ins Boot helfen, da sie die Büchse hielt, und als ich ihr anbot, sie ihr abzunehmen, schüttelte sie nur den Kopf und umklammerte sie noch fester. Dann schob ich das Boot ins Wasser, sprang hinein und ergriff die Ruder. Ich drehte es um, sodass der Bug aufs Wasser hinauswies, ich zum Land schaute und Lucy hinter mir saß. Als das Boot gegen eine dickere Eisschicht stieß, lotste sie mich.

»Es gibt einen Streifen mit dünnerem Eis, der sich über den ganzen See zieht«, sagte sie. »Da ist eine Quelle unter dem Wasser.« Ich erinnerte mich an den Tag, als wir hier Schlittschuh gelaufen waren und Lucy eingebrochen war. Die Stelle hatte wahrscheinlich auch über der Quelle gelegen.

Zweimal mussten wir anhalten, dann gab ich Lucy eins der Ruder, damit sie das Eis weghackte, und jedes Mal hatte ich Angst, sie könnte das Ruder in den See fallen lassen und wir würden endgültig feststecken.

»Hier müsste es tief genug sein«, meinte ich, nachdem wir ein drittes Mal vom Eis aufgehalten worden waren, aber Lucy schüttelte den Kopf und schlug mit dem Ruder auf das Eis ein. Die Schläge hallten gespenstisch von der dicken Wolkendecke und den Felsen wider. Mit einem Mal erschien der Point ganz nah, und ein Stück weiter östlich sah ich einen der drei Schwesternfelsen aus dem Eis ragen, ein stummer Augenzeuge unserer Tat.

»Jetzt sind wir schon weiter als bis zur Hälfte gerudert«, sagte ich. »Wir kommen zu nah ans andere Ufer.«

Lucy hörte auf, mit dem Ruder auf die Eisschicht zu schlagen, und blickte sich um. Ihre Haare waren schweißgetränkt und in Strähnen zusammengefroren, und als sie den Kopf drehte, um mich anzusehen, schabten die eisigen Spitzen über ihren Nylonanorak.

»Okay«, meinte sie. »Hier.«

In diesem Moment starrten wir beide auf die Teebüchse, die auf dem Boden des Boots stand; der blaue Himmel über den goldenen Bergen erschien mir wie ein Sommertraum mitten im Winter. Dann wanderte mein Blick zu dem tief hängenden schwarzgrünen Himmel empor, und ich versuchte mich zu erinnern, wie ein Sommerhimmel aussah. Lucy kniete sich nieder und ergriff die Büchse, wobei sie versuchte, sich mit einer Hand festzuhalten, während sie sich mit der anderen am Bootsrand abstützte, um sich hochzustemmen. Dabei neigte sich das Boot nach rechts, kippte zurück nach links und bespritzte uns mit eiskaltem Wasser.

»Herrgott«, sagte ich und nahm Lucy die Büchse ab. »Lass sie mich doch einen Moment halten.« Ich hörte, wie die Steine im Inneren der Büchse aneinander stießen, und dennoch war das Ding leichter, als ich gedacht hatte, und ich fragte mich, ob es wirklich auf den Grund des Sees sinken würde. »Bringen wir's hinter uns.« Während ich die Büchse vorsichtig auf den Bootsrand stellte, sah ich Lucy fragend an. Sie nickte.

Ich beugte mich vor und hielt die Büchse waagrecht über eine Stelle, die Lucy zuvor vom Eis befreit hatte. Die Vorstellung, sie könnte sich drehen und verkehrt herum ins Wasser sinken, war mir äußerst unangenehm. Als sie nur noch ein paar Zentimeter über der Oberfläche war, ließ ich los. Mit klopfendem Herzen sah ich zu, wie sie langsam unterging – sah, wie der blaue Himmel und die goldenen Berge sich blassgrün verfärbten und schließlich von den grünschwarzen Tiefen verschlungen wurden. Einen Augenblick starrte ich noch auf die weißen Eisschollen, die auf dem schwarzen Wasser trieben, aber dann merkte ich, dass weiße Kristalle die schwarze Leere auszufüllen begannen. Konnte es sein, dass das Wasser vor meinen Augen gefror? Würde der Weg, den wir uns gebahnt hatten, womöglich wieder vereist sein, wenn wir umkehren wollten? Aber als ich aufblickte, war die Rinne zum Eishaus unverändert. Die finsteren Wolken hatten begonnen, ihre Schneelast zu entladen, so dicht, als ob der ganze Himmel auf uns herabfallen würde.

DRITTER TEIL

Die Eisernte

1. Kapitel

Selbst die Luft schimmert gelblich grün unter der Milchglaskuppel des Hotels, ein Farbton, der mich an Götterspeise erinnert. Die meiste Zeit plantschen wir im trüben Wasser, das nicht nur die gleiche Farbe hat wie die Luft, sondern auch die gleiche Temperatur. Oder Olivia schwimmt, und ich räkle mich auf einer Plastikliege und starre zu der blassgrünen Himmelsglocke empor. Dann wieder spielen wir Putt-Putt-Golf auf dem stacheligen grünen Plastikrasen. Die Mahlzeiten nehmen wir im Restaurant beim Pool ein, und demzufolge schmeckt sogar unser Essen nach Chlor. Das einzige Fenster unseres Zimmers geht auf die innere Kuppel hinaus. Bereits am dritten Tag habe ich jedes Zeitgefühl verloren; es kommt mir vor, als wären wir schon seit Jahren hier, nicht erst seit ein paar Tagen. Wenn ich vor dem Schlafen das Licht ausknipse, dringt das grüne Licht der Kuppel durch die Schlitze zwischen den Vorhängen, und Olivia ist ruhelos, klammert sich nachts in unserem breiten Bett an mich. Ich wache auf, mein Gesicht in ihr feuchtes Haar gebettet, und ich atme den beruhigenden Duft von Chlor und Salz ein.

Ich hatte mir überlegt, dass es bequem wäre, in einem Hotel mit überdachtem Pool zu wohnen, und jetzt verbrauche ich meine ganzen Ersparnisse für zwei Wochen im *Westchester Aquadome*. Als ich Direktorin Buehl die Telefonnummer gegeben habe, hat sie mich gefragt, wie lange ich wegbleiben wolle, und da wurde mir schlagartig klar, dass ich womöglich meinen Job verlieren würde. Nachdem ich ihr sagte, dass ich es nicht wisse, meinte sie, ich solle in zwei Wochen noch einmal anrufen, dann könnten wir die Sache besprechen.

»Nehmen Sie sich die Zeit, darüber nachzudenken, was Sie wirklich tun wollen, Jane.« Die Worte klangen vertraut, und mir fiel ein, dass sie mir das Gleiche an dem Tag meiner Abschlussprüfung in Heart Lake gesagt hatte. Sie hatte ein paar von den jüngeren Mädchen zum Bahnhof begleitet. Das machte sie jedes Jahr, und für gewöhnlich wirkte sie heiter und herzlich, rief den Abfahrenden ein aufmunterndes »Dann bis nächstes Jahr!« zu und winkte den Zügen mit dem Taschentuch nach. Aber in diesem Jahr würden viele Mädchen nicht zurückkommen. Zwei Schülerinnen und ein Junge aus der Stadt waren im See ertrunken, und eine Lehrerin war entlassen worden, weil sie womöglich nicht ganz unschuldig an dem Vorfall war. Die Eltern reagierten darauf, indem sie ihre Kinder von der Schule nahmen und ihr Geld zurückzogen. Zuerst sah ich Miss Buehl auf dem gegenüberliegenden Bahnsteig – von dem die Züge Richtung Norden abfuhren –, wie sie nervös auf Albie einredete und versuchte, ihr die hellen Haarsträhnen in die große Schleife am Hinterkopf zurückzustecken. Als sie mich entdeckte, eilte sie über die Brücke und ließ Albie klein und verloren neben einem Turm von Koffern mit Monogramm stehen.

»Ich wollte Ihnen für Vassar Glück wünschen, Jane!«, rief Miss Buehl, als sie auf meinem Bahnsteig angekommen war. »Sie wissen ja gar nicht, wie glücklich Sie sich schätzen können, dass Sie Heart Lake gerade jetzt verlassen.«

»Gehen viele Mädchen von der Schule ab?«, erkundigte ich mich.

»Ungefähr die Hälfte«, entgegnete sie mit gesenkter Stimme. »Natürlich bekommen wir auch wieder Neuzugänge, aber wahrscheinlich von einer etwas anderen Art.«

»Geht Albie auch?«, fragte ich – ebenfalls leise, obwohl Albie uns unmöglich hören konnte.

»Sie muss wohl oder übel«, flüsterte Miss Buehl zittrig, dicht über mich gebeugt. Ich konnte ihre Alkoholfahne riechen, und zum ersten Mal fiel mir auf, wie verhärmt sie aussah. »Wir haben herausgefunden, dass sie es war, die das Fenster über der Eingangstür zur Villa zerbrochen hat. Sie hat ein halbes Dutzend Steine geworfen.«

»Wirklich? Das war Albie?« Schwer vorstellbar, dass die zierliche kleine Albie die Kraft hatte, auch nur einen einzigen Stein so weit zu werfen.

»Ja, ich habe versucht, ein gutes Wort für sie einzulegen, aber sie hat sich auch noch andere Sachen zuschulden kommen lassen, hat die Sperrstunde überschritten, sich äußerst seltsam aufgeführt ...«

»Wo geht sie denn hin?« Ich vermied es tunlichst, auf den anderen Bahnsteig hinüberzuschielen. Bestimmt beobachtete Albie uns und hatte längst erraten, worüber wir redeten.

»St. Eustace«, antwortete Miss Buehl.

»Oh.« Die Endstation so mancher Schulkarriere. Deirdre hatte immer Angst gehabt, irgendwann dort zu landen. Jetzt spähte ich doch verstohlen zu Albie hinüber, aber sie hatte sich abgewandt und ihr kleines, spitzes Gesicht wirkte ausdruckslos – als wäre sie unterwegs zu einer langweiligen, aber unvermeidlichen Essenseinladung und nicht ins Sibirien der Mädcheninternate. Dann fuhr der Zug nach Norden ein und verbarg sie vor unseren Blicken.

»Da sehen Sie, wie viel Glück Sie haben«, hatte Miss Buehl zu mir gesagt. »Sie können die ganze Geschichte einfach hinter sich lassen und sich die Zeit nehmen, um über Ihre Zukunftspläne nachzudenken. Ihr ganzes Leben liegt noch vor Ihnen.« Sie sagte das fast so, als beneidete sie mich. Als wünschte sie sich auch, die Schule verlassen zu können. Aber vielleicht bildete ich mir das auch nur ein. Schließlich war Heart Lake ihr Leben.

Diesmal sagte sie mir nicht, dass mein ganzes Leben noch vor mir liege. Wir wussten beide, dass meine Möglichkeiten begrenzt waren, dass sie sich beschränkten auf ... ja worauf eigentlich? »Vielleicht ist es noch nicht zu spät, die Beziehung zu Ihrem Ehemann zu retten«, hatte sie gemeint.

Vermutlich fiel es ihr leichter, mich zu feuern, wenn sie wusste, dass es einen Platz gab, wo ich unterschlüpfen konnte.

Als ich in dieses Hotel kam, war mir nichts ferner als der Gedanke, meine Beziehung mit Mitch zu kitten, aber er ist unerwartet nett zu mir.

Fast jeden Abend gesellt er sich beim Essen zu uns und hat sogar schon angeboten, einen Teil meiner Hotelrechnung zu übernehmen. Als wir am ersten Tag Olivia beim Schwimmen im Pool zusahen und ich ihm erzählte, was die Polizei zusammen mit Aphrodites Leiche aus dem See gefischt hatte, dachte er zuerst, dass der kleine Leichnam in der Teebüchse Aphrodites Kind war. Wohl zum hundertsten Mal seit der Taucher mit der Büchse aus dem See gestiegen war, musste ich erklären, dass es das Baby meiner ehemaligen Zimmergefährtin Deirdre Hall war. Ich sagte ihm, was ich schon der Polizei und Direktorin Buehl gesagt hatte, nämlich, dass Lucy und ich ihr geholfen hatten, die Büchse im See zu versenken.

»Hast du womöglich eine Klage am Hals?«, fragte er.

»Kann ich mir nicht vorstellen.«

»Gut«, meinte er. »Du warst minderjährig und nur Komplizin bei der Beseitigung der Leiche. Das Baby wurde doch tot geboren, oder?«

Ich nickte. »Das hat Lucy jedenfalls behauptet.«

Er hielt einen Moment inne, wahrscheinlich weil er meine Unsicherheit spürte. Auf einmal war ich mir gar nicht mehr so sicher. Vielleicht ist die Umgebung hier schuld daran – die warme, feuchte Luft und das Stimmengewirr, das unaufhörlich von der Kuppel widerhallt. Seit ich hier bin, denke ich immer wieder an den feuchten, überheizten Wohnheimkorridor, wie ich dort stehe und dem leisen Weinen lausche. »Nun, selbst wenn es eine Lüge war, dann war es Lucy, die gelogen hat. Dir kann man daraus keinen Vorwurf machen. Morgen früh rufe ich Herb Stanley an.« Herb Stanley ist Mitchs Anwalt. Er hat auch unsere Scheidungsvereinbarung entworfen. »Mach keine Aussage, ehe du mit ihm gesprochen hast. Sagtest du nicht, dass du diesen Polizisten von früher kennst?«

»Er ist Matts und Lucys Cousin. Ich bin ihm ein-, zweimal begegnet.«

Mitchell lächelte. »Dein früherer Freund?«

Zu meiner Überraschung glaubte ich eine Spur von Eifersucht in seiner Stimme zu hören.

Ich zuckte die Achseln und dachte daran, wie ich am Strand mit Roy Corey Händchen gehalten und sein Gesicht gestreichelt hatte. »Nein, nicht wirklich«, erwiderte ich.

»Aber vielleicht doch ein bisschen. Vielleicht mag er dich ja immer noch.« Mir fiel wieder ein, wie Roy Corey zusammengezuckt war, als ich seinen Arm berührte. Nein, es war eher unwahrscheinlich, dass er mich mochte, aber ich sah auch keine Veranlassung, Mitchell irgendwelche Einzelheiten mitzuteilen.

»Übrigens siehst du gut aus. Die Luft hier oben im Norden bekommt dir anscheinend.«

Er musterte mich von Kopf bis Fuß, und ich wurde auf einmal verlegen in meinem Badeanzug. Es stimmte, dass ich im Herbstsemester abgenommen hatte und endlich die Pfunde losgeworden war, die ich bei der Schwangerschaft zugelegt hatte. Mitch hatte es gestört, wie sich meine Figur nach Olivias Geburt veränderte, und mich hatte das damals sehr gekränkt.

»Bestimmt ist Roy Corey momentan sehr beschäftigt. Aphrodites ... ich meine, Melissas Tod wird wahrscheinlich als Selbstmord ad acta gelegt werden, aber jetzt, wo sie die andere Leiche gefunden haben ...«

Ich unterbrach mich, entsetzt, wie das Wort »Leiche« in der feuchten Luft hallte. Mit gesenkter Stimme fuhr ich fort: »Deirdre Halls Leiche soll exhumiert werden – sie ist in Philadelphia begraben – und auch die Leiche von Matt Toller.«

Wieder hielt ich inne, denn ich musste an den Tag denken, an dem man Matt und Lucy gefunden hatte. Zwar hatte sich die Luft frühlingshaft angefühlt, aber es war ein falscher

Frühling gewesen in jener Nacht, in der ich mich mit Matt am Eishaus treffen wollte. Ein für die Adirondacks typisches Februar-Tauwetter. Über Nacht war die Temperatur dann rapide gesunken und der See wieder zugefroren. Die Bergungsmannschaft versuchte, Löcher ins Eis zu sägen, wie früher bei der Eisernte. Aber als man die Leichen so nicht fand, holte man vom Hudson einen kleinen Eisbrecher und riss den ganzen See auf.

Am Tag, als sie gefunden wurden, war ich im Wald hinter dem Eishaus. Die Taucher trugen die Leichen ins Eishaus; dort wurden sie von Familienmitgliedern identifiziert. Es muss schlimm gewesen sein für die Taucher, die beiden ineinander verschlungenen Körper vom Grund des Sees zu bergen. Danach standen sie am Ufer und rauchten, den Rücken zum Eishaus. Einer ließ einen Stein übers Wasser hüpfen, gab es aber wegen der Eisschollen bald auf. Sie bemerkten mich nicht, als ich aus dem Wald kam und durch die Tür trat.

Sie hatten die Leichen auf eines der Bretter gelegt, die früher der Lagerung der Eisblöcke dienten. Zuerst dachte ich, es wäre nur Matt, doch dann sah ich die schmale Hand in seinem Haar und auf der von mir abgewandten Seite im Schatten des Regals, an seinen Brustkorb geschmiegt, Lucys Gesicht.

Der See hatte ihre Haut marmorweiß gebleicht. Es war schwer zu unterscheiden, wo sein Körper endete und ihrer begann.

»Du hast doch gesagt, dass es nicht Matts Baby sein könne«, holte mich Mitchells Stimme aus meinen Erinnerungen.

Ich atmete die warme Chlorluft ein. »Vielleicht irre ich mich ja«, entgegnete ich. »Roy Corey jedenfalls scheint anderer Ansicht zu sein.«

Als ich Roy Corey erzählt hatte, was passiert war – von dem Tag an, als ich zu früh ins Internat zurückkehrte, bis zum letzten Streit zwischen Matt und Lucy –, schien er nicht besonders überrascht zu sein. »Schon in der Nacht, als Matt abgehauen und nach Corinth getrampt ist, habe ich mir gedacht, dass irgendwas nicht stimmt. Er hat gesagt, er habe einen Brief von Lucy bekommen und mache sich Sorgen, dass er ›echt Scheiße gebaut‹ hätte. Was das sein sollte, hat er mir nicht verraten. Ich dachte ... na ja, es spielt eigentlich keine Rolle, was ich gedacht habe. In zwei Wochen haben wir die Antwort.«

So lange würde es dauern, bis die Ergebnisse der DNA-Analyse kamen. Man hatte eine Tante von Deirdre ausfindig gemacht, die der Exhumierung zustimmte. Was Matt anging, so waren Cliff und Hannah Toller vier Jahre nach dem Tod ihrer Kinder bei einem Autounfall ums Leben gekommen. Roy Corey war Matts nächster Verwandter. Ich bat ihn, mich anzurufen, sobald die Ergebnisse vorlagen.

»Ja, natürlich bekommst du von mir Bescheid, Jane«, versprach er.

»Wenigstens hat er dich nicht angewiesen, in Corinth zu bleiben«, meinte Mitchell. »Das ist doch ein gutes Zeichen.«

»Ja, aber er hat mir gesagt, ich soll das Hotel nicht verlassen, ohne ihn zu benachrichtigen, wo er mich erreichen kann.«

Mitchell nickte. »Warum rufst du ihn nicht an und sagst ihm, dass du bei mir zu Hause bist?«

Ich dachte, ich hätte mich in der seltsamen Akustik des *Aquadome* womöglich verhört, aber als ich ihn ansah, glaubte ich Tränen in seinen Augen zu sehen. Allerdings konnte das auch an der Luft hier liegen, die die Schleimhäute reizte.

»Wie meinst du das denn, Mitch?«

Er zuckte die Achseln. »Ich hab nie verstanden, was zwischen uns eigentlich schief gelaufen ist, Janie, und warum du gegangen bist. War es so schlimm – das Leben mit mir? Ich weiß, dass ich oft in Gedanken anderswo war.«

Ich sah hinab zu Olivia, die in dem hellgrünen Wasser herumpaddelte. Mit ihrem lila-rosafarbenen Badeanzug und den orangefarbenen Schwimmflügeln sah sie aus wie eine dieser exotischen Papierblumen, mit denen Cocktails geschmückt werden. Die Wahrheit war, dass ich selbst nicht ganz verstand, warum ich Mitch verlassen hatte.

»Es war nicht deine Schuld, Mitch«, sagte ich. Ja, er war oft mit seinen eigenen Gedanken beschäftigt gewesen, aber hatte ich nicht genau das gesucht – einen Mann, der mir nicht sonderlich viel Beachtung schenkte, der mich nicht allzu genau unter die Lupe nahm?

»Vielleicht ist es noch nicht zu spät für uns.« Er legte seine feuchte Hand auf mein bloßes Knie.

Ich empfand eine seltsame Mischung aus Hoffnung und Ekel. Zum Glück war da dieses grüne Licht, das die ganze Umgebung einfärbte und wohl auch alle Anzeichen körperlichen Unbehagens übertünchte. Irgendwie war ich nämlich zu der Erkenntnis gelangt, dass ich Mitchs Angebot nicht vorschnell ablehnen sollte.

»Ich muss darüber nachdenken, Mitch.«

»Natürlich, Janie, nimm dir so viel Zeit, wie du brauchst.«

Zeit habe ich hier im *Aquadome* mehr als genug, aber sobald ich mich auf die anstehenden Fragen konzentrieren will, flutschen meine Gedanken durch die grüne Luft wie glitschige Fische. Ich versuche, mich in die Zeit zurückzuversetzen, als ich Mitch kennen gelernt und beschlossen habe, ihn zu heiraten. Wenn es mir gelingt, mir das Gefühl, das ich damals für ihn hegte, in Erinnerung zu rufen, dann kann ich möglicherweise etwas von diesem Gefühl in die Gegenwart herüberretten, und das reicht vielleicht, um eine neue Zukunft darauf aufzubauen. Wie ein Eiskristall die anderen Moleküle lehrt, ebenfalls Eis zu bilden. Alles, was ich brauche, ist ein Samenkorn. Aber ich kann mich nicht entsinnen, überhaupt jemals etwas *entschieden* zu haben. Als ich Mitchell begegnete, lag das College schon ein paar Jahre zurück, ich hatte einen Job in New York und war dabei, vor die Hunde zu gehen.

Nehmen Sie sich die Zeit, darüber nachzudenken, was Sie wirklich tun wollen. Das hatte Miss Buehl mir damals auf dem Bahnhof gesagt. Aber ich musste nicht erst darüber nachdenken. Mein Weg lag deutlich vor mir, seit ich von Helen Chambers' Plan für Lucy wusste. *Ich kann sie mir sehr gut als Vas-*

sar-Studentin vorstellen. Und dann geht sie nach New York und arbeitet im literarischen Bereich – vielleicht in einem Verlag. Gleichzeitig verwarf ich an jenem Tag Helen Chambers' Zukunftsplan für mich: Keineswegs wollte ich aufs Lehrer-College gehen und später Latein unterrichten. Stattdessen beschloss ich, genau den Weg zu verfolgen, den sie für Lucy vorbestimmt glaubte.

Ich arbeitete hart in Vassar und bekam auch einigermaßen gute Noten. Meine Lateinprofessorin drängte mich, mich fürs Graduiertenstudium zu bewerben, aber ich hatte keine Lust mehr, weiterhin die immer gleichen Wege auf dem hübschen Campus entlangzuschlendern. Auf einmal konnte ich nachempfinden, was Lucy an den immer gleichen verschneiten Pfaden in Heart Lake so irritiert hatte, und beschloss, das zu tun, was sie meiner Meinung nach getan hätte.

Nach dem College-Abschluss zog ich nach New York und bekam eine Stelle als Lektoratsassistentin bei einem Verlag. Die Wohnung teilte ich mit zwei anderen Mädchen – beide Absolventinnen von angesehenen Colleges –, die bei derselben Firma arbeiteten. Ich kleidete mich wie sie: kurze schwarze Röcke und Seidenblusen, dazu eine schlichte Perlenkette. Was machte es schon, dass meine Blusen aus Polyester statt aus Seide waren und meine Perlen unecht? Ich blieb abends lange auf und las die Manuskripte, die wir in unserer Freizeit für den Verlag lesen sollten. Meinen Lunch brachte ich mir von zu Hause mit und ging zu Fuß zur Arbeit, weil mein karger Verdienst kaum reichte, meinen Anteil der Miete zu bezahlen.

Ich lehnte jede Einladung zu einem Drink oder zum Essengehen nach der Arbeit ab, weil ich mir das nicht leisten konnte. Außerdem sagte ich mir, dass es besser sei, wenn ich die Abende mit Lesen verbrachte. Manchmal machte einer der Jungs – mit ihren schlecht gebügelten Oxfordhemden und schmalen Khakihosen kamen sie mir noch so vor – einen Vorstoß, sich mit mir zu verabreden, aber ich lehnte immer ab. Ich redete mir ein, dass ich mich momentan lieber mit niemandem einlassen sollte. Aber in Wirklichkeit lag es daran, dass sie mich alle an Matt erinnerten – oder an das, was vielleicht aus ihm geworden wäre. Jedes Mal, wenn ich einen von diesen netten, anständigen jungen Männern mit Buttondownhemd und Krawatte mit dem Wappen einer Privatschule ansah, dachte ich: So alt wäre Matt jetzt auch, zweiundzwanzig, dreiundzwanzig, vierundzwanzig.

Eines Tages, als ich fünfundzwanzig war, saß ich bei einer Redaktionssitzung und betrachtete einen jungen Kollegen aus der Werbeabteilung, der auf dem Weg zum Kopierer immer an meinem Schreibtisch vorbeikam, obwohl das für ihn eigentlich einen Umweg bedeutete. Ein matter Sonnenstrahl drang durch die schmutzigen Fenster des sechzehnten Stockwerks und fiel auf sein braunes Haar, sodass es rot aufglühte. Mir lief eine Gänsehaut über den Rücken, als wäre ich gerade durch eine kalte Strömung geschwommen, und die Luft um mich herum begann zu flimmern. Auf einmal überfiel mich eine völlig irrationale Panik, und ich glaubte zu ersticken. Hastig verließ ich die Sitzung und sagte meiner Chefin, mir sei übel.

»Ist wohl spät geworden gestern, was?«, meinte sie kumpelhaft. Ich wusste, dass sie selbst immer bis spät in die Nacht die Clubs frequentierte und die Morgenstunden damit verbrachte, sich mit Gemüsesaft und Aspirin einigermaßen wieder in Form zu bringen. Zwar war es mir unangenehm, dass sie meine Unpässlichkeit den gleichen Gründen zuschrieb, aber es war einfacher zu nicken und zuzustimmen, während sie mitfühlend lächelte.

Das nächste Mal – diesmal wurde mir mitten in einem Gespräch mit einem Autor kalt, und ich bekam keine Luft mehr – zeigte meine Chefin schon weniger Mitgefühl. Als ich noch immer zitternd und schweißnass aus der Toilette kam, erkundigte sie sich, ob ich ihr vielleicht etwas mitzuteilen hätte. Was sollte ich ihr sagen? Dass ich Angst hatte, auf dem Trockenen zu ertrinken? Dass ich nicht mehr ins Kino konnte, dass ich bestimmte Supermärkte, U-Bahn-Stationen und andere Orte mied, weil ich dort schon einmal dieses Gefühl des Ertrinkens erlebt hatte und jetzt fürchtete, es könnte sich wiederholen?

Ich kündigte die Stelle und nahm einen Job als Sekretärin bei einer Zeitagentur an. Wenn ich jetzt irgendwo eine Panikattacke hatte, würde ich einfach nicht mehr dorthin zurückgehen, lautete mein Plan. Meine Mitbewohnerinnen hatten beschlossen, in eine größere Wohnung in Brooklyn umzuziehen. Da die U-Bahn auf meiner Liste der Orte stand, die ich nicht mehr aufsuchen konnte, zog ich in eine Frauenpension am Gramercy Park. Die meisten Firmen, zu denen mich die Zeitagentur schickte, konnte ich zu Fuß erreichen. Bei einem dieser Jobs vertrat ich die Empfangsdame im Büro eines Bauunternehmers, und dort begegnete ich Mitchell. Er war älter als ich, seine Haare wurden bereits etwas schütter, und er war kräftiger gebaut als ein Junge. Ich ließ mich von ihm zum Essen einladen. Als ich ihm erzählte, ich würde lieber die Treppe nehmen als den Aufzug, um mehr Bewegung zu bekommen, glaubte er mir das nicht nur, er fand es sogar gut. Er bewunderte mich, weil ich so sportlich war. Weil ich zu wenig Geld hatte, um mir etwas Ordentliches zu essen zu kaufen, und weil ich außerdem überallhin zu Fuß ging, war ich sehr schlank geworden.

Mitch war beeindruckt, dass ich eine private Mädchenschule besucht und in Vassar studiert hatte, aber er stellte mir kaum Fragen über diese Zeit. Bei unseren Verabredungen unterhielten wir uns hauptsächlich über seine Arbeit und seine Zukunftspläne. Er wollte sich selbstständig machen – Häuser in den Vororten bauen. Er meinte, Kinder sollten nicht in der Stadt aufwachsen. Vor allem aber war er behutsam und höflich. Als er mich fragte, ob ich ihn heiraten wolle, stellte ich mir gar nicht erst die Frage, ob ich ihn liebte. Ich war überzeugt, dass meine Chancen, jemanden zu lieben, im schwarzen Wasser von Heart Lake ertrunken waren, in der Nacht, als Matt und Lucy unter dem Eis starben.

Die ersten Jahre meiner Ehe mit Mitch verliefen sehr friedlich. Er baute uns ein Haus im Norden von New York, und ich half im Büro aus. Zwar war Mitch etwas enttäuscht, weil ich nicht umgehend schwanger wurde, aber als es dann doch klappte, dachte ich, alles würde gut werden.

Allerdings hatte ich nicht damit gerechnet, wie sehr ich Olivia lieben würde. Als ich sie zum ersten Mal sah, ihr kleiner Körper glänzend vor Blut, überfiel mich ein heftiges Zittern. Es war ein Gefühl, als bräche etwas in mir auf, als würde etwas dahinschmelzen, was all die Jahre zu Eis gefroren gewesen war. Ich wollte das Baby halten, aber Mitch verwehrte es mir, weil ich zu sehr zitterte.

In einem unbedachten Moment hatte ich Mitchell von meinen Panikanfällen erzählt. Zunächst schien ihm das keine Sorgen zu machen, aber nachdem Olivia geboren war, wollte er mich zu einem Psychiater schicken, um zu verhindern, dass ich eine Attacke bekam, während sich Olivia in meiner Obhut befand. »Womöglich lässt du sie fallen«, meinte er. »Oder du tust ihr während eines Anfalls aus Versehen weh.« Er redete, als wäre ich Epileptikerin. Der Psychiater verschrieb mir ein Angst dämpfendes Mittel, von dem ich einen trockenen Mund bekam; außerdem konnte ich Olivia nicht stillen. Trotzdem machte Mitchell sich weiter Sorgen. Ich musste ihm versprechen, nicht mit Olivia Auto zu fahren. Unser neues Haus stand in einem abgelegenen Neubaugebiet, und so verbrachte ich meine Tage damit, Olivia in ihrem Wagen durch die kurvigen Straßen zu schieben, die unweigerlich in einer Sackgasse zu enden schienen.

Da er sich so um Olivia sorgte, dachte ich, er würde nach der Arbeit pünktlich nach Hause kommen, aber stattdessen blieb er immer länger im Büro. Nachdem ich Olivia gefüttert, gebadet und ins Bett gelegt hatte, wühlte ich in meinen alten Büchern, die in Kartons im Keller verstaut waren. Ich holte meine alte lateinische Grammatik hervor, starrte lange auf die erste Seite und prägte mir die Deklinationen und Konjugationen wieder ein. Eines Abends rezitierte ich die dritte Deklination für Olivia in ihrem Hochstuhl, als Mitchell unerwartet früh nach Hause kam.

»Was zum Teufel bringst du ihr denn da bei, Jane? Doch nicht etwa diesen Hexenquatsch, den du in der Highschool praktiziert hast?«

Ich starrte ihn an, während der pürierte gelbe Kürbis von dem Löffel tropfte, den ich Olivia hinhielt. Meine Tagebücher waren, abgesehen von dem vierten, das verschwunden war, in demselben Karton, in dem ich die Grammatik aufgestöbert hatte. Und den Karton hatte ich offen im Keller stehen lassen.

Zornig darüber, dass ihr zwar der Löffel vor die Nase gehalten, aber nicht in den Mund gesteckt wurde, schlug Olivia mit der Faust auf das Tischchen ihres Hochstuhls. Schon zerrte Mitchell sie aus dem Stühlchen. »Ist schon gut, Livvie, jetzt kümmert sich Daddy um dich.«

Ich wusste, in spätestens fünf Minuten würde Mitchell sie mir wieder bringen, damit ich sie badete und ins Bett brachte, aber in diesem Moment spürte ich – genau wie er es beabsichtigte – sehr deutlich, dass er die Macht hatte, sie mir wegzunehmen. In meinen Tagebüchern standen Dinge, die das Bild vermittelten, ich wäre als Mutter ungeeignet. In den Akten des Psychiaters standen Dinge, die den Eindruck erweckten, ich wäre nicht ganz zurechnungsfähig. Ich wusste nicht, wann Mitchell angefangen hatte, mich zu hassen, aber wahrscheinlich war es geschehen, als ihm klar wurde, dass ich ihn nie geliebt hatte. Eigentlich konnte ich ihm deswegen keine Vorwürfe machen. Ich hatte gedacht, es wäre in Ordnung, jemanden zu heiraten, den ich nicht liebte, aber ich hatte nicht gewusst, wie ich mich dabei fühlen würde, einen Menschen, den ich liebte, mit jemandem zu teilen, den ich nicht liebte.

Und so entschloss ich mich, den ersten Schritt zu machen. In den nächsten Wochen landeten meine Gedanken ständig in denselben Sackgassen, während ich Olivia durch das endlose Labyrinth der Vorortstraßen schob. Als ich Mitch sagte, dass ich mich scheiden lassen wolle, lachte er mich aus. »Wo willst du hingehen? Wovon willst du leben? Als ich dich kennengelernt habe, hast du nicht mal einen Job als Sekretärin länger als eine Woche durchgehalten.«

Ich wusste, dass er mich in der Zange hatte. Selbst wenn ich in New York eine Arbeit fand, musste ich Olivia zehn Stunden bei einer Tagesmutter unterbringen. Viele von Mitchs Geschäften liefen unter der Hand, was bedeutete, dass die Unterstützung, die er mir zahlen musste, sich höchstens auf ein paar hundert Dollar pro Monat belaufen würde. Ich hatte keine Familie und keine Freunde, an die ich mich wenden konnte. Ich studierte Stellenangebote für Heimarbeit, aber es war offensichtlich, dass ich mich davon nicht einmal allein ernähren konnte, von Olivia ganz zu schweigen. Ich hatte keine nennenswerten Qualifikationen.

»Um Himmels willen, Jane, du hast einen Abschluss in Latein«, sagte Mitch gern zu mir. »Gibt es eine noch brotlosere Kunst?«

Eines Tages jedoch las ich in der Zeitung, dass Latein ein Comeback feierte. Ich wusste, dass Mitch die Kurse, die ich für die Lehrberechtigung an öffentlichen Schulen benötigte, niemals bezahlen würde, aber vielleicht bekam ich ja eine Stelle an einer Privatschule. Ich hatte bereits damit begonnen, mein Latein aufzufrischen. Jetzt nahm ich mir jeden Abend eine lateinische Passage vor, die ich mir einprägte, was ich seltsam tröstlich fand. Während ich allein am Küchentisch saß und über Endungen und Deklinationen brütete, fügten sich die ineinander verwobenen Wörter zu fließenden Bedeutungssträngen.

Als ich den ganzen Catull sowie Ovid wieder durchgegangen war, rief ich in Heart Lake an und fragte, an wen ich mich wegen einer Anstellung als Lehrerin wenden könne. Die Sekretärin sagte mir, dass alle diesbezüglichen Entscheidungen von der Direktorin Celeste Buehl getroffen wurden. Ich legte auf, und in diesem Augenblick wurde mir klar, dass ich mir etwas vorgemacht hatte. Wollte ich wirklich an einer Privatschule Latein unterrichten? Was ich wollte, war nach Heart Lake zurückzukehren. Aber wie konnte ich Celeste Buehl, die über alles Bescheid wusste, um einen Job bitten?

Erst als Olivia schon dreieinhalb war und ich ganz zufällig hörte, wie Mitchell ihr nach ihrer Gutenachtgeschichte einschärfte, dass sie ihrem Daddy unbedingt Bericht erstatten solle, falls sich Mommy seltsam benahm, rief ich noch einmal in Heart Lake an. Diesmal ließ ich mich mit Direktorin Buehl verbinden. Als die Sekretärin mich nach meinem Namen fragte, nannte ich ihr meinen Mädchennamen, Jane Hudson, erwähnte aber nicht, dass ich eine ehemalige Schülerin war.

»Jane Hudson, Abschlussjahrgang '77!« Direktorin Buehl hörte sich an, als begrüßte sie eine Prominente.

»Ja, Miss Buehl, ich meine, Direktorin Buehl, ich wusste nicht, ob Sie sich an mich erinnern.«

»Natürlich erinnere ich mich an Sie, Jane. Erzählen Sie mir, wie ist es Ihnen denn so ergangen?«

Ich erzählte ihr, dass ich einen Job als Lateinlehrerin suche. Es wurde still in der Leitung, und ich machte mich schon auf die unvermeidliche Enttäuschung gefasst.

»Sie wissen ja, dass wir nie eine richtige Nachfolgerin für Helen Chambers gefunden haben.«

Mein Mut sank weiter. Ich hatte nicht beabsichtigt, mit einer Bewerbung für den Posten der Lateinlehrerin in die Fußstapfen von Helen Chambers zu treten. Wie sollte ich?

»Aber andererseits«, fuhr Miss Buehl fort, »andererseits haben wir die Stellung noch nie an ein ›Old Girl‹ vergeben.« Es dauerte einen Augenblick, bis ich begriff, dass sie mit »Old Girl« mich meinte. Verschwommen hörte ich sie darüber klagen, wie wenig sich meine Generation für den Lehrberuf interessiere. Erst als sie sagte, dass sie sich niemand Besseres für die Stelle denken könne als eine von Helen Chambers' Schülerinnen, hörte ich ihr wieder richtig zu.

Am Ende des Gesprächs hatten wir einen Termin vereinbart, an dem ich mir die neue Vorschule und das Cottage ansehen würde, in dem Olivia und ich wohnen sollten (»Ich habe dort auch gewohnt, als ich noch Biologie unterrichtet habe. Es ist nichts Feudales, aber vielleicht erinnern Sie sich noch, dass man einen wundervollen Blick auf den See hat.«), und mir war so warm ums Herz, dass ich mir an die Stirn fasste, um sicher zu stellen, dass ich nicht vielleicht Fieber hätte. Ich fühlte mich nicht nur deswegen so gut, weil ich jetzt eine Stelle hatte. Auch in den nun folgenden schwierigen Monaten, in denen ich mich ständig mit Mitchell herumstritt, ließ das angenehme Gefühl nicht nach. Mein Wohlbefinden rührte vor allem daher, dass Direktorin Buehl mich so genannt hatte – *eine von Helen Chambers' Schülerinnen*. Genau das war in all den Jahren mein Problem gewesen. Ich hatte vergessen, wer ich war. Ich hatte vergessen, wohin ich gehörte.

Während ich mich jetzt in dem warmen grünen Pool zu Olivia geselle, überlege ich, wie ich jemals diesen Wunsch hatte hegen können, eine von Helen Chambers' Schülerinnen zu sein. Ich war der alten Verlockung anheim gefallen, dem alten Spiel, das wir spielten – Lucy, Deirdre und ich –, dass wir sein wollten wie sie. Und was war aus uns geworden? Deirdre und Lucy waren tot. Und ich? Ich hatte Helen Chambers' Platz in Heart Lake eingenommen, und eine meiner Schülerinnen war gestorben, genau wie zu ihrer Zeit. Ich habe diesen Mädchen nichts zu bieten. Mein Platz ist hier bei Olivia. Ich liebe meinen Mann nicht – na und? Wie viele Frauen lieben schon ihren Mann?

Ich schwimme ein paar Bahnen, und Olivia paddelt hinter mir her. Ich tauche unter ihr weg wie ein Delfin und stoße an unerwarteten Stellen wieder hoch. Olivia quietscht vor Vergnügen. Ihr Kreischen hallt von der lichtundurchlässigen Kuppel wider. Ich tauche ganz tief hinunter, bis zum Grund, und als ich wieder an die Oberfläche kommen will, um Luft zu holen, entdecke ich auf der anderen Seite verschwommen ein bekanntes Gesicht. Auf einmal fühlt sich das grüne Wasser dick und schwer an, will mich auf den Boden des Beckens pressen. Ich spüre, wie sein Gewicht gegen meinen Mund drückt und nur darauf wartet, meine Lungen zu füllen. Mühsam kämpfe ich mich an die Oberfläche, aber selbst als ich wieder aufgetaucht bin, habe ich Angst zu atmen. Angst, dass ich ertrinke, wenn ich diese schimmernde Luft atme.

Der Mann am Beckenrand streckt die Hand aus und hilft mir die Leiter hinauf. Es ist Roy Corey. Keuchend atme ich die chlorige Luft. Plötzlich bin ich so erleichtert, ihn zu sehen, dass ich mich zunächst nicht mal frage, was ihn hierher geführt hat – zweihundert Meilen von seinem Polizeirevier entfernt.

»Ich habe mich mit meinem alten Forensikprofessor getroffen«, erklärt er, »und jetzt bin ich unterwegs nach Cold Spring, um meine Mutter zu besuchen. Du lagst sozusagen auf dem Weg, da ... Hör mal«, sagt er und reicht mir ein Handtuch, »du frierst ja. Und bist ganz blass. Du willst mir doch wohl nicht weismachen, dass du die ganzen zwei Wochen in diesem Aquarium verbracht hast?«

»Sind es wirklich schon zwei Wochen?«, frage ich, während ich mich abrubble und mir dann das Handtuch um den Bauch binde.

»Ja, die Zeit verfliegt. Gibt es nicht sogar einen lateinischen Ausdruck dafür?«

»Tempus fugit«, antworte ich.

»Ja, genau. Das hat Mattie immer gesagt.« Er winkt mich zu einem von den Plastikstühlen, die um einen Glastisch stehen. Während er sich ebenfalls auf einem der quietschenden, wackeligen Dinger niederlässt, bekomme ich das Gefühl, dass ich die Ergebnisse der DNA-Untersuchung wohl lieber im Sitzen erfahren sollte.

»Es war Matts Baby«, sage ich, damit er es nicht zu sagen braucht.

Er nickt. »Ja, das Kind war von Matt.« Er sieht mich an, um festzustellen, wie ich die Nachricht aufnehme.

»Wahrscheinlich hab ich es die ganze Zeit geahnt«, sage ich. Er sieht so gequält aus, dass ich ihn gern trösten möchte. »Darüber haben sich die beiden in der Nacht gestritten, als sie ertrunken sind. Matt hat Lucy immer wieder gefragt, von wem das Baby ist. Er muss begriffen haben, dass es seines war.« Roy Corey atmet tief ein, sodass seine Backen sich aufblähen, dann lässt er die Luft hörbar wieder heraus. Er erinnert mich an eine dieser allegorischen Winddarstellungen. »Aber er hätte eigentlich auf *Deirdre* sauer sein müssen«, füge ich hinzu.

Roy schüttelt den Kopf. Mir fällt auf, dass die Haut um seinen Mund herum ziemlich schlaff ist. Matt würde heute bestimmt ganz anders aussehen, denke ich.

»Nein, Deirdre hatte nichts damit zu tun.«

Ich spüre ein verkniffenes, höfliches Lächeln auf meinem Gesicht, und meine vom Chlor ausgetrocknete Haut legt sich in Falten. »Was willst du damit sagen?«, frage ich.

»Deirdre Hall war nicht die Mutter«, sagt er. »Das Baby stammt von Matt und Lucy.«

2. Kapitel

»Aber wie kann das sein?«

Roy Corey hält die Hand hoch, die Handfläche nach außen wie ein Verkehrspolizist. Das erinnert mich daran, dass er tatsächlich Polizist ist und ich Mitchell versprochen habe, nicht mit ihm zu reden, bevor ich einen Anwalt konsultiert habe.

»Ich muss dir etwas sagen, bevor du weiterredest«, verkündet er.

Ich überlege, ob er mir jetzt vielleicht meine Rechte verlesen will, aber stattdessen gesteht er mir, dass er mein Tagebuch gelesen hat.

»Wie bitte?« Meine Stimme ist so laut, dass die Gäste im *Aquadome* – Olivia im Pool, die Familie, die Putt-Putt-Golf spielt, die Kellner im Restaurant neben dem Pool – innehalten, um uns anzustarren.

»Tut mir Leid, Jane, ich wollte deine Privatsphäre nicht verletzen, aber es ist Beweismaterial. Wir haben es bei Melissa Randalls Sachen gefunden.«

»Ach, dann hatte sie es also genommen.«

»Ja«, antwortet Corey. »Direktorin Buehl und Dr. Lockhart vermuten, dass sie das Tagebuch in deinem alten Zimmer gefunden haben muss – vielleicht unter den Dielenbrettern?«

Ich nicke, um anzudeuten, dass das durchaus im Bereich des Möglichen liegt. Bestimmt hat Lucy das Tagebuch in der Nacht versteckt, als sie mir zum Eishaus gefolgt ist. Vielleicht hatte sie Angst, etwas darin könnte verraten, dass es *ihr* Baby war. Aber was könnte das gewesen sein? Wenn ich das Geheimnis nicht erraten habe, wie kann es dann in meinem Tagebuch stehen? Habe ich etwas geschrieben, woraus die Wahrheit zu entnehmen war, obwohl ich die Wahrheit gar nicht kannte?

»... und indem sie ihre paranoiden Fantasien, ihren Verfolgungswahn ausgelebt hat ...« Ein Fetzen von Roy Coreys Erklärung dringt an mein Ohr, wohl deshalb, weil diese Worte nicht zu ihm passen.

»Ist das Dr. Lockharts Analyse?«, frage ich.

Er grinst. »Ja. Sie geht davon aus, dass Melissa die Ereignisse deines letzten Schuljahrs neu inszenieren und dich damit quälen wollte.«

»Aber wie passt Ellens Selbstmordversuch da rein?«

»Melissa hatte ein Rezept für Demerol – gegen Menstruationskrämpfe, sagt ihre Mutter. Ist es zu glauben – da lässt sie ihre Tochter eine ganze Großpackung Demerol mit ins Internat nehmen! Und womöglich hat die es dann benutzt, um Ellen zu betäuben und ihr dann die Pulsadern aufzuschneiden.«

Ich zucke zusammen. »Dann hat Athena also doch die Wahrheit gesagt. Sie hat nicht versucht, sich umzubringen.«

»Der Selbstmordversuch war vorgetäuscht – genau wie der von Lucy.«

»Aber warum hat sie sich dann selbst das Leben genommen? Hätte nicht Vesta das nächste Opfer sein müssen?«

»Dr. Lockhart meint, dass sie die Schuldgefühle möglicherweise nicht mehr ertrug. Wahrscheinlich hatte sie auch Angst, dass man ihr auf die Schliche kommen würde. Vermutlich läuft beides auf dasselbe hinaus. Ich habe schon stärkere Persönlichkeiten als dieses arme Mädchen unter dem Druck von schlechtem Gewissen und Angst zusammenbrechen sehen.«

Ich blicke auf und sehe, dass er mich mustert. Genau wie vorhin bei Mitchell habe ich das Gefühl, dass ich auf dem Präsentierteller sitze, nur dass Roy im Gegensatz zu Mitch nicht ständig meine Figur taxiert. Er beugt sich zu mir, die Hände auf die muskulösen Oberschenkel gestützt, während der Plastikstuhl unter seinem Gewicht leise ächzt.

»Du hast in all den Jahren eine Menge mit dir rumgeschleppt«, sagt er heiser. Als ich antworte, ist meine Kehle wie zugeschnürt.

»Wahrscheinlich hätte ich jemandem von dem Baby erzählen sollen.«

»Ja, das stimmt. Andererseits – mit wem hättest du reden können?«

Ich finde, dass das eine ziemlich ungewöhnliche Bemerkung für einen Polizisten ist – vor allem, nachdem dieser Polizist mir Vorträge über persönliche Verantwortung gehalten hat –, aber dann fällt mir ein, dass er den Inhalt meines Tagebuchs kennt. Er weiß, wie einsam ich war.

Ich richte mich auf und zupfe das Handtuch auf meinen Beinen zurecht. »Muss ich vor Gericht?«, frage ich. »Denn wenn ja ...«

»Dann möchtest du deinen Anwalt anrufen? Weshalb sollte dich jemand anklagen, Jane? Weil du Tagebuch geschrieben hast? Weil du versucht hast, deiner besten Freundin zu helfen? Weil du deiner besten Freundin geglaubt hast? Ich weiß, es ist peinlich für dich, dass ich dein Tagebuch gelesen habe, aber es beweist nur, dass du unschuldig bist, weiter nichts. Du hattest keine Ahnung, was sich wirklich abgespielt hat.«

Um ein Haar muss ich lachen, weil sein letzter Satz so naiv klingt, aber der Laut, den ich stattdessen hervorbringe, hört sich eher an wie ein Schluchzen. Ich denke an die Nacht, in der Matt und Lucy ertrunken sind – die letzten Augenblicke auf dem Eis, als er sie immer wieder gefragt hat, wessen Baby es war. Und er fragte nicht, ob es seines war, sondern ob es ihres war. *Matt und Lucy waren ein Liebespaar*. Wie viele andere Dinge sind mir entgangen? Roy Corey hat Recht. Ich hatte damals wirklich keine Ahnung, was um mich herum passierte.

Corey macht eine Handbewegung, als wollte er mein Knie tätscheln, überlegt es sich dann aber anders. So sorgsam vermeidet er jeden Körperkontakt, dass ich mich frage, ob er vielleicht an einem Kurs teilgenommen hat, wie man dem Vorwurf einer sexuellen Belästigung aus dem Weg geht. »Mach dir keine Vorwürfe. Niemand kannte die ganze Geschichte. Ich hatte den Verdacht, dass sich zwischen Matt und Lucy etwas *anderes* abspielte ...«

»Aber mein Gott ... das war Inzest.«

Wieder bläst Roy die Backen auf und lässt langsam die Luft heraus, aber jetzt sieht er nicht so sehr wie eine joviale Windwolke aus, sondern eher wie ein erschöpfter Mann mittleren Alters. »Tja, das ist die andere Sache. Als wir die DNA-Ergebnisse bekommen haben, fiel uns sofort auf, dass die von Matt und Lucy vollkommen unterschiedlich waren ...«

»Sie hatten nicht denselben Vater«, werfe ich ein. »Das wusste doch jeder.«

»Ja, jeder wusste, dass Cliff Toller nicht Lucys Vater war. Aber keiner wusste, dass Hannah Toller auch nicht Lucys Mutter war. Matt und Lucy waren nicht Bruder und Schwester. Offensichtlich waren sie überhaupt nicht miteinander verwandt.«

Am Tag nach Roy Coreys Besuch beschließe ich, nach Heart Lake zurückzukehren. Ich teile Mitchell mit, ich hätte es Direktorin Buehl – die mir großzügigerweise alle meine Fehlentscheidungen nachsieht – zu verdanken, dass ich nicht mitten im Schuljahr gehen muss. Wir vereinbaren, dass ich Olivia jedes zweite Wochenende besuche und in den Frühjahrsferien herkomme – ob ich dann bei ihm wohne oder im Aquadome, lassen wir dahingestellt sein. Einerseits ist Mitchell enttäuscht, aber ich kann auch eine gewisse Erleichterung spüren. Die letzten zwei Wochen habe ich versucht, meine Ehe zu analysieren, indem ich mich mit meiner Vergangenheit konfrontierte, aber jetzt erkenne ich, dass ich noch viel weiter zurückgehen muss. Ich glaube nicht, dass ich zu einer Entscheidung kommen kann, ohne wirklich begriffen zu haben, was damals in Heart Lake geschehen ist.

Olivia weint, als ich ihr sage, dass ich weg muss. Ich erkläre ihr, dass ich sie jedes zweite Wochenende besuchen und jeden Abend anrufen werde, aber sie schüttelt nur den Kopf. »Glaubst du mir nicht, dass Mommy dich besuchen kommt?«, frage ich sie, und sie antwortet: »Aber was ist, wenn die Wilis dich nicht lassen?«

»Ach Schätzchen«, sage ich, »keine Wili könnte mich je davon abhalten, dich zu sehen. Versprochen.«

»Aber was ist, wenn sie dich in den See zerren und dich unter Wasser festhalten, bis dein Gesicht blau wird und die Fische kommen und dir die Augen aus dem Kopf fressen?«

Das ist so ein schreckliches, anschauliches Bild, dass es unmöglich allein ihrer eigenen Fantasie entsprungen sein kann. »Olivia, an dem Tag, als ich dich auf dem Felsen gefunden habe und du mir erzählt hast, dass die Königin der Wilis dich dorthin gebracht hat, hat sie dir da auch gesagt, was mit dir geschehen würde?«

Olivia schüttelt den Kopf. Erst bin ich erleichtert, aber dann sagt sie: »Nein, sie hat gesagt, das passiert mit dir, wenn ich mit irgendjemandem darüber spreche.«

Während ich auf dem Taconic Parkway in Richtung Norden fahre, versuche ich, die ganzen neuen Informationen zu ordnen. Anfangs steht mein Abschied von Olivia in meinen Gedanken an erster Stelle. Welch furchtbare Vorstellung, dass sie die ganzen Monate mit dieser Drohung gelebt hat! So etwas sagt ein Kinderschänder, um sein Opfer einzuschüchtern. Eine Kinderschänderin, verbessere ich mich, Kinderschänder können auch weiblich sein. Was ist Olivia da draußen auf dem Felsen sonst noch zugestoßen? Als ich sie gebeten habe, mir die Königin der Wilis zu beschreiben, wollte sie mir nur verraten, dass sie eine »weiße Lady« war. Aber ich bekam nicht aus ihr heraus, ob sie damit die Hautfarbe, die Haarfarbe oder die Kleidung meinte. Melissa Randall hatte blond gefärbte Haare. Dass Melissa mein Tagebuch gefunden hat, dass Melissa Athenas Selbstmord inszeniert hat, dass Melissa am Schwesternfelsen aus dem Ruderboot gefallen ist – sind das Gründe genug, sie auch für die Königin der Wilis zu halten? Ich bin nicht sicher, aber ich hoffe es. Dann wäre wenigstens alles vorbei.

Aber wenn ich mir vorzustellen versuche, wie Melissa Randall Olivia bedroht – oder wie sie Athena Tabletten verabreicht und ihr die Pulsadern aufschneidet –, dann streikt meine Fantasie. Melissa Randall kommt mir einfach nicht vor wie der Typ Mensch, der zu solchen Abscheulichkeiten fähig war. Andererseits habe ich in letzter Zeit ja nicht gerade eine überwältigende Menschenkenntnis bewiesen. Ich rufe mir ein anderes junges, blondes Mädchen ins Gedächtnis: Lucy Toller, meine beste Freundin. Ich lasse unser letztes Jahr Revue passieren. Wie sie aussah, als sie aus Italien zurückkam, rund und üppig, aber auch glücklich und irgendwie – *selbstgefällig*. Hatte sie gewusst, dass sie schwanger war? Mit dem Kind ihres vermeintlichen Bruders? Hatte sie gewusst, dass er gar nicht ihr Bruder war? Spielte das überhaupt eine Rolle? Schließlich waren sie aufgewachsen wie Bruder und Schwester.

Ich denke an den Morgen, als ich aus Albany zurückkam, wie Lucy in der Tür zum Einzelzimmer stand, während Deirdre im anderen Bett lag und schlief. Wie schnell sie alles durchdacht hatte! Deirdre schlief, deshalb konnte sie erzählen, was sie wollte. Aber ich erinnere mich auch daran, dass Deirdre Lucy vergötterte – wie sehr sie darauf bedacht gewesen war, ihr zu gefallen. Ich erinnere mich, wie oft ich Deirdre vorgeworfen habe, sie sei undankbar. *Wir haben die Sache für sie ausgebadet*, sagte ich immer und immer wieder zu Lucy. Wie gelassen sie darauf reagierte! Und die lange Wanderung zum See und wieder zurück, immerhin hatte sie gerade eine Geburt hinter sich. Das Blut auf dem Bett – das war *ihres* gewesen.

Als ich an das Blut denke, komme ich um ein Haar von der Straße ab. Meine Knöchel zeichnen sich weiß ab, so fest umklammere ich das Lenkrad. Bei der nächsten Ausfahrt biege ich ab und fahre an den Straßenrand. Ich nehme die Hände vom Lenkrad; sie sind kalt und feucht, und mir ist übel. Rasch öffne ich die Wagentür und übergebe mich ins Gras. Das ganze viele Blut! Ich weiß nicht, warum ich es schlimmer finde, dass es Lucys Blut war und nicht das von Deirdre. Vermutlich ist es ähnlich wie mit dem Blut eines anderen und dem eigenen. Ich verstehe jetzt auch, warum Lucy so schwach war, als wir vom See zurückgingen.

Als wir das Wohnheim erreichten, schneite es so heftig, dass wir kaum die Hand vor Augen sehen konnten. Ich bat Lucy, auf dem Weg zu bleiben – was würde es jetzt schon ausmachen, wenn wir jemandem begegneten? –, und sie war ohne große Umstände dazu bereit. Auf halbem Weg nahm sie meinen Arm und stützte sich auf mich. Ich musste mich anstrengen, uns beide in dem wilden Schneetreiben aufrecht zu halten. Wie sollte ich sie bloß die Treppe hinaufbringen? Irgendwie schaffte sie es, indem sie sich am Geländer festhielt und sich mühselig die zwei Stockwerke nach oben hangelte.

Als ich die Tür aufmachte, saß Deirdre auf der Kante von Lucys Bett, das Gesicht zur Tür.

»Seid ihr es losgeworden?«, fragte sie ohne Umstände.

»Ja«, antwortete Lucy.

»Und was ist damit?« Deirdre deutete auf das blutige Bett. Ich staunte über ihren Ton – als wären wir ihre Dienerinnen und alles wäre unser Problem, nicht ihres. Aber Lucy ließ sich nicht beirren.

»Ich hab eine Idee.« Lucy setzte sich neben Deirdre aufs Bett. Jetzt schauten sie mich beide an, und ich glaube, dass Deirdre erst jetzt richtig realisierte, dass ich wieder da war.

»Weiß sie Bescheid?«, erkundigte sie sich bei Lucy.

Lucy nahm ihre Hand. »Sie wird es niemandem verraten«, beruhigte sie Deirdre, dann wandte sie sich an mich: »Jane, dein Gepäck steht noch unten. Womöglich bemerkt es jemand und kommt herauf. Könntest du die Sachen bitte holen?« Sie wirkte ruhig und gelassen, als hätte sie die Situation ganz im Griff. Im Hinausgehen sah ich, wie Lucy und Deirdre flüsternd die Köpfe zusammensteckten.

Ich ging die Treppe hinunter. Auf den letzten fünf Stufen geriet ich ins Stolpern, stürzte und landete unsanft auf dem Steißbein. Ich klammerte mich an den Geländerpfosten, lehnte den Kopf an das glatte Holz und fing laut an zu schluchzen. Ich habe keine Ahnung, wie lange ich so dasaß. Immer wieder fürchtete ich, es würde jemand kommen – eine Putzfrau, der Nachtwächter, Miss Buehl – und ich müsste alles beichten. Angefangen beim Tod meiner Mutter bis hin zu dem, was wir gerade im See versenkt hatten. Ich würde alles erzählen. Es war lächerlich, dass ich mich Lucys Plan gebeugt hatte! Wie sollten wir jemals eine Erklärung für all das Blut finden? Deirdre würde selbst zusehen müssen, wie sie damit fertig wurde. Was kümmerte es mich? Ich würde allen erzählen, dass ich mit Matt zusammengewesen war, also konnte das Baby nicht von ihm sein. Würde meinen guten Ruf für ihn opfern.

Als mir endlich aufging, dass niemand kommen würde, rappelte ich mich auf und schleppte meine Koffer nach oben. Das Zimmer war leer, die Tür zum Einzelzimmer geschlossen. Nachdem ich mein Gepäck neben meinem Bett abgestellt hatte, ging ich zur Tür und legte die Hand auf den Griff. Auch er war ganz warm. Ich drehte ihn, aber irgendetwas blockierte die Tür.

»Wer ist da?«, erscholl Deirdres Stimme von drinnen. Es klang, als säße sie mit dem Rücken an der Tür auf dem Boden.

»Ich bin's – Jane!«, rief ich. »Lasst mich rein.«

Ich hörte, wie etwas über den Boden schleifte, dann öffnete sich die Tür wie von selbst. Deirdre saß auf dem Boden, vor dem blutigen Bett. Lucy war nicht da. Auf einmal hörte ich ihre Stimme hinter mir.

»Okay«, sagte sie und ging an mir vorbei. Etwas Silbernes glitzerte in ihrer Hand. »Ich weiß, was wir tun, aber ihr müsst mir versprechen, dass ihr nicht ausflippt. Jane wird mich zur

Krankenstation bringen, während Deirdre hier bleibt und die Laken zusammenpackt. Später wird keiner mehr beurteilen können, wie viel Blut es war.«

Ich sah Deirdre an, ob sie verstand, was Lucy meinte, aber ausnahmsweise schien sie genauso wenig zu begreifen wie ich.

Als wir aufblickten, legte Lucy, die mitten auf den blutigen Laken saß, gerade ein Rasiermesser an ihr linkes Handgelenk und schnitt sich die Pulsader auf.

Irgendwann lässt das Zittern nach und ich trinke einen Schluck Wasser aus der Flasche, die ich an der letzten Raststätte gekauft habe. Ich blicke auf die Straße, von der ich abgebogen bin, und erkenne ein grünweißes Zeichen mit einer stilisierten Figur in Barett und Robe. Es ist ein Hinweisschild für ein College, und ich brauche nicht mal die Schrift unter dem Bild zu lesen, um zu wissen, dass ich die Ausfahrt Poughkeepsie genommen haben: Die Straße führt nach Vassar. Komisch, dass die Figur ein Mann ist, wo Vassar doch ein traditionelles Frauen-College ist. Unvermittelt tritt mir ein anderes Bild vor Augen: das Jahrbuchfoto von Hannah Toller und Helen Chambers beim Erstsemesterball, mit dem geheimnisvollen Mann im Hintergrund. Hannah Toller war nach dem ersten Jahr mit einem Baby aus Vassar zurückgekehrt. Niemandem verriet sie, wer der Vater war, aber alle nahmen selbstverständlich an, dass sie die Mutter war. Aber wenn nicht ihres – wessen Kind war es dann?

Auf der Straße nach Heart Lake habe ich geglaubt, die Antworten dort zu finden, weil in Heart Lake alles angefangen hat. Aber jetzt begreife ich plötzlich, dass die Geschichte einen anderen Ausgangspunkt hat.

Ich fahre wieder auf die Straße, aber nicht zurück auf den Taconic Parkway, sondern westwärts, Richtung Fluss, nach Vassar.

Als ich den Torbogen passiere und die Richtung zum Hauptgebäude einschlage, kommt mir der Campus noch hübscher vor, als ich ihn in Erinnerung hatte. Eine dünne Schneeschicht bedeckt den Boden, Eiszapfen hängen von den Kiefern, die den Weg säumen. Die Wintersonne wärmt die roten Backsteine des Hauptgebäudes und lässt die grüne Patina des Mansardendachs erstrahlen. Hier hat das Licht eine Klarheit, an die ich mich noch genau erinnere, obwohl ich seit fünfzehn Jahren nicht mehr auf dem Campus war, seit meiner Abschlussprüfung. Weder zum fünften noch zum zehnten noch zum fünfzehnten Jubiläum war ich hier. Jedes Mal war es mir sinnlos vorgekommen; ich hatte in Vassar keine Freundschaften geknüpft.

Ich parke meinen Wagen vor dem Hauptgebäude und steige aus. Wie still es hier ist! Aber es sind ja auch noch Winterferien. Während ich zur Bibliothek gehe, bin ich froh, dass ich höchstwahrscheinlich keinem meiner ehemaligen Lehrer über den Weg laufen werde. Allerdings dürfte es mir zum ersten Mal seit meiner Graduierung nicht schwer fallen, die unvermeidlichen Fragen angemessen zu beantworten. Sicher, es ist nicht gerade eine Traumkarriere, an einer Privatschule für Mädchen Latein zu unterrichten, und Heart Lake ist auch nicht gerade Exeter oder Choate – aber früher hatte es einen recht guten Ruf und nicht jeder weiß, dass das Internat langsam, aber sicher in die Zweitklassigkeit abgerutscht ist.

Ich gehe unter einer riesigen Platane hindurch, die ihre gefleckten Äste vor der neugotischen Fassade der Bibliothek ausbreitet. Das Mädchen an der Aufsicht ist sehr jung – wahrscheinlich eine Studentin, die sich in den Ferien die Studiengebühren verdient. Genau wie ich damals. Ich bin drauf und dran, es ihr zu erzählen, aber die Stille in der Bibliothek ist so wohltuend, dass ich sie nicht stören möchte. Leise frage ich sie, wo die alten Jahrbücher stehen, und sie beschreibt mir den Weg zu einem Raum, in dem sich nicht nur die Jahrbücher, sondern das ganze Archiv des College befinden.

Ich nehme das Jahrbuch von 1963 aus dem Regal und blättere es langsam durch. Bei den Fotos des Abschlussjahrgangs suche ich das Bild von Helen Chambers, kann es aber nicht entdecken. Bei ihrem Hang zu Form und Tradition wäre es sehr untypisch, wenn sie nicht für ein Jahrbuchfoto posiert hätte. Aber ich muss das Buch zweimal durchgehen, ehe ich das Foto vom Erstsemesterball finde. Ganz am Ende, zwischen dem Lacrosse-Team und einem Schnappschuss vom Bridgeclub, stoße ich endlich darauf. »Der Erstsemesterball«, steht darunter, »Helen Liddel Chambers '63 und Hannah Corey Toller.« Hinter Hannah Tollers Namen steht keine Jahreszahl. In diesem Buch, wo auf jeden Namen zwei Ziffern folgen – der Gütestempel sozusagen –, erscheint ihr Fehlen fast wie ein Schandfleck. Das Mädchen, das nach dem ersten Jahr ausgestiegen ist und ein uneheliches Kind in die Welt gesetzt hat. So erinnern sich ihre Kommilitoninnen sicher an sie. Aber das entspricht nicht der Wirklichkeit. Hannah hat die Verantwortung für eine andere übernommen.

Jetzt sehe ich mir das Bild genauer an. Wie blind muss ich gewesen sein, um die Ähnlichkeit nicht zu bemerken? Helen Chambers, deren blondes, hoch gestecktes Haar leuchtet wie die Schwingen eines Schwans, sieht doch aus wie Lucy! Wie die Mutter, so die Tochter, denke ich: Lucy hat behauptet, dass Deirdre ihr Baby geboren habe, und Helen Chambers hat ihr uneheliches Kind ihrer Freundin überlassen. Natürlich erklärt das auch, warum Helen Chambers sich so intensiv um Lucy kümmerte. Kein Wunder, dass sie so entsetzt war, als Lucy sich die Pulsadern aufschnitt.

Ich musste Lucy praktisch zur Krankenstation tragen. Obwohl Deirdre ihr die Handgelenke mit einer dicken Leinenserviette verbunden hatte, troff das rote Blut in den Schnee. Doch als ich mich umblickte, waren die roten Tropfen bereits wieder vom dicht fallenden Schnee bedeckt.

Die Tür der Krankenstation war verschlossen; am Fenster klebte ein Zettel: »Feriensprechstunde 9 bis 16 Uhr. In Notfällen wenden Sie sich bitte an die Feuerwehr in Corinth.«

Lucy lehnte sich an die Wand des Gebäudes, während ich ihr den Zettel vorlas. Wortlos rutschte sie an der Wand herunter und schlang die Arme um die Knie. Ihre Jeans waren schon feucht vom Schnee, und über ihrem linken Knie, dort, wo ihr Handgelenk gelegen hatte, glaubte ich einen neuen Fleck zu entdecken.

»Wir müssen zurück und einen Krankenwagen rufen«, entschied ich.

»Ich kann mich nicht mehr auf den Beinen halten«, entgegnete sie. »Ich bin zu müde. Geh du zurück. Ich warte hier.«

»Ich kann dich doch nicht hier alleine lassen, Lucy! Du wirst erfrieren.«

Aber sie antwortete nicht. Ihre Augen waren geschlossen, sie schien eingeschlafen zu sein. Am Rande der Veranda sah ich die Schneeflocken im Lichtkegel der Lampe tanzen; wenigstens war Lucy hier ein bisschen vor dem Wetter geschützt. Ich musste wohl oder übel allein ins Wohnheim zurückgehen und die Feuerwehr rufen.

Kurz entschlossen zog ich meine Jacke aus und deckte Lucy damit zu. Als ich von der Veranda herunter und aus dem Licht trat, befand ich mich mitten im Schneegestöber. Ich konnte die Abzweigung zum Wohnheim kaum sehen, ja, ich war nicht einmal sicher, ob es überhaupt ein Weg und schon gar nicht, ob es der richtige war. Nach ein paar Minuten merkte ich, dass ich nicht mehr auf einem schneebedeckten Waldweg ging, sondern auf vereistem Steinboden. Ich blieb stehen, drehte mich langsam um und musste mir eingestehen, dass ich vollkommen die Orientierung verloren hatte. Offensichtlich hatte ich den Weg zum Wohnheim verpasst. Aber wo war ich dann jetzt? Durch das Heulen des Winds und das Schneetreiben hörte ich noch ein anderes Geräusch, ein Knarren wie von einer sich öffnenden Tür. Ich wollte darauf zugehen, verlor aber auf dem Eis den Halt.

Ein ganzes Stück rutschte ich kopfüber den Felsen hinunter, dann blieb ich endlich liegen. Vor mir erstreckte sich ein mit wirbelndem Schnee erfülltes Vakuum. Das Knarren war jetzt direkt unter mir, aber weit weg. Ich starrte in den glitzernden Strudel, und es war, als blickte ich in tiefes Wasser – wie wenn man beim Tauchen an der tiefsten Stelle des Sees die Augen öffnet und den Schlick durchs sonnenerhellte Wasser treiben sieht. Ich hatte mich zum Point verirrt und hing über dem Rand der Klippe. Das Knarren, das ich gehört hatte, war das neue Eis, das im Wind ächzte.

Ich versuchte, mich rückwärts vom Abgrund wegzuschieben, aber als ich mich auf die Knie hochhievte, rutschte ich gleich wieder ein paar Zentimeter nach vorn in Richtung Abgrund. Vorsichtig streifte ich meine Fausthandschuhe ab und tastete um mich herum; ich wusste, dass der Fels tiefe Spalten hatte, Schleifspuren von den sich zurückziehenden Gletschern, wie uns Miss Buehl erklärt hatte. Als ich eine fand, die tief genug war, grub ich die Finger hinein, hielt mich fest und versuchte, mich umzudrehen. Endlich schaffte ich es, und nun arbeitete ich mich von einer Ritze zur nächsten vor, immer weiter weg vom See. Als ich einigermaßen ebenes Terrain erreicht hatte, waren meine Fingernägel abgebrochen und blutig, und ich merkte, dass ich meine Fäustlinge liegen lassen hatte. Aber ich kroch weiter und wagte erst aufzustehen, nachdem ich am Wald angelangt war.

Noch immer fehlte mir die Orientierung, und ich wusste auch nicht, wie lange es her war, seit ich Lucy verlassen hatte. Womöglich war sie inzwischen verblutet. Selbst wenn ich jetzt zügig zurück ins Wohnheim gelangte, würde es zu lange dauern, bis der Krankenwagen eintraf. So stand ich im fallenden Schnee und spielte mit dem Gedanken, mich vom Point aufs Eis hinabzustürzen.

Doch dann sah ich im Wald ein Licht schimmern. Konnte das Miss Buehls Licht sein? War es möglich, dass sie zu Hause war? Für gewöhnlich verbrachte sie einen Teil der Ferien auf dem Campus. Außerdem erinnerte ich mich, dass sie Krankenschwester gewesen war, ehe sie Biologie studiert hatte. Wenn Not am Mann war, half sie manchmal auf der Krankenstation aus.

Der Schnee hier im Wald war noch dichter, aber ich stapfte keuchend geradewegs auf das Licht zu, ließ es nicht aus den Augen, bis ich das Cottage erreichte. Mit halb erfrorenen Fingern pochte ich an die Tür. Als die Tür aufging, konnte ich zuerst nicht erkennen, wer sie geöffnet hatte, weil mir dunkle Flecken vor den Augen tanzten.

Jemand zog mich ins Haus und rieb meine Hände. Ich wurde in einen Stuhl gesetzt und in eine Decke gewickelt. Ich schloss die Augen und versuchte, die Lichtflecken vor meinen Augen zu vertreiben. Ich war sicher, dass das Nachbild von Miss Buehls Verandalicht auf ewig in meine Netzhaut eingebrannt war.

Doch als ich die Augen öffnete, konnte ich wieder ganz normal sehen. Miss Buehl hatte mir ein Handtuch um die Hände gewickelt und hinter ihr stand Domina Chambers und hielt eine dampfende Teetasse für mich bereit.

»Trinken Sie das, ehe Sie versuchen zu sprechen«, sagte Miss Buehl und nahm Domina Chambers die Tasse aus der Hand.

Ich schaute mich im Zimmer um und gab mich ganz der behaglichen Szene hin, in die ich hineingestolpert war. Ein Feuer im Kamin, eine Teekanne und Tassen auf einem niedrigen Tischchen, klassische Musik im Radio. Die beiden Frauen trugen Kordhosen und Skipullover.

»An einem solchen Abend sollte man lieber nicht nach draußen gehen«, sagte Miss Buehl im gleichen tadelnden Ton, wie wenn wir an ihren Bunsenbrennern herumspielten. »Miss Chambers und ich arbeiten schon den ganzen Tag zusammen an einem Projekt, wir warten nur, bis das Unwetter vorbei ist und sie wieder zurückkann ...«

»Lucy«, unterbrach ich Miss Buehl.

»Was ist mit Lucy?« Domina Chambers kniete sich neben mich, sodass der heiße Tee über meine ohnehin durchweichten Jeans schwappte.

»Sie ist bei der Krankenstation. Sie blutet.« Einen Augenblick konnte ich mich nicht mehr erinnern, was für eine Geschichte wir uns eigentlich ausgedacht hatten. In meinem verwirrten Geist vermischte sich das Blut aus den Pulsadern mit dem Blut von der Geburt.

»Sie hat sich die Pulsadern aufgeschnitten«, stieß ich schließlich hervor.

»Lucy? Nein, das kann nicht sein.« Domina Chambers musterte mich mit dem gleichen Blick, wie wenn ich in meinen Lateinhausaufgaben eine Stelle falsch übersetzt hatte, aber Miss Buehl zögerte keine Sekunde, schon schlüpfte sie in Stiefel und Jacke.

»Ich habe die Schlüssel zur Krankenstation in meiner Mappe, Helen, würdest du sie mir holen?«

»Aber das ist doch absurd, Celeste«, widersprach Domina Chambers und stand auf, »das Mädchen ist bestimmt nur hysterisch.«

»Hysterisch oder nicht, irgendwas stimmt jedenfalls nicht, und wenn Lucy Toller sich draußen in diesem Unwetter herumtreibt – ob sie nun blutet oder nicht –, dann müssen wir sie finden.«

Domina Chambers machte den Mund auf, als wollte sie erneut widersprechen. Doch Miss Buehl warf ihr einen Blick zu, und sie verstummte, die Lippen zu einem schmalen Strich zusammengepresst, machte auf dem Absatz kehrt und verschwand im Nebenzimmer. Dort hörte ich sie rumoren und vor sich hin murmeln. Noch nie hatte ich erlebt, dass Domina Chambers vor jemandem kuschte.

Eigentlich fand ich, dass ich für einen Abend genug unliebsame Überraschungen erlebt hatte, aber da erschien eine kleine Gestalt in der Tür des Zimmers, in dem Domina Chambers verschwunden war.

»Oh, Albie«, rief Miss Buehl, »dich hatte ich vollkommen vergessen! Du musst auch mitkommen. Zieh dir rasch was Warmes über, es ist kalt draußen.« Dann wandte sie sich an mich. »Albies Großmutter hat sie bereits aus den Ferien zurückgeschickt«, erklärte sie mit gedämpfter Stimme. »Vermutlich hat sie die Termine durcheinander gebracht.«

Inzwischen war Albie schon wieder im anderen Zimmer verschwunden und hatte die Tür hinter sich zugeknallt.

Ehe ich wieder gehe, frage ich das Mädchen an der Aufsicht – sie schläft fast ein über ihrem Exemplar von Dantes »Göttlicher Komödie« –, ob die Bibliothek eine Kopie der Liste der ehemaligen Schülerinnen besitzt. Das Mädchen legt ihr Buch zur Seite und kommt hinter ihrem Tisch hervor. Während ich ihr folge, sehe ich, dass sie Sandalen und dicke weiße Sportsocken trägt. Die Socken haben Löcher in den Fersen. Zwischen ihrem Rocksaum und den Sockenbündchen kann ich ihre nackten, unrasierten Unterschenkel sehen. Unwillkürlich stelle ich mir vor, wie kalt ihr heute Abend sein wird, wenn sie nach Hause geht. Ich muss an meine Schülerinnen denken – vor allem an Athena –, und zum ersten Mal sehne ich mich richtig danach, nach Heart Lake zurückzukehren.

Das Mädchen erkundigt sich, welches Jahr ich suche, und als ich ihr antworte, 1963, mustert sie mich verwundert.

»So alt sehen Sie gar nicht aus«, sagt sie.

Ich muss lachen. »Das hoffe ich doch! Ich bin Abschlussjahrgang '81. Nein, ich suche nach einer Freundin ... nach der Mutter einer Freundin.«

»Oh«, sagt sie unbeteiligt. Dann schlappt sie zurück zu ihrem Tisch, schlägt den Dante wieder auf und gähnt abermals.

Ich fahre mit dem Finger die Namensliste entlang. Meistens folgt einem fett gedruckten Namen einer in Normalschrift. Die fetten sind Mädchennamen, die dahinter die Ehenamen.

Als ich zu Helen Chambers komme, sehe ich, dass auch ihr Name fett gedruckt ist. Also hat sie geheiratet, nachdem sie Heart Lake verlassen hat. Ich bin überrascht und auch ein wenig erleichtert. *Passen Sie auf, dass Sie nicht enden wie Helen Chambers,* hat Dr. Lockhart zu mir gesagt. Tja, vielleicht ist es für sie gar nicht so übel gelaufen. Vielleicht hat es für sie ein Leben nach Heart Lake gegeben.

Aber dann sehe ich, dass die Verfasser der Liste einen Fehler gemacht haben. Der Name, der in normaler Schrift auf

»Chambers« folgt, lautet »Lyddell«. Jemand muss ihren Mittelnamen für ihren Ehenamen gehalten haben. Während ich ihre Adresse suche, hält mein Finger an einem einzelnen Wort inne: verstorben. Es folgt das Datum: 1. Mai 1981. Nur vier Jahre nachdem sie Heart Lake verlassen hat. Also hatte Dr. Lockhart doch Recht. Mit Helen Chambers hat es ein übles Ende genommen.

3. Kapitel

ALS ICH ZUM AUTO ZURÜCKGEHE, sehe ich, dass das Mädchen die Bibliothek verlässt. Sie hat eine leichte Jeansjacke übergezogen und schleppt einen dicken Rucksack. Sie erklärt mir, dass sie außerhalb des Campus in dem Studentenwohnheim jenseits der Raymond Avenue wohnt, und ich biete ihr an, sie heimzufahren. Soweit ich mich erinnere, ist der Komplex eineinhalb Kilometer entfernt. Nachdem sie mich prüfend gemustert hat, scheint sie zu der Überzeugung zu gelangen, dass ich ungefährlich bin – schließlich bin ich Jane Hudson von '81. Doch unterwegs sagt sie erst mal kein Wort. Ich frage sie, für welches Seminar sie den Dante liest; es ist der Kurs für mittelalterliche Geschichte bei dem Professor, den ich im ersten Jahr hatte.

»Wenn Sie Ihre Semesterarbeit schreiben, dürfen Sie nicht vergessen, eine Karte von Dantes Unterwelt einzufügen und sie mit Vergils Unterwelt zu vergleichen«, rate ich ihr. »So was liebt er – die Geographie imaginärer Landschaften –, ich glaube, dafür gibt es sogar eine Bezeichnung ...«

»Wirklich? Danke, ich werde es mir merken.«

Damit steigt sie aus und rennt schnell die Stufen des ziemlich heruntergekommenen Wohnheims hinauf. Ich weiß noch, dass die Gebäude nur für kurzfristige Unterbringung gebaut worden sind – fünf Jahre bevor ich herkam. Schon zu meiner Zeit waren sie baufällig. Ich warte, bis das Mädchen im Haus verschwunden und das Licht angegangen ist, dann fahre ich zurück auf die Hauptstraße und von da aus auf den Taconic Parkway.

Wir fanden Lucy zusammengerollt auf der Schwelle zur Krankenstation, wie eine in der Kälte ausgesperrte Katze. Es brach mir fast das Herz, wenn ich daran dachte, wie lange ich sie so zurückgelassen hatte.

»Tut mir Leid, dass ich es nicht schneller geschafft habe«, sagte ich zu ihr, aber sie war nicht bei Bewusstsein.

»Wie konntest du sie nur alleine lassen?« Die Stimme war so leise, dass ich beinahe dachte, es wäre mein Gewissen. Aber es war Albie.

»Ich wollte Hilfe holen«, versuchte ich mich zu rechtfertigen, aber Albie schüttelte den Kopf.

»Du hättest sie sterben lassen«, zischte sie mich an und beugte sich so nah zu mir, dass Miss Buehl und Domina Chambers sie nicht hören konnten, ich aber ihre Spucke heiß auf meiner Haut fühlte.

Schweigend sah ich zu, wie Domina Chambers Lucy hochhob, während Miss Buehl die Tür aufschloss. Was sollte ich sagen? Vielleicht hatte Albie ja Recht. Ich hätte Lucy daran hindern müssen, sich die Pulsadern aufzuschneiden, hätte den Weg finden müssen. Ich hätte überhaupt nie weggehen dürfen.

In der Krankenstation knipste Albie die Lichter an und rannte los, um Miss Buehls Anweisungen zu befolgen. Sie schien sich gut auszukennen. Alle waren mit irgendetwas beschäftigt, nur ich wusste mich nicht nützlich zu machen, also setzte ich mich auf das Ersatzbett und sah aufmerksam zu, wie sie das Tuch von Lucys Handgelenken entfernten, ihr die nassen Sachen auszogen und ihren Blutdruck maßen.

»Sie hat aufgehört zu bluten«, stellte Miss Buehl fest. »Gott sei Dank hat sie die Schlagadern nicht durchtrennt.«

»Aber muss sie nicht genäht werden?«, fragte Domina Chambers.

»Ja, das kann ich machen. Keine Sorge, Helen, ich habe das schon öfter getan. Aber ihr Blutdruck gefällt mir nicht, er ist zu niedrig. Haben Sie eine Ahnung, wie viel Blut sie verloren hat, Jane? Hat sie schon lange geblutet, als Sie es bemerkt haben?«

Ich schüttelte den Kopf. Zwar dachte ich an das Blut auf dem Laken, aber ich nahm ja an, dass es Deirdres Blut wäre.

»Wir haben sie gleich danach gefunden«, antwortete ich und versuchte mich wieder an die Geschichte zu erinnern, die wir uns ausgedacht hatten. »Sie ist in Deirdres Zimmer gegangen und wir hörten sie weinen, da haben wir nach ihr geschaut.« Ja, ich hatte jemanden weinen gehört, aber als Lucy die Tür aufmachte, waren ihre Augen trocken gewesen.

»Wir?«, wiederholte Miss Buehl fragend.

Ich vertrieb meine Gedanken an das reale Geschehen und konzentrierte mich auf die ausgedachte Geschichte. »Ja, ich und Deirdre Hall.«

»Und wo ist Miss Hall?«, wollte Domina Chambers wissen.

»Sie ist im Wohnheim geblieben.« Schlagartig wurde mir klar, dass das die Schwachstelle unserer Geschichte war. Warum war Deirdre zurückgeblieben? Zwar kannte ich den wahren Grund – um die blutigen Laken zu entsorgen –, aber auf welche fiktive Erklärung hatten wir uns geeinigt?

»Hmm, sie war so durcheinander, und ihr Bett war voller Blut, da ist sie dageblieben, um sauberzumachen.«

Domina Chambers schüttelte den Kopf. »An so etwas zu denken, wenn die eigene Zimmernachbarin zu verbluten droht. Dieses Mädchen ist irgendwie seltsam. Da hat Jane schon etwas mehr Verstand bewiesen.«

Ich lächelte über das seltene Kompliment, obwohl es Deirdre gegenüber nicht fair war und ich mir wieder einen zornigen Blick von Albie einfing. Es war beinahe, als wüsste sie, dass Lucy Deirdre gesagt hatte, sie solle dableiben, um die Laken zu beseitigen.

»Also muss es doch eine Menge Blut gewesen sein«, meinte Miss Buehl. Sie beugte sich über Lucy, schob ihre Augenlider zurück und fühlte den Puls an ihrem Hals. »Am liebsten würde ich ihr im Krankenhaus eine Infusion geben lassen, aber ich fürchte, bei dem Wetter da draußen ist kein Durchkommen auf den Straßen. Schon seit Stunden ist die Telefonverbindung unterbrochen.«

»Können wir sonst noch etwas für das Mädchen tun, Celeste?«, fragte Domina Chambers. Ich sah, dass sie zitterte. War ihr etwa kalt? Mir dagegen war richtig warm geworden. »Wird sie wieder gesund?«

»Ich gebe ihr eine Infusion mit Kochsalzlösung, damit sie Flüssigkeit bekommt und um den Blutdruck zu stabilisieren. Ansonsten werden wir abwarten müssen. Mir wäre allerdings schon wesentlich wohler, wenn sie wieder zu sich käme.« Miss Buehl schüttelte Lucy an der Schulter und rief ihren Namen. »Vielleicht sollten Sie es mal versuchen, Jane. Sie sind schließlich ihre beste Freundin.«

Der Weg durchs Zimmer zu Lucys Bett erschien mir endlos lang. Ich kniete mich neben Lucy und sagte leise ihren Namen, und zu meinem großen Erstaunen schlug sie die Augen auf.

»Jane«, flüsterte sie.

»Alles in Ordnung, Lucy, wir sind auf der Krankenstation.«

»Bleibst du bei mir? Geh nicht zurück ins Wohnheim.«

Ich war gerührt, weil sie mich bei sich haben wollte. Meine Augen füllten sich mit Tränen, und das Zimmer verschwamm. Dann wurde alles schwarz.

Als mich Lucy auf der Krankenstation gebeten hatte, bei ihr zu bleiben, waren mir vor Rührung die Tränen gekommen, aber natürlich weiß ich heute, was der wirkliche Grund gewesen war: Sie wollte nicht, dass ich mit Deirdre sprach. Sie wollte sich erst vergewissern, ob Deirdre sich wirklich an den Plan hielt und das Baby auch mir gegenüber als ihres ausgab.

Aber es ist eine Sache, sich als Mutter eines tot geborenen Babys auszugeben, und eine ganz andere, vom College abzugehen und das Baby einer anderen großzuziehen. Unterwegs von Vassar nach Corinth – nur etwas mehr als zweihundert Kilometer voneinander entfernt, und doch liegen Welten zwischen den beiden Orten – denke ich vor allem über Hannah Corey nach, Abschlussklasse ... gar keine Abschlussklasse. Warum hat sie sich bereit erklärt, Helens Baby anzunehmen und für ein Kind zu sorgen, das nicht ihr eigenes war?

Diese Frage quält mich, während ich langsam die River Street hinunterfahre, vorbei an den viktorianischen Villen, die etwas zurückgesetzt auf schneebedecktem Rasen stehen. Bei den meisten ist der Weihnachtsschmuck noch nicht entfernt worden, und die bunten Lichter verbreiten Juwelengeglitzer auf dem schimmernden Schnee. Am Ende der Straße halte ich gegenüber vom Pförtnerhaus, an der Kreuzung Lake Drive und River Street; um keine Aufmerksamkeit zu erregen, schalte ich den Motor ab. Dabei sind die Vorsichtsmaßnahmen eigentlich gar nicht nötig, denn allem Anschein nach steht das alte Haus der Tollers leer. Keine Weihnachtsbeleuchtung. Nirgends Licht. Überhaupt wirkt das Anwesen vernachlässigt – die Auffahrt ist nicht geräumt, ein Fensterladen hat sich aus den Angeln gelöst und hängt schief herunter.

Ob hier überhaupt jemand gewohnt hat, seit Cliff und Hannah Toller bei dem Verkehrsunfall ums Leben gekommen sind? Das ist in meinem letzten Jahr am College passiert, und ich habe es aus der Tageszeitung in Albany erfahren. Die beiden waren auf dem Rückweg von Plattsburgh, als ein Schneesturm – wie ungewöhnlich für Mai! – über die Adirondacks hinwegfegte. Später fand man ihren Wagen auf dem Grund einer tiefen Schlucht. Die Zeitung machte ziemlich viel Wind um die Tatsache, dass die beiden, genau wie ihre Kinder, zusammen gestorben waren. »Zum zweiten Mal doppelter Todesfall in Familie aus den Adirondacks« lautete die Schlagzeile.

Ich weiß noch, dass mich das Schicksal der Tollers eigentlich nicht überraschte. Dass sie nach dem Tod ihrer beiden Kinder einfach weiterlebten, konnte ich mir viel weniger vorstellen.

Aber nur eins der Kinder war ihr eigenes gewesen.

Ich frage mich, ob sie Lucy am Ende doch für einen Eindringling hielten, für einen Wechselbalg, das ihren Sohn mit sich in den Tod gerissen hatte.

Gerade als ich die Hand auf den Zündschlüssel lege, geht im Haus ein Licht an und eine Gestalt erscheint hinter dem Vorhang am Fenster. Fast kommt es mir vor, als wollte mir jemand Vorwürfe machen, weil ich diesen Gedanken zugelassen habe – und tatsächlich erinnert mich das Profil da oben im Fenster an Lucy. Mir wird plötzlich sehr kalt, und das Atmen fällt mir schwer, genau wie bei den Panikattacken damals, als ich zwanzig war. Schnell stelle ich den Motor an und drehe die Heizung hoch, aber die Kälte lässt sich nicht vertreiben, obwohl ich gleichzeitig zu schwitzen beginne. In diesem Zustand sollte ich besser nicht fahren. Rasch werfe ich noch einen Blick zum Fenster empor, um mich zu vergewissern, dass es nicht Lucy ist, aber jetzt ist wieder alles dunkel. Kurz darauf erscheint in der Tür ein beleuchtetes Rechteck, eine Frau kommt heraus und geht durch den tiefen, ungeräumten Schnee direkt auf mein Auto zu. Ehe ich ganz begriffen habe, dass es Dr. Lockhart ist, klopft sie auch schon an meine Fensterscheibe.

»Sie haben also beschlossen zurückzukommen«, sagt sie, als ich das Fenster herunterkurble. »Es ist wohl besser, den Dämonen ins Gesicht zu blicken, was?«

Ich überlege, welche Dämonen sie meint, aber ich bin ausnahmsweise einmal wild entschlossen, sie nicht über den Gesprächsverlauf bestimmen zu lassen.

»Was machen Sie im Haus der Tollers?«, frage ich.

Dr. Lockhart lächelt. »Das Haus gehört nicht mehr den Tollers, Jane. Hier wohne jetzt ich.«

»Sie wohnen hier? Aber ...«

»Was haben Sie denn gedacht, Jane? Dass ich in einem dieser gemütlichen kleinen Apartments im Herrenhaus lebe? Wohl kaum. In meinem Beruf ist es sehr wichtig, Distanz zu wahren. Und ich lege Wert auf meine Privatsphäre. Diese Internate ähneln manchmal einem Aquarium. Faszinierend als kultureller Mikrokosmos, aber furchtbar öde, wenn man vierundzwanzig Stunden am Tag darin herumschwimmen muss. Macht Ihnen das nicht auch manchmal zu schaffen – die ganze Zeit beobachtet zu werden?«

Mir ist ein derartiger Gedanke noch nie in den Kopf gekommen, aber wenn ich mir die Ereignisse des letzten Halbjahres ins Gedächtnis rufe, wird mir klar, dass ich mich tatsächlich überwacht gefühlt habe.

»Von wem haben Sie das Haus gekauft?«, erkundige ich mich, nur um das Gespräch von den letzten Monaten abzulenken. Ich merke, dass meine Frage sie überrascht.

»Von den Erben. Das Haus hat lange leer gestanden ...« Obwohl sie augenscheinlich nicht weiter darüber reden will, beschließe ich, das Thema weiterzuverfolgen, schon weil ich Dr. Lockhart noch nie so offensichtlich verlegen gesehen habe.

»Seit die Tollers gestorben sind? Vielleicht haben die Leute gedacht, es ist ein Unglückshaus – alle, die darin gelebt haben, sind jetzt tot.«

»Ich bin nicht abergläubisch, Jane. Der Mensch schafft sich sein eigenes Schicksal. Wenn man glaubt, so ein Haus bringe Unglück, dann kann man auch gleich ... dann kann man genauso gut an die Legende von den drei Schwestern glauben. Wenn Melissa Randall nicht geglaubt hätte, was sie in Ihrem Tagebuch darüber gelesen hat, würde sie wahrscheinlich noch leben.«

In ihrer letzten Bemerkung liegt eindeutig ein triumphierender Unterton. Endlich hat sie das Gespräch da, wo sie es haben wollte. Jetzt kann ich es nicht mehr verhindern, über die Ereignisse des letzten Halbjahres zu sprechen.

»Ich habe Ihnen und Direktorin Buehl doch gesagt, dass jemand mein Tagebuch hat. Was hätte ich denn tun sollen?«, frage ich.

»Sie hätten uns sagen sollen, was in Ihrem Tagebuch steht: Sex mit maskierten Männern, Opferriten, ein totes Baby in einer Teedose ...«

»Ich verstehe, was Sie meinen, Dr. Lockhart. Ja, ich hätte es jemandem erzählen sollen, aber es war alles schon ziemlich merkwürdig. Was würden Sie denn denken, wenn plötzlich irgendwelche Seiten aus Ihrem alten vermissten Tagebuch auf Ihrem Schreibtisch auftauchten?«

»Das weiß ich nicht, weil ich nie ein Tagebuch geführt habe. Ich wäre nicht so dumm, belastendes Material schriftlich festzuhalten – falls ich mir je so etwas hätte zuschulden kommen lassen.« Ich glaube ihr. Sie sieht nicht aus wie eine Frau, die leicht etwas preisgibt.

»Nun, ich werde in Zukunft bestimmt vorsichtiger sein. Jetzt gehe ich aber lieber zurück ins Internat. Ich möchte nachsehen, ob Athena und Vesta schon wieder da sind.«

»Falls Sie Ellen und Sandy meinen – die sind beide in Heart Lake. Aber vielleicht sollten Sie in Erwägung ziehen, sie nicht mehr beim Namen der Göttinnen zu nennen. Hat Ihre alte Lateinlehrerin nicht römische Namen benutzt, zum Beispiel Lucia und Clementia?«

Ist es ein Zufall, dass sie ausgerechnet meinen und Lucys Namen erwähnt? Hat sie vielleicht sonst noch etwas aus meinem Tagebuch entnommen?

»Ja, aber ich wüsste nicht, was diese Namen für einen Schaden anrichten sollten. Macht es die Sache nicht unnötig bedeutsam, wenn wir die Namen ändern?«

»Miss Hudson, eine Ihrer Studentinnen ist tot. Wie bedeutsam soll es denn noch werden?«

»Na schön, ich werde ihnen vorschlagen, sich andere Namen zu suchen. Hören Sie, soll ich Sie vielleicht mitnehmen?« Ich bemühe mich, einen versöhnlichen Ton anzuschlagen. Auf gar keinen Fall möchte ich mir diese Frau zur Feindin machen.

»Nein, danke, ich bin unterwegs zum Schlittschuhlaufen.« Sie wendet mir ihre rechte Seite zu, um mir ein Paar abgetragene Schlittschuhe mit dekorativer Stickerei zu zeigen, die über ihrer Schulter hängen. »Hinter meinem Haus gibt es eine Abkürzung durch den Wald. Ich kann einfach quer über den See zur Schule laufen.«

»Seien Sie vorsichtig«, ermahne ich sie. »Bei der Mündung des Schwanenkill hat das Eis eine schwache Stelle.«

»Machen Sie sich nur keine Sorgen, Jane«, erwidert sie lächelnd. »Ich kenne alle schwachen Stellen.«

Ich nehme den Lake Drive am Ostufer des Sees. Zwischen den Kiefern am Straßenrand erhasche ich hin und wieder einen Blick auf den zugefrorenen See, der im Licht des Vollmonds glitzert. Dr. Lockhart hat sich einen wunderschönen Abend zum Schlittschuhlaufen ausgesucht. Nein, abergläubisch kann sie wirklich nicht sein. Wie würde sie sich sonst im Dunkeln allein aufs Eis trauen? Ich jedenfalls könnte es nicht.

Ich biege vom Lake Drive ab und stelle meinen Wagen auf den Lehrerparkplatz. Jetzt muss ich meinen Koffer im Dunkeln den langen Weg zu meinem Haus hochschleppen – natürlich habe ich, als ich weggefahren bin, nicht daran gedacht, das Licht anzulassen. Vor zwei Wochen war ich nicht mal sicher, ob ich überhaupt zurückkommen würde. Vielleicht sollte ich erst mal ins Haus gehen und ein paar Lichter anknipsen, ehe ich mich mit dem schweren Gepäck den Weg hinaufquäle.

Im Handschuhfach finde ich eine Taschenlampe – nur sind die Batterien leider leer. Also muss ich mich wohl oder übel im Dunkeln zurechtfinden. Na ja, bei Vollmond wird es wohl nicht gar so schlimm sein ... Aber als ich aussteige, ist der Weg auf der anderen Seite des Parkplatzes – der zum Wohnheim führt – hell erleuchtet. Direktorin Buehl hat nach Melissa Randalls Tod offenbar eine zusätzliche Beleuchtung anbringen lassen, um die besorgten Eltern zu beruhigen.

Ich beschließe, zuerst ins Wohnheim zu gehen und nach Athena und Vesta zu sehen. Vielleicht hat die Wohnheimaufsicht eine Taschenlampe, die sie mir leihen kann. Während ich den hell erleuchteten und gut geräumten Weg hinaufstapfe, wird mir klar, dass ich nur Ausflüchte suche, um ja nicht allein den dunklen Weg zu meinem Cottage hinaufzugehen. Ich bin wohl noch nicht so weit, dass ich in diesem Haus allein sein will.

Die Aufseherin hat einen ganzen Vorrat an Taschenlampen und überlässt mir gerne eine davon, sofern ich dies mit meiner Unterschrift bestätige. Außerdem braucht sie *noch* eine Unterschrift, damit sie mich ins Wohnheim lassen kann, und dann muss ich auch noch meinen Ausweis hinterlegen. Als ich ins zweite Stockwerk hinaufsteige, fällt mir auf, dass überall Zettel mit Bekanntmachungen hängen: Die Schülerinnen werden aufgefordert, möglichst nicht allein herumzulaufen, und es wird ihnen geraten, an Gesprächs- oder Beratungsgruppen teilzunehmen. Ich glaube Gwen Marshs Handschrift zu erkennen. Bei dem Gedanken, dass die arme Gwen ihre Weihnachtsferien damit zugebracht hat, Informationszettel zu schreiben – mit ihrem Karpaltunnelsyndrom! – und sich Mittel und Wege auszudenken, wie man die Mädchen nach dem Trauma von Melissas Tod unterstützen kann, wenn sie aus den Ferien wieder da sind, bekomme ich auf einmal ein furchtbar schlechtes Gewissen. Im Vergleich dazu waren meine zwei Wochen im *Aquadome* ein Luxusurlaub.

Im zweiten Stock ist es still, bis auf das Zischen der Heizkörper. Aber als ich an die Tür klopfe, höre ich das übliche Rumoren und Fensterschließen, was mir sagt, dass Athena und Vesta da sind und in den Ferien das Rauchen nicht aufgegeben haben.

Vesta schließt auf und öffnet die Tür einen kleinen Spalt. Als sie mich entdeckt, zieht sie argwöhnisch die Augenbrauen zusammen, lässt mich aber herein.

»Sandy«, sage ich, entschlossen, Dr. Lockharts Wunsch zu entsprechen und die antiken Namen der Mädchen zu vermeiden. »Schön, Sie zu sehen. Wie waren die Ferien?«

Vesta zuckt die Achseln und setzt sich auf das Bett unter dem Fenster. Athena dreht sich auf ihrem Stuhl um und lächelt mich an. Sie sieht weniger mitgenommen und irgendwie offener aus, macht insgesamt einen gesünderen Eindruck. Die zwei

Wochen außerhalb von Heart Lake haben ihr offensichtlich gut getan.

»Salve, Magistra«, sagt sie. »Quid agis?«

»Bene«, antworte ich. »Et tu, Ellen?«

»Ellen? Wieso nennen Sie mich nicht Athena?«

Ich trete verlegen von einem Fuß auf den anderen. Im Zimmer ist es heiß und feucht.

»Bitte schön«, sagt Athena, steht auf und nimmt im Schneidersitz auf dem Boden Platz, »ziehen Sie die Jacke aus und setzen Sie sich. Hier drin wird geheizt wie in einer Sauna.«

Ich lasse mich an meinem alten Schreibtisch nieder. Jetzt, so dicht neben Athena, fällt mir auch etwas auf, was sich an ihrem Äußeren verändert hat: Sie lässt die Farbe aus ihren Haaren herauswachsen. An den Wurzeln sind bereits ein paar Zentimeter ihrer Naturfarbe zum Vorschein gekommen – ein helles, warmes Braun. Unwillkürlich wandert mein Blick über ihre Bücher und ich ertappe mich dabei, dass ich immer noch nach dem schwarzweißen Notizbuch suche. Stattdessen entdecke ich die lateinische Grammatik und eine Taschenbuchausgabe von Salingers *Franny und Zoey*. »Das hab ich in Ihrem Alter auch gelesen«, bemerke ich.

»Sie haben meine Frage nicht beantwortet«, entgegnet Vesta. »Warum haben Sie nicht unsere lateinischen Namen benutzt?«

»Dr. Lockhart meint, die Namen der Göttinnen wären vielleicht unangemessen ...«

Vesta schnaubt. »Die Namen sind das Beste am Ganzen«, meint sie. »Ich habe *Sandy* schon immer gehasst. Mein richtiger Name ist Alexandria, das ist noch schlimmer. Wenn Sie mich nicht mehr Vesta nennen, wähle ich Latein sofort ab.«

»Ja«, fällt Athena ein. »Ich konnte *Ellen* auch noch nie leiden.«

»Okay, dann bleibe ich bei Athena«, sage ich, »und bei Vesta. Ich kann ja unmöglich riskieren, dass Sie beide aus meinem Lateinkurs aussteigen.«

Augenblicklich sind die Mädchen wie ausgewechselt. Sie werden ernst und wirken irgendwie verlegen.

»Ein paar von den Mädels haben sich schon abgemeldet«, gesteht Athena. »Manche Eltern wollten nicht, dass ihre Töchter in dem Kurs bleiben – wegen dem, was mit Melissa passiert ist.«

»Ja, es kursieren Gerüchte, dass wir Babys geopfert hätten und solches Zeug.«

Ich blicke Vesta ins Gesicht, als sie »Babys« sagt, aber sie scheint das Beispiel ohne Hintergedanken gewählt zu haben. Direktorin Buehl hat mir versichert, dass niemand etwas über den Inhalt der Teebüchse erfahren wird. Aber wenn Melissa mein Tagebuch hatte, kann es durchaus sein, dass sie ihren Zimmergenossinnen davon erzählt hat.

»Es ist unsere Schuld«, sagt Athena. »Wenn wir erst gar nicht mit den drei Schwestern und den Opfern für die Göttin des Sees angefangen hätten, wäre das alles nicht passiert.«

»Wer ist denn auf die Idee gekommen?«, frage ich. »Auf die Felsen zu steigen und die Göttin des Sees anzubeten?«

Athena und Vesta sehen einander an und zucken die Achseln. »Ich weiß es nicht. Irgendwie waren alle daran beteiligt. Wahrscheinlich hat sich Melissa besonders stark engagiert, weil sie sich Sorgen wegen Brian gemacht hat.« Ich denke an die Nacht, als ich die drei Mädchen bei den drei Felsen beobachtet habe. Melissa hat darum gebetet, dass ihr Freund ihr treu bleibt, Vesta hat sich gute Noten erfleht, aber was Athena sich gewünscht hat, habe ich nicht gehört.

»Ist Ihnen aufgefallen, dass Melissa ein schwarzweißes Notizbuch hatte?«, frage ich.

»Wie das da?« Athena öffnet die Schreibtischschublade und zieht eine marmorierte Kladde heraus. Ich lese, was auf dem Einband steht: »Ellen (Athena) Craven.«

»Ja«, antworte ich, »wie das da.«

Athena schüttelt den Kopf, während Vesta mich seltsam anblickt.

»Warum wollen Sie das wissen?«

Jetzt habe ich mir mit meinen Fragen selbst ein Bein gestellt. Wenn die Mädchen wirklich nichts davon ahnen, dass Melissa mein altes Tagebuch hatte (und Athena zumindest macht auf mich einen unschuldigen Eindruck), dann sollte ich es ihnen auch nicht auf die Nase binden.

»Ich dachte nur, wenn sie ein Tagebuch geführt hätte, wüssten wir vielleicht mehr darüber, was in Melissa vorgegangen ist«, antworte ich gespielt lässig.

Vesta wirkt nicht überzeugt. »Sie glauben, dass sie aufgeschrieben hat, warum sie Athena unter Drogen gesetzt und ihr die Pulsadern aufgeschlitzt hat?« Sie deutet auf Athenas Handgelenke, und Athena zupft prompt an ihren Ärmelbündchen, die ihr bis zu den Fingerknöcheln reichen. Mir fällt auf, dass die Bündchen ganz verschlissen sind und anfangen, sich aufzulösen, als würde sie ständig daran ziehen. »Herrgott«, meint Vesta. »Wer würde denn so dumm sein, so was aufzuschreiben?«

Ich verabschiede mich, ehe Vesta mir noch mehr Fragen über das Tagebuch stellen kann. Als ich das Zimmer verlasse, weiß ich, dass es ein taktischer Fehler war, die Mädchen zu besuchen, bevor ich mit Direktorin Buehl gesprochen und in Erfahrung gebracht habe, was man ihnen über Melissas Tod mitgeteilt hat. Ich nehme mir fest vor, Direktorin Buehl sofort anzurufen, wenn ich im Cottage bin, aber wie sich herausstellt, muss ich das gar nicht. Direktorin Buehl erwartet mich nämlich am Schreibtisch der Aufsicht.

»Ah, Jane, ich habe Ihren Namen im Besuchsregister gesehen und dachte, ich passe Sie hier einfach ab. Haben Sie schon die Notiz gesehen, die ich bei Ihnen an der Tür hinterlassen habe?«, fragt Direktorin Buehl. »Dass Sie mich anrufen sollen, sobald Sie zurück sind?«

»Ich war noch nicht bei mir zu Hause«, erkläre ich ihr. »Ich bin zuerst hierher gekommen, um mir eine Taschenlampe zu besorgen.«

»Ah.« Direktorin Buehl nickt. »Ich erinnere mich lebhaft,

wie dunkel der Weg zum Cottage manchmal sein konnte. Natürlich bin ich alle Wege inzwischen so oft gegangen, dass ich mich vermutlich blind auf dem Campus zurechtfinden würde. Ich begleite Sie zurück zum Parkplatz und helfe Ihnen mit dem Gepäck. Dabei können wir uns unterhalten.«

Außer den Koffern habe ich noch ein paar Bücherkisten aus Westchester mitgebracht. Obwohl ich Direktorin Buehl versichere, dass sie bis morgen früh im Auto bleiben können, hievt sie kurzerhand zwei von ihnen hoch und geht so schnell den dunklen Weg hinauf, dass ich kaum mitkomme, obwohl ich mir nur eine Kiste aufgepackt habe. Ich muss an die Wanderungen denken, die sie als Biologielehrerin mit uns gemacht hat – wie sie durch den Wald marschiert ist, während ihre Schülerinnen mühsam über Stock und Stein hasteten und verzweifelt versuchten, den Anschluss zu halten, um Miss Buehls Erklärungen zu folgen. Bei der nächsten Prüfung konnten wir nach jedem Stein und jeder Blume gefragt werden, und die Entschuldigung, man sei nicht mitgekommen, wurde von Miss Buehl nicht akzeptiert. »Die Schnellste macht das Rennen«, war einer ihrer Lieblingssprüche, und in ihrem Kurs konnte man das wörtlich nehmen.

In den vergangenen zwanzig Jahren hat sie nichts von ihrer Ausdauer eingebüßt. Endlich hole ich sie ein, aber ich muss hinter ihr bleiben, weil der Weg nicht geräumt ist. Frischer Schnee bedeckt die schmale Spur, die vor den Weihnachtsferien freigeschaufelt worden ist, und durch das Knirschen unserer Stiefel im Schnee kann ich kaum verstehen, was Direktorin Buehl sagt. Sie spricht über die Schulter hinweg, als wäre ich die ganze Zeit über dicht hinter ihr gewesen, und mir wird klar, dass ich bereits die Hälfte von dem verpasst habe, was sie »den neuesten Stand der Melissa-Randall-Affäre« nennt. Sie wirft mit den Ergebnissen der Autopsie und DNA-Tests um sich wie einst mit den Namen von Bäumen und Wildblumen. Doch ich entnehme dem Gesagten, dass es nichts gibt, was ich nicht schon von Roy Corey erfahren habe. Doch dann erwähnt sie »dieses Tagebuch, das Sie in Ihrem letzten Schuljahr geführt haben«, und ich unterbreche sie mit der Frage, wie viele Leute eigentlich davon wissen. »Nun, Dr. Lockhart war dabei, als wir es gefunden haben«, antwortet sie. Inzwischen haben wir die Tür des Cottage erreicht, sodass ich sie auch wieder klar und deutlich verstehe. »Aber nur ich und dieser nette junge Detective haben es gelesen. Natürlich habe ich Dr. Lockhart etwas von seinem Inhalt erzählt, damit sie besser einschätzen kann, inwieweit Melissa davon beeinflusst worden ist. In ihrem Buch über Selbstmord bei Teenagern ergibt das sicher ein recht interessantes Kapitel.«

Obwohl mir die Idee, dass mein Tagebuch in Dr. Lockharts Forschung eine tragende Rolle spielen soll, überhaupt nicht gefällt, lächle ich Direktorin Buehl an und hoffe, dass es freundlich wirkt. »Danke, dass Sie mir geholfen haben. Ich koche uns schnell einen Kaffee, dann können wir uns in Ruhe unterhalten ...« Ich mache eine Handbewegung zum Sessel am Kamin, auf dessen Armlehne noch die Teetasse steht, aus der ich am Abend vor meiner Abreise getrunken habe. Während sie im Türrahmen stehen bleibt, folgt ihr Blick meiner Geste und wandert über das kleine Wohnzimmer, über das abgenutzte geblümte Zweisitzersofa unter dem Fenster, über den Couchtisch, auf dem sich lateinische Bücher, Kataloge vom Versandhaus *Land's End* und jede Menge unkorrigierter blauer Hefte stapeln. Ihr Gesicht, das von der kalten Luft und der Anstrengung rosig war, scheint plötzlich zu erschlaffen, ihre Haut wird blass und faltig. Mit einem Mal fällt mir ein, dass sie ja früher selbst hier gewohnt hat. Die Möbel waren schon da, als ich eingezogen bin, und stehen, wenn ich mich recht erinnere, immer noch am selben Platz wie in jener Nacht, als ich aus dem Schneesturm in dieses Zimmer stolperte. Nur gab es damals ein Feuer im Kamin, klassische Musik im Radio, und der Raum hatte eine heimelige Helligkeit, die jetzt fast gänzlich unter Staub und Vernachlässigung erloschen ist.

Plötzlich macht sie unter der Tür kehrt und geht hinaus, aber nicht Richtung Parkplatz.

»Eine wunderschöne Nacht ...«, höre ich sie sagen, während sie auf dem Weg zum Point verschwindet. »Da sollte man sich doch lieber im Freien unterhalten.«
Ich beeile mich, ihr zu folgen. Breitbeinig, die Arme hinter dem Rücken verschränkt, wie ein General, der seine Truppen inspiziert, hat sie sich auf dem gewölbten Felsen aufgebaut.
»Ich finde, das ist ein guter Platz zum Nachdenken«, sagt sie, als ich neben ihr angelangt bin.
»Ja, man hat einen wunderbaren Blick.«
Ungeduldig schüttelt sie den Kopf und scharrt wie ein Pferd mit ihren schweren Wanderstiefeln im Schnee. »Es geht mir nicht um den Blick«, erwidert sie mit der matten Geduld einer Lehrerin, die es gewohnt ist, falsche Antworten zu hören, »sondern um den Felsen. Wo wir jetzt stehen, war früher ein riesiger Gletscher. Der Stein ist so hart, dass er nach zehntausend Jahren kaum Zeichen von Erosion aufweist, aber die Spuren, die der Gletscher hinterlassen hat, sind immer noch da. Das rückt die Dinge in die richtige Perspektive.«
»Ja«, sage ich, obwohl ich nicht genau weiß, welche Perspektive sie meint. Dass das menschliche Leid unbedeutend ist im Angesicht der majestätischen Natur oder dass die Wunden der Vergangenheit nie ganz verheilen?
»Es ist Ihnen peinlich«, sagt sie. Genau genommen bin ich im Moment eher perplex, aber ich nicke trotzdem.
»Es ist Ihnen peinlich, dass ich Ihr Tagebuch gelesen habe.« Direktorin Buehl seufzt und entspannt sich ein wenig. Auf einmal sehe ich, dass sie die Schultern hängen lässt und ihre früher stets straffe Haltung müde geworden ist. »Es sollte Ihnen aber nicht peinlich sein – für mich war es nämlich eine große Erleichterung.«
Jetzt kann ich nicht länger so tun, als würde ich sie verstehen. »Mein Tagebuch war für Sie eine Erleichterung?« Kaum sind die Worte aus meinem Mund, weiß ich, dass auch ich nicht länger mit meiner Wut hinter dem Berg halten kann. Erst eignet sich ein hysterisches Mädchen die Ergüsse meines törichten jungen Herzens an, dann zieht eine ehrgeizige Psy-

chologin sie zu Forschungszwecken heran, und jetzt sind sie Balsam für die Wunden meiner ehemaligen Lehrerin und derzeitigen Vorgesetzten?

»Ja«, erwidert sie und ignoriert die Empörung in meiner Stimme. Sie sieht hinunter auf die Stelle, wo sie im Schnee gescharrt hat. »All die Jahre habe ich das Gefühl gehabt, es wäre meine Schuld, was mit Helen passiert ist. Ich dachte, wenn ich bei dem Verhör nur den Mund aufgemacht hätte, wäre sie vielleicht nicht entlassen worden, und wenn sie nicht entlassen worden wäre, hätte sie nicht Selbstmord begangen ...«

»Selbstmord? Domina Chambers hat Selbstmord begangen?« Ich sehe meine ehemalige Lateinlehrerin vor mir – ihr stolzes, hochmütiges Profil, die Art, wie sie immer eine Augenbraue hochgezogen hat, wenn eine Schülerin einen lateinischen Satz falsch übersetzte. Unvorstellbar, dass sie sich umgebracht haben soll.

»Ja.« Direktorin Buehl hat ihren Blick vom Felsen abgewandt, als wäre die »Perspektive«, die er ihr soeben noch geboten hat, plötzlich unwichtig geworden. »Vier Jahre nachdem sie von hier weggegangen ist. Die Entlassung war ein schrecklicher Schlag für sie. Für mich ebenfalls.« Als sie nicht weiterspricht, drehe ich mich zu ihr um. Der Mondschein lässt ihre Falten tiefer erscheinen, wie Verwerfungen nach einem Erdbeben. Ihr Gesicht zittert, während sie sich bemüht, die Tränen zurückzuhalten.

»Ich habe versucht, ihr eine Stelle an einer katholischen Schule oben im Norden zu vermitteln«, sagt sie, als sie ihre Stimme wieder unter Kontrolle hat. Oben im Norden? Noch weiter nördlich als Heart Lake – das kann nur St. Eustace sein. Es wundert mich nicht, dass Domina Chambers das abgelehnt hat. »Einige der Mädchen sind auch dort hingegangen nach ... nach dem Skandal ... und ich dachte, dass sie womöglich Kontakt zu ihnen halten wollte. Aber das war nicht der Fall. Stattdessen ist sie nach Albany gezogen und hat eine Stelle als Aushilfslehrerin angenommen.«

»Wirklich? Als Aushilfslehrerin? Domina Chambers?« Das überrascht mich noch mehr als ihr Selbstmord, auch wenn es diesen etwas plausibler erscheinen lässt.

»Sie können sich also ungefähr denken, wie es ihr damit erging.« Direktorin Buehl versucht ein Lächeln, und abermals ruft es ein Zittern hervor.

Ich weiß noch genau, wie wir die Aufhilfslehrerinnen an der Highschool in Corinth behandelt haben. Vor meinem inneren Auge erscheint plötzlich ein Bild von Domina Chambers, die an einer Tafel steht (als Aushilfslehrerin musste sie bestimmt an die Tafel schreiben), ihr elegantes schwarzes Kleid mit gelber Kreide beschmiert, das silberne Haar aus dem sonst so ordentlichen Knoten gelöst.

»Als ich erfuhr, dass sie Selbstmord begangen hatte, dachte ich, sie hätte es getan, weil sie all diese Demütigungen über sich hatte ergehen lassen müssen. Vielleicht hätte ich sie davor bewahren können. Und unsere Beziehung war bei dem Verhör sicher auch nicht gerade hilfreich ...«

Direktorin Buehls Stimme wird heiser, und sie bricht ab. Noch einmal überkommt sie das Zittern, und dann zeichnen sich ihre Gefühle im Mondlicht so nackt und klar auf ihren Zügen ab, dass ich mich zusammenreißen muss, um nicht wegzuschauen. »Sie meinen, Sie und Miss Chambers ...« Meine Worte klingen in meinen Ohren kindisch und irgendwie anzüglich. Deirdre Halls Mutmaßungen über Miss Buehl und Domina Chambers kommen mir in den Sinn und wieder das Cottage in der Nacht des Schneesturms, mit dem Feuer, der Teekanne und der klassischen Musik ... Was hatte Miss Buehl damals gesagt? Dass sie den ganzen Tag mit Domina Chambers an irgendeinem Lehrplanprojekt gearbeitet habe?

»Domina Chambers war bei Ihnen im Cottage«, murmle ich.

Direktorin Buehl nickt. »Sie hat die Ferien immer bei mir verbracht. Es war die einzige Zeit, die wir für uns hatten, aber dann ist dieses Mädchen aufgetaucht, und wir mussten so tun, als würden wir den Lehrplan besprechen. Irgendeine

Geschichte mussten wir ja erfinden! Wissen Sie, was für ein Gefühl das war? Sich irgendwelche Lügen ausdenken, wie Schulmädchen, die man nach der Sperrstunde im Freien erwischt.«

Ich denke an das Lügengespinst, in das ich mich verstrickt habe, und nicke – ja, ich weiß, was sie meint –, aber sie bemerkt es nicht, sie ist ganz in die Vergangenheit eingetaucht.

»Auch dann noch mussten wir lügen, als alle längst Bescheid wussten – uns war seit langem klar, was die Mädchen hinter unserem Rücken tuschelten, wir kannten die Geschichten, die unsere so genannten Kolleginnen der Schulbehörde hinterbrachten. Deshalb hat man Helen beim Verhör so in die Mangel genommen, aber ich hatte Angst, dass man mich ebenfalls feuern würde, wenn ich mich hinter sie stellte. Ich schäme mich so ... seit Jahren ... nicht für unsere Beziehung, sondern dafür, dass ich sie geleugnet habe. Und nicht nur Helen musste darunter leiden. Die Mädchen, die wegen des Skandals die Schule verließen ... auch für sie fühlte ich mich verantwortlich. Dann habe ich die Stelle als Direktorin angetreten, obwohl es mir vorkam, als würde ich ein sinkendes Schiff übernehmen ...« Sie verstummt, und ich schaue weg, während sie versucht, ihre Stimme wieder unter Kontrolle zu bekommen. Draußen auf dem See sehe ich einen schwarzen Schatten, der auf dem weißen Eis Kreise dreht. Erst denke ich, es ist ein Vogel, aber dann erkenne ich, dass jemand da draußen Schlittschuh läuft. Ach ja, Dr. Lockhart, ganz ohne Zweifel.

»Domina Chambers hätten Sie damit nicht geholfen«, sage ich, »selbst wenn Sie Ihre Beziehung bei dem Verhör erwähnt hätten ...«

Aber Direktorin Buehl macht eine wegwerfende Handbewegung. »Es geht nicht nur darum. Wissen Sie – mir hatte Helen es auch zu verdanken, dass Lucy erfahren hat, wer ihre Mutter war. Und lange Zeit habe ich geglaubt, deshalb hätten Matt und Lucy sich gestritten, als sie im Eis eingebrochen sind.«

Ich wende den Blick von der Eisläuferin ab und sehe Direktorin Buehl an. »Sie haben also gewusst, dass Lucy Helens Tochter war?«

Sie lächelt mich an. Endlich bin ich die Schülerin mit der richtigen Antwort. »Sie haben es auch erraten. Sie waren schon immer viel klüger, als die Leute gedacht haben, Jane.«

Ich frage mich, welche Leute sie damit meint.

»Natürlich hat Helen es mir erzählt. Wir hatten keine Geheimnisse voreinander. Und es hat so viel erklärt. Dass Helen ihr erstes Semester in Vassar nicht beendet hat ... oh, ich war in Smith«, erklärt sie mir hastig, als sie mein verblüfftes Gesicht sieht. »Aber wir haben uns oft geschrieben. Ich weiß noch, wie sie mich wissen ließ, dass sie eine kranke Verwandte pflegen müsse. Damals kam mir das sehr seltsam vor. Später wurde mir klar, dass sie in dieser Zeit das Baby bekommen und es Hannah anvertraut hat ...

»Warum hat Hannah Toller mitgemacht?«, frage ich.

Direktorin Buehl starrt mich an, als hätte ich sie bei einem Vortrag über Zellteilung unterbrochen, um ihr eine Frage über Thermodynamik zu stellen.

»Nun, Hannah hat Helen vergöttert. Von der neunten Klasse an. Hannah ist nur nach Vassar gegangen, um bei Helen zu sein ...« Ich höre Eifersucht in ihrer Stimme, die sie aber abschüttelt wie ein Hund das kalte Wasser. »Helen hat mir erzählt, dass sie das Baby zunächst zur Adoption freigeben wollte. Es war Hannahs Idee, es als ihres anzunehmen. Sie war ohnehin nicht fürs Collegeleben geschaffen, und zu Hause wartete dieser junge Mann, der darauf brannte, sie zu heiraten. Alles sprach dafür, dass Hannah das College abbrach und Helen weiterstudierte, denn sie hatte eine viel versprechende Karriere vor sich ...«

»Warum ist sie dann hierher zurückgekommen?«

Direktorin Buehl blickt auf den Stein hinunter, als läge die Antwort in den Spuren des Gletschers.

»Sie hat ihre Tochter vermisst, wollte in ihrer Nähe sein. Ich habe sie darin unterstützt, Lucy die Wahrheit zu sagen.«

»Und hat sie es getan?«

»Ja, im Februar. Eine Woche vor Lucys Tod.«

Ich erinnere mich an den Tag, an dem Lucy vom Tee bei Domina Chambers zurückkam und Matt den Brief schrieb, in dem sie ihm mitteilte, dass sie von Helen etwas erfahren habe, was alles verändere.

»Deshalb wollte sie Matt so schnell wie möglich sehen«, folgere ich. »Sie wollte ihm sagen, dass sie nicht seine Schwester war.« *Nur hatte sie dazu keine Gelegenheit mehr.*

»Ich hatte ja keine Ahnung, was die beiden angestellt hatten. Ihr alle seid auf dem Campus herumgestreunt wie ein Rudel wilder Hunde – und das direkt vor meiner Haustür.« Direktorin Buehl macht eine ausladende Handbewegung zu meinem Cottage, so abrupt, dass sie mir fast ins Gesicht schlägt. Unwillkürlich weiche ich einen Schritt zurück und verliere einen Augenblick auf dem glatten Untergrund das Gleichgewicht. Aber sie packt mich am Arm und hält mich fest. Zwar sind wir ein ganzes Stück vom Abgrund entfernt, aber mir wird trotzdem schwindelig – ein Gefühl, als stünde ich am Strand und spürte, wie die Wellen mir den Sand unter den Füßen wegspülen. Direktorin Buehl merkt offenbar, dass etwas nicht stimmt, denn sie lässt meinen Arm nicht gleich wieder los. Ihre kräftigen Finger bohren sich schmerzhaft in meinen Unterarm. Ihre Tränen sind verschwunden, und der nackte Kummer, den ich noch vor einem Augenblick in ihrem Gesicht gesehen habe, hat sich zu etwas verhärtet, was ich nicht so leicht deuten kann.

»Aber als ich Ihr Tagebuch gelesen habe, Jane, da habe ich begriffen, dass doch nicht alles meine Schuld war. Zwar bin ich dafür verantwortlich, dass Lucy erfahren hat, wer ihre richtige Mutter war. Aber Sie haben Matt von dem Baby erzählt, stimmt's? Das ist es, worum es da draußen auf dem Eis ging, oder nicht?«

Ich nicke, verblüfft, was sie meinem letzten Tagebucheintrag alles entnommen hat. Ich hatte geschrieben: »Heute Abend werde ich zum See hinuntergehen, um mich mit ihm zu treffen, und ich werde ihm alles sagen.« Ich denke daran, was ich als Nächstes geschrieben habe, und werde rot bei dem Gedanken, dass Direktorin Buehl diese allerletzte Zeile gelesen hat.

»Ich habe ihm aber nicht gesagt, dass das Baby von ihm und Lucy war. Das wusste ich damals nämlich nicht.«

»Aber Sie haben ihm genug erzählt, dass er eins und eins zusammenzählen konnte.«

»Ja«, stimme ich matt zu. Wenn Direktorin Buehl meinen Arm nicht so fest im Griff hätte, würde ich womöglich auf den kalten Fels sinken.

»Es war meine Schuld«, sage ich. *Mea culpa*, denke ich im Stillen, *mea culpa*. Das ist es, was Roy Corey gemeint hat. Die Verantwortung übernehmen für die Sünden der Vergangenheit.

»Und darüber haben sie sich gestritten, als Lucy aufs Eis hinausgerannt ist.« Ich nicke schwach. »Beim Verhör haben Sie gesagt, dass sie sich über Helen gestritten hätten, aber das stimmte nicht, oder? Es sei denn, Lucy hat Matt erzählt, was Helen ihr eröffnet hatte – dass sie und Matt keine Geschwister waren ...«

»Nein«, entgegne ich. »Nein, dazu hatte sie keine Gelegenheit mehr.«

»Dann haben Sie beim Verhör also gelogen.« Ich erwarte, dass sie mich schüttelt, mich von sich stößt, aber stattdessen lockert sie den Griff um meinen Arm und lächelt mich an. Ich habe ihr gesagt, was sie hören wollte. Ich habe sie von ihren Sünden reingewaschen. Ich kann sehen, wie die Last von ihr abfällt, die ganze Bürde von Schuld und Scham, die sie all die Jahre mit sich herumgeschleppt hat. Sie ist weggeblasen wie eine Staubschicht, die der Meißel des Bildhauers hinterlassen hat, und jetzt ist ihr Gesicht glatt und fest und blass wie Marmor im Mondschein. »Nun, meine Liebe, nehmen Sie es nicht zu schwer. Sie müssen die Vergangenheit ruhen lassen. Das werde ich auch tun. Ich habe die Wiedergutmachung geleistet, die mir möglich war, und jetzt werde ich die Sache hinter mir lassen. Können Sie das auch, Jane?«

Beinahe muss ich lachen. Jetzt, da sie die Schuld auf mich

abgewälzt hat, sagt sie mir, ich soll vergessen. Aber wieder nicke ich zustimmend.

Dann macht sie auf dem Absatz kehrt, geht mit raschen Schritten in den Wald hinein und ist im Handumdrehen verschwunden.

Einen Augenblick stehe ich reglos da und versuche, meine Gedanken zu sortieren, während mir noch Direktorin Buehls Rat in den Ohren klingt. Vergiss die Vergangenheit, vergiss die Vergangenheit. Aber wie könnte ich denn vergessen? Kann ich je vergessen, was damals geschehen ist? Möchte ich das überhaupt?

Ich schaue hinüber zu der Schlittschuhläuferin auf dem Eis. Es muss Dr. Lockhart sein, aber es ist nicht leicht, die steife, reservierte Psychologin mit der ätherischen Figur in Verbindung zu bringen, die dort fast schwerelos auf dem Eis tanzt. Wie ein schwarzer Schwan gleitet sie über die weiße Fläche.

Ich muss an einen Traum denken, der mich seit kurzem heimsucht: Ich laufe Schlittschuh, genauso anmutig und gekonnt wie Dr. Lockhart dort unten. Träumend fühle ich mich endlich von der Vergangenheit befreit, aber als ich vom Ufer auf den See zurückblicke, sehe ich das Muster, das ich im Eis hinterlassen habe – Matt Tollers Gesicht. Während es im schwarzen Wasser versinkt, bemerke ich die Enttäuschung auf seinen Zügen. Ich kann die Worte nicht hören, die seine Lippen formen, aber ich weiß, was er sagt. *Du würdest mich retten, nicht wahr, Jane?*

Ich vermute, das gehört zu den Dingen, die ich nach Direktorin Buehls Ansicht lieber vergessen sollte. Ja, so schmerzlich es ist, jede Nacht im Traum in Matts enttäuschtes Gesicht zu blicken – der Gedanke, ihn nie wieder zu sehen, ist noch viel unerträglicher.

4. Kapitel

IN DEN NÄCHSTEN WOCHEN mache ich die Erfahrung, dass Direktorin Buehls Rat leichter zu befolgen ist, als ich gedacht habe. Ausgerechnet der Umstand, dass ich so schlecht vorbereitet bin, erweist sich als meine Rettung. Da ich kaum damit gerechnet habe, nach Heart Lake zurückzukehren, habe ich mich in den Ferien so gut wie gar nicht mit dem nächsten Halbjahr beschäftigt. Jetzt wird mir klar, dass das eine Art Schutzschild war gegen meine Angst, gefeuert zu werden. Ich begreife, wie sehr ich mich davor gefürchtet habe, das gleiche Schicksal zu erleiden wie meine Vorgängerin, und wie froh ich bin, wieder hier zu sein, obwohl ich Olivia so sehr vermisse, dass ich mich manchmal körperlich krank fühle. Wenn ich sie in Westchester besuche, macht sie eigentlich einen ganz fröhlichen Eindruck. Offenbar ist sie rundherum zufrieden: mit ihrem Vater, mit der jungen Studentin, die unter der Woche auf sie aufpasst, und auch damit, dass ich sie jedes zweite Wochenende besuche. Erst wenn ich mich am Sonntag von ihr verabschieden muss, gerät sie ein wenig aus der Fassung. An diesen Sonntagabenden stürze ich mich, kaum dass ich wieder auf dem Campus bin, sofort auf meine Übersetzungen, um die verlorene Zeit aufzuholen.

Denn obwohl meine Klassen kleiner sind, muss ich mich anstrengen, um mit den Texten nachzukommen. Oft bin ich den Schülerinnen in der Lektüre nur einen Schritt voraus, und gelegentlich, wenn ich schlecht vorbereitet bin, muss ich im zweiten Jahr den Catull und im dritten den Ovid vom Blatt übersetzen. Aber bei Vergil im vierten Jahr könnte ich mir das nicht erlauben. Zum einen ist die Klasse jetzt so klein (außer Athena und Vesta sind nur noch Octavia und Flavia übrig, die sich für ein Altphilologiestipendium bewerben und den Kurs deshalb nicht aufgeben wollen), dass ich mindestens die gleiche Übersetzungsarbeit leisten muss wie meine Schülerinnen, sonst schaffen wir die Gründung Roms niemals bis zum Schuljahrsende. Außerdem ist Latein schwerer geworden. Als wir uns dem sechsten Buch der Äneis nähern, wird mir bewusst, dass mir vor dem Besuch in der Unterwelt graut. Ich erinnere mich, dass selbst Domina Chambers einige Abschnitte für praktisch unübersetzbar hielt. Es ist, so hat sie uns einmal erklärt, als wäre die Syntax genauso verworren wie das Labyrinth des Minotaurus. Ein Abbild dieses Labyrinths ist in die Tore zum Heiligtum der Sibylle gemeißelt, die Äneas passieren muss, ehe ihm der Zugang in die Unterwelt gewährt wird.

Ich verspreche meinen fortgeschrittenen Schülerinnen, dass die allzu komplizierten Stellen nicht zum Prüfungsstoff zählen.

»Warum hat er das nur so schwer gemacht?«, fragt Vesta. »Ich meine, wollte er verhindern, dass die Leute seine Sachen lesen?« In ihrer Stimme ist ein ärgerlicher Unterton, der über ihre Unzufriedenheit mit Vergil hinausgeht. Ich habe das Gefühl, dass der Vorwurf eigentlich mir gilt: Warum ich es *ihr* so schwer mache, und in mir regt sich der Verdacht, dass es hier nicht nur um Latein geht. Ich glaube, sie hält mich zumindest teilweise für das verantwortlich, was mit Melissa passiert ist, und deshalb bin ich auch schuld daran, dass die Mädchen jetzt zu all diesen Beratungsgesprächen und den gemeinsamen Singabenden gehen müssen.

Ich mache die Mädchen mit Domina Chambers' Theorie von der Sprache als Labyrinth vertraut. »Immerhin will er uns gleich in die Unterwelt entführen ...« Mir fällt auf, dass die

Mädchen jedes Mal ganz munter werden, wenn ich die Unterwelt erwähne, ungefähr so, wie wenn man einem Kleinkind verspricht, mit ihm nach Disneyland zu fahren. »... und das ist bekanntlich recht schwierig. Wie ein Geheimnis, das er eigentlich nicht verraten darf, deshalb muss er die Anweisung verschlüsseln.«

»Ach, so ähnlich wie im Fernsehen diese Telefonnummern mit 555?«, meint Athena.

»Genau.« Aufgeregt schreibe ich eine Passage an die Tafel und lasse die Mädchen abwechselnd Adjektive und Nomen verbinden, die Nomen mit Verben, die Relativsätze mit ihren Bezugswörtern. Als wir fertig sind, sehen die Linien, die wir zwischen den Wörtern gezogen haben, tatsächlich aus wie ein Labyrinth.

»Ein Labyrinth ohne Ausgang«, stellt Vesta fest. »Wo ist Ariadne mit ihrem Faden, den man jetzt brauchen könnte?«

»Der Faden ist die Verbindung zwischen den Wörtern«, sagt Athena und streckt vor lauter Eifer die Hand hoch, obwohl wir solche Formalitäten in der kleinen Gruppe längst abgeschafft haben. »Wenn man erkennt, welche Wörter zusammengehören, dann hat man das Rätsel gelöst.«

Ich blicke sie erstaunt an. Nicht nur, weil sie sich so engagiert, sondern auch, weil sie auf einmal wunderschön aussieht. Das Licht fällt auf ihr strubbeliges, vielfarbiges Haar, und dort, wo das Hellbraun durch die künstliche Farbe zu sehen ist, leuchtet es rötlich. Ihre grünen Augen strahlen vor Freude darüber, dass sie ins Schwarze getroffen hat, und einen Moment lang ist es, als wären wir beide allein im Klassenraum; Lehrerin und Schülerin erleben gemeinsam das seltene Aufflammen einer Erkenntnis, die eintritt, nachdem man lange genug durch den Schlamm gewatet ist. Aber dann merkt sie plötzlich, dass ihr, als sie die Hand gehoben hat, der Pulliärmel heruntergerutscht ist und ihre Narbe entblößt hat. Sie sieht Octavia auf ihr Handgelenk starren und Flavia etwas zuflüstern. Rasch wendet sie den Blick von mir ab und zerrt das verschlissene Bündchen wieder bis zu den Fingerknöcheln herunter.

Am nächsten Tag fehlt Octavia; Flavia erklärt mir entschuldigend, dass ihre Schwester den Kurs nicht mehr besuchen will, weil sie jedes Mal, wenn sie Ellen Craven ansieht, an die Selbstmordgeschichte denken muss. »Unsere Großmutter sagt, dass der Geist eines Mörders nie zur Ruhe kommt.«

Ich frage Flavia, ob sie den Aberglauben ihrer Schwester teilt. »Ach was. Außerdem hat Octavia gute Chancen, ein Tennis-Stipendium zu kriegen – meine Rückhand kann man dagegen vergessen.«

Ich bin so damit beschäftigt, die Mädchen auf das sechste Buch der Äneis vorzubereiten, dass ich ganz vergesse, wie das fünfte ausgeht. Erst als Athena den Teil vorliest, wo Äneas' Schiff sich der italienischen Küste nähert, fällt mir ein, dass Palinurus, der Steuermann, an dieser Stelle ertrinkt.

»Datur hora quieti«, liest Athena. »Eine Stunde der Ruhe wird vergönnt?«

Ich nicke. »Ja, Sie haben die Konstruktion gut erkannt.«

»Pone caput fessosque oculos furare labori – leg deinen Kopf hin und ruhe deine müden Augen aus?«

»So etwa«, antworte ich.

»Gute Idee«, sagt Flavia, legt den Kopf auf den Tisch und schließt die Augen. Athena liest weiter, abwechselnd Latein und die Übersetzung, kaum hörbar, weil die Zentralheizung wieder einmal zischt und gurgelt. An Flavias Atem kann man erkennen, dass sie tatsächlich schläft. Eigentlich dürfte ich die Mädchen im Unterricht nicht schlafen lassen, aber ich bringe es nicht über mich, Flavia zu wecken. Vor der Stunde hat sie mir erzählt, dass sie wegen ihrer Albträume nachts kein Auge zugetan hat.

»Ich denke dauernd an Melissa Randall im See«, hat sie gesagt. »Obwohl man ihre Leiche geborgen hat, hab ich irgendwie das Gefühl, dass sie noch dort ist. Manchmal behauptet Octavia, sie hört ihre Stimme aus dem See kommen.«

»Das ist nur das Eis, das sich verzieht«, entgegnete ich, aber ich weiß genau, was sie meint. Mich hat das Geräusch auch wach gehalten.

»Mene huic confidere monstro?«, liest Athena. »Du willst, dass ich einem solchen Ungeheuer traue?«

Und das Geräusch klingt, als wäre unter dem Eis ein Monster gefangen.

»Ecce deus ramum Lethaeo rore madente vique soporatum Stygia super utraque quassat tempora ... aber plötzlich nahm der Gott einen Zweig, tropfend vom Tau der Lethe und schläfrig von der Kraft des Styx ...«

Mir ist klar, dass sie den größten Teil ihrer Übersetzung aus der gleichen Penguin-Ausgabe geklaut hat, die schon wir damals zum Spicken benutzt haben, aber ich sage nichts. Der Gott des Schlafes lullt Palinurus ein, während das Tropfen der Heizkörper meine Schülerinnen in eine lähmende Trance versetzt. Vergiss die Vergangenheit, hat Direktorin Buehl gesagt, trink von Lethes Wasser und vergiss.

Palinurus fällt kopfüber (praecipitem, mein Lieblingswort) ins Mittelmeer, und Äneas segelt weiter nach Italien, mit knapper Not umschifft er die Felsen der Sirenen, »... die einst schwierig zu passieren waren und weiß sind von den bleichen Gebeinen so vieler Menschen«, übersetzt Athena. »Weit draußen tönte das Knirschen und Dröhnen der Steine, wo die salzige Brandung unablässig ans Ufer schlägt.«

Sogar die Achtklässlerinnen haben die Geräusche vom See schon bemerkt. »Es kommt von der Stelle an den Felsen, und da ist das Mädchen doch reingefallen, oder?«, platzte heute eine von ihnen mitten in einer Stunde über das Passiv heraus.

Athena beendet ihre Übersetzung, und einen Augenblick herrscht Schweigen, während wir alle dem Zischen der Heizungsrohre und dem Knacken, das vom See zu uns herüberdringt, lauschen.

»Ich finde es Scheiße, dass Äneas ohne Palinurus weitergefahren ist«, sagt Vesta. Sie hasst Äneas, seit er Dido im vierten Buch hat sitzen lassen.

»Ja, aber was hätte er sonst tun sollen? Das Schiff anhalten und umkehren? Ich meine, er musste an den Sirenen vorbei und Italien gründen. Stimmt's, Magistra? Es war seine Pflicht. Das Leben geht weiter.«

Ich bin für diese Interpretation der Äneis so dankbar, dass ich Athena am liebsten umarmen möchte. Wir haben ein weiteres Minenfeld hinter uns gebracht, eine weitere Lateinstunde überstanden. Äneas kann bereits die Küste Italiens sehen. Draußen hat der See sich beruhigt. Aber dann meldet sich Vesta zu Wort: »Ja, aber der Tod von Palinurus wird ihm noch schwer zu schaffen machen, da wird ihm der Arsch ganz schön auf Grundeis gehen.«

»Vesta!«, ruft Athena so laut, dass Flavia aufwacht. Alle Blicke ruhen auf mir, alle wollen wissen, ob ich Vesta wegen ihrer Wortwahl zurechtweise, aber stattdessen erteile ich ihr eine Rüge, weil sie schon so weit vorausgelesen hat.

»Stimmt, Palinurus trifft Äneas in der Unterwelt, sagt ihm die Wahrheit über seinen Tod und bittet ihn, ihm ein ordentliches Begräbnis zu organisieren.«

»Die Toten sind wirklich ganz schöne Heulsusen«, meint Vesta, gerade als es klingelt. Mir bleibt nicht viel anderes übrig, als zustimmend zu nicken, aber ich merke, dass Flavia blass wird, weil die Forderungen der Toten hier so abschätzig behandelt werden. Am nächsten Tag erfahre ich, dass auch sie aus dem Kurs aussteigt.

Jetzt sind es nur noch Athena, Vesta und ich. Wenn wir drei uns in dem zugigen Klassenraum mit Blick über den See versammeln, habe ich das Gefühl, wir wären die letzten Überlebenden einer monströsen Eiszeit. Jede Nacht schneit es, und obwohl Direktorin Buehl bei der Behörde einen Antrag auf Zusatzmittel für das Schneeräumen eingereicht hat, werden die Fußwege zwischen den sich immer höher türmenden Schneewällen am Waldrand immer schmaler.

Eines Freitagnachmittags schneit es so heftig, dass ich meinen Wagen nicht mehr von den Schneemassen befreien kann, und ich muss Olivia anrufen und ihr mitteilen, dass ich zu spät zu unserem gemeinsamen Wochenende kommen werde. Zuerst scheint es ihr nicht sonderlich viel auszumachen – anscheinend ist sie ganz vertieft in irgendeine Fernsehsendung, die sie sich mit Mitchell anschaut –, aber als ich am Samstagmorgen noch einmal anrufe, weil ich immer noch nicht an mein Auto komme, beginnt sie zu weinen. Mitchell beklagt sich, dass er der Babysitterin Überstunden bezahlen muss, weil er abends etwas vorhat. Ich versuche, nicht darüber nachzudenken, was das wohl sein mag. Seit den Weihnachtsferien haben wir nicht mehr über die Möglichkeit gesprochen, dass wir wieder zusammenkommen, und ich spüre, dass sich das Fenster geschlossen hat.

Das ganze Wochenende schneit es, und ich buddle mein Auto aus, nur um dann zuzusehen, wie der Schnee den freigeräumten Platz wieder auffüllt. Ich komme mir vor wie eine dieser gepeinigten Seelen im Hades, die dazu verdammt sind, immer und immer wieder irgendeine sinnlose Arbeit zu verrichten. Unter dem weichen Schnee sind die Scheibenwischer an der Windschutzscheibe festgefroren. Ich sprühe Enteiser auf die Scheibe und stelle die Schweibenwischer an. Sie zittern unter dem Schnee wie zwei kleine Tierchen, die versuchen, sich zu befreien, und als sie es dann tatsächlich schaffen, schleudern sie mir eine Ladung nassen Schnee und Enteiser ins Gesicht. Das chemische Zeug brennt mir in den Augen, und ich muss sie mir mit frischem Schnee auswaschen. Den Rest des Wochenendes sehe ich nur verschwommen, sodass ich selbst dann nicht nach Westchester fahren könnte, wenn die Straßen geräumt wären. Als ich das nächste Mal anrufe, ist Olivia ganz ruhig und erklärt mir mit erschreckend erwachsener Stimme, dass sie alles versteht. Ich bin stolz auf sie und könnte gleichzeitig heulen.

Am Sonntag bleibe ich im Bett und bin gezwungen, meinen Unterricht für Montag abzusagen. Meine Augen tun immer noch weh, sodass ich kaum lesen oder gar korrigieren kann, also schaue ich zu, wie sich der Schnee auf dem Fensterrahmen häuft, Schicht um Schicht weißer und grauer Ablagerungen, wie die Querschnitte der Gebirgszüge, die Miss Buehl uns immer gezeigt hat. Ich fühle mich genauso eingeschlossen wie damals im Januar meines Abschlussjahres.

Lucy hätte sich keine Sorgen zu machen brauchen, dass ich sie alleine ließ, denn ich blieb sogar länger auf der Krankenstation als sie. Als Miss Buehl und Domina Chambers mich ohnmächtig vom Boden aufhoben, merkten sie gleich, dass ich glühte und hohes Fieber hatte. Vermutlich waren es die Auswirkungen davon, dass ich so lange in nassen Sachen draußen auf dem Schulgelände umhergeirrt war. Man legte mich zu Lucy ins Zimmer, weil diese – das offenbarte Miss Buehl mir später – darauf bestand, dass ich in ihrer Nähe blieb.

»Lucy wollte Sie nicht aus den Augen lassen«, erklärte Miss Buehl.

Ich erinnere mich, dass ich manchmal aufwachte und Lucy im Bett neben mir sah, auf der Seite liegend, das Gesicht mir zugewandt. Einmal versuchte ich, mit ihr über das zu reden, was geschehen war. Ich wollte wissen, ob man unsere Geschichte geglaubt hatte – ob Deirdre die blutigen Laken beseitigt hatte, ob im See etwas entdeckt worden war. Aber jedes Mal, wenn ich das Thema anschnitt, brachte Lucy mich zum Schweigen. Einmal hörte ich, wie sie der Schwester sagte, sie solle mich in Frieden lassen und mir keine Fragen stellen.

»Sie sollten dem armen Mädchen ein bisschen Ruhe gönnen«, sagte sie auch zu Miss Buehl. »Schließlich ist ihre Mutter gerade gestorben.« Anscheinend war Lucy die Einzige, die noch daran dachte. Sogar mein Vater, der mich nur ein einziges Mal besuchte, redete mit so viel Enthusiasmus über seine neue Stelle in der Handschuhfabrik, dass es mir schon beinahe vorkam, als wären das Krankenzimmer in Albany und die Beerdigung Ausgeburten meiner Fantasie. Und wenn ich mir das nur eingebildet hatte, vielleicht hatte ich mir ja auch alles Folgende nur ausgedacht, das überheizte Wohnheimzimmer, das Baby in der Teedose ...

Aber dann erwachte ich eines Tages und sah Deirdre an Lucys Bett stehen. Sie stritten sich in wütendem Flüsterton, und da wusste ich, dass ich mir nichts davon eingebildet hatte.

Domina Chambers kam häufig vorbei, und ich hörte, wie sie Lucy fragte, was eigentlich passiert sei und warum sie versucht habe, sich das Leben zu nehmen.

»Ich glaube, ich hab es nicht wirklich ernst gemeint«, antwortete sie. »Ich war mir ziemlich sicher, dass Jane mich finden und retten würde.«

Ich war gerührt von dieser Geschichte, obwohl ich wusste, dass sie erlogen war.

Als ich an einem anderen Tag erwachte, fand ich das Bett neben mir leer. Ich war so alarmiert, dass ich mich zwang, aufzustehen und auf den Korridor hinauszugehen; dort lief ich der Schwester in die Arme. »Wo ist Lucy?«, fragte ich sie, während sie mich zu meinem Bett zurückführte.

»Sie ist entlassen worden, Schätzchen«, antwortete die Schwester. »Und wenn Sie auch bald entlassen werden wollen, sollten Sie lieber im Bett bleiben.«

Noch am selben Tag besuchte mich Lucy. Sie brachte mir die Lateinhausaufgaben mit, was mich überraschte, denn ich hatte gar nicht mitbekommen, dass der Unterricht wieder begonnen hatte. Lucy sah aus, als wäre sie in die Welt der Lebenden zurückgekehrt. Ihre Wangen waren rosig angehaucht, ihre Haare glänzten, und sie trug wieder die schönen Sachen, die sie in Italien gekauft hatte. So gut hatte sie seit Oktober nicht mehr ausgesehen.

»Ich versuche allen klar zu machen, dass ich wieder bei Verstand bin«, sagte sie, als ich ihr Komplimente über ihr Äußeres machte, und fügte, indem sie sich näher über mich beugte, hinzu: »Wenn ich die geringste Ahnung gehabt hätte, was für ein Theater diese Selbstmordgeschichte nach sich ziehen würde, hätte ich vielleicht lieber Ernst gemacht.« Sie kicherte. »Aber ich glaube, dass ich es nicht halb so sehr hasse wie Deirdre.«

»Deirdre? Aber sie hat doch nicht versucht, sich umzubringen.«

»Nein, aber sie haben einen Psychologen aus Albany geholt, der behauptet, dass Selbstmord ansteckend ist. Und da Deirdre meine Zimmernachbarin ist und man allgemein findet, dass sie sich wegen der Laken seltsam benommen hat, rückt man ihr ständig mit irgendwelchen Fragen auf die Pelle. Wenn es dir wieder einigermaßen gut geht, werden sie bei dir wahrscheinlich das Gleiche versuchen.«

»Na, geschieht ihr recht«, sagte ich. »Wenn sie von Anfang an mit jemandem darüber gesprochen hätte, dass sie schwanger ist ...«

Lucy runzelte die Stirn. »Wahrscheinlich hatte sie einfach zu viel Angst«, meinte sie. »Jetzt ist jedenfalls alles überstanden.«

»Hoffentlich verrät sie niemandem etwas«, sagte ich. »Ich meine, wegen der ganzen Psycho-Fragen und so. Sonst kommt womöglich auch raus, dass du und ich das ... es weggeschafft haben.«

Lucy wurde blass, und es tat mir sofort Leid, dass ich sie daran erinnert hatte. »Sie muss um jeden Preis den Mund halten«, sagte sie. »Werd bloß bald wieder gesund, Jane! Könnte gut sein, dass ich, was Deirdre anbelangt, deine Hilfe brauche.«

In der nächsten Woche wurde ich entlassen. Ich war noch immer wackelig auf den Beinen, aber ich versicherte der Krankenschwester, dass ich mich gut fühlte und außerdem nicht zu viel Unterricht verpassen wolle. An einem klaren, kalten Tag wanderte ich zurück ins Wohnheim, halb blind in der hellen Sonne, die sich in der eisigen Oberfläche des Sees spiegelte. Die Mädchen, denen ich begegnete, begrüßten mich freundlich, aber ich hatte das Gefühl, dass sie sich alle wie in Zeitlupe bewegten, und mir wurde klar, wie langsam ich noch war.

Im Wohnheim lief ich auf dem Korridor direkt vor unserem Zimmer Deirdre in die Arme. »Oh, gut!«, rief sie, als sie mich entdeckte. »Vielleicht können die Psychofritzen sich jetzt mal eine Weile mit deinem Gehirn befassen. Ich hab die Nase voll davon, ihnen ständig zu versichern, dass ich nicht vorhabe, Selbstmord zu begehen.«

Als ich ins Zimmer trat, kam Lucy gerade aus dem Einzelraum. »Bist du gerade Deirdre begegnet?«, fragte sie mich. »Ich dachte, ich hätte euch auf dem Korridor gehört. Was hat sie gesagt?«

Ich erzählte es ihr. Eigentlich war ich von Lucys Begrüßung enttäuscht, aber andererseits war sie vermutlich mit anderen Dingen beschäftigt.

»Sie sollte hoffen, dass die Psychologen das hier nicht in die Hände kriegen«, meinte Lucy und hielt ein in rote chinesische Seide gebundenes Notizbuch hoch.

»Ist das Deirdres Tagebuch?«, fragte ich, ein bisschen überrascht, dass Lucy in Deirdres Sachen herumschnüffelte.

»Ich glaube nicht, dass es diesen Namen verdient hätte«, erwiderte sie. »Es ist mehr ein Totenbuch. Hör dir das mal an: ›Ein Mensch, der einen anderen gegen dessen Willen rettet, ist ein Mörder.‹«

»Horaz«, entgegnete ich. »Ist es nicht eins von den Zitaten, die Domina Chambers uns gegeben hat?«

»Ja, die Hälfte der Zitate hier drin stammt von Helen. Für sie würde es ehrlich gesagt gar nicht gut aussehen, wenn Deirdre Selbstmord beginge. Ich muss heute Abend beim Essen mit ihr reden.«

Anscheinend machte ich ein verblüfftes Gesicht, denn sie fuhr fort: »O ja, seit meinem so genannten Selbstmordversuch besteht Helen darauf, jeden Abend mit mir zu essen. Offen gestanden macht es mich wahnsinnig. Ständig stellt sie mir Fragen über meine Zukunftspläne, wie sie es nennt, und schenkt mir Kopien von irgendwelchen Gedichten, die mich aufheitern sollen. Hier …« Lucy legte Deirdres Tagebuch weg und griff nach einem zusammengefalteten Stück Papier mit blauer Schrift. Sie las es vor. Es war Yeats' Gedicht »Die See-Insel von Innisfree«, das wir im vergangenen Schuljahr bei Miss Macintosh gelesen hatten. Die letzten Zeilen beeindruckten mich jetzt besonders: »Nun steh ich auf und gehe, denn stets bei Tag und Nacht / Hör ich Seewasser lecken am Strand mit dunklem Ton / Wenn auf der Straß' ich stehe, auf grauem Steinbelag / Im Kern des Herzens hör ich's schon.«

»Weißt du«, sagte ich, »der Schluss erinnert mich an die Geschichte von den drei Schwestern. Wie die Mädchen vom Geräusch des an die Felsen schlagenden Wassers in den See gelockt werden, wo sie dann ertrinken.«

»Wie schlau du bist, Jane. Ich hab genau an dasselbe gedacht.« Lucy faltete das Blatt auf die Hälfte zusammen und legte es neben Deirdres Tagebuch auf ihr Bett.

»Bringst du das nicht zurück?«, fragte ich.

»Oh, das wäre sicher besser«, meinte Lucy und gähnte. »Kannst du es für mich machen? Es lag in der obersten Schublade ihrer Kommode. Ich muss nämlich los. Helen hasst es, wenn ich zu spät komme.«

Als Lucy gegangen war, legte ich das Tagebuch ordentlich in die Kommode zurück. Ich war nervös und merkte, dass ich nicht nur Angst hatte, von Deirdre mit ihrem Tagebuch erwischt zu werden. Ich fürchtete mich vor dem Bett, als könnte das Blut noch da sein. Aber als ich mich dann zwang, es anzusehen, war da nur zerwühltes Bettzeug – Deirdre machte fast nie ihr Bett – und eine zurückgeschlagene blaugoldene indische Tagesdecke, die bisher an der Decke über dem Bett gehangen hatte.

Ich ging zurück ins Zimmer, das ich mit Lucy teilte, und entdeckte, dass mein Koffer unter dem Bett verstaut war. Ich zog ihn hervor und öffnete ihn. Er war leer. Rasch schaute ich in die Schubladen meiner Kommode: Meine Sachen waren ordentlich gefaltet (viel ordentlicher, als ich sie meiner Erinnerung nach an jenem letzten Morgen in Albany gepackt hatte). Unter einem Stapel fand ich auch mein Tagebuch. Ich blätterte es durch und fragte mich, ob Lucy es wohl gelesen und was sie dabei gedacht hatte. Über sie stand nichts Schlechtes darin, aber es gab anderes, was mir peinlich war, beispielsweise, wie eifersüchtig ich auf Deirdre und ihre Freundschaft mit Lucy war und wie sehr ich Matt vermisste. Als ich mir ein paar Seiten durchlas, war ich richtig erschrocken, wie viel man falsch interpretieren konnte. Je nachdem, wer es las! Ich tat, als wäre ich abwechselnd Lucy oder Deirdre oder Domina Chambers oder Miss Buehl – oder sogar ich selbst, nur etwas älter –, und jedes Mal veränderte sich die Bedeutung des Geschriebenen, als wäre es in eine andere Sprache übersetzt worden.

Ich sollte es lieber wieder unter dem Dielenbrett verstecken, dachte ich. Aber erst schrieb ich auf, was in der Nacht passiert war, als ich von Albany zurückkehrte. Es fühlte sich gefährlich an, den grässlichen Moment zu Papier zu bringen, als ich die Teedose ins Wasser sinken ließ, aber irgendetwas in mir musste es erzählen, wenn auch nur meinem Tagebuch. »Nur dir kann ich es anvertrauen«, schrieb ich. Dann versteckte ich das Tagebuch unter den losen Brettern bei meinem Schreibtisch.

Ich versuchte, ein bisschen Latein zu übersetzen, aber die Worte verschwammen mir vor den Augen, und ich begann, Flecken zu sehen. Zuerst waren es nur kleine Lichtpunkte, wie Mücken, die einem vor der Nase herumtanzen, dann verschmolzen sie zu einem großen Sonnenfleck, der sich in meinem Sichtfeld ausbreitete. Ich schloss die Augen und legte mich auf mein Bett, aber ich konnte den Fleck noch immer vor mir sehen. Selbst als ich einschlief, war das Licht noch da. Ich träumte, es wäre Miss Buehls Verandalicht; ich rannte durch den Wald darauf zu, geriet aber auf den falschen Weg und landete stattdessen am Point. Auf den vereisten Felsen glitt ich aus und stürzte in das schwarze, weiß gefleckte Vakuum. Schnee, dachte ich im Traum, aber dann wurde die Dunkelheit grün, und die Lichtflecken waren goldener Schlick, der über den Grund des Sees zog. Über mir sah ich ein weißes Muster auf schwarzem Grund; ich befand mich unter den Eisschollen, die sich vor meinen Augen wieder zu einer einheitlichen Eisfläche zusammenschlossen. Neben mir sank eine mit goldenen Bergen und blauem Himmel bemalte Teedose herab. Sie drehte sich, wirbelte herum wie ein Blatt im Wind, und als sie den Grund erreichte, öffnete sich langsam der Deckel.

Genau dieses Gefühl, auf dem Grund des Sees zu liegen und von unten auf das Eis zu starren, habe ich auch jetzt, während ich in meinem Zimmer liege: Alles ist verschwommen, die Schneelandschaft auf den Fensterscheiben wie ferne Berge. Ich denke an Deirdre – wie das Eis für sie ausgesehen haben muss, als sie im Wasser versank. In meinen Träumen will ich ihr sagen, dass ich jetzt weiß, dass das Baby nicht ihres war, aber sobald ich die Hand nach ihr ausstrecke, wendet sie sich von mir ab, genau wie sich Dido von Äneas abwendet, als sie ihm in der Unterwelt begegnet. *Die Toten sind wirklich ganz schöne Heulsusen,* hat Vesta gesagt. Aber da irrt sie sich gewaltig. Die Toten sind stumm.

Als ich wieder klar sehen kann, fühle ich mich erstaunlich kräftig und beschließe, Eislaufen zu gehen. Ich hatte schon befürchtet, dass zu Direktorin Buehls Kampagne »Vergiss die Vergangenheit« auch ein Bann aufs Schlittschuhlaufen gehört, aber dabei hatte ich nicht daran gedacht, wie gern sie selbst lief.

»Es ist das Beste für die Mädchen«, verkündet sie unten am See. Es ist ein ungewöhnlich milder Tag Ende Januar. »Bewegung. Frische Luft. Und seht euch das Eis an! Das beste Eis seit zwanzig Jahren.«

»Der kälteste Januar seit zwanzig Jahren«, ergänzt Simon Ross, der Mathematiklehrer, der auf Hockey-Schlittschuhen vorbeirauscht. »Bis gestern jedenfalls. Noch ein paar Tage wie heute, dann ist die Saison für diesmal gelaufen.«

»Heute Nacht soll es wieder kalt werden«, wirft Gwen Marsh ein und fährt rückwärts einen Kreis auf mich zu.

»Aber zuerst kriegen wir eine Ladung Schnee- und Eisregen«, meint Meryl North, die mit Tacy Beade läuft, und fügt hinzu: »Vielleicht sogar einen waschechten Eissturm.«

Ich drehe mich um und will etwas zu Gwen sagen, aber sie ist schon weg. Seit ich aus den Weihnachtsferien zurück bin, bleibt sie auf Distanz. Am Anfang des Schuljahrs dachte ich, wir könnten uns vielleicht anfreunden, aber jetzt wird mir klar, dass ich mich nicht genug bemüht habe. Während ich meine

Kollegen beobachte, die in Paaren oder kleinen Gruppen übers Eis laufen, erkenne ich, dass ich hier in Heart Lake kaum wirklich Kontakte geknüpft habe. Es ist das gleiche Gefühl wie damals, als ich mich nicht um andere Freundschaften gekümmert hatte, weil Lucy mir genügte. Zuerst sagte ich mir, dass ich Angst hatte, noch einmal so verletzt zu werden. Aber später war der Grund ein anderer – jedes Mal, wenn ich jemandem näher kam, hörte ich Lucys kühl urteilende Stimme, die stets etwas an meiner neuen Bekanntschaft auszusetzen hatte. Die eine war zu dick, die andere zu ernst, diese ein bisschen laut, jene schlichtweg dämlich.

Ich versuchte, die Stimme zu ignorieren, aber sie schuf eine Distanz zwischen mir und den Mädchen, mit denen ich mich vielleicht angefreundet hätte.

Heute strenge ich mich an, mit allen ins Gespräch zu kommen. Ich laufe mit Myra Todd übers Eis und lausche einer langen Tirade gegen Tierschutzaktivisten. Mit Direktorin Buehl diskutiere ich den Plan, eine Eisernte im traditionellen Stil zu organisieren. Ich hole Gwen ein, die sich inzwischen mit Dr. Lockhart unterhält, und biete ihr meine Hilfe beim Literaturmagazin an. Dann geselle ich mich zu Tacy Beade und Meryl North und frage Miss Beade, ob sie bereit wäre, meinen Achtklässlerinnen einen Vortrag über die Kunst der Antike zu halten. Sie antwortet, dass sie momentan viel mit den Skulpturen zu tun habe, die bei der Eisernte aufgestellt werden sollen, den Vortrag aber später gern halten würde.

»Zeit zum Umkehren, Tacy«, sagt Meryl North. »Schau her, wir sind schon am Point.«

»Oh«, erwidert meine ehemalige Kunstlehrerin, »ja, natürlich.« Erst jetzt merke ich, dass Meryl North Tacy Beade führt – Beady kann kaum noch etwas sehen! Ich erinnere mich, wie sie früher immer darauf bedacht war, dass in ihrem Kunstraum alles auf seinem Platz lag, und frage mich, wie lange es um ihre Augen schon so schlecht bestellt ist und wie lange sie ihre Stelle behalten würde, wenn die Schulbehörde darüber Bescheid wüsste. Offensichtlich hat Meryl North mitgekriegt, dass ich etwas vermute, denn sie plaudert auf dem Rückweg zum Herrenhaus unablässig über die bevorstehende Eisernte. Dabei verwechselt sie ständig die Daten, einmal meint sie sogar, wir schreiben 1977 und ich sei Schülerin hier, und als Dr. Lockhart und Gwen Marsh vorbeilaufen, sagt sie: »Da ist ja Ihre kleine Freundin.« Wie traurig, dass meine beiden alten Lehrerinnen ausgerechnet die Fähigkeiten verloren haben, die für ihr Fachgebiet eigentlich am wichtigsten sind: die Kunstlehrerin ihr Augenlicht, die Geschichtslehrerin ihr Zeitgefühl.

Meine Fußknöchel fangen an wehzutun, aber dann entdecke ich Athena und Vesta und fahre zu ihnen. Vesta trägt ein Fleece-Stirnband, über dem ihre lilaroten Haare in kleinen Büscheln abstehen. Athena hat ein Yale-Sweatshirt zu einer rotkarierten Pyjamahose angezogen. Mit ihren gescheckten Haaren, die jetzt halb braun und halb schwarz sind, sieht sie aus wie ein australischer Schäferhund. Während ich auf die beiden zulaufe, merke ich, dass ich mich viel lieber mit ihnen unterhalte als mit meinen Kollegen.

Als ich die beiden Mädchen fast erreicht habe, versuche ich abzubremsen, indem ich die gezackten Spitzen meiner Schlittschuhkufen ins Eis grabe, aber im selben Moment stoße ich mit Roy Corey zusammen. Ich knalle heftig gegen seine Brust und fürchte schon, dass wir beide zu Boden gehen, aber dann legt sich sein Arm um meine Taille und wir wirbeln zusammen übers Eis.

»Weiter so, Magistra!«, höre ich die Mädchen anerkennend rufen, als hätte ich gerade einen Doppelaxel hingelegt. Und auf einmal fühle ich mich, mit Roys Arm um die Taille, tatsächlich sehr anmutig. Aber dann nimmt er den Arm weg und verschränkt die Hände hinter dem Rücken. Nebeneinander fahren wir weiter am Westrand des Sees entlang, ohne uns zu berühren. Ich bin beeindruckt, wie gut er läuft, und dann fällt mir ein, dass er mir – vor Jahren – gesagt hat, er sei von Kindesbeinen an auf den Seen der Gegend Schlittschuh gelaufen. Genau wie Matt. Beim Gedanken an Matt verfängt sich meine Kufenspitze auf dem Eis, und ich stolpere nach vorn. Schon sehe ich das harte weiße Eis auf mein Gesicht zurasen, aber Roy fängt mich abermals gerade rechtzeitig auf.

»Meine Güte«, sagt er. »Alles in Ordnung?«

»Tut mir Leid«, antworte ich. »Meine Augen sind immer noch nicht wieder ganz in Ordnung. Ich hatte einen kleinen Unfall mit einem Enteiserspray.«

»Ja, Direktorin Buehl hat mir davon erzählt. Ich habe letzte Woche angerufen, um dir ein paar Fragen zu stellen.« Auf einmal fällt mir wieder ein, dass er ja Polizist und wahrscheinlich nicht nur zum Schlittschuhfahren hier ist.

»Ein paar Fragen? Worüber?«

Ehe er antwortet, sieht er sich kurz um. Wir haben direkt am Point angehalten, nicht weit entfernt von der Stelle, wo der dritte Schwesternfels aus dem Eis emporragt wie der Rücken eines Wals, der mitten im Sprung erstarrt ist. Der Rest der Schlittschuhläufer befindet sich in der Westbucht, zu weit entfernt, um uns zu hören, aber Roy sieht sich trotzdem nervös um.

»Gibt's hier nicht irgendwo eine Höhle?«, fragt er und wendet mir das Gesicht zu. »An dem Morgen damals hast du mir eine gezeigt.«

Es ist das erste Mal, dass er unsere gemeinsam verbrachte Nacht erwähnt, und ich erröte. Aber warum? Es ist nichts passiert. Er hatte geschlafen, als ich sein Gesicht berührte. Ich merke, dass auch er rot geworden ist. War er womöglich doch wach gewesen?

»Ich glaube, du meinst die da drüben.« Ich führe ihn zu einer flachen Öffnung in der Klippenwand, direkt dort, wo das Eis das Ufer berührt. Es ist eigentlich keine richtige Höhle, nur eine Einbuchtung im Felsen, überdacht von einem überhängenden Sims und teilweise vom zweiten Schwesternfels abgeschirmt.

Er drängt sich in den engen Raum und klopft mit der Hand auf den Felsen neben sich. Verlegen quetsche ich mich neben ihn. Als Junge hat er wesentlich weniger Raum eingenommen. Aber auch ich brauche heute ein bisschen mehr Platz als damals. Der Blick aus der Höhle hat sich nicht geändert. Der Schwesternfels wirft seinen Schatten aufs Eis, das sich in der untergehenden Sonne sanft orange gefärbt hat. Auch die Höhle ist durchflutet von diesem orangefarbenen Licht, das vom Eis auf die Kalksteinwände reflektiert wird.

Roy sieht sich um. Als er mich wieder anschaut, wird mir schlagartig bewusst, dass ich wahrscheinlich nicht als Einzige an die Stunden denke, die wir hier verbracht haben.

»Also, was wolltest du mich fragen?«, erkundige ich mich. Ich überlege, ob ich vielleicht einen Anwalt hätte hinzuziehen sollen. Bei der Vorstellung, dass sich noch jemand zu uns hereinquetscht, muss ich um ein Haar laut lachen.

»Was?«

»Ach, nichts. Ich habe nur gerade gedacht, dass das hier vermutlich nicht als typischer Verhörraum durchgehen würde. Kann ich davon ausgehen, dass es auch kein typisches Verhör wird?«

Roy lächelt nicht und lässt auch meine Frage unbeantwortet. »Ich versuche nur, ein paar Sachen in meinem Kopf klar zu kriegen«, sagt er. »Bezüglich Deirdre Halls Tod.«

»Oh«, erwidere ich.

»Ich habe dein Tagebuch gelesen ...«

»Du hast doch gesagt, da steht nichts drin, was mich belasten würde. Deine Worte waren: ›Du hattest keine Ahnung, was wirklich vor sich ging.‹«

»Na ja, vielleicht habe ich dir doch ein bisschen zu wenig zugetraut. Ich habe den Teil mit Deirdres Tod noch einmal studiert und denke, dass es da schon etwas gab, was dich beunruhigt hat. Ich möchte, dass du mir erzählst, was in jener Nacht geschehen ist.«

»Aber warum? Welchen Sinn sollte das haben? Ermittelst du jetzt über den Tod von Deirdre Hall?«

Er zuckt die Achseln. »Tu mir doch den Gefallen.« Er grinst mich an, mit einem jungenhaften Grinsen, das mich sofort an Matt erinnert. Genauso hat Matt mich angegrinst, wenn er mir noch ein Viertelstündchen zum Lateinlernen abluchsen wollte.

Also tue ich, was er will. Ich erzähle ihm alles, woran ich mich aus jener Nacht erinnere.

Ich hatte geschlafen und den schrecklichen Traum gehabt, in dem ich unterm Eis versank, und die Teebüchse schwamm neben mir. Da weckten mich ihre Stimmen. Lucy und Deirdre stritten sich im Einzelzimmer.

»Ich werde alles erzählen.«

»Das kannst du nicht tun.«

»Wie willst du mich daran hindern? Ich hab die Nase gestrichen voll.«

Dann lief eine der beiden durch das Zimmer, in dem ich schlief. Die Tür zum Korridor ging auf, ließ kurz einen Lichtstrahl herein und knallte wieder zu. Die andere kam ebenfalls aus dem Einzelzimmer und ging zur Tür. Im Licht von draußen erkannte ich Lucy und rief ihren Namen.

Sie fuhr herum, schloss die Tür und setzte sich zu mir auf die Bettkante. »Ich wusste nicht, dass du wach bist«, sagte sie. Vom Einzelzimmer drang ein schwacher Lichtschein herein, aber ich konnte Lucys Gesicht im Schatten nicht richtig sehen. »Hast du uns gehört?«

»Ich hab dich mit Deirdre streiten hören. Wo ist sie hin?«

»Sie will zu Miss Buehl. Ihr alles verraten.«

»Was denn?«

Lucy zögerte eine Weile, ehe sie antwortete. »Die Sache mit dem Baby«, antwortete sie dann.

»Warum will sie Miss Buehl sagen, dass sie ein Baby gekriegt hat?«

Lucy seufzte. »Vermutlich will sie sich die Last vom Herzen reden«, meinte sie. »Eine Beichte ist gut für die Seele – so ein Quatsch.« Schuldbewusst dachte ich an meine Tagebuchschreiberei, aber damit brachte ich ja niemand anders in Schwierigkeiten.

»Aber dann erfahren auch alle, dass wir ihr geholfen haben, es zu beseitigen.«

»Ja, aber das ist ihr egal«, entgegnete Lucy. »Sie denkt nur an sich selbst – wir sind ihr gleichgültig.«

Ich setzte mich im Bett auf. »Können wir sie nicht daran hindern?«, fragte ich.

Lucy nahm meine Hand und drückte sie fest. »Ach, Jane«, sagte sie. »Das ist eine hervorragende Idee. Komm, vielleicht holen wir sie noch ein.«

Wir machten uns nicht die Mühe, an der Regenrinne hinunterzuklettern. Die Aufsicht schlief an ihrem Schreibtisch, und wir schlichen uns auf Zehenspitzen an ihr vorüber. Als wir draußen waren, wollte ich den Weg hinunterlaufen, aber Lucy hielt mich fest. »Ich weiß eine Abkürzung durch den Wald«, flüsterte sie. »Vielleicht können wir sie abfangen, bevor sie bei Miss Buehl ankommt.«

Wir folgten dem schmalen Pfad, den Lucy durch den Schnee gebahnt hatte. Die Spuren waren frisch, und ich war überrascht, dass sie offensichtlich schon nach dem letzten Schneefall hier langgegangen war. Der Pfad führte direkt zum Point. Am Waldrand hielt ich inne. Ich dachte an meinen Traum und wollte lieber nicht hinaus auf den Felsen.

»Ich glaube, da ist sie«, zischte Lucy. »Geh etwas zurück.«

Lucy zog mich zu einer Stelle, wo wir im Schatten nicht zu sehen waren. Erst als Deirdre direkt vor uns auf dem Pfad war, verstellte Lucy ihr den Weg. Deirdre fuhr zusammen und wollte in Richtung Wald laufen, aber dann entdeckte sie wahrscheinlich mich, denn auf einmal machte sie kehrt und lief in die entgegengesetzte Richtung, zum Point. Lucy folgte ihr, allerdings nicht über die gewölbte Steinfläche, sondern über den Sims auf der Ostseite des Point, von wo aus sie sich langsam näherte.

»Ich glaube, wir sollten noch einmal darüber sprechen, Deirdre«, hörte ich sie sagen. Ihre Stimme klang ganz ruhig und vernünftig.

»Ich möchte aber nicht darüber sprechen, Lucy, lass mich in Ruhe.« Deirdres Stimme hatte einen ängstlichen Ton. Wovor fürchtete sie sich? Immerhin war Lucy viel kleiner und schwächer als sie. Plötzlich wurde ich wütend. Ohne lange zu überlegen, verließ ich den Wald und ging über den eisbedeckten Felsboden auf die beiden zu. Aber als ich sah, dass sie unmittelbar am Abgrund standen, bekam ich Angst.

»Hey!«, rief ich zaghaft. »Wollen wir nicht lieber ins Wohnheim zurückgehen und die Sache dort besprechen?«

Deirdre schnaubte. »Ja, Jane, wie wär's mit einem schönen langen Gespräch? Es gibt eine Menge Dinge, die du sicher gern erfahren würdest.«

Als Lucy sich mir zuwandte, verlor sie das Gleichgewicht und ruderte mit den Armen. Ich sprang hinunter, auf den Felsvorsprung, um sie festzuhalten, aber als ich auf sie zulaufen wollte, stolperte ich. Im Fallen sah ich, wie Deirdre nach Lucys Arm griff, dann hörte ich jemanden schreien und ein lautes Krachen. Als ich aufblickte, kauerte vor mir auf dem Felsen eine Gestalt. Ich kroch auf sie zu; es war Lucy. Sie starrte hinunter auf den zugefrorenen See, wo ein langer schwarzer Riss im Eis klaffte.

»Du sagst also, dass Lucy unterhalb von dir auf dem Felsvorsprung kauerte und dass Deirdre zurückgewichen ist, als du auf sie zugegangen bist?« Ich nicke. Roy schweigt einen Moment und scheint ganz in seine Gedanken versunken. »Was ist?«, frage ich.

»Nichts«, erwidert er. »Das heißt, ich muss mir den Point noch einmal genau ansehen, bevor ich dir das sagen kann. Fahr fort, erzähl mir, was ihr gemacht habt, nachdem Deirdre durchs Eis gebrochen ist. Seid ihr hinuntergelaufen, um ihr zu helfen?«

»Wir konnten nichts tun.«

Er sieht mich wortlos an. Ich denke daran, dass er mein Tagebuch gelesen hat. »Wessen Idee war es, einfach wegzugehen, ohne wenigstens den Versuch einer Rettung zu unternehmen?«

»Meine«, antworte ich, aber als er mich weiter nur stumm anstarrt, füge ich hinzu: »Na ja, zuerst war es Lucys Idee, und dann stimmte ich ihr zu.«

Ich versuchte, Lucy vom Abgrund wegzuziehen, aber es war, als wäre sie festgewachsen, gelähmt von dem schwarzen Loch im Eis.

»Wir müssen runter und ihr helfen«, sagte ich.

Mit weit aufgerissenen Augen schaute Lucy mich an. »Ich hab gesehen, wie sie auf dem Eis aufgeschlagen ist«, entgegnete sie. »Du kannst mir glauben, sie war sofort tot.« Das blanke Entsetzen stand ihr ins Gesicht geschrieben.

»Wir können sie doch nicht einfach so im Stich lassen. Lass uns wenigstens nachsehen!«

Jetzt nickte Lucy. Sie ließ mich vorausgehen. Am Rand des Eises blieb ich stehen, aber Lucy ging bis zu dem Loch, das Deirdres Sturz hinterlassen hatte. Schließlich folgte ich Lucy und packte sie am Arm. Sie drehte sich so heftig zu mir um, dass ich fast das Gleichgewicht verloren hätte und selbst ins Wasser gestürzt wäre.

»Du hast gesagt, du willst nachsehen«, sagte Lucy. »Also muss eine von uns hier rein. Und das bin wohl ich, denn es war ja meine Schuld.« Sie sprach ganz leise, aber mich überlief es kalt. Sie hatte diesen Gesichtsausdruck, der bei ihr wilde Entschlossenheit anzeigte, und ich zweifelte nicht daran, dass sie bereit war, ins eisige Wasser zu springen und nach Deirdre zu suchen. Bestimmt würde sie nicht ruhen, bis sie Deirdre gefunden hatte – und sei es auf dem Grund des Sees. Ich hatte schreckliche Angst, dass ich sie verlieren könnte.

Entsetzt starrte ich ins schwarze Wasser. Schon jetzt bildete sich eine neue Eisschicht über dem Loch. Wie viel Zeit war vergangen, seit Deirdre eingebrochen war? Selbst wenn sie den Sturz überlebt hatte – wäre sie inzwischen nicht ertrunken? Warum sollte Lucy ihr Leben riskieren, wenn Deirdre bereits tot war?

Ich legte eine Hand auf ihren Arm und drehte Lucy zu mir um. »Ich will nicht, dass du das tust«, sagte ich. »Es ist schon schlimm genug, dass Deirdre untergegangen ist. Ich möchte dich nicht auch noch verlieren.« Als sie mich ansah, kam ihr

Blick wie aus weiter Ferne. Hatte sie mich überhaupt verstanden? Dann blickte sie wieder aufs Wasser, und ich sah eine solche Sehnsucht auf ihrem Gesicht, dass ich sie, so schnell ich konnte, zum Ufer zurückzerrte.

»Aber wir müssen es jemandem sagen«, meinte sie.

»Natürlich, du hattest von Anfang an Recht. Wir gehen zu Miss Buehl ...«

»Aber was ist, wenn sie nicht da ist? Nein. Es ist sicherer, wenn wir zum Wohnheim zurückgehen und die Aufsicht wecken.«

Da Lucy eine Abkürzung kannte, ging sie voraus, schlug jedoch ein Tempo an, das ich kaum mithalten konnte. Zwar war ich froh, dass sie ihre tranceartige Lethargie überwunden hatte, aber es wunderte mich, dass sie, als wir am Wohnheim ankamen, über das Fallrohr der Regenrinne zur Toilette im ersten Stock hinaufkletterte. Nachdem ich sie eingeholt hatte, fragte ich sie, was sie eigentlich vorhatte. »Warum schleichen wir uns ins Haus? Wir müssen die Aufsicht doch sowieso wecken.«

»Ich muss erst noch was nachsehen«, erwiderte sie. »Deirdre hat Tagebuch geschrieben, ehe sie rausgerannt ist. Was, wenn da drin steht, was wir getan haben, Jane? Möchtest du, dass die Leute erfahren, dass du ein Baby im See ertränkt hast?«

»Ertränkt?«

»Nicht so laut!« Lucy legte einen Finger auf meinen Mund. Ihre Hände waren eiskalt.

»Das Baby war doch schon tot«, stammelte ich.

»Dann steht ihr Wort gegen unseres. Was, wenn sie geschrieben hat, dass es lebend geboren ist und dass du und ich es getötet haben? Möchtest du, dass jemand so etwas von dir denkt? Meinst du vielleicht, du kriegst ein Stipendium für Vassar, wenn sich das herumspricht?«

Ich stand nur da und schüttelte den Kopf, während Lucy die Toilettentür öffnete, dann streckte sie den Kopf hinaus und gab mir ein Zeichen, dass die Luft rein war. Erst als ich hinter ihr den Korridor entlanghuschte, fragte ich mich, woher sie von dem Stipendium wusste. Ich hatte nur Miss Buehl und Miss North davon erzählt, denn sie hatten Empfehlungsschreiben für mich verfasst. Aber der Zeitpunkt schien mir für solche Fragen mehr als ungeeignet, also folgte ich Lucy schweigend.

Wir schlichen den Korridor hinunter, und Lucy öffnete unsere Tür ganz langsam, damit sie nicht knarrte. Wie wir es schon tausendmal gemacht hatten, aber da war stets Deirdre dabei gewesen. Ständig schaute ich mich um, als wollte ich mich vergewissern, dass sie uns folgte. Aber nein, sie war ja im See ertrunken, lag unter dem Eis. Ich dachte an meinen Traum und hoffte, dass Lucy Recht hatte und der Sturz Deirdre tatsächlich sofort getötet hatte.

Lucy ging eilig in Deirdres Zimmer, und ich hörte, wie sie dort eine Schublade aufzog. Als sie herauskam, hielt sie Deirdres Tagebuch in der Hand. Sie setzte sich an ihren Schreibtisch und schlug die letzte Seite auf. Ich trat hinter sie und las über ihre Schulter mit. Unter das Horaz-Zitat, das ich bereits am Nachmittag gelesen hatte, hatte Deirdre noch einen Satz geschrieben: »Was immer jetzt auch geschieht, ist die Folge von dem, was Lucy an Weihnachten getan hat.« Nichts davon, dass das Baby bei der Geburt gelebt hätte.

»Was bedeutet das?«, fragte ich. »Das klingt, als wollte sie sagen, du bist an allem schuld. Das ist nicht fair.«

Lucy blickte zu mir empor. »Sie hat mir vorgeworfen, dass ich die Wahrheit verberge. Sie meinte, es wäre besser, wenn alles ans Licht kommt.«

»Aber du hast doch nur versucht, ihr zu helfen.« Ich wurde allmählich zornig auf Deirdre und vergaß dabei ganz, dass sie gar nicht mehr da war.

»Anscheinend hat sie es anders gesehen«, entgegnete Lucy achselzuckend.

»Tja, wir müssen verhindern, dass jemand das zu Gesicht bekommt«, sagte ich. »Lass uns das Buch verstecken. Am besten, wir werfen es in den See. Ich werde nichts verraten.«

»Du bist wirklich eine gute Freundin, Jane«, Lucy lächelte, »aber ich glaube nicht, dass das notwendig ist. Hör zu!« Sie las den Satz aus Deirdres Buch laut vor: »›Was immer jetzt auch geschieht, ist die Folge von dem, was Lucy an Weihnachten getan hat.‹ Das ist doch perfekt! Ein gefundenes Fressen für den Psychofritzen aus Albany, der von nichts anderem redet: dass ein Selbstmordversuch den nächsten nach sich zieht. Als wäre das ansteckend. Sie haben erwartet, dass Deirdre so was tun würde. Vor allem, seit ich die Frechheit hatte, mir auf ihrem Bett die Pulsadern aufzuschneiden. Vermutlich werden sie sich gegenseitig auf die Schulter klopfen, weil sie es haben kommen sehen.«

»Aber sie hat nicht Selbstmord begangen«, wandte ich ein. »Es war ein Unfall. Wir erklären einfach ...«

»Sei doch nicht albern, Jane. Es sieht aus wie ein Selbstmord. Ihr Tod passt sogar in die Legende von den drei Schwestern, weil sie direkt zwischen dem zweiten und dritten Felsen aufs Eis gestürzt ist. Genau das wollen doch alle glauben. Das wird ihnen runtergehen wie Öl.«

»Vielleicht war es ja sogar Selbstmord«, überlegte ich. »Ich meine, denk doch mal, wie sich Deirdre wegen dem Baby gefühlt haben muss ...« Ich dachte, Lucy würde mir dankbar zustimmen, aber sie sah sich nur abwesend im Zimmer um, als hätte sie etwas verloren.

»Jetzt fehlt nur noch eins, um die Sache perfekt zu machen.« Plötzlich sprang sie von ihrem Stuhl auf und lief hinüber zum Bett. Mich erschreckte es ein wenig, wie energisch sie auf einmal war. Sie schnappte sich ein Stück Papier von ihrem Bett und schwang es triumphierend über ihrem Kopf.

»Voilà!«, rief sie und setzte sich wieder an den Schreibtisch. »Ecce testimonium.« Es war die Kopie des Yeats-Gedichts »Die See-Insel von Innisfree.« »Ich denke, die letzte Strophe wird reichen.« Säuberlich schnitt Lucy die letzten Zeilen des Gedichts aus und klebte sie in Deirdres Tagebuch, wobei sie sich reichlich Zeit nahm, damit auch alles schön ordentlich aussah.

»Selbst wenn es sich um ihren Abschiedsbrief handelt«, meinte Lucy. »Deirdre war doch immer so verdammt pingelig.«

»Also habt ihr beide dafür gesorgt, dass es aussah wie ein Selbstmord. Ihr habt das Tagebuch gefälscht und es dann der Aufsicht gezeigt.«

»Ja. Wir haben ihr erzählt, ich wäre aufgewacht und hätte Deirdres Tür offen stehen sehen, ihr Tagebuch aufgeschlagen auf dem Bett. Ich weiß, das klingt ziemlich übel, aber ich dachte, dass sie sich vielleicht wirklich umgebracht hat ... weil sie sich so mies fühlte wegen des Babys ...«

»Aber es war nicht ihr Baby.«

»Nein.«

»Und was hat Deirdre gesagt, bevor sie von dem Felsen stürzte?«

»›Ja, Jane, wie wär's mit einem schönen langen Gespräch? Es gibt eine Menge Dinge, die du sicher gern erfahren würdest.‹«

Roy sieht mich nur an und wartet, dass ich den nächsten Schritt mache.

»Sie hätte mir erzählt, dass es nicht ihr Baby war – sondern das von Lucy ...«

»Und du sagst, Lucy hat mit den Armen um sich geschlagen, bevor es geschah?«

»Ja, weil sie das Gleichgewicht verloren hat ...«

»Aber sie stand doch auf der östlichen Seite des Point. Von da kann man gar nicht abstürzen, weil ein Fels den Rand des Point blockiert. Aber es ist nah genug am Abgrund, dass man die Arme ausstrecken und jemanden schubsen kann ...«

»Das hätte ich doch gesehen.« Ich lege die Hand vor den Mund und spüre, wie die Wolle meiner Fäustlinge von meinem Atem feucht wird. Roy nimmt meine Hand und zieht sie von meinem Gesicht weg.

»Nein, weil du beim Versuch, Lucy zu stützen, selbst hingefallen bist. Da konntest du natürlich nichts sehen.«

Ich mache mich los und presse beide Fäuste auf die Augen, als wollte ich das Bild auslöschen, das Roy da zeichnet. Immer tiefer grabe ich die Handballen ein, bis helle Sonnenflecken in die Finsternis dringen, helle Strahlen, die sich in das Geglitzer von Fels und Eis verwandeln, eine Miniaturlandschaft aus Gletschern, und als ich aufblicke, sehe ich vor einem mondhellen Himmel Lucys schmale blasse Hand, die an Deirdres Fuß zieht, zwei Schauspieler vor einer Leinwand. Ein rascher, heftiger Ruck, der Deirdre überrascht haben muss, denn ich sehe, wie ihr Mund ein kleines O formt, ehe sie in die Tiefe stürzt.

Erneut zieht Roy mir die Hände vom Gesicht, und als ich die Augen aufmache, blicke ich direkt in seine, in denen sich die Hoffnung spiegelt, dass ich mich an etwas erinnert habe.

»Spielt das jetzt noch eine Rolle?«, frage ich. Jetzt bin ich wütend darüber, dass ich diese Nacht noch einmal durchleben muss, und will ihm nicht die Genugtuung geben, dass er Recht hat, dass ich vielleicht tatsächlich mehr gesehen habe. »Es ist zwanzig Jahre her. Lucy und Deirdre sind beide tot. Melissa Randall ebenfalls. Was immer sie in meinem Tagebuch gelesen hat und wie sie das beeinflusst haben mag – jetzt ist es vorbei.«

»Wirklich?«, fragt Roy. »Erst wird ein Selbstmordversuch vorgetäuscht – die Ähnlichkeit mit dem, was Lucy damals an Weihnachten getan hat, ist unverkennbar –, dann ertrinkt ein Mädchen an der gleichen Stelle, an der auch Deirdre ertrunken ist. Zwei Ereignisse aus deinem letzten Schuljahr haben sich wiederholt, aber was ist mit dem letzten Akt? Was ist mit dem, was Matt und Lucy zugestoßen ist? Wir haben angenommen, dass Melissa Randall hinter allem steckt – aber warum? Weil wir dein Tagebuch bei ihren Sachen gefunden haben. Ist das nicht auch so ähnlich wie vor zwanzig Jahren? Du und Lucy, ihr habt Deirdres Tagebuch manipuliert, damit ihr Tod aussieht wie ein Selbstmord. Was, wenn jemand dein Tagebuch absichtlich zwischen Melissas Sachen gelegt hat?«

Fassungslos starre ich ihn an. Genau das ist meine schlimmste Angst – dass das, was vor zwanzig Jahren passiert ist, niemals vorbei sein wird, bis ich selbst zu den Opfern zähle: das dritte Mädchen. Warum sollte ich verschont bleiben?

Ich schließe die Augen und sehe abermals, wie Lucy nach Deirdres Bein greift; jetzt ist das Bild klarer, und ich weiß, dass die Erinnerung immer da war. Ich öffne die Augen wieder und nicke. »Deirdres Tod war kein Unfall«, sage ich. »Du hast Recht. Es spielt keine Rolle, dass wir jung waren, ich bin verantwortlich für das, was damals passiert ist. Auch für Deirdres Tod ...«

Roy legt eine Hand auf meine. Ich bemerke die feinen roten Härchen, in denen sich das vom Eis reflektierte Licht fängt. »Jane«, sagt er, »das habe ich nicht gemeint ...« Ich blicke zu ihm auf, in die grünen Augen, die mir so vertraut erscheinen, und plötzlich ist das Licht aus ihnen verschwunden.

Ich schaue zum schmalen Höhleneingang, gerade rechtzeitig, um zu sehen, wie der lange Schatten des Schwesternfelsens sich in der Mitte teilt und die eine Hälfte sich in Bewegung setzt – als wäre der Schatten zum Leben erwacht und auf Schlittschuhen übers Eis davongelaufen. Aber Roy setzt dieser Sinnestäuschung ein jähes Ende. Im Nu ist er auf den Beinen und saust aus der Höhle, und ich stolpere unbeholfen hinter ihm her. Auf der anderen Seite des Point hole ich ihn ein, wo er stehen geblieben ist und die Schlittschuhläufer in der Westbucht beobachtet. Da sind Direktorin Buehl, Tacy Beade, Meryl North, Gwendoline Marsh, Simon Ross, Myra Todd, Dr. Lockhart, Athena, Vesta und ein Dutzend weiterer Lehrer und Schülerinnen. Unmöglich zu sagen, wer von ihnen unser Gespräch in der Höhle belauscht hat.

5. Kapitel

In dieser Nacht träume ich wieder vom Schlittschuhlaufen, nur kann ich in diesem Traum das Eis unter mir knacken hören, Risse tun sich hinter meinen Kufen auf. Aber ich ziehe weiter meine Kreise, wieder und wieder, in immer kleinerem Radius, als folgte ich einer Magnetspur. Während ich mich in den bisherigen Träumen immer leicht fühlte, bin ich jetzt sehr schwer, eine Last drückt meine Schlittschuhkufen tief ins Eis. Als ich hinter mich blicke, sehe ich, wie sich aus den Rissen ein mächtiger Spalt bildet: ein blassgrüner Tunnel, tief unter meinen Füßen. Es ist nicht mehr der See, auf dem ich laufe, sondern Miss Buehls Gletscher. Ich starre in die blassgrüne Gletscherspalte. Die Wände werfen Blasen wie altes Glas, aber die Blasen bewegen sich. Als ich näher hinschaue, erkenne ich, weit, weit weg und dennoch unglaublich klar, Gestalten im Eis. Da sind Matt und Lucy und Deirdre und Aphrodite, sogar Iris Crevecoeur, klein und braun wie eine lebendig gewordene Sepiafotografie – alle sind da, und auch aus ihrem Mund steigen Blasen auf.

Noch eine Gestalt ist dort unten im Eis, doch als ich näher herangehe, um sie mir anzusehen, rutsche ich in den Spalt, und während ich immer tiefer ins blassgrüne Eis hinuntergleite, höre ich, wie es sich krachend über mir schließt.

Ich erwache von einem Krachen über meinem Kopf. Mein

Zimmer ist von einem gespenstischen grünlichen Licht erfüllt. Nach einem Augenblick wird mir klar, dass es von den Leuchtziffern meines Weckers stammt; das Display zeigt 3:33 an. Während ich noch darauf starre, poltert etwas über mir aufs Dach und rutscht an der Hauswand herunter. Es klingt, als bräche das Haus auseinander. Ich schwinge die Beine aus dem Bett und erwarte halb, dass der Boden unter meinen Füßen bebt. Gedanken an Erdbeben, Wirbelstürme, die nächste Eiszeit, an Gletscher, die sich auf dem Vormarsch befinden, werden in mir wach. Zwar ist der Fußboden eiskalt, aber beruhigend stabil.

Ich stehe vollends auf, schlüpfe mit bloßen Füßen in meine gefütterten Stiefel und ziehe den Daunenanorak über mein Nachthemd. Im Wohnzimmer ist der Lärm noch vernehmlicher. Es klingt, als hätte sich eine Armee von Waschbären häuslich auf meinem Dach niedergelassen. Waschbären? Himmel, es könnten auch richtige Bären sein. Angst überfällt mich, als ich die Vordertür aufstoße und das Verandalicht anknipse, in der Hoffnung, den nächtlichen Eindringling damit lange genug zu erschrecken und außer Gefecht zu setzen, um dann die Tür zuzuschlagen und den Tierschutzverein anzurufen.

Stattdessen aber sehe ich im Lichtschein der Verandalampe eine Welt aus Glas, eine Kristallwelt. Jeder Zweig, jede Tannennadel im Wald ist mit Eis überzogen. Als ich auf die Lichtung vor dem Haus trete, spüre ich einen leichten, nadelspitzen Eisregen. Unter der Last des Eises brechen die Baumäste ab und stürzen krachend auf den Waldboden. Ich sollte lieber wieder ins Haus gehen, aber ich bin wie verzaubert. Seit meiner Kindheit habe ich keinen Eissturm mehr erlebt. Ich weiß, wie gefährlich so etwas sein kann – Strommasten und Bäume können umkippen –, doch im Moment bin ich vollkommen fasziniert von der unglaublichen Präzision der Natur.

Wie das Eis jeden Grashalm und jedes tote Blatt in ein Kunstwerk verwandelt.

Zwischen meinem Haus und dem Point steht eine riesige Weymouthkiefer. Jede ihrer federigen Nadeln ist mit Eis umhüllt. Über mir höre ich sie klirren, die Nadeln reiben im Wind aneinander, ein Klang wie von einer Spieluhr, wie von Glöckchen unter Wasser. Im Lichtschein von meiner Veranda glitzern sie wie die Tieraugen, und auf einmal erkenne ich tatsächlich ein Tier in den Kiefernnadeln, ein Tier, das mich beobachtet. Ich gehe näher heran und sehe, dass die Nadeln sich zu einem Tiergesicht verwoben haben – ein gehörntes Tier mit einer blutigen Beute im Maul. Ich ziehe das Gebilde vom Baum herunter und fühle unter der dünnen Eisschicht Metall. Was ich in der Hand halte, sind zwei ineinander verhakte Haarnadeln und eine Spange: ein Corniculum.

Früh am nächsten Morgen gehe ich zum Point. Mit den Stiefeln scharre ich im Eis, ich schüttle die Zweige, finde aber keine weiteren Haarnadeln. Es bleibt bei den dreien in meiner Tasche. Auf dem Point bleibe ich eine Weile stehen und schaue hinaus auf den See. Die aufgehende Sonne lässt den See auflodern. Auch die Schwesternfelsen haben in der Nacht einen Eisüberzug bekommen. Der dritte Fels sieht aus wie ein Opal in einer Goldfassung, der mittlere Stein wirft einen langen Schatten – wie ein gekrümmter Finger, der zu der Höhle weist, in der gestern Roy Corey und ich gesessen haben. Ich denke mit Unbehagen daran, wie sich dieser Schatten, der in der untergehenden Sonne in die entgegengesetzte Richtung zeigte, plötzlich geteilt hat.

Nachdenklich betrachte ich die Haarnadeln in meiner Hand. Miss Macintosh hat einmal gesagt, der Leser sollte jedem Schriftsteller die Frage stellen: »Warum erzählst du mir das ausgerechnet *jetzt*?«

Seit vier Wochen bin ich wieder in Heart Lake, und es war im Großen und Ganzen eine ruhige Zeit. Keine Botschaften aus der Vergangenheit – keine aus einem Tagebuch gerissenen Seiten, keine toten Mädchen. Ich hatte angenommen, es sei endlich vorüber, die Botschaften wären verstummt, weil Aphrodite tot ist. Aber offenbar habe ich mich geirrt. Jemand hat sich bedeckt gehalten. Warum bekomme ich dann jetzt diese Nachricht? Ein Zeichen, das jedem anderen Menschen harmlos erscheinen würde – wie sollte ich das auch erklären: Jemand bedroht mich mit Haarnadeln? –, mich aber in Angst und Schrecken versetzt.

Ich fühle mich wirklich bedroht, und das schon seit gestern, seit ich den Schatten gesehen habe, der sich vom Stein löste. Jemand hat die Unterhaltung zwischen mir und Roy Corey belauscht. Etwas in dem Gespräch hat einen Rachegeist geweckt. Aber wer ist es? Als ich mir noch einmal durch den Kopf gehen lasse, worüber wir geredet haben, sehe ich sofort das Bild von Lucy vor mir, die Deirdre in den See stößt. Jetzt stehe ich genau an der Stelle, an der ich auch in jener Nacht stand, als Deirdre abgestürzt ist. Links von mir befindet sich der Sims, auf dem Lucy war. Ich steige hinunter – nur knapp einen Meter tiefer – und arbeite mich zum Point vor. Hier ist es ziemlich flach, dann kommt ein Vorsprung mit einer Krüppelkiefer, direkt am Rand der Klippe. Ist Lucy deshalb hier heruntergestiegen? Weil man einen besseren Halt hat als auf der unebenen, gewölbten Felskuppe des Point? Sie muss das von unseren nächtlichen Schwimmexpeditionen gewusst haben. Von dort, wo ich jetzt stehe, könnte ich mit ausgestrecktem Arm einen Menschen, der am Rand des Point steht, ohne Weiteres berühren. Oder aus dem Gleichgewicht bringen. Noch einmal sehe ich die Szene vor mir. Ich klettere wieder auf die gewölbte Kuppe des Point und arbeite mich auf allen vieren so nahe zum Abgrund vor, wie ich kann, ohne dass mir schwindelig wird.

Ich blicke in den Abgrund hinunter und merke, dass ich die Fingernägel Halt suchend in die schmalen Ritzen gegraben habe, wie ein Bergsteiger an einer Steilwand. Die Gletscherspuren erinnern mich wieder an meinen Traum – die blassgrüne Gletscherspalte, die sich im Eis auftut.

Die Person, die gestern das Gespräch belauscht hat, muss gehört haben, was ich über Lucy und mich und Deirdres Tod erzählt habe, und außerdem, dass Roy im Fall Melissa Randall nicht an einen Selbstmord glaubt. Womöglich ist der- oder diejenige, die Athenas Selbstmord vorgetäuscht und Melissa Randall umgebracht hat, noch am Leben. Wenn Roys Vermutung stimmt, wenn diese Person noch lebt und uns belauscht hat, dann hat sich das für sie bestimmt wie eine Drohung angehört. Und das Corniculum ist die Antwort darauf.

Im Unterricht beschäftigt mich diese Frage so, dass ich kaum dem einfachen Latein im »Ecce Romani«-Lehrbuch folgen kann (heute begleiten wir unsere römische Familie in ein Gasthaus auf der Via Appia), ganz zu schweigen von den Vergil-Übersetzungen der älteren Mädchen. Wir sind Äneas in die Unterwelt gefolgt, wo er Dido, seine verschmähte Liebe, trifft und versucht, sich dafür zu entschuldigen, dass er sie in Karthago hat sitzen lassen. Aber Dido will nichts davon hören.

»Sie wandte sich ab«, übersetzt Vesta, »mit zu Boden gerichteten Augen, das Gesicht ausdruckslos, als berührten seine Worte sie nicht im Geringsten.«

Ich erinnere mich an den Traum, in dem Deirdre sich von mir abwendet.

»Ich bin froh, dass Dido nicht mit Äneas spricht«, verkündet Vesta, die am Gründer der Stadt Rom kein gutes Haar läßt.

»Sie hätte ihm nicht nur die kalte Schulter zeigen sollen«, meint Athena und zerrt die verschlissenen Ärmelbündchen über ihre Handgelenke. »Leute ... Leute, die andere verletzen ...«

Vesta beginnt den Song »*People, people who need people* ...« von Barbra Streisand zu summen.

»Halt den Mund, Vesta«, schreit Athena, ihre *Äneis* umklammernd, als wollte sie das Buch am liebsten ihrer Klassenkameradin an den Kopf schleudern.

»*Puellae!*«, ermahne ich sie und klatsche in die Hände. »*Tacete!*«

Beide Schülerinnen funkeln mich wütend an.

»Was ist denn mit euch beiden los?«

»Wir sind müde und schreiben in der nächsten Stunde bei der Moder-Todd eine große Chemieklausur ...«

Ich kann mir das Lächeln über den Spitznamen nicht verkneifen, obwohl ich weiß, dass das höchst unprofessionell ist. Wenigstens belohnt mich Vesta ebenfalls mit einem Lächeln, aber Athena macht nur ein noch wütenderes Gesicht.

»Vesta«, sage ich, »gehen Sie doch bitte einen Moment hinaus auf den Flur. Ich gebe Ihnen beiden zusätzlich Zeit zum Lernen, aber jetzt möchte ich Athena kurz unter vier Augen sprechen.«

Athena verdreht leidend die Augen – sie spielt etwas übertrieben die Rolle der Schülerin, die nachsitzen muss.

»Hey«, sage ich, als Vesta verschwunden ist. »ich dachte, wir wären Freundinnen. Was haben Sie denn auf dem Herzen?«

»Manche Leute ...«, beginnt sie, dann fällt ihr Vestas Witz wieder ein und sie korrigiert sich: »Ein paar von den Mädchen machen sich ständig über mich lustig, wegen dem hier.« Sie hält den Arm in die Höhe und schüttelt das Handgelenk, sodass der ausgeleierte Pulliärmel bis auf ihren Ellbogen rutscht. »Und es ist nicht fair ... Seit letztem Jahr hab ich es nicht mehr versucht. Das war jemand anders.«

»Sie meinen Melissa?«

Athena zuckt die Achseln und wischt sich mit dem Handrücken über die Augen, wodurch ich ihre Narben noch besser sehen kann. »Na ja, Dr. Lockhart sagt mir dauernd, es wäre Melissa gewesen, aber ich finde das immer noch schwer zu glauben. Ich meine, wir waren befreundet ...«

»*Dauernd*?«, wiederhole ich. »Wie oft sehen Sie Dr. Lockhart denn?«

»Zweimal die Woche, und das nervt wirklich. Jedes Mal will sie wieder wissen, welche Gefühle es in mir hervorruft, dass meine Zimmergenossin sich umgebracht hat. Was soll ich denn darauf antworten? Dass ich mich gut fühle? Ich fühle mich Scheiße – Entschuldigung –, aber deshalb will ich mich doch noch lange nicht auch umbringen. Sie benimmt sich, als wäre Selbstmord irgendein ansteckendes Virus, das ich erwischt habe. Die anderen Mädchen tun auch so – als hätte ich Läuse oder so was.«

Fast muss ich wieder lachen, aber ich kann mich gerade noch rechtzeitig beherrschen.

»Ich weiß, was Sie meinen. Als sich damals eine meiner Zimmergenossinnen das Leben genommen hatte, musste ich auch so eine Beratung über mich ergehen lassen.«

»Hat Sie das nicht gestört?«

»Na ja, ich fand es nicht gerade toll, aber meine andere Zimmergenossin ist fast durchgedreht.«

»Ja, kann ich mir vorstellen.« Athena schenkt mir ein zaghaftes Lächeln. »Wenn die Leute denken, man sei verrückt, kann einen das echt verrückt machen.«

Ich tätschle ihr tröstend den Arm. »Tja, dann müssen Sie ihnen eben das Gegenteil beweisen.« Der gute Rat hört sich ein bisschen gezwungen an – zu sehr nach Cheerleader –, aber Athena nickt, trocknet sich die Tränen und versucht wieder zu lächeln.

»Danke, Magistra«, sagt sie und sammelt ihre Bücher ein. »Das ist das beste Argument dagegen, im Eis einzubrechen und sich zu ertränken, das ich je gehört habe.«

Beim Lunch spiele ich Athenas letzte Worte in Gedanken immer wieder durch. Ist es Zufall, dass sie die Todesart von Lucy und Matt erwähnt hat? Wenn jemand es tatsächlich darauf abgesehen hat, die Ereignisse von vor zwanzig Jahren zu wiederholen, wird dies die nächste Todesart sein, da bin ich sicher. Ein hartes, klirrendes Geräusch schreckt mich aus diesen morbiden Gedanken auf. Als ich mich umschaue, steht Dr. Lockhart an dem leeren Platz neben mir, in der linken Hand einen silbernen Schlüsselbund, mit dem sie zerstreut herumspielt, während sie eine Frage von Gwen Marsh beantwortet.

»Nein, Gwen, ich glaube nicht, dass wir die Halbjahresprüfungen ausfallen lassen sollten, weil die Mädchen in letzter Zeit so viel verkraften mussten«, sagt sie. Als sie sich setzt, legt sie den Schlüsselbund neben ihren Teller. Diese Frau schleppt nicht wie wir anderen eine dicke Umhängetasche mit sich herum, die von Büchern und Papieren überquillt, sie scheint nicht mal ein Handtäschchen oder eine Jackentasche nötig zu haben. Bestimmt würde so etwas den perfekten Sitz ihrer eleganten Kostüme beeinträchtigen.

Ich greife in die Tasche meiner ausgeleierten Strickjacke und finde dort einen Stift, ein paar Kreidereste und einen Zettel, den ich einer Sechstklässlerin abgenommen habe. Letzteren ziehe ich heraus und sehe, dass es »Himmel und Hölle« ist, das bei präpubertären Mädchen äußerst beliebte Faltspiel. Außen sind farbige Punkte, innen stehen Zahlen, von denen man sich eine aussucht und dann die entsprechende Klappe öffnet.

Gwen Marsh streckt die Hand danach aus. »Ooh, die Dinger hab ich geliebt, als ich klein war. Ich lese Ihnen die Zukunft, ja?« Sie steckt die Finger in die Falze. »Erst müssen Sie sich eine Farbe aussuchen.«

»Grün«, antworte ich.

»G-R-U-E-N.« Gwen öffnet das Dreieck mit dem grünen Punkt, dann wähle ich eine Zahl.

»Drei«, sage ich.

»Eins, zwei, drei, schon eilt das Schicksal schnell herbei.«

Ich strecke die Hand aus, um die entsprechende Klappe zu öffnen, aber Gwen ist mir zuvorgekommen. »›Oje, oje, du ertrinkst im See.‹ Du meine Güte«, sagt sie. »Wir hatten Sprüche wie ›Du heiratest einen Millionär‹. Sehen Sie, Candace, was ich damit meine, dass die Mädchen zu sehr unter Druck stehen. Wie können wir die Halbjahresprüfungen durchziehen ...«

»Wenn man zu nachgiebig mit ihnen ist, nutzen sie das nur aus«, unterbricht Dr. Lockhart und steht vom Tisch auf, obwohl sie kaum etwas gegessen hat.

»Ich glaube nicht, dass meine Mädels mich ausnutzen«, entgegnet Gwen. »Sie sind mein Ein und Alles ... Diese Schule ... ist unendlich wichtig ...« Ihre zwischen Tränen und Wut schwankende Stimme prallt von Dr. Lockharts Rücken ab. Ich frage mich, ob sie sich umdrehen wird, aber dann ruft Direktorin Buehl sie an den Tisch zurück. »Candace, Sie haben mal wieder Ihren Schlüssel vergessen. Hier.« Direktorin Buehl hebt den Schlüsselbund auf und wirft ihn Dr. Lockhart zu. Die fängt ihn lässig mit einer Hand auf und wendet sich zum Gehen, ohne ein Wort des Dankes für Direktorin Buehl oder eine Entschuldigung für Gwen.

Gwen schnieft laut. »Und ich bringe das Thema heute in der Konferenz trotzdem auf den Tisch.«

»Haben wir heute Konferenz?«, frage ich.

Myra Todd schnalzt angesichts meiner Vergesslichkeit tadelnd mit der Zunge. Wahrscheinlich denkt sie, dass ich ungern komme. Aber sie irrt sich. Im Allgemeinen hasse ich Konferenzen tatsächlich, doch diese hier hat mich auf eine Idee gebracht. Mir ist endlich eingefallen, was mich an meinem Gespräch heute Morgen mit Athena so gestört hat. Es war nicht nur die Bemerkung mit dem Einbrechen ins Eis. Als ich erwähnt habe, dass meine Zimmergenossin in der Highschool sich ebenfalls umgebracht hat, war sie nicht erstaunt. Und das kann sie nur wissen, wenn sie mein altes Tagebuch gelesen hat. Allmählich frage ich mich, was bei diesen Sitzungen mit Dr. Lockhart passiert. Ich erinnere mich an die hellgrüne Akte mit Athenas Namen in Dr. Lockharts Aktenschrank und bin mir ganz sicher, dass der Schlüssel zu diesem Schrank zusammen mit ihrem Büroschlüssel heute Abend bei der Sitzung auf dem Tisch liegen wird.

Ich komme zu früh zur Konferenz, trödle noch ein bisschen an der Tür zum Musikraum herum und tue so, als würde ich die Anschläge am Schwarzen Brett lesen. Neben den Zetteln für den Schachclub und für die Suizid-Interventionsgruppe hängt da ein neues Flugblatt, eine Schwarzweißfotokopie eines alten Drucks von Currier und Ives. Auf dem Bild sieht man einen zugefrorenen Teich. Mitten auf dem Eis steht ein Pferd; es ist vor einen Wagen gespannt, der beladen ist mit etwas, was aussieht wie riesiger Würfelzucker. Rechts vorn beugen sich ein paar Männer über ein Loch im Eis. Einer hält einen langen, spitzen Stab in der Hand, mit dem er einen Brocken Eis aufspießt. Links sieht man direkt am Ufer einen Schuppen mit schrägem

Dach, der dem Eishaus am Schwanenkill ähnelt. Im Hintergrund laufen winzige Gestalten Schlittschuh.

»Heute Treffen zur Eisernte«, steht unter dem Bild. »20 Uhr, Musikraum. Diavortrag von Maia Thornbury, Landes-Umweltinspektorin.« Darunter hat jemand mit spitzen Buchstaben, die wohl aussehen sollen wie Eiszapfen, aber eher wie Dolche anmuten, geschrieben, dass es zur Erfrischung Eislutscher gibt. Der Zettel stammt von gestern. An solchen Veranstaltungen sollte ich unbedingt teilnehmen, wenn ich mich bei Direktorin Buehl wieder lieb Kind machen möchte.

»Jane«, höre ich eine Stimme hinter mir. »Interessieren Sie sich für die Eisernte?«

Ich wende mich zu Direktorin Buehl um. »Ja«, antworte ich. »Es tut mir Leid, dass ich das Treffen verpasst habe, weil ich so mit den Gewändern für unser Lupercalia-Fest beschäftigt war.« Die Lüge kommt mir so leicht über die Lippen, dass ich erröte.

»Na, dann haben Sie Glück«, teilt mir Myra Todd mit, die jetzt hinter Direktorin Buehl erscheint. »Das Treffen ist nämlich verschoben worden und findet heute Abend direkt nach der Konferenz statt. Ich könnte ein bisschen Hilfe brauchen, das Eis aus der Kühltruhe im Keller hochzuschaffen.«

Ehe ich mir eine Ausrede ausdenken kann – dass ich noch irgendein klassisches Gewand nähen muss, Penelopes Schleier beispielsweise –, ist Myra Todd auch schon an mir vorbei und auf dem Weg in den Musiksaal. Ich sehe, dass der Raum sich bereits füllt. Wenn Dr. Lockhart nicht bald eintrudelt, kann ich mich womöglich nicht neben sie setzen.

Da endlich entdecke ich sie, wie sie ohne jede Eile die Treppe herunterschlendert; an ihrem rechten Zeigefinger baumelt der silberne Schlüsselbund. Ich versuche, nicht darauf zu starren.

»Dr. Lockhart!«, begrüße ich sie fröhlich. »Gehen Sie nachher auch zu dem Treffen wegen der Eisernte?«

Sie betrachtet mich, als hätte ich den Verstand verloren, während wir gemeinsam den Musikraum betreten. »Ich finde die ganze Sache entsetzlich«, sagt sie, als sie auf den Einzelplatz am uns zugewandten Ende des Tischs zusteuert. »Danach ist es vorbei mit dem Schlittschuhfahren.«

»Stimmt, da haben Sie Recht«, pflichte ich ihr bei und lege ihr enthusiastisch die Hand auf den Ellbogen, um sie behutsam zu den beiden noch freien Plätzen zu lotsen. »Daran habe ich noch gar nicht gedacht. Setzen wir uns doch nebeneinander und lassen sie uns gemeinsam Argumente gegen das Projekt finden.« Ich spüre, wie sie ihren Arm instinktiv zurückziehen will, aber sie lässt sich trotzdem zu dem von mir angepeilten Stuhl führen. Ich warte darauf, dass sie den Schlüsselbund auf den Tisch wirft, aber stattdessen faltet sie die Hände samt Schlüssel im Schoß. Beim Lunch brauchte sie die Hände zum Essen und musste den Bund weglegen, jetzt besteht dazu kein Anlass.

Direktorin Buehl bittet um Ruhe. Die meisten Kollegen haben Papier und Stift vor sich liegen, um sich Notizen zu machen. Ich wühle in meiner Tasche und finde ein kopiertes Blatt, das ich für die Abschlussklasse vorbereitet habe: Darauf habe ich Äneas' Weg in die Unterwelt als Labyrinth aufgezeichnet, dessen Durchgang man nur findet, indem man einem Wortpfad folgt. Man muss das entsprechende Adjektiv mit dem Nomen verbinden, dann das passende Verb dazu finden und so weiter und so fort. Ich bin sehr stolz auf mein Werk und betrachte es einen Augenblick, ehe ich es umdrehe und das Datum und »Konferenz« auf die Rückseite schreibe. Offensichtlich hat Dr. Lockhart nicht das Bedürfnis, sich Notizen zu machen.

Der erste Tagesordnungspunkt ist ein Überblick über die Kosten des Winterdiensts auf den Hauptwegen und die Installation des neuen Beleuchtungssystems.

Myra Todd, die als Vertreterin des Kuratoriums fungiert, berichtet, dass die Kosten vom Vorstand gebilligt worden seien, dass aber Bedenken wegen weiterer Ausgaben bestünden, »besonders angesichts der Tatsache, dass dieses Frühjahr die Schulpacht fällig wird.«

Ich kritzle »Was für eine Pacht?« auf meinen Zettel und schiebe ihn zu Dr. Lockhart hinüber. Sie sieht mich finster an und winkt mit der rechten Hand ab, die, wie ich gleich bemerke, keinen Schlüsselbund mehr hält.

Als die Finanzdinge abgehakt sind, bittet Direktorin Buehl Dr. Lockhart, über den Stand des Suizid-Interventionsprogramms zu berichten.

»Wir haben keine weiteren Schülerinnen zu beklagen, oder?«, fragt Simon Ross laut in die Stille hinein. »Also scheint es doch ganz gut zu gehen.«

Dr. Lockhart bedenkt Ross mit einem vernichtenden Blick, während sie langsam aufsteht und dabei den Schlüsselbund auf den Tisch legt.

»Drei Mädchen waren bei mir und haben über Albträume im Zusammenhang mit Melissa Randalls Tod geklagt. Sonderbarerweise scheint all diesen Träumen gemeinsam zu sein, dass Melissa sich immer noch im See befindet, irgendwo unter dem Eis.«

Ich muss an meinen eigenen Traum mit den in der Gletscherspalte gefangenen Gestalten denken. Auf einmal wird mir kalt. Ich will meinen Pullover aus meiner Umhängetasche holen, und um ihn aus der Tasche zu ziehen, stelle ich sie etwas umständlich auf den Tisch. Wegen des lauten Gepolters verzieht Myra Todd tadelnd den Mund und mahnt mich zur Ruhe. Ich lächle entschuldigend.

»Mehrere Mädchen haben berichtet, dass die Geräusche vom See sie nachts am Schlafen hindern und dass sie das tote Mädchen stöhnen hören.« Dr. Lockhart hebt etwas die Stimme, um das Rascheln zu übertönen, das ich mit meiner Tasche veranstalte, aber ansonsten nimmt sie die Störung ihrer Rede in keiner Weise zur Kenntnis. Beim Herausziehen meines Pullovers poltern mein lateinisch-englisches Wörterbuch und die *Oxford History of the Classical World* geräuschvoll auf den Tisch und von dort zu Boden.

»Wie kann man nur so dumm sein! Ich habe es ihnen immer und immer wieder erklärt«, sagt Myra Todd und schlägt bei jedem »immer« mit der Faust auf den Tisch, »aber sie kapieren es einfach nicht, dass es das Eis ist, das sich zusammenzieht und ausdehnt und dabei diese Geräusche verursacht.«

»Sie sind doch diejenige, die nicht kapiert.«

Aller Augen richten sich auf Gwen Marsh. Auf ihren Wangen glühen zwei rote Flecken. Noch nie habe ich sie dermaßen wütend gesehen, und ich bin so verdutzt, dass ich meinen Plan, wie ich mir die Schlüssel aneignen kann, für einen Moment ganz vergesse.

»Verstehen Sie denn nicht, was für ein Schock Melissa Randalls Tod für die Mädchen war? Sie haben nicht nur eine Freundin verloren, sondern auch ihren Glauben an Heart Lake. Die Schule sollte ein sicherer Hafen für sie sein, ein Zufluchtsort, an den sie sich zurückziehen können, ein Platz, wo jeder jeden kennt ...«

Irgendjemand – ich weiß nicht wer – fängt an, den Titelsong von *Cheers* zu singen.

»Sie können sich ruhig darüber amüsieren, aber wenn wir es den Mädchen jetzt nicht einfacher machen, wird es bald einen weiteren Todesfall geben.«

»Wenn wir es ihnen einfacher machen«, entgegnet Dr. Lockhart langsam und gemessen, »dann stoßen wir sie nur noch weiter in die Hilflosigkeit.«

»Ich stoße niemanden in die Hilflosigkeit!«, kreischt Gwen so schrill, dass ich mich frage, ob ihr das schon öfter vorgeworfen worden ist. Ich lege ihr die Hand auf den Arm, und sofort kreischt sie wieder.

»Das ist mein schlimmer Arm! Das wissen Sie doch, Jane.« Damit steht sie auf und stürzt aus dem Raum. Alle sehen ihr nach. Außer mir. Ich nutze den Augenblick, um meine Bücher zusammen mit Dr. Lockharts Schlüsselbund in meine Tasche zu schieben. Sobald ich alles sicher verstaut habe, erhebe ich mich ebenfalls.

»Ich gehe nach ihr sehen«, verkünde ich, und ehe jemand anders ein Hilfsangebot machen kann, bin ich schon aus der Tür.

Ich renne die Haupttreppe hinauf in den ersten Stock, aber nicht zur Lake Lounge, sondern zu Dr. Lockharts Büro. Vor der Tür muss ich in meiner Tasche nach den Schlüsseln graben, und als ich sie finde, rutscht das Metall durch meine verschwitzten Finger. Der erste Schlüssel passt nicht. Der zweite passt zwar, lässt sich aber nicht umdrehen. Mir fällt ein, dass man bei meinem alten Zimmer im Wohnheim die Tür ein Stück zu sich ziehen musste, ehe sich der Schlüssel im Schloss drehen ließ. Also probiere ich das, und die Tür knallt so laut gegen den Rahmen, dass der Korridor widerhallt. Erschrocken spähe ich zur Treppe, aber dann spüre ich, wie sich der Schlüssel bewegt, die Tür wird von der Zugluft erfasst und zieht mich praktisch in das dunkle Büro.

Ich muss die Tür regelrecht zudrücken, und wieder erscheint mir das Geräusch entsetzlich laut. Ich habe Angst, das Licht anzuschalten, aber glücklicherweise hat Dr. Lockhart die Vorhänge offen gelassen, und der Mond, der sich im See spiegelt, erfüllt das Zimmer mit silbernem Licht. Das polierte Holz des Schreibtischs, der abgesehen von ein paar steinernen Briefbeschwerern leer ist, glänzt im Mondlicht wie eine stille Wasserfläche. Die runden Steine werfen ellipsenförmige Schatten. Ich nehme einen davon in die Hand und habe sofort das Gefühl, dass ich ein Muster durcheinander gebracht habe und dass Dr. Lockhart es sofort bemerken wird.

Hastig lege ich den Stein zurück, in eine Reihe mit den anderen – hoffentlich auf seinen Ursprungsplatz; dann gehe ich zum Aktenschrank. Die mittlere Schublade, das weiß ich noch. Der kleine Schlüssel öffnet sie, leise bewegt sich die Schublade auf ihren Metallschienen. Ich lasse die Finger über die Akten im Hängeordner wandern, die mit einer eleganten schrägen Schrift etikettiert sind. Innerhalb der Jahrgangsstufen sind sie alphabetisch geordnet, und ich finde »Craven, Ellen« im zweiten Drittel der Schublade. Ich ziehe die hellgrüne Akte heraus und trage sie ins Mondlicht, um sie dort zu lesen.

Die ersten Seiten sind die Standardformulare, die jede Schülerin ausfüllen muss. Ich erfahre, dass Athenas Eltern geschieden sind und dass im Notfall eine Tante in Connecticut zu benachrichtigen ist. Ich blättere die rosaroten Versicherungsformulare und die kopierten Unterlagen von Athenas bisherigen Schulen durch. Sie hat in Dalton angefangen, ist von dort zu Miss Trimingham, Connecticut, gewechselt und ging dann eine Weile auf eine Schule namens The Village School im Süden von Vermont. Auf den besseren Schulen hatte sie Einsen und Zweien, auf den schlechteren ist sie abgerutscht auf Dreien und Vieren. Während sie sich an der Atlantikküste nach Norden hocharbeitete, ist sie auf der schulischen Skala langsam, aber sicher nach unten gesunken.

Bis zu diesem Semester in Heart Lake. Im ersten Vierteljahr hatte sie außer der Zwei, die ich ihr in Latein gegeben habe, immer noch hauptsächlich Dreien. Im zweiten Viertel stand sie in Latein auf eins und in den übrigen Fächern auf zwei. Offenbar wollte sie sich unbedingt verbessern. Warum macht sie dann einen so niedergeschlagenen Eindruck? Und warum geht sie zweimal pro Woche zu Dr. Lockhart?

Als Nächstes kommt ein Stapel mit handschriftlichen Notizen auf unliniertem Papier. Auf dem rechten Rand ist in einer schönen, flüssigen Handschrift das Datum jeder Sitzung vermerkt. Die Notizen sind genauso präzise und elegant, offenbar mit einem Füller geschrieben. Ich habe noch nie Mitschriften von Therapiesitzungen gesehen, aber ich hätte erwartet, dass es durchgestrichene Wörter, Abkürzungen und Anmerkungen am Rand geben würde. Nichts dergleichen. Dr. Lockhart hat die Seiten von oben bis unten mit ihrer gleichmäßigen schrägen Schrift bedeckt. Die Sätze könnten auch Aufgaben aus einem Kalligraphie-Übungsbuch sein.

Die Geschichte, die sie erzählen, fließt ebenfalls gleichmäßig von einer Sitzung zur nächsten. Wenn es nicht die Daten am Rand geben würde, hätte ich das Gefühl, einen Roman zu lesen. Am auffälligsten jedoch ist das Mitgefühl, das Dr. Lockhart ihrer Patientin entgegenbringt.

»Ellen ist ohne Rücksicht auf ihr emotionales Wohlbefinden von einer Institution in die nächste geschoben worden«, lese ich. »Mit dieser ständigen Entwurzelung lassen sich ihre Tendenzen zu Depression und Selbsthass leicht erklären. Kein Wunder, dass sie sich selbst verletzt, wenn die ihr am nächsten stehenden Erwachsenen so wenig Verantwortung für sie übernehmen.«

Weiter unten auf derselben Seite lese ich: »Ellen behauptet, in Heart Lake mehrere Freundinnen gefunden zu haben. Doch es ist klar, dass sie von diesen Mädchen in ungesundem Maße emotional abhängig geworden ist. Sie würde alles tun, um diese Freundschaften zu erhalten. Zweifellos benutzt sie sie als Ersatz für die Zuneigung, die sie von ihrer Mutter nie bekommen hat.« Diese Interpretation ist mir nie eingefallen, und ich schäme mich, dass ich meine Schülerin so wenig verstanden habe – eine Schülerin, der ich nah zu sein glaubte. Als noch demütigender für mich empfinde ich es, wie Dr. Lockhart sich in Athenas Situation einfühlt. Genau genommen lesen sich ihre Notizen gar nicht wie Mitschriften eines Gesprächs, sondern eher so, als wären Athenas Gedanken direkt aufs Papier übertragen worden – als hätte Dr. Lockhart nicht nur Zugang zu ihnen, sondern auch noch zu Athenas Herzen und ihrer Seele.

Während ich den Stapel durchblättere, verändert sich die Handschrift. Sie wird nicht unbedingt fahriger, aber irgendwie enger. Es ist, als wollte Dr. Lockhart immer mehr Text in jeder Zeile unterbringen. Man bekommt beinahe den Eindruck, dass Athenas Geschichte über die Grenzen des geschriebenen Wortes hinauszuwachsen droht. Ich muss mich näher ans Fenster stellen, um weiterlesen zu können.

»Obwohl der Selbstmordversuch im Oktober vermutlich nur gespielt war, ist es doch sehr unwahrscheinlich, dass Ellen nicht irgendwie daran beteiligt war. Wahrscheinlicher ist, dass sie zugestimmt hat, den Selbstmordversuch zu inszenieren, um ihre Freundinnen bei den Schikanen gegen Jane Hudson zu unterstützen. Ganz eindeutig diente der Versuch dazu, die Lehrerin in Misskredit zu bringen, damit sie ihre Stellung verliert.«

Ich bin so schockiert, meinen Namen zu lesen, dass die Worte einen Moment vor meinen Augen verschwimmen. Hat

Athena hier wirklich von einem Plan berichtet, mich zu drangsalieren? Oder ist das nur Dr. Lockharts Interpretation? Diese Worte können alles Mögliche bedeuten, und jetzt ist die Schrift auch noch fast unleserlich. Ich trete noch einen Schritt näher ans Fenster und begreife, warum ich nichts mehr sehen kann: Der Mond scheint nicht mehr.

Ich sehe zum Fenster hinauf, als ob da draußen jemand säße und mir das Licht wegnähme. Aber das ist lächerlich, Dr. Lockharts Büro liegt im ersten Stock. Eine Wolke hat sich vor den Mond geschoben. Während ich noch zum Himmel hinaufsehe, kommt der Mond wieder zum Vorschein, und sein weißes Licht ergießt sich über den Point. Plötzlich sehe ich etwa auf gleicher Höhe wie das Fenster hier im ersten Stock am Rand der Klippe eine Gestalt stehen. Sie hebt die Arme zur Stirn, und einen Moment geht mir der absurde Gedanke durch den Kopf, dass sie mir zuwinkt. Aber dann glitzert etwas im Mondlicht, und ich erkenne, dass es viel schlimmer ist: Die Gestalt auf dem Point – wer auch immer es sein mag – beobachtet mich durch ein Fernglas.

6. Kapitel

Ich lege die Akte auf den Schreibtisch, und die gespenstische Gestalt auf dem Point ahmt meine Bewegung nach, indem sie ebenfalls die Arme sinken lässt. Einen Augenblick habe ich das Gefühl, in einen Spiegel zu blicken, und überlege, was schlimmer wäre – dass die Gestalt dort meiner Einbildung entspringt oder dass mich wirklich jemand dabei erwischt hat, wie ich im Eigentum der Schule herumschnüffle? Dann dreht sich die Gestalt um und verschwindet im Wald. Kurz darauf erscheint sie wieder auf dem Weg, der zur Villa führt.

»Okay«, flüstere ich vor mich hin. »Besser, sie ist real und ich bin nicht verrückt. Aber dann ist dieser reale Mensch auf dem Weg hierher.«

Ich weiß, ich sollte mich möglichst schnell aus dem Staub machen, aber ich kann nicht anders, ich muss Athenas Akte bis zum Schluss lesen. Ich überfliege die letzten Seiten, stets auf der Suche nach meinem Namen, nach irgendeiner Erklärung dafür, warum meine Schülerinnen mich schikanieren wollen. Stattdessen finde ich etwas anderes – endlich in Athenas eigenen Worten.

»Als ich sie fragte, wie sie ihre Lehrer findet, antwortete Ellen: ›Miss Hudson scheint sich wirklich für uns zu interessieren.‹ Ich fragte, warum sie das Wort ›scheint‹ benutzt hat.

Glaubt sie, dass Miss Hudsons Interesse nur gespielt ist? Ellen antwortete, dass sie schon eine Menge Lehrer hatte, die sich auch für sie zu interessieren schienen, aber dann doch nicht für sie da waren, wenn es darauf ankam. Letzten Endes waren sie zu sehr mit ihren eigenen Problemen beschäftigt. ›Es ist ja schließlich nicht so, als ob ich so was wie ihre Tochter wäre‹, erklärte mir Ellen. ›Sie hat ja eine Tochter.‹ Ich fragte, ob sie auf Miss Hudsons Tochter eifersüchtig sei, und sie behauptete, das sei nicht der Fall, aber ...«

Hier wird die Handschrift so eng, dass ich das Ende des Satzes nicht entziffern kann. Ich blättere vor bis zum letzten Eintrag unter dem heutigen Datum. Ich lese die letzte Zeile und bringe die Papiere wieder in ihre vorherige Ordnung, ehe ich die Akte in den Hängeordner gleiten lasse. Sowohl der Weg als auch der Point sind jetzt menschenleer.

Ich schließe den Aktenschrank ab und verlasse das Büro, wobei ich die Tür sorgfältig festhalte, damit sie nicht wieder gegen den Rahmen schlägt. Als ich die Treppe hinuntereile, wiederhole ich in Gedanken die letzten Zeilen von Dr. Lockharts Notizen über Athena.

»Oft geht ein Mädchen, das sein Leben lang keine Liebe bekommen hat, ungesund enge Beziehungen ein. Wenn jemand (eine Lehrerin oder ein älteres Mädchen) sich endlich für es interessiert, entwickelt sich daraus leicht eine regelrechte Besessenheit. Wenn die betreffende Person das Mädchen dann im Stich lässt, kann dies verheerende Auswirkungen haben. Unmöglich zu sagen, wozu die Betrogene dann fähig ist.«

Unten ist die Konferenz gerade zu Ende gegangen, und jetzt bevölkern die Schülerinnen, die zu dem Diavortrag über die Eisernte gekommen sind, den Raum.

Myra Todd, die dabei ist, die Stühle für die Diavorführung umzustellen, verzieht das Gesicht, als sie mich entdeckt. »Da sind Sie ja. Haben Sie Gwendoline gefunden?«

»Nein«, antworte ich. »Ich hab sie überall gesucht, aber sie ist anscheinend nicht im Haus.«

»Das ist ja großartig. Sie sollte die Eistüten holen und den Projektor bedienen. Wie soll ich die Veranstaltung jetzt alleine hinkriegen?«

»Wo sind denn Direktorin Buehl und Dr. Lockhart?«

»Dr. Lockhart hat ihren Schlüsselbund verlegt und ist zu ihrem Auto gegangen, um den Ersatzbund zu holen. Direktorin Buehl und die Umweltinspektorin sind an den See gegangen, um sich anzusehen, wo die beste Stelle ist, um das Eis zu schneiden.«

»Ach so. Na ja, dann gehe ich mal, das Eis aus dem Keller zu holen.«

»Wissen Sie denn, wo die Kühltruhe steht?«

»Klar, die Köchin hat uns früher ständig runtergeschickt, wenn sie irgendwas brauchte.«

»Tja, das wäre schon eine Hilfe ...«, sagt Myra, »aber Sie können nicht alles auf einmal tragen – meine Mädchen waren die ganze Woche am Eismachen.«

»Ich nehme eine Schülerin mit«, schlage ich vor. Ich habe Athena und Vesta entdeckt, die vorne beim Projektor herumschwirren. Octavia und Flavia drücken sich irgendwo hinten im Saal herum; vermutlich ist es ihnen peinlich, dass ich sie hier sehe, nachdem sie aus meinem Kurs ausgestiegen sind. Ein paar von meinen Achtklässlerinnen haben sich an der Tür versammelt und stecken die Köpfe zusammen. Als ich auf sie zukomme, sehe ich, dass eins der Mädchen wieder dieses Faltspiel bei sich hat. Ihre Finger hantieren so schnell mit dem gefalteten Papier, dass es aussieht wie eine Blume, die im Zeitraffer aufblüht und wieder verwelkt. Sobald die Ersten mich entdecken, flüstern sie dem Mädchen etwas zu, und die weiße Blume verschwindet blitzschnell in einer Tasche.

Ich verwerfe meinen Entschluss und nehme doch lieber Kurs auf Athena und Vesta. »Würde eine von euch mir helfen, das Eis aus dem Keller zu holen?«

Vesta starrt mich verständnislos an, als würde ich etwas vollkommen Abwegiges verlangen.

»Ich helfe Ihnen, Magistra«, springt Athena ein und wirft Vesta einen abschätzigen Blick zu. »Miss Blödgesicht hat schlechte Laune. Sie hat die Chemiearbeit verhauen und musste deshalb wohl oder übel hier auftauchen.«

»Halt den Mund, *Ellen*. Ich wäre nicht so schlecht gewesen, wenn du mich nicht die halbe Nacht mit deinem Licht wach gehalten hättest. Das Weichei hier hat nämlich Angst vorm Dunkeln«, erklärt sie mir höhnisch. »Sie hat Angst, das Seemonster holt sie. Sie hat Angst, dass der Fluch der Crevecoeurs sie auch noch umbringt.«

Ich sehe, wie Athenas ohnehin blasses Gesicht noch einen Ton blasser wird. »Verfluchte Lesbe«, sagt sie ganz ruhig, dreht sich auf dem Absatz um und geht zur Tür. Ich folge ihr.

Auf der Kellertreppe hole ich sie ein. »Warum streiten Sie sich dauernd mit Vesta?«

»Weil sie eine blöde Tusse ist, Magistra Hudson. Ständig tut sie so, als hätte ich mich im Oktober wirklich umbringen wollen. Sie glaubt nicht, dass es Melissa war, die mir die Pulsadern aufgeschnitten hat ...« Athena verstummt, wendet sich ab und lehnt den Kopf gegen die Wand unten an der Treppe. Das einzige Licht kommt von einer nackten Glühbirne, die an einem Draht von der Decke hängt. Die Kellerwände sind aus nacktem, feuchtem, mit Moos bedecktem Fels, der das schwache Licht absorbiert und nach totem Fisch riecht. Die Familie Crevecoeur hat den Keller aus dem Felsen ausheben lassen und die natürlichen Quellen dafür benutzt, die Lebensmittel hier unten kühl zu halten. Ich fröstle und frage mich, wofür sie dann noch das Eis vom See gebraucht haben. Hier ist es kalt wie in einer Gruft.

»Kein Grund, sich zu schämen«, versuche ich Athena zu trösten. Ich denke an Dr. Lockharts Notizen, die meint, dass Athena bei dem vorgetäuschten Selbstmordversuch mitgemacht hat. Ich lege die Hand auf ihren Arm, und sie dreht sich zu mir um. In ihren Augen sehe ich eine solche Wut, dass ich instinktiv einen Schritt zurückweiche und die kalte Steinwand berühre.

»Sie glauben mir auch nicht«, sagt Athena. »Und ich dachte, Sie wären anders.«

Wenn jemand (eine Lehrerin oder ein älteres Mädchen) sich endlich für es interessiert, entwickelt sich daraus leicht eine regelrechte Besessenheit.

»Athena, ich will Ihnen wirklich helfen, aber ich kann das nur, wenn ich weiß, was los ist.« In der Kälte zittert meine Stimme, und selbst in meinen eigenen Ohren klingen meine Worte nervös und falsch. Athena schlingt die Arme um sich und starrt mich zornig an. Die Glühbirne über unseren Köpfen lässt ihre Augen fiebrig glänzen. Durch das seltsame Spiel von Licht und Schatten wirkt ihr vielfarbiges, fransig geschnittenes Haar noch wilder als sonst.

Wenn die betreffende Person das Mädchen dann im Stich lässt, kann dies verheerende Auswirkungen haben.

Athena sieht tatsächlich aus wie jemand, dem etwas Verheerendes zugestoßen ist. Unwillkürlich muss ich an die Wahnsinnige auf dem Dachboden in *Jane Eyre* denken. Nur sind wir hier im Keller und nicht auf dem Dachboden. Ich spüre, wie eiskaltes Wasser zwischen meinen Schulterblättern herunterrinnt. Mir wäre jeder Dachboden tausendmal lieber als dieser Keller.

»Sie wissen doch, was los ist«, sagt Athena. Ich will schon den Kopf schütteln, aber sie sieht mich nicht mehr an. »Es ist der Fluch der Crevecoeurs.«

»Athena, das ist doch nur eine Geschichte ...«

»Deshalb haben die Mädchen sich im See ertränkt. Sie müssten es doch wissen – zuerst ist es Ihren Freundinnen passiert, und jetzt passiert es uns. Es passiert, weil Sie zurückgekommen sind. Der See will das dritte Mädchen. Das ist die Bedeutung des Mottos: *Cor te reducet*, das Herz – also Heart Lake – zieht dich zu sich.«

Ich bin drauf und dran, ihre Übersetzung zu korrigieren, aber dann erkenne ich, dass auch ihre Version richtig ist. Zurückführen, zu sich ziehen – beides sind akzeptable Übersetzungen.

»Woher wissen Sie, was mit meinen Freundinnen geschehen ist?«

Athena zuckt die Achseln und wischt sich über die Augen. Die Geste lässt sie aussehen wie ein kleines Kind. Auf einmal erinnert sie mich an Olivia. Ich möchte es ihr sagen – möchte ihr sagen, dass sie mich an meine Tochter erinnert, aber ich denke daran, was Athena zu Dr. Lockhart gesagt hat. *Es ist ja schließlich nicht so, als ob ich so was wie ihre Tochter wäre.* Ich stelle mir vor, wie Olivia auf dem Felsen steht. Könnte Athena sie dorthin gelockt haben? Aus wahnsinniger Eifersucht?

Anscheinend bemerkt Athena den Argwohn in meinem Gesicht.

»Jemand hat es mir erzählt«, beantwortet sie meine Frage. »Ich erinnere mich nicht mehr, wer es war. Bestimmt haben Sie sich deshalb die ganze Zeit über schlecht gefühlt – weil Ihre Freundinnen gestorben sind.«

Wie sollte ich das abstreiten? Ich nicke.

»Es ist ein ziemlich beschissenes Gefühl, wenn man jemanden im Stich lässt, stimmt's?«

Ich nicke wieder. *Unmöglich zu sagen, wozu die Betrogene dann fähig ist.*

»Machen Sie sich keine Sorgen«, sagt Athena, und ihre Stimme klingt beinahe freundlich. »Es ist nicht halb so schlimm, wie wenn man selbst im Stich gelassen wird.«

Als wir mit den Erfrischungen nach oben kommen, hat der Vortrag bereits angefangen. Da es keine Plätze nebeneinander mehr gibt, setzt sich Athena ans Ende einer Mittelreihe; ein paar Reihen dahinter machen Octavia und Flavia widerwillig Platz, sodass ich mich zwischen sie setzen kann. Ich schaue mich nach Vesta um, kann sie aber nirgends entdecken. Dr. Lockhart thront in der ersten Reihe. Wenn eine kerzengerade Haltung Ablehnung ausdrückt, dann spricht ihre Position Bände darüber, wie sehr sie diese Veranstaltung verachtet.

Gwen ist wieder da und bedient den Projektor. Ich versuche, ihre Aufmerksamkeit auf mich zu lenken, aber sie starrt stur nach vorn auf die Leinwand.

Meryl North gibt eine kurze Einführung in die Geschichte der Eisernte im Nordosten Amerikas. Riesige Eisblöcke wurden in Sägemehl verpackt und bis nach Indien verschifft. Tacy Beade berichtet, dass aus dem geernteten Eis auch Eisskulpturen gefertigt wurden. Dann zeigt sie Dias von Michelangelos unvollendeter Statuenserie »Die Gefangenen«. »Michelangelo glaubte, dass die Figuren im Stein darauf warten, vom Bildhauer befreit zu werden«, schließt sie ihre Ausführungen. »Wer weiß, welche Figuren wir im Eis finden werden.«

Als Miss Beade zu ihrem Platz zurückgeht, gibt es zögernden Applaus. »Welche Figuren wir im Eis finden«, höre ich Simon Ross flüstern. »Wo war sie das ganze Jahr über – weiß sie überhaupt, dass es an der Schule einen Todesfall gegeben hat?«

Nun ergreift Maia Thornbury das Wort, um über die Geschichte der Eisernte auf dem Crevecoeur-Anwesen zu referieren. Sie ist eine kleine, gnomenhafte Frau mittleren Alters, mit einer ergrauenden Haarkappe – eine Frisur, die man früher, soweit ich mich erinnere, als Prinz-Eisenherz-Schnitt bezeichnet hat. In ihrer runden Brille spiegelt sich das Projektorlicht mit unzähligen tanzenden Staubkörnern, und dank der Brille wirkt ihr Gesicht noch runder. So oft habe ich in den letzten Jahren von der Umweltinspektorin gehört, und jetzt sehe ich sie zum ersten Mal. Ich weiß noch, wie sehr wir uns davor fürchteten, von ihr erwischt zu werden, wenn wir ihr Boot benutzten, und sie war es auch, die Matt am Maifeiertag über den Weg gelaufen ist. Ich hatte sie mir immer als imposante Erscheinung vorgestellt, eine Art Pfadfinderinnen-Walküre, dabei ist sie keine eins fünfzig. Eher eine Waldelfe als eine Walküre.

»Die Familie Crevecoeur stammte von den Hugenotten ab, die im siebzehnten Jahrhundert aus ihrem Heimatland Frankreich flohen, weil sie unter religiöser Verfolgung litten«, trägt sie vor, während mehrere Mädchen gähnen. Entweder haben sie es nur auf das Eis abgesehen oder auf die in Aussicht gestellten Bonuspunkte für die Teilnahme. »Anders als die meisten Hugenotten, die sich weiter südlich am Hudson oder in New York City ansiedelten, bevorzugten die Crevecoeurs Einsamkeit und Selbstgenügsamkeit.«

Die Leinwand wird dunkel, dann färbt sie sich in gedämpften Braun- und Weißtönen. Männer mit altmodischen Koteletten und große, stämmige Frauen mit kantigen Gesichtern stehen vor einer kleinen Hütte mit schrägem Dach. Die Frauen tragen Melkeimer.

»Wie die meisten Franzosen liebten auch die Crevecoeurs ihren hausgemachten Käse und ihre frische Butter, aber sie brauchten Eis, um sie im schwülen Sommerwetter der Adirondacks frisch zu halten.«

Die Männer mit den Koteletten und die Frauen mit den kantigen Gesichtern weichen einem Familienfoto der Crevecoeurs, das sie in voller Schlittschuhmontur auf dem Eis zeigt. Das Bild ist das gleiche, das auch an der Wand hängt, direkt dort, wo jetzt die Leinwand aufgebaut ist – und in der stattlichen Matrone im Vordergrund erkenne ich India Crevecoeur, den Kopf unter einem Pelzhut kokett zur Seite geneigt. Obgleich es schwer ist, die Frau auf dem Foto mit der vertrockneten Alten in Verbindung zu bringen, die mir am Maifeiertag in meinem letzten Schuljahr so unfreundlich begegnet ist, ist mir das arrogante Glitzern in ihren Augen gleich vertraut – genauso hat sie mich angeschaut, als sie gewahr wurde, dass die Enkelin ihres ehemaligen Dienstmädchens diese edle Schule besuchte. Ich weiß noch, dass ich mir unter diesem Blick wie eine Hochstaplerin vorkam, und genauso fühle ich mich auch jetzt. *Eine von Helen Chambers' Schülerinnen.*

Die beiden blonden Amazonen rechts und links von India müssen ihre älteren Töchter Rose und Lily sein. Etwas weiter rechts steht ein kleineres Mädchen etwas unsicher auf dem Eis, die Arme ausgestreckt, um besser die Balance zu halten. Es ist das unscheinbare Sepia-Gesicht aus meinem Traum in der vorigen Nacht: Iris Crevecoeur, die 1918 bei der Grippeepidemie starb. Ich frage mich, ob Maia Thornbury sie wohl erwähnen wird – vielleicht wäre das eine gute Gelegenheit, darauf hinzuweisen, dass nur ein Mädchen gestorben ist und nicht etwa drei. So könnte die Geschichte mit den drei Schwestern endlich als Legende abgetan werden. Wenn man das dünne, bleiche Mädchen neben ihren blonden, kräftigen Schwestern sieht, überrascht es nicht, dass sie es war, die der Krankheit zum Opfer fiel. Die fürsorgliche Art, mit der das Dienstmädchen – meine Großmutter – sie wie eine Glucke umgibt, zeigt auch schon, dass sie nicht sehr robust war. Aber Maia Thornbury bringt Iris Crevecoeurs Schicksal nicht zur Sprache; ihr geht es um etwas anderes.

»India Crevecoeur und ihre Töchter liebten das Schlittschuhlaufen auf dem See, aber am meisten freuten sie sich immer auf die alljährliche Eisernte.«

Dr. Lockharts Rücken wird noch gerader, falls das überhaupt möglich ist. Ich habe mich immer gefragt, warum sie mich nicht leiden kann, aber jetzt glaube ich es zu wissen. Zweimal die Woche berichtet Athena ihr Dinge über mich – darüber, dass ich Interesse heuchle, obwohl ich kalt sei wie ein Fisch. Kein Wunder, dass sie durch mich hindurchzusehen scheint.

Das nächste Dia zeigt das Eishaus vom See aus. Ein langer, schmaler Kanal, der direkt zu der offenen Tür führt, ist aus dem Eis geschnitten worden. Auf einer Seite des Kanals steht eine vermummte Gestalt mit einer großen Säge. Eine andere Gestalt hält einen langen Stock in die Kamera, wie ein Eskimo, der vor einem Eindringling mit seinem Speer herumfuchtelt.

»Nachdem der Schnee vom Eis gekratzt worden war, wurde mit Sägen eine ›Wasserkammer‹ ins Eis geschnitten – ein Kanal, durch den das Eis übers Wasser zum Eishaus transportiert werden konnte. Dann markierte ein Pflug die einzelnen Eisblöcke. Mit Stangen wurden die Blöcke den Kanal hinunter und schließlich auf einem Förderband ins Eishaus befördert. Wäre jemand so nett, einen Moment das Licht anzumachen?«

Ich schließe die Augen vor der Helligkeit, und als ich sie wieder öffne, sehe ich Maia Thornbury mit einer spitzen Stange hantieren.

»Das hier ist eine der Originalstangen, die man bei den Crevecoeurs für die Eisernte benutzt hat. Sie ist zweieinhalb Meter lang.«

»Ooooh«, flötet eine Stimme aus dem Publikum. »Was für eine lange Stange Sie haben!«

Die Mädchen kichern, während einige der Lehrer Ruhe einfordern.

»Ist die Spitze scharf?«, fragt jemand anders.

»O ja«, antwortet Maia Thornbury, wuchtet die Stange hoch und hält sie so, dass wir alle die fünfzehn Zentimeter lange Stahlspitze bewundern können. »Das musste sie sein, damit man sie richtig ins Eis bohren konnte. Möchten Sie sie anfassen?«

Das Mädchen, das gefragt hat, steht auf, und wieder wird hysterisches Gekicher laut. Zu meiner Überraschung sehe ich, dass es Athena ist. Ich hätte nie erwartet, dass sie so viel Interesse für die Eisernte aufbringt; jetzt geht sie nach vorn, während die Umweltinspektorin die Stange parallel zum Boden ausrichtet. Als Athena sich dem Speer nähert, geht mir der unangenehme Gedanke durch den Kopf, dass sich die römischen Senatoren so umgebracht haben: Sie stürzten sich ins eigene Schwert. Ich mache mich bereit, Athena zu Hilfe zu eilen, aber sie berührt die Speerspitze nur behutsam mit dem Zeigefinger.

»Scharf, nicht wahr?«, fragt Maia Thornbury wie ein Zauberer, der einen Trick von einem Freiwilligen aus dem Publikum überprüfen lässt.

Athena nickt, ohne die Augen von der Speerspitze zu nehmen. Dann dreht sie sich um und geht zu ihrem Platz zurück. Ehe das Licht wieder ausgeht, sehe ich noch, wie sie ihre Fingerspitze inspiziert, aus der ein kleiner Blutstropfen quillt. Dann steckt sie den Finger in den Mund und saugt daran.

»Zur Feier der Eisernte schnitzten die Dorfbewohner dekorative Statuen aus dem Eis«, fährt Maia Thornbury fort, während das Licht verlischt. Ich sehe immer noch zu Athena hinüber, als das nächste Dia erscheint, und als das Publikum dann hörbar nach Luft schnappt, schießt mir der grässliche Gedanke durch den Kopf, dass es einen Unfall mit der Stange gegeben hat. Aber dann sehe ich das Dia. Es ist farbig und zeigt ein Mädchen, das – nackt bis auf ein paar dünne weiße Fetzen – ausgestreckt auf dem zweiten Schwesternfelsen liegt. Das Mädchen und der Stein sind so blass, dass man sie fast für eine besonders gut gelungene Eisskulptur halten könnte. Wäre da nicht die blutrote, klaffende Wunde an ihrem Hals. Sofort erkenne ich Lucy, aber es dauert einen Moment, ehe ich weiß, woher das Bild stammt. Als das Licht wieder angeht und Direktorin Buehl die nun vollkommen hysterischen Mädchen zu beruhigen versucht, bemühe ich mich vergeblich, den Leuten neben mir zu erklären, dass das Bild nicht die Realität zeigt. Es ist nur Lucy Toller in der Rolle von Iphigenie, die sie damals bei der Aufführung am Strand gespielt hat.

Als ich mich nach vorn durchgearbeitet habe, wird mir klar, dass meine Erklärung nichts helfen wird. Dr. Lockhart diskutiert mit Myra Todd, ob es wirklich klug ist, mit der Eisernte fortzufahren, wo die Mädchen nun unweigerlich diese Szene damit verbinden werden. Maia Thornbury sieht mit Direktorin Buehl das Magazin mit den von ihr vorbereiteten Dias durch, um ihr zu beweisen, dass das Bild des geopferten Mädchens nicht zu ihrem Vortrag gehört. Das Dia wird von Maia Thornbury an Meryl North weitergegeben, sie reicht es Gwen Marsh, dann wandert es zu Dr. Lockhart, zu Myra Todd und schließlich zu Direktorin Buehl. Eventuell darauf befindliche Fingerabdrücke sind also garantiert verwischt. Es überrascht mich, dass ich an Fingerabdrücke denke. Könnte ich das Dia Roy Corey geben und ihn bitten, es auf Fingerabdrücke untersuchen zu lassen? Vielleicht, aber jetzt ist es zu spät. Ich schwöre mir, wenn noch ein Überbleibsel aus meiner Vergangenheit auftaucht, werde ich es sofort zu Roy bringen. Jetzt nehme ich das Dia und betrachte es. Lucy als Iphigenie. Ich erinnere mich, wie ich mir das Stück vom Ostufer des Sees aus angeschaut habe. Auf dem Bild ist der Widerschein der untergehenden Sonne auf der der Kamera zugewandten Seite des Felsens zu sehen, also muss es von Westen her aufgenommen worden sein.

Jetzt zieht mir jemand das Dia aus den Fingern. »Wie eine Szene aus einer griechischen Tragödie, finden Sie nicht auch, Miss Hudson?« Dr. Lockhart lächelt mich an, während sie das Dia in eine Plastiktüte steckt. Ich bin nicht sicher, ob sie das Dia meint oder die Aufregung, die sein Erscheinen verursacht hat.

»Ich dachte gerade, man müsste es auf Fingerabdrücke untersuchen lassen«, sage ich, obwohl ich die Idee selbst schon verworfen habe.

»Wie praktisch, dass es nun eine Erklärung gibt, warum Ihre auch darauf sind«, antwortet Dr. Lockhart, während sie die Tüte an Direktorin Buehl weiterreicht.

»Das Gleiche gilt wohl auch für Sie«, sage ich. »Denn Sie hatten das Dia ja ebenfalls in der Hand.« Eigentlich hatte ich nicht vorgehabt anzudeuten, dass Dr. Lockhart für das Auftauchen des Dias verantwortlich sein könnte, aber als ich sehe, wie ihr ohnehin blasses Gesicht noch blasser wird, denke ich, dass sie es genauso gut gewesen sein kann wie alle anderen. Aber woher soll sie das Dia denn haben?

Als ich zu meinem Cottage zurückgehe, ist es schon nach elf. Ich gehe denselben Weg, den die Person, die ich vorhin auf dem Point gesehen habe, genommen haben muss. Auf dem festgetretenen Schnee suche ich nach irgendeinem Hinweis, aber Dutzende Menschen haben hier ihre Spuren hinterlassen, seit es das letzte Mal geschneit hat. Auf dem Point lege ich eine Pause ein und blicke zurück zum Herrenhaus. Dr. Lockharts Fenster ist gut zu sehen. Obwohl das Büro nicht beleuchtet ist, lässt das Licht vom Korridor die Umrisse im Inneren des Zimmers erkennen. Würde dort jemand stehen, wäre er ebenfalls nur als verschwommene Silhouette wahrnehmbar.

Als ich zu meinem Haus komme, ist das Verandalicht schon wieder kaputt. Ich brauche eine Weile, um den Schlüssel richtig ins Schloss zu stecken, und dann zittert meine Hand so, dass ich innehalte. Meine Angst scheint ja auch nicht unbegründet zu sein – irgendjemand muss furchtbar wütend auf mich sein.

»Warum kommst du dann nicht raus und schlägst mich zusammen?«, sage ich laut zu meiner Tür. »Dann hätten wir es wenigstens hinter uns. Warum versteckst du dich?« Meine Stimme klingt eher wütend als ängstlich. Gut, ich habe jetzt die Nase voll von diesem Zeichenspiel.

Als ich das Haus betrete, bin ich plötzlich ganz sicher, dass in meiner Abwesenheit jemand hier war. Aber ich habe keine Angst, dass der Eindringling noch da ist. Wer es auch gewesen sein mag, ist danach zum Diavortrag zurückgegangen. Warum das Beste versäumen? Ich gehe durch die Zimmer, knipse die Lichter an, kontrolliere, ob etwas fehlt oder sich etwas verändert hat. Ich weiß nicht, was ich eigentlich erwarte. Ein blutiges Menetekel an der Wand? Zum ersten Mal wird mir bewusst, dass diejenige, die mir all die Zeichen zukommen lässt – inzwischen bin ich sicher, es ist eine Frau –, vor mir genauso viel Angst hat wie ich vor ihr. Erst seit ich in der Höhle mit Roy Corey gesprochen habe, schickt sie mir erneut diese Hinweise. Zuerst hat sie mir das Corniculum zugespielt, und nachdem sie mich heute in Dr. Lockharts Büro beobachtete, hat sie das Dia in Maia Thornburys Magazin geschmuggelt. Es ist, als spielten wir Tauziehen mit der Vergangenheit: Wenn du mich nicht in Frieden lässt, lass ich dich auch nicht in Frieden. Das scheint sie mir sagen zu wollen.

»Na, was hast du heute Abend denn für mich?«, rufe ich in die leeren Zimmer. Als ich ins Schlafzimmer komme, sehe ich eine Beule unter der Bettdecke, aus der rote Flüssigkeit sickert. Sofort verflüchtigt sich mein ganzer Mut.

»O Scheiße!«, schreie ich, als ich die Laken wegreiße und ein blutiger Hirschkopf mich anstarrt. »Scheiße, Scheiße, Scheiße«, wiederhole ich vielleicht ein dutzendmal, bis ich endlich begreife, dass es nur die Stoffmaske eines Hirschs ist und das Blut auf seinem Hals bloß rote Farbe.

7. Kapitel

»Erkennst du das?«, frage ich und knalle die Maske vor Roy Corey auf den Schreibtisch. Um ein Haar hätte ich einen halb vollen Pappbecher mit grauem Kaffee umgeworfen, aber es tut mir nicht Leid. Seit elf Uhr gestern Abend brenne ich darauf, die Maske endlich jemandem zu zeigen. Nach einer schlaflosen Nacht habe ich Direktorin Buehl angerufen und meinen Unterricht abgesagt.

»Vor lauter Zahnschmerzen hab ich kein Auge zugetan«, habe ich ihr vorgelogen. »Ich muss wohl oder übel in die Stadt fahren und mich von dem Ding befreien lassen.«

Ihr schien meine Entschuldigung weder verdächtig vorzukommen, noch schien sie sich sonderlich um mein Wohlergehen zu sorgen. »Ich schicke Ihre Mädchen zu Maia Thornbury, dann können sie ihr bei der Eisernte helfen«, meinte sie.

»Sie findet also trotz allem statt?«, fragte ich.

»Ich lasse nicht zu, dass man meine Pläne auf diese Weise sabotiert«, antwortete Direktorin Buehl. »Das ist ja, als würde man irgendwelchen terroristischen Forderungen nachgeben.«

Anscheinend bin ich nicht die Einzige, die von dem Katz-und-Maus-Spiel die Nase voll hat.

»Hey, pass doch auf ...«, sagt Roy Corey, aber als er mein Gesicht sieht, schluckt er den Rest seines Vorwurfs hinunter. Er blickt wieder auf die Maske, nimmt sie in die Hand, schnüffelt an der getrockneten roten Farbe und inspiziert die Nähte.

»Kommt dir das Ding bekannt vor?«, frage ich.

Verblüfft nehme ich zur Kenntnis, dass Roy Corey blass wird.

»Das ist kein echtes Blut«, stelle ich fest. Seine Reaktion hat mich von meiner Wut abgelenkt.

»Warum setzt du dich nicht erst mal, Jane?«

»Du erkennst die Maske, stimmt's?«

Roy pult etwas rote Farbe ab und legt ein grünes gesticktes Herz frei. »Wo hast du sie gefunden?«

»In meinem Bett – eine Szene wie im *Paten*«, erkläre ich. »Hast du auch schon von der kleinen Überraschung bei unserem Diavortrag gehört?«

Roy nickt. »Die Direktorin hat gestern Abend noch bei mir angerufen. Ich bin gleich in die Schule gefahren und habe das Magazin und das Dia mitgenommen. Wir lassen beides auf Fingerabdrücke untersuchen, aber die Sachen sind von so vielen Leuten angefasst worden, dass ich mir nicht allzu viel davon verspreche. Ist das hier danach passiert?«

»Als ich nach Hause kam. Das war so gegen elf.«

»Du musst einen ziemlichen Schreck gekriegt haben.«

Ich zucke die Achseln. »Allmählich gewöhne ich mich daran.« Ich erzähle ihm von dem Corniculum, das ich im Eissturm nachts auf dem Baum gefunden habe. »Das war direkt nach unserem Gespräch in der Höhle. Jemand hat uns belauscht, und dann hat das mit den Zeichen wieder angefangen.«

Er nickt. »Das habe ich mir fast schon gedacht.«

»Du Fiesling! Du hast also die ganze Zeit über gewusst, dass jemand uns in der Höhle belauschen würde!«

»Ich war nicht sicher, aber da praktisch die ganze Schule draußen auf dem Eis war, dachte ich, es wäre möglich, dass jemand die Situation ausnutzt ...«

»Und dann hast du mich ausgenutzt«, zische ich und stehe auf. Am liebsten würde ich ihm noch etwas an den Kopf werfen, aber dann sehe ich, welche Wirkung meine Worte auf ihn haben. Er macht ein betretenes Gesicht – fast so, als hätte ich ihm einen Gegenstand an den Kopf geworfen. Er starrt die Maske an, fingert immer noch an dem grünen Herzen herum und kann mir nicht so recht in die Augen schauen.

»Es war nur eine Frage der Zeit, dass diese Person wieder in Erscheinung tritt. Wir haben es mit einem Mörder zu tun – jemand, der ein Mädchen ertränkt, eine andere unter Drogen gesetzt und ihr mit einem Steakmesser die Pulsadern aufgeschnitten hat.«

»Es sei denn, Athena hat sich doch selbst die Adern aufgeschlitzt ...«

»Du meinst, es könnte doch ein echter Selbstmordversuch gewesen sein?«

»Ich meine, sie könnte ihren eigenen ›Selbstmord‹ inszeniert und dann Melissa getötet haben.« Ich erzähle Roy von meinem Gespräch mit Athena im Keller. Dr. Lockharts Akte erwähne ich lieber nicht, denn ich möchte ungern einen Einbruch gestehen, aber ich lasse etwas von den Informationen einfließen, die ich mir dort verschafft habe. »Ich hasse den Gedanken, Athena könnte die Täterin sein«, sage ich abschließend. »Ich habe sie immer gern gehabt und dachte, sie mag mich auch, aber jetzt hat sie wohl das Gefühl, dass ich sie im Stich gelassen habe, und hat sich in den Kopf gesetzt, ich hätte den Fluch der Crevecoeurs wieder aufleben lassen, weil es meine Zimmergenossinnen waren, die damals gestorben sind.«

»Woher weiß sie das?«

»Keine Ahnung. Vielleicht aus meinem Tagebuch ...« Ich halte inne, denn es fällt mir noch etwas ein, was Athena im Keller zu mir gesagt hat. »Sie meinte, ich fühle mich bestimmt schuldig am Tod meiner Freundinnen. Ich habe es dir ja in der Höhle erzählt – ich wusste, dass Deirdres Tod kein Selbstmord war. Also könnte sie die Lauscherin gewesen sein.« Erschöpft und entmutigt lasse ich mich in meinen Stuhl zurücksinken. Mir war nicht bewusst gewesen, wie heftig ich mich gegen den Gedanken wehre, dass Athena mir etwas antun will. Ich sehe

Roy an und hoffe, dass er meiner Theorie widerspricht. Er klaubt noch immer rote Farbe von der Maske und streicht den braunen Filzstoff glatt.

»Hat sie sonst noch was gesagt?«

»Sie meinte, dass es sich ziemlich Scheiße anfühlt zu wissen, dass man jemanden im Stich gelassen hat, aber dass es noch wesentlich schlimmer ist, wenn man selbst im Stich gelassen wird.« Roy blickt von der Maske auf. »Da bin ich nicht so sicher«, sagt er. »Ich glaube, beides ist gleich schlimm. Das Schuldgefühl, wenn man jemanden verletzt hat, den man mag, kann sich sehr lange halten – vielleicht sogar länger als die ursprüngliche Liebe, die man diesem Menschen einmal entgegengebracht hat.«

Mit der Handkante wischt er die roten Farbkrümel vom Schreibtisch, nimmt die Maske und zerknüllt sie.

»Du meinst Matt, richtig? Du glaubst, er wäre noch am Leben, wenn du ihn damals nicht nach Heart Lake hättest fahren lassen?«

Er nickt. Ich möchte gern etwas sagen, um ihn von seinen Schuldgefühlen zu befreien – ich kann ihn nur allzu gut verstehen –, aber alles, was mir einfällt, würde nur dazu führen, dass ich selbst mehr Schuld auf mich nehmen muss, und dem fühle ich mich nicht gewachsen. Sozusagen als Trost werfe ich ihm einen kleinen Brocken hin, eine Erinnerung an den Menschen, den wir beide vermissen. »Weißt du«, sage ich, »das ist die Maske, die Matt an dem Morgen getragen hat. Die mit dem gestickten grünen Herzen. Wahrscheinlich hat er sie im Wald verloren, und jemand hat sie gefunden.«

Roy mustert mich mit zusammengekniffenen, müden Augen und seufzt. Dann steht er auf und schließt die Tür. Als er zurückkommt, setzt er sich nicht wieder hinter seinen Schreibtisch, sondern lässt sich auf der Kante nieder, so nahe, dass der steife Stoff seiner Uniform mein Bein berührt. Er hat immer noch die Maske in der Hand. Mit dem Daumen fegt er die letzten Reste rote Farbe von dem gestickten Herzen. *Damit ihr eure wahre Liebe erkennt*, hat Deirdre damals gesagt, als sie auf jede Maske ein andersfarbiges Herz stickte: grün, blau und gelb.

»Du hast Recht, die Maske lag tatsächlich im Wald. Und ich vermute, jemand hat sie dort gefunden. Aber das ist nicht die Maske, die Matt getragen hat, Jane.«

»Aber ich hab das grüne Herz gesehen ...« Ich unterbreche mich und sehe zu ihm empor, in seine vertrauten grünen Augen.

»Das ist die Maske, die ich getragen habe.«

Mir ist immer noch schwummrig, als ich nach Heart Lake zurückfahre. Das ist die Erschöpfung, rede ich mir ein, Angst und Ärger und Frustration. Alles ganz natürlich, wenn man bedenkt, was ich hinter mir habe. Aber ich weiß, dass etwas anderes der Grund ist. Seit dem Augenblick in Roy Coreys Büro, als mir klar wurde, mit wem ich an jenem Maimorgen vor all den Jahren zusammen war, vibriert etwas in mir, als stünde mein Rückgrat unter Strom. Als ich den kalten Metallgriff an meiner Autotür berühre, wundere ich mich, dass in der trockenen Luft keine Funken sprühen. Ich bin wie elektrisch aufgeladen.

»Na und«, sagte ich immer und immer wieder, wie zu dem grellen Glitzern, das vom Hudson herüberleuchtete. »Na und? Na und?« Ich hatte meinen Wagen gegenüber vom Haus der Tollers geparkt, mit Blick auf den Fluss, und wartete darauf, dass das heiße, zittrige Gefühl endlich wegging. »Dann war es eben Roy Corey, mit dem ich am Morgen des ersten Mai Sex hatte; dann war er es eben und nicht Matt Toller. Was für einen Unterschied macht das schon?«

Damit ihr eure wahre Liebe erkennt.

Blödsinn. Das war doch nur ein lächerlicher Spuk, den Deirdre sich ausgedacht hatte. Nur ich hatte an ihn geglaubt und all die Jahre gedacht, dass meine wahre Liebe unter dem Eis im See ertrunken war.

»Blödsinn«, sagte ich laut zu mir, während ich auf den Lehrerparkplatz von Heart Lake fuhr. »Das ist noch bescheuerter, als an die Geschichte von den drei Schwestern zu glauben oder an den Fluch der Crevecoeurs. Und es bringt überhaupt nichts. Es erklärt weder, wer diese Zeichen aus der Vergangenheit schickt, noch wer Melissa Randall umgebracht hat.«

Jedenfalls zweifelt Roy stark daran, dass Athena die Täterin ist. Aber vielleicht kommt das nur daher, dass ich ihn nicht wirklich überzeugen wollte, weil ich es selbst nicht glauben möchte.

Seiner Meinung nach muss es jemand sein, der etwas mit den Ereignissen um Matt, Lucy und Deirdre vor zwanzig Jahren zu tun hatte. Wer sonst kann so in das Geschehen von damals eingeweiht sein? Wer sonst kann die Maske gefunden haben, die Roy angeblich an jenem Morgen irgendwo im Wald weggeworfen hat? Helen Chambers ist tot. Direktorin Buehl war zwar damals auch Lehrerin an der Schule, aber warum sollte sie jetzt absichtlich ihrer eigenen Institution schaden wollen? Steht für sie vielleicht mehr auf dem Spiel? Ich habe Roy von meinem Verdacht gegen Dr. Lockhart erzählt – »sie will die Eisernte unbedingt verhindern« –, aber keinem von uns fiel ein Motiv für die anderen Vorfälle ein. Was könnte sie mit dem zu tun haben, was vor zwanzig Jahren geschehen ist?

»Wer es auch sein mag, die Person hat auf jeden Fall etwas gegen dich, Jane. Ich bin nicht sicher, ob du weiterhin allein in diesem einsamen Cottage wohnen solltest.«

»Wo soll ich denn deiner Meinung nach hin?«, fragte ich und erschrak sogleich darüber, wie provozierend meine Worte klangen. So hatte ich es doch nicht gemeint, oder? Aber ich war enttäuscht, als er nur die Achseln zuckte und vorschlug, ich könne doch eine Weile im Herrenhaus wohnen.

Ich schüttelte mich bei dem Gedanken daran, was Dr. Lockhart über das Leben im Herrenhaus gesagt hatte.

»Dann vielleicht im Wohnheim?«

Ich dachte an die Gewächshausatmosphäre im Wohnheim, die zischenden Heizkörper, die Mädchen in ihren Flanellnachthemden, feucht vom Haarewaschen, der ranzige Geruch nach verbranntem Popcorn und Gesichtscreme.

»Nein«, antwortete ich. »Direktorin Buehl hat ganz Recht: Das wäre, als würde ich irgendwelchen terroristischen Forderungen nachgeben. Ich komme schon klar.«

Ein paar Sekunden musterte er mich schweigend, dann bückte er sich, um etwas in einer Schublade zu suchen. Eine Haarsträhne fiel ihm in die Stirn, und als das Licht, das durch die verschmierte Fensterscheibe drang, daraufffiel, glänzte sie rötlich auf. Als er den Kopf wieder hob, glitt die Strähne zurück, das Strahlen erlosch, und ich sah stattdessen seine aschgrauen Schläfen. »Hier«, sagte er und hielt mir etwas in einem durchsichtigen Plastikbeutel entgegen. »Das wollte ich dir zurückgeben. Wir brauchen es nicht mehr als Beweismaterial.«

Durch die dicke Plastikhülle erkannte ich mein altes Tagebuch. »Danke.« Ich versuchte, mir meine Enttäuschung nicht anmerken zu lassen. Und ich hatte gedacht, er wollte mir seine private Telefonnummer geben.

Ich steige aus dem Auto und gehe auf mein Haus zu, aber auf halbem Weg höre ich Schreie vom See her, also laufe ich durch den Wald in Richtung Point. Als ich den schwarzen Riss im Eis und die Gestalten sehe, die mit langen Stangen hantieren, befürchte ich zunächst das Schlimmste: Eins der Mädchen ist eingebrochen und man versucht, sie mit den langen Stangen zu retten. Ich halte Ausschau nach dem Opfer, das im eiskalten Wasser um sein Leben kämpft, aber ich sehe nur einen akkuraten Eisquader den dunklen Kanal zum Eishaus hinunterschwimmen und begreife endlich, dass die Eisernte in vollem Gang ist.

In der kurzen Zeit sind sie schon ziemlich weit gekommen. Vielleicht war ich auch länger weg, als mir klar war. Ich werfe einen Blick auf meine Armbanduhr – es ist tatsächlich schon vier Uhr! Dass ich so lange in Roys Büro war – beziehungsweise in meinem Auto am Fluss ... In meiner Abwesenheit haben Maia Thornbury und die Mädchen einen schmalen Kanal vom Eishaus an der Südspitze des Sees bis zur Hälfte der Strecke zum Point hinüber angelegt. Einige der Mädchen tragen Schlittschuhe, andere schieben unter Gwen Marshs Leitung die Eisblöcke mit den langen Stangen auf einer Rampe ins Eishaus. Die Szene ist so heiter und bukolisch wie auf dem Currier-und-Ives-Druck, den ich gestern Abend am Schwarzen Brett gesehen habe. Erstaunlich, wie viele Menschen da draußen sind; anscheinend haben sich wirklich alle auf die Socken gemacht.

Aber als ich genauer hinsehe, merke ich, dass manche der Gestalten auf dem Eis gar keine Menschen sind.

Was ich für reglose, weiß gekleidete Kinder gehalten habe, sind in Wirklichkeit aus Eis gemeißelte Statuen. Ich sehe zwei Mädchen einen Eisblock vom Eishaus herbeischleppen und ihn auf drei oder vier andere hieven. Ein paar meißeln und klopfen an den aufgestapelten Eisklötzen herum, sodass rudimentäre Körper entstehen. Tacy Beade bearbeitet das Eis mit Spitzhacke und Hammer. Selbst von meinem Platz aus höre ich die metallischen Schläge und bin ein wenig beunruhigt, dass sie so kräftig zuschlägt, wo sie doch halb blind ist. Eissplitter stieben unter ihren Händen weg wie Funken von einem Amboss. Die entstehende Figur ist zwar erst grob umrissen, aber man erkennt schon, dass es sich um eine menschliche Gestalt handelt.

Ungefähr ein Dutzend ähnlicher Statuen stehen auf dem Eis. Jetzt erkenne ich auch, dass sie erst halbwegs ausgeformt sind, aber das Licht der letzten Sonnenstrahlen scheint ihnen Leben einzuhauchen. Als ich zum Point hinüberblicke, ist es, als ob der ganze See sich für einen Moment drehen würde. Über dem Ostufer hängt eine dicke schwarze Wolke, sodass das von der niedrig stehenden Sonne beschienene Eis in ein wildes, weißes Licht getaucht ist. Neben den drei Schwesternfelsen steht jeweils eine Eisstatue. Oder genauer gesagt: Die erste, die dem Ufer am nächsten ist, steht. Die zweite kniet, und die dritte liegt ausgestreckt auf dem weißen Eis. Nur die Hälfte ihres Körpers ist sichtbar, denn das dargestellte Mädchen befindet sich halb im Wasser und halb außerhalb; einen Arm hat sie gehoben und angewinkelt, als wollte sie beim Kraulen ausholen. Verstörend ist der Eindruck, den die schwarze Wolke hervorruft: Es sieht aus, als stiege schwarzes Wasser vom Eis auf und als wären die bleichen Figuren unter Wasser.

Ich habe das Gefühl, seekrank zu werden. Mir ist schwindelig. Ich recke das Kinn und fixiere den Horizont, ein Trick, den uns Miss Pike beim Kanufahren beigebracht hat. Am Horizont aus tiefgrünen Kiefern sehe ich eine Gestalt, genauso unbeweglich wie die Bäume. Zuerst denke ich, es sei auch eine Eisstatue, doch dann erkenne ich Dr. Lockhart. Sie trägt Schlittschuhe, aber sie rührt sich nicht. Als sie merkt, dass ich sie anstarre, streckt sie die Arme, lockert die Handgelenke wie eine Ballerina, die sich auf eine Pirouette vorbereitet, und beginnt sich dann mühelos auf den Schlittschuhen zu drehen. Während sie einen kleinen, engen Kreis beschreibt, sprühen ihre Schlittschuhe Eis in die immer düsterer werdende Luft, wie ein Strudel im dunklen Wasser.

Ich gehe zurück in mein Haus und esse allein. Zwar versuche ich mir einzureden, dass ich nicht in das Unwetter kommen will, das sich draußen zusammenbraut, aber das ist eine schwache Ausrede. Obwohl die Wolken im Osten bedrohlich aussehen und bei Sonnenuntergang ein Wind aufgekommen ist, hat der Wetterbericht keinen Schnee vorhergesagt. Nur Wind und Kälte. Im Fernsehen bekomme ich gerade lange genug einen Sender aus Albany herein, um zu erfahren, dass es in den südlichen Adirondacks Gewitter gegeben hat, für diese Jahreszeit eine Seltenheit, dann löst sich das Gesicht des Ansagers in statisches Schneegestöber auf. Ich schalte das Radio ein, aber nicht einmal den Country-und-Western-Sender aus Corinth kann ich empfangen.

Um ehrlich zu sein, will ich mit niemandem reden. Was hat sich Direktorin Buehl bloß dabei gedacht, mit der Eisernte fortzufahren? Und die alte Beady ist anscheinend nicht nur blind, sondern auch noch senil, wenn sie die Mädchen dermaßen makabre Statuen meißeln lässt. Ich weiß, dass im Speisesaal über nichts anderes als die Todesfälle gesprochen wird, und im Moment kann ich die Vorstellung nicht ertragen, naive Fragen über die Legende der drei Schwestern beantworten zu müssen. Da ziehe ich sogar mein kaltes, baufälliges Cottage vor.

Der Wind scheint mein Häuschen zu umkreisen wie ein Tier, das einzudringen versucht. Ich ziehe mir Wollsocken an und tapse so über die abgetretenen Flickenteppiche, ziehe die Vorhänge zu und kontrolliere die Fenster. Zweimal hebe ich den Telefonhörer ab und vergewissere mich, dass noch ein Freizeichen kommt. Als ich es das dritte Mal versuche, bekomme ich einen so heftigen elektrischen Schlag, dass ich den Hörer fallen lasse und das schwere alte Ding mir auf die Zehen fällt. Das kommt davon, wenn man in Wollsocken herumschleicht. Aber ich nehme mir vor, mich den Rest der Nacht vom Telefon fern zu halten, obwohl ich eigentlich Olivia anrufen und sie daran erinnern wollte, dass ich sie dieses Wochenende besuche. »Ich sehe sie ja morgen«, sage ich mir – aber ich muss zugeben, dass ich sie nicht wirklich anrufen will, weil ich seit einer Weile in ihrer Stimme eine gewisse Distanz wahrnehme – eine Schutzmaßnahme, falls ich sie wieder enttäuschen sollte.

Ich gehe früh zu Bett. Mein altes Tagebuch, das Roy mir heute gegeben hat, liegt auf meinem Nachttisch. Ich blättere ein bisschen darin herum – ohne richtig zu lesen – und merke, dass die Seiten lose zwischen den Einbanddeckeln liegen. Ich erinnere mich, dass Seiten herausgerissen worden sind, schlage es ganz hinten auf und sehe, dass auch die letzte Seite fehlt. Aber das war keine von denen, die mir geschickt wurden.

Ich lege das Tagebuch zurück auf den Nachttisch und beschließe, lieber in der *Äneis* zu lesen. Um die Nerven zu beruhigen, ist klassische Literatur einfach das Beste, finde ich. Unglücklicherweise bin ich gerade an jene Stelle im vierten Buch geraten, wo Juno eine Furie aussendet, die die Trojaner und Latiner in den Krieg locken soll. Die Beschreibung der Furie ist so grässlich – *eine Bestie, verhasst sogar ihrem Vater Pluto und ihren höllischen Schwestern; denn in so viele Gesichter, so viele Larven verwandelt sie sich und wimmelt von schwärzlichen Nattern –*, dass ich nicht weiterlesen kann. Ich muss an das denken, was Helen Chambers uns erzählt hat, dass die Furien ausgesandt würden, um einen ungesühnten Tod zu rächen. Ein personifizierter Fluch, sagte sie, die dunkle Version der drei Grazien, die bei den Renaissance-Malern so beliebt waren. Ich knipse das Licht aus und verkrieche mich im Bett, ziehe mir die schweren Wolldecken über die Ohren, damit ich den Wind nicht höre und mir nicht vorstellen muss, dass irgendein groteskes Monster über Heart Lake schwebt und Unfrieden und Misstrauen sät.

Aber ich kann den Wind nicht ausblenden. Und unter seinem Heulen höre ich noch einen tieferen Klang, einen tiefen Bass, sodass sich mir die Nackenhaare sträuben. Langsam krieche ich unter meinen Decken hervor; die Luft ist immer noch wie aufgeladen. Als ich aus dem Bett steige, stehen mir die Haare im Nacken ab wie ein Fächer. Ich gehe zur Haustür und öffne sie. Draußen schwanken heftig die Bäume, und vom Boden wirbeln feine Eispartikel empor wie Minitornados. Ich lausche dem Toben des Windes, aber tief und stetig höre ich unter den unregelmäßigen Windstößen das Stöhnen, wie ein Kontrapunkt zu den helleren Variationen.

Ich weiß, dass dieser Ton vom See kommen muss, es ist das Eis, das sich zusammenzieht und wieder ausdehnt, ein natürlicher Prozess, den Direktorin Buehl und Myra Todd den Schülerinnen immer wieder erklären. Aber ich will es mit eigenen Augen sehen. Mit meinen dicken Socken und in meinem Flanellnachthemd wandere ich in den Wald, ich spüre die Kälte kaum. Es ist, als würde in mir die ganze Elektrizität, die ich im Lauf des Tages angesammelt habe, als Wärmespeicher dienen. Der See schreit wie ein gequältes Wesen – zu Recht, hat man seine Oberfläche doch mit Sägen durchtrennt und mit Stangen gepiesakt! Jetzt spüre ich, dass er mich ruft, und wer könnte dem Ruf einer verwundeten Kreatur widerstehen?

Erst als ich den Point erreiche, sehe ich die Gefahr. Der Wind zerrt von allen Seiten an mir, schiebt mich vorwärts wie eine Hand am Rücken, zupft mit winzigen Eisfingern an meinem Nachthemd. Er hebt meine Haare und mein Nachthemd hoch, und ich habe das Gefühl, als würde er mich zum Rand des Felsens tragen wollen. Doch dann spüre ich einen anderen Griff, hart und warm, und etwas zieht mich zurück in den Schutz des Waldes.

»Jane, bis du denn verrückt? Was machst du in diesem Aufzug hier draußen?«

Es ist Roy Corey, der mich aus dem Wind holt und mich an beiden Armen festhält, während mein Rücken an der rauen Rinde einer Weymouthkiefer scheuert. Mein Nachthemd reibt sich an seinem Flanellhemd, und die kleinen elektrischen Entladungen bringen mich wieder zur Vernunft.

»Das Gleiche könnte ich dich auch fragen«, erwidere ich und staune, wie ruhig ich klinge.

»Ich wollte mir etwas anschauen.« Er deutet auf den Felsvorsprung an der Westseite des Point. »Wollte sehen, ob sich dort jemand verstecken kann. Du hast mich nicht gesehen, als ich auf den Point rauskam, oder?«

Ich schüttle den Kopf. Seine Hand liegt immer noch auf meinem Arm. Der Wind reißt am Saum meines Nachthemds und will meine Beine entblößen.

»Aber ich habe dich gesehen. Du bist auf den Point zugegangen, genau wie in der Nacht, als Deirdre gestorben ist. Wenn jemand sich damals auf dem Westsims versteckt hat, konnte diese Person auch beobachten, wie du aus dem Wald kamst und dich dem Point genähert hast. Auch sie hätte Deirdre zurückweichen und abstürzen sehen. Eins allerdings wäre ihr entgangen, nämlich, dass Lucy auf dem Ostsims stand und Deirdre am Knöchel packen wollte.«

»Dann hätte es für diese Person ausgesehen, als wäre ich an allem schuld?«

Er nickt. Auf einmal wird mir furchtbar kalt, und ich fange an zu zittern. Roy zieht seine Jacke aus und legt sie mir um die Schultern.

»Dann hast du also beschlossen, dieses Experiment mitten

in einem Gewitter durchzuführen?«, frage ich zähneklappernd, während er seinen Griff um meine Arme lockert.

»Ja, und außerdem wollte ich dein Haus im Auge behalten«, erklärt er. »Ich hatte irgendwie ein ungutes Gefühl.«

Ich lege meine Hände flach auf seine Brust und erwarte den nächsten elektrischen Schlag, aber sein Hemd fühlt sich feucht und warm an, und ich spüre, wie sein Herz heftig pocht. »Dann solltest du vielleicht hereinkommen.«

Er nickt, aber wir rühren uns beide nicht vom Fleck. Mit dem Handrücken berühre ich sein Gesicht, und er lässt die Hand unter den Kragen meines Nachthemds gleiten und streichelt mein Schlüsselbein. Als ich die kalte Luft an meinen Brüsten spüre, beginne ich sofort wieder zu zittern. Er drückt sich an mich, sodass ich jetzt zwischen seinem Körper und dem Baum eingekeilt bin, und ich spüre, dass auch er zittert. Langsam beugt er sich zu meinem Hals herab; ich lege den Kopf in den Nacken und sehe über uns die Kiefernzweige, die sich tanzend im Rhythmus unserer Körper bewegen. Ich nehme ihn bei der Hand und führe ihn zurück zu meinem Haus. Rasch schlüpfen wir unter die Decken, und er liebt mich, wortlos, bedächtig, ohne auch nur eine Sekunde die Augen von mir zu nehmen. Ich verstehe. Diesmal ist es kein Zufall, diesmal kennen wir uns.

Als ich wieder sprechen kann, drehe ich mich zu ihm und sage: »Du musst mich furchtbar gehasst haben.«

Er streicht mir die feuchten Haare aus der Stirn. »Nein, ich habe dich nie gehasst, Jane. Ich habe mich selbst gehasst, weil ich dir damals nicht auf der Stelle gesagt habe, wer ich bin.«

»Im Angesicht von Miss Buehl und ihren kreischenden Pfadfinderinnen, die mit dem Finger auf uns gezeigt haben, war das wohl nicht der richtige Moment, um die Maske fallen zu lassen.«

Er stützt sich auf einen Ellbogen und fährt mit dem Handrücken zärtlich meinen Arm entlang. Sein Atem kühlt den Schweiß in der Kuhle über meinem Schlüsselbein. »Aber das ist nicht der Grund, weshalb ich mich dir nicht zu erkennen gegeben habe. Ich hätte die Enttäuschung in deinen Augen nicht ertragen, wenn du erkannt hättest, dass ich nicht Matt bin.«

Ich sehe ihn an, um ihm die Wahrheit seiner Worte nicht dadurch zu bestätigen, dass ich den Blick abwende. Sosehr ich ihm sagen möchte, dass er sich irrt, es gelingt mir nicht. Ja, ich wäre enttäuscht gewesen – mehr als enttäuscht, am Boden zerstört –, wenn ein anderes Gesicht als das von Matt unter der Maske zum Vorschein gekommen wäre. Und einen Moment lang sehe ich tatsächlich Matts Gesicht vor mir, es ist, als blickte mich der siebzehnjährige Matt durch die Augen seines Cousins an, und ich sehe ihn so deutlich, dass ich das Gefühl habe, jedes Härchen auf meinem Körper wäre von einer dünnen Eisschicht umhüllt. Und dann ist er verschwunden. Matts Gesicht verblasst, verwandelt sich in das von Roy, so wie Matt in meinem Traum im schwarzen Wasser versinkt. Nur bin ich jetzt ziemlich sicher, dass ich sein Gesicht zum letzten Mal gesehen habe.

Ich kann Roy nicht anlügen, deshalb sage ich ihm das Zweitbeste. »Ich bin froh, dass du es bist. Hier. Jetzt.«

8. Kapitel

Es ist noch dunkel, als das Telefon uns weckt. Den grünen Leuchtziffern meines Digitalweckers zufolge ist es fünf Uhr dreiunddreißig. Das Telefon steht auf Roys Seite des Bettes, und er meldet sich mit seinem Namen. Ich wundere mich, dass mich das so wenig wundert. Als wäre ich seit Jahren mit ihm, einem Cop, zusammen und hätte mich längst daran gewöhnt, dass Anrufe mitten in der Nacht immer für ihn sind.

Eine Weile hört er schweigend zu und sagt schließlich: »Ich bin gleich da.« Damit schwingt er auch schon die Beine aus dem Bett und fahndet auf dem Fußboden nach seiner Jeans und seinem Hemd. Als er merkt, dass ich mich auf den Ellbogen gestützt habe, lässt er sich aufs Bett zurücksinken und nimmt mein Gesicht zwischen beide Hände.

»Ich fürchte, diesmal ist die Unterbrechung schlimmer als damals, als die Pfadfinderinnen aufgekreuzt sind.«

Roy muss nicht weit gehen. Ich folge ihm die Stufen zum Badestrand hinunter, wo sich eine kleine Gruppe in einem Lichtkreis von Taschenlampen zusammengefunden hat. Die Einzige, deren Namen ich kenne, ist Mallory Martin – das Mädchen, das meine Schülerinnen immer »Malefiz« nennen. Im Augenblick sieht die Schülerin aber gar nicht boshaft aus, sie weint und zittert unter dem schweren Ledermantel eines Polizisten.

»Wir wollten uns den Sonnenaufgang ansehen«, erklärt sie. Ich habe das Gefühl, dass sie nicht noch mehr Publikum braucht, um diese Geschichte zu erzählen. Sie wird sie den Rest ihres Lebens zum Besten geben. »Wir dachten, es sieht bestimmt cool aus, wenn die Sonne aufgeht – mit den ganzen Figuren davor. Gestern bei der Eisernte sind ein paar Mädchen auf die Idee gekommen. Zuerst haben wir auch gedacht, es wäre wirklich eine Statue.« Sie deutet mit einem zittrigen Finger in Richtung der Schwesternfelsen. Auf dem Eis bewegen sich Polizisten in dicken Wintermänteln schwerfällig übers Eis, mit den Armen balancierend, um nicht hinzufallen. Ihre Haltung ähnelt der, die Miss Pike uns beigebracht hat. So geht man auch durchs Wasser, wenn man Ertrinkende sucht; mit den Zehen tastet man den Grund ab, und die Arme breitet man aus, um leblose Gliedmaßen aufzuspüren. Die Szene erinnert mich auch stark an den Morgen, als man Melissa Randall gefunden hat.

Ich gehe an Mallory Martin und ihren Zuhörern vorbei, um Roy aufs Eis zu folgen, aber am Rand des Sees stellt sich mir ein Polizeibeamter mit erhobener Hand in den Weg.

»Tut mir Leid, Miss, aber wir wollen keine Zivilpersonen auf dem Eis.«

Roy dreht sich um und sieht mein entsetztes Gesicht.

»Ist schon okay, Lloyd, sie gehört zu mir.«

Mir kommt gar nicht in den Sinn, dass das Eis glatt sein könnte, und ich marschiere geradewegs zu Roy hinaus. Wir kommen an dem ersten Felsen und der daneben stehenden Eisstatue vorbei. Von hier schaue ich hinüber zu der Stelle, wo die dritte Statue lag, aber obwohl das Sonnenlicht diesen Teil des Sees bereits erhellt, ist nichts zu sehen. Es ist, als wäre die liegende Figur im Eis versunken.

Ich drehe mich zu Roy um und will fragen, ob das der Grund für die ganze Aufregung sei, aber in diesem Moment fällt mein Blick auf eine vierte Statue. Sie liegt ausgestreckt auf dem zweiten Felsen, ein glatter, marmorweißer Mädchenkörper, der sich wie in Todespein oder lustvoller Verzehrung der zweieinhalb Meter langen Eisstange entgegenwindet, die ihre Mitte durchbohrt. Erst als das Licht auf ihr meerjungfraurotes Haar fällt, erkenne ich Vesta.

»Sie hat gesagt, dass sie nicht schlafen könne und ein bisschen auf dem See Schlittschuh laufen wolle«, erklärt uns Athena zum dritten Mal. »Sie dachte, es wäre bestimmt cool mit den Statuen und so. Auch ein paar von den anderen Mädchen haben bei der Eisernte darüber geredet, dass sie eislaufen wollen. Ich hab ihr angeboten mitzukommen, aber sie war immer noch sauer auf mich, weil ich ständig das Licht angelassen habe. Sie hat gesagt, wenn ich gehen würde, dann bleibe sie da und mache das Licht aus.«

Athena, die auf dem niedrigen Stuhl vor Direktorin Buehls Schreibtisch sitzt, hebt den Kopf, und wir können alle die dunklen Ringe um ihre Augen sehen. Eine Strähne ihres vielfarbigen Haars fällt ihr übers linke Auge; als sie die Strähne zurückstreicht, zittert ihre Hand so heftig, dass sie rasch die Finger im Schoß verschränkt. Von meinem Platz auf der Couch sehe ich, dass ihre Nagelhaut angeknabbert und blutig ist. Im Widerschein des frühen Morgenlichts, das sich auf der Eisfläche vor Direktorin Buehls Fenster spiegelt, kneift sie die Augen zusammen. Ich wende meinen Blick von ihr ab und schaue hinaus auf den zugefrorenen See. Zum Glück ist die Sicht auf die Bucht östlich vom Point versperrt. Ich frage mich, ob man Vesta inzwischen weggetragen hat oder ob ihre Leiche immer noch fotografiert wird. Zwei Polizisten stehen auf dem Point und schauen auf die Bucht hinab. Einer hat ein Stativ aufgestellt und nimmt den Tatort von oben auf.

»Und *Sie* haben nichts gehört, Jane?«

Beim Klang meines Namens zucke ich zusammen und blicke unwillkürlich zu Direktorin Buehl hinüber, aber es ist Dr. Lockhart, die mir diese Frage stellt. Einen Augenblick lang verstehe ich nicht, warum ich etwas gehört haben sollte, dann erinnere ich mich an die Schreie und das Stöhnen, die in der letzten Nacht vom Eis kamen. Könnten das etwa Vestas Hilferufe gewesen sein?

»Wir hatten ein Gewitter«, entgegne ich. »Ich habe den Wind gehört und das Eis.«

»Das Eis?«, wiederholt Dr. Lockhart. Sie steht vor dem großen Fenster, das grelle Licht umgibt sie wie eine abweisende Aura, und ich muss die Hand über die Augen legen, um in ihre Richtung zu schauen. Selbst so ist es mir unmöglich, ihren Gesichtsausdruck zu erkennen.

»Ja«, antworte ich, »ein Krachen und Knacken und ...«

»Stöhnen?«, fragt sie. »Schreie? So klingt das Eis. Sind Sie hinausgegangen und haben nachgesehen?«

»Ja, ich war draußen«, entgegne ich. »Ich war auf dem Point, aber ich habe nicht hinuntergesehen.«

Sogar Athena dreht ruckartig den Kopf zu mir um und starrt mich an.

»Dabei bin ich Officer Corey begegnet – er war ... ähm ... er war in der Gegend auf Streife.«

Es folgt ein Augenblick des Schweigens, in dem ich mich sehr deutlich an das erinnere, was auf dem Point vorgefallen ist, nachdem ich Roy Corey begegnet bin. Ich schaue auf meine Hände und merke, dass sie ganz rosa aussehen. Einen Augenblick bin ich überzeugt, dass es die Schamröte ist, aber dann begreife ich, dass es am Morgenlicht liegt, das durchs Fenster fällt.

»Haben Sie beide vom Point hinuntergeschaut, woher die Geräusche kamen?«, fragt Direktorin Buehl schließlich. Ich glaube, sie wundert sich ebenso wie ich, dass nicht Dr. Lockhart diese Frage stellt, aber die Psychologin hat sich wieder zum Fenster umgedreht und beobachtet die beiden Männer, die auf dem Point Fotos machen.

»Ich wollte nachsehen, aber Officer Corey hat mich von dem Felsen weggeholt, weil es bei dem Wind zu gefährlich war da draußen ...« Glücklicherweise unterbricht mich ein Klopfen an der Tür; Roy Corey kommt herein, und ich atme erleichtert auf.

»Was ist los? Warum ist die Schülerin hier?« Obwohl seine Frage an Direktorin Buehl gerichtet ist, beantwortet Dr. Lockhart sie.

»Es ist die Zimmernachbarin des Mädchens, das Sie da draußen vom Felsen geklaubt haben. Wir dachten, vielleicht weiß Sie etwas, was uns weiterbringt.«

Beim Wort »geklaubt« erscheint ein Ausdruck nackten Entsetzens auf Athenas Gesicht. Sie dreht sich zu mir um. »Was meint sie denn damit? Ich dachte, Vesta ist erstochen worden.«

»Warum haben Sie das gedacht, Ellen?« Dr. Lockhart verlässt das Fenster, geht um Direktorin Buehls Schreibtisch herum und lässt sich auf der Kante nieder. Sie schlägt die langen, grau bestrumpften Beine übereinander und wartet auf Athenas Antwort. Mit fällt auf, dass sie sich eine Masche gezogen hat, und aus irgendeinem absurden Grund freut es mich, einen klitzekleinen Makel an Dr. Lockharts sonst so makellosem Äußeren zu entdecken. Ansonsten ist sie gelassen und ruhig wie immer. Ganz im Gegensatz zu Athena.

»Das ... das hat mir jemand erzählt«, stammelt sie. Ich erinnere mich, dass sie das Gleiche gesagt hat, als ich sie fragte, woher sie vom Tod meiner Zimmernachbarinnen vor zwanzig Jahren weiß. Und ich habe sie noch nie stottern hören. »Hat nicht vorhin jemand gesagt, dass sie erstochen wurde? Ich meine, ich dachte, wo doch die ganzen Eisstangen in der Gegend rumliegen ...«

»Für die Sie sich gestern beim Diavortrag so eingehend interessiert haben ...«

»Dr. Lockhart, wenn Sie eine Theorie haben, die Sie der Polizei mitteilen möchten, sollten wir vielleicht lieber unter vier Augen sprechen ...«

»Ja, das würde ich gern, Officer Corey. Ich möchte nämlich wissen, was ein Polizeibeamter aus Corinth gestern Nacht auf dem Point zu suchen hatte und warum er eine unserer Lehrerinnen daran gehindert hat, vom Point hinabzusehen, um herauszufinden, woher die schrecklichen Geräusche kamen.«

Roy schaut mich an.

»Ich habe nicht gesagt, dass er mich gehindert hat ...«, versuche ich zu erklären, aber dann denke ich daran, was gestern auf dem Point passiert ist. Eigentlich hat Roy genau das getan. Ich stocke und blicke ihn an; er bemerkt mein Zögern.

»Es war windig und der Untergrund glatt und vereist«, erklärt er, eher mir zugewandt als Dr. Lockhart.

»Haben Sie denn nun vom Point herabgeschaut und überprüft, woher die Geräusche kamen?«, erwidert dennoch Dr. Lockhart.

»Ich bin fest davon ausgegangen, dass es das Eis ist«, antwortet Roy.

»Dann sind Sie entweder dümmer als der Durchschnittspolizist, oder Sie versuchen, etwas zu vertuschen«, entgegnet sie ruhig.

In Roys Gesicht zuckt nur ein Muskel, während Athena die Fassung verliert. Sie springt so abrupt auf, dass ihr Stuhl umkippt.

»Warum sind Sie so gemein?«, schreit sie und stürzt sich auf Dr. Lockhart. Die Wucht des Aufpralls schiebt den Schreibtisch gut fünfzehn Zentimeter zurück, und Direktorin Buehls Drehstuhl saust rückwärts gegen das Fenster, ich höre Glas splittern. Zunächst renne ich zu Athena, lege meinen Arm schützend über ihren Kopf, packe ihre Schultern, wie ich es in Miss Pikes Lebensrettungskurs gelernt habe, und ziehe sie vom Fenster zurück. Sie schlägt um sich, als wäre sie wirklich am Ertrinken, aber absolut nicht willens, sich retten zu lassen. Kaum hat sie ihr Gleichgewicht einigermaßen wiedergefunden, lässt sie sich nach unten fallen, macht einen Ausfallschritt zur Seite und rammt mir den Ellbogen in den Solarplexus. Während ich mich vor Schmerzen zusammenkrümme, rennt sie aus dem Zimmer. Als ich den Kopf wieder heben kann, schaue ich ängstlich nach Direktorin Buehl, der zum Glück nichts passiert zu sein scheint. Man sieht ihr den Schrecken an, aber sie ist unverletzt, obwohl sich auf der Fensterscheibe hinter ihr ein Labyrinth aus Rissen gebildet hat.

Roy führt mich zum Sofa. Direktorin Buehl weicht vorsichtig von der zerschmetterten Fensterscheibe zurück und setzt sich neben mich.

»Alles in Ordnung, Jane?«, fragt sie. »Ich hatte keine Ahnung, dass das Mädchen so gewaltbereit ist.«

»Mir geht's gut«, antworte ich. »Es war nicht Athenas Schuld. Sie ist einfach nur ...« Ich zögere, unfähig, mit einer plausiblen Erklärung für das Verhalten meiner Schülerin aufzuwarten. Eigentlich wollte ich sagen: »Sie ist einfach nur provoziert worden«, aber stattdessen vollende ich den Satz mit: »Sie ist einfach nur durcheinander.« Wenn man sich das Werk der Zerstörung ansieht, das Athena zurückgelassen hat, klingt das reichlich harmlos. »Ich sollte sie suchen und mit ihr reden.«

»Das sollte wohl lieber ich übernehmen«, mischt sich Dr. Lockhart ein. »Ich habe mit ihr gearbeitet und glaube zu verstehen, worum es bei ihr geht.«

»Sie schien aber ziemlich wütend auf Sie zu sein«, gibt Roy zu bedenken.

»Das gehört alles zum therapeutischen Prozess«, behauptet Dr. Lockhart und schlüpft auch schon in ihren Mantel. Ich sehe Direktorin Buehl an, und sie nickt mir zu.

»Candace hat Recht – lassen Sie sie ruhig machen.«

Dr. Lockhart lächelt mich an wie ein Kind, das bei einem von den Erwachsenen geschlichteten Streit als Sieger hervorgegangen ist. Als sie weg ist, fügt Direktorin Buehl hinzu: »Candace kann sich besonders gut in solche Mädchen einfühlen, denn sie hat einen ähnlichen Hintergrund. Im Lauf der Jahre habe ich so viele Mädchen wie Ellen und Candace erlebt – Mädchen, deren Eltern zu wenig Zeit für sie haben und sie unserer Fürsorge überlassen.«

»Die ihre Töchter sozusagen bei Ihnen abladen«, ergänzt Roy.

»Seien Sie nicht zu hart, Detective Corey. Oft kennen die Eltern selbst nichts anderes, weil sie genauso erzogen worden sind. Ich bin überzeugt, sie meinen, dass es für die Kinder das Beste ist. Vielleicht haben sie gar keine andere Möglichkeit.«

Plötzlich muss ich an Olivia denken – die ich Mitch überlassen habe, damit er auf sie aufpasst –, und bei diesem Gedanken flammt der Schmerz in meinem Bauch, wo Athena mich getroffen hat, sofort wieder auf. Ich muss meine Tochter dieses Wochenende unbedingt sehen.

Als könnte er meine Gedanken lesen, steht Roy auf und nimmt wieder eine offizielle Haltung an. Zwar wendet er sich an Direktorin Buehl, aber ich verstehe, dass die Botschaft eigentlich an mich gerichtet ist. »Ihnen ist sicher klar, dass wir es jetzt mit einer offiziellen Mordermittlung zu tun haben. Niemand darf das Schulgelände verlassen.« Direktorin Buehl nickt, und als sie zu mir herübersieht, nicke ich ebenfalls.

Ich weiß, dass Roy mitkommen möchte, als ich Direktorin Buehls Büro verlasse, aber Vestas Eltern müssen noch informiert werden, und Direktorin Buehl bittet ihn zu bleiben. Vor dem Herrenhaus mache ich kurz Halt und frage mich, wo Athena und Dr. Lockhart wohl sind, aber ich sehe nirgends eine Spur von ihnen. Nun sitze ich hier fest und überlege, wie ich Olivia erklären soll, dass ich schon wieder absagen muss. Letzte Woche waren wir eingeschneit – ich kann sie doch nicht schon wieder enttäuschen!

Ich mache mich auf den Weg zurück zum Cottage, um meine Handtasche und die Reisetasche zu holen, die ich gestern mit Klamotten und Arbeitsblättern zum Korrigieren gepackt habe. Um nicht den Polizisten am Point über den Weg zu laufen, nehme ich die Abkürzung durch den Wald. Zu meiner Überraschung hat jemand einen schmalen Weg durch den Schnee direkt zu meinem Haus gebahnt, und ich finde sogar noch einen weiteren zum Lehrerparkplatz. Irgendjemand hatte es anscheinend satt, immer dieselben Wege zu nehmen – genau wie Lucy früher.

Erst als ich im Auto bin und darauf warte, dass die Scheiben auftauen (von dem Enteiser im Handschuhfach lasse ich lieber die Finger, seit ich mir die Augen damit verätzt habe) und meine eiskalten Hände etwas wärmer werden, wird mir der Ernst der Situation bewusst. Es wird aussehen, als würde ich vom Ort eines Verbrechens fliehen. Roy weiß jedoch, dass ich nichts mit Vestas Tod zu tun haben kann. Schließlich war er letzte Nacht mit mir zusammen.

Aber kann ich das Gleiche von ihm behaupten? Woher will ich denn wissen, was er zuvor wirklich auf dem Point gesucht hat? Mir fällt wieder ein, dass er gesagt hat, seiner Meinung nach müsse es jemand sein, der etwas mit den Ereignissen um Matt, Lucy und Deirdre vor zwanzig Jahren zu tun hatte. Matt war Roys Cousin. Zwanzig Jahre lang hat er sich für seinen Tod verantwortlich gefühlt. Was, wenn er jetzt plötzlich eine Möglichkeit sieht, die Schuld jemand anders in die Schuhe zu schieben? Der Gedanke ist so monströs, dass ich nur noch einen Wunsch habe – Heart Lake zu entfliehen. Und obwohl ich durch die Heckscheibe immer noch nichts sehen kann, setze ich blind zurück und fahre, so schnell ich kann, zum Northway.

9. Kapitel

Südlich von Albany biege ich von der Schnellstraße ab und auf den Taconic Parkway. Während ich weiter nach Süden fahre, beobachte ich, wie sich das Tal des Hudson ganz allmählich in die Catskill Mountains hinaufschlängelt. Eine vertraute, sanfte Landschaft, die meine Gedanken eine Weile von Athena, Roy Corey und Heart Lake ablenkt. Während sie langsam vorbeifließt, rufe ich mir ins Gedächtnis, wie viel von meinem Leben sich in diesem Landstrich abgespielt hat. Ich denke daran, wie ich nach dem Tod meiner Mutter den Zug von Albany nach Corinth genommen habe. Obwohl ich nach Heart Lake zurückkehrte, hatte ich das Gefühl, in meine Zukunft aufzubrechen. Aber jetzt, wo ich Hals über Kopf aus Heart Lake fliehe, komme ich mir vor wie auf einer Reise in meine Vergangenheit.

Ich denke an Matt und Lucy. Seit ich erfahren habe, dass das Baby in der Teebüchse ihres war, habe ich davor zurückgescheut, an die beiden zu denken, aber jetzt stelle ich sie mir zusammen vor. Am ersten Mai, dem Morgen, als ich mit Roy Corey im Hemlockwäldchen erwischt worden bin. Ich erinnere mich, wie Lucy und der maskierte Junge sich am Strand gegenüberstanden. Wie sie langsam ins Wasser ging und den Jungen herausforderte, ihr zu folgen. Damals dachte ich, es wäre Ward Castle und dass er sich bestimmt nicht ins kalte Wasser wagen würde. Doch ich hatte keine Zeit es herauszufinden, weil ich annahm, dass es Matt wäre, der unten an der Treppe stand und darauf wartete, dass ich endlich weglief, damit er mich verfolgen konnte.

Jetzt stelle ich mir vor, was passiert ist, nachdem ich den beiden den Rücken zugewandt hatte. Lucy glitt in den vom Wasser aufsteigenden Dunst und schwamm zum Eishaus hinüber, wohin Matt ihr folgte. Dabei musste er die Maske abnehmen. Die beiden waren gute Schwimmer, gewohnt, in den Bahnen des Schwimmbads von Corinth nebeneinanderher zu schwimmen. Ich stelle sie mir vor, wie sie den See durchqueren, die Arme über das grüne Wasser schwingend wie zwei Flügel ein und desselben Vogels.

Als sie beim Eishaus ankamen, muss ihnen schrecklich kalt gewesen sein. Ich stelle mir Lucy vor, mit blauen Lippen, zitternd; Matt, wie er die Arme um sie legt und sie wärmt. Vielleicht war es nicht das erste Mal. Ich erinnere mich, wie die beiden an jenem ersten Tag, als ich sie nach Hause begleitete, durch die fallenden Blätter tanzten, wie Matt Lucy beim Schlittschuhlaufen herumwirbelte. Vielleicht war es aber doch das erste Mal.

Ich stelle mir vor, dass sie einander geschworen haben, es werde nie wieder vorkommen. Aber dann fand Lucy von Helen Chambers heraus, dass Matt nicht wirklich ihr Bruder war, und meinte, das würde alles verändern. Mochten die Leute sich auch dann noch den Mund zerreißen – schließlich waren die beiden wie Bruder und Schwester aufgewachsen –, das wäre Lucy egal gewesen, und Matt konnte ihr sowieso keinen Wunsch abschlagen. Möglicherweise hätten sie tatsächlich ein Paar werden können, wenn ich Matt nichts von dem Baby verraten hätte.

Schließlich denke ich an die Nacht, in der sie gestorben sind. Nachdem Matt Lucys Brief erhalten hat, ist er auf der Straße, die ich jetzt entlangfahre, nach Heart Lake getrampt. Wahrscheinlich wusste er nicht, was er von dem Brief halten sollte. So wenig wie ich.

Es war ein Nachmittag Ende Februar. Sie kam gerade vom Abendessen bei Helen Chambers zurück. Sie sagte, sie hätte soeben einige Dinge erfahren, die ihr Leben von Grund auf veränderten, und sie müsse es sofort Matt schreiben. Ich nahm an, dass Domina Chambers ihr einen Zukunftsplan unterbreitet hatte, den sie in puncto Lucys Karriere hegte.

»Außerdem möchte ich sicher gehen, dass er sich keine Sorgen um mich macht wegen dem ganzen Unsinn mit meinem so genannten Selbstmordversuch«, erklärte sie mir. »Soll ich ihm auch irgendwas von dir schreiben?«, fragte sie. »Beispielsweise … hmm, ich weiß nicht … Komm, lieber Matthew, lass den Mai uns feiern?«

Ich starrte sie an, aber schon schrieb sie energisch weiter, den Kopf über das hellblaue Briefpapier gebeugt, das Domina Chambers ihr geschenkt hatte. Nach dem Maifeiertag hatte ich Robert Herricks Gedicht »Corinnas Maien« in mein Tagebuch abgeschrieben. In der letzten Zeile hatte ich statt Corinnas Namen Matthews eingesetzt. Hatte Lucy mein Tagebuch gelesen? Oder hatte sie die Zeile gerade erfunden? Immerhin hatten wir das Gedicht letztes Jahr gemeinsam im Englischunterricht gelesen. Aber dessen ungeachtet wunderte ich mich darüber, dass sie so leichthin auf die Geschehnisse am ersten Mai anspielte.

Endlich merkte sie wohl, dass ich sie die ganze Zeit über anstarrte, und sie blickte auf. »Jane, du wirst ja ganz rot. Ich schreibe die Zeile einfach ans Ende des Briefs, ohne deinen Namen zu erwähnen. Er wird schon wissen, was es bedeutet, stimmt's?« Sie zwinkerte mir über die Seite hinweg zu. »Wie geht die Zeile noch mal? ›Und sündige nicht mehr, wie wir's getan, indem du bleibst, doch, lieber Matthew, lass den Mai uns feiern‹?«

»Das ist ein Vers weiter vorne im Gedicht«, wandte ich ein.

»Macht nichts«, sagte sie, faltete fröhlich den Brief zusammen und stopfte ihn in einen Umschlag. »Noch was – hast du ein paar Haarnadeln?«

Auf meinem Schreibtisch hatte ich eine angeschlagene Teetasse stehen, in der ich Büroklammern und Haarnadeln aufbewahrte. Ich reichte sie Lucy, und sie fischte zwei U-förmige Haarnadeln und eine Haarklemme heraus. Interessiert beobachtete ich, wie sie ein Corniculum formte und in den Umschlag zwischen das zusammengefaltete Blatt steckte.

»Warum schickst du ihm das?«, fragte ich.

»Das ist unser Zeichen, wenn wir uns im Eishaus treffen wollen.«

»Aber er ist doch im Internat«, wandte ich ein. »Wie soll er sich da mit dir verabreden?«

Lucy lächelte. »Ich habe das untrügliche Gefühl, dass er eine Möglichkeit finden wird, wenn er diesen Brief kriegt.«

Nur wenige Tage nachdem sie geschrieben hatte, kam ich nach dem Abendessen in unser Zimmer und fand an der Tür ein mit einem Reißnagel befestigtes Corniculum. Lucy war bei Domina Chambers zum Abendessen, und die einzige andere Person, die von dem Corniculum wusste, war Deirdre. Mich fröstelte bei der Vorstellung, dass es vielleicht ein Zeichen von ihr war, schalt mich dann aber sofort für meinen Hang zur Melodramatik. Es war garantiert eine Mitteilung von Matt. Vermutlich war er zu unserem Zimmer geschlichen und hatte das Corniculum hinterlassen, um Lucy zu sagen, dass sie sich im Eishaus treffen wollten. Sie war bestimmt überglücklich, wenn sie es fand.

Also ließ ich das Zeichen an der Tür hängen und ging ins Zimmer, wo ich versuchte, meine Lateinübersetzung für den nächsten Tag vorzubereiten. Aber ich konnte mich nicht konzentrieren. Es machte keinen Spaß, allein zu arbeiten. Sonst hatte ich immer in einer Gruppe gelernt, erst mit Matt und Lucy, dann mit Deirdre und Lucy.

Da fiel mir etwas ein. Was, wenn das Corniculum kein Zeichen für Lucy war, sondern für mich? Schließlich hatte Lucy die Zeile aus dem Mai-Gedicht ans Ende ihres Briefes geschrieben. Matt würde doch bestimmt wissen, dass sie von mir kam!

Ich stand auf und öffnete das Fenster. Ein feuchter Windstoß fegte ins Zimmer, aber es war nicht kalt. Zwar war es auch nicht gerade warm, aber etwas lag in der Luft – der Geruch der Schneeschmelze vielleicht –, was mich an Frühling denken ließ. Ich streckte den Kopf aus dem Fenster und atmete tief ein. Vom Boden stieg ein dünner weißer Nebel auf, als würde der ganze Schnee, der im Winter gefallen war, wieder zum Himmel aufsteigen. Ich hörte das Wasser vom Fenstersims und von den Kiefern tropfen und ein Stück weiter weg das Geräusch des Wassers, das sich im See bewegte, an den Stellen, wo das Eis bereits gebrochen war.

Auf einmal hatte ich das Gefühl, als würde auch etwas in mir aufbrechen. Ich schloss das Fenster, aber die Unruhe ließ nicht nach. Schließlich holte ich mein Tagebuch hervor und schrieb: »Heute Abend werde ich zum See hinuntergehen, um mich mit ihm zu treffen, und ich werde ihm alles sagen.« Bevor die Worte auf dem Papier standen, hatte ich nichts von meinem Plan gewusst. Den pfauenblauen Füller über dem Papier gezückt, hielt ich inne und wartete gespannt, was ich als Nächstes schreiben würde. »Ich weiß, ich sollte nicht gehen, aber ich kann nicht anders«, schrieb ich. Stimmte das? War es wirklich unvermeidlich? Würde ich es versuchen? Ich schrieb weiter: »Es ist, als würde der See mich rufen«, und dachte dabei, ja, so ist es, das ruhelose Rauschen des Wassers in der Nacht und auch des Wassers, das von den Bäumen tropft, eine ganze Wasserwelt da draußen ruft mich. »Manchmal frage ich mich, ob das, was man sich über die drei Schwestern erzählt, vielleicht doch wahr ist. Ich habe das Gefühl, sie zwingen mich, zum See hinunterzugehen, obwohl ich genau weiß, dass ich nicht gehen sollte«, schrieb ich. Nun war ich am Ende der Seite angelangt. Ich blätterte um und sah, dass es die letzte war. Ich schrieb noch eine Zeile, klappte das Buch zu und ging hinaus.

Ich wollte damals Matt um jeden Preis sehen und schob deshalb alles auf die Legende von den drei Schwestern. Es ist schon beinahe zum Lachen – aber nein, ich lache nicht, ich weine so heftig, dass ich kaum die Straße erkennen kann. Es hilft auch nicht, dass der Himmel sich verdunkelt hat und ein scharfer Wind an meinem Auto zerrt. Ich fahre zu schnell in die Kurve und merke, wie die Reifen auf dem Kies der Böschung schleudern. Erschrocken fahre ich beim nächsten Aussichtspunkt rechts ran, starre in die Regenwolken, die sich über den Catskills zusammenballen, und warte, dass der Heulkrampf nachlässt.

Wie hatte Matt die Anspielung auf den Mai am Ende von Lucys Brief wohl verstanden? Hatte er schon den Verdacht, dass Lucy schwanger war? Ist er deshalb so schnell nach Heart Lake gekommen? Ich schüttle den Kopf. Wie soll ich das jemals herausfinden? Matt ist tot. Lucy ist tot. Alle, die es mir sagen könnten, sind tot.

Ich starre hinaus ins sanfte Hudson-Tal, als könnte die Landschaft meine Fragen beantworten, aber auch dieser vertraute Anblick lässt mich im Stich. Aus dem Westen ziehen Wolken über das Tal, bringen Schatten und versperren mir die Sicht. Nein, nicht alle aus der damaligen Zeit sind tot. Roy lebt noch. Er war bei Matt, als Lucys Brief kam. Matt war bei Roys Eltern in Cold Spring, als er beschloss, sofort nach Heart Lake aufzubrechen. Hatte Roy bei unserer Begegnung im Aquadome nicht erwähnt, dass er gerade seine Mutter in Cold Spring besucht hatte? (*Unsere Tante Doris in Cold Spring*, höre ich Lucys Stimme, als säße sie neben mir im Auto und flüsterte mir ins Ohr.)

Ich wische mir die Augen trocken und schaue auf die Uhr am Armaturenbrett. Es ist erst ein Uhr nachmittags. Olivia ist noch in der Schule, also habe ich Zeit für einen kleinen Abstecher.

Als ich auf die Straße zurückfahre, weiß ich, dass ich mich läppisch benehme. Was erwarte ich denn im Haus von Roys Mutter? Wenn Matt Roy nicht erzählt hat, warum er nach Heart Lake fahren wollte, dann erst recht nicht seiner Tante. Aber während ich mir alle Gründe aufzähle, warum ich nicht nach Cold Spring fahren sollte, befinde ich mich bereits auf der Ausfahrt und suche eine Tankstelle, wo ich die Adresse nachsehen kann. Wenn sie nicht im Telefonbuch steht, sage ich mir, dann nehme ich das als Zeichen, dass mein Vorhaben unsinnig ist, und fahre direkt weiter zu Mitch.

Doch Doris Corey ist nicht nur verzeichnet, sie wohnt sogar direkt an der Hauptstraße. Die Straße in die Stadt schlängelt sich steil zum Fluss hinunter. Auf einem Felsvorsprung über dem Fluss sehe ich ein niedriges, dunkles Gebäude mit einem zinnenartigen Dach. Die *Manlius Military Academy for Boys*. Matts alte Schule. Ich wende den Blick ab und konzentriere mich auf die Suche nach dem Haus der Coreys. Es ist fast das letzte der Straße, kurz vor den Eisenbahnschienen und einen Katzensprung vom Fluss entfernt.

Die Frau, die mir die Tür öffnet, sieht Hannah Toller so ähnlich, dass ich einen Augenblick denke, sie wäre gar nicht tot und die Berichte von dem Autounfall müssten ein Irrtum gewesen sein. Aber als sie mich anlächelt – eine Fremde, die im strömenden Regen auf ihrer Türschwelle steht –, sehe ich, dass sie viel weichere Gesichtszüge hat als Hannah Toller. Nachträglich fällt mir auf, wie kontrolliert und angespannt Lucys und Matts Mutter immer gewirkt hat – wahrscheinlich bedrückte sie die Last der Geheimnisse, die sie mit sich herumtragen musste.

Doch Doris Corey hat mich schon hereingebeten, ehe ich ihr richtig erklärt habe, dass ich in Corinth wohne und ihren Sohn kenne. »Geht es um Roy?«, fragt sie, die Hände ausgestreckt, um mir aus meiner nassen Jacke zu helfen. »Sind Sie von der Polizei? Sind Sie hier, weil Roy etwas zugestoßen ist?«

Trotz der Panik in ihren Augen ist sie ausgesucht höflich. Wenn ich ihr erzählen würde, dass Roy etwas passiert ist, würde sie nicht schreien, sie würde keine Szene machen – sie würde sich einreden, dass ich nur die unschuldige Überbringerin der schlechten Nachricht bin. Ich denke an all den Kummer, den sie durchgemacht hat. Ihre Nichte und ihr Neffe im See ertrunken, ihre Schwester und ihr Schwager bei einem

Autounfall ums Leben gekommen. Sie hat die Haltung eines Menschen, der immer auf eine Tragödie gefasst ist.

»O nein, Mrs. Corey. Roy geht es gut. Wissen Sie ...« Ich suche nach den richtigen Worten, um ihr zu erklären, warum ich hier bin, aber mir fällt zunächst nichts Besseres ein, als ihr meinen Namen mitzuteilen.

»Jane Hudson!« Die Hand, die gerade noch an meiner nassen Jacke gezupft hat, legt sich auf meinen Arm und drückt ihn. »Waren Sie nicht Matties Freundin?«

Mir bleiben die Worte im Hals stecken. *Matties Freundin*. Genau das, was ich immer sein wollte. Aber ich kann diese Frau nicht anlügen. »Ich war eine Freundin von Lucy und Matt, aber weiter nichts.«

Sie winkt ab.

»Oh, er hat die ganze Zeit von Ihnen gesprochen, meine Liebe. Er hat mir erzählt, wie Lucy im Eis eingebrochen ist und Sie sie herausgezogen haben. Er hat gesagt, Sie seien der mutigste Mensch, den er kennt.«

Du würdest mich doch rausziehen, Jane – oder?

Wieder beginnen meine Tränen zu fließen, mischen sich mit dem Regenwasser, das aus meinen Haaren läuft, und ich kann sie nicht aufhalten. Mrs. Corey zieht mich neben sich auf die Couch. Von der Rückenlehne holt sie eine bunte Decke und legt sie mir um die Schultern.

»Ich weiß, ich weiß«, sagt sie immer wieder. »An manchen Tagen überkommt es mich immer noch beim Gedanken daran, dass die beiden ertrunken sind. An Mattie denke ich am meisten, das muss ich gestehen. Wahrscheinlich, weil er so oft hier war, dass er für mich schon fast wie ein eigener Sohn war. Lucy – nun ja, sie war immer ziemlich still, an sie kam man nicht so leicht heran. Selbst als Baby hat sie sich nicht gern im Arm halten lassen ...«

»Haben Sie gewusst, dass sie nicht Hannahs Tochter war?«

Mrs. Corey seufzt und streicht die Decke auf meiner Schulter glatt. »Hannah war meine kleine Schwester«, antwortet sie.

»Als sie mit dem Baby nach Hause kam, haben alle geglaubt, dass es ihr Kind wäre. Nur ich nicht. Sie hat Lucy zum Beispiel nicht gestillt – Mattie aber schon, als er etwas später zur Welt kam. Nicht, dass sie Lucy nicht gut behandelt hätte – sie hat sich bei ihr sogar besonders viel Mühe gegeben. Manchmal habe ich gedacht ... nun ... dass sie fast so eine Art Ehrfurcht vor ihr empfand. Außerdem sah Lucy keinem von uns im Geringsten ähnlich.«

»Haben Sie mit ihr darüber gesprochen?«

»Nur einmal. Als sie Matt und Lucy zusammen auf die Schule geschickt hat. Da habe ich sie gefragt, ob sie es wünschenswert finde, dass die beiden sich so nahe sind. Sie wollte wissen, was ich damit meine, schließlich seien die beiden doch Bruder und Schwester. Als ich darauf nicht einging, hat sie weggeschaut und gesagt, ich soll mich gefälligst um meine eigenen Angelegenheiten kümmern. Wir haben nie wieder darüber gesprochen, aber als sie mich dann gebeten hat, Mattie bei mir wohnen zu lassen ... nun, da meinte sie, es tue ihr Leid, dass sie nicht auf mich gehört habe.«

Sie lehnt sich zurück und faltet die Hände im Schoß. Dann schaut sie hinüber zum Kaminsims. Ich folge ihrem Blick und sehe dort das Bild von Matt, ein Studioporträt mit der amerikanischen Flagge im Hintergrund, das Schulfoto seines letzten Jahres in Manlius. Seine Haare kommen mir dunkler vor, als ich sie in Erinnerung habe, und auch länger; der Haarschnitt aus den siebziger Jahren wirkt sehr altmodisch. Ich schaue wieder Mrs. Corey an. Ich möchte sie gern fragen, was Matt sonst noch über mich gesagt hat. Was hat sie auf die Idee gebracht, dass ich seine Freundin war? Aber das spielt nun sowieso keine Rolle mehr.

»Wussten Sie, wer Lucys Mutter war?«, frage ich stattdessen.

»Ich nehme an, es war Hannahs Freundin, Helen Chambers. Ihr sah Lucy sehr ähnlich. Und nach Hannahs Tod fand ich heraus, dass Helen Chambers das Haus auf der River Street gehört hatte. Sie vermachte es Cliff und Hannah, als sie ... als sie von uns gegangen ist.« Sie nimmt die Hände aus dem Schoß und zupft an den Polsterquasten herum. Sie vermeidet die Worte »sich umgebracht hat«. Ich blicke hinunter auf das abgewetzte Chintzmuster der Couch. Irgendwo habe ich es schon gesehen.

»Und dann haben Sie das Haus von Hannah geerbt.«

»Ich war die Einzige der Familie, die noch lebte«, meint sie, »aber ich konnte es in dem Haus kaum fünf Minuten aushalten. Roy hat mir dann geholfen, ein paar Möbel in unser Haus zu bringen – Hannah hatte immer bessere Möbel, als wir uns leisten konnten –, aber keiner von uns hat es übers Herz gebracht, die Dachzimmer auszuräumen. Wir wollten es dem zukünftigen Besitzer überlassen, aber dann ließ sich das Haus einfach nicht verkaufen. Die Leute haben wahrscheinlich gedacht, es bringt Unglück.«

Ich erinnere mich, dass ich zu Dr. Lockhart etwas Ähnliches gesagt habe. Doch sie ist trotzdem eingezogen ...

»Aber schließlich haben Sie es dann doch geschafft?«, frage ich.

»Erst letztes Jahr. Ich habe das Haus im Sommer immer an Feriengäste vermietet, und dann habe ich diesen Brief von jemand in Heart Lake bekommen ...«

»Von jemand in Heart Lake?«

Doris Corey zieht die Stirn kraus. »Ich erinnere mich nicht mehr an den Namen. Lassen Sie mich nachdenken. In dem Brief stand etwas sehr Nettes über Lucy, deshalb habe ich ihn aufgehoben.« Doris Corey steht auf und öffnet die Klappe an dem Rollpult – das, wie ich mich plötzlich erinnere, früher bei den Tollers in der Eingangshalle stand. Als ich mich umschaue, erkenne ich noch andere Möbelstücke aus dem Tollerschen Haushalt – eine Kommode mit Aufsatz aus dunklem Holz, ein Ohrensessel, eine Großvateruhr. Diese Überbleibsel der Vergangenheit scharen sich um die Couch wie in der Unterwelt tote Helden um Äneas.

»Etwas Nettes über Lucy?«, wiederhole ich fragend. »Aber wie ...«

Doris Corey kommt zurück zur Couch und reicht mir einen Brief auf hellgrauem, mit blaugrüner Tinte beschriebenem Papier. »Liebe Mrs. Corey«, lese ich. »Ich interessiere mich für das Haus in der River Street und wollte gerne wissen, zu welchen Konditionen ich es erwerben könnte. Ich weiß, dass es seit vielen Jahren leer steht, und könnte mir vorstellen, dass Sie sich nur ungern vom ehemaligen Wohnsitz Ihrer Schwester trennen möchten.«

Doris Corey deutet auf den ersten Absatz. »Ich dachte, diese Frau muss entweder sehr naiv oder sehr reich sein. Oder beides. Man stelle sich vor – eine Immobilie wegen ihres sentimentalen Wertes zu behalten!«

Ich lese weiter.

»Ich möchte Ihnen versichern, dass das Haus in sehr guten Händen wäre. Wissen Sie, auch ich habe sentimentale Gründe, in dem Haus in der River Street zu wohnen. Ende der siebziger Jahre habe ich drei Jahre das Internat am Heart Lake besucht (aus Gründen, die nicht in meiner Verantwortung lagen, musste ich es verlassen) und lernte dort Ihre Nichte Lucy kennen. Obgleich sie einige Klassen über mir war, hat sie sich netterweise immer um mich gekümmert. Ich hatte eine sehr einsame Kindheit und habe nie vergessen, wie freundlich sie zu mir war – fast wie eine große Schwester. Als sie starb, hatte ich das Gefühl, meine Familie verloren zu haben, beinahe einen Teil meiner selbst. Nun, da ich nach Heart Lake zurückgekehrt bin (ich denke oft, dass mein Entschluss, mit schwierigen Mädchen in der Pubertät zu arbeiten, sozusagen meine Art ist, Lucy meinen Dank zu erweisen), wäre es mir eine große Freude, in ihrem alten Haus wohnen zu dürfen.«

Darauf folgte ein großzügiges Kaufangebot in bar.

»Darf ich kurz Ihr Telefon benutzen?«, frage ich, während ich Doris Corey den Brief zurückgebe.

Sie reicht es mir, und ich wähle die Nummer von Direktorin Buehls Büro. Schon beim ersten Klingeln nimmt sie ab, und als sie meine Stimme erkennt, schreit sie mich fast an. »Mein

Gott, Jane, wir haben Sie überall gesucht! Wo stecken Sie denn? Sind Athena und Dr. Lockhart auch bei Ihnen?«

Doris Corey sieht anscheinend, wie blass ich werde, denn sie legt mir wieder die Decke um die Schulter.

»Nein. Wie lange sind sie schon verschwunden?«

»Seit Athena heute Morgen aus meinem Büro gestürmt ist. Wir haben Angst, dass sie Dr. Lockhart etwas angetan hat ...«

»Miss Buehl«, unterbreche ich ihren Redefluss. »War Dr. Lockhart Schülerin in Heart Lake?«

»Nun ja, ein paar Jahre, aber sie möchte nicht, dass das bekannt wird, weil sie von der Schule verwiesen wurde. Aber das wissen Sie doch alles, Jane, ich hab Ihnen doch erzählt ...«

Ich erinnere mich, wie ich auf dem Bahnhof stand und über die Gleise hinweg das kleine Mädchen ansah. Steif stand sie neben ihrem Gepäck, das Gesicht in kalter Wut erstarrt, während Miss Buehl mir erzählte, dass sie von der Schule geflogen war, weil sie das Fenster über der Tür des Hauptgebäudes zerbrochen hatte.

»Dr. Lockhart ist Albie. Sie haben Albie eingestellt, stimmt's? Sie hatten Mitleid mit ihr und haben ihr eine Stelle angeboten.«

»Nun ja. Das arme Mädchen hatte so viel durchgemacht. Sie hatte nur einen Wunsch – nach Heart Lake zurückzukommen. Aber ich habe nicht gelogen. Sie gehört nicht zu den Old Girls, weil sie ihren Abschluss nicht gemacht hat ...«

»Trotzdem hätten Sie es mir sagen sollen.«

»Aber Jane, ich dachte, Sie wüssten es. Schließlich bedeutet ihr Vorname auf Latein weiß. Deshalb hat man sie Albie genannt.«

Candace. Feuerweiß. Genauso fühle ich mich jetzt – eine Mischung aus Feuer und Eis, die in meinen Adern kribbelt und mich aufspringen lässt, sodass Doris Coreys Decke zu Boden rutscht wie ein Haufen bunter Blätter.

»Hören Sie«, sage ich zu Direktorin Buehl. »Bitte erklären Sie das alles Roy Corey. Sagen Sie ihm, dass Dr. Lockhart Albie ist, und sagen Sie ihm, ich sei auf dem Weg zurück.«

Ehe ich auf den Taconic Parkway komme, mache ich an einer Telefonzelle Halt, denn ich habe noch einen weiteren Anruf zu erledigen. Natürlich hätte ich nochmals Doris Coreys Telefon benutzen können, aber ich hätte mich geschämt, dieses Gespräch in ihrer Anwesenheit zu führen. Da ich kein Kleingeld mehr habe, melde ich ein R-Gespräch an.

Mitch reicht den Hörer ohne ein Wort an Olivia weiter.

»Mommy? Bist du schon unterwegs zu mir? Ich warte schon auf dich, damit du mir meine Gutenachtgeschichte vorlesen kannst.«

»Schätzchen«, beginne ich und lehne den Kopf an das kalte, fleckige Metall der Telefonzelle. »Mommy verspätet sich leider ein bisschen, aber ich versuche da zu sein, wenn du aufwachst.« Das Schweigen am anderen Ende der Leitung ist so lang, dass ich schon überlege, ob die Verbindung unterbrochen wurde, aber dann höre ich ein Stimmchen, das klingt, als würde sie unter Wasser sprechen. »Aber du hast es versprochen.«

Wieder einmal beteure ich, dass es mir Leid tut und dass ich versuchen werde, es wieder gutzumachen. Bevor sie genauer nachfragen kann, lege ich auf. Dann steige ich in meinen Wagen und verdränge die Gedanken an Olivia. Stattdessen konzentriere ich mich ganz auf ein anderes kleines Mädchen: Albie.

Ich versuche mir ins Gedächtnis zurückzurufen, was Deirdre und Lucy mir von ihr erzählt haben, aber die Wahrheit ist, dass ich mich nie für sie interessiert habe. Sie war ein unscheinbares kleines Ding, das uns ständig nachlief. Lucy schien ihre Bewunderung angebracht zu finden, und Deirdre hatte Mitleid mit Albie, weil sie wie Deirdre selbst von einer Schule zur nächsten abgeschoben worden war. Selbst Domina Chambers hatte sich um Albie gekümmert. Ein- oder zweimal versuchte ich, mit ihr zu reden, aber sie schien mich einfach nicht leiden zu können. Vielleicht sah sie in mir eine Rivalin um Lucys Zuneigung.

Während ich weiter nach Norden komme, verwandelt sich

der Regen in nassen Schnee. Meine Scheiben frieren zu, und der Wagen schlittert und schlingert in den Kurven. Trotzdem fahre ich schnell und wische immer wieder mit dem Handballen über die beschlagene Windschutzscheibe.

Oder war es anders herum? Hatte ich sie als Rivalin gesehen? Wie vielen »armen Waisenkindern« hatte Lucy ihre Freundschaft geschenkt? Ich denke an all die Male, als Albie uns im Wald nachspioniert hat. Wie oft hat sie uns beobachtet, ohne dass ich es gemerkt habe? Ich erinnere mich an die Gestalt, die auf dem Point stand, als Lucy und ich die Teedose im See versenkt haben, an das Gefühl, beobachtet zu werden in jener Nacht, als Deirdre starb ... Was hatte Roy gesagt? Für einen Beobachter am westlichen Felsvorsprung muss es ausgesehen haben, als hätte ich Deirdre in den Tod gestoßen.

Als ich den Northway erreiche, hoffe ich auf bessere Straßenverhältnisse, gerate aber in dichten Nebel. Und der Schneeregen verwandelt sich vollends in Regen. Der größte Teil des Verkehrs spielt sich auf der rechten Spur ab; die Autos schleichen durch den dichten weißen Dunst. Ich wechsle auf die linke Spur und überhole mit hundertzwanzig.

Und jene letzte Nacht ... die Nacht, als ich zum Eishaus hinunterging, um Matt zu sehen. Auch da hatte ich das Gefühl, dass mir jemand durch den Wald folgte. Wie sah die letzte Szene auf dem Eis für sie wohl aus? Ich schließe die Augen vor diesem Bild und fahre um ein Haar an die Leitplanke. Für sie muss es ausgesehen haben, als wäre ich an Lucys Tod schuld. Hatte ich nach Lucys Tod überhaupt daran gedacht, nach Albie zu sehen? Sie zu trösten? Nein, ich war viel zu beschäftigt mit meinem eigenen Kummer. Albie trat erst wieder in mein Bewusstsein, als ich erfuhr, dass sie von der Schule verwiesen wurde, weil sie das Bleiglasfenster eingeworfen hatte. Das Fenster mit dem Schulmotto. Ich erinnere mich noch daran, wie Lucy ihr den Spruch erklärte. »Das bedeutet, dass du hier immer einen Platz hast. Und es bedeutet, dass auch ich immer für dich da bin ...«

Aber Lucy hatte ihr Versprechen nicht gehalten, und in ihrer Wut hatte Albie den Stein in die Fensterscheibe geworfen – mitten in das nicht gehaltene Versprechen. Dann hatte man sie nach St. Eustace geschickt. Die Endstation, wie die Mädchen das Internat nannten. Dorthin wurde man abgeschoben, wenn einen sonst keiner mehr haben wollte.

Ich bemerke die Ausfahrt für Corinth gerade noch rechtzeitig, um über die zwei Spuren hinüberzuwechseln. Jetzt, da ich nicht mehr auf dem Highway bin, ist der Nebel noch dichter geworden. Ich kann kaum den Straßenrand erkennen. Ich lasse die Seitenfenster herunter und orientiere mich an den kleinen reflektierenden Höckern, die den Mittelstreifen der zweispurigen Straße nach Corinth markieren. Ungefähr auf halber Strecke hole ich einen langsamen Holzlaster ein, der zur Mühle emporschleicht. Ich kann ihn unmöglich überholen, also schalte ich herunter und hänge mich dicht an seine Stoßstange, sodass ich den süßlichen Duft frisch gefällter Kiefern riechen kann.

Als sich der Nebel gelblich verfärbt, weiß ich, dass ich in der Stadt bin und gerade an der Mühle vorbeifahre. Der vertraute Geruch von Pulpe steigt mir in die Nase. Als ich klein war, dachte ich immer, der gelbe Rauch, der aus dem Schornstein aufstieg, enthalte die Seele der Bäume, und das weiße Papier, das die Mühle produzierte, wäre ihre sterbliche Hülle – die gebleichten, zermahlenen Knochen der nördlichen Wälder.

Endlich biegt der Laster ab, und ich beschleunige das Tempo, so schnell, dass meine Zähne klappern, als ich die Brücke überquere. Jetzt bin ich auf der River Road und passiere die alten viktorianischen Häuser, die aus dem Nebel aufragen. Am Ende der Straße, kurz vor der Abzweigung nach Heart Lake, steht das kleine Haus, das mir immer wie ein Märchenhaus vorgekommen ist. Nur wusste ich bisher nicht, dass ich in den Augen seiner jetzigen Bewohnerin die böse Hexe bin. Ich bin schuld, dass Deirdre in den Tod stürzte. Ich habe Lucy unter dem Eis ertrinken lassen. Ich habe beim Verhör gelogen und dafür gesorgt, dass ihre Lieblingslehrerin gefeuert wurde. Ich selbst habe sie ins sibirische Exil geschickt.

Ich drehe den Motor ab. Hätte ich nur ein Stück weiter die Straße hinunter geparkt oder wenigstens meine Scheinwerfer abgestellt! Als ich jetzt das Licht ausschalte, sehe ich, dass es in dem Haus nicht ganz dunkel ist. Wie in der ersten Nacht, als ich Dr. Lockhart hier angetroffen habe, brennt auch heute Licht im Dachgeschoss.

Ich sollte eine Telefonzelle suchen, die Polizei alarmieren und mit Roy Kontakt aufnehmen. Aber stattdessen wühle ich in meiner Umhängetasche, bis meine Finger auf kaltes Metall stoßen. Dr. Lockharts Schlüsselbund. Ich habe ihn immer noch. Ihn zu verwenden scheint mir der nächste logische Schritt zu sein. Also öffne ich das Handschuhfach und sehe nach, ob darin etwas ist, was ich als Waffe benutzen könnte. Da liegt die Taschenlampe, aber die Batterie ist immer noch leer, außerdem ist das Ding aus billigem, dünnem Plastik. Sonst ist da nur noch die kleine Sprühdose mit Enteiser. Vielleicht kann ich sie als Waffe benutzen, überlege ich, und stecke sie in meine Jackentasche. Dann steige ich so leise wie möglich aus und gehe über den ungeräumten Pfad zur Haustür. Als ich ankomme, sind meine Jeans bis zu den Knien durchnässt, und ich schwitze in meinem Daunenanorak. Der Schnee ist matschig und dampft; dicker weißer Nebel steigt von ihm empor. Der Türknauf fühlt sich warm an.

Am Schlüsselbund hängen nur drei Schlüssel, und zwei davon gehören zu Dr. Lockharts Büro und ihrem Aktenschrank. Also stecke ich den dritten ins Schloß. Er dreht sich mühelos. Ich drücke die Tür auf und trete in die Dunkelheit, die mir dunstig vorkommt – als wäre der Nebel vom schmelzenden Schnee eingedrungen und hätte sich schwarz verfärbt. Ich blicke mich im Wohnzimmer um, und rasch wird mir klar, dass der Raum vollkommen leer ist. Kein einziges Möbelstück befindet sich im Erdgeschoss.

Das Licht, das ich gesehen habe, kommt von oben. Während ich die Treppen hinaufsteige, verblasst die Dunkelheit und nimmt allmählich einen rosa Schimmer an. Oben im Dachgeschoss sehe ich auch, warum. In einem Stecker steckt ein Nachtlicht in Form eines rosaroten Pudels. Im Zimmer links scheint sich ebenfalls eine Lichtquelle zu befinden. Matts Zimmer. Ich gehe hinein. Auf einem der Schreibtische am Fenster steht eine Börsenlampe mit grünem Schirm.

Lucys Schreibtisch. Unverkennbar. Ich brauche ihn gar nicht näher in Augenschein zu nehmen, um zu wissen, dass er genauso ist wie vor zwanzig Jahren. Dieselbe klumpige Tontasse, die Matt in der zweiten Klasse für seine Schwester gebastelt hat, in der dieselbe Sammlung pfauenblauer Stifte steht. Ein ewiger Kalender aus Messing in Gestalt einer Weltkugel, der markierte Tag der 28. Februar 1977. Über der Stuhllehne hängt eine blaue Strickjacke. An ihrem verblichenen Etikett sehe ich, dass sie von *Harrod's* stammt. Es ist die Jacke, die ich von Lucy geliehen und im Wald liegen lassen habe.

Als ich die Strickjacke wieder über die Stuhllehne hänge, flattert eine Motte aus ihren Falten auf und fliegt gegen die Lampe. Langsam drehe ich mich um und betrachte das übrige Zimmer. Matts Hockeyschläger lehnt am Bücherregal, wo sich die lateinische Grammatik an den Vogelführer schmiegt. Matts Sammlung von Hardy-Boys-Krimis auf dem obersten Regalbrett, Lucys Nancy-Drew-Geschichten in der Mitte. Über Matts Bett hängt ein Wimpel des Dartmouth College. Ach ja, Matt hatte es besuchen wollen.

Auf dem Schreibtisch entdecke ich ein paar Bogen mit dem Briefkopf »Exeter«. Brians Briefe. Und daneben ein Vorrat Haarnadeln. Ein liniertes Blatt mit unregelmäßigem Rand, aus einem Heft herausgerissen, liegt unter einem glatten graugrünen Stein. Ich hebe ihn hoch und sehe, dass oben auf der Seite nur ein einziger Satz steht. Es ist die letzte Seite meines Tagebuchs. Die letzte Zeile, die ich geschrieben habe, bevor ich zum See hinunterging, um Matt zu suchen. *Ich werde mir von niemandem Steine in den Weg legen lassen*, habe ich geschrieben, *nicht einmal von Lucy.*

Als ich den Briefbeschwerer wieder hinlege, höre ich hinter

dem Haus ein Geräusch. Im Dachgeschoss gibt es kein Fenster nach hinten, also renne ich die dunkle Treppe hinab, froh, dass es keine Möbel gibt, die mich behindern könnten. Ich entriegle die Hintertür und trete in den Nebel hinaus. Man sieht kaum ein paar Meter weit, und obwohl ich die Ohren spitze, höre ich nur das Tropfen des schmelzenden Schnees und Wasserrauschen irgendwo im Wald. Das muss der Schwanenkill sein, der aufgetaut ist und aus dem Heart Lake strömt. Dann blicke ich nach unten: Ich stehe in einer kleinen Vertiefung, auf einem in den Schnee gebahnten Pfad, gerade breit genug für eine Person. Und etwas leuchtet dort in der Nässe. Ich bücke mich und hebe es auf. Es ist ein winziger silberner Ohrring in Form eines Totenkopfs. Ein makabrer Schmuck, der Athena gehört. Ohne lange zu überlegen, folge ich dem Pfad durch dichten Nebel in den Wald.

10. Kapitel

Zuerst verläuft der Weg parallel zum Schwanenkill, denn ich kann den Bach zwar nicht sehen, aber hören – ein leise plätscherndes Flüstern, wie das Murmeln eines unsichtbaren Gefährten, der neben mir durch den Wald schreitet. Dann schwenkt der Pfad abrupt nach links, mitten hinein in den tiefen, nebelweißen Wald.

Es ist, als betrete ich einen weißen Tunnel. Auf beiden Seiten türmt sich der Schnee steil empor, und darüber steigt dichter Nebel empor, wie ein Vorhang.

Aber was verbirgt er? Ich muss an das Dia denken, das uns Tacy Beade bei ihrem Vortrag über antike Kunst zeigte: zwei Dienerinnen, die ein Tuch hochhalten, um die Göttin im Bade zu verhüllen. Das Gesicht, das ich jetzt hinter dem Vorhang hervorlugen sehe, ist das eines großäugigen, verängstigten Kindes, das sich verirrt hat. Das linkische kleine Mädchen, das wir Albie nannten, das uns ständig durch den Wald nachgelaufen ist. Das kleine Mädchen, das den Spieß umgedreht hat und dem ich jetzt folge.

Der Pfad schlängelt sich zwischen den Bäumen hindurch. Als ich zur ersten Gabelung gelange, weiß ich nicht, welche Abzweigung ich wählen soll, und starre eine Weile unschlüssig in den weißen Nebel. Dann jedoch höre ich in der Stille ein fernes, leises Geklingel. Zuerst glaube ich, dass ich es mir einbilde

– ein blechernes Glöckchen, ein Geräusch, das meine Ohren mir womöglich nur vorgaukeln –, aber als ich dem Klang zur linken Weggabelung folge, entdecke ich den schwachen Glanz von Metall an einem überhängenden Ast. Zwei Haarnadeln und eine Haarklammer in Form eines gehörnten Tieres hängen zwischen den Kiefernnadeln. Ein untrügliches Zeichen, dass ich auf dem richtigen Weg bin, und nun halte ich an jeder Abzweigung Ausschau nach einem Corniculum, dem ich wie einer Wegmarkierung folge. Im Handumdrehen habe ich jede Orientierung und jedes Zeitgefühl verloren. Immer enger und willkürlicher werden die Kurven des Pfades; der Weg schlängelt sich vor und zurück, die Windungen gehen unmerklich ineinander über, bis ich irgendwann das Gefühl habe, dass ich nicht mehr einem Weg durch den Wald folge, sondern einem Gedankengang durch ein verwirrtes Gehirn. Aber wessen Gehirn? Denn obwohl ich weiß, dass ich Albies Weg folge, scheine ich meiner eigenen Vergangenheit auf der Spur zu sein, den gleichen Weg zu beschreiten, den ich in jener Nacht vor zwanzig Jahren beschritten habe, als ich zum See hinunterging, um Matt im Eishaus zu treffen.

Beim Verlassen des Wohnheims schnappte ich mir noch schnell etwas zum Überziehen, wobei ich nur flüchtig bemerkte, dass es Lucys hellblauer Anorak war und nicht meiner. Ich war schon auf halbem Weg die Halle hinunter, als mir einfiel, dass das Corniculum noch an der Tür hing. Sollte ich noch einmal zurück und es entfernen? Wenn ich es hängen ließ, würde Lucy bestimmt auch zum Eishaus kommen. Dann wäre ich nicht allein mit Matt. Kurz spielte ich mit dem Gedanken zurückzulaufen, aber meine Ungeduld trieb mich weiter. Ich konnte es nicht erwarten, nach draußen zu kommen, die feuchte, süße Luft zu atmen. Ich war schon am Tisch der Aufseherin vorbei (ihr hatte ich gesagt, ich hätte im Speisesaal ein Buch vergessen), schon auf dem Weg, der am Westufer des Sees entlangführte.

Die Nacht roch seltsam aufregend. Der Wind strich durch die Bäume und sprühte mir nach Kiefernnadeln duftendes

Wasser ins Gesicht. Der See hatte noch eine weiße Eisschicht, aber die Oberfläche war stumpf und glanzlos, und ich hörte das Wasser, das sich unruhig darunter bewegte, als wollte es sich befreien. Auf dem Weg gab es immer noch sandige, dunkle Eispfützen; wenn ich darauf trat, perlten bleiche Luftblasen unter meinen Füßen auf. Überall um mich herum stieg der Dunst des schmelzenden Schnees in einem reinen, weißen Nebel empor, wie ein Tuch, das weggezogen wird, um eine magische Verwandlung zu enthüllen: Papierblumen, das Flattern blasser Schwingen. Immer wieder spähte ich in den Wald, weil ich erwartete, dass sich in den Nebelschwaden etwas zeigen würde, aber obgleich ich ein- oder zweimal das Knacken eines Astes oder einen wässrigen Seufzer hörte, sah ich niemanden und schob das Gefühl, verfolgt zu werden, auf meine überreizte Fantasie. Ich dachte daran, dass Matt im Eishaus wartete, und der Gedanke, dass ich bald bei ihm sein würde, wanderte durch meinen Körper wie der Wind durch die Bäume.

Sie muss mich in jener Nacht beobachtet haben, genauso, wie sie mich auch jetzt beobachtet. Wenn ich lange genug im Kreis herumgelaufen bin, wenn ich vor Erschöpfung nicht mehr weiter kann, wird sie sich dann von hinten aus dem weißen Nebel auf mich stürzen? Oder lässt sie mich einfach im Wald erfrieren, während sie sich mit Athena aus dem Staub macht? Der Gedanke an Athena holt mich einen Moment aus meiner Betäubung. Was hat Albie mit ihr vor? Allmählich beginne ich zu verstehen, warum Dr. Lockhart mich hasst. Aus ihrer Sicht habe ich ihre beiden besten Freundinnen auf dem Gewissen, meinetwegen ist ihre Lieblingslehrerin entlassen worden und hat sich umgebracht. Albie selbst musste den Rest ihrer Schulzeit an einer rigiden, lieblosen Lehranstalt verbringen. Sie muss sich wie eine Ausgestoßene gefühlt haben. Kein Wunder, dass Heart Lake und die Erinnerung an Lucy und Domina Chambers immer mehr Macht über sie gewonnen haben. Mit ansehen zu müssen, wie ich an die Schule zurückkehrte und Domina Chambers' Platz einnahm, muss sie mit einer entsetzlichen Wut erfüllt haben. *Denken Sie beim Umgang mit Ihren Schülerinnen an Helen Chambers,* hat sie mir bei unserer ersten Begegnung geraten. Und von diesem Augenblick an war mein Leben eine Wiederholung dessen, was Helen Chambers widerfahren ist. Diese Strafe hat sie sich für mich ausgedacht.

Einen Moment bleibe ich auf dem Weg stehen und starre in den undurchdringlichen Nebel. Wieder höre ich das Wispern von Wasser im Wind; zusammen mit dem Nebel erinnert mich die Szenerie an jene letzte Nacht, als ich zum Eishaus hinunterging, um Matt zu treffen. Ich denke an diese letzte Begegnung und versuche, sie mit Albies Augen zu sehen.

Als ich das Ende des Sees umrundete, sah ich Licht aus dem Eishaus dringen. Achtlos überquerte ich den Schwanenkill, einfach durch das dünne Eis in der Mitte stapfend. Er musste mich gehört haben, denn als ich die Böschung hinaufkletterte, sah ich ihn über mir stehen und mir die Hand entgegenstrecken. Ich streifte meinen Fausthandschuh ab, damit ich seine Wärme spüren konnte.

»Ich wusste, dass du kommen würdest«, sagte er und zog mich den Abhang hinauf. Seine Stimme klang heiserer und tiefer, als ich sie in Erinnerung hatte. Behutsam schob er meine Kapuze zurück und berührte mein Gesicht.

»Jane!«, sagte er leise. Ich konnte nicht beurteilen, ob es Überraschung oder Erregung war, die ich da in seiner Stimme hörte. Aber dann sah ich die unverkennbare Enttäuschung in seinem Gesicht und begriff endlich.

»Wo ist Lucy?«, fragte er. »Warum ist sie nicht gekommen?«

Ich starrte ihn an und versuchte, meine Tränen zurückzuhalten. Wenn er seine Schwester erwartet hatte, bedeutete das ja noch lange nicht, dass er mich nicht auch sehen wollte.

»Sie war bei Domina Chambers, deshalb bin ich vorgegangen. Aber ich habe das Corniculum an der Tür hängen lassen, also wird sie bestimmt bald hier sein.« Jetzt war ich froh, dass ich nicht zurückgelaufen war. »Ich dachte ... na ja, ich dachte, du willst mich vielleicht auch sehen.«

Matthew seufzte und legte den Arm um meine Schulter. »Natürlich freue ich mich, dich zu sehen, Jane. Aber ich mache mir Sorgen um Lucy. Ich habe gehört, was an Weihnachten passiert ist und dann auch noch die Sache mit der armen Deirdre. Und dann hat mir Lucy einen ziemlich verwirrenden Brief geschrieben ...«

»Sie hat dir erzählt, was an Weihnachten passiert ist?«

»Na ja, von meinen Eltern habe ich erfahren, dass sie versucht hat, sich umzubringen. Zuerst fand ich es unvorstellbar, und dann glaubte ich zu verstehen, warum sie es getan hat ...«

»Aber hat sie dir nicht geschrieben, dass sie sich nicht wirklich das Leben nehmen wollte?«

»Ja, das schon, aber sagen das nicht alle nach einem misslungenen Selbstmordversuch? Dass sie es eigentlich gar nicht tun wollten? Sie hat sich die Pulsadern aufgeschnitten, oder nicht? Die Vorstellung, dass sie sich wehtut, noch dazu, wo es womöglich meine Schuld ist, macht mich krank.«

Ich sah den Schmerz in seinem Gesicht und ich war froh, dass ich etwas für ihn tun konnte. »Sie hat wirklich nicht versucht, sich umzubringen, Matt, es war alles nur fingiert.«

»Fingiert?«

»Ja, es war ein Ablenkungsmanöver. Wir haben es für Deirdre getan. Nicht dass sie sonderlich dankbar dafür gewesen wäre ... Aber man soll ja eigentlich nicht schlecht über die Toten sprechen.«

»Was meinst du denn damit, Jane?«

»Komm, wir gehen ins Eishaus und setzen uns hin. Dann erkläre ich dir alles.«

Jetzt geht der Pfad leicht bergab. An einer Stelle wird er so steil, dass ich mich an Ästen festhalten muss, um nicht ins Rutschen zu geraten. Ich höre ein leises Stöhnen und horche angestrengt, ob es vielleicht Athena ist. *Ich bin es, die du willst*, sage ich mir immer und immer wieder. Dann rufe ich laut: »Albie, ich bin es, die du suchst, weil ich Lucy habe sterben lassen! Athena hat nichts damit zu tun!«

Meine Worte kommen als Echo zu mir zurück, als würden sie an einer Felswand abprallen. Und dann sehe ich, warum. Ich bin ans Ende des Pfads gelangt, und dieses Ende besteht aus Eis. Es ist der Rand des Sees an der Südspitze, nicht weit vom Eishaus entfernt. Direkt gegenüber von mir ragt der Point auf. Vom Haus der Tollers hätte ich in fünfzehn Minuten hier sein können, wenn ich statt den irren Windungen von Albies Pfad einfach dem Schwanenkill gefolgt wäre. Sie hat mich meine Kräfte verschwenden lassen, Zeit geschunden und mich genau dorthin geführt, wo sie mich haben wollte.

Wieder höre ich den Klang von Glöckchen, diesmal allerdings lauter als das blecherne Klingeln der Cornicula, und als ich aufblicke, sehe ich zwei Silberklingen über mir hängen, ein Damoklesschwert, das über mir schwebt. Ich trete zur Seite – und sehe, dass es Schlittschuhe sind, die an ihren verknoteten Schnürsenkeln von einem Ast baumeln. Ein Stück Band ist durch ein Karteikärtchen gefädelt, auf dem in einer kindlichen Handschrift steht: »Lucys Schlittschuhe«. Allerdings ist »Lucy« durchgestrichen und darunter steht, ebenfalls durchgestrichen, mein Name, dann der von Deirdre, auch durchgestrichen, und dann wieder meiner. Also »Janes Schlittschuhe«. Ich hole sie herunter und ziehe sie an, der verschlüsselten Anweisung folgend.

Sie sind ein bisschen eng (zum Glück habe ich dünne Strümpfe an), aber ansonsten passen sie gut, und als ich auf das Eis hinausgleite, merke ich, dass sie vor kurzer Zeit geschliffen worden sind. So müde ich auch bin, schwebe ich dennoch fast mühelos dahin. Ich mache sogar eine kleine Drehung, sodass ich jetzt zum Eishaus hinüberschaue, dessen Tür von der Eisernte noch offen steht und in der Strömung des aus dem Eis geschnittenen Kanals leise knarrt. Hatte sich Albie in jener Nacht dort versteckt – hinter der Tür? Wenn ja, dann hat sie alles gehört, was ich Matt gesagt habe.

Er hatte seine Taschenlampe auf dem Regal liegen lassen; das war das Licht, das ich vorhin im Eishaus gesehen hatte. Wir setzten uns nebeneinander ins Boot und lehnten uns ans Heck, sodass wir auf den See hinaussehen konnten. Ich dachte an das letzte Mal, als ich durch diese Tür auf den See geblickt hatte. Damals, als Lucy und ich das Boot zurückbrachten. Der Schneesturm hatte eingesetzt, und die Luft war so voll Schnee, dass man den See nicht mehr sehen konnte. Jetzt war die Luft ebenfalls weiß vom Schnee, nur stieg er diesmal als Nebel zum Himmel empor.

Während ich redete, senkte Matt den Kopf, sodass ich sein Gesicht nicht sehen konnte. Ich erzählte ihm alles, was an dem Tag meiner vorzeitigen Rückkehr aus Albany passiert war, von dem Augenblick, als ich durch die Tür des Wohnheims gegangen war, bis zu meinem letzten Blick auf die Teedose, als sie im schwarzen Wasser versank. Nachdem ich fertig war, stellte er eine einzige Frage.

»Wessen Baby war es?«

»Lucy dachte, es wäre von Ward, weil Deirdre am ersten Mai mit ihm zusammen war.«

Matt hob den Kopf, sah mich aber nicht an. Wie von einem Magneten angezogen, ruhten seine Augen auf dem See.

»Wie kam sie auf die Idee, dass das Baby am ersten Mai gezeugt wurde?«

»Weil Deirdre wochenlang vorher mit ... mit niemandem ... zusammen gewesen war. Wegen des Regens, erinnerst du dich? Und das Mal davor, na ja, das wäre zu lange her gewesen. Lucy meinte, das Baby sei sehr klein, also wahrscheinlich eine Frühgeburt, und das kam mit dem ersten Mai ganz gut hin.« Allmählich dämmerte mir, wovor Matt Angst hatte.

»Hast du es gesehen?«

Ich nickte und merkte dann, dass er mich immer noch nicht anschaute. Da beschloss ich, lieber nein zu sagen, aber er musste mein Nicken aus dem Augenwinkel wohl doch wahrgenommen haben.

»Wem sah es ähnlich?«, fragte er.

»O Matt, es hatte kaum Ähnlichkeit mit einem Menschen. Es war so winzig.« Ich erinnerte mich an die Haut, die wie Opal geschimmert hatte, an die leuchtend hellroten Haare.

Matt drehte sich zu mir um und packte mich an den Schultern. »Hat es ausgesehen wie ich, Jane? Sag mir die Wahrheit.«

»Matt!«, rief ich, erstaunt, dass er mich so hart anfasste. »Es kann nicht von dir gewesen sein, du warst am ersten Mai doch nicht mit Deirdre zusammen.«

»Halt den Mund, Jane.«

Die Worte erschreckten mich noch mehr als die Tatsache, dass Matt mir wehtat. Sie kamen von einer Stimme hinter mir. Matt stand auf und stieg aus dem Boot, das so heftig schwankte, dass ich den Halt verlor und mir den Kopf am Heck stieß. Als ich mich wieder aufrappelte, sah ich Matt vor seiner Schwester stehen, die Hände zu Fäusten geballt. So wütend hatte ich ihn noch nie gesehen. Ehrlich gesagt hatte ich ihn überhaupt noch nie wütend gesehen.

»Wessen Baby war es, Lucy?«, fragte er seine Schwester.

»Es war Deirdres Baby, Mattie. Hat Jane es dir nicht schon gesagt?« Lucy sah zu mir herüber, und ich erschrak zutiefst über die Kälte in ihren Augen. »Sie hat mir versprochen, es niemandem zu verraten, aber das spielt jetzt keine Rolle mehr. Glaubst du ihr etwa nicht, Matt? Du weißt doch, Jane lügt nie.«

»Ich weiß aber auch, dass sie alles glaubt, was du ihr einredest.« Matt kam um das Boot herum auf mich zu. Er wirkte so verändert, dass ich einen Schritt zurückwich, doch dann nahm er ganz sanft meine Hand.

»Du hast es gesehen, Lucy. Was für eine Haarfarbe hatte es? Sag mir das!«

»Babys haben nicht immer gleich Haare«, antwortete Lucy. In ihrer Stimme lag eine ganz untypische Panik. Sie kam zur anderen Seite des Boots und stellte sich neben mich. So standen wir alle drei in der Tür, die zum See hinausführte.

»Hatte das Baby Haare, Jane?«

Ich blickte von Matt zu Lucy. Lucy schüttelte den Kopf, und als Matt das bemerkte, ließ er augenblicklich meine Hand los und ging auf Lucy los. »Waren die Haare rot wie meine, Lucy?« Er machte einen Schritt auf sie zu, während sie zum Türpfosten zurückwich.

»Dein Cousin hat auch rote Haare, Matt!«, rief ich über seine Schulter. »Vielleicht war Deirdre am ersten Mai mit Roy zusammen.«

Matt musterte mich kurz und fing an zu lachen. »O Janie ...«, begann er, aber ehe er weiterreden konnte, brachte ihn ein Geräusch zum Schweigen. Es war ein hohes, durchdringendes Stöhnen, ein Laut, wie ich ihn noch nie gehört hatte, und doch schwang etwas Menschliches in ihm mit. Wir wandten uns zum See um und sahen, dass Lucy aufs Eis hinausgelaufen war. Das Stöhnen kam vom Eis, das sich unter ihrem Gewicht verzog.

Auch jetzt stehe ich auf dem Eis und sehe vor mir, wie Lucy aus dem Eishaus kam und auf das schmelzende Eis hinausstürzte. Sie lief geradewegs auf den See hinaus, das Eis zitterte und ächzte unter jedem ihrer Schritte; hinter ihr bildeten sich dunkle Pfützen. Es ist, als ob der für die Eisernte vorbereitete Kanal nun ihren Weg nachvollzöge. Matt wollte ihr folgen, hielt sich aber an die Ostseite des Sees. Diese Richtung schlage ich nun auch ein, hinüber zur Ostbucht und den Schwesternfelsen. Ich sehe aufs Eis vor mir, ob ich Schlittschuhspuren entdecke, aber der Nebel ist so dicht, dass ich kaum meine eigenen Füße sehen kann.

Da taucht vor mir im Nebel eine Gestalt auf, reglos steht sie da. Ich fahre auf sie zu, mit möglichst ausholenden Schritten, damit ich nicht so viel Lärm mache. Die Gestalt scheint mich nicht zu hören, und ich fürchte schon, dass es Athena ist, erfroren auf dem Eis. Doch als ich näher komme, sehe ich, dass ich eine der Statuen vor mir habe, die auf dem Eis zurückgeblieben sind. Ich blicke mich um: Ringsumher sind Figuren, die auf dem Eis stehen wie Wächter vor einem Grab. Ich laufe von einer zur anderen und suche nach Hinweisen, dass Albie und Athena hier gewesen sind. Ich starre in jedes Gesicht, als könnte es mit mir sprechen und mir sagen, wo die beiden sind; die Figuren wirken so lebendig, dass es mich nicht wunderte, wenn sie plötzlich die Stimme erheben würden. Die grob gehauenen Gesichtszüge sind weicher geworden, die ausgemeißelten Augenhöhlen tiefer, die Lippen sehen aus, als wollten sie sich zum Sprechen öffnen. Einen Augenblick staune ich darüber, wie diese eilig geformten Skulpturen mit einem Mal so lebendig aussehen können, doch dann wird mir schlagartig klar, warum: Sie schmelzen.

Seit dem Gewitter letzte Nacht ist es stetig wärmer geworden. Daher auch der Nebel. Wie lange wird es noch dauern, bis das Eis auf dem See bricht? Ich lausche auf das leise Stöhnen, als könnte ich ihm etwas entnehmen, aber dann merke ich, dass es nicht das Eis ist, das da stöhnt, nein, das Geräusch kommt von den Schwesternfelsen direkt vor mir. Ich laufe zu ihnen und kämpfe in mir die grausige Vorstellung nieder, dass die Felsen mich rufen. Es ist nur eine Sinnestäuschung, in Wirklichkeit handelt es sich um ein Naturphänomen. Ich rede mir gut zu, und als das nichts nützt, rezitiere ich zu meiner Beruhigung ein wenig Latein.

»Tum rauca absiduo longe sale saxa sonabant«, wiederhole ich flüsternd eine Passage von Vergil, die Athena letzte Woche im Unterricht übersetzt hat. Sie scheint mir angemessen – und es ist irgendwie tröstlich, sich vorzustellen, wie Äneas' Schiff sicher an den Felsen der Sirenen vorbeifährt und weiter an die Küste Italiens, zur Höhle der Sibylle.

Am zweiten Schwesternfelsen kommt mir das Geräusch am lautesten vor – und ich kann nicht länger leugnen, dass es eindeutig menschlich klingt. Aber der Angstschrei, den ich jetzt vernehme, dringt von der Felswand des Point herüber. Jemand ist in der Höhle! Vorsichtig bewege ich mich auf den Eingang zu, denn ich bin sicher, dass Dr. Lockhart sich jeden Moment auf mich stürzen und mich mit einer dieser grässlichen Eisstangen durchbohren wird. Ich ziehe den Enteiserspray aus der Tasche und lege den Finger auf den Sprühknopf. Doch als ich in die dunkle Höhle spähe, sehe ich dort Athena, die gefesselt und geknebelt auf dem schmalen Vorsprung über dem Eis kauert.

Ich nehme ihr zuerst den Knebel aus dem Mund.

»Dr. Lockhart«, keucht sie. »Sie ist wahnsinnig.«

Ich nicke und lege ihr einen Finger an die Lippen.

»Tace«, sage ich leise. »Ich weiß. Kommen Sie, ich binde Sie los, dann nichts wie weg von hier.«

Die Fesseln um Athenas Hand- und Fußgelenke sind so eng geschnürt, dass ich sie nicht aufbekomme. Je mehr ich an den nassen, gefrorenen Stricken herumzerre, desto fester werden sie. Dass Athena unablässig zittert, ist auch nicht gerade hilfreich.

»Ich muss sie durchschneiden«, erkläre ich ihr, als könnten wir eben mal im nächsten Klassenzimmer eine Schere borgen.

»Gehen Sie nicht weg!«, schreit sie und streckt den Kopf zu mir, sodass ihre nassen Haarspitzen meine Wange streifen. Ich sehe die Angst in ihren Augen und die Tränen, die Spuren in ihrem schmutzigen Gesicht hinterlassen haben. »Sie will mich umbringen. Zuerst hat sie mich Deirdre genannt, dann Lucy, und schließlich Jane. Anscheinend weiß sie nicht mal mehr, wer ich bin.«

Athena wird von einem Schluchzen ergriffen, und ich tätschle ihr unbeholfen die Schulter, verspreche ihr, dass ich bei ihr bleiben werde. Wir müssen unbedingt versuchen, die Fesseln zu lösen. Ich gehe in die Hocke, um besser über unsere missliche Lage nachdenken zu können, aber mein Hintern berührt recht unsanft meine Schlittschuhe.

Ehe mir klar wird, wie wehrlos ich wäre, sollte Dr. Lockhart in diesem Augenblick auftauchen, habe ich auch schon meinen linken Schlittschuhstiefel aufgeschnürt. Ich halte den Schlittschuh an der Stiefelspitze fest, lege die Kufe über Athenas Fußknöchel und säble vorsichtig an dem Seil. Die Kufen sind von meinem Ausflug übers Eis etwas stumpfer geworden, und es dauert ewig, bis das Seil sich langsam aufdröselt und unter dem Metall nachgibt.

Als Nächstes nehme ich mir Athenas Handgelenke vor, wobei ich zweimal abrutsche und in der dunklen Höhle ihre Haut anritze, aber sie schreit nicht und beklagt sich auch nicht. Als die Fesseln endlich gelöst sind, will ich dem Mädchen auf die Füße helfen, aber am Ende muss sie mich stützen. Meine Beine sind völlig verkrampft, und ich kann mich, auf nur einem Schlittschuh balancierend, kaum aufrecht halten.

»Ich ziehe den anderen lieber wieder an«, sage ich. Entschlossen stecke ich den linken Fuß wieder in den Stiefel. Ein Gefühl wie in einem Schraubstock. Meine Füße sind geschwollen und voller Blasen, und mein Strumpf hat Löcher, sodass ich genauso gut den nackten Fuß ins steife Leder quetschen könnte. Trotzdem ziehe ich die Schnürsenkel fest zu und gebe mir Mühe, den Schmerz zu ignorieren.

»Okay«, sage ich und richte mich auf. »Dann versuchen wir mal, übers Eis rüber zum Herrenhaus zu kommen.« Als wir aus der dunklen Höhle treten, blendet mich der weiße Glanz des mondbeschienenen Nebels. Ich kann kaum die schwarze Masse des zweiten Schwesternfelsen ausmachen, der am Ausgang der Höhle Wache steht. Die aufragende Gestalt vor mir scheint zu erzittern, und dann habe ich das Gefühl, als sähe ich doppelt. Nach und nach tritt der zweite Teil klarer hervor und bekommt einen grässlichen Auswuchs.

Es ist Candace Lockhart, die gebückt eine zweieinhalb Meter lange Eisstange schwingt, wie einen Wurfspieß, die Stahlspitze kaum einen Meter von uns entfernt.

»Laufen Sie zum Ufer«, flüstere ich, ohne in Athenas Richtung zu sehen. »Wenn sie jemanden verfolgt, dann garantiert mich.«

»Aber Magistra ...«

»Tun Sie, was ich Ihnen sage.« Dabei bediene ich mich meiner strengsten »Jetzt-ist-aber-endgültig-Schluss«-Lehrerinnenstimme, die nicht nur Athena zum Schweigen, sondern anscheinend auch Dr. Lockhart aus der Fassung bringt, denn sie kneift unwillkürlich die Augen zusammen. Ich glaube zu wissen, warum: Ich habe mich angehört wie Domina Chambers.

Vielleicht kann ich aus dieser Ähnlichkeit Kapital schlagen. »Alba«, sage ich ernst, während ich mich mit meinen Schlittschuhen rückwärts in Richtung Point auf den See hinausbegebe. »Was hast du denn mit diesem Ding vor?«

Aus dem Augenwinkel sehe ich, dass Athena sich schwankend übers Eis aufs Ufer zubewegt und dann im Nebel verschwindet. Dr. Lockhart scheint es gar nicht zu bemerken, sie starrt mich unverwandt an. Dann blinzelt sie und fängt an zu lachen.

»Als könntest du jemals *ihren* Platz einnehmen!«

»Das habe ich doch längst getan«, entgegne ich und entferne mich ein Stück weiter. Zwar konnte ich nie sonderlich gut rückwärts laufen, aber ich erinnere mich daran, wie Matt es mir gezeigt hat. *Erst nach innen, dann wieder nach außen, wie kleine Achten, und die Bewegung kommt ganz aus den Oberschenkeln.* Die Innenseiten meiner Schenkel fühlen sich an wie geschmolzenes Eis, ich spüre meine Füße nicht mehr, aber es gelingt mir, den Abstand zwischen mir und Candace Lockhart zu vergrößern, ohne dabei den Blickkontakt abbrechen zu lassen. Ich habe Angst, dass sie ihren Speer nach mir wirft oder mich zwingt, schneller zu fahren, aber sie folgt mir langsam, als wollte sie zwar höflich auf Distanz bleiben, sich aber trotzdem weiter mit mir unterhalten.

»Das wolltest du auch mit Lucy machen«, sagt sie. »Du wolltest ihren Platz einnehmen. Zuerst hast du ihr das Stipendium weggeschnappt, und dann wolltest du ihr auch noch Matt wegnehmen.«

Ich hebe die Schultern und versuche ein lässiges Achselzucken, aber es fühlt sich mehr wie ein Ducken an. »Lucy selbst hat mich dazu ermuntert, mich für das Stipendium zu bewerben«, entgegne ich.

Sie lacht. Ich wundere mich, wie schrill und nervös sie klingt, wie ein Kind, das beim Klauen erwischt worden ist. Irgendetwas an unserem Gespräch setzt ihr gewaltig zu, als wollte ich ihr einen Schleier wegreißen, auf den sie angewiesen ist. Ich muss sie ablenken – unterhalten sozusagen –, sonst bricht sie das Spiel ab und ich ende doch noch wie Vesta, durchbohrt von einer Eisstange.

An Vesta zu denken war ein Fehler. Ich glaube, Dr. Lockhart sieht die Angst in meinen Augen aufblitzen, aber statt gleich mit ihrem Speer auf mich loszugehen, stochert sie erst noch in einem anderen wunden Punkt. »Arme, dumme Jane«, sagt sie mit einer Stimme, die nicht mehr ihre eigene ist. Ich brauche einen Moment, um die von Lucy zu erkennen. »Du hast tatsächlich geglaubt, du würdest mit mir um das Stipendium konkurrieren. Als wäre ich jemals scharf darauf gewesen. Ich wollte doch nur eins: nicht von Matt getrennt werden! Wir haben dich schon am ersten Tag als diejenige auserkoren, die die besten Chancen darauf hatte, damit man mich nicht zwingen würde, Mattie zu verlassen. Allerdings war uns nicht klar, dass du so furchtbar langsam lernst. Du wusstest ja nicht mal, was eine Deklination ist! Mattie fand das unheimlich komisch.«

Die Imitation ist so perfekt, dass ich um ein Haar mitten auf dem Eis stehen bleibe. Genau das will meine Widersacherin erreichen, und ich zwinge mich dazu, meine Füße in Bewegung zu halten. Immerzu kleine Achten. Ich presse die Schenkel zusammen, bis mir die Tränen in die Augen steigen.

»Gott, was warst du nur für eine Idiotin, Janie. Du hast tatsächlich geglaubt, wir laufen Schlittschuh, wenn wir uns nachts im Eishaus getroffen haben.« Jetzt hat die Stimme sich verändert, jetzt ist sie Deirdres. »Aber wir haben dich gesehen, wie du uns nachspioniert hast, mir und Mattie. Du wolltest mich also loswerden, richtig? Damit du Mattie für dich alleine haben konntest?«

»Ich wollte Deirdre nicht loswerden, es war Lucy ...«

»Wer hat sie denn auf den Point hinausgetrieben? Du warst froh, dass sie gestorben ist. Warum sonst hast du sie nicht rausgezogen? Du hast sie sterben lassen, dabei hat sie sich noch am Eis festgeklammert.«

»Da irrst du dich«, widerspreche ich, obwohl ich weiß, dass ich eine Diskussion mit einer Wahnsinnigen nicht gewinnen kann. Meine einzige Hoffnung ist, dass sie den Speer nicht wirft, solange ich sie in ein Gespräch verwickeln kann. »Wir sind zu dem Loch im Eis runtergeklettert, zu der Stelle, wo Deirdre reingefallen ist. Sie hat sich nicht ans Eis geklammert.«

Dr. Lockhart schüttelt den Kopf. »Ich hab alles gesehen.« Jetzt klingt ihre Stimme wie ein kleines, verängstigtes Kind. »Ich hab mich hinter den Schwesternfelsen versteckt und sie beobachtet, bis sie nicht mehr konnte. Immer wieder hat sie deinen Namen gerufen. ›Jane!‹, hat sie gerufen. ›Jane, du hast es versprochen.‹«

Diesmal lässt mich die Imitation erstarren. Es ist nicht mehr Deirdres Stimme. Sondern die von Lucy.

»Du meinst Lucy«, sage ich. »Du hast gesehen, wie Lucy sich am Eis festgehalten hat.«

Auch Candace Lockhart ist stehen geblieben. Sie hebt die rechte Hand – mit der sie immer noch die Stange umklammert – und will sich mit dem Handrücken über die Augen wischen. Die Spitze des Speers hebt sich, und ich begreife leider einen Moment zu spät, dass jetzt meine beste Chance wäre, sie anzugreifen. In dem Moment sieht sie mich kommen und senkt die Stange wieder, sodass ich mich beinahe selbst durchbohre. Die Metallspitze schneidet durch meine Wolljacke, als ich zurückweiche.

»Du hast sie umgebracht!«, schreit sie und kommt wieder auf mich zu. »Du hast sie sterben lassen, obwohl du versprochen hast, sie zu retten.«

Matt folgte Lucy aufs Eis, und ich ging ihnen nach. Unter seinen Schritten bildeten sich Risse in alle Richtungen, das Eis schien zu schreien wie ein gepeinigter Mensch. Langsam füllte schwarzes Wasser die Risse aus. Aber Matt ging weiter, als merkte er nicht, dass das Eis überall um ihn herum brach. Bei jedem Schritt, den er nach vorn machte, kam Lucy einen zurück. Es war wie ein Tanz auf einem unsichtbaren Seil, und plötzlich erkannte ich, dass sie auf der Stelle balancierten, wo Lucy und ich damals mit dem Boot das Eis aufgebrochen hatten. Hier floss die Quelle in den Schwanenkill, hier war das Eis immer am dünnsten.

Ich rief ihnen warnend zu, aber sie achteten nicht darauf.

»Matt!«, rief ich verzweifelt. »Ich kann es dir sagen. Ich hab das Baby gesehen, es hatte rote Haare.«

Matt drehte sich zu mir um, und in diesem Augenblick klaffte direkt hinter Lucy ein tiefer Riss im Eis. Sie schwankte und schlug mit den Armen um sich. Eine Sekunde glaubte ich, sie hätte sich wieder gefangen. Matt hatte sich ihr wieder zugedreht. Er war so nahe bei ihr, dass er nur die Hand hätte ausstrecken brauchen, und sie wäre in Sicherheit gewesen. Aber in dem Moment, als er sich ihr zuwandte, bemerkte ich eine Veränderung auf Lucys Gesicht. Ich glaube, ich sah zum ersten Mal, dass sie Angst hatte. Und dann trat sie einen Schritt zurück und stürzte ins schwarze Wasser.

»Das hat sie getan, weil du es Matt verraten hast«, flüstert Dr. Lockhart so leise, dass ich es wegen des Geräuschs ihrer Schlittschuhe kaum hören kann. Langsam aber sicher kommt sie auf mich zu. »Du hättest den Ausdruck auf seinem Gesicht sehen sollen, als er begriff, dass es sein Baby war – das sie umgebracht hat.«

»Aber wie kann es sein ...«, beginne ich, doch plötzlich wird mir alles klar. Sie hatte sich nicht hinter der Tür im Eishaus versteckt! Vorher war sie hinter dem Schwesternfelsen gewesen und hatte von der ganzen Diskussion nur mitbekommen, wie ich Matt sagte, dass es sein Baby war. »Aber Dr. Lockhart«, sage ich, »*Albie*, ich habe versucht, Lucy zu retten. Ich habe sie doch ebenfalls geliebt.«

Sie senkt die Stange, und ich glaube schon, das Spiel gewonnen zu haben. Aber statt den Spieß fallen zu lassen, wie ich es mir erhofft habe, hebt sie ein Knie, entblößt die Zähne wie eine fauchende Katze und bricht die Stange glatt in zwei Teile. Das Krachen hallt übers Eis. »Lügnerin«, zischt sie, und dann geht sie, die wesentlich leichter gewordene Waffe wie einen Hockeystock schwingend, auf mich los.

Blitzschnell drehe ich mich um, aber dann verheddere ich mich mit den Schlittschuhen und schon spüre ich, wie das kalte

Metall meinen Nacken streift und ich kopfüber aufs Eis falle, alle viere von mir gestreckt. Sofort ist sie auf mir. Ihre Knie graben sich in mein Kreuz, und sie zerrt meinen Kopf an den Haaren hoch. Ich spüre, wie sich die gezackten Spitzen ihrer Schlittschuhe in meine Beine bohren.

»Du hast sie sterben lassen«, zischt sie in mein Ohr, »du hast versprochen, sie zu retten, aber du hast sie verrecken lassen.« Die Finger fest in meinen Haaren vergraben, schlägt sie meinen Kopf aufs Eis. Ich höre ein Krachen und befürchte, dass es meine Schädelknochen sind. Um mich her wird es dunkel, die Finsternis droht mich einzuhüllen wie eine kühle grüne Decke. Okay, denke ich, okay. Irgendwo hoch über mir höre ich ein Kind weinen.

»Sie hat gesagt, sie würde mich nie verlassen. Sie hat es versprochen, hoch und heilig versprochen.« Bei jedem »versprochen« knallt sie meinen Kopf aufs Eis, und die Dunkelheit breitet sich vor mir aus wie eine Blutlache. Es ist eine Blutlache. Mein Blut. Es sickert in die Eisritzen, tropft ins schwarze Wasser. Durch die rot gefleckte Schwärze sehe ich Lucys Gesicht. Ihre Lippen formen ein Wort, aber ich kann nicht hören, was sie sagt, denn um uns herum kracht das Eis.

Als er sah, wie Lucy ins Wasser stürzte, erstarrte Matt. Ich dachte, er würde zu ihr gehen, aber er blieb auf dem Eis stehen, als wäre er ein Teil davon geworden. Als ich an ihm vorbeikam, streifte ich seinen Arm und spürte, dass er zitterte. Ich sah auch, warum. Zwischen ihm und Lucy war das Eis in drei Stücke gebrochen. Das Stück, an dem Lucy sich festklammerte, schwamm lose auf dem Wasser. Als sie versuchte, den Ellbogen darauf nach vorn zu bewegen, kippte die Scholle ihr entgegen. Ich kroch auf Händen und Füßen zu ihr und drückte die andere Seite nach unten.

»Komm«, forderte ich Matt auf, »wenn du hier festhältst, kann ich ihr vielleicht wieder hochhelfen.« Ich blickte über die Schulter zurück, um mich zu vergewissern, dass er mich gehört hatte. Aber seine Augen starrten an mir vorbei auf Lucy, und

Lucy fixierte ihn ebenso. Von mir nahm keiner der beiden die geringste Notiz.

Verzweifelt zerrte ich ihn am Hosenbein auf die Knie. »Halt fest!«, schrie ich. Er ließ Lucy nicht aus den Augen, aber immerhin tat er, was ich ihm sagte. Er kauerte sich an den Rand der noch festen Eisdecke und hielt die Scholle fest, die zwischen uns und Lucy schwamm. Ich kroch darauf. Sie schaukelte bedrohlich, aber ich spürte, wie Matt sich anstrengte, sie im Gleichgewicht zu halten. Vorsichtig legte ich mich auf den Bauch und robbte vorwärts. Als ich bei Lucy ankam, sah ich, dass sich an ihren Haaren Eiszapfen gebildet hatten und ihre Lippen blau waren. Sie wollte etwas sagen, aber ihre Zähne klapperten so heftig, dass ich sie nicht verstehen konnte. Ich versuchte, noch näher an sie heranzukommen, aber gerade als ich ihre Hand berührte, begann das Eis unter mir wieder wie wild zu schaukeln und Lucys Augen weiteten sich vor Schreck. Ich blickte mich über die Schulter zu Matt um und sah ihn immer noch am Rand der Eisfläche kauern. Seine Augen waren weiterhin fest auf Lucy gerichtet, aber er hatte die Scholle losgelassen und streckte beide Arme über den Kopf, die Hände zusammengelegt wie zu einem Gebet. Wo hatte ich ihn nur schon einmal in dieser Pose gesehen? Und dann fiel es mir wieder ein: im Schwimmclub.

Plötzlich wandte er die Augen von Lucy ab, zog das Kinn an und tauchte kopfüber ins Wasser, ohne einen Spritzer. Ein perfekter Sprung.

»Jane«, stöhnte Lucy. »Jane. Du musst ihn retten.«

»Ich kann nicht«, entgegnete ich. »Er ist unter dem Eis. Lass mich dir wenigstens helfen.« Aber noch während ich sprach, sahen wir ein paar Meter entfernt Matt wieder an die Oberfläche kommen. Er legte einen Arm aufs Eis, machte jedoch keine Anstalten, sich hochzuziehen. Dann blickte er in Lucys Richtung und schüttelte den Kopf.

Ich ergriff Lucys Hand, um sie zu mir zu ziehen, aber sie entriss sie mir. »Nein«, stieß sie mühsam hervor. »Ich komm nicht raus, solange er nicht in Sicherheit ist. Geh und hilf erst ihm. Versprich es, Jane. Versprich mir, dass du ihm zuerst hilfst.«

Ich begriff, dass es keinen Sinn hatte, mit ihr zu streiten. Also wandte ich mich um und kroch hinüber zu Matt. Hinter mir konnte ich Lucy hören. Jedes Mal, wenn ich innehielt, rief sie meinen Namen. »Jane«, sagte sie, »Jane, du hast es versprochen.« Und so entfernte ich mich von ihr.

Als mich nur noch ein paar Zentimeter von Matt trennten, wurde er endlich auf mich aufmerksam. Er lächelte. Wie ein Kind beim Fangenspielen. Dann holte er tief Luft und ließ sich ins Wasser sinken. Ich sah sein Gesicht, das wie ein bleicher grüner Stern im schwarzen Wasser kleiner und immer kleiner und schließlich unsichtbar wurde. Verzweifelt drehte ich mich zu Lucy um. Auch sie war tiefer gesunken, und ihre Lippen berührten bereits das Wasser – gleich würde sie untergehen. Mir blieb keine Zeit mehr, zu ihr zu kriechen. Kurz entschlossen warf ich mich aufs Eis und griff nach ihrer Hand. Schon spürte ich ihre Finger unter meinen – spürte, wie sie sich losmachten, und sah, wie auch Lucy in der Dunkelheit verschwand.

Irgendwann hat Dr. Lockhart aufgehört, meinen Kopf aufs Eis zu schlagen; an meiner Wange fühlt es sich jetzt angenehm kühl an. Aus dem »*Sie hat es versprochen*« ist ein »*Du hast es versprochen*« geworden. Ich stelle mir vor, wie sie – Albie – hinter dem Schwesternfelsen kauerte und mit angehört hat, was Lucy in dem Moment zu mir gesagt hat, ehe ich von ihr weggekrochen bin. Worte, aus dem Zusammenhang gerissen. Ich kann es ihr nicht übel nehmen, dass sie gedacht hat, ich hätte Lucy im Stich gelassen. Selbst wenn ich ihr jetzt erklären könnte, dass ich damals versprochen habe, Matt zu retten, würde es auf dasselbe hinauslaufen. Ich habe mich von Lucy überreden lassen. Sie wusste, was ich für Matt empfand. Sie wusste, ich würde versuchen, ihn zu retten. Und als ich die Hand nach Lucy ausstreckte, sah Albie nicht, wie Lucy ihre Hand wegzog, sondern sah nur, wie ich Lucys Finger vom Eis riss und sie dem sicheren Tod überantwortete.

»Du hast es versprochen, du hast es versprochen«, wimmert sie. Sie klingt wie ein Kind, und ich weiß, sie wiederholt nicht nur Lucys letzte Worte. Ich frage mich, wie lange Albie in jener Nacht hinter dem Felsen ausgeharrt hat, wie lange sie sich draußen auf dem Eis versteckt hielt, weil niemand kam, um nach ihr zu sehen. Nicht einmal Lucy, die ihr doch versprochen hatte, sich immer um sie zu kümmern. Irgendwann hat sich Albie dann doch in unser Zimmer geschlichen und mein Tagebuch gefunden. Sie hat den letzten Satz gelesen, den ich in jener Nacht geschrieben habe. *Ich werde nicht zulassen, dass mir jemand Steine in den Weg legt. Nicht einmal Lucy.*

Als die Bergungsmannschaft das Eis auf dem See aufgerissen hat, warf Albie das Fenster über der Tür zum Hauptgebäude ein und zerschmetterte das Herz und das von Lucy gebrochene Versprechen.

Du hast es versprochen, höre ich und habe das Gefühl, dass diese kindische Litanei – *du hast es versprochen, du hast es versprochen* – mich an irgendetwas erinnert.

Ich spüre, wie die Last von meinem Rücken weicht und sich etwas Scharfes, Metallisches in meine Seite drückt. Da fällt mir ein, wann ich die Worte zuletzt gehört habe. Von Olivia! »Aber du hast es versprochen«, hat sie am Telefon gesagt.

Das Messer an meiner Seite ist Dr. Lockharts Schlittschuh. Sie tritt mich, um mich umzudrehen, wie einen Baumstamm. Als ich auf den Rücken rolle, spüre ich wieder etwas. Aber es ist nicht Dr. Lockharts Schlittschuh. Es ist die Enteiserdose in meiner Jackentasche. Ich öffne die Augen und versuche durch das Blut hindurch etwas zu erkennen. Nur noch wenige Zentimeter trennen uns vom offenen schwarzen Wasser des Eiskanals. Noch einmal muss sie mich treten, es fehlt nur noch eine Umdrehung, ehe ich ins Wasser falle und meine schweren Schlittschuhe mich hinunter auf den Grund ziehen.

Dann werde ich Olivia morgen nicht sehen. Sie wird warten und warten und irgendwann überzeugt sein, dass sie es nicht wert war, besucht zu werden. Schließlich habe ich sie ja schon einmal im Stich gelassen.

Ich passe den Moment ab, bis sich das scharfe Metall wieder in meine Seite bohrt, und als der stechende Schmerz einsetzt, schlinge ich meinen linken Arm um Albies Knöchel und zerre sie zu mir herunter. Als ihr Gesicht nahe genug vor mir ist, ziehe ich den Enteiser heraus und sprühe ihr direkt in die Augen. Sie schreit und stürzt auf mich, fast anmutig. Später denke ich, dass sie das Gleichgewicht bestimmt wieder gefunden hätte, wenn sie auf dem Eis gelandet wäre und nicht auf der Kante zum Kanal. Einen Moment lang schwankt sie hin und her, dann gleitet sie ins schwarze Wasser.

Ich bleibe ganz still liegen und lausche auf Geräusche aus dem Wasser. Mein Atem geht keuchend, sonst höre ich nichts. Lautlos wie ein Stein ist Dr. Lockhart im See versunken. Nach einer Weile drehe ich mich unter Schmerzen auf den Bauch und krieche übers Eis zum Rand des Kanals. Als ich nur noch wenige Zentimeter entfernt bin, sehe ich die ins Eis gekrallten Fingernägel. Augenblicklich versuche ich, zurückzuweichen, aber Dr. Lockhart bekommt ein paar Haarsträhnen zu fassen und klammert sich daran fest. Ihre blauen Augen sind starr wie die einer Statue auf mich gerichtet. Aber dann wird mir klar, dass der Spray ihre Augen verletzt haben muss und sie mich gar nicht sehen kann.

Ich schiebe meine Hand übers Eis und lege sie über ihre andere Hand, die sich noch immer im Eis festkrallt. Sie will ausweichen, aber ich sage leise: »Alles in Ordnung, Albie. Ich bin's, Lucy. Ich bin da, um dich zu holen. Komm, ich helfe dir.« Sie schafft es nicht, die Fingernägel aus dem Eis zu ziehen, und ich rutsche noch ein Stückchen vor und ergreife ihre Hand. Wie klein und schmal ihre Hände sind! Genau wie die von Lucy.

Und wie Lucy kann auch sie zupacken wie ein Schraubstock. Ihre Hand umschließt mein Handgelenk und zieht. Sie zieht mit aller Kraft, sodass ich auf dem Eis nach vorne gleite. Sicherlich wäre ich in den Kanal gerutscht, hätte nicht gleichzeitig jemand meine Füße gepackt und mich in die andere Richtung gezerrt. Aber Dr. Lockhart will meine Hand nicht freigeben, sie kann sich nicht aus eigener Kraft aufs Eis hochhieven. Ein Haarbüschel, an dem sie sich festgeklammert hat, gibt nach, und sie rutscht weiter zurück ins Wasser, hält mein Handgelenk aber immer noch unerbittlich fest.

»Lass los!«, höre ich jemand hinter mir rufen. Es ist Roy. »Du kannst sie nicht retten. Das Eis bricht.«

Ich drehe meinen Kopf ein Stück zur Seite und sehe die dunklen Risse, die sich wie die Maserung eines Marmorblocks überall um mich herum ausbreiten.

»Sie lässt mich nicht los«, entgegne ich so leise, dass ich nicht sicher bin, ob er mich überhaupt hört. Aber ich fühle, wie er sich neben mich schiebt, den Arm fest um mich geschlungen, damit ich nicht in den Kanal rutsche. Bestimmt sieht er, wie die Risse unter seinem Gewicht breiter werden, aber er weicht nicht zurück, bis sein Gesicht neben meinem ist und wir beide über den Rand des Kanals ins Wasser spähen. Candace Lockharts Gesicht ist ein paar Zentimeter unter Wasser, das Weiß ihrer offenen Augen vom See grünlich verfärbt. Roy greift nach meinem Handgelenk und versucht, ihre Finger zu lösen.

»Nein«, bringe ich mühsam hervor.

»Sie ist nicht mehr zu retten, Jane. Sieh sie dir doch an.«

Ich schaue wieder ins Wasser. Dr. Lockharts Augen sind weit aufgerissen, ihre Lippen leicht geöffnet, aber aus ihrem Mund kommen keine Luftblasen. Und dennoch habe ich das Gefühl, dass ihre Augen mich weiterhin beobachten, dass durch den Filter des kalten grünen Wassers ein anderes Gesicht zu mir emporsteigt, genau wie ich Matts Züge in Roys Gesicht gesehen habe. Ich sehe Lucy. Durch Albies blaue Augen blickt sie zu mir empor.

Ich will nach ihr greifen, doch in diesem Moment lösen sich ihre Finger, einer nach dem anderen, von meinem Handgelenk, und ihre kleine weiße Hand gleitet entspannt und offen ins Wasser, die Finger leicht gebogen. Langsam und starr versinkt sie im Wasser, die weißen Haare umgeben ihr Gesicht wie ein Fächer, die blauen Augen wie zwei Zwillingssterne, bis die Dunkelheit sie auslöscht.

11. Kapitel

»Was in aller Welt hat sie bloß auf die Idee gebracht, den ersten Mai für das Jubiläumspicknick auszusuchen?«, beklagt sich Hespera, die Achtklässlerin, deren Gewand ich gerade feststecke. »Bei der Kälte hier kann man doch unmöglich halb nackt um den Maibaum tanzen.«

Ich versuche zu lächeln, aber mein Mund ist voller Nadeln.

Athena antwortet für mich. »Es ist der Geburtstag der Gründerin – oder jedenfalls ungefähr.«

Ich nicke und nehme die Nadeln aus dem Mund. »Ja, India Crevecoeur wurde am vierten Mai 1885 geboren. Es ist also ihr 110. Geburtstag und der siebzigste Jahrestag der Schulgründung. Ich bin ihr übrigens einmal begegnet.«

»Wirklich, Magistra? So alt können Sie doch noch gar nicht sein.« Octavia, die den Saum an Flavias Gewand näht, sperrt vor Staunen Mund und Nase auf. Flavia verdreht die Augen. Seit die Schwestern in den Lateinkurs zurückgekehrt sind, haben sie nichts anderes im Sinn, als einen Lateinclub zu gründen und den Geist der Klassik wieder aufleben zu lassen. Jetzt wetteifern sie, wer dem antiken Ideal am meisten entspricht und wer am nettesten zu der Lehrerin sein kann, die ihrer Klassenkameradin das Leben gerettet hat. Von ihnen stammt die Anregung, zusätzlich zum Maitanz eine Blüten-Prozession aufzuführen.

»Erstens«, sage ich, »bin ich nicht so alt, und zweitens war die Gründerin unserer Schule damals schon hochbetagt. Schätzungsweise neunzig, denn ich war im ersten Jahr, und wir haben den fünfzigsten Jahrestag der Schulgründung gefeiert.«

»Meine Güte, war sie denn schon so richtig senil?« Mallory Martin lernt zwar kein Latein, aber sie macht freiwillig bei der Blüten-Prozession mit.

»Nein, eigentlich war sie fit wie ein Turnschuh und hat mich als die Enkelin ihres Dienstmädchens erkannt, das vor fünfzig Jahren für sie gearbeitet hatte.«

»Dann war Ihre Großmutter hier Dienstmädchen?«, fragt Athena und streicht sich ihre seit neuestem meergrün gefärbten Haare aus der Stirn. Ich hatte mich schon auf ihre Naturfarbe gefreut, aber letztes Wochenende war sie in New York und hat in irgendeinem Laden im East Village dem Gruppenzwang schließlich doch nachgegeben. Zuerst war ich enttäuscht, aber inzwischen habe ich mich an die Farbe gewöhnt und muss sogar zugeben, dass sie zusammen mit ihren grünen Augen und ihrer blassen Haut einen interessanten Effekt ergibt. Vor allem heute. Für ihre Rolle als Göttin des Sees bei der Blüten-Prozession hat sie sich in ein grünes Satinlaken gehüllt, das ausgerechnet von Gwen Marsh gestiftet wurde. Ein *Satin*-Laken, Gwen?, frage ich mich jetzt jedes Mal, wenn wir uns über den Weg laufen. Ich habe mir fest vorgenommen, Gwen Marsh besser kennen zu lernen, und das ist eine der beiden großen Überraschungen, die ich in den letzten Wochen mit ihr erlebt habe. Die andere ist, dass sich unter den Verbänden an ihren Handgelenken alte Narben befinden.

»Mhmm«, antworte ich geistesabwesend, weil ich gerade auf die Uhr geschaut und einen kleinen Schreck bekommen habe. »Aber wir kommen noch zu spät zu unserem Treffen. Wollt ihr euch nicht lieber umziehen?«

Athena zuckt die Achseln und zieht eine Jeansjacke über ihr meergrünes Gewand. »Warum? Ist das 'ne förmliche Einladung?«

»Ich weiß es nicht. Direktorin Buehl hat nur gesagt, dass es sich um eine Angelegenheit von Heart Lake handelt und dass sie uns beide um zwölf Uhr mittags im Musikraum sehen möchte.«

»Ich glaube, man wird Ihnen eine Medaille überreichen, weil Sie Athena das Leben gerettet haben«, meint Octavia.

»Und dafür, dass Sie Dr. Lockhart besiegt haben«, fügt Flavia hinzu.

Jetzt könnte ich zum hundertsten Mal darauf hinweisen, dass ich versucht habe, Dr. Lockhart zu retten, aber das kann ich allmählich selbst nicht mehr hören.

»Na ja, wenn das der Anlass ist«, meint Athena, »dann besteht umso mehr Grund für mich, als Göttin des Sees hinzugehen.« Damit wirft sie sich in Pose – ein Finger an der rechten Schläfe, die rechte Hand mit leicht gekrümmten Fingern nach oben gestreckt, als hielte sie ein Zepter – ganz ähnlich wie die griechische Göttin, die ich einmal auf einer attischen Vase gesehen habe. Nicht zum ersten Mal denke ich, dass Athena etwas Majestätisches an sich hat. Vielleicht scheint mir deshalb auch ihr Name so passend.

»In Ordnung«, sage ich, »Deo parere libertas est.« Ehe Octavia ihr Buch mit den lateinischen Zitaten hervorkramen kann, nenne ich Quelle und Übersetzung. »Seneca«, erkläre ich. »Einem Gott zu gehorchen – oder in diesem Fall einer Göttin – bedeutet Freiheit. Also gut, Octavia und Flavia, ich überlasse euch die Organisation der Prozession. Ihr sorgt auch für die Kränze und Girlanden.«

»Wird erledigt.«

»Athena und ich treffen euch dann um eins vor dem Herrenhaus. Bona fortuna, puellae.«

Zweimal müssen wir auf dem Weg zum Herrenhaus stehen bleiben, um Athenas Stola wieder zusammenzustecken, die sich im Wind immer wieder löst. Die meisten Mädchen haben unter ihrem Gewand etwas an, aber Athena – Puristin, die sie ist – trägt nicht einmal Unterwäsche. Zum Glück habe ich die Tasche voller Sicherheitsnadeln. Ich muss daran denken, dass auch Domina Chambers immer einen Vorrat von Nadeln für verrutschte Nähte bei sich trug. An der Treppe zum Herrenhaus bleibt Athena stehen und geht dann die paar Schritte hinunter ans Seeufer. Erst denke ich, dass es wieder ein Problem mit ihrem Kostüm gibt, aber plötzlich merke ich, dass sie weint. Ich lasse mich auf einem Stein am Ufer nieder und lade sie ein, sich zu mir zu setzen, indem ich mit der Hand auf den Platz neben mir klopfe.

»Wir sind sowieso schon spät dran«, meint sie und rafft das Laken beim Hinsetzen um die Knie. Ich bin froh, dass der Stein wenigstens ein bisschen von der Sonne gewärmt worden ist. Zwar hat Hespera Recht, und es ist wirklich zu kalt für den Tanz um den Maibaum, aber heute ist ein ausnehmend schöner Tag. Unter einem wolkenlosen blauen Himmel glänzt der See so hell, dass es blendet.

»Sie werden schon auf uns warten«, sage ich. »Sie können ja schlecht ohne die Göttin des Sees anfangen, oder?«

»Vielleicht war es doch keine so gute Idee, wenn man bedenkt ...« Sie vollendet den Satz nicht und starrt ins grelle Glitzern des Sees. Wir wissen beide, wie viel es zu bedenken gibt. Ich frage mich, ob Athena je wieder den See ansehen kann, ohne dabei an die beiden Freundinnen denken zu müssen, die sie hier verloren hat. Ich jedenfalls kann es nicht.

»Es war nicht Ihre Schuld«, sage ich zum wiederholten Mal, und genau das habe ich mir selbst in den letzten beiden Monaten auch einzureden versucht: Ich bin nicht schuld. Trotzdem machen wir uns weiter Vorwürfe. Roy und ich haben das Thema immer wieder durchgekaut. Schon als ich die Hirschmaske gefunden habe, ist er auf den Gedanken gekommen, dass Albie die Täterin sein könnte, weil sie am ersten Mai in unserer Nähe war und vielleicht die Maske gefunden hatte. Aber er hatte nicht erraten, dass Albie und Dr. Lockhart ein und dieselbe Person waren.

Die Einzige, die das gewusst hat, ist Direktorin Buehl, und jetzt hat sie natürlich Schuldgefühle, dass sie Dr. Lockhart überhaupt eingestellt hat.

»Ich habe mich so mies gefühlt, als das Mädchen damals von der Schule verwiesen wurde, und habe ihm versprochen, dass es hier in Heart Lake immer eine Heimat haben würde. Und Dr. Lockhart hat mich beim Wort genommen. Wie konnte ich sie ein zweites Mal abweisen? Dann hat sie mich gebeten, niemandem zu verraten, dass sie hier auf die Schule gegangen und hinausgeworfen worden ist. Wissen Sie, sie war ja nicht wirklich ein *Old Girl*.«

»Dr. Lockhart hat Sie ausgenutzt«, habe ich Direktorin Buehl schon ein paar Mal klarzumachen versucht. »Sie konnten nicht wissen, dass sie verrückt ist. Vielleicht wäre sogar alles gut gegangen, wenn ich nicht wieder hier aufgekreuzt wäre.«

»Nun, das ist ganz bestimmt nicht Ihre Schuld ...« Und so geht es hin und her – wir erteilen uns gegenseitig Absolution für unsere Sünden. Manchmal frage ich mich, ob dieser Teufelskreis von Schuld und Vergeltung jemals endet. Sogar Athena ist schon in den Strudel hineingezogen worden.

»Ohne mich hätte sie es nicht tun können«, sagt sie jetzt. »Ich hab ihr gesagt, dass wir das Boot aus dem Eishaus geholt haben ...«

»Aber Sie konnten nicht wissen, dass sie es benutzen würde, um Olivia an jenem Tag auf den Felsen hinauszufahren«, entgegne ich und versuche, das Beben in meiner Stimme zu unterdrücken. Der Gedanke, dass Olivia bei Dr. Lockhart in diesem Boot war, ist für mich unerträglich. Oder mir vorzustellen, wie Dr. Lockhart um die Vorschule herumgeschlichen ist und die Gegend mit Cornicula bestückt hat.

»Und ich war es auch, die ihr gesagt hat, dass Sie Ihren Hausaufgabenordner auf Ihrem Schreibtisch liegen lassen haben.« Athena seufzt. Anscheinend hat sie sich vorgenommen, mir alles zu beichten. Vielleicht muss sie sich endlich die ganze Geschichte von der Seele reden.

Ich nicke. »Auf diese Weise hat sie mir die erste Tagebuchseite zukommen lassen, aber sie hätte bestimmt auch eine andere Möglichkeit gefunden ...«

»Ich hab ihr auch erzählt, dass Melissa in Brian verliebt war, und da hat sie ihr diese grässlichen Briefe aus Exeter geschrieben und so getan, als wäre sie ein Mädchen, das Brian kennt.«

»Ja«, sage ich und denke an das Exeter-Briefpapier, das ich im Dachzimmer von Dr. Lockharts Haus gesehen habe, »und dann hat sie Melissa angerufen und sich als dieses Mädchen ausgegeben, um Melissa an den See hinunterzulocken.« Ein Schauder überläuft mich bei dem Gedanken, wie sie ihre Stimme verstellen konnte. Die geborene Imitatorin.

»Und ich habe ihr auch erzählt, dass ich sauer war auf Vesta, weil sie damals nachts alleine Schlittschuh laufen wollte, und da hat Dr. Lockhart ihr aufgelauert und sie umgebracht.«

»Athena, Sie haben geglaubt, dass Sie mit einer Psychologin sprechen. Der Zweck dieser Sitzungen war für Sie doch, Dr. Lockhart etwas von sich zu erzählen. Wie hätten Sie wissen sollen, was Dr. Lockhart mit Ihren Informationen anstellt? Die Frau hat Sie gnadenlos ausgenutzt, aber nur, um an mich ranzukommen. Sie wollte, dass ich dieses ganze schreckliche Jahr noch einmal durchmache, nur sollte ich es diesmal nicht lebend überstehen.«

»Aber was vor zwanzig Jahren passiert ist, war nicht Ihre Schuld.«

»Von Dr. Lockharts Standpunkt aus schon.« Und vielleicht hatte sie sogar Recht, füge ich im Stillen hinzu. Ein Teil von mir hat sich gewünscht, dass Deirdre verschwindet, damit ich Lucy für mich allein haben konnte, und ein Teil von mir war bereit, Matt zu retten, selbst auf das Risiko hin, dass ich Lucy dabei verlor. Der Teil von mir, der nicht wieder zu kurz kommen wollte. In vielerlei Hinsicht war ich Albie sehr ähnlich.

»Warum hat sie mich dann nicht auch umgebracht?«, fragt Athena und legt die Hand über die Augen, um sie vor dem grellen Licht des Sees zu schützen und damit sie mir ins Gesicht sehen kann.

Ich streiche ihr eine grüne Strähne hinters Ohr. »Ich glaube, Sie haben Dr. Lockhart an sich selbst als Jugendliche erinnert. Die Notizen, die sie während der Therapiesitzungen gemacht hat – da hat sie eigentlich nicht über Sie erzählt, sondern über sich selbst. Ein Mädchen, das von einer Schule zur anderen geschubst wird ...« Athena wendet den Blick ab, und ich überlege, ob ich noch einen Schritt weiter gehen soll. »Ein Mädchen, für das sich die eigenen Eltern nicht zu interessieren scheinen ...« Ich halte inne. Wie viele Mädchen haben wohl *eine kleine Albie* in sich?

Bei der Frage läuft es mir kalt den Rücken hinunter, und Athena korrigiert mich, als hätte sie meine Gedanken gelesen: »Ich bin aber nicht Albie«, sagt sie. »Und Sie auch nicht, Miss Hudson.«

Im Musikraum warten sie schon auf uns. Heute gibt es den Lunch als Barbecue am Strand, also haben wir reichlich Platz. Auf der einen Seite des langen Tischs, mit dem Rücken zu den Fenstern, die zum See hinausgehen, sitzen Direktorin Buehl, Meryl North, Tacy Beade, Myra Todd, Gwendoline Marsh und ein Mann in einem dunklen Anzug, den ich nicht kenne. Auf der anderen Seite entdecke ich Roy Corey und zwei leere Stühle. Die Mahagoniplatte des Tischs ist leer bis auf einen Krug Wasser, ein paar Gläser und einen braunen Aktenordner, der vor dem Mann liegt, der sich kurz erhebt und sich vorstellt: Als Anwalt ist er mit der Verwaltung des Crevecoeur-Anwesens betraut. Ich schüttle ihm die Hand und nehme neben Roy Platz, während Athena zögerlich stehen bleibt.

»Und Sie sind sicher Miss Craven. Ich kenne Ihre Tante. Sie wollte heute eigentlich kommen ...«

»Aber sie hatte irgendwo irgendwas Wichtiges zu erledigen – ich kann es mir schon vorstellen.« Athena ignoriert die ausgestreckte Hand des Anwalts und lässt sich auf den Stuhl neben mir sinken. Ich sehe Myra Todd auf Athenas Kostüm starren und das Gesicht verziehen, aber ehe sie einen Kommentar abgeben kann, klopft der Anwalt mit der Hand auf den Aktendeckel.

»Nun, da alle Beteiligten anwesend sind«, sagt er, »lassen Sie uns beginnen.«

»Ich verstehe nicht, warum Jane Hudson hier ist«, wirft Myra ein. »Sie gehört doch überhaupt nicht zum Vorstand und ist auch sonst nicht betroffen.«

»Betroffen wovon?«, erkundige ich mich, eher verwirrt als beleidigt. »Würde mir jemand bitte erklären, worum es hier geht?«

»Um India Crevecoeurs Vermächtnis«, antwortet Miss North, die Geschichtslehrerin. »Als sie bestimmt hat, dass das Grundstück eine Schule werden soll, waren ihre Verwandten natürlich furchtbar wütend. Deshalb hat sie sich bereit erklärt, der Familie eine Chance zu geben, den Besitz zurückzugewinnen ...«

»Aber erst nach dem siebzigsten Jahrestag der Schulgründung«, vollendet Tacy Beade.

»Wenn die meisten ihrer Verwandten längst unter der Erde sein würden«, ergänzt Direktorin Buehl. »Sie hatte einen etwas eigenwilligen Humor.«

Unwillkürlich blicken wir alle zu dem Familienporträt an der schmalen Seite des Raums, von dem India Crevecoeur mürrisch wie Queen Victoria auf uns herabblickt.

»Sie sieht überhaupt nicht aus wie jemand, der sonderlich viel Humor hat«, meint Roy.

Ich will ihm gerade beipflichten, aber als mein Blick Tacy Beade streift, fällt mir der Maimorgen vor zwanzig Jahren ein, als die alte Dame ihr und Miss Macintosh entwischte, um plötzlich im Herrenhaus aufzutauchen.

»Die Schule kann also womöglich wieder in Privatbesitz übergehen?« Auf der anderen Seite des Tischs nicken sieben Köpfe zustimmend.

Überrascht stelle ich fest, dass mich der Gedanke, Heart Lake zu verlieren, sehr traurig macht. Nach Dr. Lockharts Tod habe ich Direktorin Buehl mitgeteilt, dass ich bis zum Ende des Schuljahrs bleiben wolle, aber leider noch nicht mit Sicherheit sagen könne, was ich danach vorhabe. Sie meinte, sie könne gut verstehen, dass der Ort für mich mit unangenehmen Erinnerungen verbunden sei, und versprach, mir ein gutes Zeugnis zu schreiben. Aber jetzt macht es mich plötzlich wütend, dass Heart Lake möglicherweise für immer seine Pforten schließen soll.

»Diese alte Hexe«, murmle ich, und Athena neben mir schaut mich erschrocken an. »Wie konnte sie nur? Und was ist mit all den Mädchen hier? Wo sollen die denn hin?« Im Geiste sehe ich uns alle – Lehrer wie Schülerinnen – in einer langen Prozession nach St. Eustace pilgern. Falls es das Internat überhaupt noch gibt. Vielleicht ist Heart Lake jetzt die Endstation? Und was bleibt dann noch übrig, wenn Heart Lake seine Pforten schließt?

»Jane«, meint Direktorin Buehl, »ich weiß, wie Sie sich fühlen. Aber die Schule wird nur aufhören zu existieren, wenn die Nachkommen der Crevecoeurs es so beschließen.« Ihr Blick wandert von mir zu Roy und Athena. Roy kann vor Nervosität nicht still sitzen, während Athena auf ihrem Stuhl immer weiter nach vorne rutscht und an ihrer Nagelhaut herumknabbert.

»Ach ja«, meint sie unvermittelt. »Meine Tante hat erzählt, wir seien mit diesen Leuten verwandt. Deshalb hat sie mich auch hergeschickt, weil sie eine Ermäßigung bei den Studiengebühren gekriegt hat oder was auch immer. Na ja, an mir soll's nicht liegen, von mir aus soll die Schule ruhig weiterbestehen.«

»Moment mal«, werfe ich ein. »Athena ist gerade erst achtzehn geworden. Sollte sie nicht erst einen Anwalt konsultieren? Sie muss sich doch nicht auf der Stelle entscheiden, oder?«

»Jetzt machen Sie sich auf einmal Sorgen um Miss Cravens Rechte?«, mischt sich Myra Todd wieder ein. »Gerade haben Sie sich noch darüber aufgeregt, dass die Schule schließen könnte.«

»Das spielt keine Rolle«, greift Roy ein. »Ich bin der einzige andere noch lebende Nachkomme, richtig?«

Ich starre ihn ungläubig an, während er nur die Achseln zuckt. Da fällt mir ein, dass Mrs. Crevecoeur an jenem Maitag zu Lucy gesagt hat, die Coreys seien mit den Crevecoeurs verwandt, wenn man weit genug zurückginge. Da endlich dämmert mir etwas, was jeder gute Lateinlehrer schon längst hätte bemerkt haben sollen. Craven und Corey. Beide Namen lassen sich aus einer Hälfte von Crevecoeur ableiten.

Myra Todd rutscht unruhig auf dem Stuhl herum, und ein modriger Hauch weht durch den Raum. »Das wäre dann wohl geklärt – die Stiftung bekommt also endgültigen Charakter, und der Vorstand ist jetzt für das gesamte Grundstück verantwortlich ...«

»Und Mr. Corey und Miss Craven werden auf Lebenszeit Vorstandsmitglieder und bekommen eine Rente ausgezahlt ...« Direktorin Buehl erhebt sich bei dieser Feststellung, und die anderen Frauen auf ihrer Seite des Tisches tun es ihr nach, aber der Anwalt gibt ihnen ein Zeichen, sich wieder zu setzen.

»Nun, damit hätten Sie durchaus Recht«, sagt er, »wenn es da nicht einen Testamentsnachtrag gäbe.«

»Einen Testamentsnachtrag?«, wiederholt Direktorin Buehl und lässt sich wieder auf ihren Stuhl fallen. Eine nach der anderen nehmen auch die restlichen Frauen ihre Plätze wieder ein, wie eine Fregatte, die die Segel streicht.

»Ja, India Crevecoeur hat ihrem Testament am vierten Mai 1975 einen Zusatz angefügt. Soweit ich weiß, war der Anlass ein Besuch in der Schule am fünfzigsten Jahrestag der Gründung. Wenn Sie jetzt die nötige Geduld aufbringen würden, mir zuzuhören, dann verlese ich besagten Nachtrag.« Er sieht allen Anwesenden fragend ins Gesicht, ob jemand etwas einzuwenden hat. Als alle schweigen, holt er einen Bogen cremefarbenes Schreibpapier aus einem Ordner und liest erst hastig und monoton die juristischen Formeln vor, um dann langsamer und mit ausdrucksvoller Stimme das von India Crevecoeur damals aufgesetzte Schreiben vorzutragen.

»Nach dem Tod meiner jüngsten Tochter Iris war es meine Absicht, einen von Leid und Kummer geprägten Ort in eine Oase gesellschaftlicher Produktivität zu verwandeln und jungen Mädchen die Möglichkeit zu geben, eine umfassende Bildung zu erwerben. Doch ich hatte Bedenken, dass ich, indem ich für Fremde sorgte, womöglich meine eigenen Kindeskinder verarmen lassen würde, und versah mein Testament deshalb mit einer Vorläufigkeitsklausel. Ich gestehe, dass ich auch befürchtete, eine Schule, die sich auf so großes Leid gründete, wäre vielleicht genau aus diesem Grunde zum Scheitern verurteilt, und ich wollte meinen Nachkommen wenigstens eine Chance lassen, ihr Erbe zurückzugewinnen, sollte dieser Fall eintreten.

Doch in meinem großen Schmerz habe ich eines übersehen. Mein Anliegen war ursprünglich, dass die Schule das Andenken an meine verlorene Tochter Iris pflegt, dabei habe ich jedoch außer Acht gelassen, vor allem auch für ihre Verwandten zu sorgen, nicht nur für meine eigenen.«

Myra Todd schnalzt irritiert mit der Zunge. »Sie muss doch senil gewesen sein. Das Mädchen ist mit zwölf Jahren gestorben! Sie war viel zu jung zum Heiraten. Wie konnte sie Verwandte haben, die nicht ohnehin Nachfahren der Crevecoeurs sind?«

Der Anwalt wirft Myra einen ungehaltenen Blick zu und fährt fort: »Meine Tochter Iris war adoptiert.« Er macht eine kurze Pause, damit wir die Information verdauen können. Wieder sehen wir alle zum Familienporträt hinüber. Da steht die kleine Iris etwas abseits von der Gruppe, näher bei ihrer Kinderfrau als beim Rest der Familie. Sie ist klein und dunkel, die anderen Familienmitglieder sind groß und blond.

»Sie war die uneheliche Tochter eines unglücklichen Mädchens, das in unserer Papierfabrik arbeitete. Ich hatte mir schon lange eine dritte Tochter gewünscht, aber Gott hat mir diese Gunst verwehrt. Als ich auf die missliche Lage der jungen Arbeiterin aufmerksam wurde, schlug ich vor, dem unschuldigen Baby ein gutes Zuhause zu geben – und bot dem Mädchen eine Position in meinem Haushalt an. Als unsere kleine Iris von uns ging, entschied sich auch ihre Mutter, uns zu verlassen. Ich konnte verstehen, dass sie nach einer solchen Tragödie nicht bleiben wollte. Zwar bemühte ich mich um Wiedergutmachung, aber ich fürchte, der Tod ihrer Tochter traf die arme Frau so tief, dass ihr Kummer sich in Bitterkeit verwandelte.

Schließlich gab sie sogar meinen beiden Töchtern Rose und Lily die Schuld am Tod ihres Kindes.«

Ich blicke zu dem Porträt empor, auf dem Rose und Lily zufrieden in die Kamera lächeln. Was sollten sie mit diesem seltsamen kleinen Eindringling anfangen? Vor meinem inneren Auge erscheint die Szene, wie die beiden älteren Mädchen mit der kleinen Iris im Boot hinausfahren und die Kleine unversehens ins Wasser fällt. Das Mädchen wurde zwar aus dem Wasser gefischt, aber es hatte sich erkältet und fiel dann der damals grassierenden Grippe zum Opfer. Als ich mich von dem Bild abwende, merke ich, dass Direktorin Buehl und Roy mich anstarren.

»Als mir vor kurzem bekannt wurde, dass meine ehemalige Bedienstete – Iris' Mutter – später geheiratet und eine Tochter bekommen hat, die ihrerseits wiederum eine Tochter gebar, wurde mir klar, dass meine Gelegenheit zur Wiedergutmachung endlich gekommen war. Besser spät als nie, wie das Mädchen selbst mir so treffend sagte.«

Dieser Satz, der so überhaupt nicht zu India Crevecoeurs Ausdrucksweise passt, rüttelt mich aus meinen Gedanken. Plötzlich sehe ich das Gesicht wieder vor mir und wie die alte Frau mich damals angesehen hat. Ich hatte den Eindruck, dass sie entsetzt wäre über meine Unverfrorenheit. Und erstaunt, dass die Enkelin einer Dienstbotin ihre Schule besuchte.

Obgleich der Anwalt weiterliest, stehe ich auf und gehe zu dem Bild hinüber. Diesmal erregt nicht die arme Iris mit ihren Streichholzbeinchen meine Aufmerksamkeit, sondern ihre Kinderfrau – meine Großmutter –, die sich hinunterbeugt, um scheinbar die Schleife ihres Schützlings zu richten. Doch bei näherem Hinsehen erkenne ich, dass sie dem Mädchen einen Schubs gibt und versucht, die Kleine näher zu ihren Schwestern zu schieben, näher zur Familiengruppe. Warum habe ich mich nie gefragt, wie das Dienstmädchen auf ein Familienporträt kommt? War es, weil Iris immer in ihrer Nähe sein wollte? Ich betrachte das sorgenvolle Gesicht der Kinderfrau; ihre dunkle Stirn ist in Falten gezogen – sicher befürchtet sie, dass ihr Kind nie wirklich zu ihrer Adoptivfamilie gehören wird. Doch in den braunen Augen, die mir so vertraut sind wie meine eigenen, glaube ich auch etwas wie Liebe lesen zu können.

»Und deshalb hat Mrs. Crevecoeur die entscheidende Stimme Ihnen überlassen, Miss Hudson«, sagt der Anwalt gerade, als ich mich wieder dem Tisch zuwende. Alle Blicke ruhen auf mir. »Der Enkelin von Iris' Mutter.«

»Nun, an mir soll es nicht liegen. Von mir aus soll das Vermächtnis dauerhaft werden.«

»Wie Sie bereits zu Miss Craven gesagt haben«, fährt der Anwalt fort, »müssen Sie sich nicht sofort entscheiden. Bestimmt möchten Sie auch darüber nachdenken, welches Vermögen Ihnen dadurch entgeht.«

Direktorin Buehl legt beide Hände aufs Herz und beginnt zu schluchzen, ein für sie ganz untypischer Gefühlsausbruch, den sie schon die ganze Zeit über unterdrückt zu haben scheint. Athena sieht sie erstaunt an und fängt an zu kichern, reißt sich aber sofort wieder zusammen und beißt sich auf den Daumen. Roy steht auf und legt den Arm um mich.

»Bist du sicher?«, fragt er.

»Warum? Würdest du mich lieber mögen, wenn ich eine große Erbschaft mache?«

Auf seinem Gesicht erscheint ein Lächeln, und dieses Lächeln dringt an einen Ort tief in meinem Innern, der noch nie berührt worden ist – wie der kalte Grund des Sees, den die Sonne noch nie mit ihren Strahlen erwärmt hat. »Denk daran, du bist meine wahre Liebe«, flüstert er.

»Ja, das bist du für mich auch«, entgegne ich.

Dann umringen uns die anderen, alle reden gleichzeitig, aber ich höre nur Athenas Stimme.

»Sie kommen zu spät, Magistra.«

»Himmel, Sie haben Recht!«, rufe ich mit einem Blick auf meine Armbanduhr.

»Geht es um die Prozession?«, erkundigt sich Roy.

»Nein, um etwas anderes«, erwidere ich und küsse ihn kurz auf den Mund. »Eine Überraschung.«

Ich renne die Stufen vor dem Herrenhaus hinunter. Meine Schülerinnen haben sich bereits versammelt, und die Blumen in ihrem Haar zittern in der leichten Brise vom See. Ich winke ihnen zu und teile ihnen kurz mit, dass Athena den Zug anführen wird und dass ich sie beim Maibaum treffe. Unten am See sehe ich das geparkte Auto. Als ich den Weg verlasse, öffnet sich die Wagentür, und sie steigt aus. Einen Moment ist sie nur eine dunkle Silhouette vor dem gleißenden Licht des Sees. Aber dann entdeckt mich meine Tochter und läuft mit ausgebreiteten Armen auf mich zu.

Charles Todd

*»Todd versteht es meisterhaft,
einen einfachen Kriminalfall in eine
groß angelegte griechische Tragödie
zu verwandeln.«*
  The New York Times Book Review

Charles Todd
Auf dünnem Eis
3-453-87019-0

Charles Todd
Seelen aus Stein
3-453-87399-8

3-453-87019-0

HEYNE

Das anspruchsvolle Programm

Marcello Fois

» ... ein großartiger Erzähler, eine gelungene Mischung aus Krimi und poetischer Schilderung des täglichen Lebens.«
La Stampa

»... die neueste Endeckung Italiens.« *ELLE*

62/134

Tausend Schritte
Ein Fall für Avvocato Bustianu
62/134

Himmelsblut
Ein Fall für Avvocato Bustianu
62/163

DIANA-TASCHENBÜCHER

Das anspruchsvolle Programm

Michael Kimball

»So ein Buch, das einem tagsüber nicht aus dem Kopf geht.« *Stephen King*

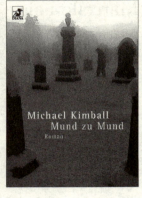

Atemlose Stille
62/62

Mund zu Mund
62/197

DIANA-TASCHENBÜCHER

Das anspruchsvolle Programm

Julia Wallis Martin

»Meisterhaft seziert die Autorin die Gemütslage ihrer Figuren und verwebt sie in eine spannende Inszenierung mit verblüffenden Wendungen.«
Hamburger Abendblatt

»Für Krimi-Fans ist sie zweifellos eine Entdeckung.«
Frankfurter Rundschau

»Julia Wallis Martin schreibt schlicht und einfach die besten Spannungsromane in England.«
Elizabeth George

62/110

Das steinerne Bildnis
62/60

Der Vogelgarten
62/110

Auf Gedeih und Verderb
62/235

Tanz mit dem ungebetenen Gast
62/353

DIANA-TASCHENBÜCHER

Das anspruchsvolle Programm

Bjarne Reuter

»Bjarne Reuter schreibt mit Akribie und innerer Spannung, die schmerzhaft implodiert, statt sich in dramatischen Handlungen zu entladen.« *Der Spiegel*

Bjarne Reuter erhielt so gut wie alle dänischen Literaturpreise und zahlreiche internationale Auszeichnungen. Seine Romane sind Meisterwerke der neuen skandinavischen Literatur, moderne Märchen voller Poesie und Melancholie.

62/394

Das Zimthaus
62/14

Die Himmelsstürmer
62/93

Kinderspiele
62/143

Der Museumswächter
62/206

Am Ende des Tages
62/246

Hotel Marazul
62/280

Das dunkle Zimmer
62/364

Die zwölfte Stufe
62/394

DIANA-TASCHENBÜCHER

Das anspruchsvolle Programm

Antonia S. Byatt

Spannende Unterhaltungsliteratur mit psychologischem Tiefgang und philosophischen Höhenflügen.

»Eine bemerkenswerte Autorin.«
Süddeutsche Zeitung

62/339

Besessen
62/339

Geisterbeschwörung
62/181

Die Verwandlung des Schmetterlings
62/225

DIANA-TASCHENBÜCHER